विभाजित सवेरा

विभाजित सवेरा

मनु शर्मा

प्रभात प्रकाशन, दिल्ली™
ISO 9001:2000 प्रकाशक

प्रकाशक • **प्रभात प्रकाशन**
४/१९ आसफ अली रोड,
नई दिल्ली–११०००२

संस्करण • २०१७
मूल्य • चार सौ पचास रुपए
मुद्रक • नरुला प्रिंटर्स, दिल्ली

VIBHAJIT SAVERA *novel* by Manu Sharma ₹ 450.00
Published by Prabhat Prakashan, 4/19 Asaf Ali Road, New Delhi-2
e-mail: prabhatbooks@gmail.com ISBN 978-81-7315-630-4

पुरोवाक्

तीन उपन्यासों की श्रृंखला का यह तीसरा और अंतिम उपन्यास है। कथा स्वतंत्रता-प्राप्ति के बाद की है।

परतंत्रता के बाद देश ने आजादी का सवेरा देखा, पर यह सवेरा विभाजित था। देश दो भागों में बँट गया—भारत और पाकिस्तान। यह सब अंग्रेजों की कूटनीति का परिणाम था। अंग्रेज चाहते थे कि दोनों राष्ट्र हमेशा एक-दूसरे के विरोधी बने रहें। एक ओर वे पाकिस्तान के स्वप्नद्रष्टा मि. जिन्ना की पीठ ठोंकते रहे और दूसरी ओर 'अमन सभाइयों' को भी उत्साहित करते रहे। 'अमन सभाई' सीधे-सीधे सुराजियों के विरोधी थे। अंग्रेज सरकार ने इन लोगों का संगठन ही इस उद्देश्य से किया था। अमन सभाई प्रत्यक्षत: अंग्रेजों के खैरख्वाह थे। अंग्रेज अफसरों के यहाँ वे 'डालियाँ' भिजवाते रहे। वे सुराजियों की गुप्त सूचनाएँ भी उन्हें देते रहे। इस दृष्टि से छोटा ही सही, अपने काम के सहयोगियों का एक अच्छा संगठन उन्होंने बना लिया था।

इस उलझन में भारतीय राजनीति आगे बढ़ रही थी कि एक पागल हिंदू ने गांधीजी को गोली मार दी। अहिंसा का एक पुजारी हिंसा के घाट उतारा गया।

देश पर यह भयंकर और अप्रत्याशित वज्रपात था। गांधी का चला जाना, देश सह नहीं पाया। उसको ऐसा लगा कि देश के हर घर का कोई मर गया है। हर आँख टपकने लगी, फिर थमने का नाम नहीं ले रही थी। यह तो स्वराज्य के बाद हुआ था। इसके कारणों पर भी यह उपन्यास विचार करता है।

स्वराज्य के पहले की स्थिति काफी उलझन भरी थी। ब्रिटिश संसद् में चर्चिल बराबर दहाड़ रहे थे कि भारतीय स्वराज्य के काबिल नहीं हैं। ज्यों ही इन्हें स्वशासन सौंपा जाएगा, ये आपस में ही लड़ मरेंगे।

यह तो कहिए कि अचानक बंबई में 'नेवी विद्रोह' हो गया, तब अंग्रेजों ने समझ लिया कि अब भारतीयों को गुलाम नहीं रखा जा सकता। दूसरी ओर इंग्लैंड के आम चुनाव में कंजर्वेटिव पार्टी हार गई। 'लेबर पाटी' आई। लॉर्ड एटली प्रधानमंत्री बने। इन

सबका परिणाम था हमारी आजादी। रातोरात अमन सभाई मानसिकता के लोगों ने अपना रंग बदला और आजादी का जमकर स्वागत करनेवालों में बिना हिचक आगे आए।

इस प्रकार की परिस्थिति में इस उपन्यास के पंख खुलते हैं और यही प्रकृति आरंभ से अंत तक बनती रहती है। 'टू नेशन थ्योरी' के आधार पर सांप्रदायिकता का जो नग्न नृत्य हुआ, उसका भी जीवंत चित्र इस उपन्यास में है।

पिछले उपन्यास के पात्रों के साथ अनेक नए पात्रों की उपस्थिति से पात्रों की बहुलता तो हो गई है, पर उनकी उपस्थिति कहीं पर भी बोझिल नहीं लगती।

उपन्यास खंडित भारत का सार्थक, संवेदनापूर्ण और यथार्थ चित्र प्रस्तुत करता है। इस दृष्टि से इसे यदि कोई वर्तमान का ऐतिहासिक उपन्यास माने तो मुझे कोई आपत्ति नहीं, पर लेखक की कल्पना-प्रवणता और यथार्थ-बोध इसे वैसा होने नहीं देते।

कथा अंत तक विभाजित सवेरे का दंश भोगती रहती है।

: एक :

मैं जयनाथ उर्फ जग्गू एक बार फिर आप से मुखातिब हूँ और आपबीती को जगबीती के साथ मिलाकर वह सुनाना चाहता हूँ, जिसमें टूटे हुए हमारे सपने हैं और मरी हुई हमारी आशाएँ।

स्वराज के पहले हमने कैसे-कैसे सपने देखे थे, कैसी-कैसी कल्पनाएँ की थीं। जैसे परी देश का जल मिल जाएगा, जिसे छिड़कते ही सारा दु:ख-दारिद्रय दूर हो जाएगा, किसी प्रकार का अभाव नहीं रहेगा। ट्रेनों में यात्रा करने के लिए टिकट नहीं लेना पड़ेगा, क्योंकि ट्रेनें तो अपनी हो जाएँगी। न कोई पेट भूखा रहेगा और न कोई खेत सूखा। गाँव की बूढ़ी रमदेई काकी तो अजीब 'खयाली पुलाव' पकाती थी—'कोठिला अनाज रही, पूरन हर काज रही। सोरह रुपया क नथ रही, झुलनी झुलत रही।'

हमें क्या मालूम था कि सपने ही सपने रह जाएँगे, हमें क्या मालूम था कि आज़ादी के पहले जैसा था वैसा ही रह जाएगा। वैसे ही सग्गड़वाले सग्गड़ खींचते रहेंगे और रिक्शेवाले रिक्शे। वैसे ही सुमेर चाचा दिन भर 'नून, तेल, लकड़ी' बेचता रहेगा। पीपा वैसे ही सीढ़ी कंधे पर लेकर और मिट्टी के तेल का कनस्तर हाथ में लटकाए गली के सरकारी लैंपों को शाम को जलाता और सुबह बुझाता रहेगा।

अगर कुछ बदलेगा तो केवल सरकारें, यदि बदलेंगे तो छोटे सरकार और लाला जगजीवन लाल ऐसे अमन सभाई लोगों के चेहरों के मुखौटे। उनके सिरों पर गांधी टोपियाँ सवार हो जाएँगी। पहले वे 'लॉन्ग लिव द किंग' बोलते थे, अब गांधी-जवाहर की जय बोलने लगेंगे।

अब गांधी-आजाद, नेहरू-पटेल की कांग्रेस की गंगा में इन अमन सभाइयों की कर्मनाशा ऐसी मिली कि उसका नाम-निशान भी नहीं रहा।

प्रभात-फेरियाँ अब भी निकलती थीं, पर अब उनमें वह उत्साह नहीं रह गया था। उनमें गाए जानेवाले गाने या तो व्यर्थ हो गए थे या बेकार लगने लगे थे।

पर सपने अब भी थे, तरह-तरह के सपने। दारोगा बनने के सपने, इंस्पेक्टर बनने

के सपने, कलक्टर बनने के सपने। आम आदमी की सोच का यही शिखर था। इसके आगे वह जा नहीं पाता था।

हर वार्ड में कांग्रेस कमेटियाँ बनाई जा रही थीं। हमारे वार्ड की कांग्रेस कमेटी के अध्यक्ष रामकिशुन चाचा थे। हमारे वही नेता थे। हमको जो कहना होता था, हम उन्हीं से कहते थे।

इस बार की वार्ड कांग्रेस कमेटी की बैठक मध्यमेश्वर मंदिर पर बुलाई गई थी। रामकिशुन चाचा ने उसमें आने के लिए मुहल्ले के एक-एक आदमी से मिलकर कहा था, क्योंकि कांग्रेस कमेटी की खुली बैठक थी। इसमें वार्ड का हर व्यक्ति अपने विचार रख सकता था। फिर भी इसको लेकर विवाद था।

इसी विवाद को समझाने सुमेर चाचा की दुकान पर कल शाम को रामकिशुन चाचा आए थे। उन्होंने कहा था, "यह बैठक वास्तव में कांग्रेस की नहीं है, बल्कि कांग्रेस कमेटी की ओर से मुहल्ले के सभी लोगों की है।"

"क्या होगा इसमें?" उसी समय पीपा आ गया था। सीढ़ी कंधे से उतारकर दीवार के सहारे खड़ी करते हुए उसने पूछा।

"उसमें विचार होगा कि आजादी तो मिल गई, अब देश के विकास के लिए क्या किया जाए? अब हमारे सामने भारत को बनाने का सपना है। दुनिया के देश प्रगति में हमसे कितना आगे बढ़ गए हैं। हमें सोचना है कि हम अपने पिछड़ेपन का रास्ता कैसे तय करें।"

"बड़ी-बड़ी बातों में फँसोगे तो उलझते ही जाओगे, रामकिशुन भैया।" सुमेर चाचा बोला, "हमें छोटी-छोटी समस्याएँ लेनी चाहिए, जो हमारे जीवन के करीब हों, जैसे—सामने की गली ऊँची हो जाती है तो दरवाजे पर बरसात का पानी नहीं लगता। कभी-कभी तो हालत यह होती है कि पानी हमारी दुकान के भीतर तक चला आता है।"

"ये सारी बातें आप कल की मीटिंग में कहिएगा। इसी सब जानकारी के लिए ही तो मुहल्ले की मीटिंग बुलाई गई है।" रामकिशुन चाचा जल्दी में था। वह चला गया।

दूसरे दिन शाम होते-होते मध्यमेश्वर मंदिर के ऊँचे चबूतरे पर अच्छा-खासा जमावड़ा हो गया। रामकिशुन चाचा ने कुछ बाहरी लोगों को भी बुलाया था। उनकी भी संख्या पाँच-सात से कम नहीं थी।

सभा आरंभ होने के पहले रामकिशुन चाचा ने कहा, "हमें सूचना मिली है कि आज के प्रस्तावित अध्यक्ष राय उमानाथ चौधरी, छोटे सरकार कुछ विलंब से आएँगे। तब तक कांग्रेस के तपस्वी नेता, जिनके जीवन का एक लंबा अरसा जेल में बीता है, हमारे सौभाग्य से आज इस सभा में उपस्थित हैं। वे हैं—श्री गोकुल पाठक। मैं उन्हीं को अध्यक्ष बनाकर आज की सभा प्रारंभ करना चाहता हूँ।"

बाहर से ही आए दो व्यक्तियों ने उनके नाम का समर्थन किया। तालियाँ बजीं और वे बाकायदा अध्यक्ष के आसन पर विराजमान हुए। सभा आरंभ हुई।

सबसे पहले रामकिशुन चाचा ने आज की सभा के प्रयोजन और उद्‌देश्य पर विस्तृत प्रकाश डाला, तब तक छोटे सरकार और जगजीवनदास अपने लाव-लश्कर के साथ पधारे। मसनद तो दो ही थे, उसी को टेकते हुए सब एक-दूसरे से सटकर बैठ गए।

''हम लोग तो आपकी समस्याएँ सुनने आए हैं।'' छोटे सरकार ने बोलना शुरू किया। उन्हें यह भी नहीं पता था कि बैठक आरंभ हो चुकी है और एक अध्यक्ष चुना जा चुका है। वे अपने रौव में बोलते रहे, ''अभी तक तो हमारे सामने एक ही समस्या थी—देश को आजाद कराने की। वह आजादी तो हम लोगों को मिल गई। अब हम लोगों को देश को बनाने और सँवारने का काम करना है। इस काम में बिना आपकी समस्याओं को जाने और बिना आपका सहयोग लिये हम सफल नहीं हो सकते।''

उनके भाषण की मुख्य बात तो यही थी। बाकी तो नेहरू गांधी और अन्य बड़े नेताओं से अपने संपर्क आदि की बकवास भी, जिससे हम लोगों पर उनका रोब गालिब हो सके।

तब तक मेरी दृष्टि पूर्व से आनेवाली गली पर पड़ी। देखा, चार बीड़ी एक साथ पीते, दानिस का सहारा लिये गोल-मटोल सुवारत साव चले आ रहे हैं। दानिस पर मुझे हँसी आ रही थी, क्योंकि सुवारत साव की छड़ी उसके हाथ में थी और वह खुद सुवारत साव की छड़ी बना था।

किसी तरह वे पीछे से सभा-स्थल तक आए, क्योंकि उनके भारी-भरकम शरीर को सामने से एक ऊँचे चबूतरे पर चढ़ाना उतना ही मुश्किल था जितना हाथी को पहाड़ चढ़ाना।

आते ही वे 'धम' से सभा के बीच में बैठ गए। कुछ देर तक तो हाँफते रहे, फिर उन्होंने चारों बीड़ियों का एक जोरदार कश लिया और घुसकते-घुसकते जहाँ तक हो सका, आगे आए।

अब राय साहब के भाषण से हटकर लोगों का ध्यान उनकी ओर था। फिर सावजी ने पान और सिगरेट की तश्तरी, जो उनसे दूर पड़ रही थी, को उठाने के लिए सुमेर चाचा को इशारा किया और उन्होंने वह तश्तरी उन तक पहुँचा दी।

अब सुवारत साव ने बाएँ हाथ से उसमें से सारी सिगरेटें बीन लीं और उन्हें मसलकर गली की ओर फेंक दिया। फिर दाएँ हाथ की अँगुलियों के बीच सुलगती बीड़ियों को भी बिना बुझाए उसी ओर फेंका। इसके बाद जेब से बीड़ियों के कई बंडल निकाले। उन्हें खोलकर तश्तरी में करीने से सजा दिया। फिर उसी स्थान पर तश्तरी रखवा दी।

इस बीच छोटे सरकार के भाषण का क्रम टूट गया। उन्होंने इस कार्य को भाषण के बीच की गई अभद्रता समझी, अपमान महसूस किया, पर वे कुछ बोल नहीं सके। चेहरे पर क्रोध की लालिमा उतर आई थी।

और तो किसी ने कुछ नहीं कहा, पर लाला बोल पड़ा, "यह क्या किया, सावजी?"

"क्यों, मैंने ठीक नहीं किया क्या?" सावजी बड़ी गंभीर आवाज में बोले, "गांधी बाबा ने विदेशी वस्तुओं का बहिष्कार किया था। उन्होंने खुद अपने विदेशी कपड़ों की होली जलाई थी। उसी में हमारी गोल नमदे की टोपी भी जल गई और आज तक खल्वाट खोपड़ी खाली रह गई। कई बार गांधी टोपी लगाई भी, पर जरा झुकते ही वह गिर जाती है। अचरज है कि आज तक आप ऐसे स्वनामधन्य लोग सिगरेट का बहिष्कार न कर सके। अरे, सिगरेट पीना बंद कीजिए और हमारी तरह बीड़ी पीजिए।"

आज पता नहीं कहाँ से सरस्वती आकर सावजी की जबान पर सवार हो गई थी। वे बोलते ही रहे, "यह पासिंग शो, सीजर आदि की सभी कंपनियाँ विदेशी हैं। आप लोग क्या इसे नहीं छोड़ सकते?"

सभा में सन्नाटा छा गया। कुछ निगाहें धरती देखने लगीं। अध्यक्ष छोटे सरकार भी बोलें तो क्या बोलें। वे बेचैन लग रहे थे। उनकी अँगुलियों के बीच अब भी जलती सिगरेट थी। वे कुछ ऐसा अनुभव कर रहे थे कि मुझे बुलाकर अपमानित किया जा रहा है।

सुवारत साव लाजवाब हो रहे थे। तब तक लाला दबी जबान बोला, "अरे भाई! जवाहरलाल, आजाद साहब आदि बहुत से लोग सिगरेट पीते हैं।"

"समरथ कहुँ नहिं दोषु गोसाईं।" सभा के बीच से ही यह आवाज आई, पर कौन बोला, कुछ पता नहीं।

तब तक दानिस खड़ा हुआ और सभा की पूरी तहजीब निभाते हुए बड़ी विनम्रता से बोला, "हमारा प्रस्ताव है कि जो सिगरेट के बिना नहीं रह सकते, उनके लिए हम कुछ कह नहीं सकते। लेकिन अच्छा होता कि वे लोग भी सिगरेट पीना छोड़ देते। हमारा प्रस्ताव है कि सिगरेट का प्रयोग बंद होना चाहिए और बीड़ी का प्रयोग बढ़ना चाहिए।"

दानिस का प्रस्ताव सर्वसम्मति से स्वीकार कर लिया गया और यह भी निर्णय लिया गया कि इस प्रस्ताव की प्रतियाँ ऊपर भी भेजी जाएँ।

प्रस्ताव पारित होते ही छोटे सरकार ने अपनी सुलगती सिगरेट फेंक दी। उन्हें बंद कमरे की मीटिंगों का तो अनुभव था, जहाँ बँधे-बँधाए ढर्रे पर बात होती है। उन्हें क्या पता था कि सार्वजनिक सभाओं में कैसे-कैसे लोग जुटते हैं और कैसी-कैसी खोपड़ियों से पाला पड़ता है।

इसी बीच एक कोने में चुपचाप बैठा हमीद बड़े झटके से उठ खड़ा हुआ और बोल पड़ा, ''आप सिगरेट चाहे पीएँ चाहे न पीएँ, इससे कुछ फर्क नहीं पड़ता। इस देश में सबसे बड़ी समस्या पेट की है, और हमारी भी वही समस्या है।''

''आपको भी पेट की समस्या है? तो आप किसी डॉक्टर की सलाह लें।'' अध्यक्ष छोटे सरकार ने हमीद को हँसी में उड़ा देने की गरज से कहा और सभा के अधिकांश लोग हँस भी पड़े।

इतना तो बारूद पर पलीता लगा देने के लिए काफी था। हमीद विस्फोट कर उठा—''आप लोग पेट के सवाल को मजाक में ले रहे हैं। गरीबों के पेट की आग जब भड़केगी तो आप सब उसमें भस्म हो जाएँगे।''

''कम्युनिस्टों को तो पेट की ज्वाला के अतिरिक्त और कुछ दिखाई नहीं देता। वे यह नहीं समझते कि पेट के अतिरिक्त जीवन में और भी बहुत कुछ है।'' रामकिशुन चाचा ने हस्तक्षेप किया।

हमीद कम्युनिस्ट है, रूस की क्रांति के किस्से खूब बढ़ा-चढ़ाकर सुनाता है, पर कभी कांग्रेस पर व्यंग्य नहीं करता। इस समय तो उसपर नहीं, सीधे उसकी पार्टी पर आक्रमण किया गया था। वह भीतर से तो खौल उठा था, पर उसने अपने पर काफी नियंत्रण किया और बोलता रहा, ''लगता है, आप बंगाल का सन् १९४२ का अकाल भूल गए। अभी जुमा-जुमा छह दिन भी नहीं गुजरे, जब लाखों आदमी उस अकाल में भूखों मर गए, जब कि अनाज के गोदाम भरे थे और पूँजीपति उसपर कुंडली मारकर बैठे थे।'' वह और आवेश में आया—''समाज का एक वर्ग खा-खाकर मरे और दूसरा वर्ग खाए बिना मरे! अब आजाद भारत में यह नहीं होगा। हमें व्यवस्था बदलनी होगी।''

''हाँ-हाँ, यह व्यवस्था बदलनी होगी।'' कुछ नौजवान साथियों ने भी उसकी हाँ में हाँ मिलाया।

अब लाला खड़ा हुआ और बड़ी गंभीरता से बोला, ''हमारे नौजवान साथियों ने जो बातें कही हैं, उनपर अवश्य विचार होना चाहिए। पेट का सवाल तो अहम सवाल है। 'भूखे भजन न होय गोपाला।' अरे, भूखे पेट तो भजन भी नहीं हो सकता। पर यह प्रश्न तो सीधे समाज की व्यवस्था से जुड़ा है। इसपर हमारे देश के नेता विचार कर रहे हैं। तब तक हमें धैर्य रखना चाहिए और आशा करनी चाहिए कि वे कुछ-न-कुछ तो करेंगे ही।'' फिर वह रामकिशुन की ओर मुखातिब हुआ और उनसे पूछा, ''आपने यह मीटिंग तो स्थानीय समस्याओं की जानकारी के लिए बुलाई है न?''

रामकिशुन चाचा ने सिर हिलाकर लाला का समर्थन किया।

''तब हर आदमी अपनी समस्या का बयान करे, बस एक-दो शब्दों में अपनी बात रखे, जैसे—घर की समस्या हो, बिजली-पानी की समस्या हो, बरसात में जल-

जमाव की समस्या हो आदि-आदि।''

अब हर आदमी से उसकी समस्या की अध्यक्ष ने जानकारी चाही। सभा का मूड एकदम बदल गया।

'वाह रे लाला, तुम भी गजब के आदमी हो!' मेरा मन बोल पड़ा—'साँप को दो जबान होती है, पर आवाज एक निकलती है। पर लाला की कई जबानें थीं और हर जबान की अलग-अलग आवाज थी, हर वक्त के उपयुक्त आवाज।'

इस बीच अध्यक्ष ने अपनी घड़ी देखी। लगा कि माहौल उन्हें पसंद नहीं आ रहा है। वे बोर हो रहे हैं। उन्होंने कहा भी, ''देखिए, अब सूरज डूबने वाला है। आप लोग भी कामकाजी आदमी हैं, इसलिए आप अपनी बातें जितने कम शब्दों में कहें, उतना ही अच्छा हो। इससे हमें अधिक-से-अधिक लोगों के विचार सुनने का मौका मिलेगा।

तब तक गंगाराम भी हाथ में अखबार लिये दौड़ा हुआ आकर सभा के बीच में घुसता हुआ चला गया। जब और आगे जाने का मौका नहीं मिला तब मेरी बगल में ही चुपचाप आकर बैठ गया।

वह काफी हाँफ रहा था। लगा, जैसे प्रेस से दौड़ा हुआ सीधा चला आ रहा है।

''आज की ताजा खबर क्या है, गंगाराम?'' पीछे से दानिस बोल पड़ा।

''आज की ताजा खबर है कि पाकिस्तान में हिंदुओं का कत्लेआम हो रहा है। सारा अखबार हिंदुओं की हत्या और लूट की खबरों से भरा है।'' गंगाराम बोला, ''प्रेस से छुट्टी मिलते ही इस दर्दनाक खबर को आप सबको दिखाने के लिए ही मैं भागा-भागा चला आ रहा हूँ।''

गंगाराम स्थानीय 'आज' अखबार में कंपोजिटर है। उसे एक अखबार रोज वहाँ से मुफ्त मिलता है।

''हाँ, यह बड़ी भारी समस्या है। वहाँ से भागकर बहुत सारे हिंदू इस देश में आ रहे हैं।'' अध्यक्ष ने कहा, ''यह आज की भयानक राष्ट्रीय आपदा है। हमारे बड़े-बड़े नेता इसपर विचार कर रहे हैं। पर यह मीटिंग तो स्थानीय समस्याओं को जानने के लिए बुलाई गई है। आपको क्या तकलीफ है? मुहल्ले की स्थिति कैसे सुधारी जाए? आदि पर आप अपने विचार व्यक्त करें।''

''भले ही यह राष्ट्रीय समस्या हो, पर हमारा मानस आज इससे एकदम विचलित है।'' यह आवाज मास्टर मनोहर लाल की थी। मनोहर लालजी हमारे मुहल्ले के सबसे पढ़े-लिखे आदमी हैं।

''आज नहीं तो कल, यह भी मुहल्ले की समस्या हो सकती है।'' दानिस बोला, ''अगर इन खबरों को पढ़कर यहाँ के लोगों में बदले की भावना जागी तब क्या होगा? हमारे ऐसे लोगों का रहना मुश्किल हो जाएगा।''

‘‘पर यह समस्या आज की तो नहीं है।’’ अध्यक्ष ने कहा, ‘‘जब ऐसी स्थिति आएगी तब उसपर विचार किया जाएगा।’’

स्पष्ट लगा कि अध्यक्षजी या तो थक गए हैं या ऊब गए हैं। अब वे सीधे हर व्यक्ति से उसकी समस्या सुनना चाहते थे। अब उनकी अँगुली एक-एक व्यक्ति की ओर घूमने लगी।

किसी ने कहा, ‘‘हमारा हाई स्कूल पास लड़का बेकार बैठा है। उसे कहीं नौकरी दिलवा दें।’’

किसी ने कहा, ‘‘हमारी बीवी महीनों से बीमार है। सरकारी अस्पताल में दवा ही नहीं है। वहाँ के डॉक्टर बाहर से दवा खरीदने को कहते हैं। हम गरीबों के पास इतना पैसा कहाँ है कि दवा खरीदकर इलाज करवा सकें।’’

किसी ने महँगाई की चर्चा की तो किसी ने प्राइमरी स्कूल में पढ़ाई की।

पर अब सुमेर चाचा की ओर अँगुली उठाकर उन्होंने कहा, ‘‘आप बहुत देर से चुपचाप और गमगीन बैठे हैं। आखिर आपकी समस्या क्या है?’’

‘‘सरकार, मेरी समस्या को तो आप भगवान् भरोसे ही छोड़ दीजिए। मुझे उसी में घुल-घुलकर मरने दीजिए।’’ इतना कहते-कहते उसकी आँखें भर आईं।

तब तक लाला बीच में ही टपक पड़ा—‘‘जाने दीजिए, बेचारे की कोई अत्यंत निजी समस्या होगी, उसे सार्वजनिक करने से क्या फायदा! रहीम कवि ने कहा है न—

रहिमन निज मन की व्यथा, मन ही राख्यो गोय।
सुन इठलैहैं लोग सब, बाँट न लेइहैं को य॥’’

लाला ने सुमेर चाचा की बात पर ऐसा मुलम्मा चढ़ाया कि अध्यक्ष भी बोल पड़े, ‘‘हमें किसी की निजी समस्या से क्या लेना-देना!’’

‘‘क्यों नहीं लेना-देना है!’’ अब दानिस अपने पूरे फार्म में आया; क्योंकि उसे लगा, लाला उस आग को छेड़ना नहीं चाहता, जिसकी लपक सीधे उसकी ओर उठती हो। फिर भी उसने बात अपनी पूरी की, ‘‘उनकी बात सुनें तो सही और देखें कि उसमें हम क्या कर सकते हैं?’’

फिर तो बहुत से लोगों ने दानिस का समर्थन किया। अब सुमेर चाचा बोलने पर विवश हुआ। आँसुओं से भीगा उसका स्वर फूटा—‘‘हुजूर, मेरी एक ही संतान थी—मेरी प्यारी चंपो! गुलामी के दिनों में वह मेरी नाजानकारी में मुझसे छीन ली गई। मुझे आशा थी कि वह आजादी के बाद मुझे मिल जाएगी।’’

‘‘उसका कोई अता-पता है?’’ अध्यक्ष ने पूछा।

‘‘नहीं।’’

‘‘तब तो तुम यह भी नहीं जानते होगे कि वह जिंदा है या नहीं।’’

"नहीं हुजूर, वह जिंदा है।"

"अरे, यह केस बहुत पुराना है। इसे छोड़िए।" लाला ने फिर बात दबाने की कोशिश की। उसने अध्यक्ष से कहा, "मैं आपको बाद में बताऊँगा।"

"इसका मतलब है कि लाला उसके बारे में जानते हैं।" दानिस ने अपना तर्क रखा—"जो जानते हों, सबके सामने बताएँ।"

अब लाला के चेहरे का रंग उड़ने लगा। वह कुछ बोले, इसके पहले ही हमीद उठ खड़ा हुआ और बिना संदर्भ के आग उगलने लगा—"अब वे दिन चले गए, जब बड़े मियाँ फाखता उड़ाया करते थे। अब तो यह आजाद भारत है। उन सबको नंगा कर दिया जाएगा, जो गुलाम भारत में अंग्रेजों के यहाँ डालियाँ पहुँचाते थे और अंग्रेजपरस्त समाज में एक-से-एक गलत काम करते थे और आज देशभक्ति का मुखौटा लगाकर समाज-सेवक बन रहे हैं। याद रखिए, जनता सब जानती है और एक-एक को पहचानती है।"

हमीद का यह 'सभा-उखाड़' भाषण बहुतों को बहुत अच्छा लग रहा था, पर बहुतों को अनावश्यक और बहुतों को अप्रिय। कुछ उसे बोलने के लिए उत्साहित कर रहे थे, कुछ हतोत्साहित और कुछ तो उसे बैठाने के लिए उसके पास तक चले आए थे।

सुना है, अध्यक्ष महोदय ने धीरे से यह भी कहा, "मुझे बुलाकर यहाँ मेरा डायरेक्ट इंसल्ट किया गया।"

लाला भी बोला, "बिना एजेंडे के की गई सभा का यही हश्र होता है।

इसके बाद लोग उठ खड़े हुए और बिना किसी घोषणा के सभा विसर्जित हो गई।

□

कल स्व. रमाशंकर वकील का बेटा मूलचंद दिल्ली से आया है। वह वहाँ एक मुसलमान की साबुन फैक्टरी में जनरल मैनेजर था। उसी फैक्टरी के ऊपरी खंड में उसका मालिक भी रहता था। एक रात साबुन फैक्टरी जल उठी।

मूलचंद का तो कहना था, "यह आग खुद-ब-खुद नहीं लगी थी, वरन् काफी पेट्रोल छिड़ककर लगाई गई थी। सवेरे तक फैक्टरी धू-धू कर जलती रही, पर किसी की भी बालटी उसे बुझाने के लिए नहीं उठी। सब दूर से तमाशा देखते रहे।"

"और उसका मालिक?" मैंने पूछा।

"वहाँ के लोगों का कहना है, वह सपरिवार पाकिस्तान भाग गया।" किंतु मूलचंद का कहना था कि "उन्हें भागने का मौका ही कहाँ मिला होगा! वे तो उसी में जल मरे होंगे।"

इस घटना के बाद पुलिस की इन्क्वायरी शुरू हुई। उसी से घबराकर घर में ताला

लगा मूलचंद सीधे बनारस भागा। किसी तरह भूखा-प्यासा तीन दिनों में सही-सलामत आ गया।

इस संदर्भ में इतना जानना जरूरी है कि वह हमारे मुहल्ले का पुराना बाशिंदा नहीं है। कोयला बाजार में उसका पुश्तैनी घर अब भी है। सन् १९३६ के सांप्रदायिक दंगे में ये लोग किसी तरह जान बचाकर आए थे, क्योंकि कोयला बाजार मुसलिम बहुल क्षेत्र में पड़ता था।

उस समय की कहानी सुनाते हुए उसकी आँखें भर आती हैं। वह आपबीती कभी-कभी अब भी सुनाता है।

वह बताता है कि "मेरी गली में ही रहनेवाला एक होरीलाल था। उसे दिन-दहाड़े, सरेआम उन मुसलमान छोकरों ने घेरकर मार डाला, जो कल तक उसके साथ सुदामा चायवाले की दुकान पर घंटों अड़ी लगाया करते थे।"

वह और भावुक हो जाता है—"क्या हो जाता है उस समय आदमी को, जब उसपर मजहबी जुनून सवार हो जाता है। उसकी आँखों में खून उतर आता है और दिल में शैतान। तब उसे हिंदू दिखाई देता है, सिख दिखाई देता है, मुसलमान दिखाई देता है; पर आदमी दिखाई नहीं देता!"

ऐसे ही पागलपन के माहौल में वह उस मुहल्ले से भागा था। वह भी एक संयोग या परमात्मा की कृपा थी कि एक समाज-सेवी और अपने समय के हिंदू सभाई नेता झिंगन साहू की बस बंदूकधारी पुलिस की सुरक्षा में मेरी गली में आई। मेरा पूरा परिवार घर में ताला लगाकर भागा। ...और तब हमें दारानगर के अन्नपूर्णागंज प्राइमरी स्कूल में लगे कैंप में शरण मिली थी।

ऐसा भुक्तभोगी था मूलचंद। शायद इसीलिए दिल्ली में अपने मालिक की फैक्टरी में आग लगी देखकर उसे पुराना दृश्य याद हो आया होगा और अपना होश-हवास गुम कर भागा होगा।

उसके जीवन में दूसरा हादसा तब हुआ जब उसने मेरे मुहल्ले में हबीब डफाली का जला हुआ मकान खरीदा। यों उस मकान को कोई खरीदनेवाला नहीं था। लोगों को मालूम था कि इसमें कभी डफाली का पूरा परिवार जल मरा था। वह भुतहा होने के लिए चर्चित था। पर दलालों ने इस तथ्य को मूलचंद से छिपाए रखा और आनन-फानन में उस मकान को औने-पौने दाम पर मूलचंद को दिलवा दिया या उसके मत्थे मढ़ दिया। अपनी आवश्यकतानुसार ठीक कराकर मूलचंद का छोटा परिवार उसी में रहने लगा।

कितना अजीब है, मूलचंद का मालिक अपने ही मकान में कभी जलकर कबाब हो गया था, जैसे कभी हबीब डफाली इस मकान में जलाकर मारा गया था—एक दिल्ली में, एक बनारस में। समय का अंतराल भी लगभग दस-बारह वर्षों का, पर घटना में कोई

फर्क नहीं। यह महज संयोग है या नियति का क्रूर मजाक कि बनारस में भी यदि कहीं मूलचंद को शरण मिली तो उसी मकान में।

इसका उसके मन पर बड़ा बुरा प्रभाव पड़ा। वह रात को भयानक सपने देखता और बड़बड़ाता रहता।

गरमियों की अँधेरी रात थी। लोग अपनी छतों पर सोए थे कि अचानक 'भूत-भूत' का शोर मचा। यह शोर इतना भयानक और संक्रामक था कि जो सुनता, वही 'भूत-भूत' चिल्ला पड़ता; पर कहाँ है भूत, किसी को पता नहीं।

इसी समय आँधी आई, यद्यपि वह बहुत तेज नहीं थी, पर बड़की बखरी के सामनेवाले पीपल और टिन के सायबानों की खड़खड़ाहटों ने उसकी भयंकरता को तिल का ताड़ बना दिया था। एक ओर भूत का शोर और दूसरी ओर इस आँधी की गड़गड़ाहट ने लोगों को इतना डरा दिया कि लोग छतों से बिस्तर छोड़-छोड़कर भागे। कइयों की तो बिछी चादर तक उड़ गई।

इन सबके मूल में सिर्फ मूलचंद था। उसे कभी-कभी पागलपन का दौरा पड़ता था। इस समय भी वह उसी दौरे की चपेट में था और 'भूत-भूत' चिल्लाने लगा था।

वस्तुत:, उसके दिमाग में दिल्ली का दंगा और 'लाहौर मेल' वाली घटना घर कर गई थी। एक दिन सुमेर चाचा की दुकान पर भी वह उस घटना की चर्चा करने लगा, "आप लोगों को पता नहीं, पाकिस्तान से एक दिन लाहौर मेल हिंदुओं की लाशों से भरी आई थी।"

"यह कैसे मालूम कि सारी लाशें हिंदुओं की थीं?" मैंने ही उससे पूछा था।

"वे सारे हिंदू पाकिस्तान से भागकर भारत आ रहे थे।" वह बड़ा भावुक हो गया था—"बेचारे जान बचाकर, अपना सबकुछ छोड़कर किसी तरह भाग निकलना चाहते थे कि रास्ते में सबका काम तमाम कर दिया गया।"

"पूरी ट्रेन में एक भी आदमी जिंदा नहीं था। बस थीं लाशें-ही-लाशें। बड़ी बेरहमी से उनकी हत्या की गई। लगभग सबके अंग भंग थे। कुछ की सूरत तो इतनी बिगाड़ दी गई थी कि उन्हें पहचानना मुश्किल था। कुछ तो उनके संदूकों पर लिखे नाम से पहचानी गईं और कुछ उनके कपड़ों से। हे भगवान्! औरतों की नंगी लाशें। उनके साथ कौन से जुल्म नहीं किए गए!"

उसने यह भी बताया, "लोगों का यह भी कहना था कि वहाँ की जनता ने जो कुछ किया, वह तो किया ही, बाकी काम को वहाँ की सेना ने अंजाम दिया। और जानते हैं, गाड़ी पर लिखा क्या था? उसपर लिखा था—'पाकिस्तान की भारत को सौगात'।"

मूलचंद का ही कहना था, "उसे देखकर अमृतसर के हिंदुओं का भी खून खौल गया। उन्होंने भी अमृतसर से लाहौर जानेवाली गाड़ी से भागनेवाले मुसलमानों की ऐसी

ही गति बनाई और उस ट्रेन पर लिख दिया—'पाकिस्तान को भारत की सौगात'।''

''ठीक किया लोगों ने।'' सुमेर चाचा की दुकान पर खड़े एक व्यक्ति ने कहा। यद्यपि जब मूलचंद हालात बयान कर रहा था तब वहाँ भीड़ हो गई थी। उनमें रामकिशुन ऐसे लोग भी थे, जिनका सोचना था—यह ठीक नहीं हुआ। पागलपन का जवाब पागलपन नहीं होता।

यों गंगाराम आजकल रोज शाम को अखबार लेकर सीधे वहीं आता था और ऐसी ही खबरों से अखबार भरा रहता था। मैं ही उसे पढ़ता था; पर मेरे पढ़ने से वे बातें पैदा नहीं होती थीं, जो मूलचंद के कहने में थीं। वे महज अखबारी खबरें थीं। कागज की लेखी थीं, पर मूलचंद 'आँखों की देखी' कहता था।

अखबारों की खबरें तो अनेक बुद्धियों और बंदिशों से छनी हुई होती हैं। पर यह उसका भोगा हुआ यथार्थ था—छना हुआ नहीं, वरन् कुछ नमक-मिर्च लगाया हुआ भी।

जो कुछ उसने देखा-सुना, मूलचंद के मन पर उसका गहरा प्रभाव पड़ा था। जब भी वह अकेला होता, यही सब सोचता था, तब कुछ-न-कुछ बड़बड़ाने भी लगता। मुहल्लेवाले उसे आधा पागल कहते थे, पर वह लोगों से बातें करते समय अत्यंत सामान्य लगता था।

बनारस आने के बाद उसके पास कोई काम-धाम भी नहीं था, परिवार भी छोटा था—बीवी, दो बच्चे और एक छोटे भाईवाला। रिश्तेदारों से भी कोई विशेष वास्ता नहीं। उन्हीं दो-चार दोस्तों से उसकी बातें होती थीं, जो बनारस में एक साबुन की फैक्टरी बैठाना चाहते थे, क्योंकि इस शहर में इस समय केवल एक ही साबुन की फैक्टरी थी—मुलतान सोप फैक्टरी, वह भी 'थर्ड क्लास' और खस्ताहाल। केवल कपड़ा धोने का साबुन बनानेवाली। इसीलिए इस शहर में, जहाँ के लोग अपनी साफ पानीवाली प्रकृति के लिए पूरे देश में पहचान बना चुके हों, एक अच्छी साबुन फैक्टरी की जरूरत थी।

इसी सपने के साथ मूलचंद के दोस्त दिन भर उसे घेरे रहते थे, पर शाम होते ही उनसे छूटकर वह सुमेर चाचा की दुकान पर आ जाता, जहाँ अब पहले से कुछ अधिक लोग जुटने लगे थे। चाचा ने उनके लिए एक चौकी भी दुकान के बाहर लगा दी थी। वहीं शुरू हो जाती थीं देश-विदेश की चर्चाएँ। उनमें मुख्य भूमिका मूलचंद की ही होती थी, जो दंगापुराण का प्रमुख वाचक था।

और जब गंगाराम अखबार लेकर आता तो इस पुराण में कई कथाएँ और जुड़ जातीं।

□

''जब पाकिस्तान से हिंदू निकाले जा रहे हैं तब हिंदुस्तान से मुसलमान क्यों नहीं निकाल दिए जाते? यह देश हिंदुओं का है, यहाँ केवल हिंदुओं को ही रहने का

अधिकार है। मुसलमानों ने हमारी मातृभूमि को काटकर अपना देश बना लिया। उन्हें वहीं चले जाना चाहिए।'' अब तक चुप बैठा पीपा बोल उठा।

''चले जाना चाहिए ही नहीं, बल्कि उनके साथ वही सलूक करना चाहिए, जो हमारे हिंदू भाइयों के साथ पाकिस्तान में हो रहा है।'' यह एक अनजाना व्यक्ति बड़े आवेश में बोला। लगता है, यह इस मुहल्ले का नहीं था। कहीं जाते हुए वह उस गली से गुजर रहा था और मूलचंद को सुनने के लिए कुछ समय के लिए खड़ा हो गया था।

मूलचंद बोलता रहा, ''यही हवा तो पूरे पंजाब में बह रही है। वहाँ के हिंदुओं पर भयंकर प्रतिक्रिया हुई है।''

''पूरे देश में ऐसी ही प्रतिक्रिया होनी चाहिए।'' उस व्यक्ति ने कहा।

''आप भी ऐसा सोचते हैं?'' तब तक रामकिशुन भी आ गया था। वह बड़े चिंतित स्वर में बोला, ''यह सोच आखिर आदमी को कहाँ ले जाएगी?''

''जहाँ उसे जाना चाहिए।'' मूलचंद बोला, ''शठे शाठ्यं समाचरेत्—चाणक्य ने भी कहा है। दुष्ट के साथ दुष्टता से ही पेश आना चाहिए।''

''पर गांधीजी इसके एकदम खिलाफ हैं।'' रामकिशुन बोला, ''लोग यदि पागल हो जाएँ तो क्या हम भी उनके साथ पागल हो जाएँ?''

''गांधीजी खुद पागल हैं।'' पीपा बोला।

इतना सुनना था कि रामकिशुन चाचा एकदम भड़क उठा—''तुम पागल हो! तुम्हारे ऐसे पागल लोग ही देश में आग लगाने पर तुले हैं।''

चाचा नहीं चाहता था कि दुकान पर भीड़ बढ़े। वह किसी प्रकार इस चर्चा पर विराम लगाना चाहता था। उसने पीपा से कहा, ''आज तुम्हें अपने काम पर नहीं जाना है?''

''अगर नहीं ही जाऊँगा तो क्या हो जाएगा? अब तो देश आजाद हो चुका है। किसी और के गुलाम हम थोड़े ही हैं!''

''वाह रे आजादी की परिभाषा और उसकी समझ!'' रामकिशुन चाचा बोला, ''तभी चर्चिल कहता था कि अभी हिंदुस्तान के लोग आजादी के काबिल नहीं हैं। उनकी रग-रग में गुलामी भरी है। वे क्या जानें आजादी का सही अर्थ!''

जब समझदारों में बहस होती है तब उसका कोई निष्कर्ष निकलता है, पर जब एक नासमझ और समझदार में, या दोनों नासमझों में बहस होती है तो उसका परिणाम होता है झगड़ा। सुमेर चाचा इस बात को जानता था। वह पीपा की समझ को भी पहचानता था। उसने इस बार उसे जरा जोर से डाँटा, ''अब बहुत हो चुका। आप अपनी सीढ़ी व कनस्तर उठाइए और अपने काम पर जाइए। आजादी इसलिए नहीं मिली है कि आप अपने कर्तव्य न पूरा करें और हाथ पर हाथ धरे बैठे रहें।''

स्पष्ट लगा कि सुमेर चाचा को पीपा की बात अच्छी नहीं लगी। उसका चोट

खाया अहं चुपचाप अपना कनस्तर और सीढ़ी उठाकर चलता बना।

आज रविवार था—छुट्टी का दिन। इसी से बहुत से लोग वहाँ आते गए। जमावड़ा भी काफी देर तक था।

"आपने पीपा को डाँटकर अच्छा नहीं किया।" सुमेर को समझते हुए गंगाराम ने कहा, "यह सही है कि वह अपने कर्तव्य की उपेक्षा कर रहा था। आज देश के आम आदमी की समझ भी ठीक पीपा जैसी है।"

"मूर्खों की समझ एक जैसी ही होती है।" रामकिशुन ने कहा।

आजकल गंगाराम के जिम्मे संपादक के नाम पत्र कंपोज करना था। संपादकीय विभाग से छँटकर आए अधिकतर पत्र ऐसे ही विचार के होते थे। जब से लाशों से पटी गाड़ी लाहौर से आई थी तब से ऐसे पत्रों की भरमार हो गई थी।

"रामकिशुनजी कहते हैं कि ऐसा सोचनेवाले मूर्ख हैं। क्या हमारे संपादकजी भी मूर्ख हैं?" आज जैसे गंगाराम की सरस्वती जाग उठी थी। वह बोलता ही चला गया। पराड़करजी के बारे में बताते हुए उसने कहा, "ऐसा चुप्पा और विद्वान् आदमी तो हमने नहीं देखा। हमारा कंपोजिंग सेट उनकी केबिन के बगल में पड़ता है। वह पेंसिल से ही अपना संपादकीय लिखते हैं। उनकी टेबल पर दो-चार पेंसिलें होती हैं। उन्हें नुकीली करने का काम भी मेरे जिम्मे है।

"वे अपने समय से आते हैं। बिना किसी से कुछ बोले अपने केबिन में चले जाते हैं। उनका एक मुख्य संपादकीय और एक या दो नोट चार या पाँच स्लिप में समाप्त हो जाता है।"

आज गंगाराम पता नहीं क्यों अपने संपादक के बारे में भाषण दिए जा रहा था। लोगों ने उसे रोका भी। इसपर वह बोला, "पहले आप उनकी प्रकृति जान लीजिए, तब आज की स्थिति की गंभीरता आपकी समझ में आएगी। हाँ, तो वे स्लिप पर स्लिप लिखते जाते थे, पर कभी काटते नहीं थे।

"आज उनकी स्लिप में बड़ी कट-पिट थी। मैं सोच में था कि क्या बात है? अचानक उन्होंने चपरासी से मुझे बुलाया। जरूर मुझसे कोई बड़ी भूल हो गई है। मेरे पैरों के नीचे की धरती ही सरक गई।" गंगाराम बोलता चला जा रहा था, "किसी तरह डरता-काँपता मैं तुरंत हाजिर हुआ। मुझे देखते ही वे गंभीर मुद्रा में बोले, "भाई, जरा मेरी पेंसिल की नोक फिर ठीक कर दो।"

"अब मेरी जान में जान आई। मैंने वहीं रखे चाकू से तुरंत नोक ठीक की।" गंगाराम ने बताया कि "इसी बीच मेरे मुख से निकला—आज पहली बार दोबारा नोक ठीक कर रहा हूँ।"

" 'क्या करोगे' गंगाराम?' पराड़करजी बोले, 'आदमी को जब अपनी आत्मा के

विरुद्ध लिखना पड़ता है, तब यही स्थिति होती है। कुछ सोच नहीं पा रहा हूँ कि आज मैं 'आज' के संपादकीय की कौन सी दिशा लूँ? देश कहाँ जा रहा है? अब गांधीजी ने घोषणा की है कि यदि भारत में दंगा बंद नहीं हुआ तो मैं आमरण अनशन करूँगा। एक ओर तो हमारा ५५ करोड़ रुपया उन्होंने पाकिस्तान को दिला दिया—यह महज उनकी जिद थी और वहाँ से हमारा एक पैसे भी पावना नहीं मिला। उलटे हमें लाशों की सौगात मिली। अब यह दूसरी विपत्ति उन्होंने खड़ी कर दी।' "

गंगाराम ने बताया कि "पराड़करजी गांधीजी के इस कदम से बेहद दुःखी थे।"

"लगता है, पराड़करजी भी हिंदू महासभाई हो गए हैं।" इतना कहकर रामकिशुन चाचा चले गए।

इसके बाद तो जैसे वह मीटिंग ही बरखास्त हो गई। सूरज अब आसमान पर काफी चढ़ आया था।

□

आज सिताऊ के यहाँ बरही थी। आप सिताऊ को तो जानते ही होंगे। वह खस्ता-कचौड़ी का खोमचा लगाता है। सवेरे ठीक आठ बजे उसकी आवाज मेरी गली में सुनाई पड़ती है—'पैसा में चार कचौड़ी औ चटनी ले ल मुनाफे में।'

वह कब से खोमचा लगाता है, यह तो नहीं मालूम, पर जब से मैं इस मुहल्ले में आया तब से उसे जानता हूँ और रोज अधेले की (उन दिनों पैसे का आधा 'अधेला' भी चलता था) दो कचौड़ी लेता था। तब से वह मुझे जानता था, '४२ के राष्ट्रीय आंदोलन में वह जेल भी गया था। वहाँ वह कुछ नेताओं के संपर्क में आया। उसकी सोच में भी विकास हुआ। जेल में जब उसने अपने साथ आए लोगों को पढ़ते-लिखते देखा, तब उसने भी अक्षर-ज्ञान प्राप्त किया और अखबार पढ़ने लगा।

उसकी मुझ पर विशेष कृपा थी, क्योंकि वह यह जानता था कि इसी ने ४२ के आंदोलन में कचहरी के ऊपर नलुए के सहारे चढ़कर, जान जोखिम में डालकर तिरंगा फहराया था। वह कभी-कभी मुझसे कचौड़ी के दाम भी नहीं लेता था और रास्ते में जब मिलता था तो छेड़कर बात करता था। अब उसे इस उम्र में लड़का हुआ था, इसलिए उसने बरही दिल खोलकर की थी। मुहल्ले के हर आदमी को बुलाया था और औकात से अधिक खर्च किया था। कुछ लोगों ने मजाक भी किया—"अरे भइया, बुढ़ौती क एकलौता लड़का है। अब न दिल खुली त कब खुली!"

महँगू चाचा ने एक लगती बात कही, "इन्हें अड़ोसी-पड़ोसी के धन्यवाद देवै के चाही कि उनकी मेहरबानी से इन्हें ई दिन देखै के मौका मिला।" सब हँस पड़े।

उनके साथ सिताऊ भी हँस पड़ा। उसके मुँह से बस इतना निकला—"जाकी रही भावना जैसी..."

रामकिशुन चाचा ने एक मौलिक प्रश्न उठाया। कहा, ''कहो सिताऊ, अभी तो बच्चे को हुए महज दस ही दिन हुए और तुमने बरही कर ली?''

''क्या करता, रोज ही तो महात्माजी द्वारा दंगा कराने के लिए अनशन करने की धमकी आ रही है। न जाने कब से उनका अनशन शुरू हो जाए! ऐसे में दावत देना क्या ठीक होता? एक ओर बूढ़ा महात्मा अन्न त्यागकर बैठता और दूसरी ओर हम लोग दावतें उड़ाते, क्या यह अच्छा लगता?''

''अरे, जब बच्चे का दसवाँ होना चाहिए, तब ये बरही कर रहे हैं। मुबारक हो बरही।'' पता नहीं किधर से आकर लाला एकदम सिताऊ के गले लग गया।

''देख, सारे क। ई दुमँहा साँप हौ, साँप! कटले से बाज न आई। ई सरवा आशीर्वाद दे थौ या अशुभ मनाव थौ।'' यह आवाज किधर से आई, किसी को कुछ पता नहीं; पर सबको काठ मार गया। कोई जान नहीं पाया कि किसने कहा। लाला भी गंभीर हो गया। उसे क्या मालूम था कि उसके पहुँचने के पहले ही उसकी इमेज यहाँ पहुँच चुकी है। पर लाला इतनी मोटी चमड़ी का है कि उसपर कोई प्रभाव नहीं पड़ा। देखने में तो ऐसा ही लगता था, पर वास्तविकता इससे भिन्न थी। कहते हैं कि साँप की आँख में मारनेवाले की तसवीर बन जाती है और बिना उस व्यक्ति को काटे उसे चैन नहीं पड़ता। वैसे ही लाला भले ही ऊपर से हँसकर टाल दे, पर उसके दिल में विरोधियों की तसवीर तुरंत खिंच जाती थी और कब, किसे काटकर वह बदला निकाल ले, कहा नहीं जा सकता था; फिर भी, उसे चिढ़ाने और बोली बोलनेवालों की कमी नहीं थी। आजादी के बाद तो उनकी संख्या बढ़ती ही जा रही थी।

''लालाजी, अब आप अपने स्वयंसेवकों को लेकर पंजाब चले जाइए। वहाँ आपकी सेवा-भावना को अच्छी पब्लिसिटी भी मिलेगी और आपके व्यापार के लिए एक-से-एक नफीस माल भी।'' यह एक ऐसा व्यक्ति बोला, जिसे मैं जानता नहीं हूँ। लगता है कि यह किसी दूसरे मुहल्ले का व्यक्ति था, पर था कोई कांग्रेसी, क्योंकि गांधी टोपी लगाए और खद्दर पहने था।

''मैं सेवा पब्लिसिटी के लिए नहीं करता।'' लाला ने बड़ी गंभीरता से कहा, ''जन-सेवा ही मेरा व्यापार है।''

शायद लाला ने उस व्यक्ति के कथन को ठीक समझा ही नहीं या समझकर भी टाल गया। उसने अपने कथन का विस्तार किया—''अरे, अमृतसर में पाकिस्तान से भागकर जो हिंदू परिवार आ रहे हैं और यहाँ से जो मुसलमान परिवार जा रहे हैं, उनमें बहुत सी सुंदर और नौजवान लड़कियाँ हैं—एकदम 'टोरम माल'।'' बनारसी भाषा का यह टकसाली शब्द सुनते ही बहुत से लोग हँस पड़े। लाला उनके साथ हँसा जरूर, पर शीघ्र गंभीर हो गया।

कहनेवाला कहता गया, ‘‘जहाँ उनमें से सात-आठ को भी फँसाकर लाने में सफलता मिली तो आपका अनाथ आश्रम जगमगाने लगेगा। दूर-दूर तक उसकी रोशनी भी पहुँचेगी और सुगंध भी।’’

लाला गंभीर ही रहा और बात टालने के लिए बोल पड़ा, ‘‘चंदर का क्या हाल है?’’

‘‘चंदर हमारी फैक्टरी में है और मजे में है।’’ उसने कहा।

लाला चुप ही रह गया। गमगीन लगा। उसे लगा जैसे चारों ओर से उसके पाप उसे घूर रहे हैं।

इसके बाद वह उठा और अपने नौकर से नवजात शिशु के लिए लाया गया तोहफा लेकर सिताऊ को थमाया और चलने को हुआ।

स्पष्ट लगा कि लाला यहाँ ‘गुड फील’ नहीं कर रहा है। फिर भी बेहयाई की हँसी हँस रहा था। रामकिशुन चाचा ने उसे रोकना चाहा, पर अब वह वहाँ से चल देने के लिए आमादा था। तब सिताऊ ने आकर उसके चरण पकड़ लिये, ‘‘इस शुभ अवसर पर बिना कुछ ग्रहण किए आपको जाने नहीं दूँगा।’’ फिर उसने मिठाई की तश्तरी मँगाई और बोला, ‘‘लोग चाहे जो कहें, पर मैंने निश्चय किया था कि गुलाम भारत में मैं कोई संतान पैदा नहीं करूँगा। हम गुलामों के बीच एक और गुलाम को जन्म देने से क्या फायदा!’’ इसके बाद सिताऊ ने अपना सीना फुलाते हुए सब की ओर मुखातिब हो बोला, ‘‘आज हमारा संकल्प पूरा हुआ है। आज सीताराम आजाद के आजाद बेटे की बरही में आप सब पधारे हैं। आप सबने बच्चे को तो आशीर्वाद दिया है, हमारा परिवार आपकी उपस्थिति से गौरवान्वित हुआ है। हम हृदय से आप सबके आभारी हैं।’’ इतना कहकर सिताऊ चाचा ने परम गद्‌गद हो जब सबको प्रणाम किया तो तालियाँ बज उठीं।

इसके बाद उसने कहा, ‘‘आप सभी भोजन स्वीकार करके ही जाने की कृपा कीजिएगा। भोजन तैयार है। पत्तलें लाई जा रही हैं।’’

तब तक मिठाई की तश्तरी आ गई। सिताऊ चाचा ने एक गुलाबजामुन उठाकर एकदम लाला के मुँह में ठूस दिया। वह मुसकराता हुआ बड़े भाव से खा भी गया। फिर वैसे ही बेहयाई से बोला, ‘‘क्या एक ही मिठाई मुझे खिलाओगे?’’

‘‘अरे नहीं हुजूर, पूरी तश्तरी आपके सामने हाजिर है।’’

‘‘पर मैं ऐसे नहीं खाऊँगा, जब तक तुम अपने हाथ से नहीं खिलाओगे।’’

फिर सिताऊ चाचा ने एक-एक मिठाई अपने हाथ से खिलाई और वह खाता गया।

नाटकीयता की आड़ में पले पाप का शायद ही कभी ऐसा हार्दिक अभिनंदन देखा गया हो।

□

आज मेरे लिए यह विचित्र बात थी कि लाला को दो बार मैंने प्रणाम किया और एक भी बार उसने उत्तर नहीं दिया। यहाँ तक कि जब वह चल पड़ा तब उसको कुछ दूर तक छोड़नेवालों में मैं भी था, उसने मेरी ओर ध्यान तक नहीं दिया। बहुधा वह बड़े प्रेम से मिलता था, मेरी पढ़ाई-लिखाई के बारे में पूछता था, माँ का हाल-चाल भी लेता था। इसी प्रसंग में वह कोठी की भी चर्चा करता था; पर आज उसने मुझे बिलकुल उपेक्षित छोड़ दिया। यहाँ तक कि सुमेर चाचा के विषय में भी उसने कुछ नहीं पूछा।

ऐसा तो नहीं, यहाँ के लोगों ने उसपर इतनी छींटाकशी की थी कि वह भीतर-ही-भीतर कहीं खौलने लगा हो, उसकी भाप उठकर उसकी आँखों पर छा गई हो और वह क्रोध में कुछ देख न पाया हो; पर सिताऊ के हाथों से मिठाइयाँ तो बड़े सामान्य भाव से खा रहा था।

पंगत-पर-पंगत बैठती चली गई। लोग खाते गए, जाते गए; पर मेरा मन इसी तरह की ऊटपटाँग बातें सोचता रहा। मैंने देखा, कुछ दूरी पर मूलचंद भी गुमसुम बैठा है। जब मुझसे खाने के लिए चलने को कहा गया तब मैंने उसे भी साथ ले लिया। उसने अपनी घड़ी देखी और बड़े टूटे स्वर में कहा, "अभी तो ग्यारह ही बजे हैं। मेरी विपत्ति की घड़ियाँ अब शुरू हो रही हैं।"

बहुधा इसी समय से मूलचंद के सिर पर हबीब डफाली का भूत चढ़ने लगता है और भोर तक परेशान रहता है।

मेरी बगल की पत्तल पर ही वह बैठा। मैंने पूछा, "अब आप अपने मनोचिकित्सक के यहाँ जाते हैं या नहीं?"

"जाता तो हूँ। हर तीसरे दिन वे बुलाते हैं।" उसने बताया, "यूनिवर्सिटी कैंपस में जाना पड़ता है। उनका कहना है कि हो सके तो पैदल ही आया करो—आराम से अच्छी बातें सोचते और अच्छी चीजें देखते हुए—और हो सके तो संकट मोचन का दर्शन करते हुए। फिर उन्होंने समझाते हुए कहा था, जानते हैं हनुमानजी ने तो पूरी लंका जला दी थी। लंका के कितने राक्षस जल मरे होंगे, जरा सोचिए तो!"

इतना सुनते मेरे मुँह से निकला—"सिगरी लंका जल गई, एक विभीषण गृह नाहीं।"

"हाँ-हाँ, यही पंक्ति तो उन्होंने भी सुनाई थी।" मूलचंद बोला।

"आप लोग बातें ही करते रहेंगे कि कुछ ग्रहण भी करेंगे?" यह सिताऊ के छोटे भाई थे, जो भोजन परोस रहे थे।

अब हम लोगों का ध्यान टूटा। हमने अभी दो-एक कौर ही खाया होगा कि मूलचंद अपनी बात पूरी करते हुए बोला, "डॉक्टर साहब का कहना है कि यदि जले हुए

सब राक्षस भूत बन गए होते तो राम बड़े चक्कर में पड़ते और रावण का काम हलका हो गया होता।''

''आपके डॉक्टर साहब तो बात करने में बड़े माहिर मालूम पड़ते हैं!'' मैंने कहा।

''वे खाली बातें ही तो करते हैं।'' इसी प्रसंग में उसने बताया, ''हमारे जैसे दो-एक मरीज और आते हैं। वे हम लोगों की आपस में भी बात कराते हैं। मनोचिकित्सा की भाषा में इसे वे 'कौंसिलिंग' कहते हैं। उनके ट्रीटमेंट का एक तरीका यह भी है। उनका कहना है कि तुमने अपने जलते हुए मालिक को देखा ही नहीं है, केवल तुम्हारे मन ने देखा है। इसीलिए तुम्हारा मन इतना घायल हुआ।''

''यह कितना विचित्र है कि तुमने न तो अपनी आँखों से अपने मालिक को जलते देखा और न डफाली को। यदि तुमने उन्हें जलते देखा होता तो मन की इतनी गहराई तक सदमा न जाता। ऊपर-ही-ऊपर से यह दुःख गुजर जाता और कुछ समय बाद तुम सब भूल जाते। भूलना भी तुम्हारे मन की नेचुरोपैथी है।''

उनका कहना है—''पर ऐसा न हो सका। दिन में तुम एक-दूसरे से मिलते-जुलते रहते हो। तरह-तरह की बातों में उलझे रहते हो। वे सारी घटनाएँ भूले रहते हो। रात के एकांत में वे घटनाएँ तुम्हारी सोच के ऊपरी तल पर आ जाती हैं और परंपरा से सुनते आए अंधविश्वास से मिलकर प्रेत बन जाती हैं और तुम परेशान हो जाते हो।

''उनके अनुसार तो रोग को समझना ही उसका उपचार है। जितना उसपर 'डिस्कशन' करोगे, मन उतना ही दृढ़ होता जाएगा और तुम इस निष्कर्ष पर आ जाओगे कि भूत-प्रेत कहीं कुछ नहीं होता, यह एक वहम मात्र है।''

इस बीच हम माँगते भी जा रहे थे, खाते भी जा रहे थे और हमारी बातें भी चलती जा रही थीं।

''आपके डॉक्टर साहब कौन हैं?''

''उनका नाम है—लाल शुक्लरामजी।''

''उनकी प्रसिद्धि तो मैंने भी सुनी है।''

''बड़े प्रसिद्ध और ज्ञानी मनोचिकित्सक हैं। उनसे बातें करने में बड़ा सुख मिलता है। जब तक उनके यहाँ रहता हूँ, एकदम सामान्य रहता हूँ। वह दिन भी बहुत ठीक गुजरता है। रात होते-होते परेशान होने की आशंका सिर पर सवार होने लगती है।''

''इसके लिए कोई दवा नहीं दी?''

''उनका कहना है कि यह मन का रोग है। अभी तक इसकी कोई दवा नहीं निकली है। पश्चिम में इसपर कई प्रयोग हो रहे हैं। जल्दी ही कोई दवा आ जाएगी।''

खाना खाने के बाद हम लोग शीघ्र ही ऊपरी तल से नीचे उतरे और सिताऊ को

बच्चे के जन्मदिन की बधाई देकर चल पड़े। थोड़ी दूर तक मेरा और मूलचंद का साथ रहा। इसके बाद उसका और मेरा रास्ता अलग हो गया। वह बाईं ओर गली में मुड़ा, जबकि मैं अपने घर के करीब पहुँच चुका था।

दूसरे दिन भोर में ही उसने मेरे दरवाजे पर दस्तक दी। उस दिन पियारी मेरे ही यहाँ थी। उसी ने दरवाजा खोला और मुझे बुलाया।

''तुमसे मुझे कुछ विशेष बातें करनी हैं।'' मेरे आते ही मूलचंद ने कहा।

पियारी हट गई और हम दोनों दालान में पड़ी चौकी पर बैठकर बातें करने लगे।

उसका कहना था कि ''आप उजड़ी खपरैल के टूटे और जर्जर मकान में रहते हैं। यह दीमक लगे पुराने लकड़ी के पेड़ जैसा आँधी के एक झोंके में गिर सकता है। आप लोग मेरे घर में क्यों नहीं आ जाते?''

मैं चुप ही रहा।

''मैं समझ रहा हूँ।'' वह मेरी चुप्पी पर बोला, ''शायद उस भुतहे मकान में आने से डर रहे हो!''

''नहीं, ऐसी बात नहीं है।'' मैं हँस पड़ा, ''मैं कई बातें सोच रहा हूँ। मुझे इस संबंध में माँ से बात करनी पड़ेगी। मकान पुराना जरूर है, पर उसमें काफी जगह है। कभी-कभी पियारी भी उसमें रह जाती है। फिर उसका किराया भी बहुत कम है। रह गई भूत की बात, तो उससे हम लोग डरनेवाले नहीं हैं। यहाँ आने के पहले अनेक लोगों ने माँ को यह कहकर डरवाया था कि अरे, आप लोग इस घर में क्यों आ रहे हैं? यह तो बड़ा भुतहा मकान है। इसकी खपरैल पर चलते हुए तो चाँदनी रात में भी चुड़ैल दिखाई देती है।

''तब माँ ने कहा था—हम तो पूजा-पाठ करनेवाले ब्राह्मण हैं। भूत खुद हम से डरता है। हमारा लड़का भी रोज मृत्युंजय महादेव के हनुमानजी के सामने हनुमान चालीसा का पाठ करता है—भूत-पिशाच निकट नहीं आवै, महावीर जब नाम सुनावै।''

इतना सुनने के बाद मूलचंद कुछ समय के लिए चुप हो गया। शायद सोचता रहा, फिर बोला, ''तब तो और अच्छा है। मेरे नीचे का पूरा खंड-का-खंड खाली है। आप चाहें तो पूरे खंड का उपयोग कर सकते हैं, हमें कोई एतराज नहीं है। रह गई किराए की बात! किराया तो कभी मैंने आपसे चाहा भी नहीं, आप चाहे तो एक पैसा भी न दें।'' मुफ्त में रहें। हमें तो एक भले परिवार के साथ की जरूरत है।''

''अच्छा, माँ से बात करूँगा।'' इतना कहकर मैंने उससे पिंड छुड़ाना चाहा, पर उसके सिर पर तो डफाली का भूत सवार था। उसने चलते-चलते एक नई बात छेड़ दी—''कभी आपने बातों के सिलसिले में कहा था कि पंचगंगा घाट पर कोई कनवा बाबा रहते हैं। वे कालीजी के बड़े उपासक और सिद्ध हैं। वहाँ चलने से मेरी समस्या

हल हो सकती है।''

''वहाँ के लिए मुझे सोचना पड़ेगा।'' मैंने कहा।

''क्यों?''

''वहाँ चलने का सबसे उपयुक्त दिन शनिवार होता है; पर उस दिन मुझे छुट्टी नहीं रहती।''

''क्यों? कहीं आप नौकरी करते हैं?''

''नहीं, डी.ए.वी. स्कूल में पढ़ता हूँ।''

वह बहुत चकित हुआ—''पढ़ते हैं या पढ़ाते हैं?''

''नहीं, अभी मैं पढ़ता ही हूँ। आपको मेरी उम्र देखकर आश्चर्य हो रहा है। मेरी शिक्षा बड़ी देर से आरंभ हुई।'' इतना कहते-कहते मैं चौकी पर से उठ खड़ा हुआ, क्योंकि मुझे विलंब हो रहा था। मैंने उसे नमस्कार करते हुए कहा, ''आपको भी तो यूनिवर्सिटी, डॉक्टर साहब के यहाँ जाना होगा! आगे की बातें फिर होंगी।''

□

उसी दिन शाम को मैं सुमेर चाचा की दुकान पर गया। चाचा दुकान में नहीं था। महँगू दुकान पर अगोर रहा था। दो-एक ग्राहक उसकी प्रतीक्षा कर रहे थे। यह समय तो बिक्री-बट्टे का है। चाचा दुकान छोड़कर गया कहाँ?

''अभी-अभी तो भीतर गए हैं। आते ही होंगे।'' महँगू बोला।

मैं भीतर ही चला आया। वह चाची से बड़े सामान्य भाव से बातें कर रहा था। मुझे देखते ही चाची बोली, ''अभी तो तुम्हारे ही बारे में चर्चा हो रही थी।''

तब तक चाचा ने उसका हाथ दबाया और स्वयं बोल पड़ा, ''यही कि इधर जग्गू दिखाई नहीं पड़ा।''

मुझे स्पष्ट लगा कि जरूर चाचा ने बात बदली है। कोई बात अवश्य है, जो वह मुझसे छिपाना चाहता है।

''अभी तो मैं परसों सवेरे ही आया था!'' मैंने कहा, ''और कल शाम सिताऊ के यहाँ भेंट हुई थी।''

''अच्छा, चलो दुकान में चलें।'' फिर उसने बातों का सिलसिला बड़ी बेरहमी से तोड़ा और दुकान की ओर लपका।

बहुत दिनों के बाद चाचा इतना सामान्य लग रहा था। न हमेशा की तरह आँखें नम और न चेहरे पर तनाव।

दुकान पर प्रतीक्षारत ग्राहक निपटाए। फिर मेरी ओर मुखातिब हो बोला, ''उस दिन मैं सिताऊ के यहाँ कोने में दुबका बैठा रहा, क्योंकि अब मैं लाला की नजर से दूर ही रहना चाहता हूँ। अब तो उसकी नजर से भी डर लगता है। वहाँ उसकी इतनी खिंचाई

हो रही थी कि यदि वह मुझे देखता तो यही सोचता कि यह सब मैं ही करवा रहा हूँ।'' फिर कुछ रुककर मुझसे पूछा, ''वह तुमसे मेरे बारे में कुछ पूछ रहा था?''

''नहीं, बिलकुल नहीं। उस दिन तो वह मुझसे एक शब्द नहीं बोला। मैं तो सिताऊ के साथ पहुँचाने भी गया था, पर उसने बात तक नहीं की थी; जबकि मुझे जहाँ देखता था, खोदकर बातें करता था। और लोगों से भी बोल नहीं रहा था। यदि कोई कुछ कहता या पूछता तो उसका जवाब वह बड़े सामान्य भाव से मुसकराते हुए देता। उसकी यह सहजता तो साफ ऊपर से ओढ़ी हुई लग रही थी। भीतर से तो वह सुलग रहा था।''

फिर मैंने मूलचंद की बात चलाई और उस दिन का सारा किस्सा उसे सुना दिया। अंत में मैंने बताया कि ''वह पंचगंगा के कनवा बाबा से मिलना चाहता है।''

''हाँ, वह बाबा तो सिद्ध जरूर हैं। जब कभी उनके यहाँ चलना, मुझे ले लेना।'' चाचा बोला।

''मैं तो चाहता था कि आप ही मूलचंद को ले जाते तो अच्छा होता। बेचारा बड़ा परेशान है।''

''मेरे जाने से कुछ नहीं होगा।'' चाचा बोला, ''या तो तुम्हारी माँ चले, नहीं तो तुम चलो।''

''मेरे चलने का मतलब है, स्कूल से एक दिन की छुट्टी लेना। उनके यहाँ शनिवार को सवेरे-सवेरे ही चलना ठीक होगा। कब लौटना होगा, यह कहना मुश्किल है। शुक्रवार को रात भर तो वह कालीजी की विशेष आराधना करते हैं, बलि देते हैं।''

बात तय हो गई। मुझे भी लगा, चाचा के साथ चलना ठीक होगा। माँ तो जाने से रहीं। मूलचंद को सूचना दी गई कि शनिवार को सवेरे-सवेरे लाल अहुल के फूल की माला तथा एक या पाँच नारियल लेकर कनवा बाबा के यहाँ चलना है। और हो सके तो एक लाल गमछा भी बाबा के लिए ले लें, क्योंकि मैंने ऐसा करते हुए अन्यों को भी देखा था।

सारी व्यवस्था मूलचंद ने रात को ही कर ली और शनिवार को सवेरे-सवेरे सारा सामान लेकर मेरे यहाँ चला आया। तब माँ को मालूम हुआ। उसे बहुत अच्छा नहीं लगा कि मैं पढ़ाई का हर्जा करके इस तरह की समाज-सेवा करूँ। फिर उसने कहा, ''जानते हो, इस समय वहाँ कितनी भीड़ होगी? तुम दो बजे के पहले शायद ही खाली हो। अब आज की दोनों वक्त की पढ़ाई तुम्हारी गई।''

इसी प्रसंग में उसने पूछा, ''और कोई तुम्हारे साथ जा रहा है?''

''हाँ, सुमेर चाचा भी जा रहे हैं।''

''जब पहले से ही निश्चय हो चुका है, तब जाओ।'' उसने मन मारकर अनुमति दी।

सचमुच आज काफी भीड़ थी। माँ का अनुमान सही था। हम लोग उस कक्ष में न जा सके। बाबाजी के एक शिष्य ने हमें बगलवाले कमरे में बैठाया और अपनी बारी की प्रतीक्षा करने को कहा।

''हम लोग चाहते हैं कि पहले बाबाजी के चरण छू लेते।'' सुमेर चाचा बोला।

''अच्छा, मैं उन्हें आपके आने की सूचना देता हूँ।'' शिष्य चला गया। थोड़ी देर बाद उसने सूचना दी कि महाराजजी को आप लोगों के आने की खबर मिल गई है। उन्होंने माँ को भी सूचना दे दी है।

''अगर आप अन्यथा न लें तो हम लोग तब तक घाट किनारे होते आएँ।'' मेरे मुँह से निकला।

''घर से यदि आप लोग माँ के दरबार में आने का संकल्प लेकर आए हैं, तब आप लोगों को यहाँ तब तक बैठकर माँ की मौन आराधना और ध्यान करना चाहिए, जब तक उनके दर्शन न हों।''

वह चला गया। पर मेरा मन बहुत देर तक मुझे सताता रहा। जब-जब मैं माँ काली का ध्यान करूँ तब-तब मुझे ऐसा लगता था कि माँ काली मुझसे कह रही हैं—तुम तो गंगा किनारे जा रहे थे न, तो जाओ। यहाँ क्यों बैठे हो? माँ की इस फटकार से मैं बहुत भयभीत हो गया।

मेरे मन की सारी चंचलता मुझे डराने के लिए अचंचल हो गई थी। जब-जब मैं ध्यान करता, माँ इसी मुद्रा में मुझे दिखाई देतीं।

सोचता हूँ, किसी बहाने ही सही, माँ मुझे दर्शन तो दे रही है, भले ही वह डाँटे-फटकारे या कुछ भी करे। मेरी माँ भी चाहे मुझे कितना ही डाँटती-फटकारती या बुरा-भला कहती थी, पर उसका मेरे प्रति प्रेम किसी प्रकार भी कम नहीं होता। वह जो कुछ करती या कहती थी, मेरे भले के लिए ही। वैसे ही यह काली माँ भी इसी बहाने दर्शन देकर अपना आशीर्वाद ही दे रही हैं।

घंटों मेरा अंतर्मंथन चलता रहा, मेरा मन मुझे समझाता रहा। चाचा और मूलचंद दोनों की दृष्टि मुझ पर थी। दोनों सोच रहे थे कि महाराज के शिष्य के कथन पश्चात्ताप में मैं डूब गया हूँ।

''क्या बात है जयनाथ, तुम बड़े चुप हो? तबीयत तो ठीक है?'' मूलचंद बोला।

''मैं बिलकुल ठीक हूँ। कभी मन की चंचलता से दुःखी था, अब उसकी अचंचलता से प्रसन्न हूँ।'' निश्चित है कि उसकी समझ में मेरी बात नहीं आई होगी।

वे लोग चुप बैठे रहे और मैं भी।

जब माँ के दरबार से पुकार हुई, हम लोग सहर्ष चले। उस कक्ष में पहुँचते ही मूलचंद बाबा के चरणों की ओर झुका। ''ना-ना,'' बाबा ने मना करते हुए कहा, ''पहले

माँ के समक्ष मत्था टेको।''

हम सब माँ के समक्ष दंडवत् की मुद्रा में लेट गए और बहुत देर तक उनके आशीर्वाद की याचना की। तब तक बाबाजी भी आँखें बंद कर समाधिस्थ बैठे रहे।

जब हम लोगों ने बाबा के चरण छुए, उनकी रक्ताभ आँखें खुलीं। शायद रात्रि जागरण के कारण उनकी आँखें लाल हो गई थीं। आज उनकी मुद्रा असहज थी, एकदम सिद्ध साधकों जैसी।

मूलचंद पहली बार उनसे मिल रहा था, इसलिए उसकी मन: स्थिति पर उनकी मुद्रा का गहरा प्रभाव पड़ा। बाबा ने उसकी ओर इशारा भी किया। मैंने उसका परिचय दिया और समस्या बताई।

''आजकल बड़ी परेशानी में है।'' बाबा की मुख-मुद्रा असामान्य थी, ''तुम्हीं क्या, पूरा देश परेशानी में है।'' फिर उन्होंने कालीजी की ओर देखा और अजीब स्थिति में बोलने लगे, ''माँ की वक्र दृष्टि पड़ रही है। वह रणचंडी हो गई है। उसकी लपलपाती जिह्वा रक्त की प्यासी हो गई है। अभी बड़ा रक्तपात होगा। आम आदमी क्या, बड़े-से-बड़े नेता के जीवन पर खतरा है।'' फिर वह थोड़े समय के लिए शांत हुए।

हम लोग चुपचाप उनके चेहरे का बदलता रंग देखते रहे। फिर वे अचानक बोल पड़े, ''पर तुम तो निर्दोष हो। तुम पर माँ नाराज नहीं, इसलिए घबराने की कोई बात नहीं है।'' इसके बाद उन्होंने लाए हुए नारियल की ओर इशारा कर कहा, ''इसकी बलि तुम खुद माँ के समक्ष दो और उनके चरणों पर पुष्प अर्पित करो।''

जब मूलचंद अपने नारियल फोड़ने चला, तब बाबा फिर बोला, ''क्या रोली नहीं लाए हो?''

अब हम एक-दूसरे का मुँह देखने लगे। भूल तो चाचा की थी, वे उसे स्वीकार करें, इसके पहले ही बाबा बोल पड़े, ''खैर, कोई बात नहीं।'' बाबा स्वयं उठे और एक खप्पर में रखी रोली को अपने हाथ से नारियल पर लगाया।

मूलचंद अब नारियल फोड़ने के लिए आगे बढ़ा। बाबा ने पुन: सावधान किया, ''और आगे बढ़ जाओ। देखो, नारियल के पानी की पहली बूँद माँ के चरणों पर ही गिरे।''

ऐसा ही हुआ। जब पाँचों नारियलों की बलि चढ़ गई तब हम तीनों को आधे-आधे नारियल प्रसाद में दिए गए और अद्धा नारियल उठाया और उसपर माँ के पद पर चढ़ी रोली लगाई। दोनों को हरे पलाश के पत्ते से अलग-अलग लपेटा गया और एक मुझे देते हुए बोले, ''तुम्हारा सौभाग्य है कि तुमने इतनी सात्त्विक माँ पाई है। इसे तुम उसे देना। तुम्हारी माँ सचमुच बड़ी आस्थावान् और भगवान् के प्रति पूर्ण समर्पित है।'' इसके बाद भी वे कुछ बुदबुदाए, जो सुनाई नहीं पड़ा। फिर मुसकराते हुए बोले, ''और दूसरा

प्रसाद मैं चंपो के लिए सुरक्षित रखता हूँ।''

चंपो का नाम सुनते ही चाचा की बाँछें खिल गईं, पर कुछ बोला नहीं।

''आप इसे उसके पास भेजेंगे कैसे?'' मैंने पूछा।

''आशीर्वाद भेजना नहीं पड़ता, वह स्वयं चला जाता है। नारियल तो उसका प्रतीक है।'' वे मुसकराते रहे। बड़ी रहस्यमय थी उनकी मुसकराहट। मैं तो उन्हें देखता ही रह गया।

''तुम इतने विस्मित क्यों हो?'' वे बोले, ''मैं चंपो के नारियल को स्वयं गंगा की धारा को समर्पित करूँगा। माँ तो अपना आशीर्वाद भेज चुकी होगी।''

''इसका तात्पर्य है, वह जहाँ है वहाँ सुखी है?'' मैंने पूछा।

''इसे मुझसे पूछने की क्या बात है? इसे तो तुम्हारा चाचा जानता है।''

चाचा अब भी चुप थे।

''चुप क्यों हो जी?'' बाबा डाँटने की मुद्रा में बोले, ''तुम्हारे पास उसकी चिट्ठी आई है या नहीं?''

''आई है, महाराज।'' चाचा उनके चरणों पर ढुलक गया।

''तब तुमने छिपाया क्यों? अरे, तुम्हें चिट्ठी लाकर माँ के चरणों में अर्पित करनी चाहिए।''

अब सुमेर चाचा को काटो तो खून नहीं।

''क्या करूँ महाराज? चंपो ने खुद ही उसमें लिखा है कि इसकी चर्चा किसी से मत करना।''

''तो तुम्हारे 'उस किसी' में मैं भी आ गया और माँ भी आ गई?''

''क्षमा करें महाराज, गलती हो गई।'' चाचा एक बार फिर उनके चरणों पर गिर पड़ा।

''मुझसे नहीं, तुम माँ से क्षमा माँगो और उन्हीं के चरणों पर गिरो।''

अब चाचा काँपता हुआ उठा और माँ के चरणों पर मस्तक रखकर साष्टांग लेट गया।

अब मैं समझा कि चाचा दो दिनों से इतना सामान्य क्यों है। परसों मैं उसकी दुकान पर आया था, तब वह वहाँ नहीं था। मैं अपनी आदत के अनुसार सीधा घर में चला गया। उसे चाची से बड़ी प्रसन्न मुद्रा में बातें करते देखकर ही समझ गया था कि कोई नई बात हो गई; पर वह नई बात क्या है, आज समझ में आई।

फिर बाबा खुद मूलचंद की ओर मुखातिब हुआ और बोला, ''तुम्हारी समस्या तो तुम्हारे मन की समस्या है। तुम्हें जो कुछ दिखाई देता है, वह न कहीं बाहर है और न कहीं से आता है। वह तुम्हारे भीतर ही बैठा तुम्हारा संशय है। वह तुम्हारी इच्छा-शक्ति

से ही मारा जा सकता है। उसी को प्रबल करो। अब तुम माँ की शरण में आए हो, मन का सारा भय, संशय और आतंक उसी के चरणों में डाल दो। माँ तुम्हारा कल्याण करेगी।'' इतना कहते हुए बाबा उठे और अपना दाहिना अँगूठा माँ के खप्पर में डाल दिया। उसमें पिछली रात बलि दिए गए बकरे का रक्त था, जो इस समय तक लगभग जमने और कुछ काला पड़ने लगा था। उन्होंने मूलचंद को उसी का तिलक लगाया और कहा, ''देखो, इसे चौबीस घंटे तक मिटने मत देना। और सुनो, जिस मकान में तुम रहते हो उसके तिल्लेनचले के दक्षिण में सरसों के तेल का एक दीया जलाओ और इस बात का खयाल रखना कि अगले शुक्रवार तक, बल्कि शुक्रवार की रात तक, वह बराबर जलता रहे। एक क्षण के लिए भी वह बुझे नहीं। यह तुम्हारी सतर्कता और धैर्य की पूरी परीक्षा है।'' इसके बाद बाबा ने अपने शिष्य को बगल के कमरे में बैठे दूसरे आगंतुक को बुलाने को कहा।

स्पष्ट निर्देश था कि अब आप लोग चलें।

□

: दो :

१३ अगस्त, १९४८।

एक बरसाती दिन का पसीजता सवेरा। दो दिन बाद पड़नेवाली आजादी की पहली सालगिरह के लिए तिरंगी झंडियाँ चिपकाने के लिए मैं लेई बना रहा था कि अचानक किसी ने मेरा दरवाजा खटखटाया। खटखटाहट साफ बता रही थी कि कोई नवागंतुक आया है, क्योंकि अपने परिचितों की खटखटाहट की ध्वनि मैं लगभग पहचानता था।

मैंने हाथ धोकर तुरंत दरवाजा खोला। देखा, सामने गोपाल मामा खड़े हैं। इनके बारे में माँ ने ही बताया था कि यह तुम्हारे दूर के मामा हैं। बिरादरी के शादी-ब्याह में कभी-कभार भेंट-मुलाकात हो जाती थी। चरण स्पर्श और आशीर्वाद के अतिरिक्त न कोई विशेष बात उनकी कभी हुई थी और न उन्होंने कभी मामा जैसी आत्मीयता दिखाई थी।

उनके साथ दो आदमी और थे, जो देखने में बहुत वज्र देहाती मालूम हो रहे थे। जो घुटने तक गंदी तो नहीं, पर मटमैली धोती और ऊपर लांग क्लाथ का एकदम नया, बल्कि अभी-अभी का ताजा सिला और घुटने के नीचे तक लटकता, कुरता पहने, कंधे पर गमछा डाले और हाथ में लाठी लिये थे। साफ लगता था कि हमारे रहन-सहन और संसार से एकदम दूर किसी जंगली गाँव से लाए गए थे।

मुझे दिखाते हुए मामाजी ने कहा, "यही लड़का हौ।"

"का करला, बाबू?" उसने पूछा

"ई सब हम तुम्हें बता देब।" मामाजी ने कहा, "तोहरे लोगन के जौन देखै क होय, देख ल।"

अब उसने मुझे दो-चार कदम चलाया। फिर आँखों में झाँककर देखा, कहीं भुली या माड़ा तो नहीं है? फिर कुछ बातें भी कीं। लगा कि वह हर दृष्टि से संतुष्ट है, फिर मुझे खड़ा किया। उस बूढ़े आदमी ने अपनी लाठी से मुझे नापा—"हाँ, लंबाइयौ ठीक हौ।" उसने कहा। फिर मुँह खुलवाया। पता नहीं उसमें झाँककर क्या देखा? अब

मुझे समझते देर न लगी कि ये बैल खरीदनेवाले वज्र देहाती अपनी किसी लड़की के लिए लड़का खरीदने आए हैं, जो ऊँचाई और उसका दाँत देखकर उसकी उपयोगिता का अंदाज लगाते हैं।

मुझे मामा की बुद्धि पर भी तरस आ रहा था, कहाँ-कहाँ से छाँटकर इन देहातियों को पकड़ लाए हैं।

''अच्छा, अब क्षमा कीजिए, मुझे स्कूल जाना है। इस समय घर में कोई नहीं है, इसी से मैं आपका उचित स्वागत-सत्कार नहीं कर पाया।'' इतना कहकर मैं दालान से घर के भीतर जाने लगा कि अचानक सुमेर चाचा एक दोने में जलेबी और दूसरे में दही लेकर आ गया। मैं अचरज में पड़ा कि इस समय यह यहाँ कैसे? बात यह थी कि गोपाल मामा को मेरे घर का सही 'लोकेशन' मालूम नहीं था। वही जानने वह सुमेर चाचा की दुकान पर गए थे। और सुमेर चाचा ने बातों-बातों में उनसे सारी बातें जान ली थीं।

वे देहाती 'वर-देक्खू' थे। मुझे देखने आएं थे। चाचा जानता था कि घर में इस समय कोई नहीं होगा, इसलिए जल-जलपान की व्यवस्था कर वह स्वयं चला आया था।

अब चाचा ने सामान मुझे थमाया और चौक में से खाट ले आकर बाहरी दालान में बिछा दिया। तीनों अतिथि उसपर विराजे। फिर चाचा मेरे साथ ही ऊपर आया, तीन तश्तरियों में उसने जलेबियाँ सजाईं, करीने से दही भी उसमें रखी और तीन गिलास व एक लोटे में पानी लेकर हम लोग फिर नीचे आए।

तीनों में गुडचूँ-गुडचूँ हो रही थी, मानो सौदे की अहमियत आँकी जा रही थी। मुझे देखते ही सब चुप हो गए।

''आपको इतना परेशान होने की क्या आवश्यकता थी?'' सुमेर चाचा से मामा बोला, ''हम लोग तो जानते ही रहे थे कि इस समय लड़के के सिवा और कोई नहीं मिलेगा।''

''अरे, हम लोगों के रहते आप बिना पानी पीए चले जाते!'' सुमेर चाचा बोला।

फिर मैं वहाँ से चुपचाप हट गया। मुझे बड़ा बुरा लगा कि एक सभ्य-समझदार आदमी को भैंस के बाड़े में बाँधने की साजिश हो रही है।

उन लोगों के चले जाने के बाद तुरंत चाचा ने कहा, ''आज-कल तुम नहीं आते। तीन-चार दिनों से तुम्हरी गैर-हाजिरी उस समय भारी पड़ जाती है जब शाम को गंगाराम अखबार लेकर आता है। आखिर उसे बाँचे कौन?''

''क्यों, पढ़नेवाले तो वहाँ और भी हैं!''

''हैं तो, पर उन्हें अखबार पढ़ने का शऊर नहीं है। कुछ तो बहुत धीरे-धीरे पढ़ते हैं। कुछ पढ़ते नहीं, वरन् 'अक्षर उचारते' हैं, जैसे पाँचू सरदार रामायण बाँचता है। कुछ इधर की, कुछ उधर की, आँय-बाँय-साँय पढ़ते हैं; पर मुख्य खबर रह जाती

है।'' उसने बताया, ''एक दिन हमीद आया था। वह जितना पढ़ता नहीं था उतना तो गांधी और नेहरू को गालियाँ देता था और लेनिन व स्टालिन की तारीफ करता था। उसका तो बस एक ही नारा है—जब तक देश में साम्यवादी व्यवस्था नहीं होती तब तक गरीबों का भला नहीं होगा। ...मजा तो तब आया जब वह बड़बड़ाता रहा और लोग धीरे-धीरे उठकर चले गए।''

फिर चाचा ने एकदम बात बदली—''तुम्हारी चाची भी कह रही थी कि आजकल जग्गू नहीं आता। गली से जाता दिखाई देता है, पर इधर भूलकर भी नजर नहीं डालता। लगता है, किसी बात से नाराज है, तो वह क्या बात है, भइया?''

''कोई विशेष बात नहीं है।'' मैं अब भी खुलना नहीं चाहता था। पर जब चाचा ने बार-बार जोर दिया तो मैं बहुत सँभालकर दबी जबान में बोला, ''जब चंपो की आई चिट्ठी मुझसे छिपा ली गई—यदि कनवा बाबा के यहाँ राज न खुलता तो मुझे कुछ मालूम ही न होता—तब मेरे मन में आया कि यह तो एक बात है, अब चाचा के यहाँ बहुत सी बातें होती होंगी, जिनमें गोपनीयता बरती जा रही होगी। ऐसी स्थिति में मेरे जाने से कहीं उन गोपनीयताओं पर खतरा न आए।''

''ओ हो! अब समझा। तब तो तुम्हारी चाची का यह सोचना ठीक ही था कि तुम नाराज हो। अच्छा, आज शाम को आना तो तुम स्वत: असलियत जान जाओगे।''

आज स्कूल से कुछ पहले ही खाली हो गया था। लगभग तीन बजे होंगे। मैं सीधे सुमेर चाचा के घर पहुँचा। अभी उसकी दुकान नहीं खुली थी। दूसरे दरवाजे से घर में आ गया। मुझे देखते ही चाची बोल पड़ी, ''भला आए तो सही!''

तब तक चाचा बोल पड़ा, ''तुम जो कहती थीं, बात वही है। आज-कल जग्गू हम लोगों से नाराज है। मैं अभी उसकी नाराजगी दूर किए देता हूँ।'' इतना कहकर चाचा भीतर कमरे में गया। संदूक के भीतर इतमीनान से बंद उस चिट्ठी को ले आया। फिर भीतरी दरवाजे से होता हुआ बंद दुकान में आया, गोया मुझे पत्र नहीं, कोई बम दिखाने ले आया हो।

उसकी पहली पंक्ति थी—'यह पत्र किसी को मत दिखाना, यहाँ तक कि जग्गू को भी नहीं।' यह पूरा वाक्य 'अंडर लाइन' किया हुआ था। ...और न प्रणाम न आशिष, केवल मुख्य बातें—'आप लोग कहीं पर भी नहीं, यहाँ तक कि एकांत में भी नहीं, मेरा जिक्र न किया करें। हर बात लाला तक पहुँच जाती है और उसका फल मुझे भोगना पड़ता है।

'उस दिन मध्यमेश्वर की सभा में बाबूजी मेरे बारे में कहते-कहते रोने लगे थे। उसी पर लाला की खिंचाई हो गई थी। उसने मेरे पास हिदायत भेजी—यदि ऐसी बात होगी तो तुम्हें खत्म कर दिया जाएगा। न बाँस रहेगा और न बाँसुरी बजेगी।

'यों मुझे किसी बात का कष्ट नहीं है। लाखों की जायदाद की मालकिन हूँ। बस एक ही बात है, आजादी नहीं है।'

"यही तो सबसे बड़ी कमी है।" मेरे मुँह से निकला।

"पर क्या करेंगे?" चाचा बोला, "अभी तक भारत ही कहाँ आजाद था, पर जीते तो थे ही!"

चाचा के तर्क पर तो एक बार मैं निरुत्तर हो गया, फिर सोचने लगा कि क्या व्यक्तिगत आजादी और देश की आजादी में फर्क नहीं है?

तब तक चाची दही का शरबत ले आई। वह जानती है कि यह मुझे बहुत प्रिय है।

"सीधे स्कूल से आए हो, भूखे तो हो ही, इसे पी लो। थोड़ी देर में प्याज की पकौड़ी बनाती हूँ।"

पीते ही मेरी भूख तो शांत हुई ही, गुस्सा भी शांत हो गया और पत्र से मन भी। पास पड़ी चारपाई पर लेट गया। तुरंत मेरा अंतर्द्वंद्व आरंभ हो गया। कभी चंपो मेरे कितना निकट थी। उसे न छूकर भी छूता रहता था। हम दो देह एक प्राण थे। जब वह गायब हुई, मैं आधा हो गया था—जैसे राधा के बिना कृष्ण। फिर उसने क्यों लिखा कि इसे जग्गू को भी मत दिखाना? अब वह इतनी दूर हो गई है कि वह मुझे अपने बारे में बताना भी नहीं चाहती। नहीं-नहीं, ऐसा नहीं हो सकता। सपने में भी राधा कृष्ण के बारे में ऐसा सोच नहीं सकती।

अजीब उलझन में मेरी आँखें झपने लगीं। शायद सो भी गया होऊँ। थका तो था ही। अचानक मुझे लगा कि मेरी आँखों के सामने गंगाराम की पत्नी राधा खड़ी है। 'अरे, तू तो वरुणा में डूब गई थी?'

'हाँ-हाँ, इस समय भी वरुणा में डूबी लाश हूँ, जो तुम्हारे सिरहाने खड़ी हूँ और आज पहली बार तुमसे कहने आई हूँ कि यदि कभी तुमने यह न प्रचारित किया होता कि चंपो की चिट्ठी में राधा का भी जिक्र है तो मैं अकाल मृत्यु न मरती! किसने चंपो को ऐसी बात लिखने की प्रेरणा दी!'

तब तक चाची ने जगाया—

"लगता है, तुम गहरी नींद में थे।" उसने मेरा हाथ-मुँह धुलाया और पकौड़ियों से भरी तश्तरी मुझे थमा दी।

मैंने अनुभव किया कि दिन डूबने को है। दुकान पर भी अब लोग जुटने लगे हैं। तब तक गंगाराम की भी अवाज सुनाई दी—"आज तो गजब हो गया!"

मैंने धड़ से पकौड़ियाँ हलक के नीचे उतारीं, पानी पीया और दुकान के बाहर आज का अखबार देखने के लिए चल पड़ा।

'अब अखबार का मजा मिलेगा।' यद्यपि यह वहाँ उपस्थित लोगों का समवेत स्वर नहीं था, उनकी भावना समवेत थी।

अब तक खड़े और इधर-उधर बिखरे लोग सोना महाराजिन के चबूतरे पर बैठने लगे। लगभग डेढ़ फीट चौड़ा चबूतरा सोना महाराजिन के मकान के पश्चिम की ओर गली की तरफ था। इसी चबूतरे के बीच में सुमेर चाचा की दुकान खुलती थी।

आज के अखबार में बैनर हेडिंग्स थी—'पटना में दंगाइयों को देखते ही गोली मारने का आदेश'—शीर्षक पढ़ते ही लोगों में भयंकर प्रतिक्रिया हुई—''देख सारे क! पटना में गोली मारल जाई और लाहौर में दंगाइयन के इनाम दिहल जाई। सारे झगड़े की जड़ तो ऊ बुढ़वा है। अब ऊ अनसन पर बैठी।''

''पाकिस्तान के शहरों में तो शैतान का नंगा नाच हो रहा है, वह भी लुक्कारा लेकर। हिंदुओं के घरों की होली जलाई जा रही है। हिंदू पुरुषों और बूढ़ी औरतों को तो मार-मारकर भगाया जा रहा है। यदि जरा भी वे विरोध करते हैं तो अंग-भंग कर दिया जाता है।''

''ई त बहुत कम बतावत हौआ तू।'' पाँचू और उत्तेजना में था। उसने बड़े स्पष्ट शब्दों में एकदम नंगी तसवीर खींच दी—''मजाल है कि कोई चूँ करे! जरा भी किसी ने विरोध किया तो लोहा गरम करके उसके गुप्तांग में घुसेड़कर जिंदगी खराब कर दी जाती है।''

हेडिंग पढ़ते ही इनकी प्रतिक्रियाएँ! मैं तो घबरा गया। अब आगे पढ़ूँ या न पढ़ूँ। मैं सोच ही रहा था, तब तक इनकलाबियों का एक दल बगल की गली से निकला। इसके नेता थे रामकिशुन चाचा। इसी गोल में सिताऊ भी था और था एक अखबार बेचनेवाला 'जंगली'। वह आदिवासी नहीं था, महज उसका नाम था 'जंगली'।

''ई सब अखबार में लिखा है?'' जंगली ने पूछा।

''ई सब भला अखबार में छपेगा! वह भी हिंदुस्तान के अखबार में!'' पाँचू सरदार बोला।

''तब आप लोगों को कैसे मालूम?''

''उन शरणार्थियों से पता चला है, जो अपना सबकुछ गँवाकर किसी तरह जान लेकर भागते-भागते यहाँ तक आए हैं।'' यह आवाज मूलचंद की थी।

''इसीलिए तो गांधीजी ने कहा था—मेरी लाश पर बनेगा पाकिस्तान।'' जंगली फिर बोला।

''पर अभी तो उनकी लाश उठी नहीं और पाकिस्तान बन गया!''

''अरे यार, ऐसा मत बोलो।'' रामकिशुन चाचा ने कहा, ''हमेशा शुभ ही बोलना चाहिए।''

"यह शुभ है या अशुभ, इसे तो आप ऐसे पढ़े-लिखे लोग ही जानते हैं!"

भोला बड़े आवेश में था—"मैं तो बस इतना जानता हूँ कि यह सत्य है। और सत्य भूत की तरह सिर पर चढ़कर बोल रहा है और बोलेगा।"

"सत्यं ब्रूयात प्रियं ब्रूयात ना ब्रूयात सत्यमप्रियम्।" यह आवाज पं. दीनानाथ की थी, जो सबकी बुद्धि के ऊपर से निकल गई।

"ऐसा भी हो सकता है कि जो लोग आए हैं, वे बहुत बढ़ा-चढ़ाकर कह रहे हों!" जंगली ने कहा।

इतना सुनना था कि भोला चढ़ बैठा—"आपन घर-दुआर-धन-दौलत सब छोड़के भागल आयल हौअन। ऊ भी अकेला, तनहा! ऊ झूठ बोलिहैं और दुआरे-दुआरे अखबार बेचैवाला बड़ा 'हरिचंदर' क अवतार बनल बा।"

"आप लोग इतने गरम क्यों हो रहे हैं?" रामकिशुन चाचा ने ताता-थम्मा किया—"यह सही है कि कोई व्यक्ति विपत्ति में ही अपना घर छोड़कर भागता है; पर यह सही नहीं है कि कोई आदमी या देश गलती करे तो हम भी गलती करें। और हमें यह भी देखना चाहिए कि देश का किसमें हित है। पाकिस्तान सीधे-सीधे हिंदू आबादी का स्थानांतरण कराना चाहता है। वह चाहता है कि सारे हिंदू हमारे देश से चले जाएँ।"

"ऐसा ही हमको भी करना चाहिए।" पीपा ने कहा।

वह लौट आया था, पर न उसने कंधे से सीढ़ी उतारी और न हाथ में लटकाए मिट्टी के तेल का कनस्तर ही जमीन पर रखा। बोला और बोलकर सीधे चला गया।

लगता है, सुमेर चाचा द्वारा सुनी फटकार का उसपर प्रभाव अभी बना रहा।

संध्या भी काली पड़ चुकी थी। रात उतरने वाली थी।

सुमेर चाचा की दुकान की बहस तो हाँड़ी का एक चावल था! पर जनता दरअसल 'टिट फॉर टैट' के पक्ष में थी। वह पाकिस्तान में जो हो रहा है, उसका जवाब देना चाहती थी। उसे उस समय न तो नैतिकता दिखाई पड़ रही थी और न राजनीति की पवित्रता।

फिर भी, हिंदू हिंदू है और मुसलमान मुसलमान। शताब्दियों से 'अहिंसा परमो धर्म:' का पाठ पढ़नेवाले जल्दी हिंसक नहीं हो सकते; पर जब तक चंदर ऐसे लोग समाज में रहेंगे, तब तक हिंसा का ज्वालामुखी शांति की धरती में विस्फोट करता रहेगा।

ऐसा ही विस्फोट पटना में हुआ। उसका लावा चारों ओर फैल सकता था। इसीलिए दिल्ली की कांग्रेसी सरकार के निर्देश पर पटना में दंगाइयों को देखते ही गोली मारने का आदेश दिया गया। यह राजनीतिक आदेश था, पर भावनात्मक स्तर पर। कुछ भले मुसलमान ज्यादा परेशान थे। कुछ दंगा होने की आशंका से तैयारी कर रहे थे।

जनता उबल रही थी। सग्गड़ खींचनेवाला मँगरू जब सुमेर चाचा की दुकान पर

आया तो उसने कहा, ''आज छह दिन का सीधा दे दो, सावजी।''

''क्यों, आज क्या बात है?''

''सुना है, फिर दंगा होने वाला है। अबकी बार भयानक होगा। इस पार या उस पार की लड़ाई होगी।''

''अरे नहीं, अफवाह जरूर है, पर कहीं कुछ नहीं होगा; क्योंकि इस बार मुसलमान ज्यादा डरा है।'' सुमेर चाचा ने कहा।

वह इस तथ्य को जानता नहीं है कि डर ही मनुष्य की आक्रामकता के मूल में होता है; पर अधिक डर हमें आक्रामकता से दूर ही नहीं करता, हमें कायर भी बना देता है।

चाचा ने तो बस मुसलमानों की आक्रामकता को ही देखा था। उसके सामने काशी में जितने भी दंगे हुए थे, सब मुसलमानों के मुहल्लों से ही शुरू होते थे। यही बात उसने मँगरू से भी कही, ''अब तक दंगा कभी कोयला बाजार से शुरू हुआ, कभी कच्ची सराय से, कभी दाल मंडी से तो कभी रेवड़ी तालाब से। बदमाशी उन्हीं मुहल्लों से शुरू होती थी; पर इस बार सब ठंडा है।''

''इस बार हालत दूसर हौ। इस बार लोग बड़ी तैयारी करत हौवन।''

इसी सिलसिले में उसने बताया कि विश्वेश्वरगंज में दो सरदारों की दुकानें हैं। अनाज की नहीं बल्कि सिले-सिलाए रेडीमेड कपड़ों की। उनके यहाँ पाकिस्तान से भागकर उनके रिश्तेदार आए हैं। वे वहाँ की आपबीती सुनाते हैं और सुनाते-सुनाते रोने लगते हैं। भीड़ लग जाती है—कहते हैं, हिंदुओं पर कभी इतना अत्याचार नहीं हुआ था।

उसने यह भी बताया कि दोनों दुकानदार अपने आस-पास के हिंदुओं को छिपे तौर पर कृपाण बाँट रहे हैं और उन्हें 'सिख' बनाने की कोशिश कर रहे हैं।

इतना बताने के बाद उसने अपनी टेंट से एक छोटा सा परचा निकाला और चाचा से कहा कि इसे छिपाकर पढ़िए।

उसे चाचा के हाथ से लेकर मैं पढ़ने लगा।

''अरे भइया, तू मत पढ़।''

''क्यों?'' मैंने पूछा।

''तू पढ़बा त जोर-जोर से पढ़बा और पुलिस पकड़ लेई।''

''यह अखबार थोड़े ही है कि जोर-जोर से पढ़ूँगा।''

फिर मैं उसे मन-ही-मन पढ़ गया। पहले उसमें पाकिस्तान में हो रहे हिंदुओं पर अत्याचार का नग्न वर्णन था। बाद में गुरु गोविंद सिंह की चर्चा की गई थी और कहा गया था कि उनके समय में ऐसा ही हिंदुओं पर अत्याचार हो रहा था, तब उन्होंने सिखों को सैनिक के रूप में परिवर्तित किया था।

परचे का निष्कर्ष था कि आज भी हिंदुओं पर वैसा ही अत्याचार हो रहा है। हमें उस स्थिति के लिए तैयार होना चाहिए। उसका अंतिम वाक्य था—'पुरजा-पुरजा कट्ट मरै तबहूँ न छाड़ै खेत।'

परचा 'साइकोस्टाइल' था। पूरे परचे में चिनगारियाँ-ही-चिनगारियाँ बिखरी थीं। एक चिनगारी ही विस्फोट के लिए काफी थी।

मैंने सारी बातें चाचा को बताईं, तब तक मँगरू ने वह पुरजा लगभग छीनकर अपनी टेंट में सुरक्षित रख लिया।

"इसे तुम रखकर क्या करोगे?" मैंने कहा, "इसे चाचा की दुकान पर रहने देते, जो आते उन्हें देखने को तो मिलता!"

"सुमेर साव के गिरफ्तार करावै क मन हौ का?" मँगरू बोला, "ई परचा क पढ़ब और पढ़ाइब दोनों जुलुम हौ! पुलिस जहाँ देखलस वहाँ पकड़ लेई।"

"आखिर तू इहके रख के का करब?" चाचा बोला।

"गाँवै ले जाइब। ऊहाँ के लोगन के पढ़ाइब।"

मुझे अचानक अपने बचपन के दिनों की 'रणभेरी' याद आई।

वह गुलाम भारत की रणभेरी थी और यह आजाद भारत की 'रणभेरी' है—हे भगवान्! क्या हो गया है इस देश को?

□

आज का सवेरा मेघाच्छन्न था। रात भर पानी बरसा था। अब भी आसमान पसीज रहा था।

बिरल खपरैल से टपकते पानी में जागते ही रात बीती थी। एन.सी.सी. से मिले लंबे बरसाती कोट में खुद को लपेटकर मैं तो किसी तरह थोड़ा-बहुत सो लिया था, पर बगल में पड़ी माँ ने शायद ही झपकी ली हो। सुबह होते-होते मेरा कमरा झील और मेरी चौकी टापू हो गई थी।

माँ उठीं और नहा-धोकर पूजन पर बैठ चुकी थीं, पर मैं अब भी अलसाया पड़ा था। मुझे करना ही क्या था? स्कूल में 'रेनी डे' हो जाएगा। सवेरे की बरसात छुट्टी चाहनेवाले विद्यार्थियों के लिए वरदान होती है।

वर्षा अब थम गई थी, पर रह-रहकर फुहार का झोंका आ जाता था; पर माँ को तो कोठी जाना ही होगा, नौकरी जो ठहरी। नहीं तो 'मम्मम' का ठिकाना कहाँ लगेगा?

जाते समय मुझे उठाते हुए बोलीं, "कब तक सोते रहोगे? उठो, काफी दिन चढ़ आया है। रात की बासी रोटियों में से मैंने दो ही खाई हैं। बाकी तुम्हारे लिए रख दी हैं। दाल का कटोरा पानी से भर गया है। आज तुम्हें नमक-कड़वा तेल से ही रोटियाँ खानी पड़ेंगी, पर उठकर नहा-धोकर खा जरूर लेना।"

इतनी हिदायत देने के बाद वह सीढ़ी तक गई होगी कि उसे फिर कुछ याद आया। वह कमरे के भीतर तो नहीं आई। जमीन की मिट्‍टी पानी से जरूर फूल गई थी। बाहर से ही उसने कहा, ''आटे के कनस्तर के ऊपर तुम्हारी किताब-कॉपियाँ सजाकर रख दी हैं और ऊपर से दो बोरे डाल दिए हैं। उन्हें एकदम मत छू देना, नहीं तो वे भरभराकर गिर जाएँगी। यदि हटानी भी हों तो धीरे से, समझ-बूझकर।'' फिर उसने एक पैसा मेरी ओर फेंका—''देखो, यदि नमक-कड़वा तेल से रोटियाँ खाते न बने तो जीउत हलवाई के यहाँ से बनी-बनाई तरकारी ले लेना, पर खाना जरूर खाना।''

उसे मेरी हर चीज की चिंता थी, पर खाने की सबसे अधिक थी। आखिर वह मेरी माँ थी।

शायद ही वह बाहरी दरवाजे तक पहुँची होगी कि दानिस की आवाज सुनाई पड़ी। जरूर उसकी दानिस से मुलाकात हुई होगी।

दानिस ने बताया कि ''माँ मिली थीं। वह मेरा आदाब कबूल करते ही बड़े झटके से आगे बढ़ गईं। लगता है, या तो माँ को जल्दी रही हो या उन्हें इस समय मेरा आना अच्छा नहीं लगा हो।''

वस्तुत: मनुष्य की मानसिकता उसकी सोच को बहुधा धोखा दे देती है। इसी धोखे का शिकार दानिस भी था। वह सोच रहा होगा कि जो माँ अपनी माँ से भी ज्यादा प्यार दे रही थी वह इस समय मुझसे कन्नी काटकर निकल क्यों गई?

मैंने दानिस को बताया, ''न तो माँ को देर हुई थी और न उसने तुम्हारी उपेक्षा ही की, बल्कि वह यह सोच रही होगी कि इस समय बारिश थमी हुई है, जल्दी-से-जल्दी निकल चलूँ।''

''मुझे तो लगा कि हिंदू-मुसलमान के बीच की जो दूरी इधर बढ़ी है, माँ पर उसी का प्रभाव है।'' दानिस ने कहा और मुझे हँसी आ गई।

''अब बताओ, तुम बारिश में कैसे चले?'' मैंने पूछा।

''अम्मी ने तुम्हें बुलाया है। वह आजकल बहुत बीमार हैं।''

''इसके पहले तो तुमने कभी उनकी बीमारी की चर्चा नहीं की?''

''क्या चर्चा करता! इधर रात को उन्हें नींद नहीं आती। जब भी मैं रात को पेशाब के लिए उठता था, उन्हें छत पर टहलते हुए ही पाता था। तुम्हें ताज्जुब होगा कि वह इधर बारिश में भी छत पर ही रह जाती थीं। फिर उनका खाना-पीना छूटा। अब तो उन्होंने बिस्तर ही पकड़ लिया है।''

''मुझे तो लगता है कि देश के माहौल से ग्रसित हो उनकी यह हालत हो गई है!'' मैंने दानिस से कहा, ''तुम चलो, मैं तैयार होकर आता हूँ। अभी तो मैं सोकर उठ रहा हूँ।''

"फिर यदि पानी बरसना तेज हो गया तो?"

"कुछ भी हो, मैं आऊँगा जरूर।" मैंने कहा और वह चला गया।

यह तो कहिए, मैंने एन.सी.सी. से मिली बरसाती अपने कंधे पर डाल रखी थी, नहीं तो मैं दानिस के घर पहुँचते-पहुँचते लथपथ हो जाता, क्योंकि घर से निकलते ही आसमान जैसे फट पड़ा था। देखते-ही-देखते दारानगर चौराहे पर घुटने तक पानी भर गया था। किसी तरह उस वैतरणी को पार करता मैं दानिस के घर पहुँचा।

वहाँ की विचित्र स्थिति थी। हमेशा खुला रहनेवाला बाहर का दरवाजा बंद था। मुझे जिंदगी में पहली बार उस दरवाजे पर दस्तक देनी पड़ी। पहले किसी ने दरवाजे की दराज से आगंतुक का अंदाजा लगाया, फिर दरवाजा खुला। सामने सलमा दिखाई दी—एकदम उदास, बाल लगभग खुले और उलझे हुए, आँखें नम। विश्वास नहीं होता था कि यह वही सलमा है, जो मेरे पहुँचने पर चिड़ियों की तरह फुदकने लगती थी।

मैं सीधे अम्मी की कोठरी में पहुँचा। वह एक झिलँगी खाट पर पड़ी थीं। देखने से लगा, जैसे वर्षों से बीमार हों। शरीर सूखकर काँटा हो गया था।

दानिस सिरहाने बैठा अम्मी का सिर सहला रहा था कि किसी तरह नींद आ जाए, फिर भी आँखें खुली हुई थीं, जैसे वह कोई भयानक सपना देख रही हों।

मुझे देखते ही उन्होंने टूटी, कमजोर और लड़खड़ाती आवाज से अपने पास बुलाया और दुर्बल हाथों से मेरा हाथ पकड़कर खींचने लगीं। वह खींच तो नहीं पाती थीं, पर मैं खिंचता गया।

मुझे छाती से लगाकर वह सिसकने लगीं, फिर धीरे-धीरे, रुक-रुककर बोलीं, "कोई भयानक हादसा गुजरे, इसके पहले ही अल्लाह शायद मुझे बुला ले!"

मैं कुछ बोल नहीं पाया। चुपचाप उनकी छाती पर पड़ा था। मैंने अनुभव किया कि उनकी धड़कन काफी तेज है।

"मेरे लिए तुम दूसरे दानिस हो!" वह अचानक बोल पड़ीं, "मैं तुम्हारे ईमान पर विश्वास करती हूँ। वह तुम्हारे यहाँ सुरक्षित रहेगी।"

मैं समझ गया कि वह सलमा के बारे में कह रही हैं।

"इसके पहले कि कुछ हो गुजरे, तुम उसके बारे में कुछ सोचो!" इतना कहते-कहते उनका गला भर आया। उन्होंने दानिस से पानी माँगकर एक घूँट हलक के नीचे उतारा।

"मैं चाहता हूँ कि तुम्हें कुछ खिलाऊँ, क्योंकि तुमने मुझे दूसरा दानिस माना है, अपना बेटा।"

"पर इस समय घर में धरा क्या है, जो तुम मुझे खिलाओगे?" अम्मी पहली बार हँसीं।

मुझे तुरंत याद आया कि माँ ने मुझे एक पैसा जीउत साव के यहाँ से तरकारी लाने के लिए दिया था, क्यों न उसी का बाजार से कुछ लेता आऊँ। मैं तुरंत उठा और उनसे बोला, ''मैं अभी बाजार से कुछ-न-कुछ खाने के लिए लाता हूँ।''

मुझे याद आया कि जब रात को कत्तल यादव की दुकान पर अखबार पढ़कर सुनाता था, तब वह एक पैसे में बहुत सारा दूध देता था। सामने ही जीउत साव की मिठाइयों की दुकान थी। उस दूध में वहाँ से एक पैसे की ही बुँदिया डलवा लेता था। रात की रोटी उसी से खाता था। मजा आ जाता था। क्यों न इस समय भी वहीं चलूँ।

उस समय दूध की दुकान पर कत्तल नहीं था। उसका बूढ़ा बाप रामधन था। मैं उसे मामा कहता था।

''एक पैसा क दूध दे द, मम्मा।'' इतना कहते हुए मैंने वह अल्युमीनियम का लोटा उसकी छोटी सी मलाई बेचनेवाली चौकी पर रख दिया।

रामधन तो एकदम भड़क गया—''हटाव, हटाव ई बधना के। ...कहाँ से ई पानी-बुन्नी में बोहनी के बखत बधना लेके चल आइल। तू त संझा के आवत रहल।''

रामधन उस अल्युमीनियम के पिचके लोटे को बधना कहता था। वह समझ गया कि मैं अपने किसी मुसलमान दोस्त के लिए माँग रहा हूँ।

''दे द मम्मा, बहुत जरूरी है।'' मैंने पुनः विनती की।

एक तो मैं ब्राह्मण, दूसरे—बनावटी ही सही—मैं उसका भानजा। वह बड़े पसोपेश में पड़ा। क्योंकि अभी उसके यहाँ गाँव से 'दुदहा' (दूध लानेवाले) कुछ ही समय पहले दूध लाए थे। वह पूरी तरह खौला भी नहीं था। उसने किसी तरह नाक-भौंह सिकोड़ते हुए एक कड़ाही के किनारे से निकालकर आधा पाव से ज्यादा ही दूध उस लोटे में डालते हुए बड़े क्रोध से बोला, ''ल, भाग इहाँ से।'' इसी क्रोध में उसने न पैसा माँगा और न मैंने दिया।

फिर सामने से जीउत साव की दुकान से एक पैसे की बुँदिया ली और उसमें डाल दिया।

दूध इतना गरम था कि लोटा भी तपने लगा। अब बरसाती काम आई। उसी से लोटे का गला दबाए, पैर बढ़ाते चल पड़ा। तब तक रामधन चिल्लाया—''ओ पैसा?''

''संझा के मम्मा!'' मैंने जोर से कहा। बगल पानवाला हँस पड़ा।

रामधन की आवाज सुनाई पड़ी, ''लगत हौ, दुसरे बदे ले जात हौ।''

□

गरम दूध में पड़ते ही जीउत की बुँदिया गलकर हलुआ हो गई थी। जब मैंने सिरहाने बैठकर चम्मच से बिना दाँत की बूढ़ी चच्ची—मैं कभी अम्मी और कभी चच्ची कहता था—के मुँह में डाला तो उसकी बाँछें खिल गईं—''बड़ा लजीज है रे।'' यह

उसकी पहली प्रतिक्रिया थी। फिर मैं बराबर उसे खिलाता गया और वह बड़े प्रेम से खाती गई।

सलमा और दानिस दोनों बगल में खड़े रहे। सलमा मुसकराती रही। दानिस अपने स्वभाव के विपरीत अत्यंत गंभीर था। ऐसा लगा जैसे उसका मन किसी भयानक सपने की व्याख्या में उलझा रहा।

मैंने चच्ची को आखिरी घूँट दूध पिलाकर अपने रूमाल से उसका मुँह पोंछा तो वह सहसा बोल पड़ी, "सचमुच तू मुझे दानिस से अधिक प्यार करता है।"

"इसलिए कि तुम उसका प्यार कुबूल करती हो।" अब चुप खड़ा दानिस एकदम बोल पड़ा, "मैंने इतनी बार तुमसे खाने को कहा, सलमा ने भी कहा; पर तुम किसी की बात सुनती ही नहीं थीं। रात में कई बार हाथ पकड़-पकड़कर छत से लेकर तुम्हें खाट पर डाला था, पर आँखें झपते ही तुम ऊपर चली जाती थीं।"

"मैं बड़ी कोशिश करती थी बेटा, कि मेरी भी आँखें झपकें, पर नींद नहीं आई तो क्या करती?" इसी बीच बरसाती हवा का एक तेज झोंका आया और चच्ची के ऊपर का ओढ़ना हट गया। सलमा उसे ठीक करने के लिए झुकी, पर इसके पहले ही मेरा हाथ वहाँ पहुँच चुका था। मैंने उसे ठीक किया। वक्त की मार खाकर तार-तार हुई चादर चच्ची के शरीर को कितना ढक पाती है और कितना उसे बरसाती हवा से बचा पाती है, उसे तो भगवान् ही जाने; पर इससे उसे कुछ ओढ़े रहने का एहसास जरूर होता है।

इतना सब कुछ करते हुए भी वह चुप थी और अब भी गंभीर ही रही।

"क्या सोच रही हो, चच्ची?" मैंने पूछा।

"यही कि सारे हिंदू तुम्हारे जैसे क्यों नहीं हो जाते?"

"अधिकतर हिंदू हमारे ही जैसे हैं और अधिकतर मुसलमान भी बस तुम्हारे जैसे।" मैंने कहा, "हर जमात में कुछ लोग ऐसे होते हैं, जिनके सिर पर शैतान सवार होता है और वे खुराफात शुरू कर देते हैं। तब मुसीबत झेलता है सारा समाज।"

"पर अब तो यह सियासी मामला है।" बूढ़ी बोलती रही, "अब हम इस देश को छोड़कर जाएँ तो जाएँ कहाँ? कई पीढ़ियाँ गुजर गईं यहाँ रहते-रहते। हमारे सारे रिश्तेदार यहीं हैं। हमारे पूर्वज यहीं की जमीन में दफन हैं। हम किसे-किसे छोड़ सकेंगे? फिर उनकी कब्रों पर दीये कौन जलाएगा? हमें यहीं मर जाना कुबूल है, इस देश को छोड़कर कहीं जाना कुबूल नहीं। तुम सलमा की अस्मत का जिम्मा ले लो।" इतना कहते-कहते उन्होंने फिर मेरा हाथ पकड़ लिया और एकटक मुझे देखती रहीं।

स्पष्ट लगा कि दंगे की भयानक कल्पना से वह ग्रस्त हैं। उनके भीतर एक दहशत समा गई है। उसी से वह सो नहीं पा रही हैं।

मैंने उन्हें समझाया—"चच्ची, यहाँ कुछ होने नहीं जा रहा है। जिस दिन ऐसा

कुछ होगा, सबको लेकर तुम मेरे घर चली आना।''

''क्या तुमने अपनी माँ से पूछ लिया है?'' अचानक दानिस बोला।

मैं झूठ कैसे बोलता? कैसे कहता कि हाँ, पूछ लिया है? फिर भी, मैंने पुरानी बात दोहराई—''तुम इतना परेशान क्यों हो? यहाँ कुछ नहीं होने वाला है।''

चच्ची ने पूछा—''आखिर कब तक?''

''जब तक वह बूढ़ा गांधी जिंदा है।'' मैंने कहा, ''देश के हालात से वे बड़े दुःखी हैं। उन्होंने कहा है—लोग हमारी बात नहीं मान रहे हैं। अब मैं आमरण अनशन करने जा रहा हूँ। मेरा अनशन तब तक चलता रहेगा जब तक दंगे खत्म नहीं होते, हिंदू-मुसलमान अमन-चैन की जिंदगी बसर नहीं करते।''

इतना सुनते ही बूढ़ी ने दोनों हाथ ऊपर उठाकर अल्लाह से दुआ की—''खुदा उस महात्मा को लंबी उमर दे। आमीन।'' फिर बूढ़ी ने आँखें बंद कीं।

थोड़ी देर तक वह वैसी ही पड़ी रहीं। फिर मैंने कहा, ''लगता है, चच्ची, तुम्हें नींद आ रही है।''

फिर मैंने कोठरी का दरवाजा बंद करा एकदम अँधेरा कर दिया और लगा उनका सिर सहलाने। सचमुच वह सोने लगीं। थोड़ी देर में उनकी खर्राटे की आवाज सुनाई पड़ने लगी।

मैंने सबको चुप रहने का संकेत किया और दबे पाँव चल पड़ा। दरवाजे के पास सलमा खड़ी थी। बड़ी कातर दृष्टि से मुझे देखती रही। मेरी भी आँखें चार हुईं। उसने धीरे से कहा, ''अम्मी ने जो कहा है, वह याद है न?''

मैं मुसकराया। मेरे मुसकराने का जाने क्या अर्थ उसने लगाया होगा।

ऐसे अवसर पर मेरी कल्पना की चंपो आकर उसकी बगल में खड़ी हो जाती थी, पर आज ऐसा लगा कि सलमा की कातर आँखों में वह डूब गई है।

□

बारिश कब की थम गई थी, घर लौटते-लौटते आसमान के बादल भी फट गए थे। धूप निकल आई थी। रास्ते ही में मेरे घर के बगल में रहनेवाले पाँचू ने बताया कि तुम्हारी खोजाई हो रही है। दो बार सोमारू चाचा आए थे और दरवाजे पर लटकते ताले को देखकर चले गए। क्या बात है? मेरी जिज्ञासा चरम पर थी। मैं घर न पहुँचकर सीधे चाचा की दुकान पर पहुँचा। पता चला कि कोठी से गदाधर का लड़का आया था। उसका कहना था कि माँ ने अभी-अभी तुम्हें कोठी बुलाया है।

''क्या बात है? उसने कुछ और नहीं बताया?''

''कोई विशेष बात तो नहीं बताई उसने। यह जरूर कहा कि उससे कहना कि खा-पीकर नहीं आएगा। उसे वहीं भोजन करना है।''

भोजन का नाम सुनते ही मेरा माथा ठनका। मैंने चाचा से पूछा, "आज पूर्णिमा तो नहीं है?"

"परसों प्रदोष था, आज पूर्णिमा हो सकती है।" चाचा बोला।

इसका मतलब है कि आज भादों की पूर्णिमा है। मैंने सोचा, आज कोठी में मुझे ससम्मान खिलाया जाएगा। उनके परिवार में कोई किशोर आज की तिथि पर मरा होगा, जिसके नाम पर मुझे बुलाया जाता रहा है। जिनके यहाँ किसी का निधन पूर्णिमा को होता था, उनके यहाँ आज से श्राद्ध पक्ष आरंभ हो जाता है।

हर बार माँ इसकी याद सुबह ही दिला देती थी, पर आज वह जल्दी-जल्दी में भूल गई।

कारण जान लेने के बाद मेरी घबराहट कुछ कम हुई। मैं बड़े इतमीनान से घर आया और नहा-धोकर कपड़े बदलकर सीधे कोठी पहुँचा।

ड्योढ़ीदार की बेंच पर बैठा गदाधर मिला—"तोहार कब से खोजाई हो थौ।"

मैं धड़ाधड़ सीढ़ियाँ चढ़ता हुआ ऊपर पहुँचा। सामने रानी बहू मिलीं—"आज कहाँ रहे बेटा? आज तो कॉलेज में भी 'रेनी डे' हो गया होगा।"

"हो तो गया था!" मैंने कहा, "पर दस-पाँच लड़के तो पहुँच ही गए थे। वह मैथ के जो टीचर हैं श्रीवास्तवजी, वे बड़े विचित्र हैं। जहाँ दो-चार लड़के भी मिल गए, शुरू हो जाते हैं। कोई-न-कोई प्रॉब्लम सॉल्व करने को दे देते हैं।"

"तो कौन सा प्रॉब्लम दिया था सॉल्व करने को?" रानी बहू बोलीं, "मैंने भी मैथ पढ़ा है।" इतना कहकर वह मुसकराती हुई चली गईं। यदि खड़ी रह जातीं तो मेरी हालत खराब हो जाती।

सोचता हूँ, यदि जीवन में झूठ न होता तो जीना दूभर हो जाता, पर झूठ को सत्य का जामा पहनाने के लिए भी बड़ी बुद्धि चाहिए।

तब तक रानी बहू फिर आईं और मुझे दो रुपए देते हुए बोलीं, "सामने 'राम भंडार' से पूड़ी-कचौड़ी और जो मिठाई तुम्हें अच्छी लगे, ले लेना।"

फिर उन्होंने ममता भरी हिदायत दी, "देखो, संकोच मत करना, पेट भर खाने के लिए ले लेना।"

मैं चला, मेरे साथ गदाधर का लड़का भी था। जो चाहा, वह खरीदा और जितना हो सका, खाया। उस लड़के को भी दिया। उधर से फिर रानी बहू आ गईं—"अरे, तुमने इसको भी श्राद्ध का अन्न खिला दिया?" रानी बहू ने माथा ठोंका।

"जाने दो बहू, श्राद्ध का प्रसाद तो किसी को भी दिया जा सकता है।" माँ ने स्थिति सँभाली।

फिर रानी बहू ने ही मेरे हाथ धुलाए। तब मैंने एक रुपया उन्हें लौटाते हुए कहा,

"यह बचा है।"

आखिर तुमने एक रुपया बचा ही लिया। फिर तिलक करके वह रुपया मुझे दे दिया।

"अरे, एक रुपया!" मन तो बाग-बाग हो गया। उन दिनों एक रुपया बहुत होता था। इतनी दक्षिणा तो आज तक मैंने कभी नहीं पाई थी। मैं कितना खुश था कि क्या बताऊँ?

चलने को था कि माँ ने कहा, "नीचे दीवानखाने में बैठो, मैं भी चलती हूँ।"

हम दोनों दीवानखाने में बैठे। थोड़ी देर बाद गदाधर का लड़का बोला, "क्यों भइया, अपने हिस्से के भोजन में से तो तुमने मुझे खिला दिया, अब दक्षिणा में से हिस्सा नहीं दोगे?" यह बात उसने बड़ी गंभीरता से कही थी और शायद उसे आशा भी थी, पर मैंने एकदम नकार दिया और हँसते हुए कहा, "वह तो श्राद्ध का प्रसाद था, पर दक्षिणा का प्रसाद नहीं होता।"

उसका तर्क एकदम बुझ गया। अब माँ भी आ गई थीं। साथ में पियारी भी। जब से चंदर मरा, रानी बहू ने कोठी में ही शरण दे दी थी। वह अब पियारिया नहीं थी, बल्कि रानी बहू की निजी सहायिका पियारी हो गई थी।

दरअसल चंदर मरा नहीं था, मारा गया था। वह बवाल अखबारों में खूब छपा था।

माँ के आते ही हम लोग चल पड़े। सीढ़ी पर ही हमें लगा कि ड्योढ़ी पर कुछ कहा-सुनी हो रही है। एक आवाज तो गदाधर की साफ लग रही थी, दूसरी आवाज भी मेरी सुनी हुई अवश्य है, पर पहचान में नहीं आ रही थी।

माँ सीढ़ी पर ही रुक गईं और हम लोगों को बढ़कर देखने को कहा।

नीचे आकर देखा तो लाला जगजीवन लाल गदाधर से उलझे थे। गदाधर का कहना था कि छोटे सरकार ने आपका प्रवेश कोठी में वर्जित कर दिया है। मुझे साफ हिदायत दी गई है कि लाला को फाटक के भीतर घुसने न दो। पर लाला का कहना था कि ऐसा हो नहीं सकता।

मुझे देखते ही लाला एकदम सकपका गया। अब वह नरम पड़ा और बड़े नाटकीय ढंग से बोला, "अरे गदाधर भैया, एक बार मेरा छोटे सरकार से राम-राम कहो। देखो, वे क्या कहते हैं?"

फिर उसने मुझसे आने का कारण पूछा। मैंने अपने आने का कारण सच-सच बता दिया।

"अब एक ड्योढ़ीदार की हिम्मत तो देखो। वह मुझे अंदर आने से रोकता है।" अब लाला की नाटकीयता तैश में आई—"क्या समझते हैं ये लोग? मेरे पास फालतू समय थोड़े ही है कि सबको मक्खन लगाता फिरूँ। अरे, छोटे सरकार मेरे बचपन के

दोस्त हैं, लँगोटिया यार समझो। उनसे मिलने चला आया था। अब नहीं आता गदाधर तो जा रहा हूँ। मुझे क्या लेना-देना है उनसे? अरे, वे कॉन्सीटीयुट असेंबली के मेंबर बनाए गए हैं। उन्हें बधाई देने आ गया था। मेरी कोई गरज थोड़े ही है। देखो, अभी तक गदाधर नहीं आया। अब मैं जा रहा हूँ।''

लाला चला गया। अब मैंने माँ को बुलाया और घर की ओर चले। रास्ते में माँ ने बताया, ''एक दिन रानी बहू कह रही थीं कि ललवा को देखो, दिल्ली गया था छोटे सरकार की मेंबरी कटवाने।''

''ऐसा क्यों, वे लोग तो बड़े दोस्त थे?'' मैंने कहा।

''जब थे, तब थे।'' माँ बोलीं, ''अब तो छोटे सरकार लाला का मुँह भी नहीं देखना चाहते।''

मैं सोचने लगा—महत्त्वाकांक्षा की तलवार कितनी निर्मम और निष्ठुर है। उसकी निष्ठुरता अपने-पराए का फर्क नहीं करती। वह जिस पर गिरती है उसी को कलम कर देने की कोशिश करती है।

मुझे अचरज था कि लाला ऐसा करने में जरा भी हिचकिचाया नहीं। फिर लाला आज किस मुँह से छोटे सरकार से मिलने आया था? इतना होने पर भी वह कैसा गरज रहा था।

माँ का कहना था कि ''वह गरज नहीं रहा था। वह तुम लोगों के सामने अपनी झेंप मिटा रहा था।''

माँ ने ही बताया कि ''अब किसी तरह छोटे सरकार को फिर घेरना चाहता है और उन्हीं के सहारे—यदि दिल्ली में नहीं हुआ तो यू.पी. में ही सही—यहाँ की कॉन्सीटीयुट असेंबली में होना चाहता है।''

''तो क्या वह सफल हो जाएगा?'' मैंने माँ से पूछा।

''लाला है तो बड़ा मायावी!'' माँ बोली, ''वह उनका चरण पकड़ सकता है, और सबसे बड़ी बात यह कि वह छोटे सरकार की कमजोरियाँ भी जानता है और वह उससे लाभ उठाता है।''

किंतु छोटे सरकार की कमजोरियाँ क्या हैं? न माँ बता सकती थी और न मैंने पूछा ही। जानता बहुत कुछ था।

''लगता है, अब चंपो का पता चल जाएगा।'' घर पहुँचकर दरवाजे का ताला खोलते हुए मेरे मुँह से निकला।

''पर तुम इसके विषय में किसी से कुछ मत कहना। हम लोगों को व्यर्थ में इस पचड़े में पड़ने से क्या फायदा?'' माँ ने फिर स्वीकार किया, ''यह बात किसी से छिपेगी थोड़े ही!''

कपड़े बदलते माँ ने रोटियाँ देखीं। ''लगता है, तुमने आज कलेवा नहीं किया!''

''देर हो गई थी, तब तक तुम्हारा संदेश मिला कि कुछ खाकर मत आना। भूख तो बहुत लगी थी, पर मैंने कुछ खाया नहीं।''

''तू खाता कैसे?'' माँ बोली, ''सवेरे-सवेरे तेरा दोस्त दानिस जो आ गया था। तब तो बाजार से बनी-बनाई तरकारी लाने के लिए जो पैसा दिया था, वह बच गया होगा। ला, उसे मुझे दे।''

''पैसा तो मैं नहीं दे सकूँगा। हाँ, उसकी जगह एक रुपया तुम्हें दे सकता हूँ।'' इतना कहकर मैं हँसा और दक्षिणा में मिला रुपया उनके हाथों पर रख दिया।

रुपया देखते ही माँ आश्चर्य में पड़ी। ''यह पाया तुमने कहाँ से?'' उसने पूछा।

जब मैंने बताया कि कोठीवाली मामीजी ने दक्षिणा में दिया है, तब वह गद्‌गद हो गई—''सचमुच रानी बहू हैं बहुत अच्छी। भगवान् उनका कल्याण करें।'' इतना कहते ही उसकी आँखें आधी बंद हो गई थीं। लगता है, यह आशीर्वाद उसके भीतर से निकल रहा है।

जब मैंने देखा, माँ का 'मूड' अब ठीक-ठाक है, तब मैंने उसे उसेके दिए पैसे के उपयोग की सारी कथा विस्तार से सुनाई।

वह बड़ी प्रसन्न हुई और मुझे गले लगाते हुए बोली, ''तेरा बाप भी ऐसा ही था।''

□

: तीन :

जनवरी १९४८।

सांप्रदायिकता की ज्वाला से देश का क्षितिज अब और अधिक लाल हो गया था। पाकिस्तान यही चाहता था। उसका तो नारा था—'हँसकर लिया है पाकिस्तान, लड़कर लेंगे हिंदुस्तान'। इस सपने को साकार करने के लिए सांप्रदायिकता को भड़काने के सिवाय उसके पास और कोई चारा नहीं था। अपने यहाँ के हिंदुओं पर उसने और जघन्य अत्याचार आरंभ कर दिए थे। इसके पीछे उसके दो कारण थे—एक हिंदू पीड़ित होकर पाकिस्तान से भाग जाएँ, दूसरे यहाँ की घटनाओं से उत्तेजित होकर हिंदुस्तान के हिंदू वहाँ के मुसलमानों से बदला लेंगे। मुसलमानों पर अत्याचार करेंगे, जिसे प्रचारित कर संसार की 'इसलामी दुनिया' को बरगलाया जा सकेगा और कहा जा सकेगा कि हिंदुस्तान में इसलाम खतरे में है।

आदमी की लाश पर राजनीति की इस पाकिस्तानी चाल को हमारे नेता खूब पहचानते थे। उन्होंने देश की जनता को काफी समझाया, पर उनका समझाना खौलते खून में पानी के छींटे जैसा ही रहा।

आखिरकार एक थरथराती शाम को अखबार लेकर दूर से ही चिल्लाता गंगाराम सुमेर चाचा की दुकान पर आया कि, आज से गांधीजी अनशन पर बैठे।

मैंने तुरंत अखबार लेकर बाँचना शुरू किया। इसी संदर्भ में देश में हो रहे दंगों की विस्तार से चर्चा थी। यह भी छपा था कि गांधीजी ने पंजाब, बिहार और बंगाल का सघन दौरा किया। लोगों के बीच सांप्रदायिकता के खिलाफ सद्भावना का अथक प्रचार किया, पर जब लोगों ने उनकी बात नहीं सुनी तब वे अनशन पर बैठे।

तब तक मृत्युंजय का बेल-पत्र और जल लेकर पं. दीनानाथजी आ गए। उन्होंने तत्काल अपनी प्रतिक्रिया व्यक्त की, "जब सब जगह गांधीजी गए, तब उन्हें पाकिस्तान भी जाना चाहिए था और वहाँ के लोगों को अहिंसा का पाठ पढ़ाना चाहिए था। यहाँ दिल्ली में बैठकर बेकार जान गँवाने से फायदा!"

यह केवल पं. दीनानाथजी की ही प्रतिक्रिया नहीं थी। वहाँ बैठे और लोग भी कुछ ऐसी ही बातें कर रहे थे। उनका कहना था—केवल हमें दबाकर गांधीजी अन्याय कर रहे हैं।

सामने की गली से एक पागल जैसा आदमी चिल्लाता जा रहा था, ''अब इ देश में हिंदू लोग बलि क बकरा बनिहैं और मुसलमान लोग दंड पेलिहैं।''

सुमेर चाचा की दुकान पर आज जो आता, वह ऐसा ही राग अलापता। जब सब एकमत के हों तो बहस की गुंजाइश कहाँ? लोग बस एक ही तरह का 'तबर्रा' पढ़ते रहे और लगभग एक घंटे बाद ही उठकर चले गए। रोज की तरह आज देर तक अड़ी नहीं जमी।

यों जनवरी की शाम कुछ जल्दी ही ढलती है, फिर आज आकाश में बादलों के कुछ चिथड़े तैरते आ गए थे, इससे शाम वक्त के पहले ही काली पड़ने लगी थी। मैं भी आज जल्दी ही अपने घर आ गया।

अब मेरा स्कूल भी कॉलेज हो गया था। अगले सत्र से इंटर प्रथम वर्ष की पढ़ाई आरंभ हो जाएगी। इसकी खुशी भी देश के बिगड़े हुए माहौल में दब गई थी। कक्षाएँ चल तो रही थीं, पर उनकी परवाह कौन करता है? पर न अध्यापक पहुँच पा रहे थे और न छात्र ही। हाजिरी के बाद लोग या तो मैदान में आ गए थे या झुंड बनाकर बरामदे में बहस कर रहे थे। कल की आशंका ने सभी को चिंतित कर दिया था। केवल एक अध्यापक ऐसे थे, जो चुपचाप बरामदे में बैठे बेगम बेलिया के सदाबहार फूलों को निहार रहे थे। वस्तुत: वे उसे निहार नहीं रहे थे, उनकी आंतरिक व्यग्रता ने उधर ही उनकी दृष्टि स्थिर कर दी थी।

वे थे उर्दू के अध्यापक मौलवी साहब। मैं उनके बगल में ही जाकर चुपचाप खड़ा हो गया, फिर भी वे अस्थिर न हुए। आखिरकार मुझे ही बोलना पड़ा, ''आप इतने चुप क्यों हैं, मौलवी साहब?''

''क्या यह मेरे बोलने का वक्त है?'' उन्होंने मुसकराते हुए मुझ पर ही प्रश्न दाग दिया। मौलवी साहब मुझे मानते बहुत थे, यद्यपि मैं उर्दू नहीं पढ़ता था, फिर भी वे मेरी 'स्ट्राकरक्युलर एक्टिविटी' से बहुत प्रभावित थे। वे स्वत: खुलने लगे, ''बड़े लोग कह गए हैं—आँधी आवै, बैठ गँवावै। आज देश में आँधी आई है। हमारे ऐसे लोगों का चुप रहना ही ठीक है।''

''तो आप कुछ नहीं बोलेंगे?''

''क्या बोलें? आँधी के खिलाफ बोलें?'' मौलवी साहब ने कहा, ''मेरे खयाल से, लोगों को गांधी की बात मान लेनी चाहिए—उनकी जान बचाने के लिए भी और देश को बचाने के लिए भी। गांधी सही मायने में मुसलमानों का दर्द जानता है। वह जानता

है कि मुसलमान इस देश को छोड़कर जाएँगे कहाँ? हमारे बीवी-बच्चे, हमारे बूढ़े वालिद और वालदा, हमारा घर-दुआर, हमारे पूर्वजों की कब्रें—हम क्या-क्या लेकर जाएँगे? हमारा असली मुल्क तो यही है। यहीं हम पैदा हुए हैं, यहीं के अन्न से हमारा शरीर बना है। यहीं एक दिन दफन भी हो जाएँगे, पर जाएँगे कहाँ?''

''तब आप लोग मि. जिन्ना को क्यों नहीं समझाते?''

''उसे क्या समझाया जाए, वह तो मौत का सौदागर है।'' वे बड़े आवेश में थे—''लाशों के सौदों पर उसकी सियासत टिकी है। बूढ़ा गांधी तो यहाँ तक कहता था कि सारा हिंदुस्तान तुम ले लो, पर देश को मत बाँटो। पर न उसने सुना और न उसके साथियों ने, यहाँ तक कि इस देश के लोगों ने भी बूढ़े की खिलाफत की। हमारा मादरे वतन बँट गया।'' इसके आगे वह कुछ बोल नहीं पाए। काफी गंभीर हो गए।

अब धूप बरामदे में ही कुछ आगे घिसक गई थी। मैंने वहाँ उनकी कुरसी लगा दी। तब तक कुछ उर्दू पढ़नेवाले छात्र भी आ गए थे।

''सर, आज क्लास नहीं होगी?'' उनका पूछना था।

''तुम्हीं बताओ, आज देश का माहौल पढ़ने-पढ़ाने लायक है?''

इसके बाद छात्र चुपचाप चले गए।

मैं जानता था कि मौलवी साहब को घुले-घुले अमरूद बहुत पसंद हैं।

''सर, अमरूद ले आऊँ?''

वे मुसकराए। मैं अमरूद लाने के लिए कॉलेज के गेट की ओर बढ़ा। मैंने देखा, आज एक भी क्लास नहीं चल रही है। हर ओर गांधी के अनशन की चर्चा है। बूढ़े ने जैसे देश को हिला दिया है। भले ही लोग उनकी बात को मानें या न मानें।

गणित के अध्यापक मानिकचंद्र ने अध्यापकों का अपना ग्रुप अलग जमाया था। उनका कहना था, ''गांधी के सामने अब इसके सिवा कोई दूसरा रास्ता ही नहीं था। शायद इसी से पूरे देश का हृदय परिवर्तन हो जाए।''

''एक जिन्ना का तो हृदय परिवर्तन वे कर नहीं पाए, पूरे देश का हृदय परिवर्तन क्या होगा!' यह सोच जी. सेठ की थी। उनका असली नाम जिताऊ सेठ था। उनके पिताजी कभी हिंदू महासभा के नगरीय अध्यक्ष थे।

जी. सेठ की प्रतिक्रिया मानिकचंद्रजी को अच्छी नहीं लगी, फिर भी उन्होंने कहा, ''आप ठीक कहते हैं, आखिर जिन्ना के प्रतिरूप हमारे यहाँ भी बहुत से लोग हैं।'' उनका इशारा हिंदू महासभा की ओर था।

मि. सेठ ने तुरंत नहले पर दहला मारा—''यदि जिन्ना जैसे लोग देश में न होते तो देश का बँटवारा कैसे होता?'' उनका संकेत नेहरू की ओर था।

इसी बीच प्रिंसिपल का एक नोटिस आया—''साइंस लेक्चर थिएटर में अध्यापकों

की एक बैठक देश की वर्तमान स्थिति पर विचारार्थ तुरंत आहूत है। सभी अध्यापकों की उपस्थिति अनिवार्य है।''

अब मुझे याद आया कि मैं तो अमरूद लेने आया था। यदि मौलवी साहब लेक्चर थिएटर में चले गए तो मैं झूठा साबित होऊँगा। मैं सीधे कॉलेज के फाटक के बाहर भोंदू के अमरूद के ठेले की ओर दौड़ा।

उधर सड़क पर मुनादी हो रही थी—''भाइयो, कल शाम टाउन हॉल के मैदान में शहर कांग्रेस कमेटी की ओर से देश की स्थिति पर विचारार्थ की एक सभा होगी, जिसमें आप सबकी भागीदारी की प्रार्थना है।''

देर होने के बावजूद मौलवी साहब ने धन्यवाद दिया और जल्दी-जल्दी में अमरूद के बड़े-बड़े कतरे मुँह में दबाते हुए खरामा-खरामा साइंस लेक्चर थिएटर की ओर चल पड़े।

कॉलेज धीरे-धीरे छोटे-छोटे लड़कों से खाली हो गया। कुछ फाइनल कक्षाओं के छात्र फील्ड में अपनी-अपनी गोल के साथ दिखाई पड़ रहे थे। मेरी जिज्ञासा चरम पर थी। देखें, अध्यापकों की मीटिंग में क्या विचार होता है। पर लेक्चर थिएटर के सारे दरवाजे बंद करा दिए गए थे और एक-एक चपरासी उन दरवाजों पर एहतियातन तैनात थे। पूरी गोपनीयता बरती जा रही थी। निश्‍चित है, अध्यापकों को खुलकर विचार रखने का मौका मिल रहा होगा।

परिणाम तो अंत में सबको मालूम ही हो जाएगा, पर मैं जानना चाहता था कि कौन से अध्यापक क्या बोलते हैं। बंद दरवाजे और खिड़कियों पर कान लगा नहीं सकते थे। रोशनदान खुले जरूर थे, पर हमारी पहुँच के बाहर थे।

रहमान ने धीरे से कहा, ''इस हॉल के पीछे की तरफ एक ऊँचा सा मिट्टी का ढूहा है, वहीं एक रोशनदान है। अगर उधर चला जाए तो बात बन सकती है।''

फिर क्या था, जैसे बंद दरवाजों में से एक खुल गया हो। हम सब उधर भागे; पर कामयाबी अब भी हमसे दूर थी। केवल एक वही रोशनदान था, जो बंद था।

हम सब खिसिया-से गए। रामनाथ बोला, ''ऐसा क्या है कि इतनी सावधानी बरती जा रही है?''

''तुम देखते नहीं हो कि पूरा देश दो विचारों में बँटा है और दोनों एक-दूसरे के खिलाफ खड्गहस्त हैं! एक है—गांधी देश के हित में जान तक देने के लिए तैयार हैं और दूसरा है—गांधी देश को बरबाद करने पर तुले हैं।''

मेरा सोचना था कि ऐसे में यह विचार-विमर्श किसी भी सीमा तक जा सकता है।

''तो क्या इसमें मार भी हो सकती है?'' लोचन बोला।

"कुछ भी संभव है।" जो कुछ उस रोशनदान से छलककर आ रहा था, मैंने उसके आधार पर कहा।"

उस दिन तो हम ऊबकर चले आए। दूसरे दिन मालूम हुआ कि वह मीटिंग लगभग साढ़े चार घंटे चली और अंत में इस आशय का एक प्रस्ताव पारित हुआ—"डी.ए.वी. इंटर कॉलेज, वाराणसी के अध्यापक और कर्मचारी सभी देश की वर्तमान स्थिति से दु:खी हैं। हमारा विश्वास सांप्रदायिक सद्‌भावना में है। हम महात्मा गांधी के उठाए हुए कदम का स्वागत करते हैं, पर उनके गिरते स्वास्थ्य से बड़े चिंतित हैं।

"इस प्रस्ताव के माध्यम से हम महात्माजी से विनीत आग्रह करते हैं कि वे अपना अनशन समाप्त कर दें और देश की जनता से भी विनम्र निवेदन है कि वह उनके बताए मार्ग पर चले।"

उक्त प्रस्ताव में गांधीजी के दीर्घजीवी होने की भी कामना की गई थी।

प्रस्ताव तो सर्वसम्मत से पारित हुआ था, पर अधिकांश अध्यापकों की प्रतिक्रिया थी कि इसमें पाकिस्तान में हिंदुओं पर हो रहे अत्याचार के बारे में कुछ नहीं कहा गया है।

□

आज कॉलेज में दूसरे पीरियड में ही एक नोटिस निकला कि मध्यांतर के बाद अनध्याय रहेगा। क्यों? किसलिए? इसका कोई उल्लेख नहीं था। स्पष्ट था कि अध्यापकों को जुलूस में जाने का यह स्पष्ट निर्देश था।

घर आने पर पता चला कि दानिस मेरी प्रतीक्षा करते-करते सुमेर चाचा की दुकान की ओर गया है। मैं तुरंत वहाँ पहुँचा।

"कहाँ थे इतनी देर तक? छुट्टी तो कब की हो गई थी?" मुझे देखते दानिस बोला।

"लड़के लोग बरगद के पेड़ के नीचे इकट्ठे होकर इसका निर्णय कर रहे थे कि हम लोग जुलूस में जाएँ या न जाएँ!"

"तो क्या निर्णय हुआ?"

"अंत में घूम-फिरकर सब इसी निष्कर्ष पर आए कि हमें इस समय तो बूढ़े की जान बचानी चाहिए। अगर यह निर्णय न भी होता तो भी मैं जुलूस में जाता।"

"तब तुम मुझे भी लेते चलना।" दानिस ने कहा, "इसके लिए तुम्हें मेरे घर आना होगा, क्योंकि अम्मी कई दिनों से तुम्हें याद कर रही हैं। उन्हें तुमसे मिलकर बड़ा सुकून मिलता है।"

"हाँ भाई, इसे मैं भी समझता हूँ।" मैंने कहा, "कई बार मैं उनसे मिलना चाहता था, पर समय ही नहीं मिला। तो चलो, इसी समय मिलता हूँ।"

मैं दानिस के साथ ही चल पड़ा।

दिन में भी उसका दरवाजा कंजूस की तिजोरी की तरह जकड़कर बंद था, किंतु दानिस की एक ही दस्तक पर खुल गया। सलमा मुझे देखते ही मुसकरा पड़ी।

मैंने पूछा, ''आज तुमने दरवाजे की दराज से झाँककर आगंतुक की छानबीन नहीं की। दानिस ने जरा सा थपथपाया और दरवाजा खुल गया।''

''मैं अपने घर के लोगों की दस्तक को पहचानती हूँ।''

''इसका मतलब है कि तू मुझे अपने घर का नहीं समझती।''

वह क्या जवाब देती, शरमाकर रह गई।

भीतर आकर दानिस बोला, ''अम्मी, तु रोज जिसका नाम जपा करती हो, वह जग्गू आ गया।''

बूढ़ी एकदम हरी हो गई, मानो सूखे धान पर पानी पड़ गया हो। उसने मुझे अपने सीने से एकदम चिपका लिया और बहुत देर तक वैसी ही पड़ी रही। शायद ही कोई माँ मेरी उम्र के बच्चे को ऐसे वात्सल्य-भाव से चिपकाती हो, जबकि मेरी माँ ने बहुत पहले से मुझे अपने सीने से बड़े हो जाने के कारण अलग कर रखा है।

''तू कहाँ रह जाता है, जग्गू?'' उसने बड़े ममत्व से कहा।

''तुम क्यों नहीं समझतीं कि मैं हमेशा तुम्हारे पास ही हूँ।''

''कैसे समझूँ?'' अम्मी बोलीं, ''हमेशा तो मैं नफरत की आग और खौफ के धुएँ से घिरी रहती हूँ। कभी-कभी तो मैं एकदम परेशान हो जाती हूँ, बिलकुल पसीने-पसीने।

''तो तुम किसी और से नहीं, अपने वहम से ही परेशान होती हो!''

''इस बार दंगा नहीं, मुसलमानों का कत्लेआम होने वाला है, क्या यह भी मेरा वहम है?''

''बिलकुल वहम है। मैंने तुमसे कहा न—जब तक वह बूढ़ा गांधी जिंदा है, ऐसा कुछ होने वाला नहीं है।''

''पर अब तो लोग उसे भी मार डालना चाहते हैं!''

''यह क्या कह रही हो, अम्मी?''

''ठीक कह रही हूँ, बेटा!'' अम्मी बोलीं और दाहिने ओरवाली खिड़की की ओर संकेत करते हुए कहा, ''इसी खाट पर पड़ी-पड़ी मैं इस बंद खिड़की से नीचे गुजरनेवालों को सुनती रहती हूँ। उनमें से करीब-करीब हर शख्स कहता सुनाई पड़ता है कि अब वह बूढ़ा जरूर मारा जाएगा और उसे मर भी जाना चाहिए।''

मैं भी चिंतित हो गया। फिर भी अपने को सँभालते हुए बोला, ''उसी की जान बचाने के लिए तो हम शाम को जुलूस में जा रहे हैं।''

‘‘जरूर जाओ बेटा, दानिस तो जाएगा ही! मैं भी चलने लायक होती तो जरूर चलती। सलमा को भी लेते जाओ।’’

सलमा खिल उठी।

मैंने मुसकराते हुए कहा, ‘‘मैं ले तो जाता, पर मान लो, कोई हंगामा हुआ तो कहाँ इसकी जान बचाता फिरूँगा?’’

अम्मी चुप हो गईं और मैं एकदम चल पड़ा। सलमा पीछा करते हुए बोली, ‘‘देखती हूँ, तुम कब तक अपनी छाया से पीछा छुड़ाते हो!’’

हम लोग दशाश्वमेध घाट के देड़सी के पुल पर समय से कुछ पहले ही पहुँच गए थे। हमारा अनुभव था कि इनकलाबी जुलूस हमेशा इसी स्थान से निकलता है। आज भी यहीं से निकलने वाला था।

उस समय तो वहाँ कोई नहीं था। कुछ लोग टहलते अवश्य दिखाई दिए। वे लोग जुलूस में चलनेवाले हैं या तमाशबीन, कुछ अंदाजा लगाया नहीं जा सका। अजीब बात है, न एक तिरंगा झंडा और न कांग्रेस कमेटी के लोग ही, जबकि घोषित समय से अधिक हो गया था।

जुलूस चला तो मुश्किल से पच्चीस-तीस लोग रहे होंगे, पर चौक तक आते-आते उनकी संख्या सैकड़ों में हो गई थी। यहीं छोटे सरकार और रानी बहू के साथ पियारी भी दिखाई पड़ी। थोड़ी देर बाद अपने कुछ लोगों को लेकर लाला जगजीवन लाल भी आ गए थे; पर वे छोटे सरकार से दूर ही रहे। इसमें शुरू से ही तख्तियाँ लिये लोग चल रहे थे।

यह मौन जुलूस ज्यों-ज्यों आगे बढ़ता गया, कांग्रेस कमेटी से लाई गई तख्तियाँ कम पड़ती गईं। तख्तियाँ लिये लोग आगे-पीछे होकर उसी कमी को भरते रहे।

तख्तियों पर लिखा था—‘हिंदू-मुसलिम भाई-भाई’, ‘सांप्रदायिकता हमारा सबसे बड़ा दुश्मन’, ‘महात्माजी अपना अनशन समाप्त करें’, ‘आदमी हो आदमी से प्यार करो’ आदि-आदि।

जुलूस में दूसरा मिलन मैदागिन चौराहे पर हुआ। यहाँ दारानगर की ओर से जुलूस की एक टुकड़ी आकर मिली। इसमें मेरे मुहल्ले के कई लोग दिखाई पड़े। शायद यह पहले से बनाई योजना का परिणाम था।

मौन शोर से कितना भारी पड़ता है, इसका मैं अपने जीवन में पहली बार अनुभव कर रहा था। इसमें गंभीरता और अनुशासन भी अधिक था और दर्शकों पर इसका प्रभाव भी नारेबाजी से कहीं अधिक।

लोग बाएँ से दोहरी लाइन बनाकर धीरे-धीरे चल रहे थे। दर्शक भी किनारे मौन दिखे। उनके चेहरे पर चिंता की रेखाएँ साफ उभर आई थीं। अगर गांधी न रहे तो देश

का क्या होगा?

टाउन हॉल के मैदान में पहले से ही कुछ लोग उपस्थित थे। जुलूस के पहुँचने पर तो छोटी-मोटी भीड़-सी हो गई।

हम लोग आगे बढ़ते-बढ़ते मंच तक पहुँच गए थे। मंच भी सामान्य था। पीछे से उसपर चढ़ने की व्यवस्था थी। सबसे पहले तारापद भट्टाचार्य ऊपर चढ़े। वे जेल गए इस नगर के सबसे पुराने कांग्रेसी नेता थे। उनके पीछे छोटे सरकार, फिर रानी बहू और पियारी थी। इसके बाद यहाँ की कांग्रेसी नेत्री भारी-भरकम शरीरवाली थुंगमा को किसी तरह लोगों ने ऊपर चढ़ाया।

भीड़ में से ही किसी ने व्यंग्य किया, ''देख भैया, कहीं मंचवै न भहरा जाय।'' कुछ लोग हँस भी पड़े, पर शीघ्र ही सभा की गंभीरता ने उस हँसी का गला दबा दिया।

मंच पर उनके पीछे और लोग भी थे। इसी में लाला भी ऊपर जाने के लिए धक्का-मुक्की कर रहा था। मैंने देखा, एक आदमी ने तो उसे बड़ी बेरहमी से धक्का मारा। वह गिर भी गया, पर वह भागनेवाला नहीं था। वह तो उन लोगों में था, जो हजार जूते खाकर भी तमाशा घुसकर देखते हैं। आखिरकार वह मंच पर चढ़ ही गया। भले ही उसे मंच पर पीछे ही जगह मिली।

''मैंने ऐसा शख्स नहीं देखा।'' दानिस बोला।

मैंने कुछ इशारे से और कुछ जबान का सहारा लेते हुए उससे कहा, ''तुम चुपचाप तमाशा देखो। तुम्हारे बोलने की स्थिति नहीं है।

जैसा मैं सोच रहा था वैसा ही हुआ। तारापद भट्टाचार्य ही सर्वसम्मति से सभापति हुए और सभा शुरू हुई।

हर व्यक्ति के भाषण का सार यही था कि सांप्रदायिकता के शैतान को कभी अपने ऊपर सवार मत होने दीजिए। हिंदू-मुसलमान दोनों को मिलकर इस शैतान को मार भगाना है। हमारा कोई असली दुश्मन है तो यही है। इसे पाकिस्तान ने भेजा है। अगर यह सफल हुआ तो पाकिस्तान की चाल सफल हो जएगी। वह तो चाहता ही है कि भारत में हिंदू-मुसलमान आपस में लड़ें और मुसलमान वहाँ से भागकर मेरे यहाँ आएँ।

''यह भी रिपोर्ट मिली है कि जो मुसलमान यहाँ से भागकर पाकिस्तान गए हैं, उनके साथ वहाँ कोई अच्छा व्यवहार नहीं किया गया, वरन् उनका इस्तेमाल किया गया इसलामिक जगत् में भारत-विरोधी प्रचार के लिए। इसलिए इस नाजुक वक्त में समझ-बूझ से काम लेना चाहिए।''

कई भाषण हुए। अंत में अध्यक्ष ने घड़ी देखी और कहा, ''किसी और को कुछ बोलना हो तो संचालक महोदय के पास अपना नाम लिखकर भेज दे।''

मुश्किल से दो-तीन नाम आए होंगे, पर जब लाला ने अपना नाम लिखकर आगे

बढ़ाया तब छोटे सरकार ने देखते ही उसे फाड़कर फेंक दिया।

अंत में एक छोटा सा प्रस्ताव पारित किया गया, जिसकी भाषा कमोबेश इस प्रकार थी—

"काशी के नागरिकों की यह सभा महात्मा गांधी के अनशन से बहुत चिंतित है। यह देशवासियों से आग्रह करती है कि वे शीघ्रातिशीघ्र महात्माजी के आदेश का पालन करे। हिंदू-मुसलिम एक-दूसरे को भाई-भाई समझें और पाकिस्तान के बहकावे में न आएँ। इससे देश का हित नहीं होगा।

"इस सभा का यह भी मत है कि पाकिस्तान की अपेक्षा सांप्रदायिकता हमारा सबसे बड़ा शत्रु है। हमें उसका समूल नाश करना चाहिए। यह सभा महात्माजी से पुनः आग्रह करती है कि वे अपने अनशन के निर्णय पर पुनः विचार करें। पूरा देश उनके साथ है।"

अंत में अध्यक्षजी का भाषण हुआ। उन्होंने कोई नई बात नहीं कही। कहते भी तो क्या कहते! पूर्व में कही हुई बातों को ही दोहराया, फिर उन्होंने उपस्थित जन समूह को शपथ दिलाई—"हम सब भारतवासी चाहे किसी धर्म या जाति के हों, भाई-भाई हैं। हम सांप्रदायिकता रूपी शत्रु का समूल नाश करेंगे।" इसी संदर्भ में उन्होंने इकबाल की यह पंक्ति दोहराई—"मजहब नहीं सिखाता आपस में वैर रखना, हिंदी हैं हम वतन है हिंदोस्ताँ हमारा।"

अंत में राष्ट्रगान के साथ सभा समाप्त हुई।

मंच से पहले उतरनेवालों में लाला ही था। मेरी दृष्टि तो उसी पर लगी थी। भीड़ में अध्यक्ष और छोटे सरकार को खाली रास्ता मिला। वे आगे निकल गए थे। रानी बहू पियारी के साथ पिछड़ गईं। लाला को मौका मिला। वह लपकता हुआ पियारी तक पहुँचा। उसने उसे इशारा करके अपने पास बुलाया भी, पर पियारी ने ऐसे झटके से अपना मुँह फेर लिया कि क्या बताऊँ!

अँधेरा हो चला था। अब लाला से रहा नहीं गया। 'आरत के मन रहे न चेतू'। उसने बढ़कर पियारी का हाथ पकड़कर कुछ कहने के लिए खींचा। अरे लाला, इस भीड़ में क्या कर रहा है? मैं सोच ही रहा था, तब तक पीछे से दो-तीन हाथ एक साथ उठे—"ओ स्साला, भीड़ में औरत का हाथ पकड़ता है!" फिर तो कई हाथ उसपर जम गए। भगदड़ मच गई। लाला के आदमियों का पता नहीं। उधर लाला अपनी जान छुड़ाकर भागा और इधर हम लोग।

□

इस सभा का जितना प्रभाव होना चाहिए था, वैसा सभा में नहीं दिखाई दिया। कई जगह हिंदू-मुसलमान गले मिलते अवश्य दिखे, पर ऐसे लोगों पर तबर्रा पढ़नेवाले

भी कम नहीं थे।

बगल से गुजरनेवाला साचू यादव कह रहा था, "ऊपर से मिलै से का होई, भीतर से त अबहू छुरा पर सान दिहल जात होई।"

आस-पास के लोग उसका मुँह देखते रह गए। उसी समय एक राहगीर ने भी एक शेर जड़ दिया—"दिल मिले न मिले, हाथ मिलाते रहिए।"

बस एक ही बात लोग सोचते थे कि गांधीजी कितना भी अनशन करें, पर अब इस देश में हिंदू-मुसलमान कभी एक दिल होनेवाले नहीं हैं।

यह एक सत्य सर्वत्र विराजमान था और दूसरा था गांधीजी के अनशन का सत्य। दोनों सत्यों के संघर्ष में दूसरा सत्य हर जगह मात खाता दिखाई दे रहा था।

लगभग उसी सत्य का समर्थन सुमेर चाचा की दुकान पर लगनेवाली अड़ी भी कर रही थी।

आज शाम जब मैं वहाँ पहुँचा तो लोगों की उपस्थिति औसत से ज्यादा थी। सभी गंगाराम की प्रतीक्षा कर रहे थे। देखें, आज वह क्या खबर लाता है!

"लगता है, आज वह किसी काम में फँस गया। अब तक तो उसे आ जाना चाहिए था।"

"ऐसन त नाहीं कि कहीं बुढ़ऊ चस गदल होय। और अखबार अभी निकलल न होय।"

"अरे यार, अइसन अशुभ मुँह से मत निकाल।" यह एक अनजान व्यक्ति की आवाज थी—"आज हम भले ही उस बूढ़े से घृणा करें। वह तो जो कह रहा और कर रहा है, वह हमारे मन की भले ही नहीं; पर वही एक ऐसा शख्स है, जो इस देश की नाव किनारे लगा सकता है।"

"इस समय तो वह नाव को डुबो ही रहा है।" यह धारणा पं. दीनानाथ की थी।

तब तक गंगाराम अखबार लिये आता दिखाई दिया। लगता है कि महात्माजी ने अनशन छोड़ दिया, क्योंकि गंगाराम खुश दिखाई दे रहा है। यह एक धारणा थी।

"अरे, बुढ़वा बहुत जिद्दी हौ। जब तक कहीं भी दंगा होत रही, वह अनशन न तोड़ी।" उसी चौकी से उठा यह दूसरा विचार था।

जिसकी भावना जैसी रही गंगाराम उन्हें वैसा ही दिखाई दिया।

आते ही गंगाराम ने बताया, "आज गांधीजी की हालत बहुत खराब हो गई है। उनके पेशाब से एसीटेट ए जा रहा है। उनसे किसी से मिलने और बात करने पर भी डॉक्टरों ने पाबंदी लगा दी है।"

फिर गंगाराम ने स्वत: अखबार मेरे हाथ में थमा दिया। सारा अखबार गांधीजी के अनशन और उसपर व्यक्त की गई लोगों की प्रतिक्रियाओं से भरा था। सारांश तो गंगाराम

ने बता ही दिया था। इसलिए मैंने केवल मुख्य-मुख्य हेडिंग का वाचन किया—'आज गांधीजी की हालत बिगड़ी, उनके स्वास्थ्य को लेकर डॉक्टर घबराए।' 'अनेक दलों के बड़े-बड़े हिंदू-मुसलिम नेता उनका हाल जानने के लिए व्याकुल, स्वयं वायसरॉय माउंबेटन ने भी अनशन त्यागने की अपील की।'

अखबार की बॉटम स्टोरी थी—'सारा देश महात्मा के अनशन से हिल उठा। उनके जीवन की सुरक्षा के लिए मंदिरों और मसजिदों में प्रात: से ही सामूहिक प्रार्थनाएँ की जा रही हैं।'

इन समाचार हेडिंगों को सुनकर एक खामोशी छा गई। सब एक-दूसरे का मुँह देखने लगे, पर पीपा जैसे उस स्थिति से निरपेक्ष था। उसने अपने मिट्टी के तेल का कनस्तर उठाया, कंधे पर सीढ़ी लटकाई और बिना किसी से कुछ कहे-सुने चल पड़ा। हाँ, बुदबुदाता जरूर गया—'जस करनी तस भोगउ दाता।' मैं आज तक नहीं जान पाया कि उस समय पीपा का यह बुदबुदाना गांधी के अनशन के पक्ष में था या उसके विरोध में!

तब तक घबराया हुआ दानिस आ गया। उसने मेरे कान में धीरे-धीरे कुछ कहा और मैं वहीं अखबार छोड़कर उसके साथ चल पड़ा। यद्यपि मैं चलने की स्थिति में नहीं था, क्योंकि कटकटाता जाड़ा था और मैं केवल हाफ स्वेटर पहने था। शाम भी काली पड़ने लगी थी। ठंडी हवा तीर-सी चुभ रही थी। इधर कई दिनों से पारा तीन से चार डिग्री गिर जाता था।

□

दानिस ने रास्ते में कुछ नहीं बताया। यद्यपि मैंने कई बार उससे पूछा। हर बार वह यही कहता रहा कि घर चलने पर सब पता चल जाएगा।

स्पष्ट लगा कि कोई गंभीर संकट आ पड़ा है, क्योंकि वह चल नहीं रहा था, वरन् चलने की तरह दौड़ रहा था। यद्यपि कई लोगों ने मुझे पुकारा भी, पर सबको अभी आने का आश्वासन देकर मैं आगे बढ़ता गया।

इस बार दानिस का दरवाजा हमेशा की तरह भीतर से बंद नहीं था। अंदर से चिपककर सलमा की झाँकती दो आँखें हम लोगों के आने की बाट जोह रही थीं।

आज मुझे देखकर सलमा हमेशा की तरह मुसकराई भी नहीं, वरन् सवेरे की कुमुदिनी की तरह मुँह नीचा किए उदास खड़ी रही। एक खौफनाक सन्नाटा घर के पूरे माहौल पर छाया था।

"अम्मी कहाँ हैं?"

"वह अपनी कोठरी में खाट पर पड़ी हैं।" सलमा बोली। यद्यपि मैंने दानिस से पूछा था।

भीतर आ देखा, खाट पर एक जीर्ण-शीर्ण काया लगभग चिथड़ी हुई एक गुदड़ी पर पड़ी है। ऊपर से ओढ़ी हुई पुरानी रजाई की भी लगभग वैसी ही स्थिति है। झिलँगी खाट के नीचे एक छोटी सी बोरसी रखी थी, जिसमें अंगारों ने भी राख ओढ़ ली थी। ताप का महज एहसास कराते हुए बोरसी अपनी उपस्थिति दर्ज करा रही थी। मुझे देखते ही अम्मी फफककर रो पड़ीं।

"क्या बात है, अम्मी?" मैंने कई बार पूछा। पर वह कुछ बोल न पाईं, केवल रोती रहीं।

"आखिर इतने आँसू क्यों बहाए जा रही हो, अम्मी?" दानिस बोला।

"आँसू न बहाए जा सकते हैं और न रोके जा सकते हैं।" इतना कहते हुए मैंने पैंट की जेब से एक रूमाल निकाला और उनके आँसू पोंछने के लिए जैसे ही झुका, उन्होंने तुरंत अपने सीने से लगा लिया।

यद्यपि अब उनकी रुलाई बंद थी, फिर भी सिसकन तेज थी। मेरी जिज्ञासा ने फिर अपना दबाव बनाया—"तुम इतना दु:खी क्यों हो, अम्मी?"

"सोचती हूँ, अब तू किसके सीने से लगेगा? मेरे कबाब बने जिस्म में तुझे लिपटाने की ताकत कहाँ होगी!"

"मैं कुछ समझा नहीं, अम्मी!" वह अब भी सिसकती रहीं।

फिर मैंने दानिस की ओर देखा। वह भी चुप और सलमा तो एकदम चुप। उसकी आँखें भी अब पसीजने लगीं।

थोड़ी देर बाद अम्मी ने धीरे से सिर हटाया और तकिया के नीचे से निकालकर एक लिफाफा मुझे थमा दिया।

पहले तो मैं लिफाफे की ओर देखता रहा। फिर अम्मी धीरे से बोलीं, "तुम खत निकालकर पढ़ो भी।"

खत में बस इतना ही लिखा था—'तुम लोग जल्दी-से-जल्दी अपनी जान लेकर पाकिस्तान भाग जाओ, नहीं तो एक रात हम लोग तुम्हारे मकान को ही फूँक देंगे और तुम सब उसमें जिंदा जल-भुनकर कबाब हो जाओगे।'

मैं भी बड़े सोच में पड़ा, पर मेरा निष्कर्ष स्पष्ट था—'ऐसा कुछ होने वाला नहीं है। यह महज किसी की शरारत है।'

पर यह करने वाला है? मेरा मन चारों ओर दौड़ने लगा। फिर मैंने दानिस से कहा, "जरा सोचो तो, यहाँ तुम्हारा कोई दुश्मन तो नहीं है?"

"हमारा कौन दुश्मन हो सकता है?" अम्मी बोलीं, "आखिर मैंने किसी का क्या बिगाड़ा है, बेटा? दरअसल आज मेरा मजहब ही दुश्मन हो गया।" इतना कहते हुए उसने अपने दोनों हाथ ऊपर उठाए और कहा, "अल्लाह, तू ही इनायत बख्स, अब तेरा

ही सहारा है। तू बड़ा रहीम और करीम है। मैं दुआ माँगती हूँ। यदि खैरियत से दिन बीते और यह मजहबी जुनून ठंडा हुआ तो हम 'खुदाई रात' (एक तरह की रात, जिसमें जागकर ईश्वरोपासना की जाती है) मनाएँगे।''

''इसके साथ ही तुम खुदा से इसके लिए भी दुआ करो कि वह बूढ़े गांधी को किसी तरह जिंदा रखे।'' मैंने कहा।

''तू क्या समझता है, बेटा? मैं तो हर वक्त उसके लिए दुआ माँगती हूँ, पर···'' इतना कहते-कहते वह चुप हो गईं, जैसे भीतर से कोई बात निकल रही थी, उन्होंने जबरन अपने होंठ बंद कर लिये।

''क्या बात है अम्मी, तुम चुप क्यों हो गईं?''

''क्या कहूँ बेटा, दिल काँपता है।'' वह कुछ समय के लिए रुकीं। फिर ऊपर की ओर नजर उठाते हुए धीरे-धीरे बोलीं, ''गांधी तो इनसान नहीं, फरिश्ता है, फरिश्ता। ···और फरिश्ते खुदा को प्यारे होते हैं। वह उन्हें जल्दी बुला लेता है।'' इतना कहकर वह फिर रोने लगीं।

मुफलिसी में पल रहा यह परिवार मुझे कभी इतना दुःखी नहीं दिखा। यद्यपि दानिस के अब्बूजान सलमा के पैदा होने के दस महीने बाद ही इस फानी दुनिया से चल बसे थे। तब से अम्मी ही अद्धी तनजब और सिल्क के कुरते की हाथ की सिलाई और सलमा-सितारा की कढ़ाई कर परिवार पालती रहीं। बड़ी होकर सलमा भी इसी हुनर में माहिर हुई।

ग्राहक कपड़े घर दे जाते रहे और जब बुलाया जाता रहा, आकर ले जाते रहे। माँ-बेटी का हाथ इतना साफ था कि कभी काम की कमी नहीं होती थी। फिर सिलाई की कई दुकानें भी बँधी थीं, वहाँ से भी काम आता ही रहता था।

और दानिस, वह तो पक्का आवारा है। हमेशा दोस्तों के बीच देखा जाता है। फिर भी वह रेवड़ी तालाब के किसी बुनकर के यहाँ कुछ करता है और अपना खर्चा चला लेता है।

पर इधर कुछ समय से सारा काम-काज ठप था। जो पूँजी थी, चुक चली थी। अनाज के मटके भी औंधे पड़े थे। पेट की आग तो एक ओर से जला ही रही थी, अब ऊपर से भी आग बरसाने की चिट्ठी मिली थी। व्याकुल होना स्वाभाविक था।

''क्यों न इस चिट्ठी को पुलिस के हवाले किया जाए? वही जाँच करे कि यह किसकी शरारत है!'' मैंने कहा, ''हो सकता है, जाँच में और बहुत सी बातें मालूम हों।''

पुलिस का नाम सुनते ही अम्मीजान एकदम घबरा गईं—''ना-ना, ऐसा कुछ मत करना। पुलिस कुछ नहीं करेगी और जो कल होना है, आज ही हो जाएगा।''

"फिर क्या किया जाए?" मैंने दानिस की ओर देखकर कहा।

वह चुप ही था और सलमा बासी कली की तरह उदासी ओढ़े रही। जब कोई रास्ता समझ में नहीं आया, तब मैंने सोचा—'इसे क्यों न वार्ड कांग्रेस कमेटी को सौंप दिया जाए। देखें, वे क्या करते हैं?'

मेरे इस विचार का किसी ने विरोध नहीं किया।

मैं उसे लेकर तुरंत रामकिशुन चाचा के घर की ओर बढ़ा। जाड़े की रात के सात बज रहे थे। सनसनाती बर्फानी हवा बह रही थी। शरीर तो पहले से ही काँप रहा था, अब दाँत भी कटकटाने लगे।

मैं लपका चला जा रहा था। गलियाँ सुनसान। शायद माँ भी कोठी से लौट आई होगी। उसका डर भी साथ लग गया था।

रामकिशुन चाचा आँगन में अलाव जलाकर 'बतकुच्चन' कर रहा था। मुझे देखते ही वह एकदम चौंक पड़ा—"इस समय कैसे, खैरियत तो है?"

वह चिट्ठी उसे देते हुए सारी बात संक्षेप में सुना दी। उसने उसे बड़े गौर से देखा और तुरंत इस निष्कर्ष पर आया कि यह आस-पास के ही किसी व्यक्ति की शरारत है। यद्यपि इस चिट्ठी पर 'दिल्ली' लिखकर अच्छी तरह काट दिया गया है। जानते हो, किसलिए? केवल इसलिए कि पानेवाले के मन में दिल्ली में हो रहे दंगे की दहशत फैल जाए।

फिर उसने लिफाफे पर डाकखाने की मुहर पढ़ने की कोशिश की। एक मुहर तो बनारस की थी और दूसरी बिलकुल अस्पष्ट।

"कल सवेरे ही कांग्रेस ऑफिस जाकर इसे दिखाऊँगा। वहाँ कुछ लोग ऐसी ही चिट्ठियों की चर्चा कर रहे थे। लगता है, इस तरह की चिट्ठियाँ कई जगहों पर आई हैं।" उसने बताया।

"खैर, अब देखिएगा।" मैंने कहा, "पर मेरे विचार से कांग्रेसी लोगों को तुरंत दो काम करने चाहिए। एक तो आप लोगों को दो-चार कार्यकर्ताओं के साथ उनके यहाँ जाना चाहिए, जहाँ ऐसी चिट्ठियाँ आई हैं और उन डरे हुए लोगों को समझाना चाहिए कि यह कुछ शरारती लोगों की आप लोगों को परेशान करने की चाल हैं। आप लोग बिलकुल परेशान न हों। बनारस में कहीं कुछ होनेवाला नहीं। हम लोग बड़ी सतर्कता से उसपर नजर रखे हैं। शीघ्र ही इन शरातियों का पता लगाकर उन्हें उचित सजा दिलाई जाएगी।"

अपनी बात को आगे बढ़ाते हुए मैंने दानिस के परिवार की बदहाली की चर्चा की—"घर में कई दिनों से चूल्हा नहीं जला है। फाके पड़ रहे हैं। अम्मी तो ऐसी दहशतजदा हुईं कि वह एकदम बिस्तर से लग गईं।" मैंने बताया, "यह हालत और

परिवारों की भी हो सकती है। इसलिए उनके लिए दूसरा काम उनके भोजन-पानी की भी व्यवस्था करने की है।''

"यह कैसे होगा?'' चाचा बोला और सोचने लगा।

"इसके लिए एक-एक संपन्न हिंदू परिवार को ऐसे विपन्न एक-एक परिवार को आर्थिक सहायता देनी चाहिए।''

चाचा एक ग्लानि भरी हँसी हँसा और बोला, "लगभग ऐसी ही बात तो गांधी कह रहा है। जब लोग उसकी नहीं सुनते तो हमारी-तुम्हारी कौन सुननेवाला है!'' इतना कहने के बाद उसने एक सवाल किया, "क्या तुम्हारे सुमेर चाचा ऐसे लोगों में बाँटने के लिए एक बोरा अनाज दे सकते हैं?''

मैं सोच में पड़ गया। कभी हबीब डफाली का घर फूँकने के लिए उनके यहाँ से चंदर एक कनस्तर मिट्टी का तेल ले आया था। वह भी उसने दिया नहीं था, जबरदस्ती गुंडई के बल पर उठा लाया था।

"अगर वह देना भी चाहेगा तो और लोग उसे देने नहीं देंगे। आखिर उसे समाज में रहना है या नहीं।'' चाचा स्वयं बोला।

मुझे लगा कि काफी देर हो गई है। अब तक माँ जरूर आ गई होंगी। मैं एकदम वहाँ से चल पड़ा।

जब तक अलाव के पास था, गरमा गया था। बाहर आते ही बर्फ के बाबा मारती हवा का सामना हुआ। बाँह विहीन पुराने स्वेटर पर उन्हें रोकता, काँपता, भगवान् का नाम लेता घर की ओर लपका चला।

दूर से ही घर के दरवाजे पर लटकते ताले ने ढाढ़स दिया। अभी माँ नहीं आई हैं। मैं ताला खोलकर ऊपर आया। तुरंत दालान में दीया और ऊपर कमरे में छोटी लालटेन जलाई। किताब-कॉपी खोलकर बैठ गया, जिससे माँ आते ही देख लें कि मेरा लायक लड़का पढ़ रहा है।

□

: चार :

कुछ ही दिनों बाद यह पता चल गया कि ऐसे शरारती पत्र लिखनेवालों का एक समूह नगर में सक्रिय है। कांग्रेस कमेटी ने ऐसी अफवाहें फैलाने और दहशत भरे पत्र लिखनेवालों से होशियार रहने की मुनादी कराई तथा अखबारों में उस तरह के इश्तहार छपवाए।

यह भी चर्चा चली कि कई जगह ऐसी मुनादी करनेवालों की कुछ अनजान व्यक्तियों ने जमकर पिटाई की और उनकी मुनादी तोड़कर सार्वजनिक स्थलों पर फूँक भी दी, जिससे अब कोई ऐसी मुनादी करने के लिए जल्दी तैयार न हो।

इधर स्कूल-कॉलेज खुले होकर भी अधखुले ही होते थे। बहुधा छात्र हाजिरी देकर चल देते थे। हिंदू बहुल स्कूलों में मुसलिम छात्र शायद ही हाजिरी देने आते हों। यही हालत मुसलिम बहुल स्कूलों मे हिंदू छात्रों की थी। छात्र-अध्यापक दोनों दो स्पष्ट गुटों में बँटे हुए थे। एक वर्ग उन लोगों का था, जो यह सोचता था कि गांधी के बिना भारत की कल्पना नहीं की जा सकती और दूसरा बड़ा वर्ग उन लोगों का था, जिसकी सोच के अनुसार अब इस देश को गांधी की आवश्यकता नहीं थी।

पर गांधी के जीवन की चर्चा सब जगह थी। उस बूढ़े का व्यक्तित्व पूरे देश पर छाया था। लोग चाहे जैसे भी सोचें, पर सोचते उसी के संबंध में थे।

पूरे देश में यही स्थिति थी। यद्यपि दहशत की गरम हवा हर जगह चल रही थी। लोगों को यह भी विश्वास था कि बूढ़े का संकल्प कुछ-न-कुछ करके रहेगा। विरोधी संकल्प की जगह 'जिद' का प्रयोग करते थे।

मैंने अपने विद्यालय के सबसे संजीदा अध्यापक मुहम्मद उस्मान साहब को कुरेदा तो वे बोल पड़े, ''रात-दिन गर्दिश में है सात आसमाँ, हो रहेगा कुछ-न-कुछ घबराएँ क्या!'' और इतना कहकर वे भी चुपचाप आगे बढ़ गए।

कॉलेज के प्रांगण में जनवरी की मुलायम धूप में बैठकर अमरूद या मूँगफली खाते हुए बहस करने या सुनने में मेरी कोई रुचि नहीं थी। एक बजते-बजते मैं कॉलेज

से चल देता था।

आज जब चला तो अचानक दानिस की याद आई। कई दिन हो गए, न वह मिला और न मैं उसके घर गया। यद्यपि रास्ते में रामकिशुन चाचा से मालूम हुआ कि कांग्रेस के लोगों ने हर मुसलिम मुहल्ले के लिए पाँच-पाँच स्वयंसेवकों की एक टीम बनाई है, जो ऐसे लोगों से मिलेगी, जिनके यहाँ वैसे शरारती पत्र आए हैं और जहाँ जरूरत होगी वहाँ वे अनाज-पानी की भी व्यवस्था करेंगे।

''वे स्वयंसेवक घर तो नहीं बैठे रह जाएँगे?'' मैंने शंका की।

उन्होंने हँसते हुए कहा, ''तुम क्या सबको अपने जैसा समझते हो?''

''अपने जैसा यदि समझता तो यह प्रश्न ही नहीं करता। पर इस माहौल में मुसलमानों के मुहल्ले में जाना खतरे से खाली नहीं है।''

तब उन्होंने बताया कि हर टीम के साथ दो बंदूकधारी पुलिस भी रहेगी।

अब मुझे भी मौका मिला—''तब तो आपने स्वयं गांधी के सिद्धांतों को तिलांजलि दे दी।''

''वह कैसे?''

''गांधी ने अपनी सुरक्षा के लिए कभी पुलिस नहीं ली। वे हमेशा यही कहते रहे कि मेरी सुरक्षा तो भगवान् करेगा।''

रामकिशुन चाचा एक खिसियाई हुई हँसी हँसते हुए चुपचाप बगल से निकल गए।

मैं दानिस की गली में मुड़ने ही वाला था कि वह सामने से कपड़ों की गठरी लिये आता दिखाई दिया। मुझे देखकर वह दूर से ही मुसकराया। स्पष्ट लगा कि आज वह तनावमुक्त है। निकट आते ही उसने बताया कि आजकल नित्य कांग्रेस के स्वयंसेवक आया करते हैं। वे लोग ढाढ़स भी दिलाते हैं कि यहाँ कुछ होनेवाला नहीं है। यदि खुदा न खास्ता कुछ हो ही गया तो आप यकीन कीजिए कि आपका भी बाल बाँका नहीं होगा। वे लोग अनाज-पानी के साथ दवा-दारू की भी व्यवस्था करते हैं।

उसकी दूसरी सूचना थी कि मैं उन दर्जियों के यहाँ से काम लाने लगा, जो पहले से ही हमारे स्थायी ग्राहक हैं। वहाँ से हमने अपने बकाए पैसों की वसूली भी की। उसने इसी क्रम में यह भी बताया कि अब अम्मी भी एकदम 'नॉर्मल' हैं। रोज तुमको याद करती हैं।

''पर एक दिन भी तुम मेरे यहाँ नहीं आए।'' मैंने उलाहना दी, ''अरे, धन्यवाद देने ही आते। तुम पक्के एहसानफरामोश हो!''

''अरे, नहीं यार, तुमसे मिलने की तो रोज ही सोचता था, पर कोई-न-कोई काम आ जाता था।''

"अब तो काम ही होगा भाई, पहले तो रोज दौड़े हुए आते थे।" इतना कहने पर वह कपड़ा लिये-दिए मेरे गले से लिपट गया और काफी देर तक मुझे लिपटाए झूलता रहा। वह मुझसे नाटा भी है, इसीलिए उसे मुझसे झूलने में सहूलियत हुई और मुझे उसका दबाव सहने में।

आस-पास के लोग बड़े कौतूहल से यह भरत-मिलाप देखते रहे। इसलिए नहीं कि यह दो दोस्तों का मिलन था, वरन् इसलिए कि यह हिंदू-मुसलिम का गले मिलना था। संयोग था कि आज दानिस ने लुंगी पहन ली थी और गोल टोपी भी लगाई थी। खासा मुसलमान मालूम हो रहा था।

अब हम लोग उसके घर की ओर चले। हमेशा जकड़कर बंद किया जानेवाला उसका दरवाजा आज आधा मुँह बाए मिला। भीतर आते ही दानिस खुशी से बोला, "देख अम्मी, कौन आया है!"

सबसे पहले सलमा की मुसकराहट ने मेरा स्वागत किया। उसके चेहरे की चमक लौट आई थी। आज वह मुझे पहले से भी अधिक अच्छी लगी। पर मैं उससे कुछ बोला नहीं। सीधे अम्मी के पास आया। मैंने देखा, वह कुरते की सिलाई कर रही हैं और उनकी आँखों पर वही बूढ़ा चश्मा चढ़ा है, जिसकी एक टूटी कमानी की जगह मोटा धागा बँधा था।

मैंने दूर से ही उन्हें सलाम किया।

"अरे, तू आ गया, बेटा! आज तक हम लोग तेरी ही मेहरबानी से जिंदा हैं।"

वह इतनी खुश थीं कि क्या बताऊँ। वह चारपाई से उठने को हुईं कि मैं खुद उनके पास पहुँच गया।

आज वह बड़े सुकून में थीं। बोलीं, 'कांग्रेसवाले तो बड़ा काम करते हैं। रोज ही एक-दो आदमी आते रहते हैं; पर एक बात वे भी कहते हैं—जब तक गांधी जिंदा है तब तक तो कुछ होनेवाला नहीं है। फिर भी शरारती लोग अपनी शरारत से बाज नहीं आ रहे हैं; पर उनकी एक नहीं चलेगी। अब सवाल उठता है, कब तक?" अम्मी की आशंका स्पष्ट धरातल पर आई—"कब तक वह बूढ़ा फिरकापरस्ती के ज्वार को थामे रहेगा?"

मैंने अनुभव किया कि अम्मी के व्यक्तित्व का ज्वालामुखी लोगों की सहानुभूति के नीचे धधक रहा है। वह रह-रहकर धुआँ उगलता है।

"अरे अम्मी, तुम तो बेकार की फ्रिक करती हो।" मैंने कहा, "जब कुछ होगा तब देखा जाएगा। रात खाँसी आए और सवेरे से ही मुँह बाए—ऐसी आशंका मुझे अच्छी नहीं लगती।"

"बेटा, क्या ऐसा सोचना मुझे अच्छा लगता है?" अम्मी बोलीं, "पर क्या

करूँ? इस गली में आते-जाते लोगों की बातें जो आधा-तीहा सुनती हूँ तो जी घबराता है; क्योंकि इस मुहल्ले में काफी हिंदू रहते हैं।''

''तो क्या सुना तुमने?''

''अभी कल की ही तो बात है।'' फिर उसने दानिस से पूछा, ''क्या बेटा, कल की बात है न, जब इस गली से जोर-जोर बातें करते एक झुंड गुजरा था। उसमें से कोई कह रहा था कि 'वह बूढ़ा तो हिंदू बनता है और है हिंदुस्तान का सबसे बड़ा दुश्मन।' तुमने सुना नहीं? उसका कहना था कि 'पाकिस्तान से भागकर जो हिंदू आए थे और जिन्होंने दिल्ली की मसजिदों में शरण ली थी, उन शरणार्थियों से उस बूढ़े ने मसजिदें खाली करवा दीं।'

'' 'अब उसे जल्दी ही इस धरती से विदा कर देना चहिए।' यह उस झुंड से निकली दूसरी आवाज थी।''

मैं कुछ बोला नहीं, केवल अम्मी का चेहरा देखता और सोचता रहा कि यह कितना अजीब है? एक ओर तो मसजिदों-मंदिरों में गांधी की जिंदगी के लिए भगवान् से दुआएँ माँगी जा रही हैं और दूसरी ओर उन्हीं पूजा-गृहों के प्रेमी उनके मौत की भी कामना कर रहे हैं। आग और पानी साथ-साथ।

□

मैं घर चला आया। मेरे साथ अनेक आशंकाएँ भी आईं। जब मैं जलपान कर बिस्तर पर पड़ा तो उसी संदर्भ में सोचता रहा। जब झपकी लगी तो एक भयंकर स्वप्न आँखों के सामने था।

मुझे ऐसा लगा कि मैं जिस हरे-भरे जंगल से गुजर रहा हूँ, वहाँ के आकाश में काले-काले सघन मेघ छाए हैं। जोर की वर्षा हो रही है, जैसे बादल फट पड़ा हो। लगातार बिजली कड़कती है, लगता है जैसे हजारों प्रेत अपनी अग्नि-जिह्वाएँ लपलपा रहे हैं। तब तक क्या देखता हूँ, एक विशाल ज्वालामुखी फूट पड़ता है। अजीब स्थिति है, आसमान पानी उड़ेल रहा है और धरती आग उगल रही है।

प्रबल भाप उठ रही है। सारा जंगल जल रहा है। उसी में मैं भी झुलसने लगा हूँ। अचानक हड़बड़ाकर उठ बैठा। देखता हूँ, कहीं कुछ नहीं है। कमरे से बाहर निकला। स्वतः दृष्टि ऊपर उठ गई। जाड़े का निर्मल आकाश और पश्चिम की ओर ढुलकता और ठंडा पड़ता सूरज। पता नहीं क्यों, आज मन उदास-उदास था, इसलिए सारा संसार उदास लग रहा था। गलियाँ भी उदास थीं; पर वे सूनी नहीं थीं। लोग आ-जा रहे थे, आपस में बातें कर रहे थे; पर जैसे दबे-दबे दुःखी मन से।

जब सुमेर चाचा के यहाँ पहुँचा तो वहाँ भी अभी दो-चार ही लोग आए थे। सामने गली से सिताऊ दौड़ा आ रहा था।

"आप लोगों ने कुछ सुना?" वह घबराया हुआ बोला, "महात्माजी पर बम फेंका गया।"

"कैसे मालूम?" यह जिज्ञासा चाचा की ही नहीं, वहाँ बैठे हर व्यक्ति की थी।

"अभी-अभी टेलीप्रिंटर पर आया है। 'आज' कार्यालय के सामने भीड़ लगी है। अखबार चिपकानेवाले बोर्ड पर खूब मोटे-मोटे अक्षरों में चिपका सिर्फ एक वाक्य है—'महात्मा गांधी पर बम फेंका गया, वे बाल-बाल बच गए।' इसके नीचे सामान्य अक्षरों में था—'विशेष जानकारी के लिए अखबार की प्रतीक्षा कीजिए'।"

"इसका मतलब है कि अखबार निकलने में देरी होगी।" सुमेर चाचा बोला, "और गंगाराम भी देर से आएगा।"

देखते-ही-देखते चाचा की दुकान के सामने लोग इकट्ठा होने लगे। चौकी भी भर गई। लोग वास्तव में गंगाराम की प्रतीक्षा में थे। प्रतीक्षा वह हवा है, जो वक्त के गुब्बारे को फुलाकर बहुत बड़ा कर देती है। समय काटे नहीं कटता। वास्तव में गंगाराम के आने का वक्त अब हो रहा था, पर लोगों को लग रहा था कि घंटों से वे उसकी प्रतीक्षा कर रहे हैं।

फिर भी बातें तो चालू थीं ही।

"चलो, अच्छा हुआ कि बुढ़वा बच गया, नहीं तो आज पूरे देश में आग लग जाती।" किसी ने कहा।

"भगवान् जो करता है, वह अच्छा ही करता है।" यह दूसरी आवाज थी, "अब गांधीजी को समझ लेना चाहिए कि लोग उनसे कितने नाराज हैं। वह जो कर रहे हैं उससे हिंदुओं का हित नहीं, बल्कि अहित ही हो रहा है।"

"आप लोग देखिएगा, यदि बूढ़ा और जिंदा रहा तो हम फिर मुसलमानों के गुलाम हो जाएँगे।" यह तीसरा स्वर था।

अजीब बात है, वहाँ इतने लोग थे, पर कोई भी गांधीजी की नीति का समर्थक दिखाई नहीं दे रहा था। इतना बड़ा हादसा हुआ था, पर कोई गांधीजी के पक्ष में दिखाई नहीं दिया।

इन्हीं चर्चाओं के बीच लोगों ने देखा, गंगाराम अखबार लिये दौड़ा चला आ रहा है। रास्ते में रोककर दो-तीन लोगों ने उससे कुछ पूछा भी, पर सबको वह आधा-तीहा जवाब देता उसी गति से आगे बढ़ता चला आया।

उसने आते ही कहा, "गांधीजी पर बम फेंकनेवाला पकड़ा गया।"

"चलो, अच्छा हुआ।" दीनानाथ पंडित बोले, "दंगे भी अब लगभग शांत हो गए हैं।"

"शांत!" इस शब्द पर कुछ लोगों को घोर आपत्ति थी। पंडितजी ने तुरंत अपने

को सँभाला, ''शांति नहीं, नेहरू की सरकार ने उसे बंदूक के बल पर दबा दिया। कई जगह तो सूट ऐट साइट, देखते ही गोली मारने का ऑर्डर देना पड़ा।''

''गांधीजी ने भी अपना अनशन समाप्त कर दिया था। अगर कहीं कुछ हो जाता तो जनता ऐसी भड़कती कि सरकार के सँभाले न सँभलती।'' यह बात रामकिशुन चाचा ऐसे कांग्रेसी द्वारा कही गई थी।

स्थिति लगभग ऐसी ही थी। ऊपर-ऊपर अस्थायी शांति बिछा दी गई थी, पर नीचे 'लावा' धधक रहा था।

मुझे ठीक याद है, यह २० जनवरी, १९४८ की बात है।

मैंने अखबार पढ़ना आरंभ किया। खबर के एक-एक वाक्य पर लोगों का कमेंट आता रहा—''पकड़े गए व्यक्ति का नाम मदन लाल है। बिरला भवन में, संध्या को बापू की सभा में यह हादसा हुआ। बम प्रार्थना सभा से दूर पीछे की ओर फटा।''

बस इतना काफी था वहाँ के लोगों के विचार-विमर्श के लिए।

''देखा, मारनेवाला हिंदू।'' महँगू बोला।

''मुसलमान क्यों होता?'' यह आवाज सोमारू की थी, ''आज उन्हीं की बदौलत तो मुसलमान हमारे देश में सुख-चैन की वंशी बजा रहे हैं और पाकिस्तान में हिंदुओं का सफाया हो रहा है।'' इतना कहते-कहते उसे जैसे आवेश-सा आ गया—''आज बच गया, पर यह बुढ़वा एक-न-एक दिन जरूर मारा जाएगा और हिंदुओं द्वारा ही मारा जाएगा।''

''ऐसी बात मत बोलिए।'' सुमेर चाचा ने हस्तक्षेप किया। उनकी आवाज भी सामान्य से तेज थी—''गली-गली में सी.आई.डी. के आदमी आँखें गड़ाए हैं।''

''मुझे उनका डर नहीं है।'' सोमारू बोला, ''यदि आप डरते हों तो डरें। यदि आप सोचते हैं कि आपकी चौकी पर बैठकर बोल रहा हूँ तो लीजिए, मैं जा रहा हूँ।'' वह उठा और चला गया।

लोगों ने उसे बहुत रोका, पर उसका आवेश किसी का कुछ सुननेवाला नहीं था। सोमारू के इस व्यवहार से लोग खिन्न ही थे। उसने स्वस्थ बहस के बने-बनाए माहौल में कटुता घोल दी। तब तक रामकिशुन भी आ गए। उन्होंने कहा, ''बड़ी अफवाह है कि मारनेवाला व्यक्ति कट्टर हिंदूवादी और राष्ट्रीय स्वयंसेवक संघ का व्यक्ति है।''

''क्यों, वह पाकिस्तान से जान बचाकर आया हुआ कोई भुक्तभोगी नहीं हो सकता?'' यह प्रतिवाद पं. दीनानाथजी का था।

''चाहे जो भी हो, बम फेंकनेवाले की नीयत गांधी को मारने की नहीं थी। यदि मारना ही होता तो वह सभा में बम फेंकता, उसके बाहर क्यों फेंका? केवल उन्हें सावधान करने के लिए कि वे अपनी राष्ट्रीय नीति पर पुनः विचार करें।'' रामकिशुन

चाचा के साथ आया दूसरा व्यक्ति बोला।

"मुझे भी ऐसा ही लगता है!" रामकिशुन चाचा ने अपने मित्र का समर्थन किया—"क्योंकि मदन लाल मारकर भागा नहीं, बड़े आराम से स्वयं को गिरफ्तार करा दिया। उसका बम फेंकना लगभग वैसा ही है जैसा भगतसिंह का असेंबली में बम फेंकना था। किसी की जान लेना दोनों का उद्‌देश्य नहीं था। मुझे तो लगता है, मदन लाल का एकमात्र उद्‌देश्य हिंदुओं के आक्रोश को व्यक्त करना था।" यह बात किसी और ने नहीं, एक कट्‌टर कांग्रेसी ने कही थी। उससे वह माहौल एकदम बदल गया, जो सोमारू के चले जाने से बना था। बहस का अब कोई मुद्‌दा ही नहीं रहा। लोग धीरे-धीरे हटने-बढ़ने लगे।

□

घरा आया। सँझवाती दी। आजकल साढ़े पाँच बजे ही अँधेरा हो जाता है। फिर किताब-कॉपियाँ निकालकर कुछ पढ़ने-लिखने का उपक्रम करने लगा। पर पन्ने ही उलटता रहा। 'मूड' जम नहीं रहा था। माँ कहती हैं कि जब पढ़ने-लिखने में ध्यान न लगे, तब माँ दुर्गा का ध्यान करो और या—'या देवी सर्वभूतेषु बुद्धि रूपेश संस्थिता। नमस्तस्यै नमस्तस्यै नमस्तस्यै नमो नमः' का जाप करो।

मैंने जाप आरंभ किया। सत्य कहूँ, ध्यान अब भी भंग हो रहा था। जब माँ का ध्यान करूँ तब दुर्गा की जगह गांधी आ जाते थे। अंत में घबराकर मैंने जप बंद कर दिया। तब तक नीचे से मंत्री लाल की आवाज आई—"जग्गू, देखो, तुम्हारा दोस्त आया है।"

मंत्री लाल मेरे परिवार से जुड़ा एक अद्‌भुत चरित्र है, जिसका जिक्र मैंने अभी तक विस्तार के भय से नहीं किया था। वस्तुत: जब मैं खपरैल के इस पुराने मकान में आया था, उसके पहले ही वह इस खँड़हर में भूत की तरह अकेला रहता था। बिना पल्ले और बिना किवाड़ की एक अँधेरी कोठरी उसी बूढ़े के नाम रिजर्व थी। सामान्य से अधिक लंबा, पतला-दुबला—एकदम 'लग्गा बेमरम्मत' मंत्री लाल सींकिया पहलवान था। वह दोनों पैर फैलाकर चलता था। दूर से देखिए तो ऐसा लगता, जैसे कोई हाँफता-काँपता कंकाल चला आ रहा हो।

कहते हैं, एक अँधेरी रात में तो कोई बच्चा उसे आता देखकर भूत-भूत चिल्लाता हुआ ऐसा डरा कि उसे बुखार आ गया था। न कर्म से, न ज्ञान से और न व्यक्तित्व से कहीं से भी उसकी जाति कायस्थ का बोध होता न था और न मंत्री क्या, संतरी होने की योग्यता ही उसमें दिखाई देती थी।

वह कभी-कभी ही अपनी कोठरी में आता था। दरअसल वह कहाँ रहता था, कहाँ खाता था, कहाँ पीता था और कहाँ ढुलक जाता था, इसका कोई निश्चय नहीं। यों

उसे खाने से अधिक पीने का शौक था। जहाँ भी, जिसने भी उसे एक 'पौवा' भी पिला दिया, वह उसका उस दिन के लिए 'जर खरीद' गुलाम हो गया। और अब कोई ऐसा आसामी भी नहीं मिलता था, तब वह अपनी कोठरी पर आता था।

जब दूसरी बार उसने आवाज लगाई, तब मैं नीचे उतरा। मैंने देखा, दानिस दरवाजे के बाहर गली में चक्कर लगा रहा है। मुझे देखते ही वह एकदम मेरी ओर लपका।

''क्या बात है, दानिस?''

''अम्मी की हालत खराब है।'' फिर उसने बताया, ''गांधी पर बम फेंका गया, यह सुनकर वह बेहोश होकर गिर गई हैं।''

''अभी भी बेहोश हैं?''

''नहीं, अब तो होश में आ गई हैं। बस, तुम्हारा नाम रट रही हैं और कह रही हैं, जो लोग गांधी पर बम मार सकते हैं, वे हमारे ऐसे लोगों को क्या समझते हैं?''

मैंने मंत्री लाल को घर सहेजते हुए कहा, ''चाचा, माँ के आने का समय हो गया है, वह आती ही होंगी। तब तक घर आपके जिम्मे। ध्यान रखिएगा, नीचे-ऊपर सब खुला है।''

मैं दो ही कदम आगे बढ़ा होऊँगा कि फिर मुड़कर बोला, ''देखिए, यदि माँ कुछ पूछेंगी तो बता दीजिएगा कि उसका कोई दोस्त आया था, उसी के यहाँ गया है। अभी आ जाएगा।''

मैं सोचने लगा कि यदि माँ आ भी जाएँगी तो कोई हर्ज नहीं। जलते दीये के सामने खुली किताबें और कॉपियों को देखकर वह सोचेंगी कि मेरा लायक बेटा पढ़ रहा था, जरूर कोई आवश्यक बात होगी कि वह उठकर चला गया।

हम चलते रहे और शीघ्र दानिस का घर आ गया। मेरी आहट मिलते ही अम्मी चिल्ला पड़ीं, ''अब क्या होगा, बेटा?''

''जो कुछ होगा, अच्छा ही होगा।'' मैंने उसे विस्तार से समझाया, ''गांधी आप ही लोगों की रक्षा के लिए जान हथेली पर लिये हैं। बम भी मारा तो एक हिंदू ने। अगर किसी मुसलमान ने मारा होता तो आप लोगों पर वह आफत बरपा होती कि आप लोगों का यहाँ जीना मुहाल हो जाता। अब कोई हर्ज नहीं। आप लोग चैन की वंशी बजाइए और गांधी जी की लंबी उम्र के लिए दुआ कीजिए।''

मैंने अच्छी तरह विश्वास दिलाया—''आप बिलकुल मत घबराइए। आपकी किसी भी मुसीबत में हम सब आपके साथ हैं। आधी रात, पिछले पहर जब भी आप बुलाएँगी, हम हाजिर होंगे।'' इतना कहकर मैंने चलने की इजाजत माँगी।

''आज बहुत जल्दी में लगते हो, बेटे!''

"दूसरे के भरोसे घर खुला छोड़कर आया हूँ।" मैंने कहा और दानिस ने भी मेरा साथ दिया—"और यह वक्त भी इसकी मम्मी के आने का है।"

"तब जाओ, बेटा।" अम्मा बोलीं, "पर दिन में एक बार जरूर आ जाया करो। तुम्हारे आ जाने पर हमें बड़ा भरोसा मिलता है।"

मैं उठा और अम्मी को सलाम कर चल पड़ा।

दालान में प्रतीक्षा करती सलमा दिखाई पड़ी। हमेशा की तरह मुसकराती हुई नहीं वरन् एकदम गंभीर, मंदिर की दीपशिखा की तरह अकंपित और स्थिर। मुसकराते हुए मैंने उसकी ओर देखा और दरवाजे की ओर बढ़ा। तब तक दानिस दरवाजे के बाहर निकल चुका था।

अचानक सलमा की आवाज धीरे से मुझसे टकराई—"सुनिए।"

मैं चुपचाप लौट पड़ा और उसके पास खड़ा हो गया।

वह अब भी चुप थी। लगा, वह कहना भी बहुत कुछ चाह रही है, पर कह नहीं पा रही है। फिर अचानक उसके मुख से निकला, "अच्छा, जाइए।"

मैं चल तो पड़ता, पर मन में आया, इस बंद लिफाफे को स्वयं खुलने पर मजबूर करूँ—"लगता है, तुम कुछ कहना चाहती हो, पर कह नहीं पा रही हो।"

एक कृत्रिम मुसकराहट उसके अधरों के बीच उगी और वह किसी तरह इतना कह पाई—"आपने मेरे बारे में क्या सोचा?"

इतना कहते-कहते वह तो जैसे धरती में धँस गई और लज्जा से उसका चेहरा लाल हो गया।

"अभी मेरे सोचने का वक्त नहीं आया है।" मैंने मुसकराते हुए कहा। अचानक मुझे लगा कि मैं उसे चोट तो नहीं पहुँचा रहा हूँ। मैंने तुरंत स्थिति सँभाली—"विश्वास करो, ईश्वर जो करेगा, ठीक ही करेगा।"

अब वह खिलकर मुसकराई और लजाकर भीतर भाग गई।

□

ज्यों ही मैं अपनी गली की ओर मुड़ा, खुला दरवाजा दिखाई पड़ा। मंत्री लाल वहीं ड्योढ़ी पर बैठा दिखाई दिया। निकट आने के पहले मैंने माँ के बारे में पूछा। मंत्री लाल बोला, "वह तो कब की आ चुकी हैं।"

"मेरे बारे में कुछ पूछ रही थीं?"

"हाँ, पूछेंगी क्यों नहीं! मैंने वही बताया, जो तुमने कहा था।" मंत्री लाल बोला। फिर अचानक उसका मूड बदला और डाँटते हुए कहा उसने कहा, "क्यों जी, तुम दीया जलाकर, खाट पर किताब-कॉपी के पास छोड़कर गए थे, यदि बिल्ली आती और उसे गिरा देती, तब क्या होता? खटिया पर की लपट को खपरैल पकड़ते देर नहीं लगती।

सारा घर जलकर स्वाहा हो जाता।''

''तब तो माँ जरूर नाराज होंगी!''

''जा, आज तोहके हम बचा देहली।'' मंत्री लाल ने बताया कि उसके आने के पहले ही मैंने दीया उठाकर ताखे पर रख दिया था।

''अरे वाह रे मंत्री लाल, वाह! आप भी कमाल के आदमी हैं।'' मैंने उसे धन्यवाद दिया, साथ ही उसे चिढ़ाते हुए बोला भी, ''फिर भी लोग आपको चाइयाँ क्यों कहते हैं?''

''कौन साला कहता है?'' वह एकदम भड़क उठा।

मैं हँसते हुए अंदर भागा।

मंत्री लाल नीचे से चिल्लाया, ''जग्गू की अम्मा, देखो, जग्गू घर भी अगोरवाता है और मुझे चाइयाँ भी कहता है।''

ऊपर पहुँचते ही मुझे माँ की मधुर फटकार सुनने को मिली।

''आज बहुत जल्दी आ गईं, माँ?''

''आज गांधीजी पर बम फेंके जाने की घटना से कोठी थर्रा उठी, हड़कंप मच गया। लोगों के सोच के परे थी यह बात। रानी बहू भी मेरे पास घबराई हुई आईं और बोलीं—जितना जल्दी हो जीजी, घर चली जाओ। आज शहर की हालत भी खराब ही होगी। पता नहीं किस समय क्या हो जाए!'' माँ ने कहा, ''फिर भी, जल्दी करते-करते यह समय हो गया था।''

फिर उसने पूछा, ''इस समय तुम कहाँ चले गए थे?''

''दानिस आया था।'' मैंने बताया, ''उसकी अम्मी बमकांड सुनकर बेहोश हो गई थीं।''

''हाँ, भले मुसलमान तो जरूर दुःखी होंगे। उनके सबसे बड़े रक्षक पर यह हमला था।'' फिर वह कुछ सोचते हुए बोलीं, ''अब बेटा, तुम बहुत इधर-उधर मत जाया करो। बड़ा खराब समय आया है।''

फिर माँ को दिखाने के लिए किताब-कॉपी खोलकर पढ़ने के लिए मैं बैठ गया। थोड़ी देर बाद उन्होंने रसोईघर से फिर पुकारा, ''आओ, खाना खा लो, तब पढ़ने बैठो।''

आज माँ कोठी से मोतीचूर के लड्डू का ढेर सारा चूरा ले आई थीं। उसी से मालूम हुआ कि रानी बहू ने आज मिठाई का बड़ा डब्बू साफ किया है। उसी का 'चूर-चार' है।

''मेरे देखने में तो अभी यह ठीक है।'' माँ उसे देते हुए बोलीं, ''यदि तुम्हें ठीक लगे तो खा डालो, नहीं तो गैया को डाल दो।''

मैंने उसे चखा। मुझे भी ठीक ही लगा। क्यों न लगता, मीठा मेरे लिए अमृत जो

है। सोचता हूँ, अमृत को चखना तो दूर, किसी ने अभी तक उसे पाया भी नहीं होगा, फिर भी कल्पना की जबान को वह मीठा ही लगा। शायद इसलिए भी कि मीठा स्वादों में श्रेष्ठता स्वाद है।

फिर माँ ने कोठी से लाए दो मोटे-मोटे पराँठे—लगभग आधे-आधे पाव के, जिसे वह 'पोतला' कहती थीं—निकालकर एक मुझे दिया और आधा अपने लिए लिया और आधा शायद मेरे सवेरे के कलेवा के लिए रख दिया।

"माँ, तुम क्या आधा ही लोगी?"

"मैंने कोठी में जलपान किया था।" इतना कहकर उन्होंने जल्दी में अपना खाना पूरा किया और भीतरवाली कोठरी में जाकर संदूक खोलने लगीं। आज शायद उन्हें तनख्वाह मिली थी। उसी को रखने वह गई थीं। अभी तो २० ही तारीख है, महीना पूरा होने में दस दिन बाकी हैं। तनख्वाह मिलने की बात समझ में नहीं आई।

अभी तो मैंने लड्डू-चूर ही चखना शुरू किया था, पराँठे पर हाथ नहीं लगाया था। मेरा कुतूहल मुझे माँ के पीछे-पीछे खींच ले गया था और एक किनारे चुपचाप खड़ा होकर माँ का पैसे गिनना देख रहा था।

अचानक माँ की दृष्टि मुझ पर पड़ी। "अरे, तू भी यहाँ चला आया! आखिर तुझसे रहा नहीं गया। क्या खाना खा लिया?" उन्होंने हँसते हुए पूछा।

"नहीं।" मैंने नकारात्मक ढंग से सिर हिलाया।

माँ मुसकराईं। मेरी प्रकृति जानती ही थीं। उन्होंने हँसते हुए पूछा, "तू चाहता क्या है?"

"बस, एक पैसा।" मैं हँसते हुए बोला, "रामधन के यहाँ से गरम दूध ले आऊँगा, उसी में बुँदिया और पराँठा डालकर खाऊँगा।"

उन्होंने पैसा देते हुए कहा, "आदमी को आदत का गुलाम नहीं होना चाहिए। यदि कल कर्फ्यू लग गया और दुकान बंद हो गई, तब क्या करोगे?"

"तब का तब देखा जाएगा।" मैंने कहा और पैसा ले तथा छोटा लोटा उठाकर चल पड़ा रामधन की दुकान की ओर।

रामधन मेरे पहुँचते ही बोल पड़ा, "ल, आ गइलन लोटा पंडित। अब अखबार सुनै क मजा आई।" रामधन ने मेरा लोटा लेकर बगल में रख लिया और अखबार थमाते हुए बोला, "ल, पहिले एहके बाँच, फिर और बात होई।"

अब मैं बड़े पसोपेश में पड़ा। माँ को 'अभी आया' कहकर आया था और यहाँ दूसरी स्थिति हो गई।

दरअसल शाम को यहाँ भी मैं बहुधा अखबार पढ़ने आता था। कुछ लोग सुननेवाले भी आते थे। रामधन इसके एवज में मुझे मुफ्त में दूध देता था। पर इधर कई

दिनों से आया नहीं था। आज बेवक्त फँस गया।

अखबार तो सुमेर चाचा की दुकान पर पढ़ लिया था। सारी खबर मालूम ही थी, उसी का सहारा लेते हुए मैंने मुख्य-मुख्य हेडिंग पढ़ी और बड़े नाटकीय ढंग से आधा-तीहा मैटर पढ़ते और कुछ जबानी बताते हुए लगभग आधा घंटे में अपने श्रोताओं को संतुष्ट कर चाचा से धीरे से बोला, ''माँ घर आ गई हैं, मैं उनसे जल्दी आने का वादा करके आया हूँ।''

उसने मुसकराकर अनुमति दी और मैं लोटा उठा सीधे घर की ओर चल पड़ा।

''अरे, आज मुकुंदी साव के इहाँ न जइबा?'' रामधन चिल्लाया। तब तक तो मैं काफी आगे निकल आया था। केवल हाथ हिलाकर 'नहीं' कहा। मेरी दृष्टि मुकुंदी साव पर भी पड़ी। वह भी मुसकरा रहा था।

घर आते ही माँ झुँझला पड़ीं—''इतनी देर तक कौन सी कमाई कर रहा था?'' उन्होंने कहा और मैंने उनका दिया एक पैसा लौटा दिया।

''इतनी देर में बस यही कमाई हुई?'' वह मुसकराती हुई बोलीं।

वह समझ गई थीं कि रामधन की दुकान पर मैं लोगों द्वारा अखबार सुनाने के लिए विवश किया गया होऊँगा, इसलिए वह कुछ नहीं बोलीं। मेरे खाना खाते समय वह साथ बैठी बातें करती रहीं। उन्होंने बताया कि मेरी तो पाँच बजे छुट्टी हो गई थी कि अचानक पियारी दौड़ी हुई आई और बोली—आज सरकार के साथ लाला भी ब्यालू करेगा। उसके लिए पूड़ी और दो सब्जी बनाने में छह बज गए।

''क्या लाला फिर कोठी में आने लगा?'' मुझे आश्चर्य हुआ।

''अरे, कुछ मत पूछो, बेटा!'' माँ ने बड़ी घृणा से बताया, ''कोठी में तो उसे कोई नहीं चाहता। रानी बहू तो उसका मुँह तक नहीं देखना चाहतीं। बहुधा उसको लेकर छोटे सरकार से उनकी रोज ही झौं-झौं हुआ करती है। पर कोई क्या करे? वह छोटे सरकार की ऐसी कमजोरी पकड़े है कि छोटे सरकार उसे छोड़ नहीं पाते।''

''वह क्या कमजोरी है?'' अचानक मेरे मुँह से निकल पड़ा, वरना मेरी हिम्मत नहीं थी, वह भी माँ से। मैं सोच नहीं पाता हूँ।

''लाला है भी बड़ा नाटकीय।'' माँ ने एकदम बात बदल दी, ''उसने कई बार छोटे सरकार के पैर पकड़े, माफी माँगी। उसने यहाँ तक कहा—मैं आपके खिलाफ कुछ करूँ, तो मेरा सत्यानास हो जाए। यह सारा किस्सा पियारी बड़ा रस ले-लेकर बताती है।''

''पियारी को कैसे मालूम?''

''वह हमेशा छोटे सरकार की खिदमत में रहती है।'' माँ ने बताया, ''वह छोटे सरकार का राई-रत्ती जानती है।'' इतना कहते-कहते माँ जैसे काँप उठीं—''कहाँ रानी

बहू और कहाँ छोटे सरकार। हे भगवान्! कितना नीच है वह! भगवान् को भी क्या सूझी कि तुलसी की गाँठ धतूरे से बाँध दी?'' फिर वह स्वयं चुप हो गईं।

मैंने भी कुछ नहीं पूछा, यद्यपि मेरे मन में पूछने को बहुत कुछ था। बाद में मौके-बेमौके मैं अपनी जिज्ञासाएँ शांत करता रहा। इसी क्रम में एक दिन माँ ने बताया कि पियारी के पति चंदर की हत्या लाला ने ही कराई थी, क्योंकि उससे उसे खतरा था।

''और चंपो के बारे में कभी कुछ नहीं कहा?'' मैंने पूछा।

''एक दिन पियारी बता रही थी कि दरवाजे के बाहर से दोनों को बात करते मैंने सुना था। उससे बस इतना ही मालूम हुआ कि चंपो बड़े आराम में है। अब करोड़ों की मालकिन हो गई है, पर इधर किसी मुकदमे में वह परेशान है। इसी विषय में लाला छोटे सरकार से बात कर रहा था।''

''पियारी का तो सोचना है कि चंपो के विषय में छोटे सरकार सब जानते हैं। हो सकता है, उस विषय में दोनों की मिलीभगत हो!''

उसने माँ से यह भी बताया कि दरवाजे के भीतर जब मैं गई, तब दोनों चुप हो गए।

पियारी की उपस्थिति भी उस समय उन दोनों को भारी पड़ रही थी। छोटे सरकार ने पियारी से पूछ ही दिया, ''इस समय मुझसे कोई काम है?''

''नहीं, मैं तो कमरे की सफाई करने आई थी।'' पियारी बोली।

''तब इस समय जाओ। जब बुलाऊँगा तब आना।''

पियारी चली आई। उसने यह बात रानी बहू से कही कि कैसे वह लाला के सामने आज उस कमरे से निकाली गई।

इसपर रानी बहू बहुत नाराज हुईं और पियारी को स्पष्ट निर्देश दिया कि अब जब तक वे बुलावें नहीं तब तक मत जाना।

□

३० जनवरी, १९४८—भारतीय इतिहास का सबसे काला दिन। जाड़े की अन्य सुबहों की तरह आज का दिन भी उगा। सूरज भी अन्य दिनों की तरह मौसम की मार से थरथराता हुआ ही निकला। रोजमर्रा की तरह जिंदगी अपने क्रिया-कलाप में व्यस्त हो गई। सांप्रदायिक आशंकाओं के पुराने घाव से आज भी मवाद रिस रहा था।

मैं भी समय से स्कूल गया। इधर जैसी आधी-अधूरी पढ़ाई होती भी वैसी ही हुई। बाकी दिन बहस-मुबाहिसों के हवाले ही रहा। गली, सड़क, स्कूल, ऑफिस हर जगह बस एक ही मुद्दा था—'बम फेंकनेवाले मदन लाल को गांधी जी ने छुड़वा क्यों दिया? क्या गांधी सरकार से ऊपर है या इस देश के कानून से?'

जितने लोग, उतने विचार और उनकी उतनी ही स्थापनाएँ। किसी ने कहा कि

गांधीजी ने अपने हत्यारे को क्षमा कर एक आदर्श स्थापित किया। किसी का विचार था कि इससे तो अराजकता ही फैलेगी। कोई कहता—अहिंसा के पुजारी का यह निर्णय बताता है कि गांधी जी की कथनी और करनी में कोई अंतर नहीं है। गांधी विचार का मुख्य आधार है—हत्या का जवाब हत्या नहीं हो सकती। 'हर प्रहार सहिए, पर अपनी ओर से कुछ मत कहिए या करिए।' आक्रामक का अहित भी मत सोचिए। यही सच्ची अहिंसा है। यही उनका कवच भी है और यही उनका हथियार भी। इसी के बल पर उन्होंने संसार के सबसे विशाल और सबसे शक्तिशाली साम्राज्य के शासको का सामना किया और उसपर जीत हासिल की।

इन बहसों में भाग लेना मुझे अच्छा नहीं लगा। वही बासी मुद्दा, बासी तर्क और बासी निष्कर्ष। मैं 'रिसेस' के बाद ही घर चला आया।

सूरज पश्चिम की ओर ढुलक चुका था। धूप खपरैल की आड़ में आ चुकी थी। मैंने बाहर पड़ी चौकी धूप की ओर खिसकाई और सिरहाना छाँह में करके ढुलक गया। जाड़े की शाम की मुलायम धूप में शरीर गरमाया और झपकी लगने लगी।

अचानक घर के बाहर से मूलचंद की घबराई आवाज सुनाई पड़ी। वह लगातार मेरा नाम लेकर पुकार रहा था। मुझे लगा, जरूर कोई गंभीर बात है। मैं भी घबराया हुआ नीचे पहुँचा। मुझे देखकर मूलचंद 'फुक्का फाड़' कर रो पड़ा, जैसे कुछ कहना चाह रहा था और बात मुँह से निकल नहीं पाई।

मैं साश्चर्य उसे देखता रहा और वह मुझसे लिपटकर रोता रहा। कुछ देर बाद सिसकियों के बीच उसने कहा, "गांधीजी नहीं रहे।"

"यह क्या कहते हो?" मैं तो अवाक् रह गया। बाद में अपनी हिचकियों पर नियंत्रण करते हुए उसने बताया, "उन्हें गोली मारी गई, वह भी प्रार्थना सभा में।"

"हो सकता है, वे घायल हों।" मैंने कहा। मेरा मन मानने को तैयार नहीं था कि महात्मा इतनी जल्दी हमारे बीच से उठ जाएँगे।

खबर सुनते ही मेरे मन में पहला सवाल उठा था कि उन्हें किसने मारा, वह हिंदू है या मुसलमान?

मेरे ही मन में नहीं, पूरे देश में यह पहली जिज्ञासा थी, जिसका समाधान उसे जल्दी-से-जल्दी मिलना चाहिए था।

मूलचंद ने ही यह बताया कि उसके मित्र ने बताया कि अभी नेहरूजी रेडियो से बोलने वाले हैं।

अब तो मुहल्ले में कई जगह रेडियो है। क्यों न हम लोग रिटायर्ड डिप्टी कलेक्टर हरगोविंद के यहाँ चलें। मतवाजी का एक मैदान पार करने के बाद ही तो उनका घर आ जाता है।

हम लोग उधर चल पड़े। दूर से ही डिप्टी साहब के चबूतरे के पास भीड़ दिखाई पड़ी। आज उन्होंने अपना रेडियो उसी चबूतरे पर लगा दिया था।

हर व्यक्ति की आँखें नम और जबान बंद थी। सबकी धड़कनें बढ़ी हुईं और सबके मन में बस एक वही जिज्ञासा, जिसे लेकर हम यहाँ आए थे।

बिना तबले के सारंगी की करुण ध्वनि बिखेरते रेडियो से अचानक सुनाई पड़ा—'नाउ हियर इज द फ्लैश' (अब एक महत्त्वपूर्ण समाचार)। सबकी धड़कनें और तेज हो गईं। 'अवर ऑनरेबल प्राइम मिनिस्टर पं. जवाहरलाल नेहरू स्पीक टू…' (अब माननीय जवाहरलाल नेहरूजी का राष्ट्र के नाम संदेश सुनिए) इसके बाद नेहरूजी की भर्राई हुई आवाज सुनाई पड़ी।

वे अंग्रेजी में बोल रहे थे—'ए लाइट हैज गॉन, वी आर इन ए सीवियर डार्कनेस।' (रोशनी चली गई, हम लोग घने अँधेरे में हो गए) इसके बाद वे कुछ समय तक बोल नहीं पाए। फिर लड़खड़ाती आवाज में उन्होंने जो कुछ कहा, उसका सारांश था कि एक पागल हिंदू ने प्रार्थना सभा में बड़े करीब से उन्हें गोली मारी और वे 'हे राम' कहते हुए गिर गए।

मेरे मुँह से अचानक निकला, ''इसका मतलब है कि सबकुछ समाप्त हो गया।'' फिर अचानक एक तेज रुलाई ने मेरे भीतर से धक्का मारा, जिसे मैंने दोनों ओठ दबाकर भीतर ही ढकेल दिया और मुँह पर हाथ रखकर सीधे घर की ओर लौटा, जबकि वहाँ खड़ा हर व्यक्ति रो रहा था।

खबर अब भी आ रही थी, पर मुझमें साहस नहीं था कि मैं और कुछ सुनता। घर के भीतर घुसते ही मेरे ओठों का बाँध टूट गया और मैं फूट-फूटकर रोता रहा—उस एकांत में, उस सुनसान में, अँधेरे में।

बाहर मूलचंद मेरा नाम ले-लेकर चिल्लाता रहा और भीतर मैं रोता रहा। शायद अपने जीवन में कभी मैं इतना रोया होऊँ, वह भी अँधेरे में, वह भी चौकी पर निढाल होकर। इतना गहरा शोक कि उसने मेरी सारी शक्ति ही जैसे सोख ली थी। उठने तक की हिम्मत नहीं, फिर दीया कैसे जलाता। पूरे देश की रोशनी चली गई थी।

मैं था। मेरी रुलाई थी। उस छोटे से दालान का छोटा सा सन्नाटा था और था अँधेरा।

यह स्थिति मेरी ही नहीं थी, उस दिन इतिहास रोया था। हिंदू-मुसलमान ही नहीं, हर इनसान रोया था। शायद छिपकर शैतान भी रोया हो।

कुछ समय तक मैं वैसे ही पड़ा रहा। फिर उठा, सँझवाती जलाई। लगा, आज मेरी ढिबरी भी रो रही है। उसमें भी और दिन की तरह रोशनी नहीं थी।

लगा, जैसे वह बड़े दुःखी मन से कह रही हो, इस घने अंधकार का सामना क्या

मैं कर पाऊँगी?

फिर मैं दरवाजा बंद कर बाहर चला आया। अभी माँ के आने में देर थी, अभी तो छह ही बजे हैं। माँ के आने में देर है। तब किधर चलूँ? सुमेर चाचा की दुकान की ओर या दानिस का दरवाजा खटखटाऊँ? अंत में पहले विचार की ही होती हुई। सुमेर चांचा की दुकान करीब भी पड़ती थी, फिर वहाँ अखबार का भी आकर्षण था। उधर ही चल पड़ा। पर अभी अखबार नहीं आया। गांधी जी के निधन के बाद की खबर को लेकर 'आज' ने एक छोटा सा 'सप्लीमेंट' निकाला था। उसमें लगभग वे ही बातें थीं, जो रेडियो में आ चुकी थीं।

इस समय सुमेर चाचा की चौकी पर भी दो-चार ही लोग थे। वे उसी 'सप्लीमेंट' को पढ़ अपनी टपकती आँखों से देख रहे थे और आह भरते हुए कभी बोल पड़ते थे—"यह तो नहीं होना चाहिए।"

यहाँ तक कि गांधी के कट्टर विरोधी पीपा ने भी कहा, "आखिर उस महात्मा को मारकर किसी को क्या मिला?"

सुमेर चाचा से ही मालूम हुआ कि गंगाराम आया था और वही यह 'सप्लीमेंट' भी दे गया है। उसने यह भी बताया है कि आज अखबार निकलने में काफी देर होगी। मैं चुपचाप अपने दूसरे गंतव्य दानिस के घर की ओर चल पड़ा। मार्ग में मूलचंद मिला—"तुम तो घर जाकर सोने की बात कर रहे थे, पर तुम अभी घर के बाहर हो।"

मैंने उसे बताया कि कहीं दुःख में नींद आती है। खाट पर करवटें बदलते रहने से तो बाहर निकलना ही बेहतर समझा। इधर-उधर चक्कर मारना भी तो दुःख का करवट बदलना है। फिर अकेले पड़े रोने से अच्छा है, चार आदमियों के साथ रोना। इससे दुःख हलका हो जाता है।

कुछ दूर तक वह मेरे साथ चला, फिर पूछ ही बैठा, "आप किधर जा रहे हैं?"

तब मैंने दानिस के यहाँ जाने की बात कही और यह भी कहा, "पता नहीं इस स्थिति में उसकी अम्मी का क्या हाल होगा! जब से दानिस के अब्बू का देहांत हुआ तब से उसकी अम्मी को फिट्स आते हैं। इस समय तो उनका बुरा हाल हुआ होगा।"

मूलचंद पर मेरे कथन की कोई प्रतिक्रिया नहीं हुई। वह यों भी मुसलमानों के नाम से चिढ़ता था। उसके सामने तो उसका भोगा हुआ यथार्थ था, जिसका प्रभाव उसके व्यक्तित्व पर स्पष्ट दिखाई देता था।

"अच्छा, तो अब मैं चलता हूँ।" उसके घर की ओर जानेवाली गली के पास आते ही वह बोला और चुपचाप दूसरी ओर घूम गया।

सड़क पर आकर देखा, सारी दुकानें बंद थीं। हर जगह राष्ट्रीय शोक की काली

छाया दिखाई पड़ रही थी।

दानिस का दरवाजा भी आज एकदम बंद था। मैं दस्तक दूँ कि भीतर से आती अम्मी की मातमी आवाज सुनाई पड़ी—"या अल्लाह, अब क्या होगा? एक फकीर को मारकर किसी ने क्या पाया?"

रोती-बिलखती सलमा ने दरवाजा खोला, "यह क्या हो गया, भैया?" इतना कहते हुए वह एकदम फफककर रोती हुई मेरे गले से लिपट गई। मैंने उसे लिपटने ही नहीं दिया, वरन् उसे लिपटा भी लिया। सुख और दुःख की ऐसी मिली-जुली अनुभूति मेरे जीवन में फिर कभी नहीं हुई।

आँसुओं से डूबे उस परिवार में दानिस गायब था। शायद वह भी कुछ विशेष खबरों की तलाश में कहीं भटक रहा होगा। फिर भी, इन दो बिलखते लोगों को समझाना आसान नहीं था। अम्मी को इतना ही संतोष था कि उस महात्मा को किसी मुसलमान ने नहीं मारा, नहीं तो हम लोग दिन-दहाड़े कबाब बना दिए गए होते।

उन्हें अम्मी का यही संतोष उसे जिलाए हुए था। मैंने भी इसी का सहारा लिया—"हमें यह दुःख तो सहना ही होगा। क्योंकि होता वही है, जो मंजूरे खुदा होता है और आगे भी वही होगा, जो अल्लाह को मंजूर होगा। पर इतना ही जानिए, वह महात्मा जो जिंदगी में नहीं कर सका, वह उसकी मौत कर जाएगी। अब शायद इस देश का आदमी मजहबी बहकावे में न आए।"

घर के बाहर निकलते ही दानिस मिल गया। उसने मिलते ही पूछा, "तुम दिल्ली नहीं जा रहे हो?"

मुहल्ले के हमउम्र लड़कों ने भी यही प्रश्न मुझसे पूछा था। मैंने उन्हें स्पष्ट किया कि मेरी सीमाएँ हैं। उन सीमाओं की लक्ष्मण रेखा को पार करना मेरे लिए कठिन है। यही बात मैंने दानिस से भी कही।

"यही स्थिति तो मेरी भी है।" उसने कहा।

बहुत से लोग दिल्ली जा रहे हैं। जिसे देखो वही दिल्ली जाने की तैयारी कर रहा है। गांधी जी के अंतिम दर्शन की व्याकुलता की एक लहर-सी आ गई थी। दो-एक कपड़े और एक ओढ़ना ले-लेकर लोग चल पड़े। इस जाड़े की भी उन्हें परवाह नहीं।

"अच्छा, तुम नहीं चल रहे हो तो मेरे साथ स्टेशन तक तो चलो।" मेरे मित्रों का आग्रह था।

यह हो सकता था। स्टेशन तक के लिए मैं उनका सहयात्री बन गया। स्टेशन पर आकर देखा, सारा प्लेटफॉर्म ठसाठस भरा था। न कोई टिकट माँगनेवाला और न किसी गेट पर कोई काली कोटवाला। अजीब अराजकता थी।

अभी 'अपर इंडिया' प्लेटफॉर्म पर रुकी नहीं थी कि लोग कूद-कूदकर चढ़ने

लगे। गजब की धक्का-मुक्की। गाड़ी रुकने के पहले ही लगभग भर गई। रुकने पर तो लोग अचार की तरह उसमें कसने लगे। जिन्हें जगह नहीं मिली वे छत पर चढ़कर बैठ गए। जरा भी भय नहीं, डर नहीं। केवल हंगामा और कुहराम।

गाड़ी के जाने के बाद भी भीड़ में जरा भी कमी नहीं। प्लेटफॉर्म पूर्ववत् ठसाठस भरा था। उसी में धक्के खाता मैं सोचने लगा—हे भगवान्! कितनी कष्टप्रद यह यात्रा है। इसमें कइयों की यात्रा कहीं उनके जीवन की अंतिम यात्रा न बन जाए।

तब तक पीछे से किसी ने मेरे कंधे पर हाथ मारा—"क्या तुम भी चल रहे हो?" एक जानी-पहचानी आवाज सुनाई पड़ी।

मैंने पीछे मुड़कर देखा—"अरे, तुम भी!" मुँह से निकला, वह हमीद था। उसके चेहरे पर भी गमी थी, उदासी थी।

"यार, यह गजब हो गया। ऐसा सोचा भी नहीं जा सकता था।" उसने कहा, "सचमुच गांधी एक बड़ा आदमी था। आज आइंस्टीन ने कहा है—आज से हजारों वर्षों बाद लोगों को विश्वास नहीं होगा कि कभी हाड़-मांस का ऐसा पुतला इस धरती पर चला-फिरा भी होगा।"

मुझे यह बहुत अच्छा नहीं लगा कि साम्यवाद की पट्टी पड़ी आँखों को गांधी का बड़प्पन तब दिखाई दिया जब आइंस्टीन ने वह पट्टी हटाई।

मैंने उसे बड़ी तेज चिकोटी काटी—"क्या मार्क्स के लिए भी किसी ने उसके निधन पर इस तरह की बात कही थी?"

"तुम्हारा दिमाग ठीक है या नहीं?" वह एकदम भड़क उठा, "न वक्त, न मिजाज, न माहौल देखते हो और व्यंग्य कर बैठते हो? फिर भी बड़े देशभक्त बनते हो। क्या मार्क्स ऐसे ही मारा गया था?"

अब तो मेरा चेहरा नीचा हो गया था। लगा कि मुझे ऐसी गलती नहीं करनी चाहिए थी।

कुछ समय तक चुप रहने के बाद बातों का सिलसिला फिर आरंभ हुआ। "अब गाड़ी कब या कहाँ से जाएगी? यहाँ से या मुगल सराय से?" इस जानकारी के लिए हम व्यग्र हुए। स्टेशन मास्टर के कमरे में जाते हुए उसने कहा, "जब गांधीजी को गोली मारी गई, तब उनके मुँह से 'हे राम' निकला। क्या यह हो सकता है?" उस नास्तिक की अक्ल को यह विश्वास ही नहीं हो रहा था।

तब मैंने उसे गांधी का एक संदर्भ सुनाया—"बात १९२७ की है। गांधीजी पूना में थे। वहाँ युवकों ने एक मंदिर बनवाया था—मारुति नंदन का। उसका उद्घाटन करने के लिए उन सबने गांधीजी से प्रार्थना की। गांधीजी बड़े सहज भाव से तैयार हो गए।"

उस समय उन्होंने अपने भाषण में कहा था कि 'मारुति नंदन का अर्थ होता है—हनुमान। हनुमान के हृदय में राम थे। उन्होंने अपनी छाती चीरकर दिखाया भी था। वैसे ही मेरे भीतर भी राम हैं। मैं अपनी छाती चीर तो नहीं सकता, अगर आप चीरेंगे तो वह दिखाई पड़ेगा और अंत समय वही निकलेगा भी।'

इतना सुनते ही हमीद अवाक् हो गया।

□

: पाँच :

दिन पर दिन बीतते चले गए।

मैं हाई स्कूल भी उच्च श्रेणी से पास हो गया था। मेरे सपनों का भी विस्तार हुआ। मेरी महत्त्वाकांक्षा को नए पंख लगे। किसी ने कहा—तुम साइंस, बायलॉजी भी लेकर इंटर करो। आगे पढ़कर डॉक्टर बनना। किसी ने कहा—तुम्हारे गणित में अंक अच्छे हैं। गणित के साथ साइंस पढ़ो। उन्होंने मुझमें इंजीनियर बनने की संभावना देखी। मुझ पर भी उनके कहने का प्रभाव पड़ा। किसी तरह काशी हिंदू विश्वविद्यालय में नाम भी लिखाया, पर न किताबें खरीद सका और न उतनी दूर साइंस कॉलेज जाने की व्यवस्था ही कर पाया। हाँ, अपनी पुरानी कॉपियों से सादे पन्ने निकालकर उन्हें मैंने दफ्तरी से कटवा-छँटवाकर एक सुंदर सी फाइल में अवश्य लगवा दिया।

अब दारानगर से साइंस कॉलेज—पाँच-छह मील पैदल जाता और शाम को पैदल ही लौटता, वह भी रोज का, मुझसे हो न सका। एकदम थककर चूर हो जाता। यह अधिक दिन चल न सका। यह क्रम भी टूट गया। कॉलेज छूट गया।

उस दिन मैंने अनुभव किया कि सामर्थ्यहीन की महत्त्वाकांक्षा अपाहिज ही नहीं, पूर्णत: अशक्य होती है। सारे प्रयत्न के बावजूद उसके हाथ में अपने टूटे सपनों को जोड़ना-घटाना ही रह जाता है। कई दिनों तक मैं यही करता रहा और अपने हितैषियों के इस अनुत्तरित प्रश्न का सामना करता रहा कि अब क्या करोगे?

किसी कार्य के प्रति अपनी सामर्थ्य से अधिक सामर्थ्यहीनता का बोध मनुष्य को परेशान करता है और यही परेशानी हमें नया रास्ता भी दिखाती है।

रास्ता दिखाने का यह काम किया—मऊ जलालपुर के गमछे के एक थोक व्यापारी रामू साव ने। उसने कहा, ''खाली घर में बैठने से जाँगर में मोरचा लग जाएगा या बहुत होगा किसी नेता की गोल में मिलकर आवारागर्दी करोगे। इससे तो अच्छा है, तुम मेरे यहाँ से गमछे लेकर या तो घूम-घूमकर अथवा किसी एक जगह पर बैठकर बेचो। जो बिकेगा, उसका मुनाफा तुम खुद अपने पास रख लेना और खरीद दाम मुझे

लौटा देना।"

रामू साव के इस निश्छल प्रस्ताव में मुझे कोई खोट दिखाई नहीं दी। जो कुछ खोट था, वह मुझमें ही था। वह हिचक बनकर मेरे सामने खड़ा हो गया—'गमछा बेचोगे? ...लोग क्या कहेंगे?'

रामू साव ने समझाया, "अभी तुममें हिचक है, पर चोरी करने तो जा नहीं रहे हो। और फिर यह समझो कि कोई भी काम छोटा नहीं होता, छोटा होता है आदमी। दुनिया में आज ऐसे बहुत से बड़े आदमी हैं, जिन्होंने ऐसे ही तथाकथित छोटे कामों से अपना जीवन शुरू किया था।" फिर उसने आज के कई बड़े आदमियों का उदाहरण भी दिया। फिर भी मेरी हिचक बनी ही रही। मेरा मन अभी तैयार नहीं हो रहा था। तब उसने कहा, "तुम एक काम करो। विश्वेश्वरगंज की सब्जी मंडी के सामने देहाती मल के गमछे के चौके लगाकर चुपचाप बैठ जाओ, कुछ-न-कुछ तो बिक ही जाएगा।"

मैंने कहा, "अच्छा, माँ से भी राय ले लूँ।" और वहाँ से चला आया।

फिर भी मन में हिचक तो थी ही। लोग क्या कहेंगे? हाई स्कूल करने के बाद भी गमछा बेच रहे हो? 'पढ़ै फारसी बेचै तेल, यह देखो कुदरत का खेल।' फिर सोचता—कोई कहे तो कहा करे। कोई चोरी-चमारी तो कर नहीं रहा हूँ और न भीख ही माँग रहा हूँ। मेरा अंतर्मंथन चलता रहा। मेरे सद्विचार को लोकापवाद दबाता रहा और मैं कोई सकारात्मक निर्णय कर नहीं पाया। फिर यह भी सोचने लगा कि माँ का भी जाँगर अब थक चला है। रोज ही वह बीमार रहने लगी हैं। कोठी, जहाँ जाए बिना उनके पेट का पानी नहीं पचता था, अब वही उनके लिए भार हो गई है।

आज कोठी से वह जल्दी ही आईं और बिस्तर पर निढाल हो गईं। मुझसे उन्होंने सिर दर्द की शिकायत की। मैंने उनका हाथ छुआ—"अरे माँ, तुम्हें तो बुखार है।" फिर मैंने उनका सिर दबाना शुरू किया, पर उन्हें आराम नहीं मिला। तब वह खुद उठने लगीं।

"क्यों उठ रही हो, माँ?"

"लौंग घिसकर गरम करके उसे लगाऊँगी। शायद उससे राहत मिले।"

"इसके लिए क्यों उठ रही हो? इसे तो मैं भी कर सकता हूँ।"

उन्हें लिटाकर मैं लौंग घिस और गरम कर उनके मस्तक पर लगाने लगा। स्पष्ट लगा कि माँ मेरी इस सेवा से अत्यंत संतुष्ट हैं। उनका रोम-रोम मुझे आशीर्वाद दे रहा है। मैंने माँ का मूड अच्छा देखा, तब रामू साव के प्रस्ताव की चर्चा की। वह गंभीर हो गईं और कुछ नहीं बोलीं।

तब तक नीचे से मंत्री लाल की आवाज आई, "क्या बात है जग्गू, माँ की तबीयत तो ठीक है?"

"नहीं, हलका बुखार हो गया है।"

"तभी वह कोठी से आज जल्दी आ गईं।" वह अपनी दुर्बल टाँगों के सहारे खाँसता-काँपता धीरे-धीरे सीढ़ियाँ चढ़ने लगा। मैंने तुरंत माँ को उसके ऊपर आने की सूचना दी। उसने अपना ओढ़ना ठीक किया।

उसने आते ही कहा, "जग्गू की माँ, तुम बहुत मेहनत करती हो। अब शरीर पहले जैसा नहीं रहा। अब कोठी की दिन भर की नौकरी तुमसे सपरेगी नहीं।"

"बात तो ठीक कहते हो, मंत्री लाल।" माँ की टूटती आवाज में उनकी लाचारी थी—"अभी तो जग्गू कुछ करने लायक नहीं हुआ।"

उसने भी माँ की विवशता का एहसास किया और सहानुभूति व्यक्त कर चला गया। मैंने अच्छा अवसर देखा, फिर रामू साव की बात छेड़ दी।

"जब तुमने कहा था, मैं तब से ही उसके बारे में सोच रही हूँ। पहली बात तो यही है कि क्या तुम यह काम कर सकते हो? तुम्हें लज्जा नहीं लगेगी?" उन्होंने मुसकराने की असफल चेष्टा की।

"लज्जा कैसी, माँ! न कोई चोरी करने जा रहा हूँ और न कोई भीख माँग रहा हूँ। फिर अपने काम में लज्जा कैसी? थोड़ी हिचकिचाहट हो सकती है। वह धीरे-धीरे दूर हो जाएगी।"

"रामू साव तो है भला आदमी। तुम्हारे पिताजी की बीमारी में उसने बड़ी मदद की थी। इसमें उसका कोई स्वार्थ भी नहीं दिखता, फिर व्यापार तो है ही।" इतना कहकर वह सोचते हुए चुप हो गईं। फिर थोड़ी देर बाद बोलीं, "अच्छा, कल बताऊँगी।"

माँ मेरी हिचकिचाहट की बात कर रही थीं और वह स्वयं मुझे अनुमति देने में हिचकिचा रही थीं। वह लोकापवाद से भयग्रस्त थीं। यद्यपि वह खुद अनुभव कर रही थीं कि वह अब पुरानी दीवार की तरह है, जो ऊपर से चप्पड़ छोड़ रही है और भीतर से वक्त के दीमकों ने उसे चाटकर खोखला कर दिया है। दो ही आदमी की सही, अब उससे इस गृहस्थी का बोझ सँभालने की हिम्मत डगमगा रही है।

यद्यपि उन्होंनें 'हाँ' नहीं कहा था। मुझे ग्रीन सिग्नल नहीं मिला था, पर उनके मौन मैं ग्रीन सिग्नल की संभावना तो दिखाई ही दी थी। रात को सोते समय भी मैं इसी विषय में सोचता रहा और मन को उस काम के लिए दृढ़ करता रहा।

आज सवेरे माँ के उठने के पहले ही उठ गया और उनके नहाने के लिए पानी गरम करने लगा। उठते ही उन्होंने मुझे चूल्हे के पास देखा और अपनी कोठरी से निकलते हुए बोलीं, "वहाँ क्या कर रहे हो?"

"तुम्हारे नहाने के लिए पानी गरम कर रहा हूँ। कल तुम्हें बुखार था न, ठंडे पानी से नहाना ठीक नहीं होता।"

"तब मैं न नहाती।" माँ बोलीं, "केवल कपड़ा भिगोकर देह पोंछ लेती। बेकार

ईंधन जलाने से क्या फायदा?''

गरीबी गरीब की आवश्यकता नहीं देखती। उसकी निगाह तो गरीब के टेंट और पेट पर होती है। माँ सीधे अपनी कोठरी से रसोईघर की ओर आईं। उसने बटुए के पानी को देखा और बोलीं, ''अरे, यह तो काफी गरम हो गया है। इसमें तो दो आदमी नहा लेंगे। तूने व्यर्थ इतना ईंधन खर्च किया।'' उन्होंने तुरंत लकड़ियाँ निकालकर बुझा दीं। फिर बालटी में आधा पानी लेकर नहाने गईं।

जाते हुए वह बोलती गईं, ''देख, चूल्हे पर से वह बटुआ हटाना मत। उसकी धमक से पानी गरम रहेगा। उससे आज तू भी अच्छी तरह नहाना!''

वह जानती हैं कि जाड़े के दिनों में मैं भी 'फ्रेंचबाथ' करके रह जाता हूँ। इसीलिए उन्होंने आज मुझे अच्छी तरह नहाने का स्पष्ट आदेश दिया था।

चलते समय मैंने फिर उन्हें टोका—''माँ, तुमने कुछ बताया नहीं। मुझे आज ही रामू साव को जवाब देना है।''

''तो तुमने निश्चय कर लिया है?''

''हाँ माँ, जब तक कोई काम न मिले तब तक यही सही। निठल्ला इधर-उधर घूमने से तो अच्छा ही है।'' फिर मैंने सावजी की कही बातों को—कि कोई काम छोटा नहीं होता, आदमी छोटा होता है, अपने ढंग से बड़े विस्तार के साथ दोहराया।

माँ मेरी पीठ ठोंकते हुए हँस पड़ीं। उन्होंने पिताजी को याद करते हुए कहा, ''आखिर तू बेटा किसका है? तेरे पिता भी ऐसे ही विचारों के थे। उन्होंने मुझे बताया था, कि मेरे जीवन में एक समय ऐसा भी आया था जब मैंने मूँगफली तक बेची थी।''

□

मुझे ठीक याद है, मेरे इस व्यापारिक जीवन का आरंभ माघी पूर्णिमा से हुआ था। यद्यपि इसका निश्चय हम लोगों ने इसके तीन-चार दिन पहले ही कर लिया था। पर रामू साव का कहना था,—''ज्योतिष के हिसाब से वह शुभ दिन भी है और माघी पूर्णिमा को देहाती स्नानार्थियों की भीड़ भी अच्छी होती है। तुम्हारी बोहनी का दिन अच्छा बीतेगा।''

माँ को यह प्रस्ताव ठीक लगा। मुझे तैयारी के लिए भी समय मिला। रामू साव ने दूसरे दिन सवेरे आठ बजे ही मुझे अपनी दुकान पर बुलाया। वहाँ गमछों की क्वालिटी और उनके दामों से मेरा परिचय कराया गया। साथ-साथ मुझे व्यापार के कुछ गुर भी बताए गए—''चार गमछों का एक चौका होता है। चारों एक-दूसरे से लगे रहते हैं। ऊपर के गमछे की बुनावट कुछ दबीज होती है। ग्राहकों को ऊपर का गमछा ही दिखाया जाता है और दाम तय हो जाने पर बड़ी फुरती से भीतर का गमछा फाड़कर दे दिया जाता है।''

मुझे यह बात अच्छी नहीं लगी। इसमें मुझे बेईमानी की गंध मालूम हुई। मैंने सावजी से पूछा, ''क्या ऐसे चौके नहीं होते, जिसके सभी गमछे एक से बुने हों?''

"होते तो नहीं, पर विशेष आग्रह पर बुनवाए जाते हैं और हम लोग बुनवाते भी हैं।" इतना कहकर दो-चार चौके ऐसे भी निकालकर दिखाए।

"तो ऐसे ही चौके आप मुझे दें।"

वह हँसा और बोला, "तुम्हारे बाजार में ये गमछे नहीं चलेंगे। वह देहाती बाजार है। उन मूर्ख देहाती लोगों को मीठा और भर कठौता चाहिए। सस्ता भी हो और अच्छा भी। इसीलिए उनको पटाने के लिए 'मोहड़ा पेदी' की बुनाईवाला गमछा चाहिए। हाँ, चौक की किसी बड़ी दुकान पर तुम्हें बेचना होता तो बिना 'मोहड़े-पेदी' का चौका तुम्हें देता।"

यह सुनकर मैं गंभीर हो गया। मैं स्वयं को तौलने लगा, क्या मैं ऐसा कर सकता हूँ?

"क्या सोचने लगे?" साव ने पूछा।

"सोचता हूँ, क्या मैं ऐसा कर सकूँगा?"

रामू साव हँसा—"तुमने नहीं किया है न, इसी से तुम्हारे मन में हिचक है। गमछा ही नहीं, यह संसार ही ऐसा है; दिखाई कुछ देता है और होता कुछ और है। हमारा तो रोज ही ऐसे आदमियों से 'साबिका' पड़ता है, जो देखने में बड़े भले हैं, पर होते कुछ और हैं।"

मेरे सामने तुरंत लाला का चेहरा आया। उसके साथ कुछ और भी चेहरे उभरे।

"आदमियों में तो यह बात होती है, पर गमछों में भी यह बात होगी, मैं सोच भी नहीं सकता था।" मेरे मुँह से निकला और मैं हँस पड़ा।

"क्यों हँसे?" रामू साव ने पूछा।

"यों ही।" वह बोला, "मैं समझ गया, यह चार सौ बीसी अभी तुमसे हो नहीं सकेगी, पर तुम सब करोगे। केवल धड़का खुलने भर की देर है। इसके लिए मुझे किसी को तुम्हारे साथ लगाना पड़ेगा।" फिर वह सोचने लगा। कुछ देर बाद बोला, "तुम जब गमछा लगाओगे, तुम्हारे साथ चिंटू भी रहेगा।"

चिंटू रामू साव के नौकरों में से एक है। उसका असली नाम तो कुछ और होगा, पर लोग उसे इसी नाम से जानते हैं। मेरा हमउम्र भी है। उसके दोस्त बनते देर नहीं लगी।

वह मेरा तात्कालिक गुरु हो गया। माघी पूर्णिमा के दिन जब हम लोगों ने विश्वेश्वरगंज की सब्जी मंडी के सामनेवाली पटरी पर गमछे की दुकान लगाई तब सबकुछ उसी के जिम्मे था। पुलिसवालों को पैसे देने से लेकर ग्राहकों को पटाने और बेचने तक।

उस दिन सार्वजनिक अवकाश था। दुकानें बंद थीं। उसने आते ही कुछ अच्छे-अच्छे गमछे उन्हीं दुकानों के दरवाजों पर टाँग दिए और सामने एक बड़ा टाट बिछाकर

उसी पर गमछों के चौके 'सरिया' दिए और मुझे स्पष्ट निर्देश देते हुए बोला, ''यह नहान का मेला है। झुंड-के-झुंड ग्राहक आएँगे। उनमें चोर और उचक्के भी हो सकते हैं। उनपर ध्यान रखना तुम्हारा काम है, बाकी मैं सब देख लूँगा।''

इस प्रकार मैंने गमछा बेचने की ट्रेनिंग ली। पहला दिन तो बड़ा उत्साहवर्धक रहा। हम लोगों को लगभग पाँच रुपए का मुनाफा हुआ। शाम को जब रामू साव के यहाँ हिसाब हुआ तो उन्होंने सारा मुनाफा मुझे दे दिया। चिंटू कुछ बोला तो नहीं, पर वह एकदम उदास हो गया।

''सारे पैसे आप मुझे दे रहे हैं।'' मैं बोला, ''पर सबकुछ तो चिंटू ने किया है। और दो गमछे भी गायब हो गए हैं।''

''उनके दाम मैंने काट लिये हैं।'' रामू साव ने कहा, ''और यदि तुम चिंटू को उसकी मेहनत के लिए कुछ देना चाहते हो तो जो तुम्हारी इच्छा हो, अपने पैसों में से दे दो।''

''इन पैसों में से आप ही दे दीजिए।''

''नहीं, यह मेरा काम नहीं है।''

तब मैंने चिंटू से कहा, ''तुम्हारी जो इच्छा हो, ले लो।''

उसने नकारात्मक ढंग से सिर हिलाया।

''अरे, अपने हाथ से जो देना चाहते हो, दे दो।'' साव ने अपनी बात पुनः दोहराई।

मैंने सीधे-सीधे आधा उसे देना चाहा। इसपर साव ने मना किया और उन पैसों में से एक रुपया उसे दे दिया।

मैंने इतने मुनाफे की कभी कल्पना नहीं की थी, इसलिए उनमें से एक रुपया उसे और दे दिया। चिंटू की खुशी का ठिकाना न रहा। सात रुपए माहवारी पर तो वह दिन भर खटता था। उस समय रुपए का मूल्य काफी अधिक था। रुपए का दस सेर का गेहूँ और सोलह सेर गुड़ मिलता था।

जब घर आकर माँ के हाथ पर तीन रुपए की रेजगारी रखी तब वह बड़ी खुश हुईं। यद्यपि इस समय उन्हें बुखार था। दिन भर पड़ी रहीं। फिर भी वह उठीं और ठाकुरजी के सामने ले जाकर अपनी 'अँजुरी' उड़ेल दी और साक्षात् दंडवत् करते हुए बोलीं, ''प्रभु, यह मेरे बेटे की पहली कमाई है।''

मैं काफी थका था। बिस्तर पर जो ढुलका कि झपकी लगने लगी। तब तक माँ स्वयं दूधवाला मेरा लोटा लेती आईं और बोलीं, ''जा, रामधन के यहाँ से दूध लेता आ और रोटी खाकर सो जा।''

''आज काफी थक गया हूँ माँ, मुझे सोने दें।'' इसके बाद वह चुपचाप चली

गईं। मैं भी रजाई ओढ़कर सो गया।

थोड़ी देर बाद उन्होंने मुझे जगाया। मैंने देखा कि उनके हाथ में वही लोटा है। मैं फिर झुँझलाया—"मैंने कहा न कि आज दूध लेने नहीं जाऊँगा।"

और फिर करवट बदलकर मुँह फेर लिया।

माँ हँस पड़ीं—"बेटा, आज तू दूध लेने मत जा, पर उठकर खा तो ले।"

"क्या खाऊँ?" मैं फिर झुँझलाया।

"दूध-रोटी।" माँ बोलीं और हँसने लगीं।

मैंने उठकर देखा। लोटे में दूध और बुँदियाँ थीं। माँ अब भी हँस रही थीं। जब मैं सो गया था तब माँ खुद जाकर दूध ले आई थीं।

"अरे, तू खुद ले आई?" मुझे आश्चर्य तो था ही, साथ ही अपने न जाने का पछतावा भी। "बुखार में भी तू दूध लेने चली गई? तू भी गजब करती है।"

"तू माँ नहीं हुआ न, नहीं तो तू भी अपने बेटे के लिए ऐसा ही गजब करता।"

उस दिन माँ ने खुद अपने हाथों से रोटियाँ तोड़कर दूध में भिगोईं और ऐसे खिलाईं जैसे मैं चार-पाँच साल का बच्चा होऊँ।

पहला दिन तो मेले का दिन था, छुट्टी का दिन। हमने खूब फैलाकर बंद दुकानों के तख्तों पर अपनी दुकान लगाई थी। आज की दुकान सड़क की पटरी के एक किनारे सिमटकर रह गई। आज पहले दिनवाली बिक्री नहीं रही। अब तो हर ग्राहक को पटाने के लिए पड़ा सिर खपाना पड़ता था, और वह सब करता चिंटू। उसकी हर हरकत और होशियारी का मैं एक सजग-सापेक्ष द्रष्टा और उसका एक अच्छा सहयोगी था। उसका पहला 'गुर' था—किसी-न-किसी तरह ग्राहक को फँसाना। इस क्रिया में वह एक की जगह दस गमछे फैलाकर दिखाता और मैं खोले गए गमछों के चौकों की तह लगाता था। इतना करने पर भी जब कोई ग्राहक बिना कुछ खरीदे चला जाता तो मैं बड़ा दुःखी होता। तब चिंटू मुझे समझाता—"हर घने छानेवाले बादल बरसनेवाले नहीं होते। अभी तो तुम नए-नए इस पेशे में आए हो। जल्दी घबरा जाते होगे, ऊब होती होगी, पर दो ही चार दिनों में तुम ठीक हो जाओगे। ऐसा भी दिन होता है जब अच्छी बिक्री होती है और ऐसा कोई-कोई दिन होता है जब बोहनी तक नहीं होती।"

"अच्छा, ऐसा भी होता है?"

"हाँ, क्यों नहीं!" उसने बड़े विश्वास से कहा, "रोज अंडा देनेवाली मुरगी क्या एकाध दिन नागा नहीं करती?"

चिंटू पंद्रह दिनों तक रोज मेरे साथ आता रहा। उसकी इच्छा तो थी कि अभी और मेरे साथ आए, क्योंकि रामू साव के यहाँ उसकी तनख्वाह तो खड़ी रहती ही थी। मैं भी अपने मुनाफे में से एक अच्छा अंश उसे दे देता था। फिर, अब तो मैं सब समझ गया था।

पूरी दुकानदारी कर लेता था। वह बीच-बीच में घूमने-फिरने भी निकल जाता था। सावजी तो उसे सात दिन पहले ही हटा रहे थे। वह तो मेरे कहने पर इतने दिन वे रह गए।

मेरी जिंदगी का यह नया परिवर्तन था। पढ़ाई छूटी, सुमेर चाचा छूटे और छूटा रामधन की दुकान पर ललकारकर अखबार पढ़ना। अब मेरे मस्तिष्क पर केवल पैसे की माया पूरी तरह छा गई थी। मेरी सजगता, सतर्कता व मेहनत से सावजी और मेरी माँ बहुत प्रभावित थे।

माँ की दृष्टि से एक चीज और छूटी, वह थी मेरी शादी। मेरी बिरादरी के लोगों को मालूम हो गया कि अब मैं गमछा बेचता हूँ। कहाँ वे लोग मेरे डॉक्टर या इंजीनियर होने का सपना देखते थे। इससे मेरी माँ बड़ी दु:खी थीं। पर पता नहीं क्यों मैं बिलकुल दु:खी नहीं था। धीरे-धीरे मेरी हिचक भी पूरी मिट चुकी थी। अब मैं इस काम में पूरा रस लेने लगा था।

इसी क्रम में एक दिन सवेरे-सवेरे अपने लँगड़े नौकर के सिर पर सब्जियों से भरा बोरा लादे लाला मेरी ओर आता दिखाई दिया। मन में आया, कहाँ से यह चांडाल दिखाई पड़ा। अभी तो मैंने बोहनी तक नहीं की है।

"अरे, यह क्या?" पास आते ही वह बोला।

"गमछे बेच रहा हूँ।" हँसते हुए मैं बोला और बाकायदे खड़े होकर उसका स्वागत किया।

"क्या पढ़ना छोड़ दिया?"

"छोड़ नहीं दिया, पर छोड़ना पड़ा।" एक लाचारी भरी हँसी हँसते हुए मैंने कहा और अपनी सारी परिस्थिति बताई।

"तब तुमने मुझसे क्यों नहीं कहा? मुझसे जो हो सकता, तुम्हारी मदद करता। कम-से-कम तुम्हें इस स्थिति में सड़क पर बैठने तो न देता। हाई स्कूल पास इतने होनहार युवक तुम और गमछा बेच रहे हो? यह सवाल न तुमसे है, न हमसे है वरन् उस आजाद भारत से है, जिसकी सोच थी कि आजादी के बाद देश के हर नागरिक को उसकी योग्यता के अनुसार काम मिलेगा। क्या तुम्हारी योग्यता इतना पढ़-लिखने के बाद गमछा बेचने की है? कितने लोग आज हाई स्कूल पास हैं देश में? यदि हम उन्हें ही काम न दे सकेंगे तो औरों को क्या काम दे सकेंगे?" फिर उसने बात बदली, "तुम्हारी माँ का क्या हाल है?"

"आजकल वह बीमार चल रही हैं।"

"क्या अब वह कोठी नहीं जातीं?"

"नहीं, जाती तो हैं, पर पहले जैसी रेगुलर नहीं हैं।"

"तब उनको भी पूरी पगार नहीं मिलती होगी।" लाला के चेहरे का भाव एकदम

नाटकीय ढंग से बदला—"वे साले क्या देंगे! ये पूँजीपति केवल गरीबों की लाचारी का लाभ उठाना जानते हैं। अगर पगार देते भी होंगे तो पूरी नहीं देंगे।"

उसके व्यक्तित्व से वाकिफ होते हुए एक विषधर को गिरगिट की तरह रंग बदलते देखकर मुझे आश्चर्य तो नहीं, पर झटका अवश्य लगा कि एक ऐसा शख्स जिसकी सारी जिंदगी कोठी की ड्योढ़ी पर पैर रगड़ते बीती है, आज वह इस तरह बोल रहा है; पर मैंने कोई प्रतिक्रिया व्यक्त नहीं की।

अब मैं समझ गया कि ऐसा चालू न होने के कारण ही मुझे गमछा लेकर यहाँ बैठना पड़ा। इसी बीच एक ग्राहक आ गया। मैं उसे गमछे दिखाने लगा। उसने मोल-भाव भी शुरू किया, फिर भी लाला नहीं हटा। वह थोड़ा किनारे अवश्य हो गया और जबान से मेरी मदद करता रहा। मैं जिस गमछे को ग्राहक को दिखाते हुए कहूँ, "यह लीजिए, यह इससे अच्छा है।" तो वह उसे छूकर कहता, "दरअसल अच्छा है। इसका दाम भी कम है।" उसके इतना कहते ही उसका नौकर लँगड़ा मुसकरा देता। मेरी दृष्टि अपने ग्राहक पर ही रहती। पर ग्राहक बड़ा ठस था। उसकी टेंट से पैसा निकलना बनारस की गलियों से हाथी निकालना था। अंत में आजिज आकर मैंने कहा, "देखो भैया, एक दाम बता देता हूँ—अभी तक इसे बारह आने से कम में नहीं बेचा है, पर आपको दस आने में दे दूँगा, क्योंकि बोहनी का समय है।"

ग्राहक ने आठ आना दाम लगाया। मैंने उससे कहा, "दस आने से एक पैसा कम नहीं लूँगा। यदि तुम्हें इससे कम पर कहीं मिल जाए तो ले लेना और यदि इसी दाम पर लेना हो तो मुझे आशा है कि आप मेरे यहाँ से ही लीजिएगा।" वह चुपचाप आगे बढ़ गया।

"बड़ी माथा-पच्ची करनी पड़ती है इस काम में भी।" लाला सहानुभूति व्यक्त करते हुए बोला, "तुम्हारी बोहनी का ग्राहक तो चला गया। अब उस गमछे का पूरा चौका मुझे दे दो, नहीं तो तुम सोचोगे कि आज आते-ही-आते लाला का मुँह देखा और बोहनी तक नहीं हुई।"

"नहीं-नहीं, ऐसा मैं नहीं सोचूँगा, आप निशाखातिर रहें।" मैंने हँसते हुए चिंटू की बात दोहराई—"कभी-कभी ऐसा भी होता है कि चारों ओर से खूब घने बादल आते हैं, छाते हैं, गरजते हैं; पर बिना बरसे चले जाते हैं।"

लाला भी हँसा। "इसीलिए तो मैं ले रहा हूँ कि यदि कोई घटा नहीं बरसी तो न सही, पूरब की ओर से आई घटा तो बरस जाए।" उसने वह चौका उठा लिया और पूछा, "क्या दाम दूँ?"

मैंने दस आने के हिसाब से चार का दाम जोड़कर ढाई रुपया बताया। उसने तुरंत तीन रुपए मेरे सामने फेंक दिए। जब मैं लौटाने के लिए जेब से अठन्नी निकालने लगा,

तब उसने मना कर दिया और कहा, ''मैं तो उसी दाम पर लूँगा, जिस दाम से तुम औरों को बेचते हो, मसलन बारह आने के हिसाब से पूरे तीन रुपए हुए।'' वह फिर हँसा, ''जिससे तुम भी समझो कि पूरब से उठे बादल अच्छी तरह बरसते हैं।''

अब मुझे भी हँसी आ गई। वह तो हँसता ही रहा।

चलते-चलते उसने कहा, ''एक दिन तुम्हारे यहाँ आऊँगा। तुम्हारी माँ से मिलूँगा। मैं उनकी मदद करना चाहता हूँ।'' इसके बाद उसका फिर रंग बदला, ''अब जिंदगी की शाम आई। सोचता हूँ, शेष जीवन समाज-सेवा में बिता दूँ।''

''आपके लिए समाज-सेवा कोई नई बात तो नहीं। आप तो जीवन भर समाज-सेवा करते रहे हैं।''

लाला पर इस कथन का आवश्यकता से अधिक प्रभाव पड़ा। मेरे कथन में उसे व्यंग्य की गंध आई। वह एकदम गंभीर हो गया। फिर बोला, ''पहले की सेवा में और अब की सेवा में बड़ा फर्क है। पहले की सेवा के साथ मेरा स्वार्थ था। अब स्वार्थ नहीं है, केवल सेवा है। पहले मेरी सेवा के साथ छोटे सरकार की इच्छा थी, फरमाइश थी। अब उस कमीने से जान छूट गई। मैंने उसके लिए क्या-क्या नहीं किया? कौन सा खोया नहीं कूटा? अब वही लगा मेरी जड़ खोदने। पर इसमें उसका क्या दोष? यह तो उसकी प्रकृति है कि जिस पत्तल में खाता है, उसी में छेद करता है।'' इतना कहकर वह चलने लगा। चलते-चलते बोला, ''क्या चंपो का कोई आदमी तुमसे मिला था?''

इतना कहना था कि उसके लँगड़े नौकर ने पीछे से 'नहीं' कहने के लिए हाथ हिलाया। यदि वह हाथ न भी हिलाता तो भी मैं 'नहीं' ही कहता, क्योंकि वास्तविकता यही थी।

''विचित्र है, तुम्हें उसके बारे में नहीं मालूम!'' उसने कहा, ''सुना है, वह शहर में आई थी। कुछ लोगों ने संकटमोचन मंदिर में उसे देखा था। हो सकता है, चुपचाप आई हो और दर्शन करके तथा घरवालों से मिलकर चली गई हो।''

''वह अपने घर आती और मुहल्लेवालों को उसका पता न होता!'' मैंने कहा, ''हो सकता है, किसी आदमी ने सपने में उसे संकटमोचन मंदिर में दर्शन करते देखा हो।''

इतना सुनकर लाला मुसकराया और उसका नौकर भी। बड़ी खलता थी लाला की मुसकराहट में। लँगड़े की आँखें भी कुछ अजीब संकेत कर रही थीं।

लाला चला गया, पर मेरे मन में कुतूहल का विचित्र बीज बोता गया। चंपो के गायब होने के बाद जीवन में पहली बार उसने मुझसे उसकी चर्चा की। यह तो मैं जानता था कि जब भी वह संकट में पड़ती थी, संकटमोचन का दर्शन मान देती थी। हो सकता है, वह किसी संकट में रही हो और संकटमोचन का दर्शन मान बैठी हो। और संकट से उबरते ही यहाँ आई हो। स्टेशन से सीधे संकटमोचन गई हो और फिर स्टेशन लौट गई

हो। शॉल से अपने को अच्छी तरह ढक लिया हो। जाड़े का दिन भी है और दो-तीन दिन पहले आकाश में बादल भी छाए थे। ठंडी हवा बह रही थी।

सोचता हूँ, मस्तिष्क की कैसी क्षमता है! जब किसी विषय के पीछे पड़ जाता है तब कैसी-कैसी परिस्थितियों का जुगाड़ करता है। यदि वह छिपकर मंदिर आ सकती है तो घर नहीं आ सकती थी? और कौन जाने आई भी हो, घरवालों ने हम लोगों से यह बात भी छिपा ली हो। आखिर उसका पत्र तो एक बार छिपा ही लिया गया था।

मन में अनेक कल्पनाएँ उठतीं और गिरती रहीं। अंत में इसी निष्कर्ष पर आया कि कुछ भी हो सकता है।

इस बीच कई ग्राहक आए। उन्होंने कुछ पूछा भी, पर मैं अपने में ही खोया रहा। अंत में एक ग्राहक ने मेरी जड़ता को झकझोरा। वह यहाँ तक बोला, "काहे के गुमसुम बैठल हउवा भइया? आज कहीं कुछ हो गयल हौ?"

"माई बीमार हौ, वहीं मन चल गयल रहल।" और मैं क्या कहता?

उसकी अप्रत्याशित सहानुभूति मुझे मिली और 'चट सौदा पट दाम' वाली कहावत चरितार्थ करते हुए उसने दो चौके देखे और बिना मोल-भाव के उसने दो गमछे ले लिये। अच्छा लाभ भी हुआ।

मन ने कहा—कितना अच्छा होता, यदि ऐसे ही आँखों के अंधे और गाँठ के पूरे ग्राहक आते रहें। मस्तिष्क ने तुरंत उसका विरोध किया—'उस ग्राहक ने तुम्हारे प्रति कितनी गहरी सहानुभूति दिखाई। मोल-भाव भी नहीं किया और तुमने उसे लूट लिया। यही तुम्हारा व्यापार-धर्म है?'

मन तो एक स्लेट की तरह होता है। उसपर कोई इबारत तभी लिखी जा सकती है जब पुरानी इबारत मिटा दी जाए। व्यापार-धर्म की नैतिकता के संबंध में उठे इस नए सवाल ने मन की स्लेट पर से कुछ समय के लिए सबकुछ मिटा दिया था। अब मैं अपने गमछे के चौकों के साथ उठा-पटक करने लगा। जब भी मैं खाली होता था, अपनी दुकान फिर से सजाता था। बैठा बनिया क्या करे! इस कोठली का धान उस कोठली करे।

कुछ देर बाद ही मन की स्लेट पर लिखी पुरानी इबारत धीरे-धीरे उभरने लगी। अभी पहला ही अक्षर उभरा था—चंपो!

लाला ने अनायास यों ही चंपो की बात तो छेड़ी नहीं होगी। उसका कोई प्रयोजन रहा जरूर होगा। उसे कहीं से अवश्य ज्ञात हुआ होगा कि चंपो बनारस में आई है और यदि आई होगी तो वह जग्गू से अवश्य मिली होगी। फिर उस लँगड़े का संकेत—यह सब इस बात को सिद्ध कर रहे थे कि लाला की आशंका में दम है।

पर लाला को यह नहीं मालूम है कि अब चंपो के संदर्भ में स्थितियाँ बहुत बदल चुकी हैं। अब वह पहलेवाली चंपो नहीं रही, जो हर समय मेरी छाया बनी रहने का

सपना देखती थी। यदि वही होती तो अपने बाप को क्यों लिखती कि मेरे बारे में जग्गू को कुछ मत बताना।

मैं यह सोचता तो रहा, पर मेरी भावुकता यह मानने को तैयार नहीं थी। वह मुझसे कहती—तुम पराए पुरुष के अधीन पड़ी नारी की विवशता समझ नहीं सकते जग्गू। किसी पक्षी के लिए मुक्त आकाश में विचरण करने या तुम्हारी खिड़की पर बैठकर गाने अथवा सोने के पिंजरे में बंद कर किसी के अंत:पुर को सुशोभित करने के लिए विवश किए जाने की सभी स्थितियाँ क्या समान होती हैं? फिर यह भी समझो कि चाहे लोहे का हो या सोने का, पिंजरा तो पिंजरा है।

मेरे प्रत्यय से मेरा यह विवाद चलता रहा—यदि इच्छा-शक्ति मजबूत हो तो पिंजरे तोड़े जा सकते हैं।

तुम मूर्ख हो। यह मेरी दूसरी आवाज थी। पशु-पक्षियों के संबंध में भले ही यह सत्य हो, पर मनुष्य के संबंध में यह अक्षरश: सत्य नहीं है। उसके लिए सोने का बंधन लोहे के बंधन से ज्यादा मजबूत होता है। चंपो उसे कैसे तोड़ सकेगी और कैसे उसमें इच्छा-शक्ति पैदा होगी?

मैं फिर ऐसे तर्क-वितर्क में डूब गया कि मुझे खयाल ही न रहा कि मैं विश्वेश्वर गंज की सब्जी मंडी के बाहर ही बैठा हूँ। अचानक एक गाय को दौड़ाता एक साँड़ मंडी के भीतर से निकला। गाय अपने को बचाने के लिए पटरी की ओर अंधाधुंध दौड़ी और मुझे लाँघकर पीछे की बंद दुकान की ओर लपकी। उसके पैर से लगकर मेरी दुकान तो उजड़ ही गई, मैं भी नीचे नाली की ओर फेंक दिया गया। कुहराम मच गया। मुझे कमर और पैर में गहरी चोट आई। भीड़ लग गई। मैंने खड़े होने की बड़ी कोशिश की, पर खड़ा हो न सका।

मेरी पटरी पर मुझसे कुछ दूर—मसाले की दुकान लगानेवाले महेश ने मुझे बड़ी मेहनत से पीछे की दुकान में लगे गार्डर के सहारे किसी तरह बैठाया। मेरा पैर सीधा करने की बड़ी कोशिश की, पर सीधा न हुआ। वहीं मैं जिस स्थिति में था वैसे ही लिटा दिया गया।

मैं पीड़ा से बेतरह कराह रहा था। लोगों का विचार था कि मेरे पैर की हड्डी सरक गई है; पर उसके उपचार के बारे में कोई कुछ सोच नहीं पा रहा था। जो कोई देखता, वही हाय-हाय करता सहानुभूति व्यक्त करता और आगे बढ़ जाता। केवल एक महेश था, जिसने मेरे गमछे बटोरे। उसका गट्ठर बाँधा और एक रिक्शे पर उसे रखा, साथ ही मुझे किसी तरह लाद-फाँदकर घर पहुँचाया।

सूरज पश्चिम की ओर ढुलक चला था। दिन महज घंटे-डेढ़ घंटे का मेहमान था।

घर पर ताला लटक रहा था। माँ इस समय तक तो लौट आती थीं। आजकल वह कोठी में महज एक ही समय भोजन बनाती थीं। आज उन्हें देर हो रही थी। मैंने महेश को सुमेर चाचा की दुकान बताई और कहा, ''माँ वहीं ताली रख गई होंगी।''

''यदि ताली नहीं मिली तो?'' महेश बोला।

''तो वहीं चलकर रहूँगा।'' मैंने कहा।

''तो अभी ही वहाँ चले चलिए।'' महेश ने कहा, ''क्योंकि इस समय आपको अकेला नहीं छोड़ा जा सकता। अभी आपका घाव गरम है। थोड़ी देर बाद जब ठंडा होगा, तब दर्द और बढ़ेगा। इसके पहले ही कुछ इसपर लगाना चाहिए।''

हम लोग वहीं चले।

लाला का बोया बीज इस कुसमय में भी पनपता रहा। इस स्थिति में भी मैं सोचने लगा—ऐसा न हो कि वहाँ चंपो मिल जाए और यदि वह न मिलेगी तो उसके बारे में कोई-न-कोई सूचना तो मिलेगी ही। ऐसा कैसे हो सकता है कि वह बनारस आए और सुमेर चाचा से न मिले। जहाँ मन चंपो से उलझा, वहाँ शरीर के दर्द की अनुभूति कुछ कम हुई।

इस हालत में सुमेर चाचा मुझे देखकर एकदम घबरा गया। मेरी यह स्थिति उसके लिए अकाल्पनिक भी थी और अप्रत्याशित भी। उसके तो हाथ-पैर काँपने लगे।

किसी तरह उसने अपने आपको सँभाला और रिक्शेवाले के सहयोग से मुझे उठाया और महेश ने गमछे का गट्ठर सँभाला।

भीतर लाकर मुझे दालान में बिछी चौकी पर लिटा दिया गया और दोनों बाहर रिक्शेवाले को पैसे देने चले आए।

किसने पैसा दिया, यह तो नहीं मालूम, पर सुमेर चाचा की आवाज सुनाई पड़ रही थी। वह महेश का आभार मानते हुए कह रहा था, ''अरे, आप देवता हैं, देवता! आपने इतना किया, बहुत किया। अब आप इसी रिक्शे पर बैठकर चले जाइए। आप अपनी लगी दुकान बच्चे के सहारे छोड़कर आए हैं। भगवान् आपका भला करे। आपने अपनी 'माँ' के इकलौते बेटे की रक्षा की है।''

अभी तक किसी को पता नहीं कि मुझे चोट कैसे लगी। घबराई चाची ने सोचा कि किसी ने डंडे से मारकर मेरा पैसा छीन लिया है। वह समझाते हुए रुआँसे स्वर में बोली, ''अगर ऊ माँगत रहल बेटा, तो दे देहले होता। कम-से-कम तोहके डंडा तो न मारत। आखिर पैसवो ले गयल होई और तोहार इ हालत कर देहलस।''

इसी समय चाचा भी बाहर से आया और वह भी चाची के स्वर में स्वर मिलाते हुए बोला, ''समय-बखत ऐसन हौ, तोके दे देवै के रहल। तू त पढ़ल-लिखल रहल। इ का कि चाम जाए, पर दाम न जाए। इ त मूरखन क सोच हौ।''

"नहीं चाचा, यह बात बिलकुल नहीं है।" इसके बाद मैंने उन्हें असली बात बताई।

अब उन्होंने सोचा कि दर्द मामूली नहीं है। यह भागती गाय के खुर से लगी चोट है। यह उठ भी नहीं पा रहा है। जरूर इसके पैर की हड्डी मार खा गई है। उसने चाची से कहा, "दुकान बंद कर दे। हम पठानी टोला जात हईं। वहीं एक हड्डी बैठावैवाला हौ। देखी अगर उ आ जाई तो ठीकै ठीक, नहीं त इन्हैं कहीं ले जाए के पड़ी।" नमक और गरम पानी में पैर डलवाने की बात चाची से कहकर चाचा चला गया।

फिर मुहल्ले की कई औरतें मुझे देखने आईं। लगता है, अभी-अभी बरतन माँजकर गई रामकली महरिन ने मुहल्ले भर में मेरे पैर टूटने का 'बैना बाँट' दिया था।

जितनी औरतें मुझे देखने आतीं, सभी अपना-अपना नुस्खा बतातीं। किसी ने कहा—तावा पर तेल में भंटा गरम करके सिंकाई कर। किसी ने कहा—हलदी-चूना गरम करके लगाव। किसी ने, जिस बालटी में मैंने पैर डाला था, उसमें अपना हाथ डाला और पानी ठंडा हो जाने की सूचना दी। अंत में बल्ली की माई ने हड्डी में जरब आने की बात कही और किसी जानकार हड्डी बैठानेवाले से हड्डी बैठवाने की सलाह दी।

चाची ने बताया कि चंपो के बाबू तो इसीलिए पठानी टोला गए हैं।

"हाँ, वहाँ एक मुसलमान है, जो हड्डी बैठाता है।"

चाची के मुँह से चंपो का नाम सुनते ही मस्तिष्क में एक बंद लिफाफा अचानक खुल-सा गया। फिर वही सब सोच उभरने लगे। यदि चंपो बनारस आई होती तो जरूर यहाँ आई होती। क्या मैं चाची से पूछूँ? फिर पूछूँ तो पूछूँ कैसे? यहाँ तो मेरे देखनेवालों का ताँता लगा है।

एक दाढ़ीवाले मुसलमान को लेकर चाचा आ गया। उसने आते ही मेरा पैर पानी से बाहर कराया और पानी को अच्छी तरह पोंछवाकर मेरे घाव को दबाकर देखा। उसके दबाते ही मैं चीख पड़ा।

"इसके पैर की हड्डी में जख्म है, पर हड्डी टूटी नहीं है।" इसके बाद उसने चारों ओर निगाह दौड़ाई।

"क्या देख रहे हो, मौलवी साहब?" चाचा ने पूछा।

"देख रहा हूँ, कोई माकूल जगह है, जहाँ इनकी चौकी हटाई जाए, जहाँ पेशाब और पाखाने का इंतजाम हो सके, क्योंकि हड्डी बैठाने के बाद इन्हें चौबीस घंटे तक उसी हालत में पड़ा रहना पड़ेगा।"

"तब तो यहाँ ठीक नहीं होगा।"

"क्या यह इनका घर नहीं है?"

"नहीं।"

"तब तो पहले इन्हें अपने घर ले चलना पड़ेगा।" अब मौलवी साहब नाक-भौं सिकोड़ने लगे। उनका कहना था, मैं इतने झमेले में कभी न पड़ता, अगर ये सारी बातें मुझे बताई गई होतीं।

अब चाचा ने बड़ी आरजू-मिन्नत की और उन्हें यकीन दिलाया कि हम दस मिनट में इन्हें इनके घर पहुँचा देंगे। मौलवी साहब, आप थोड़ा रुक जाइए।

तुरंत बगल में रहनेवाले मास्टर के घर से कुरसी मँगाई गई और मौलवी साहब को ऐसा सम्मान दिया गया कि नाराजगी दूर हो जाए, क्योंकि चिकित्सक को दुःखी करके रोगमुक्त नहीं हुआ जा सकता।

अब चाचा ने मुझे दोनों हाथों से उठाकर एक हलकी 'बँसखट' (बाँस की छोटी चारपाई) पर लिटाया। इतना करने में ही मुझे ऐसी पीड़ा हुई कि लगा, प्राण ही निकल जाएँगे। फिर मुझे दो कंबल ओढ़ाया गया। चाचा ने दो आदमी और लिये। एक ने मेरा पायताना और दूसरे ने सिरहाना उठाया, चाचा ने बीच में हाथ लगाया और चल पड़े। मुझे शारीरिक पीड़ा जो थी, वह तो ठीक, मेरे मन में उससे अधिक पीड़ा थी। चलते समय मुझे लगा कि जीवन की अंतिम यात्रा का रिहर्सल हो रहा है।

बाहर आकर देखा कि गली में अजीब भगदड़ है। कोई किसी से कुछ बोल नहीं रहा है। बस, सब भागे जा रहे हैं।

चाचा ने जब एक आदमी से जानना चाहा कि क्या बात है? तब दौड़ते हुए ही उसने हम लोगों पर एक दृष्टि डाली और मौलवी साहब को देखकर बस इतना ही कहा, "हो गया।"

'क्या हो गया? कहाँ हो गया?' इसका कोई उत्तर नहीं। जिज्ञासा और बढ़ी। तब तक लुंगी उठाकर भागता एक बूढ़ा मुसलमान दिखाई दिया।

"का भवा, मियाँ?"

"दंगा हो गवा, अउर का होइए।" इतना कहने के बाद वह जरा रुका और हमारे साथ चल रहे मौलवी साहब से बोला, "अरे बड़े मियाँ, आप इहाँ क्या कर रहे हो? आप भी अपने घर जाओ।" इतना कहकर वह फिर भाग चला।

मैं उस बूढ़े को कुछ-कुछ जानता हूँ। वह दारानगर की सड़क पर कई बार मुझे दिखाई पड़ा है। अब मेरे मौलवी साहब की पुलपुली काँपने लगी—"न हो तो मुझे इस समय जाने दो, हम कल फिर आ जाएँगे। अब अँधेरा भी हो चला है। रात को कहीं फँस गया तो हमारे बाल-बच्चे मारे हादसे के मर जाएँगे।"

तब तक मेरा घर आ गया। चाचा ने झटपट दरवाजा खोला और दालान में बिछी चौकी के पास ही वह बँसखट उतारी।

अब चाचा ने मौलवी साहब से कहा, "आप बिलकुल न घबराएँ। आप अपना

काम बेखौफ पूरा करें। मैं आपको आपके मुहल्ले में आखीर तक पहुँचाऊँगा।''

''आखीर तक पहुँचाओगे?'' मौलवी साहब ने मुँह बनाया—''आखीर तक पहुँचाकर बहुत करोगे, मेरी कब्र में मिट्टी दे दोगे। पर कब? जब मैं मारा जाऊँगा तब।''

''अरे, क्या कहते हैं आप! मरें आपके दुश्मन।'' मैंने कहा।

पर मौलवी साहब को चैन नहीं। उन्हें यही लग रहा था कि वे हिंदुओं के मुहल्ले में हैं। चारों ओर दुश्मनों से घिरा हुआ।

उन्होंने तब तक मेरे पैर में हाथ नहीं लगाया था, जब तक पास की सड़क से पुलिस की जीप का प्रसारण उन्हें सुनाई नहीं पड़ा—

''हर खास और आम को मालूम हो कि शहर में पूरी तरह अमन और चैन है। चौक में दो साँड़ लड़ गए थे। उसी के धक्के से कुछ लोग गिर पड़े। बस अफवाह उड़ा दी गई कि हो गया। क्या हो गया? कहाँ हो गया? किसी को पता नहीं और समझ लिया गया कि दंगा हो गया। आप लोग शांति से अपने-अपने काम में लगे रहें।''

हम लोग हँस पड़े।

''बात यह है कि लोगों में दंगे की दहशत ऐसी समाई है कि अगर शहर के एक कोने में भी बात हुई कि उनका ध्यान दंगे की ओर गया।'' मौलवी साहब बोले। फिर प्रकृतिस्थ होते हुए उन्होंने मेरा बिस्तर ठीक करने और बोरसी जलाने का आदेश देकर 'कुरान' की आयत पढ़ते हुए मेरे पैर पर उन्होंने पाँच फूँक मारी। फिर अपने झोले से एक तेल निकाला और मेरे चोटिल पैर पर लगाकर धीरे-धीरे ऊपर से नीचे की ओर मलने लगे।

तब तक सुमेर चाचावाली चाची दहकती हुई बोरसी लेकर आ गई। मेरी चौकी के नीचे बड़ी सावधानी से वह बोरसी रखी गई। फिर मौलवी साहब ने बच्चों की पढ़नेवाली पटरी, या छोटा सा डंडा या लकड़ी की खपाची की माँग की। चाची इसमें से कुछ भी लाने में असमर्थ थी। वह मेरे घर का कुछ भी जानती ही नहीं थी। चाचा बोरसी भिजवाकर फिर आया नहीं। माँ का अभी तक अता-पता नहीं। लगता है, दंगे की अफवाह सुनकर रानी बहू ने उन्हें आने नहीं दिया। रात ने भी अपना पैर जमाना शुरू कर दिया। पछुवाँ के झोंके भी कुछ और ठंडे होने लगे।

पीड़ा से कराहते हुए ही मैंने चाची से कहा, ''ऊपर चली जाइए। सीढ़ी के किनारे ही बंदर मारने का एक बाँस रखा है। उसे ले आइए। अभी चाचा आते होंगे। वे उसे चीरकर खपाची बना देंगे।''

वही हुआ। चाचा आया। देरी का कारण उसने बताया कि सारा घर हम लोग खुला छोड़ आए थे। उनके ताले बंद करने में इतना समय लगा।

फिर मेरा पैर सीधा करके खपाची के सहारे गमछे से अच्छी तरह बाँध दिया गया

और कहा, "इसी तरह इन्हें पड़ा रहने दो। ऊपर से कंबल या रजाई ओढ़ा दो। और एक नुस्खा लिख देता हूँ। इसे किसी अख्तार से बनवा लेना। इसकी एक खुराक गरम पानी से अभी दे देना और फिर दूसरी खुराक बारह घंटे बाद देनी होगी। इसके देते ही दर्द कम हो जाएगा और मरीज सो जाएगा।"

वह पुरजा उर्दू में था, किसी के पल्ले कुछ नहीं पड़ा। उसने एक दूसरा पुरजा और लिखना चाहा। फिर कुछ सोचकर वह बोला, "मैं बोलता हूँ, आप हिंदी में लिख लीजिए—अम्मा हरदी, चोट मुसब्बर और चूना। सबको मिलाकर पीस लीजिए और गरम करके चोट की जगह लगा दीजिए। फिर मेरा दिया तेल घौ पत्ते पर लगाकर उसे भी गरम कर हरदी-चूने पर रखकर बाँध दीजिएगा। इन्हें इस समय खाने को कुछ भी मत दीजिएगा।"

"यह घौ पत्ता क्या होता है, मौलवी साहब?" चाचा ने पूछा।

"इसकी लता मेरे घर पर है। आप मेरे साथ चल रहे हैं न, मैं आपको दे दूँगा।"

चाचा मौलवी साहब के साथ चला गया। अभी तक माँ नहीं आई थीं। मैं समझ गया कि दंगे की अफवाह से रानी बहू भी दहल गई होंगी और माँ को उन्होंने रोक लिया होगा। मुझे इस समय वह बहुत याद आ रही थीं।

यद्यपि उनके अभाव को सुमेर चाचा और चाची ने बहुत हद तक भरने की कोशिश की थी, पर माँ तो माँ थी।

जैसा मैं समझता था, बात वही थी। थोड़ी देर बाद माँ कोठी के ड्योढ़ीदार गदाधर के बेटे के साथ आईं। मुझे इस हालत में देखकर उन्हें गहरा सदमा पहुँचा। उन्होंने इस स्थिति की कभी कल्पना तक नहीं की थी। उन्हें चक्कर जैसा आ गया। चाची ने उन्हें सँभाला और बताया कि कोई गहरी चोट नहीं है। उसने चिकित्सा और देखभाल के संबंध में सारी बातें बताईं और यह भी कहा कि ये दो दिनों में ठीक हो जाएँगे। मैंने भी कहा कि कोई विशेष बात नहीं है। यह तो होता ही रहता है। चाचा मौलवी साहब के यहाँ गए हैं। मौलवी साहब का कहना है कि एक खुराक दवा पड़ते ही आराम हो जाएगा।

चक्कर आते समय चाची ने माँ को पकड़कर मेरी ही बगल में लिटा दिया था। मैं सदा की भाँति उनकी लाई पोटली खोलने लगा। यद्यपि न तो मुझे भूख लगी थी और न मुझे खाना ही था, केवल इसलिए कि वह देख ले कि मैं परेशान नहीं हूँ।

□

थोड़ी देर के बाद ही मैं सो गया। दवा का ऐसा असर हुआ कि रात भर निर्द्वंद्व सोता रहा। सवेरे जब नींद खुली देखा वे माँ पायताने बैठी एकटक मुझे देख रही थीं।

लगता है, वह रात भर ऐसे ही बैठी रहीं।

"क्या तुम रात को सोईं नहीं?"

“नहीं, सोई थी।” फिर पूछा, “अब तुम्हारी तबीयत कैसी है?”

“अब बिलकुल ठीक हूँ। पैर में अब बिलकुल दर्द नहीं है।” मैंने पैर उठाकर दूसरे पैर पर रखना चाहा।

माँ एकदम चिल्ला पड़ीं—“ना-ना-ना! मौलवी साहब ने मना किया था न कि जहाँ पैर है वैसे ही रखना, जरा भी हिलाना-डुलाना मत। फिर क्यों हिला रहे हो?”

“लगता है, ओढ़ना हट गया है।”

“ओढ़ना तो नहीं हटा है।” फिर वह थोड़ा घबराईं। कहीं इसका पैर सुन्न तो नहीं हो गया। उन्होंने सोचा और हलके से चिकोटी काटी। मैं एकदम से चिहुँक गया।

“यह क्या कर रही हो, माँ?”

वह हँस पड़ीं—“बैठे-बैठे कुछ करना चाहिए न।” उन्होंने बात एकदम बदल दी—“लगता है, तुम्हें सर्दी लग रही है।”

उन्होंने नीचे रखी बोरसी देखी, वह लगभग बुझने लगी थी। अंगारे राख ओढ़ चुके थे। वह उसे बाहर निकालकर दहकाने लगीं।

जाड़े की रात के पाँच बज चुके थे। अभी काफी अँधेरा था। आग ठीक कर माँ थोड़ी देर के लिए चली गईं। मुझे कब से पेशाब लगी थी, पर मैं माँ से संकोचवश कह नहीं पाया। इसके लिए चौकी के नीचे सुमेर चाचा ने एक छोटी पुरानी गगरी रखवा दी थी। वह अच्छी तरह मेरी पहुँच में थी। मैंने उसे उठाया, लगभग आधा बैठकर मैंने उसमें पेशाब तो कर लिया था। इसका ध्यान रखा कि चोटीला पैर जरा भी न हटे। इसी प्रयत्न में शरीर का बैलेंस अचानक बिगड़ गया। मैं एक ओर अचानक ढुलक गया। सिर तो तकिया पर ही रहा, पर गगरी हाथ से छूट गई और वह चौकी के नीचे गिरी। ‘भड़’ की आवाज हुई।

“क्या हुआ?” माँ की घबराई आवाज आई।

“कुछ नहीं।” मैं बोला, “गगरी थी, हाथ से छूट गई।”

माँ उस समय ऊपर स्नान कर रही थीं। वह किसी तरह भीगी धोती लपेटकर नीचे आईं।

उन्होंने फूटी गगरी और चारों ओर फैला पेशाब देखा। वह सब समझ गईं। “ऐसा ही था तो मुझे बुला लेते।”

मैं चुप ही था। खैर, कोई बात नहीं। उन्होंने बाहरी दरवाजे पर सिकड़ी चढ़ाई और अपनी भीगी धोती उतारते हुए बोलीं, “तुम मुँह उधर करके आँखें बंद कर लो। मैं अभी पेशाब धो देना चाहती हूँ, क्योंकि सवेरा हो रहा है। कोई आ जाएगा तो क्या देखेगा?”

मैंने तुरंत मुँह फेरकर आँखें बंद कर लीं। इस मौसम की बर्फ से भीगी और

सनसनाती हुई पछुवा की परवाह न करते हुए माँ धोती उतारकर एकदम नग्न हो गईं और थरथराती हुई कितनी जल्दी पेशाब साफ किया, कि क्या बताऊँ।

माँ एकदम नग्न और मैं पूरी ईमानदारी के साथ आँखें बंद कर मुँह फेरकर पड़ा रहा। मेरी मन:स्थिति का आप अंदाज लगा सकते हैं। मेरी स्थिति में वे होते जो फ्रायड के कथन का मजाक उड़ाते हैं कि औरत तो औरत है, चाहे माँ हो या कोई और, तो मेरी ऐसी ईमानदारी न निभा पाते।

मुझे याद है, मेरे जीवन में एक ऐसा अवसर और आया था, जब पियारी को उसके पति चंदर ने खूब मारा था। उसके स्तनों को बेतरह नोच लिया था और वह दौड़ी हुई माँ के पास आई थी। तब मैं छोटा था। तब भी जाड़े की रात थी। उस समय भी माँ ने मुझे अच्छी तरह रजाई ओढ़ाकर कहा था कि उधर मुँह करके सो जाओ। फिर उसने पियारी के शरीर से सारे कपड़े उतरवा दिए थे और उसके घावों पर गरम कड़वा तेल में हलदी मिलाकर लगाया था। मेरा बालपन रजाई के भीतर से झाँक रहा था। मुझे बहुत अच्छा लग रहा था। ऐसा इसलिए था कि इतनी बड़ी औरत का पूरा अंग एक साथ नंगा देखा था। मुझे यह भी पता नहीं था कि ऐसा देखना बुरा माना जाता है।

थोड़ी देर में माँ नहा-धोकर गरम दूध ले आईं।

"चौबीस घंटे तक कुछ भी न लेने के लिए मौलवी साहब ने कहा है।" मैं बोला।

"बिना कुछ लिये न घाव अच्छा होगा और न शरीर में ताकत पड़ेगी।" माँ ने कहा।

मेरी तो विचित्र स्थिति थी। एक ओर माँ की ममता और दूसरी ओर मौलवी साहब की वर्जना। पर माँ सहज माननेवाली नहीं थीं। तब तक सुमेर चाचा आ गया। उसने हाल-चाल पूछा और स्वयं देखा कि काफी लाभ है। तब उसने माँ से कुछ भी देने से मना किया।

"अभी तो तुम्हें बहुत भूख भी नहीं लगी होगी?" चाचा ने पूछा।

"बहुत क्या, भूख बिलकुल नहीं है।" मैंने कहा, "केवल पानी पीने की इच्छा होती है।"

"पेशाब हुआ है?" चाचा ने पूछा और माँ ने सारी घटना विस्तार से बता दी।

अब चाचा मुझे बिगड़ने लगा—"रोगी की तो अशक्त अवस्था होती है। ऐसे में संकोच कैसा? और जिसने बचपन में तुम्हारा गू-मूत सब किया हो, उससे दुराव कैसा?"

मैं चुपचाप सुनता रहा, माँ भी गंभीर ही थीं। माँ ने उसी समय तय किया कि आज वह कोठी नहीं जाएगी। और दिन भर हमारी देखरेख करेगी। वह सुबह की हाथ से

छूट जानेवाली हाँड़ी जैसी अन्य घटनाएँ फिर नहीं होने देगी।

इसके बाद एक दहकती बोरसी लेकर चाची भी आ गई। ''अरे, इतनी आग?'' माँ के मुँह से निकला।

''यह बोरसी मैं चौकी के नीचे रखने के लिए नहीं लाई हूँ।'' चाची बोली, ''आप सबके तापने के लिए लाई हूँ। देखती नहीं हैं कि कितना घना कुहरा है। आठ बज गया है और सूरज का कहीं पता नहीं है।''

माँ ने वह बोरसी मेरी चौकी के पास ही रखवा दी, जिससे मुझे भी उसकी गरमी मिलती रहे।

कई लोग बैठकर बोरसी तापें और मौन रहें, यह तो असंभव है। बतकही चल पड़ी। उसी क्रम में लोगों ने मुझसे भी बातें आरंभ कीं। मैंने धीरे-धीरे कल की अपनी पूरी दिनचर्या बताई। सुमेर चाचा हँसते हुए बोला, ''कल की बिक्री जब लाला की बोहनी से शुरू की तब तो यह सब होना ही था।''

''मुझे याद आया, मेरी सदरी की भीतरी जेब में कल की बिक्री के पैसे हैं।'' मेरे इतना कहते ही चाचा ने उठकर सदरी उठाई। वह तहियाकर मेरी चौकी पर रखी थी। उठाते ही पैसे खड़खड़ाए। चाचा ने तुरंत उन्हें गिनना शुरू किया।

''छह रुपए पौने बारह आने हैं। तुम्हारे खयाल से कितना होना चाहिए।''

''ठीक ही हैं।'' मैं मन-ही-मन जोड़-घटाकर बोला।

''भाड़ में जाए बिक्री, यह बताओ कि वह कलमुँहा तुम्हारे यहाँ कैसे पहुँच गया?'' माँ बोल पड़ीं।

''अरे माँ, अब उसे कलमुँहा मत कह, अब वह पहले से बहुत बदल चुका है।'' फिर मैंने उसके कहे को ज्यों-का-त्यों दोहरा दिया।

''उसके कहने से क्या होता है!'' माँ बोलीं।

लाला ऐसा साँप है, जो शिव के मस्तक पर विराजमान होकर भी अपना विष नहीं छोड़ता। इस संदर्भ में माँ ने कोठी के छोटे सरकार और लाला के संबंधों के विषय की कई ऐसी घटनाएँ सुनाईं, जिसमें लाला अपनी हरकत से बाज नहीं आया। अपनी स्वार्थ-सिद्धि के लिए वह छोटे सरकार का गला काटने से भी नहीं चूका। जब कि वह उन्हीं का दूध पीकर उनके आस्तीन में पला है।

चाचा तो थोड़ी देर बाद ही चला गया, पर चाची से माँ बहुत देर तक बतियाती रहीं। इसी बीच मैंने छेड़ा—''कोई कह रहा था कि चंपो शहर में आई थी।''

अब लोगों की बातों का क्रम मेरी बीमारी से हटकर चंपो पर केंद्रित हो गया था।

''अगर वह आई होती तो जरूर आती।'' चाची बोली।

''यही तो मैं भी सोचती हूँ।'' माँ बोलीं।

"फिर मैं समझ नहीं पाती कि यदि वह बनारस आएगी तो इतना छिपकर क्यों आएगी?" चाची बोली, "और जहाँ है, उसका भी पता नहीं देती। एक चिट्ठी उसकी आई थी। उससे यह पता तो चला कि वह जिंदा है, राजी-खुशी है; पर कहाँ, इसका अंदाज तक नहीं लग सका।"

"इसमें भी बड़ा रहस्य है।" माँ ने कहा, "एक दिन रानी बहू कह रही थीं—मुझे लगता है, छोटे सरकार भी उसे अच्छी तरह जानते हैं। उसने तो यह भी बताया था कि मेरा अनुमान है कि गायब करने के बाद साल-दो साल तक उसे बनारस में ही रखा गया। वह तो यहाँ तक बताती हैं कि जब सरकार सारनाथवाले बगीचे में जाते थे तो सरकार को खुश करने के लिए लाला उसे छिपे तौर से लाता था।"

"हाय रे, वह बनारस में थी और लोगों से मिल तक नहीं पाई। मिलना तो दूर, उसकी गंध तक हमें नहीं लगी।" चाची का गला भर आया। स्वर रुआँसा-सा हो गया।

"उस कमीने ने उसे कैसी लोहे की काल-कोठरी में डाल दिया कि बेचारी जिंदा निकल नहीं पा रही है।" माँ बोलीं, "वह हाथ-पैर भी बहुत मार नहीं पा रही है। यदि वह ऐसा करती तो रामनाथ की औरत की तरह उसकी भी आधा-तीहा लाश किसी कुएँ, तालाब या नदी में डूबती-उतराती नजर आती।"

"बाप रे बाप! ऐसा जालिम है लाला!" चाची ने माथा पीटा लिया—"हमारी बेटी भी किस राक्षस के हाथ में पड़ गई!"

"यह खुशी मनाओ कि अभी तक वह जिंदा है और वह भी सिर्फ इसीलिए कि लाला की मरजी के खिलाफ वह एक कदम भी नहीं चलती होगी।"

मैं यह सबकुछ चुपचाप सुनता रहा। मेरे मन में अनेक भंगिमाओं के साथ चंपो आती रही—साथ खेलती चंपो, एक थाली में साथ खाती चंपो, बगल में लेटी हुई चंपो, एकांत में एक-दूसरे के दुःख-सुख में काम आने के लिए कसमें खाती चंपो। ...यह भी विधि की विडंबना देखिए, न मैं उसके दुःख में काम आ सका और न वह मेरे दुःख में काम आ रही है।

यह कम नहीं कि वह मेरी कल्पना में आज भी जीवित है और बिलकुल वैसी ही।

□

मैं शीघ्र ही ठीक हो गया। पठानी टोला के मौलवी की दवा, दुआ और अनुभव का मुझे पूरा लाभ मिला। फिर भी मैं चाचा के ऋण से उऋण नहीं हो सकता—'बलिहारी वा चाचा की जो मौलवी दियो बुलाय।'

फिर भी चार-पाँच दिनों तक बिस्तर पर पड़ा ही रहा। उठा भी तो स्मृति-चिह्न की तरह कमरे के कोने में पड़ी पिताजी की पुरानी छड़ी के सहारे। केवल दालान में दो-

चार कदम चलने के लिए। इस बीच माँ कोठी भी नहीं गईं। दिन-रात मेरी सेवा में और मुझे देखने आनेवालों की आवभगत में लगी रहीं।

जो सुनता, वही मेरा हाल लेने चला आता था। कुछ लोग कोई-न-कोई फल लेकर आते। एक दिन रानी बहू भी सामानों से भरा एक बड़ा टोकरा लेकर आई थीं।

उनका अप्रत्याशित आना इस गली के लिए ऐतिहासिक हो गया था। आगे पीछे अपनी-अपनी वरदी में चार बल्लमधारी चोपदार और बीच में सजी-सँवरी पालकी पर सवार रानी बहू। पालकी पर बनारसी कपड़े का परदा, गोया रानी बहू नहीं, किसी रानी की सवारी आई हो।

सुमेर चाचा भी पालकी को देखकर दौड़ा हुआ आया। उसका आना जरूरी भी था। माँ ने उसी से पालकी के साथ आए आदमियों के लिए बाजार से जलपान मँगवाया। एक दूसरा आदमी रानी बहू के लिए राम भंडार से अच्छी मिठाई लाने के लिए भेजा गया, क्योंकि वे वहीं की मिठाई खाती थीं। यह विश्वास किया जाता था कि वह गंगाजल से ही मिठाई बनाता है।

इसी बीच चाची भी आ गई। वह ऊपर जाकर तश्तरी आदि साफ करने लगी। इस प्रकार भीतर का मुख्य मोरचा चाची ने सँभाला और बाहर का मोरचा चाचा ने।

इधर रानी बहू ने गदाधर से टोकरा खोलकर हर सामान अलग-अलग करने को कहा, क्योंकि साथ में पड़े रहने से सामानों के खराब होने का डर था।

तुरंत हुक्म की तामील हुई। डब्बू निकाल-निकालकर गदाधर जमीन पर धरने लगा। रानी बहू ने उसे मना करते हुए फटकार लगाई, ''अरे वाह रे गदाधर, इतने बड़े हो गए, पर तुम्हें बुद्धि जरा भी नहीं आई। अरे, कोई कपड़ा या कंबल-ओंबल मँगवा लो और उसी पर रखते जाओ। खाए-पीए की चीज है और ऐसे ही जमीन पर फेंकत जैबो!'' तब तक चाची ऊपर से कंबल लेकर आ गई, जैसे वह सुन रही हो।

ज्यों-ज्यों पिटारे में से डब्बू निकालते जाते त्यों-त्यों मैं मन-ही-मन बड़ा खुश होता, इसलिए नहीं कि मेरी प्रकृति एक भोजन-भट्ट ब्राह्मण की थी, वरन् इसलिए कि रानी बहू मेरी रुचि अच्छी तरह से जानती थीं और जो भी वे लाई होंगी, मुझे प्रिय होगी। तब तक रानी बहू बोल पड़ीं, ''मोटी पूड़ी तो तुम्हें प्रिय है न, मैंने कल ही तुम्हारे लिए बनवाई है।'' इतना कहते हुए उन्होंने बेसन भरी एक मट्ठी मेरी ओर बढ़ाई। मुझे उन्हीं की कही बात याद आई—'खाने के पहले हाथ जरूर धोना चाहिए।'

अब क्या करूँ? गगरी में रखा पानी तो पीने का है। हाथ धोने के लिए उसके अतिरिक्त साफ पानी नहीं।

''आप ही तोड़कर क्यों नहीं एक टुकड़ा मेरे मुँह में डाल देतीं!··· हाथ धोने के लिए मुझे उठना पड़ेगा।''

वह तुरंत उठीं और पिछवाड़े की ओर गईं, जैसे वे मेरे घर का कोना-अँतरा सब जानती हों—और वे पिछवाड़े के पानी कल से हाथ धोकर और रूमाल से हाथ पोंछते हुए क्षण भर में आ गईं। ...एक टुकड़ा ही नहीं, पूरी मट्‌ठी तोड़-तोड़कर उन्होंने अपने हाथ से खिला दी।

मट्‌ठी से कहीं अधिक स्वाद तो उनके उस स्नेह में था, जिससे प्रभावित होकर वे मुझे खिला रही थीं। मैं भी गौरवान्वित हो रहा था। मैं उसे याद कर आज भी गौरव का अनुभव करता हूँ कि कभी रानी बहू ने अपने हाथ से मट्‌ठी खिलाई है।

माँ विस्मय से देखती रह गईं। उनके मुख से यह भी न निकल सका कि अरे, रानी बहू, यह क्या कर रही हो?

फिर मैंने मुँह धोने की इच्छा व्यक्त की।

हँसते हुए रानी बहू बोलीं, "कहीं शेर भी खाने के बाद मुँह धोता है!" माँ की ओर देखकर वह बोलती रहीं, "मेरा भानजा शेर है, शेर।"

"खूब शेर है।" माँ ने कहा, "एक भागती गाय की लात तो बरदाश्त नहीं कर पाया। यह हालत हुई।"

"यह हालत तो बोहनी के समय उस कमीने लाला का मुँह देखने का फल है।" आज रानी बहू खुलकर मेरे सामने लाला के खिलाफ बोली थीं।

□

: छह :

यादों की उस पुष्करिणी के करीब तो मैं लगभग एक चक्कर रोज ही लगाता था, पर आज तो मेरे मन ने जैसे उसमें डुबकी ही लगा दी। एक क्षण के लिए भी दानिस और उसके परिवार की ओर से मन हटा नहीं। बिस्तर पर पड़े-पड़े मैं यही सोचता रहा कि इतने लोग मुझे देखने आए, पर दानिस को अपने काम से छुट्टी न मिली। और यदि काम भी होगा तो ऐसा कौन सा काम है कि अपने दोस्त की इस हालत पर उसे तरस नहीं आया। ऐसा तो नहीं कि उसे खबर ही न हो। जब इतने लोगों को खबर हो गई तो कैसे विश्वास करूँ कि उसे न मालूम पड़ा होगा। मन का पंछी ऐसी ही आशंकाओं की डाल पर इधर से उधर बौड़ियाता रहा। और बैठा भी तो एक अनिश्चितता की डाल पर। ऐसा तो नहीं कि वह भी बीमार हो?

अब मेरी कल्पना में बिस्तर पर पड़ा, अपनी पीड़ा के साथ मेरी पीड़ा को भी ओढ़े एक बीमार दानिस करवटें बदलने लगा।

मन ने एक दूसरी विचित्रता की ओर भी अँगुली उठाई। दानिस क्या, कोई भी मेरा मित्र मुझे देखने नहीं आया। एक तो हाई स्कूल पास करने के बाद लोगों ने अपना-अपना रास्ता चुना। दूरियाँ बढ़ती गईं। रोज का मिलना-जुलना छूटा। अन्य दोस्त भी रोजी-रोटी के चक्कर में ऐसा फँसे कि अब आवश्यकता के समय ही मिलना हो पाता। …और मैं ही व्यर्थ अब किसके घर जाता?

एक हफ्ते के बाद ही मैं लकड़ी लेकर चलने-फिरने लगा था। मौलवी साहब की दवा और उससे भी अधिक उनकी दुआ ने काम किया। उनकी दवा-दारू पर भी खर्चा अधिक नहीं पड़ा। जो भी कष्ट था, खाट पर पड़े रहने का था। वह तो भोग दंड था। वह तो मुझे भोगना ही था, चाहे हँसकर भोगूँ या रोकर। हाँ, इतना जरूर हुआ कि गमछे की दुकान मेरी नहीं लगी। एक बात की फिक्र और थी कि जिस जगह मैं दुकान लगाता था, वह जगह कहीं हमसे छिन तो नहीं गई, दूसरे ने कब्जा नहीं कर लिया। यदि ऐसा हुआ तब क्या होगा?

इसी सोच में पड़ा रहा, तब तक डाकिए ने बाहर से दरवाजा भी खटखटाया और आवाज भी लगाई—"रजिस्टरी है।"

'रजिस्टरी' सुनते ही मुझे अपनी छड़ी की सुधि न रही। मैं बिना छड़ी के ही दरवाजे की ओर लपका। अचानक मेरे चोटिल पैर का घुटना चमक उठा—"अरे बाप रे!" मेरे मुँह से एक चीख-सी निकली, पर वहाँ सुननेवाला कोई नहीं था। दालान का सन्नाटा उस चीख को क्षण भर में पी गया।

"रजिस्टरी है, जल्दी आइए।" डाकिए की फिर आवाज सुनाई पड़ी।

"दरवाजा ढकेलकर आप ही चले आइए। पैर में चोट है। मैं बाहर आ नहीं पा रहा हूँ।" मैं जैसे खड़ा था, मैंने वैसे ही आवाज लगाई।

डाकिया बेचारा आ गया। फिर उसके कंधे का सहारा लेकर लँगड़ाता हुआ मैं अपनी चौकी पर आया। मारे डर के जमीन पर मैंने अपना चोटिल पैर नहीं रखा। मुझे पीड़ा का उतना भय नहीं था जितना इस बात का कि सुधार पर चल रहा मेरा पैर फिर न गड़बड़ा जाए।

डाकिए ने अपने झोले से मेरा इंश्योर्ड लिफाफा निकालते हुए मेरे चोट के बारे में जानकारी हासिल की। मैंने जैसी सतही जानकारी उसे दी वैसी ही उसने सतही सहानुभूति भी व्यक्त की।

"आप इस घर में अकेले रहते हैं?" उसने पूछा।

"हाँ, इस समय तो अकेले ही हूँ।" मैंने कहा, "पर मेरे अकेले रहने या न रहने से मेरी डाक का क्या मतलब?"

"बात यह है कि यह इंश्योर्ड लिफाफा है।" डाकिए ने कहा, "हम लोग इन्स्योर्ड आइटम की डिलिवरी बिना गवाही के नहीं करते।"

"क्या ऐसा सरकारी ऑर्डर है?" मैंने पूछा।

"ऑर्डर तो नहीं है।" डाकिया बोला, "पर हमें क्या मालूम कि जयनाथ शर्मा आपका ही नाम है। हमें शिनाख्त तो करनी ही होगी। ऑर्डर न होते हुए भी मेरी यह ड्यूटी है।"

अब क्या करूँ? मैंने वह लिफाफा भी देखा। पता भी विचित्र था। मेरी जानकारी से एकदम दूर—रमण लाल, रतन लाल दारूवाला, मलाड ईस्ट, १६ पुष्पा पार्क, बंबई।

मैं कुछ समझ नहीं पाया। सोचा, लौटा दूँ। इसमें कोई खतरनाक चीज न हो। मैंने अपने मन के चोर की चर्चा डाकिए से भी की। उसने बताया, "डरने की कोई बात नहीं। यदि कोई खतरनाक चीज होती तो लिफाफा इंश्योर्ड ही न किया जाता।" फिर वह कुछ सोचने लगा और बोला, "हो सकता है, इसमें रुपए हों, करेंसी नोट।"

मुझे बड़ा रहस्यमय लगा, ''जिसे मैं जानता ही नहीं, वह मुझे रुपए क्यों भेजेगा?'' मैंने कहा।

''हो सकता है, आप उसे न जानते हों, पर वह आपको जानता हो।'' डाकिया बोला, ''या आपके किसी जाननेवाले ने उसे रुपए दिए हों आपको भेजने के लिए और उसने अपने नाम भेज दिया हो।'' इतना कहते-कहते वह एकदम उठ खड़ा हो गया। उसे देर हो रही थी। उसने कहा, ''खैर, इन सबसे मुझसे क्या मतलब? अब जल्दी बताइए, आपको यह लिफाफा लेना है या नहीं? यदि लेना हो तो दो गवाह पेश कीजिए।''

अब क्या करूँ? तब तक बाहर का दरवाजा खटका। स्पष्ट लगा कि कोई आ रहा है। देखते-देखते मंत्री लाल लड़खड़ाता आकर खड़ा हो गया और अचंभे से बोला, ''तू कैसे ज्ञानचंद?'' मंत्री लाल डाकिए से परिचित था।

''पहले तू बताव क तू कैसे?'' डाकिया बोला।

''अरे, ई तो हमार घर हौ।''

''पर ये महोदय कह रहे थे कि इसमें मैं अकेला हूँ।''

''अकेला न कहता तो क्या कहता?'' मैंने हलके मूड में कहा, ''इनका कोई एक घर हो तब तो! ये तो जिस घर में पहुँच जाएँगे, वही इनका हो जाएगा।''

मंत्री लाल कुछ बोला नहीं। उसने सीधे-सीधे जानकारी ली और बड़े विश्वास से कहा, ''मर्दे, तू गवाही चाहत हौआ। तुम्हें एक नाहीं, चार गवाही देब। पहिले दस्खत कराके लिफाफा द।''

उसने तुरंत लिफाफा दिया, दस्तखत कराया और हँसते हुए मंत्री लाल से बोला, ''देख ई पहिला लिफाफा आज दे थई।''

''ओ, अब समझली।'' मंत्री लाल बोला। फिर हँसते हुए कहा, ''ये मेरी जाति के हैं, मतलब कायस्थ। बिना कुछ लेहले-देहले हम लोग कागज भी आगे नाहिं बढ़ाइत। इ त लिफाफा के डिलिवरी क सवाल हौ। कुछ जेबे में हो त दे के पिंड छोड़ाव।''

जब से बिस्तर पर पड़ा हूँ, माँ तकिए के नीचे कुछ रेजगारी रख जाती हैं। उनके बेटे पर कैसा पड़े, कैसा न पड़े! पर इन्हें दिया क्या जाय? यह पूछना भी ठीक नहीं। मैंने मंत्री लाल को इशारे से कहा—तकिए के नीचे से जो चाहे दे दी।

इस समय मैं पायताने बैठा था। मैं खुद यह काम कर सकता था, पर कराया मंत्री लाल से। उन्होंने तुरंत तकिए के नीचे से निकालकर एक चवन्नी दे दी। मन ने तुरंत कहा—'अरे बाप रे बाप, चार आना दे दिया। इतने से तो ढाई सेर गेहूँ आता है।' पर मैं कुछ बोला नहीं।

इतना भी इस डाकिए को कम लग रहा था—वह ले नहीं रहा था। तब मैंने व्यंग्य

की दुधारी चलाई—''जात-बिरादरी के लेने-देन में कोताही नहीं होनी चाहिए।'' इसपर दोनों हँस पड़े।

उनके चले जाने के बाद फिर मैंने लिफाफा उठाया। अब भी मेरा मन आशंकाओं से भरा था। आशंकित मन को ऊँट पर चढ़े होने पर भी कुत्ते के काट लेने का भय होता है। वह कौन आदमी है? उसके 'बीमित' लिफाफा भेजने का क्या रहस्य है? कहीं मैं किसी षड्यंत्र में फँसाया तो नहीं जा रहा हूँ?

मैं बार-बार लिफाफा उठाता, वह मुझे आवश्यकता से अधिक वजनी भी लगता और ऐसी ही वाहियात बातें सोचता। मेरा मन लिफाफे के भीतर की वास्तविकता तक पहुँच ही नहीं पाता था। फिर भी मैंने हिम्मत करके उसे खोला। उसमें सौ-सौ के पाँच नोट और एक चिट्ठी मिली।

अब मुझे याद आया कि डाकिया कह रहा था कि लिफाफा पाँच सौ का इंश्योर्ड है। इसी के आधार पर उसने मेरे पूछने पर बताया था कि इसमें नोट होने चाहिए।

अब मैंने चिट्ठी खोली। अरे, यह तो चंपो की लिखावट है। कितना विचित्र है, जो मन में थी वही चिट्ठी में है; पर मन अपने पाले उलझनों में इतना लिपटा रहा कि वहाँ तक पहुँच नहीं पा रहा था। मैंने पढ़ना आरंभ भी किया—

''प्रिय जग्गू,

मुझे पता चला है कि तुम्हें गो माता का पाँव लगा है और तुम्हारे पैर की हड्डी खिसक गई है। तुमने खटिया पकड़ ली है। सुना है कि अब चाची की भी तबीयत ठीक नहीं रहती। आखिर बूढ़ी हड्डी कब तक कोठी जाती रहेंगी?

ये पाँच सौ रुपए तुम्हारे दवा-दारू के लिए हैं। मैं भगवान् से मनाती हूँ कि तुम ठीक-ठाक रहो। तुम हमारे थे और आज भी हमारे हो। यह जरूर है कि आज मैं तुमसे सैकड़ों मील दूर हूँ। फिर भी, तुम्हारे यहाँ की खबरें मुझे मिलती रहती हैं, क्योंकि तुम मेरे पास ही रहते हो। जब तुम्हारी याद आती है तब एक सूखा गुलाब मेरा सहारा बनता है। यह वही फूल है, जिसे तुमने मेरे जन्मदिन पर मेरे जूड़े में खोंस दिया था। मैंने तुरंत उसे निकालकर बाबूजी के सुरती रखनेवाले बटुए में रख लिया था। आज बाबूजी का वह बटुआ ही तुम्हारी याद का आधार बना।

शायद तुम्हें मालूम हो या न मालूम हो, मैंने बाबूजी को भी एक चिट्ठी लिखी थी, जब सुना कि मुहल्ले की एक सभा में वे मेरा नाम लेकर रो पड़े थे।

उस चिट्ठी में भी मैंने लिखा था कि यह चिट्ठी किसी को मत दिखाना, यहाँ तक कि जग्गू को भी नहीं। और फाड़कर फेंक देना। उन्होंने ऐसा ही किया होगा। तुम भी ऐसा ही करना। इसे भी फाड़कर फेंक देना। किसी को इसकी

गंध तक न लगे। मेरे बाबू और माँ को भी नहीं, चाची को भी नहीं। इसी में हम दोनों की भलाई है। जब तुम्हें मेरी याद सताए तब तुम इस चिट्ठी के लिफाफे को देख लेना।

तुम्हें यह बात विचित्र लग रही होगी, पर कभी-न-कभी तुम इसका रहस्य जान जाओगे।

आजकल दानिस से मिलते तो होगे ही। तुम्हारी बेचारी सलमा का क्या हाल है?

सलमा के नाम के नीचे लाल रोशनाई से लकीर खींच दी गई थी। चिट्ठी के अंत में जहाँ चिट्ठी के लिखनेवाला अपना हस्ताक्षर करता है, वहाँ केवल 'तुम्हारी' लिखा था। पूरी चिट्ठी में वह अपना नाम छिपा ले गई थी।

मैंने कई बार इस चिट्ठी को पढ़ा। जब भी उसे मोड़कर रखने की कोशिश करता, एक बार फिर पढ़ने लगता। ऐसा कई बार हुआ। पत्र के मैटर से अधिक उसकी लिखावट मुझे अच्छी लग रही थी। केवल दो-तीन तक पढ़ी एक लड़की—अब जिसकी उम्र मेरी उम्र के करीब होगी—वह इतनी अच्छी चिट्ठी लिखने लगी। जरूर उसने अभ्यास किया होगा।

इस पत्र ने मेरे मन में कई प्रश्न खड़े किए। पहली बात तो यह कि क्या चंपो बंबई में है? इस पत्र पर तो बंबई का पता लिखा है। मुहर भी बंबई की है। और उसने पत्र के अंत में अपने लिए सैकड़ों मील दूर होने का उल्लेख किया है। दूसरी बात यह कि वह अपनी चिट्ठी को फाड़कर फेंक देने को क्यों कहती है और यह भी कहती है, हम दोनों की भलाई इसी में है। आखिर बात क्या है? तीसरी बात यह है कि उसे यहाँ की एक-एक बात की खबर कौन देता है? चौथी बात यह है कि सलमा के नाम के नीचे उसने लाल रोशनाई से निशान क्यों लगाया है? ...खैर, यह तो दिल की बात है और मेरा दिल इसे जानता भी है।

मैं इन्हीं प्रश्नों से घिरा था। मेरा मस्तिष्क उलझन में था कि बाहर का दरवाजा खटका। जरूर कोई आ रहा है। मैंने फौरने पत्र को मोड़कर बिस्तर के नीचे छिपा लिया।

वास्तव में यह मंत्री लाल ही था। उसने पूछा, "कहो, का निकलल ऊ लिफाफा में?"

दो सौ रुपए उसे दिखाते हुए कहा, "यही तो था।" बाकी छिपा लिया। सोचा, इतना रुपया देखेगा तो आँख लग जाएगी, क्योंकि पाँच सौ रुपया उन दिनों बहुत होता था। एक हजार रुपए में तो खपरैल के छोटे-मोटे घर मिल जाते थे।

"दुइए सौ रुपया रहल? हमके बुरबक समझ ला। अरे, हम लाला हई लाला। कागज क कींरा। लिफाफा देखके मजमून भाँपेवाला।" मंत्री लाल बोला।

''हम तो तोहके बुरबक ही समझत रहली। अब समझ गइली कि सैकड़ों होशियार मरल होइहैं तब तू पैदा भयल होब।'' मैंने हँसते हुए कहा। वह भी हँसा। फिर उसी ने बताया कि उसमें कम-से-कम पाँच सौ रुपया रहा होगा।

''ई तू कैसे कह सकला?''

''इसलिए कि लिफाफा क पाँच सौ क बीमा रहल। कोई इतना मूरख त होई नाहीं कि भेजी दुइ सौ रुपया और बीमा कराई पाँच सौ रुपया क। पाँच सौ रुपया के बीमा क फीस भी ज्यादा होले।'' मंत्री लाल बोला, ''जब से लिफाफा आइल हौ तब से हम यहै सोचत हई, कि एतना बड़ा तोहार हितैषी कौन हौ?'' उसने फिर चिट्ठी पर जोर दिया और उसे देखने के लिए माँगने लगा।

''इसमें कोई चिट्ठी नहीं थी।'' मैंने पुनः कहा।

''यह तो हो नहीं सकता। आखिर भेजनेवाला यह जरूर बताना चाहेगा कि उसने इतना रुपया क्यों भेजा है?''

मैंने उसे बार-बार चिट्ठी न होने का विश्वास दिलाया, पर वह माननेवाला नहीं था। उसका कहना था कि यदि इसमें कोई चिट्ठी नहीं थी तो यह कोई षड्यंत्र है। इसमें हम फँस सकते हैं। हमें इसकी सूचना पुलिस को देनी चाहिए।

अब तो लाला की बुद्धि ने मुझे बेतरह घेर लिया था। मुझे कोई रास्ता दिखाई नहीं दिया, सिवा इसके कि मैं चिट्ठी का उद्घाटन करूँ। किसी तरह उस अँधेरे में प्रकाश की एक किरण दिखाई पड़ी। मुझे एक उपाय सूझा। मैंने तुरंत पैतरा बदला—''आप ठीक कहते हैं, मंत्री लाल। चिट्ठी तो होनी ही चाहिए। मैं भी बड़ी देर से यही सोच रहा था। क्योंकि लिफाफे पर जो पता लिखा है, मैं उस व्यक्ति को भी नहीं जानता।''

''यह तो और खतरनाक है।'' मंत्री लाल बोला।

''यही तो।'' फिर मैंने उसका समर्थन किया। किसी के तर्क को मान लेने से उसके अहं की फुफकार एकदम शांत हो जाती है। जब गाँठ खुल गई तो रस्सी को काटना भी आसान हो जाता है। मैंने उस रस्सी को तो नहीं काटा, पर उसे किनारे अवश्य कर दिया—''हमें अभी दो-चार दिन रुककर तब रिपोर्ट करनी चाहिए।''

''क्यों?''

''क्योंकि यह हो सकता है कि भेजनेवाला अपनी चिट्ठी लिफाफे में डालना भूल गया हो।'' मैंने कहा, ''दो-चार दिनों में उसकी चिट्ठी आती होगी।''

''यह हो सकता है।'' मंत्री लाल कुछ सोचते हुए बोला, ''पर यह बात हजम हो नहीं पाई।''

''अरे, कायस्थ जाति तो पूरी फाइल की फाइल हजम कर जाते हैं और आप एक चिट्ठी हजम नहीं कर पा रहे हैं।''

अब मंत्री लाल जोर से हँसा—"चल, ई बात पर चाय-पानी हो जाए। निकाल माल-टाल।"

मैंने तकिए के नीचे से सारे फुटकर पैसे निकालकर उसे दे दिए। एक-एक पैसा जोड़कर सब तेरह पैसे थे।

"बस इतना ही?" वह बोला।

"और फुटकर नहीं है।"

"तब बड़ा नोट तोड़वाव, जौन आयल हौ।"

"हो सकता है, उसे पुलिस को लौटाना पड़े।" मैंने उसी के बुने तर्क में उसे फँसाया।

वह मेरी होशियारी समझ गया। मुसकराते हुए बोला, "तुम भी लाला के साथ रहते-रहते पक्के लाला हो गए हो।" और मुसकराता हुआ ही चला गया।

□

अब मेरे सामने दूसरी स्थिति थी। माँ आएगी तो उससे क्या कहूँगा? अब उसके आने का समय हो गया है। रुपए की बात तो उससे छिपाई नहीं जा सकती। मंत्री लाल उसे सब बता देगा। फिर लिफाफा तो है ही। अभी रुपए भी उसी में रखे हैं। उसके संबंध में वे सारे सवाल वह भी करेंगी, जिन्हें मंत्री लाल ने उठाए थे। तब उन्हें क्या उत्तर दूँगा? कोई अनजान आदमी तो रुपया भेज नहीं सकता। वह भी इतनी बड़ी रकम और इतना एहतियात बरतते हुए।

लेटा-लेटा मैं इसी उधेड़-बुन में था कि अचानक चंपो की आवाज सुनाई पड़ी—'मैंने लिखा है न कि तुम चिट्ठी फाड़कर फेंक देना और तुमने अभी तक नहीं फेंका। वह रहेगी तो तुम्हारे लिए समस्या बनी रहेगी। तुम अभी उठो और उसकी धज्जियाँ उड़ा दो। उसे चिंदी-चिंदी कर दो और ऐसा फेंको कि उसके एक टुकड़े पर भी किसी की नजर न पड़े। सबसे सुरक्षित तो यह है कि उसे जला दो।'

फिर सोचने लगा कि चंपो यहाँ कहाँ है? वह कहाँ है, यही तो मैं नहीं जानता। यदि जानता तो लोग वहाँ तक पहुँच जाते। ...वह कहीं भी हो, पर मेरे मन में जरूर है। यदि न होती तो इस समय बोलती कैसे?

तब तो उसकी बात अवश्य माननी चाहिए। तो क्या मैं उस चिट्ठी को जला दूँ? उसकी याद की अंत्येष्टि कर दूँ? यह मुझसे नहीं होगा। तब तो उसे फाड़ना ही ठीक होगा। ...और मैंने उस चिट्ठी के टुकड़े-टुकड़े कर दिए। फिर छड़ी के सहारे धीरे-धीरे उठा और पीछे खँडहर में जाकर उस चिट्ठी की धज्जियाँ उड़ा दीं।

बहुत देर तक उसकी यादों में डूबा रहा। जितना डूबता उतना ही डूबता गया। माँ के आने की भी सुधि न रही। वह कब आईं और कब मेरा बिस्तर ठीक किया? कुछ पता

नहीं। इस बीच तो बाहर का दरवाजा भी खड़का होगा, उसकी भी भनक न लगी।

बिस्तर ठीक करते समय तकिए के नीचे की रेजगारी भी माँ ने देखी होगी। उन्हें वह जरूर कम लगी होगी। उन्होंने क्या सोचा होगा, पर जब मैं आया तो वह लिफाफा उनके हाथ लग चुका था।

''यह रमण लाल वसंत लाल दारूवाला कौन है, बेटा?'' मुझे देखते ही वह बोलीं, ''पिछवाड़े पेशाब करने गए होंगे। मैंने तुमसे हजार बार कहा कि तुम चौक में नाली पर ही पेशाब कर लिया करो। ज्यादा चलना तुम्हारे लिए ठीक नहीं है।''

फिर उन्होंने लिफाफे के भीतर देखा। ''अरे, इसमें तो सौ-सौ के नोट हैं। वह भी एक नहीं, पाँच-पाँच।'' माँ के नेत्र विस्फारित हो गए। माया से साक्षात्कार होने पर भी मेरी माँ की गरीबी होशियार थी। एक-एक पैसे के लिए हड्डी-तोड़ मेहनत करने पर भी वह कभी चोरी-चमारी, जालसाजी आदि के पैसे छूनेवाली नहीं थीं। इसलिए तुरंत उन्होंने इन पैसों के लिए इन्क्वायरी शुरू की।

मैं भी जहाँ तक बता सकता था, सारी बातें उन्हें सही-सही बता दीं। उन्हें बड़ा संतोष हुआ इस बात का नहीं कि चंपो ने कष्ट के समय हमारी सुधि ली, वरन् वह जहाँ होगी वहाँ से इतना पैसा भेजने लायक तो है। उसकी संपन्नता में कोई संदेह नहीं। पर वह अपने को इतना गोपनीय क्यों रखती है? और कौन ऐसा व्यक्ति है, जिसके द्वारा यहाँ की सारी खबरें उसे मिला करती हैं?

''यही तो रहस्य है, माँ! मैं भी कुछ समझ नहीं पा रहा हूँ। मैं समझता हूँ, सबके मूल में लाला है। उससे वह बहुत डरती है। हो सकता है, उसने उसे अच्छी तरह धमकाकर कहा हो कि यदि बनारसवालों के तुम्हारे कहीं होने की जरा भी सुनगुनी लगी तो वहाँ भी तुम्हारा जीवन सुरक्षित नहीं रहेगा।''

''तभी जब भी लाला मुझसे मिलता है, चंपो के बारे में जरूर पूछता है।'' माँ बोलीं, ''और जानता सब होगा।''

इसके बाद वह चुप हो कुछ सोचती रहीं। फिर बड़े विश्वास से बोलीं, ''अच्छा, अब मैं रानी बहू के माध्यम से उसके बारे में पता लगाकर ही रहूँगी।''

अब वह फिर मौन हो गईं। लगा, इस बार उन्होंने चंपो के संदर्भ को गंभीरता से लिया है। दिन के डेढ़ बज गए थे। यदि पहले की स्थिति होती तो मैं कोठी से लाई माँ की पोटली खोल लेता। मुझे भूख भी लगी थी, पर मैं न खोल सका, क्योंकि उनकी वर्जना थी।

एक दिन ऐसी ही स्थिति थी—मैंने उनकी लाई पोटली खोल ली थी। तब उन्होंने कहा था, 'जब तुम बिस्तर पर बीमार पड़े हो, पोटली मत खोलना, क्योंकि तुम्हारा हाथ साफ नहीं रहता।'

तब से जब भी पोटली की ओर हाथ बढ़ाते हैं, वह वर्जना याद आती है। माँ अब भी कभी लिफाफा पर लिखा पता देखतीं और कभी रुपए देखतीं और कुछ सोचती रहीं।

"क्या सोच रही हो, माँ?" मैंने पूछ ही दिया।

"सोचती हूँ, जैसे चंपो अपनी जगह सुरक्षित नहीं है, वैसे ही ये रुपए यहाँ सुरक्षित नहीं हैं।" वह बोलीं।

"क्यों?"

"क्योंकि मंत्री लाल ने इसे देख लिया है।"

"पर मंत्री लाल तो भला आदमी है।"

"वे भले हैं, पर उनके दोस्त भी भले हों, यह कोई जरूरी नहीं।" माँ बोलीं, "देखना, देखते-देखते वह सारे मुहल्ले में बैना बाँट देगा।"

फिर उन्होंने मुझे खाना दिया और खुद जल्दी-जल्दी थोड़ा-बहुत खाया। फिर हाथ धोकर लिफाफे से चार नोट निकालकर अपनी कमर में सुरक्षित रखते हुए बोलीं, "दो तो बज ही गए होंगे। अब जगदंबा बाबू खाना खाने आ गए होंगे।"

जगदंबा बाबू मोहल्ले के मानिंद आदमी रहे हैं। वे डी.ए.वी. कॉलेज के बड़े बाबू हैं। भले आदमी हैं। पिताजी के दोस्त रहे हैं। शायद इसीलिए हम लोगों पर विशेष कृपा रखते हैं।

अभी आने का आश्वासन देकर माँ चली गईं। यह नहीं बताया कि वह कहाँ जा रही हैं और न मैंने पूछा ही।

क्या जमाना था और क्या हमारी हालत थी कि खँडहर के बीच खपरैल के दो कमरे के पुराने धराऊँ मकान में पाँच सौ रुपए भी सुरक्षित नहीं थे। अभी महीना भर भी नहीं हुआ होगा कि इसी खँड़हर के पीछे की गली में एक आदमी की हत्या केवल दो सौ रुपए के लिए हो गई थी।

हमारे ऐसे गरीबों के लिए पैसे का न होना तो कष्टप्रद और बहुत होना भी चिंताजनक है। यह पाँच सौ रुपया हम लोगों के लिए बहुत था। माँ उसी को किसी के यहाँ रखने गई थीं।

जब मैं अकेला होता, ऐसी बातें सोचता चुपचाप पड़ा रहता; क्योंकि हम सोचने से अधिक कुछ कर नहीं सकते थे।

कभी हम सोचते थे कि जब स्वराज होगा तो चोरी नहीं होगी, क्योंकि न कोई गरीब होगा और न कोई अमीर। सब बराबर होंगे; पर कुछ तो नहीं बदला। केवल शासन बदला। माउंटबेटन की जगह जवाहरलाल नेहरू आ गए। न पराधीन भारत का दारोगा बदला, न मजिस्ट्रेट और न व्यवस्था। केवल गोरी चमड़ी के स्थान पर काली चमड़ी हो गई। नेता भी नहीं बदले, उनकी प्रवृत्तियाँ बदल गईं। वे शासित थे, अब शासक हो गए।

पहले वे त्रासित थे, अब त्रासक हो गए। पहले वे देश के लिए समर्पित थे, अब देश को ही स्वयं पर अर्पित करने लगे।

इससे हमारी अपराध-वृत्ति में कोई सुधार नहीं हुआ, वरन् वह बढ़ती ही जा रही है। आज भी दो सौ रुपए के लिए आदमी मारा जा रहा है, आज भी चार सौ रुपए की सुरक्षा के लिए माँ को दौड़ना पड़ रहा है।

माँ जब आईं तो बड़ी प्रसन्न दिखाई दीं। उन्होंने बताया, ''जगदंबा बाबू बड़े भले आदमी हैं। उनके व्यवहार में कोई अंतर नहीं आया है। उनका जैसा व्यवहार उस समय था—जब तुम्हारे पिताजी जीवित थे—वैसा ही आज भी। देखते ही बोले, 'कहो भाभी, इस समय कैसे चलीं?'

''मैंने अपनी लाचारी बताई और चारों नोट उनके हाथ में रखते हुए बोली, 'ये आपके यहाँ सुरक्षित रहेंगे। जब पैसे की आवश्यकता होगी, आपके यहाँ से लेती रहूँगी।'

'' 'अरे, इसके लिए जमा करने की क्या आवश्यकता है? क्या आप वैसे नहीं ले जा सकती थीं?' उन्होंने कहा।

'' 'क्यों नहीं, ले तो जाती ही रही हूँ।' मैंने कहा, 'आज कोठी से बहुत दिनों का बाकी जोड़कर मिला है तो सोचा, आपके यहाँ रख दूँ।' ''

''आखिर तुम्हें भी झूठ बोलना पड़ा, जबकि तुम कहती हो कि झूठ नहीं बोलना चाहिए।''

माँ पहले हँसीं, फिर अपने कथन के लिए तर्क जुटाए, ''जब मैं कहती हूँ कि झूठ मत बोलो तब मैं केवल झूठ के दुरुपयोग के लिए मना करती हूँ। झूठ एक ऐसा शस्त्र है, जिसको बहुत जरूरत होने पर ही उठाना चाहिए। मैंने तो झूठ का सदुपयोग किया है।'' माँ फिर हँसीं—''क्योंकि मुझे रुपए की सुरक्षा भी करनी थी और चंपो की गोपनीयता भी बनाए रखनी थी।''

माँ बहुत पढ़ी-लिखी नहीं थीं। मेरे नानाजी ने उसे केवल अक्षर-ज्ञान कराया था। फिर वह 'रामचरितमानस' पढ़ने लगीं। और अब तो जहाँ जरा भी खाली समय मिलता, कोई-न-कोई हिंदी की पुस्तक या पत्रिका उठा लेतीं। उसकी इस आदत ने उन्हें एक सुसंस्कृत महिला बना दिया था और वह पढ़े-लिखे लोगों में भी पढ़ी-लिखी महिला मानी जाने लगी थीं, यद्यपि वे लिखना नहीं जानती थीं, इसे बहुत कम लोग जानते थे। वह बड़ी मुश्किल से अपना नाम लिख पाती थीं।

फिर वह मेरे बगल में लेट गईं। अपनी शॉल तो ओढ़े ही थीं। उन्होंने मेरी रजाई भी खींचकर ओढ़ ली। फिर बोलीं, ''रास्ते में मंत्री लाल मिले थे। पहले तो उनके किए के लिए आभार प्रदर्शित करते हुए मैंने कहा—अगर आप न होते तो वह लिफाफा कभी डाकिया जग्गू को न देता। फिर मैंने उन्हें समझाया कि एक बात ध्यान रखिएगा कि रुपए

की चर्चा किसी से मत कीजिएगा। यह तो आप देख ही रहे हैं कि कैसा जमाना आ गया है। सौ-दो सौ के लिए आदमी की हत्या हो जा रही है।''

''पर हम त महेसवा से कह देले हई।'' मंत्री लाल बोले, ''ओकर गवाही लिखौले रहली। ऊ पुछलस त हमरे मुँह से निकल गयल।''

''पर अब किसी से मत कहिएगा। अगर हो सके तो उसके कहे को भी सँभाल दीजिएगा, नहीं तो वही और लोगों को बैना बाँटता फिरेगा।''

''हाँ, इ त हौ!''

माँ ने बताया कि मंत्री लाल ने इसे गंभीरता से लिया है। फिर माँ एकदम चुप हो गईं और बड़ी देर तक चुप रहीं। लगा कि वह सो गई हैं, पर जब करवट बदलकर देखा तो उनकी मुद्रा से लगा जैसे वह किसी गंभीर चिंतन में डूबी हों।

''क्या सोच रही हो, माँ?'' मैंने उन्हें झकझोरा।

''सोच रही हूँ कि कभी जगदंबा बाबू और तुम्हारे पिताजी घंटों बैठे बातें करते रहते थे। बीच-बीच में क्या ठहाके लगते थे कि क्या बताऊँ और यदि रात को जगदंबा बाबू आए और अपनी शतरंज लेते आए तो न किसी को खाने की सुधि होती थी, न सोने की। आधी रात तक बाजी बिछी रहती थी। जब तक ऊपर से चिल्लाऊँ नहीं, तब तक बिसात उठती नहीं थी।

''तब भी जगदंबा बाबू मजाक करने से चूकते नहीं थे—हाँ भाभीजी, हमें वक्त का अंदाज नहीं लगा, नहीं तो बाजी अब तक उठा देते। हमें मालूम है कि इस वक्त आपको भाई साहब की जरूरत पड़ती है।'' इतना कहते-कहते वह एकदम चुप हो गईं। अब उन्होंने समझा कि लड़के के आगे क्या बोल रही हूँ।

फिर वह बहुत देर तक चुप थीं। मैं भी चुप था। अंत में मैंने ही उन्हें खोदा—''लगता है, माँ, तुम अपने अतीत में खो गईं। मनुष्य अपने वर्तमान से सदा असंतुष्ट रहता है, इसीलिए अतीत उसे हमेशा अच्छा लगता है।''

''नहीं, यह बात नहीं है।'' माँ ने बात बदल दी। उन्होंने कहा, ''आज जगदंबा बाबू ने इस बात को माना कि उस घर में रुपया रखना क्या, आप लोगों का रहना भी सुरक्षित नहीं है। फिर उन्होंने ही प्रस्ताव किया कि आप देख लें, नीचे की कोठरी, जिसमें सब लोहा-लक्कड़ रखा है, उससे आपका काम चल जाएगा तो मैं उसे साफ करवा दूँ। आप आकर उसमें रहें, क्योंकि बरसात में आपकी तकलीफ का अंदाजा नहीं लगाया जा सकता।''

माँ बड़ी प्रसन्न हुईं। मैं तुरंत माँ से बोला, ''कोठरी तो बड़ी है, काम तो चल ही सकता है।''

तब माँ ने अपनी बात आगे बढ़ाई—''फिर जगदंबा बाबू ने यह भी कहा कि

नीचे इतना बड़ा चौक है, बैठका है; जग्गू यदि चाहेगा तो बैठक में अपनी पढ़ाई कर सकता है।''

''इसके पहले तो यह सोचना है कि उसका हमको देना क्या होगा?'' मैंने कहा।

''हाँ, मैंने किराए के बारे में भी पूछा था।'' माँ बोलीं, ''तब उन्होंने कहा कि आपसे किराया कौन माँगता है! अरे, जब तक रहना हो रहिएगा, जब जाना हो तो चली जाइएगा।''

''तब तो ठीक है, माँ। हमें उसी घर में चलना चाहिए।'' मेरी खुशी का ठिकाना न रहा। ''इस घर का क्या भरोसा? एकदम करारे का पेड़ है, एक जोरदार बरसात हुई कि 'अररा' के गिरा।''

माँ कुछ नहीं बोलीं, चुपचाप पड़ी रहीं। कुछ देर में उनकी पलकें झपने लगीं। मैं भी करवट बदलकर सोने की कोशिश करने लगा। आँखें बंद और सिर ढककर गुमसुम।

''मैं चल तो सकती थी, पर दुनिया क्या कहेगी?'' माँ जैसे अपने में खोई हुई मुनमुना रही हों। कभी न मुँह ढककर सोनेवाली माँ इस समय मुँह ढककर मुनमुना रही थीं।

अब मैंने नाक बजाना भी शुरू कर किया, जिससे लगे कि मैं गहरी नींद में हूँ। अब माँ का आंतरिक संघर्ष थोड़ा और मुखर हुआ। उनकी बुदबुदाहट बाहर आने लगी—''यदि जगदंबा बाबू की औरत न मरी होती, तब तो कोई बात नहीं थी। सुशीला एक भली औरत थी, मेरी सखी थी। पहली के मरने के बाद जगदंबा बाबू की यह दूसरी शादी थी। उसने कई बार मुझे अपने घर बुलाया था। ऐसा क्या हुआ कि एक बच्चे को जन्म देकर वह दो दिन के बुखार में चटपट चल बसी। भाग्यमान थी, बिचारी सोहागिन गई। अब तो उसके बच्चे गोपाल को पालने और उसकी देखरेख का भी सवाल है।''

फिर कुछ समय के लिए वह चुप हो गईं। कानों को अवकाश मिला तो मेरा सोचना और तेज हो गया—जगदंबा बाबू की बड़ी लड़की, जो मुझसे भी बहुत बड़ी थी और जो उनकी पहली पत्नी से पैदा हुई थी, अपने पति और दो बेटियों के साथ उसी घर में रहती थी। जगदंबा बाबू से उसकी बिलकुल नहीं पटती थी। थी भी वह आफत की परकाला।

वह नवजात शिशु ही जगदंबा बाबू का एकमात्र वारिस था और पहली औरत की उस बड़ी लड़की के रास्ते का काँटा भी। जगदंबा बाबू को हमेशा शक बना रहता था कि वह मेरे इस बच्चे को कुछ खिला-पिला न दे, क्योंकि जायदाद के लिए वह लड़की कुछ भी कर सकती थी।

जगदंबा बाबू जब तक घर पर रहते, उस बच्चे पर हमेशा ध्यान रखते; पर जब

कॉलेज चले जाते थे तब उसे भगवान् भरोसे ही छोड़ना पड़ता था। इसलिए उन्हें एक विश्वासपात्र व्यक्ति की तलाश थी। शायद माँ को बुलाने के पीछे उनका यह भी प्रयोजन रहा हो।

ऐसे में क्या मेरी उस लड़की से पटेगी? माँ के सामने यह एक बड़ी समस्या थी। जहाँ उस लड़की को अपनी स्वार्थ-सिद्धि में जरा भी बाधा आई वहाँ उसे अपने पिता—जगदंबा बाबू—को लगाकर माँ पर लांछन लगाने में जरा भी देर नहीं लगेगी।

मैं पड़ा-पड़ा यही सोचता रहा। शायद माँ भी ऐसी ही बात सोचते हुए सो गई थीं।

इसी बीच मैंने रजाई हटाकर बाहर देखा। जाड़े का दिन बच्चे की बंद मुट्ठी से रेत की तरह सरक चुका था। साँझ हो चुकी थी।

माँ अचानक कुनमुनाईं। मैंने तुरंत रजाई से सिर ढक लिया। माँ और मेरे बीच सोने-जागने का यह नाटक बहुत देर तक नहीं चला। माँ ही बोल पड़ीं, "कब तक सोते रहोगे? आज चाय-वाय नहीं पियोगे?" माँ ने कहा तो जरूर, पर वे अब भी सोचती रहीं। ...और उसी सोच में 'गीतावली' की अपनी प्रिय पंक्ति गुनगुनाने लगीं—"गहि न जाहि रसना काहू की, कहै कोइ जौ सूझै।"

यद्यपि अब मैं छड़ी का सहारा लिये बिना चल सकता था। दर्द भी नहीं था, फिर भी माँ मुझे वैसे ही सुलाए रहती थीं और कहती थीं कि हड्डी जल्दी नहीं जुड़ती। उसके जुड़ने में महीनों लग जाते हैं। वह पहले दिन जैसा ही एहतियात बरतती थीं, वैसे ही गरम-गरम दवा लगातीं। ऊपर से घौ पत्ता बाँधतीं और छड़ी के सहारे ही चलने को कहतीं।

वह अब भी मुझे बच्चा ही समझती थीं और कहती थीं, "यह तो मौलवी साहब की दवा और दुआ का फल है कि तुम्हें आराम मिल गया। इसका यह मतलब नहीं है कि तुम्हारा रोग अच्छा हो गया।"

इसी लिए अब वह सवेरे गरम पानी से मुझे नहला-धुलाकर और खिला-पिलाकर आठ बजते-बजते कोठी जाती थीं।

फिर अकेले मैं चौकी पर पड़ा रहता था। ऐसे में सोमारू चाचा के यहाँ से आया कल का अखबार और पुस्तकें मेरा साथ देती थीं।

आज तो कई पुराने दोस्त और हितैषी एक साथ आ गए थे। माँ के जाने के बाद ही सबसे पहले रामकिशुन चाचा आ गए, उनके साथ चाची भी थी।

चाची तो मुझे देखते ही भावुक हो गई।

"यह क्या हालत बना रखी है?" इतना कहते-कहते उसकी आँखें डबडबा आईं।

लगभग बीस दिनों से मैं गंदे बिस्तर और उस पुरानी रजाई में, जिसमें कई जगह रूई इकट्ठी हो गुड़चा गई थी, पड़ा था। ऊपर से बाल व दाढ़ी भी बढ़ गई थी और नहाना-धोना भी अच्छी तरह होता नहीं था। किसी तरह गरम पानी से देह पोंछ-पाँछकर माँ कपड़े बदलवा देती थीं। आकृति का भूगोल ही जैसे बदल चुका था।

"अभी महीने भर से कम ही हुआ होगा तुम्हें देखे; पर लगता है, तुम्हारी उम्र दस वर्ष अधिक हो गई है।" चाचा बोले।

"हाँ, जिस दिन घटना घटी थी, उसके दूसरे दिन ही मैंने आपका पता लगवाया था।" मैंने कहा, "पता चला कि आप चाची की विदाई कराने ज्ञानपुर गए हैं।"

फिर बड़ी देर तक चाची हमारा हाथ-पैर सहलाती रही और चाचा घटना तथा चिकित्सा के बारे में पूछता रहा।

थोड़ी देर बाद आने का वादा करके वे लोग चले गए। दालान तो सूनी हो सकती है, पर मन कभी नहीं होता। उसमें इधर-उधर की ऊल-जुलूल बातें आने लगीं।

लाला को यदि पता होता तो वह जरूर आता। वह ऐसा मौका कहाँ छोड़नेवाला है! लगता है, लाला को इस घटना की खबर नहीं लगी।

अजीब स्थिति है मेरे मन की। जब लाला उसमें प्रवेश करता है, तब चंपो भी पीछे-पीछे चली आती है। इस बार भी ऐसा ही हुआ। मुझे ऐसा लगा जैसे चंपो मुझसे पूछ रही हो—उस कमीने के बारे में क्यों सोचते हो? क्या मेरी याद तुम्हारे लिए काफी नहीं होती?

फिर याद आया वह खाली लिफाफा, जिसमें रुपए आए थे और जो इस बिस्तर के नीचे पड़ा-पड़ा पता नहीं अपने किस 'किए' की सजा भुगत रहा था।

ज्यों ही मेरा हाथ उसे निकालने के लिए नीचे पहुँचा, त्यों ही दानिस की आवाज सुनाई पड़ी। स्पष्ट लगा कि उसके साथ कुछ लोग और हैं।

मेरे यह कहते ही कि दरवाजा बंद नहीं है, धक्का मारिए और भीतर चले आइए—सबके सब भीतर चले आए।

दानिस, जवाहिर, शेखू आदि मेरे बचपन के चार-पाँच साथी आज अचानक आ धमके थे। मैंने दानिस से व्यंग्य करते हुए पूछा, "आज शहर में दंगा हो गया क्या?"

"क्या यार, तुम भी कैसी बातें करते हो!" जवाहिर बोला, "इसी को कहते हैं बे-पर की उड़ाना। उस दिन साँड़ लड़ा तो हो गया, हो गया। अरे, क्या हो गया, किसी को ठीक पता नहीं। और उड़ गया कि दंगा हो गया।"

"अरे यार, मैं उड़ा कहाँ रहा हूँ? मैं तो असलियत पूछ रहा था।" मैंने कहा, "मैंने तो दानिस से पूछा था। यों तो वह मिलता ही था, पर उस दिन जरूर घबराया हुआ मिलता था, जब शहर में कहीं दंगा होता था या उसके होने की सुनगुन होती थी।"

''मैं समझ रहा था कि तुम मुझ पर बोली बोल रहे हो।'' दानिस बोला, ''घर से चलते वक्त ही मैंने सोचा था कि आज जग्गू की सुननी पड़ेगी; पर तुम्हें हमारी हालत का ज्ञान नहीं है। मैं भी वायरस बुखार में था। मैं भी सोचता था कि क्या बात है कि जग्गू को मेरी सुधि नहीं आई। अम्मी भी कह रही थीं कि इधर जग्गू दिखाई नहीं दिया। जरूर कोई बात है। वह बनारस में है या नहीं है? और तुम बिना जाने-समझे बजाने लगे।'' दानिस ने व्यंग्य को बड़ी गंभीरता से लिया। उसे कुछ बुरा भी लगा।

मैंने एकदम दिशा बदल दी—''और जवाहिर, तुम भी बहुत दिनों बाद दिखाई दिए?''

''यह तो तुम जानते ही हो कि अब मैं बनारस में नहीं रहता। रामनगर के राजा की बल्ब की फैक्टरी टूटने के बाद महाराजा ने कृपा कर पिताजी को चकिया स्कूल में नौकरी दे दी। अब पूरा परिवार वहीं का होकर रह गया। अब यदि शहर में आना भी हुआ तो किसी काम से। एक बस से आया और दूसरी से चला गया।''

''मुझसे मिलना तो तुम्हारा कोई काम है नहीं।'' मैंने कहा, ''अरे यार, यदि तेरा पता मालूम होता तो मैं स्वयं चकिया चला आता, क्योंकि देखने की मेरी बड़ी इच्छा है। वह स्थान अपने प्राकृतिक सौंदर्य के लिए प्रसिद्ध है। सुना है, वहाँ के जंगलों में शेर भी हैं।''

जवाहिर कुछ कह, उसके पहले ही दानिस व्यंग्य करते हुए बोल पड़ा, ''तुम्हें मेरे घर का तो पता है नहीं और न वहाँ देखने लायक कुछ है।''

मैं दानिस के प्रश्न का उत्तर देता कि सलमा अचानक मेरी दृष्टि के सामने आ गई—'क्या मैं तुम्हारे देखने के काबिल नहीं हूँ?' मानो विचित्र भंगिमा में वह मुझसे पूछ रही हो।

यह मन ही था, जिसने इस समय उसे निर्मित किया था और उसे देख भी रहा था। मरे अधरों पर मुसकराहट दौड़ गई।

''तुम मुसकराने क्यों लगे? क्या सोच रहे हो?'' दानिस बोला।

''सोच रहा हूँ, मनुष्य का मन यदि इतना संवेदनशील न होता तो सन्नाटा ही उसे चबा जाता।'' सलमा की आँखों की झील में मैं इतना डूब गया था कि मुझे इसका भी खयाल न रहा कि मेरे इस कथन के संदर्भ को ये क्या समझेंगे?

दानिस नासमझी की ओर कुछ और बढ़ गया।

''तब चलो भाई, हम लोग चलें। इन्हें अपने सपनों में खोए रहने दो।''

''नहीं यार, मेरे कहने का यह मतलब नहीं था।'' मैंने कहा, ''मेरे सपनों से तुम्हारी उपस्थिति तो कहीं जोरदार है!''

''ऐसा कैसे हो सकता है?''

“क्योंकि तुम मेरे सपनों के यथार्थ के करीब हो।”

“सपनों के यथार्थ के करीब! मैं कुछ समझ नहीं पाया।”

“और मैं तुम्हें समझा नहीं सकता।” इतना कहकर मैं हँसा और उसका हाथ पकड़कर बड़े प्यार से दबाया। आखिर वह सलमा का भाई था। दोनों की शक्लों में भी बड़ा साम्य था।

फिर दानिस ने मेरी तबीयत पर जिज्ञासा व्यक्त की। फिर मैं जिससे बोर हो चुका था, उसी पुराने रिकॉर्ड की तरह बजने लगा। पर क्या करता? जो भी आता, वह सारी वारदात पूछता ही। स्थिति तब और भी विषम हो जाती, जब वह एक बार पूछकर संदर्भ को विस्तार देता और वही पिटा-पिटाया निष्कर्ष निकालता—‘जब लाला की बोहनी की थी, तब तो यह होना नहीं था।’ फिर एक हँसी होती और रास्ता दूसरी ओर मुड़ जाता। गोया मेरी बीमारी की चर्चा एक प्रशस्त चौराहा था, जिससे होकर लोग अपनी बातें कहने के लिए रास्ते चुन लेते थे।

फिर भी दानिस विषय से हटकर बोला, “जब भी कोई भला काम करो तो बाधा पड़ती ही है। यही कहो कि अल्लाह की बड़ी मेहरबानी थी जो हड्डी नहीं टूटी।”

“यों तो चार-पाँच दिनों में ठीक हो जाओगे, पर पैरों में अच्छी तरह शक्ति आने में पंद्रह-बीस दिन लग सकते हैं।” जवाहिर बोला, “तब मैं तुम्हें चकिया ले चलूँगा और उन जंगलों में घुमाऊँगा, जिसकी तुम चर्चा कर रहे हो।”

□

: सात :

जीवन-पक्षी उस पुराने और 'अब गिरे तब गिरे' पेड़ पर से अपना उजड़ता घोंसला छोड़कर एक छतनार बरगद की छाया में आ गया। हम लोगों ने उस खपरैल को छोड़कर जगदंबा बाबू के घर की शरण ली।

पर यहाँ आने में हमने कई महीने की देर की। इसका लाभ उठाया मेरी विमला मौसी ने। इसके पीछे भी मेरी माँ की सरलता और सहजता ही उसके विपरीत गई।

उन्होंने एक दिन जगदंबा बाबू से हुई अपनी बात की चर्चा अपनी बड़ी बहन विमला से कर दी थी। फिर क्या था, उसके नाटकीय व्यक्तित्व को मौका मिला।

लंबी-तगड़ी, डील-डौल से भरी-पूरी विमला मौसी यदि आकर्षक नहीं तो भद्दी भी नहीं थी। वह पढ़ी-लिखी बिलकुल नहीं थी, पर थी हरफनमौला। मुहल्ले की हर अपढ़-जाहिल और छोटी जाति की औरतों के बीच उसने अच्छी माया फैला रखी थी। उन सबके लिए वह ज्योतिषी भी थी, दाई भी थी और महाजन भी। गाहे-बगाहे किसी के घर काम-प्रयोजन के समय 'माता भवानी' के गीत भी गाती थी। अकसर लोगों के यहाँ ढोल पुजवाने के लिए बुलवाई जाती थी। बीमारों के लिए घरेलू नुस्खे भी बताती थी।

इस मायावी मौसी की आर्थिक स्थिति मेरी माँ से कहीं अच्छी थी और नैतिक दृष्टि से वह कहीं गई-गुजरी। दोनों बहनों का चाल-चलन और मिजाज एक-दूसरे से काफी भिन्न था। दोनों में बातचीत भी बहुत कम होती थी और मिलना-जुलना तो दूर की बात। किसी काम-प्रयोजन में यदि मिल गईं तो मतलब की बात हुई तो हुई और न हुई तो न हुई।

मेरी यह मौसी मुहल्ले के दूसरे छोर पर कानू बनिया के मकान में अपने लड़के और बहू के साथ दो अँधेरे कमरों में रहती थी, वह भी बिना किराए के। बात यह थी कि कानू की बहू को जब लड़का होने वाला था तब उसकी मायावी प्रतिभा ने अपना इंद्रजाल फैलाकर उसे पूरी तरह वश में कर लिया था। पहले तो उसका हाथ देखकर बताया कि इसे लड़का ही होगा।

"तीन लड़कियों के बाद लड़का?" उसकी सास तो विह्वल हो गई। बोली, "तोहरे मुँह में घी-शक्कर, महराजिन!"

"खाली घी-शक्कर से काम न चली।" मौसी बोली।

"तो जो मँगबू महराजिन, ऊ देब।"

"अरे बाप रे बाप! जो माँगिहै ऊ दे देबू?" बहू ने अपनी आपत्ति दर्ज की। बहू को ऐसी खुली जबान देना, वह भी मौसी ऐसी औरत को, शायद अच्छा नहीं लगा।

उड़ती चिड़िया को पहचाननेवाली मौसी ने तुरंत रंग बदला—"लगता है, बहू रानी डर गई। अरे बहू रानी, हमहूँ समझी ला। जौन माँगै लायक चीज होई, उही माँगब।" मौसी ने हँसते हुए कहा और सास-पतोह दोनों मुसकराने लगीं।

मौसी ने देखा, असामी अच्छा है और मौका भी ठीक मिला है; पर अगर कहीं लड़की हुई तो क्या होगा? मेरा कहा भी गलत हो जाएगा और फूटी कौड़ी भी हाथ नहीं लगेगी।

मौसी ने अब दूसरा रंग बदला। वह दूसरे-तीसरे बहू का पेट देखने वहाँ जाने लगी। एक दिन उसने पेट की हलकी मालिश करते हुए सास से कहा, "और सब ठीक है, पर लगता है, पेट में बच्चा उलटा हो गया है।"

"तब क्या होगा, महराजिन?" सास की घबराहट चरम पर थी।

"तब जइसन तू ठीक समझा।" मौसी बोली, "हम अपने अंदाज से जइसन ठीक समझली, ऊ बता देहली। अगर तोहके विश्वास न हो तो आशा दाई के बुलाकर दिखा ल।"

उस समय नगर में बच्चे जनने के 'नर्सिंग होम' नहीं थे। ले-देकर एक सरकारी अस्पताल था और थी बहुचर्चित आशा दाई। आशा दाई वास्तव में मुसलमान थी और उसका असली नाम था 'आयशा दाई'। इसी आयशा का हिंदीकरण था 'आशा'।

सास को पूरी तरह व्यग्र कर मौसी ने उसके विश्वास को अच्छी तरह चंगुल में ले लिया था। उसने कहा, "हम आसा-ओसा के नाहीं जानित। हमरे लेखे तो महराजिनै सबकुछ हइन। उनके जो समझ में आवै, ऊ करैं।"

"यदि अभी से कोई उपाय नहीं किया गया तो जच्चा-बच्चा दोनों के लिए खतरा हो जाएगा।" मौसी बोली।

अब सास की घबराहट और बढ़ी। उसके लिए महराजिन का बताया कभी गलत हो नहीं सकता।

"तब का करै के चाही?"

"मालिश।"

"अगर मालिश क बात हौ तो बेलवा के बुलवा लेवे के चाही। लोग कहलन कि

ओकर हाथ हल्लुक हौ।''

बेलवा मुहल्ले की बहुचर्चित और अपने फन की माहिर नाइन है।

बेलवा का नाम सुनते की मौसी की मुद्रा बदली—''तुम लोगों को तो बात की गंभीरता की समझ नहीं है। यह भला बेलवा के वश का काम है! वह तो बच्चा पैदा होने के बाद की मालिश जानती है। इसे तो मुझे खुद करना होगा।'' मौसी जब आवेग की मुद्रा में होती थी तो शुद्ध खड़ीबोली बोलती थी।

''अरे, आप करिहैं!'' सास ने आश्चर्य व्यक्त किया।

''हम न करब तब के करी?'' मुसकराते हुए मौसी ने कहा, ''आखिर जब लड़का होई त इनाम क हकदार तो हम ही न होब।''

''काहे नहीं!'' सास बोली।

उसे क्या पता था कि मौसी उसे उसी की बात से दूसरी बार बाँध रही है।

अब मालिश के तेल का प्रश्न था। मौसी के कथनानुसार यह मालिश साधारण तेल से नहीं होगी। इसके लिए तेल बनाना पड़ेगा। फिर उसने लंबा नुस्खा बनाया और बोली, ''अरे, एह में बड़ा खटकरम हौ। ई सबके वश क नाहीं हौ।''

''तब त आपके बड़ा कष्ट करे के पड़ी।''

''त का भयल, ई शरीर अगर दुसरै क सेवा न कइलस ता ई जिनगी कुआरथ हौ।''

इसके बाद मौसी ने बहू को कई हिदायतें दीं—''भरी बालटी या गगरा मत उठाना। झुककर कोई काम मत करना। यहाँ तक कि यदि जमीन पर पैसा गिर जाए तो उसे भी दूसरे से उठवा लेना, पर खुद मत उठाना। जाँता पीसना एकदम मना।''

''अरे, जाँता का, सिल-लोढ़ा भी न छुए देब।''

''ऐसन न कह, बखत पर त छुए के पड़बै करी।'' मौसी ने मजाक के लहजे में कहा, ''ऐसन बंधन लगा के बहू क जिनगी नरक जिन कर। का कही तोहार लड़कवा!''

दोनों हँस पड़ीं और बहू लजा गई। उसकी आँखें धरती में गड़ी-की-गड़ी रह गईं।

इस प्रकार मौसी ने एक मालदार असामी फँसाया और उसे लगभग दो महीने के लिए रोज का एक काम मिल गया।

यों मौसी की यह सेवा निःशुल्क थी। वह कहती थी कि मुझे किसी से लेना-देना क्या है? भगवान् के लिए मैं दीन-दुःखियों की सेवा करती हूँ; पर आज तक उसकी सेवा के किसी पात्र को मैंने दीन-दुःखी नहीं देखा। वह उसी की ओर हाथ बढ़ाती जहाँ से उसकी हथेली भरी-पूरी लौटती थी। इस बार भी उसने कानू बनिया के यहाँ से कितना सामान मँगाया, उसका कोई हिसाब नहीं।

भगवान् ने भी कृपा की। कानू के घर तीन लड़कियों पर लड़का हुआ। अब क्या

था! बिल्ली के भाग्य से सिकहर टूटा। सुना है, ढोल-पुजाई के दिन उन्हें सिल्क की साड़ी और लहँगा-ब्लाउज के अतिरिक्त सोने की एक सिकड़ी भी मिली। फिर बरही तक बराबर दिन ढलने के बाद मौसी कानू के घर जाती थी और ढोल पूजकर पाँच गीत माता भवानी के गाकर ही आती थी। इसके बाद बाकी औरतें सोहर गाती थीं। जो आदमी मौसी को पहुँचाने घर तक आता था, उसका झोला आखर में मिले चावल आदि से भरा रहता था।

यह मात्र एक झाँकी है मौसी के बहुआयामी व्यक्तित्व की।

फिर मौसी कानू बनिया के घर के ही दो कमरों में रहने लगी। न उन्होंने किराया माँगा और न मौसी ने कभी देने की कोशिश की। फिर भला किराए की क्या हिम्मत थी, जो मौसी और कानू के बीच में पड़ता।

दिन बीतते रहे, रातें खिसकती रहीं।

एक दिन कोठी से लौटते समय, दोपहर को, गली में घुसते ही माँ का सामना अपनी बड़ी बहन से हो गया। यों माँ उससे हमेशा दूर ही रहती थीं। यहाँ तक कि दूर से ही उसे देखकर अपना रास्ता बदल देती थीं। किसी वैर-भाव से नहीं, पर दोनों की प्रकृति ही मेल नहीं खाती थी। आज अचानक टकरा गई।

मौसी तुरंत बोल पड़ी, ''पहले जग्गू का हाल बताओ। बेचारे ने बड़ा कष्ट भोगा।'' उसकी नाटकीयता और मुखर हुई—''उसको देखने आने वाली थी, पर क्या बताऊँ? एक तो जिंदगी का जवाल, फिर आजकल मैं भी बीमार चल रही हूँ। इधर कई दिनों से बुखार चल रहा था। अभी कल ही तो जूस लिया है।''

माँ 'हूँ-हाँ' करती और चुपचाप सुनती रही, पर मौसी की जबान जब चल पड़ती थी तो बिना ब्रेक की गाड़ी की तरह चलती ही जाती थी—''पर जब जग्गू को देखती हूँ, अभिमान से सीना फूल जाता है। कम-से-कम हमारे परिवार के एक लड़के ने मैट्रिक तो पास किया। मेरे राधे की (मौसी का लड़का) तो तकदीर खराब थी। बेचारा पढ़ता भी था, पर मैट्रिक डाँक न सका। खैर, कोई बात नहीं। उसे किसी मैट्रिक पास से कम ज्ञान तो है नहीं। उसके ऑफिस का साहब कहता है कि राधेलाल की अंग्रेजी और उसकी लिखावट तो बी.ए.-एम.ए. का भी नाक काटती है।''

मौसी अपने बेटे की तारीफ करते अघाती ही नहीं थी। आज की उसके द्वारा की गई मेरी तारीफ वह ईर्ष्या थी, जिसे उसकी नाटकीयता ने रूपांतरित कर दिया था।

उसकी जबान चलती रही, ''लेकिन एक बात कहूँ, वह घर तुम्हारे रहने लायक नहीं है। एक तो उसकी हालत ऐसी है कि अगली बरसात वह शायद ही झेल पाए और दूसरे, जब से तुम उस घर में आई हो, कोई-न-कोई झंझट तुम्हारे पीछे पड़ी ही रहती है।''

बस, इसी प्रसंग में मेरी माँ की सहजता मात खा गई। उसने जगदंबा बाबू के घर

में जाने की बात उसे बता दी। इस संदर्भ में उनसे हुई बात का भी खुलासा कर दिया।

अब क्या था, मौसी को मन-माँगी मुराद मिली। वह कानू बनिया का घर छोड़ना ही चाहती थी। उसने अब जगदंबा बाबू पर अपना मायावी जाल फेंकना शुरू किया। शायद उस दिन मंगलवार था और शाम का वक्त। मौसी ने पहले से मालूम कर रखा था कि लाला कब स्कूल से लौटते हैं। जगदंबा बाबू को उनके घर के लोग 'लाला' कहते थे।

उसी समय के आस-पास मौसी संकटमोचन का प्रसाद लेकर उनके घर पहुँची। अभी लाला स्कूल से आकर कपड़े उतार ही रहे थे। थोड़ी देर तक उनकी लड़की से इधर-उधर की बातें करती रही और अपने आँचल में प्रसाद की पिटारी छिपाए रखी। लड़की का ध्यान बराबर पिटारी की ओर था। अंततः उसने पूछ ही लिया, "पिटारी में क्या छिपाए रखी हैं, मौसीजी?"

"यह संकटमोचन का प्रसाद है, बेटी। भैया के लिए लाई हूँ। जब कपड़े बदलकर वह कमरे के बाहर आएँगे तो उन्हें दूँगी।"

"बाप रे बाप! मैंने तो सोचा, कोई कीमती चीज है, जिसे आँचल में आप इतना छिपाए जा रही हैं।" आखिर वह कायस्थ की लड़की थी और मौसी के मिजाज से भी अच्छी तरह वाकिफ थी।

मौसी ने तुरंत पैतरा बदला, "छिपाने की कोई बात ही नहीं थी, बेटी! रास्ते में जब आ रही थी तो एक छोटा सा लड़का हाथ में जलेबी का दोना लेकर जा रहा था। बड़की बखरी के पास के नीम के पेड़ पर से एक चील उतरी और उसके जलेबी के दोने पर झपट्टा मारा और उसके हाथ से छीन ले गई। तब से मैंने इसे आँचल में जो छिपाया, उसे अब तक छिपाए रह गई।"

"पर यह तो पक्का कमरा है, यहाँ नीम का पेड़ भी नहीं है। फिर चील का क्या डर?" लड़की बोली।

"इसका तो हमने ध्यान ही नहीं दिया।" मौसी के बोलने के पहले ही पिटारी आँचल के बाहर आ चुकी थी।

"जब प्रसाद है तो हमें भी खिलाइए।"

मौसी भीतर-ही-भीतर बहुत कुड़बुड़ाई, पर करती क्या! मौसी को लाचार हो पिटारी खोलनी पड़ी। फिर तो उसके दो पुत्र और पुत्रियों ने भी आ घेरा। अब मौसी को प्रसाद बाँटना भारी पड़ा, क्योंकि बच्चे आधा लड्डू लेने को तैयार नहीं थे। आधी पिटारी तो यहीं खाली हो गई। पूरी पिटारी लाला के सामने हाजिर करने का मौसी का सपना सपना रह गया। अब जो कुछ था, उसी से काम चलाना था।

लाला कमरे से निकलकर बाहर खाट पर आ गए थे। मौसी तुरंत उठी और उनके

पास गई। पिटारी खोलकर सामने करते हुए बोली, ''संकटमोचन का प्रसाद है।''

लाला ने पिटारी में से तुलसी-दल निकालकर माथे लगाया, फिर उसे मुँह में डालते हुए बोले, ''आज कौनो नई बात हौ का?''

मौसी को जैसे एक 'चटकना'-सा लगा। स्वार्थ हमेशा सेवा या परमार्थ के लबादे में ही उपस्थित होने में अपना गौरव समझता है। पर लाला के सहज भाव से पूछे गए शब्दों से वह मौसी के समक्ष नंगा हो गया था। मौसी भीतर-ही-भीतर पानी-पानी हो गई। उसने स्वयं को सँभाला—''का कही, इधर बड़े संकट में पड़ गयल हई। सोचली, बाबा के दरबार में ही चलके बिनती करी कि प्रभु, ई संकट से मुक्त करा।'' मौसी ने बड़ी होशियारी से अपना दाँव चला।

अब लाला को पूछना ही पड़ा कि ऐसा कौन संकट है कि संकटमोचन के दरबार में जाना पड़ा?

अब मौसी को अपनी बात का घोड़ा दौड़ाने के लिए खुला मैदान मिला। उसने पूरी नाटकीयता के साथ अपना रोना रोना शुरू किया, जिसका सारांश था कि जब तक कानू बनिया का स्वार्थ था तब तक उसने मुझे मकान में कनरे दिए थे। लेकिन अब उस बनिए के मन में ऐसा क्या हो गया कि वह हम लोगों को फूटी आँख भी नहीं देखना चाहता। रोज एक-दो बार तो किसी-न-किसी बहाने ताना मारता है और बात-बात में कहता है कि महराजिन, हमार घर खाली कर दा।

''अब आप ही बताइए, हम लोग कहाँ जाएँ, क्या करें?''

कहते हैं, उस समय लाला कुछ नहीं बोला। उनकी निगाह मौसी की ओर भी नहीं थी। वे सीधे-सीधे आकाश की ओर देख रहे थे। वह टकली खोपड़ी का खुर्राट कायस्थ स्थिति को खूब समझता था और यह भी हो सकता है कि वे मौसी को बड़ी गहराई से जानते हों। लाला को चुपचाप खड़े देखकर मौसी को बोलना पड़ा, ''अच्छा, तो अब मैं जा रही हूँ, आप कृपा बनाए रखिएगा।''

''अच्छी बात है, अच्छा तो फिर आइएगा।'' लाला ने ये शब्द मात्र शिष्टाचार बस कहे थे, पर मौसी ने उसी को पकड़ लिया।

''तब फिर कब आऊँ?'' वह गले में ढोल की तरह लटक गई।

अब लाला हँस पड़े। पूरी सहजता के साथ बोले, ''जब आपकी इच्छा हो, चली आइएगा।''

इसके तीसरे दिन ही मौसी ने कानू बनिया के यहाँ से अपना डेरा-डंडा हटाना शुरू किया और धीरे-धीरे लाला के विशाल मकान के एकदम खाली पड़े निचले खंड के चार अच्छे और हवादार कमरों पर कब्जा कर लिया।

एक कमरे को उसने अपनी रसोई का कमरा बनाया। ठीक उसके बगलवाला

कमरा उसने अपनी बूढ़ी सेविका मँगरी को दे दिया। यह बूढ़ी अहिरिन शायद अपनी जवानी से ही हम लोगों के परिवार से जुड़ी थी। उसका एक अधेड़ उम्र का लड़का गणेश था, जिसका एक हाथ टूटा था, जो उसके नटखट बचपन की याद दिलाता था।

मैं अपने बचपन से ही उस बूढ़ी और उसके लूले बच्चे को मौसी के साथ ही देखता था। शायद इसी कारण कुछ लोग मौसी को 'अहिरिन महराजिन' के नाम से भी पुकारते थे। तीसरा कमरा उसने अपने रहने, सोने आदि का बनाया और चौथे में अपने सारे बरतन व कबाड़ आदि भरे।

मौसी के अपने और काम के बरतन तो रसोईघर में थे। ये सारे बरतन उसने गिरवी रखे थे। ये मुहल्ले के उन गरीबों के थे, जिनके चूल्हों में किसी दिन आग नहीं जल पाती थी और उनके बच्चों की अँतड़ियाँ भूख से ऐंठने लगती थीं। तब वे लोग मौसी के यहाँ दो-चार रुपए पर इन बरतनों को गिरवी रख देते थे।

इनमें पीतल के लोटे, कसकुट की थाली और बटुओं से लेकर धोबी के घर के पीतल के 'आइरन' तक थे।

एक आने रुपए से कम मौसी ब्याज नहीं लेती थी, जिसे वसूलने में वह किसी प्रकार की कोताही नहीं करती थी। जिन्हें 'एकजून' का पूरा खाना भी मयस्सर नहीं, वे गरीब बेचारे कहाँ से ब्याज दे पाते। वे ब्याज-माफी के लिए रोते थे, कलपते थे; पर मौसी जरा भी टस से मस नहीं होती थी। उन गरीबों की आँखों के आँसू भी उसके सामने पानी हो जाते थे।

उन गिरवी वस्तुओं की साल भर की मियाद होती थी। यदि वे इस बीच नहीं छुड़ा पाते थे तो वह मौसी की संपत्ति होती थी। शायद मौसी जैसे किसी व्यक्ति को देखकर ही शेक्सपियर ने 'साइलॉक' जैसे चरित्र की कल्पना की होगी।

इसके पाँच दिन बाद जब माँ अपना डेरा-डंडा लेकर पहुँचीं, तब अपनी जीजी की माया देखकर सन्न रह गईं। अब वह क्या करतीं? एक घर छोड़ चुकी थीं, दूसरा लुट चुका था। लाचार हो उन्होंने बड़े दालान में ही सामान रखना आरंभ किया और शाम को लाला के आने का इंतजार करने लगीं।

इस बीच मौसी माँ से दो-तीन बार मिली और तरह-तरह से उसने एक ही बात दोहराई—अब कितना अच्छा होगा कि हम दोनों बहनें एक ही साथ रहेंगी।

पर माँ ने अपनी कोई प्रतिक्रिया व्यक्त नहीं की, पर भीतर-ही-भीतर अपनी गलती पर पश्चात्ताप भी करती रहीं और उबलती भी रहीं। वह बोलतीं तो क्या बोलतीं, केवल आग उगलतीं, इसी लिए चुप ही रहीं।

शाम को जब लाला के पास जाकर अपने लिए जगह माँगी, तब हँसते हुए उन्होंने कहा, "अब क्या आई हो बहन, जब मुसहरों ने बन बाँट लिया और राजा को

पता तक नहीं!"

वस्तुतः बात कुछ ऐसी ही थी। मौसी ने दिन में ही आकर नीचे के अच्छे कमरे घेर लिये थे। अब लाला भी लाचार थे। उन्होंने बड़ी विवशता के साथ कहा, "आप उस कोने में अपना सामान रखिए। वह कमरा नीचे के किसी भी कमरे से बड़ा है, पर उसमें अँधेरा है। बगलवाली कोलिया भी आप ले लीजिए और नहीं तो वह आपका रसोईघर तो हो ही सकता है।"

माँ चुपचाप गंभीरता से सिर नीचा किए सुनती रहीं और इसके बाद भी बड़ी देर तक वैसे ही खड़ी रहीं।

लाला ने माँ की मन:स्थिति का अंदाजा लगा लिया। बोले, "तोहरे बहिन के पास त सारी कोठरी हौ, चाहा त तू उनसे माँग ल।"

माँ बोलीं तो नहीं, पर ऐसी मुद्रा बनाई जैसे वह उनसे माँग नहीं सकतीं।

तब लाला ने कहा, "सामने की पूरी दालान आपके कब्जे में रहेगी चाहे तो टाट आदि का परदा डालकर आप अपना काम चला सकती हैं। रह गई जग्गू के पढ़ने-लिखने की बात, वह तो मेरे बैठके में भी हो सकती है। वहाँ कुरसी, टेबल, आरामकुरसी आदि सब पड़ा ही है। एक अलमारी भी हम उसके लिए खाली कर देंगे।"

अब माँ के मन को थोड़ी राहत मिली। उन्होंने उसी अँधेरी कोठरी में सारा सामान सजाया या ठुसाया। बगल की छोटी कोठरी में उन्होंने चूल्हा बनाया। उसमें अलमारी जैसे खुले रैक पहले से बने थे। उसी पर अनाज के कनस्तर और बरतन रखने की व्यवस्था हो गई।

यों खाना-पीना-पानी आदि के लिए दालान तो थी ही।

यह सब देखकर मेरी मौसी ने बड़ी बेहयाई से मेरी माँ से कहा, "तुमने तो बड़ी अच्छी तरह अपनी गृहस्थी सजा ली।"

अब मेरी माँ से रहा नहीं गया। उन्होंने अपनी जीजी को आड़े हाथों लिया। वह थोड़ा पढ़ तो ली ही थीं। उन्होंने कहीं एक शेर पढ़ा था। उसी का उपयोग इस समय किया—"यों ओढ़ने के लिए तो एक चादर काफी है, और पैर फैलाइए तो ये जहाँ भी कम है।"

मौसी पढ़ी-लिखी तो नहीं थी, पर उसने इस शेर को बड़ी गंभीरता से लिया और चुप ही रह गई।

एक मजेदार बात आपको और बताऊँ। इसके दो वर्ष बाद ही मेरा विवाह हुआ, तब वही रसोई की 'कोलिया' मुझे सुहागरात के लिए मिली। तब से वह बराबर हम पति-पत्नी के कब्जे में रही। एक मझोली पलंग उसमें बिछ जाती थी।

फिर खाना परदा डालकर दालान में बनने लगा।

□

सूरज उगता रहा। सूरज डूबता रहा। दिन आगे बढ़ते गए। सन् १९५४ में महाकुंभ लगा। मेरी माँ ने कुंभ-स्नान की मनशा जाहिर की। शायद उनके मन में यह बात इसलिए भी आई कि मेरी ससुराल भी इलाहाबाद में थी। मेरी नई-नवेली पत्नी ने भी मजाक के तौर पर मेरी माँ के शुभ संकल्प का समर्थन करते हुए कहा, "हाँ-हाँ, अम्माजी, आप जरूर जाइए। एक पंथ दो काज हो जाएगा, एक तो कुंभ-स्नान का लाभ मिलेगा और दूसरे मेरे बाबूजी से भी भेंट हो जाएगी।"

"चल हट! तुझे तो हर बात में मजाक सूझता है।" माँ ने उसे बड़े प्यार से झिड़का और हम लोग हँस पड़े।

मुहल्ले के कई लोग मकर संक्रांति के पर्व का पुण्य-लाभ लेने वाले थे। उनका समूह बन गया। माँ भी उस समूह की सदस्या हो गईं। इस अवसर पर मौसी अपना दाँव खेलने से कब बाज आने वाली थी। उसने मँगरी को उभारा—"तू भी क्यों नहीं जग्गू की माँ के साथ कुंभ नहा आती! ऐसा मौका कहाँ मिलेगा? जिंदगी में तो कुछ किया नहीं, कम-से-कम बुढ़ापे में तो एक पर्व नहा लो।"

वह बूढ़ी मेरी माँ के पीछे पतंग में पुछलग्गे की तरह लग गई। न यह बात माँ को पसंद थी और न मेरी पत्नी को, पर कोई कुछ बोल नहीं सका। दोनों भीतर-ही-भीतर कुड़बुड़ाकर रह गईं। दूसरे दिन मेला स्पेशल बस से पतंग के साथ पुछलग्गा भी प्रयाग के लिए उड़ चला।

अब प्रश्न यह था कि माँ उस बूढ़ी के साथ मेरी ससुराल कैसे पहुँचेगी? वैसे बस इन लोगों को सिविल लाइन पर जाकर उतार देगी। यद्यपि मेरी पत्नी ने माँ को पता-ठिकाना लिखकर दे दिया था और अच्छी तरह समझा भी दिया था। फिर भी, उसने मुझ पर दबाव डाला कि आप पोस्ट ऑफिस से ताऊजी के यहाँ टेलीफोन कर दीजिए। उसके ताऊजी के पास टेलीफोन था। आज सोचता हूँ कि काश, उन दिनों मोबाइल का जन्म हो गया होता तो बात घर बैठे हो जाती। बहरहाल, मैं अपनी पत्नी की बात मानने के लिए विवश था।

इसके दूसरे दिन ही नहान का दिन पड़ता था। सुबह से ही रेडियो पर संगम पर्व स्नान का आँखों-देखा हाल सुनाया जाने वाला था; पर न मेरे पास रेडियो था और न घर में किसी और के पास। पर जिज्ञासा तो थी, किंतु कल रात से लगातार बारिश हो रही थी। बाहर निकलना मुश्किल था। दिन में दस बजे के करीब मुहल्ले में एक अजीब तहलका-सा मचा। लोग पानी में भीगते सड़क की ओर जाने लगे। पुराने दंगों का दृश्य आँखों के सामने आ गया; पर अब दंगे कहाँ?

तब तक लाला के घर की महरिन बरतन साफ करने आई। उसने दरवाजे में घुसते ही कहा, ''अरे, गजब हो गया! सुना है, प्रयाग में संगम पर भीड़ बेतहाशा हो गई और लाखों लोग दबकर मर गए।''

इतना सुनना था कि मौसी ने छाती पीटकर चीख मारी—''हे भगवान्! बुढ़िया तो गई। अब गणेश हमारे सिर पड़ा। विनाशकाले विपरीत बुद्धि। जिंदगी में कभी संगम नहाने की उसे नहीं सूझी।'' फिर मेरी ओर देखकर बोली, ''यदि तुम्हारी माँ न गई होती तो वह भी पीछे न लगती।''

मैं भीतर-ही-भीतर जल उठा—'देखो, इन्हें अपनी छोटी बहन की चिंता नहीं है, इन्हें फिक्र है अपनी उस बूढ़ी की।'

मैं भी बोल पड़ा, ''आपको मेरी माँ की चिंता नहीं है, आपको तो चिंता है उस बूढ़ी की। अरे, संगम में वह मर भी जाएगी तो उसका तो बन जाएगा। पर यदि माँ दब गई होंगी तो हम लोग अनाथ हो जाएँगे।'' यों मैं अपनी मौसी का बड़ा लिहाज करता था, उसके कुछ कहने का कभी विरोध नहीं करता था; पर आज मुझसे रहा नहीं गया।

''अरे, तुम्हारी माँ की रक्षा में तो तुम्हारी सारी ससुराल लगी रहेगी।'' मौसी ने कहा।

''तो क्या इनकी ससुराल 'अइया' की रक्षा में नहीं लगी होगी?'' भीतर से मेरी पत्नी भुनभुनाई। वस्तुतः यह परोक्ष आक्षेप था उसके नैहर की नैतिकता पर। यह मेरी पत्नी की सहन सीमा के बाहर हो गया, वरना वह मौसी के बीच में कभी न आती। पर इतना ही मौसी के लिए काफी था।

''हे देखऽ हो, सूप बोले तो बोले, चलनियो बोले—जेम्मे बहत्तर छेद।'' इसके बाद तो मौसी की जबान बिना ब्रेक की गाड़ी की तरह जो चली, सो चली।

मौसी लड़ने पर एकदम आमादा। वह क्या-क्या बोलती रही, सो क्या बताऊँ! मेरी पत्नी अपने कमरे में और उसकी जबान मुँह में जो दुबकी, सो दुबकी रही। मैं भी एक पुस्तक ले लाला के बैठके में चला गया। मौसी बड़बड़ाती रही। झगड़ा तो तब बढ़ता है जब दोनों पक्षों से घात-प्रतिघात होते हैं, अन्यथा अंगार स्वयं भभककर बुझ जाता है। अंत में मौसी भी जलकर बुझ गई।

थोड़ी ही देर बाद मौसी बैठक में आई और बड़े सामान्य भाव से बोली, ''अरे बेटा, यह पढ़ने का समय नहीं है। जरा पोस्ट ऑफिस में जाते और अपने ससुर को टेलीफोन करते या तार लगाते कि सब कुशल-मंगल तो है!''

बारिश अब भी रुक-रुककर हो रही थी। मैं सोचने लगा कि पोस्ट ऑफिस की स्थिति सामान्य नहीं होगी। पूरा शहर वहाँ उमड़ा होगा। फिर भी, मैं मौसी की आज्ञा मानकर चला गया। विश्वेश्वर गंज बड़े पोस्ट ऑफिस की हालत जितना मैं सोचता था,

उससे ज्यादा खराब थी। वहाँ तिल रखने को भी जगह नहीं थी। बाहर तक लाइन लगी थी और धक्का-मुक्की अलग थी। हर आदमी के घर का कोई-न-कोई संगम-स्नान करने गया था। सबके हाल बेहाल था। पोस्ट ऑफिस के हॉल में घुसना तो टेढ़ी खीर थी, तार के काउंटर पर पहुँचने की बात तो जाने दीजिए।

लाचार होकर मैं लाइन के अंतिम छोर यानी सड़क पर खड़ा हो गया। एक बार तो मन में आया कि यह मेरे वश की बात नहीं है, क्योंकि भीड़ लगातार बढ़ती जा रही थी।

लाइन में तो लगा ही था। यदि जन-सैलाब के रेले से हटाया नहीं गया तब भी काउंटर पर पहुँचते-पहुँचते रात हो जाएगी। मन में आया, लौट चलूँ। फिर सोचा, मौसी हमारी विवशता पर कभी विश्वास नहीं करेगी और जिंदगी भर कहने को हो जाएगा। औरों को देखकर मैंने भी वैसा ही किया। लाइन तोड़कर धक्का मारते हुए मैं उस भीड़ में तीर की तरह घुसा। तब तक ज्ञानचंद डाकिया दिखाई दिया। यह वही डाकिया है, जिसने चंपो का बीमावाला लिफाफा मुझे दिया था। देखते ही उसने भी पहचान लिया। उसने मुझे बाहर निकलने का इशारा किया।

बाहर निकलते ही वह पहले से खड़ा मिला। पता नहीं किधर से वह मुझसे पहले आ गया था। मैंने जब आग्रह किया तो वह बोला, "तार तो लग जाएगा, पर एक्सप्रेस का चार्ज होगा। फिर वह पहुँचेगा कि नहीं और यदि पहुँचेगा भी तो कब पहुँचेगा, यह मैं कह नहीं सकता।"

मैं सोच में पड़ गया।

"एक्सप्रेस का चार्ज? पर मेरा तार तो साधारण है।" मेरे मुँह से निकला।

"आप क्या समझते हैं? मैं आपकी जेब काट रहा हूँ? मैं अपना मेहनताना ले रहा हूँ।"

अब मैंने समझा कि जो यह 'एक्सप्रेस' का चार्ज अलग से ले रहा है, वह इसकी जेब में जाएगा। तब क्यों न उस पैसे को थोड़ा कम कराया जाए।

"आप ऐसे ही रात तक सोचते खड़े रह जाएँगे, पर आपका तार लगेगा नहीं।" उसने कहा।

"तब इलाहाबाद के इस नंबर पर बात ही करा दो।" मैंने अपने श्वसुर का नंबर दिया।

वह तुरंत बोला, "इलाहाबाद का नंबर खराब है।"

अब मेरे पास इसके सिवा कोई चारा नहीं रहा कि उसे दूना पैसा दूँ, उसकी शीघ्रातिशीघ्र रसीद मँगवाऊँ और मौसी को उसे दिखाकर कहूँ कि आपकी आज्ञा का

पालन तो हो गया, पर जैसी स्थिति है, उसमें तार पहुँचना भगवान् भरोसे है।

□

दो दिनों तक कोई समाचार नहीं मिला। मौसी इस बीच मँगरी बुढ़िया की कोठरी खँगालती रही। कहने को तो वह उसकी गृहस्थी सँवार रही थी, पर वह वास्तव में उसकी जमा-पूँजी टटोल रही थी, क्योंकि बुढ़िया जिंदगी भर कुछ-न-कुछ कमाती रही और आज भी कुछ-न-कुछ अर्थोपार्जन का उपाय तो करती ही रही।

मँगरी पहले एक म्यूनिसिपैलिटी के गर्ल स्कूल में लड़कियों को उनके घर से बुलाने और उन्हें समय से पहुँचाने का काम करती रही। इसके लिए उसे वेतन मिलता था। उससे वह अपना खर्चा चलाकर बचाती भी थी। रिटायर्ड होने के बाद अब वह उसी स्कूल में मध्यांतर के समय फुरनीदाना आदि बेचती थी। इसीलिए उसकी कोठरी के कोने-अँतरे छिपा 'माल-टाल' होना स्वाभाविक था। मौसी के लिए संगम के हादसे की यह खबर भीतर-भीतर तो वरदान थी और ऊपर-ऊपर रोने-चिल्लाने एवं अफसोस जाहिर करने के लिए अभिशाप।

पर बिल्ली के भाग्य से 'सिकहर' नहीं टूटा। तीसरे दिन सुबह-सुबह बुढ़िया पगलियों की तरह बाल बिखेरे, कीचड़ लगी गंदी धोती में भौचक्की-सी आ धमकी।

मौसी उसे देखते ही बोल पड़ी, "यह क्या हालत बना रखी है, मँगरी?"

वह कुछ न बोली, न हँसी और न रोई। पगली-सी सकपकाई-सी खड़ी रही। फिर दीवार पकड़कर दालान में दो-चार कदम आगे बढ़ी और 'धम्म से' जमीन पर बैठ गई। यदि मैंने उसे पकड़ा न होता तो वह निश्चित ही गिर जाती। जाहिर था कि वह काफी कमजोर हो चुकी है, बोलने तक की उसमें ताकत न रही।

ऊपर से लाला की लड़की का परिवार भी आ गया था। मौसी की नाटकीयता पहले से ही मुखर थी—"मैंने पहले ही मना किया था। यह उमर है उस 'महज्जत' में घुसकर पर्व नहाने की? जहाँ सारे देश के लोग जुटे हों। ...पर इस बुढ़िया ने मेरी एक नहीं सुनी। जान साँसत में डालकर चली गई।" फिर हाथ ऊपर उठाकर बोली, "हे भगवान्! तेरा लाख-लाख धन्यवाद कि तुमने इसे सकुशल भेज दिया, नहीं तो लोग यही कहते कि मैंने जान-बूझकर बुढ़िया की जमा-पूँजी हड़पने के लिए उसे मरने के वास्ते भेज दिया।"

तब मेरी पत्नी दूध गरम करके ले आई। बूढ़ी को वहीं लिटा दिया गया और पत्नी ने चम्मच से उसे दूध पिलाना शुरू किया। जब पूरा दूध उसकी हलक से उतर गया, तब उसकी आँखें खुलीं। अब उसने जो बताया, उसका सारांश था कि संगम में नहाते समय तो मेरा हाथ जग्गू की माँ को पकड़े रहा। उसके बाद ही जोर का हल्ला हुआ—भागो,

भागो! और जोर का रेला आया। मेरा हाथ उससे छूट गया। वह रेला ही मुझे बहा ले गया और दिन भर कभी इधर, कभी उधर होती रही। शाम तक रेलवे लाइन पर आ गई। वहाँ भी भीड़ थी, पर रेला नहीं था।

बुढ़िया ने बताया, "मैं काफी घबरा गई थी, अब मैं रोने लगी थी। एक भला आदमी मिला। उसने पूछा—तेरा साथ छूट गया है क्या, माई?"

"हाँ भइया, हाँ।"

"कहाँ की रहनेवाली हो?"

"मैंने बताया—बनारस की।"

"तब मत घबराओ, आगे बनारस जानेवाली मेला स्पेशल गाड़ी लगी है। उसी में बैठ जाओ।"

"मैं बिलकुल थककर चूर थी। फिर भी चलती गई, चलती गई। अंत में स्टेशन पर आकर किसी तरह गाड़ी में चढ़ गई। इसके बाद मुझे कुछ पता नहीं। जब आँखें खुलीं तब भी गाड़ी खड़ी-की-खड़ी रही।" इसके बाद उसने कुछ नहीं बताया।

वस्तुतः मेला स्पेशल को बहुत कम लाइन क्लीयर मिलती है। दो-दो, तीन-तीन घंटे बाद वह एक स्टेशन से सरकती है और जहाँ होती है वहीं खड़ी कर दी जाती है।

इस प्रकार बूढ़ी दो दिन गाड़ी में रहकर तो बनारस आई थी। उसका पागल हो जाना लाजिमी था।

पर मेरी माँ का क्या हुआ? किससे पूछूँ, कौन बताएगा? मेरी पत्नी भी काफी घबराई हुई थी। बार-बार कह रही थी कि बाबूजी से फोन पर बात कीजिए। पर कैसे करूँ? यदि लाइन मिले, तब तो। आज तो अखबार में भी छपा है—देश के अन्य हिस्सों से इलाहाबाद का संपर्क कटा। तार-टेलीफोन लाइनें उलझीं।

मैंने पत्नी को अच्छी तरह समझाया कि हमारी यह विवशता केवल हमारी ही नहीं, पूरे देश की है। अब भगवान् पर भरोसा करने के सिवा और कोई चारा नहीं है।

चारों ओर से निराश होकर जब कोई उपाय नहीं सूझा तब मेरी पत्नी नहा-धोकर, पुश्तैनी ठाकुरजी के सामने दीप जलाकर इस संकल्प के साथ दुर्गा-पाठ पर बैठ गई कि जब तक माँ लौटकर नहीं आएँगी तब तक मैं नहीं उठूँगी।

उस समय शाम के सात बज रहे होंगे।

"तू बैठ तो गई है, पर तेरा संकल्प बड़ा कठिन है।" मैंने कहा। पर वह माननेवाली कहाँ थी? मन में इस पर संतोष था कि बहू भी अपनी सास के पद-चिह्नों पर है, पर अकेली। भगवान् उसकी तपस्या पूरी करे।

मन उसके एकाकीपन का अनुभव कर मुझे धिक्कारने लगा—तुम केवल उसे

आशीर्वाद ही देना जानते हो, उसका साथ देना नहीं। आखिर तुम उसके पति हो। अग्नि को साक्षी मानकर फेरे लेते समय तुमने जो कसमें खाई थीं, शायद वे तुम्हें याद नहीं हैं।

आंतरिक झकझोर का यह परिणाम था कि मैं भी ठाकुरजी के समक्ष प्रणम्य भाव से उसकी बगल में बैठ गया। पत्नी की तपस्या, निष्ठा और भगवान् के प्रति उसकी आस्था का ही परिणाम था कि ग्यारह बजते-बजते बाहर का दरवाजा खटका। मैं तुरंत उठकर भागा। अरे, कोई दूसरा भी हो सकता है, यह बात भी मन में नहीं आई।

तपस्या का फल साक्षात् था। मैंने माँ के चरण छुए। पीछे एक आदमी उनका लोहेवाला संदूक लिये खड़ा था।

''आपको बहुत-बहुत धन्यवाद। आपकी ही कृपा से आज मैं अपने घर पहुँच सकी।'' माँ ने उस व्यक्ति से कहा और मुझसे बोलीं, ''बेटा, इनके हाथ से संदूक ले लो।'' मैंने जैसे ही संदूक थामा, वह माँ का चरण छूकर चुपचाप चंपत हो गया, जैसे कोई गुनाह करके भाग रहा हो। जल-जलपान कराने की बात तो दूर, माँ ने उसे बैठने तक को नहीं कहा।

''तू इस समय किस गाड़ी से आई, माँ?'' मैंने पूछा।

''यह सब बाद में पूछना, पहले घर चलो।'' माँ काफी घबराई हुई लग रही थीं।

आँगन में आते-आते मौसी को भी माँ के आने का आभास लग गया, यद्यपि वह सो गई थी। उसने भी मेरा ही प्रश्न दोहराया—''इस समय किस गाड़ी से आई, जग्गू की माँ?''

माँ उनके पैर छूते हुए गिड़गिड़ाईं—''इस समय मुझे बिस्तर पर लेट जाने दो, जीजी। कल सवेरे जो पूछना हो, वह पूछना।''

''काफी थकी-माँदी और घबराई हुई लगती है।'' मौसी बोली, ''मँगरी भी इसी स्थिति में आई थी। वह तुमसे ज्यादा अधमरी और घबराई हुई लगती थी।''

''अरे, मँगरी आ गई।'' एक सुखद आश्चर्य हुआ माँ को। उन्होंने भगवान् को अनेक धन्यवाद दिए—''प्रभु! तुमने मेरे मुँह की लाली रख ली।''

वह सीधे अपने कमरे की ओर बढ़ीं। मुझसे पूछा, ''बहू कहाँ है?''

''पूजा पर बैठी है।'' मैंने हँसते हुए कहा, ''आखिर आपकी ही बहू है न!''

''इसमें भी कोई संदेह है!'' वह बोली और खुशी में झाँककर देखा, बहू का पाठ चल रहा था।

माँ ने तुरंत हाथ-पैर धोए और बदन पर जल छिड़कते हुए 'ॐ अपवित्रः पवित्रो वां...' इस मंत्र का शेष भाग वह मन-ही-मन बुदबुदाईं।

कोठरी में आते ही माँ कटी डाल की तरह ठाकुरजी के सामने गिर पड़ीं और

साष्टांग दंडवत् किया। इस क्रिया में उनका एक पैर जमीन में रखे अनाज के कनस्तर से लगा, फिर भी उन्होंने जुंबिश न कसी और उसी मुद्रा में पड़ी रहीं। मेरी पत्नी का पाठ चलता रहा।

□

दूसरे दिन माँ बहुत देर तक सोती रहीं। आठ बज गए, फिर भी नहीं उठीं। घोड़ा बेचकर ऐसी सो रही थीं कि मुझे घबराहट होने लगी। मैं बार-बार उनके पास आता। उनकी चलती हुई साँसें देखता, जीवित होने का अनुभव करता और गहरी थकावट के बाद आनेवाली संतोष की गहरी नींद का यथार्थ देखता। माँ एक करवट जो पड़ी थीं, सो पड़ी थीं।

लगभग घंटे-सवा घंटे बाद माँ ने अँगड़ाई ली और मँगरी के आने का हाल विस्तार से जाना। फिर संगम पर हुई दुर्घटना की चर्चा करते हुए उन्होंने बतया, ''बाप रे बाप! इतनी भीड़, इतना हंगामा! ऊपर से रात, हो रही ऐसी बारिश कि थमने का नाम ही नहीं लेती थी। ऐसे में पड़ा स्नान पर्व। भीड़ तो नियंत्रण के बाहर थी ही, इस स्थिति में भी नौ बजते-बजते पुलिसवालों में हड़बड़ी-सी मच गई। वह लोगों को हटा-बढ़ाकर रास्ता बनाने लगी। निश्चित हो गया कि कोई वी.आई.पी. आ रहे हैं। फिर क्या था, भगदड़ मच गई। जो जहाँ गिरा वहीं बिछ गया। लोगों के लिए रास्ता बन गया।

''क्यों, स्वयंसेवकों ने उन्हें उठाया नहीं?'' मैंने पूछा।

''न कहीं स्वयंसेवक और न कहीं पुलिस। बात यह हुई कि राज्य के राज्यपाल के.एम. मुंशी सपरिवार स्नान करने आने वाले थे। पुलिस और स्वयंसेवक उन्हीं की आवभगत में लग गए। यदि होते तो भी क्या कर लेते? संगम की ओर उतरनेवाली फिसलन भरी ढाल पर जो गिरा, वह गया। बाँध पर तो गिरनेवाला शायद ही कोई जीवित बचा हो।

''यह तो कहो कि हम लोग संगम के पास रेत पर थे; पर वहाँ पर भी भीड़ का बुरा हाल था और इस हंगामे का प्रभाव भी पड़ा। इसी धक्कम-धक्के में मँगरी का हाथ छूट गया। यह अच्छी बात हुई कि हम नहा चुके थे, नहीं तो बिना पर्व-स्नान के ही हमें लौटना पड़ता। पर कहाँ लौटते, कुछ कहना मुश्किल। घर का रास्ता पकड़ते या स्वर्ग का?''

''मेरे घरवाले आपके साथ नहीं थे क्या?'' मेरी पत्नी ने पूछा।

''थे न, उन्हीं बेचारों की बदौलत तो मैं तुम लोगों के सामने हूँ। तुम्हारा भाई तो मँगरी को तलाशने जा रहा था; पर मैंने ही उसे रोका। मैंने सोचा, कहीं यह भी फँस गया तब तो आफत हो जाएगी।''

माँ कहने को तो कह गईं, परंतु उनके मन में आया कि कहीं यह बात मँगरी को मालूम हो गई तब वह क्या सोचेगी और अगर जीजी जान गईं तब तो वह पहाड़ सिर पर उठा लेंगी और इसी बात में नमक-मिर्च लगाकर पूरे मुहल्ले में प्रचारित करेंगी कि देखा, यहाँ से मँगरी को साथ ले गई और बूढ़ी को मरने के लिए भीड़ में छोड़ दिया।

इसके बाद माँ उठने को हुईं।

मेरे मुख से निकला, ''इसका मतलब है कि बड़ी दुःखदायी रही।''

''दुःखदायी तो थी, पर ऐसी सुखदायी हुई कि क्या बताऊँ!'' एक अप्रत्याशित प्रसन्नता माँ के चेहरे पर छलछला आई—''मानो नरक की बगल में मुझे स्वर्ग मिल गया और उसका अंत तक आनंद लेती रही। तुम लोग भी सुनोगे तो विह्वल हो जाओगे।''

एक अबूझ पहेली छोड़कर माँ उठीं और सीधे मँगरी की कोठरी की ओर गईं। बूढ़ी अब भी निढाल पड़ी थी। लगता है, उसकी थकावट अभी पूरी मिटी नहीं थी।

माँ को देखते ही वह उठ खड़ी हुई—''आ गयलू, महराजिन।'' उसके इतना कहते ही माँ उसे गले लगाकर रो पड़ीं और बूढ़ी भी।

''अरे अइया, तुम्हें खोजे बदे कहाँ नाहीं गइली।'' माँ ने बताया, ''वहाँ लगे हर कैंप में गई, पर कहीं पता नहीं चला। उन लोगों ने कहा कि अस्पतालों में जाइए। वहाँ या तो वह घायल पड़ी होगी या मुरदाघर में होगी। तब मैं जग्गू के साले के साथ इलाहाबाद के हर अस्पताल में गई। घायलों को देखा। मुरदाघरों में पड़े हर मुरदे पर से कपड़ा हटा-हटाकर देखा। पर कहीं हो, तब तो!''

फिर दोनों बड़ी देर तक रोती रहीं, जिसे देखकर मौसी ने फबती भी कसी—''खाली भरत मिलापै होई कि घर क कौनो काम-काज भी होई।''

□

सच पूछिए तो हमें इस प्रेमार्द्र मिलन में कोई दिलचस्पी नहीं थी। हम तो उस स्वर्ग की तलाश में थे, जो माँ को नरक की बगल में मिला था।

मेरे मन में बराबर यह बात बनी रही कि जल्दी कमरे में चलें और उस स्वर्ग का रहस्य खोलें, जिससे माँ साक्षात् मिली थीं; पर माँ ने नहाने-धोने में काफी समय लगा दिया। कमरे में आकर वह फिर पूजन पर बैठ गईं। मेरी जिज्ञासा चरम पर थी। मेरी दृष्टि लोहे के उस संदूक पर थी, जिसे लेकर वह आई थीं। उसमें नया थंडर ताला लगा था। यह ताला उस समय के सबसे मजबूत तालों में माना जाता था।

पर माँ तो इस संदूक में कभी ताला नहीं लगाती थीं। बहुत हुआ तो रास्ते में खुल जाने के डर से कोढ़े में मजबूत रस्सी बाँध लेती थीं। आज जरूर कोई बात है। ऐसा तो नहीं, वह स्वर्ग इस संदूक में कैद हो?

तब तक उसी की खाट पर रूमाल में बँधी उसकी ताली दिखाई पड़ी। मैंने तुरंत संदूक का ताला खोलना शुरू किया। माँ ने बड़ी टेढ़ी निगाह से देखा। जप करते समय वह बोल तो सकती नहीं थीं, फिर भी उन्होंने बड़ी जोर से 'हूँ' कहते हुए मना किया। मैं उस समय तो हट गया, पर मेरे अनुमान को शत प्रतिशत सत्य होने का आधार मिला। पूजा खत्म होने तक का समय मैंने कैसे बिताया, उसे मैं ही जानता हूँ।

पर पूजा से उठने के बाद भी माँ संदूक खोलने के पक्ष नहीं थीं। जब मैंने जोर डाला, तब वह मेरे कान के पास आकर धीरे से, पर बड़े तीखे स्वर में बोलीं, "देखते नहीं हो, अपने कमरे से तुम्हारी मौसी कैसा ताक रही है! उसने कपड़े पहन लिये हैं, कहीं जाने वाली है। उसके जाने के बाद ही मैं ताला खोलूँगी।"

अब मेरा रहस्य और गाढ़ा हो गया—"ऐसा क्या है, जो वह देख लेंगी तो पहाड़ टूट पड़ेगा?"

तब तक मौसी मेरे दरवाजे पर आ गई थी। "सुना है, बहुत से लोग उस भगदड़ में मरे!"

"अरे, कुछ मत पूछो, जीजी!" माँ बोलीं, "यही समझो, जो फिसला वह गया। तीन-चार गाड़ियाँ लाशों और घायलों को ढोने में लगी थीं। सुना, रात तक उनकी ढुलाई होती रही।"

"अब बताओ इतने लोग मरे, सिर्फ एक राज्यपाल के नहाने में। कुंभ-स्नान करना ही था तो आम आदमी की तरह आते, नहा जाते। यह लाव-लश्कर के साथ आने की क्या जरूरत थी?"

"और तो और, उनके साथ उनकी पत्नी लीला (लीलावती मुंशी) भी आई थीं।" माँ बोलीं, "इस समय तो पूरी जनता उनके खिलाफ है। हर आदमी गाली दे रहा है। एक जगह तो एक फक्कड़ जैसा आदमी गा रहा था—चार गुंडा आगे चलै, चार गुंडा पीछे चलै। बिचवा में चलै ली उतान साँवर गोरिया।"

"अपना राज्य है न! अंग्रेजों को लोग बहुत गालियाँ देते थे। चाहे उन्होंने जितने अत्याचार किए हों, पर ऐसी बदअमली उनके राज में नहीं थी।" मौसी इतना कहकर चली गई। उसे जल्दी थी।

मेरे मन में स्वर्ग ने फिर दस्तक दी, "माँ, तुमने कहा था कि स्वर्ग मिला था।"

"हाँ, मिला था न।" माँ फिर बड़े रहस्यमय ढंग से मुसकराईं और रहस्य की गठरी खोलती हुई बोलीं, "वहाँ चंपो मिली थी।"

"चंपो!" मेरा मुख तो अचरज से खुला-का-खुला रह गया।

"वह भी ऐसे विचित्र ढंग से कि तुम सोच भी नहीं सकते।" माँ ने उसका

विस्तार किया—"अचानक साटन कपड़े के ओहार से ढकी एक पालकी बगल से निकली। मैंने कोई विशेष ध्यान नहीं दिया। वह थोड़ा आगे भी निकल गई थी, फिर वह रुक गई। अब मेरा ध्यान गया। उसका एक कहार पालकी में टेक लगाकर मेरे पास आया और बोला—बहूजी आपको बुला रही हैं।

"मैं कुछ समझ नहीं पाई। कौन बहूजी? कहाँ की बहूजी? ऐसा तो नहीं कि कोठी की रानी बहू आई हों। यदि उन्हें आना होता तो मुझसे जरूर कहतीं, कि तुम भी मेरे साथ चलो। फिर यह शानदार पालकी कैसी? दोनों ओर स्पेशल पुलिस। मैं तो कुछ समझ नहीं पा रही थी।"

तब तक वह कहार बोला, "आप नहीं चलेंगी? ...डोली यहीं ले आई जाए?"

"नहीं-नहीं, मैं चलती हूँ।" माँ बोलीं और चल पड़ीं।

वस्तुत: उनका मन उलझन में पड़कर फिरहरी की तरह नाचते हुए एक ही स्थान पर स्थिर था। यह स्थिरता उनके शरीर में भी आ गई थी। जब चेतना लौटी तो लपककर आगे बढ़ी। माँ कह रही थीं, "पालकी के पास पहुँचकर भी मैं चुपचाप खड़ी हो गई। मेरी हिम्मत इतनी भी नहीं हुई कि मैं ओहार हटाकर भी झाँकूँ।

"तब तक डोली के भीतर से एक जानी-पहचानी आवाज आई—पालकी जमीन पर रखो। तुरंत कहारों ने डोली जमीन पर रखी। फिर वही आवाज सुनाई पड़ी—भीतर चली आइए। अब मैंने ओहार हटाया तो भौचक रह गई।

"आप पहचान नहीं रही हैं?—मैं चंपो।" और उसने मेरा हाथ खींच लिया।

"पालकी में थोड़ी सी जगह और उसी में दो प्राणी। टस-से-मस होने की भी जगह नहीं। लगता है, वह निजी पालकी एक ही व्यक्ति के लिए बनाई गई थी।" फिर माँ के अधरों के बीच हलकी सी मुसकान उभर आई—"शादी के बाद पहली बार मैं डोली में बैठी थी।"

माँ उसी रव में बोलती गईं—"मुझसे मिलकर वह इतनी प्रसन्न थी कि क्या बताऊँ! मैं क्या मिली, उसे कारूँ का खजाना मिल गया था। वह खिसककर मेरे और पास आ गई। अब वह मेरी गोद में थी। मुझे भी बड़ा अच्छा लग रहा था; पर अब वह पहले से अधिक भारी हो गई है—एकदम सेठानियों की तरह। वैसा ही पहनावा, वैसी ही चाल-ढाल, वैसा ही रहन-सहन। मुहल्ले का कोई भी व्यक्ति अब उसे पहचान नहीं सकता।"

"सुमेर चाचा भी नहीं?" मैं बीच में ही बोल पड़ा।

"शायद पहली बार देखने पर तो नहीं ही।" माँ ने कहा और फिर वह अपने रव में आ गईं। उसने पूछा, "जग्गू की बहू कैसी है?"

"बहुत अच्छी, एकदम तुम्हारे जैसी। मैंने कहा। सच! वह इतनी मगन थी कि जैसे किसी दूसरी दुनिया में खो गई हो।

"अब तो तुम भारी-भरकम हो गई हो, एकदम सेठानियों जैसी। पर पहले जैसी तुम थीं, जग्गू की बहू ठीक वैसी है।"

"सच!" वह फिर बोली। माँ बता रही थीं कि उसकी आवाज में प्रसन्नता भी थी और संतोष भी। वह मन-ही-मन जैसे बुदबुदाई भी—"जग्गू अंततः अपनी चंपो को पा ही गया।"

इतना सुनना था कि मेरे मन की विह्वलता में एक टीस-सी उठी। फिर मैं पता नहीं और क्या-क्या सोचने लगा। बीच-बीच में अपनी पत्नी के चेहरे का बदलता भाव भी देखता जा रहा था।

मेरी मुद्रा तब बदली जब माँ ने बताया कि चंपो ने ही बड़े तिकड़म से हमें एक मोटर उपलब्ध कराई।

"तुम तो माँ, हर बात को रहस्य बना देती हो। वह तिकड़म क्या है?"

"मैं क्या बताऊँ? मेरे साथ वह घटा, जिसकी मैंने कभी कल्पना नहीं की थी। भीड़ में रहकर भी मेरा मन उस भीड़ से अछूता था। मैं पालकी में चंपो के साथ चली जा रही थी कि अचानक उसके मुँह से निकला—'अरे बाप रे!' उसने दक्षिण-पश्चिम की ओर इशारा किया। मैंने देखा, लाला अपनी गोल के साथ उसी भीड़ में धक्का-मुक्की करता संगम की ओर चला जा रहा है।

"अब वह वहाँ एक मिनट भी रुकना नहीं चाह रही थी। उसने तुरंत एक रुपए के नए नोटों की गड्डी व कलम निकाली और मेरे हाथों में देते हुए बोली—इस पर आप जल्दी से कोई निशान बना दीजिए, जिससे आप इस नोट को पुनः पहचान सकें।"

मैंने वैसा ही किया। तब वह बोली, "आप शिविर नंबर १४ में चली जाइए। वह रामानंदी संप्रदाय का शिविर है। वहाँ राम-कथा हो रही है। वहाँ सबसे पीछे बैठकर कथा सुनिएगा और दाहिने हाथ से शिविर का खंभा पकड़े रहिएगा और रह-रहकर उसी हाथ पर अपना सिर टिका लीजिएगा इसी से वह आदमी आपकी पहचान करेगा। उसके एक हाथ में गठरी होगी। वह आपको यही नोट दिखाएगा। इससे आप उसे पहचान लेंगी। घबराइएगा नहीं। वह ड्राइवर होगा। आपको अपनी गाड़ी पर ले जाएगा। आप जहाँ चाहें, जब तक चाहें, उस गाड़ी का उपयोग करिएगा।" तब तक बहू का छोटा भाई गोपाल भी मेरी तलाश में आ गया। वह पास से गुजरा। मैंने उसे पुकारा। अब मैं एक-दो हुई, दम में दम आया।

"इसके बाद उसने मुझे डोली से उतार दिया और कहारों से बोली—काफी देर

हो रही है। जल्दी चलो। फिर क्या था। 'हाला रे डोला रे', बोलते हुए कहार भीड़ से किनारे निकले और बड़ी तेजी से आगे बढ़े।

मैं भागती हुई डोली तब तक देखती रही जब तक वह आँखों से ओझल न हो गई।

''अब शिविर नं. १४ की तलाश थी कि अचानक एक स्वयंसेवक दिखाई दिया, जिसकी बाँह पर लगे बिल्ले पर लिखा था—ॐ रामानंदाय नमः। मैंने उसी से शिविर नं. १४ का पता पूछा। उसने बड़ी खुशी से वहाँ पहुँचा दिया।''

अब तक चुप रही मेरी पत्नी ने पूछा—''और मेरा भैया?'' उसे ऐसा लगा, माताजी सबकुछ अपने बारे में कहती जा रही हैं, मेरे भैया के बारे में कुछ बता ही नहीं रही हैं।

''वह शुरू से मेरे साथ रहा; पर इस समय उसकी भूमिका बड़ी नगण्य हो गई थी। वह भी बड़े विस्मय और कुतूहल से यह सब देख रहा था। वह न कुछ पूछ पा रहा था और न मैं कुछ बता पा रही थी।''

परी लोक की कहानी की तरह हम लोग चुपचाप सुनते रहे। माँ कहती गईं—''लगभग घंटे-डेढ़ घंटे बाद एक आदमी आकर मेरी बगल में खड़ा हो गया। फिर उसने धीरे से वह नोट थमाया और बड़ी श्रद्धा से उसने मेरे पैर छुए। मैं उसके साथ हो गई।

''शिविर से निकलते ही जोर का हंगामा हुआ। फिर एक रेला हम लोगों की ओर आया। लोगों से पता चला—नागा साधुओं की सवारी आ रही है। आगे-आगे कई हाथियों पर उनके महंत लोग रहते हैं। पीछे हथियार भाँजते अन्य साथी लोग पैदल चलते हैं। वे बड़े उग्र होते हैं। उनको इसकी परवाह नहीं रहती कि उनके शस्त्र से कोई घायल भी हो सकता है। ऐसे में जो जिधर भागा, उधर ही निकल गया। पर मेरा ड्राइवर बड़ी जोर से मेरा हाथ पकड़े रहा और मुझे खींचता सड़क की ओर बढ़ा। इस हंगामे में भी वह गठरी उसकी बगल से छूटनेवाली नहीं थी। इसी बीच तुम्हारा साला भी बिछुड़ गया। अब क्या करती? ड्राइवर का कहना था—जो छूटा, उसे छोड़िए और सड़क की ओर बढ़िए। हे भगवान्! अब क्या करूँ? यह कैसी मुसीबत है? मैं काफी घबराई हुई थी।

''सड़क पर आकर जान में जान आई; पर तुम्हारे साले के लिए तो घबराहट बनी रही।'' माँ ने मुझसे कहा।

''तब वह कैसे मिले?'' बहू ने पूछा।

''मिले कहाँ?'' माँ बोलीं, ''ड्राइवर ने मुझे समझाया—वे छोटे बच्चे तो हैं नहीं। फिर हंगामा भी थोड़े क्षेत्र में है। अब आप मोटर में बैठिए। मैं उन्हें खोज लाता हूँ।

''मैंने देखा, नीले रंग की बड़ी सुंदर गाड़ी है। उसने वह गठरी सहेजते हुए

मुझसे कहा—इसे सावधानीपूर्वक रख लीजिए। यदि आपके संदूक में जगह हो तो उसी में इसे बंद कर लीजिए और बनारस पहुँचने के बाद ही बड़े इतमीनान से इसे खोलिएगा।

"मैं घंटे भर तक चुपचाप उसी गाड़ी में बैठकर पता नहीं क्या-क्या सोचती रही। काफी प्रतीक्षा के बाद ड्राइवर आया, पर अकेला। गोपाल उसे नहीं मिला, फिर भी वह निराश नहीं था। उसका विश्वास था कि वे घर चले गए होंगे। सवारियों की अच्छी व्यवस्था है। अब उसने पूछा कि घर चलूँ?

"मैं क्या कहती? मैं बड़े संकोच में थी। कुछ बोल नहीं पा रही थी। उसने मेरे मन को पढ़ लिया। बोला—'आप निस्संकोच कहें, आपको कहाँ चलना है? क्योंकि यह गाड़ी सात दिनों के लिए आपके 'डिस्पोज़ल' पर है। इसके मेंटिनेंस आदि से आपका कुछ मतलब नहीं। पर एक बात का हमेशा ध्यान रखिएगा कि इसके मालिक का नाम किसी से मत बताइएगा।'

" 'पर यही तो कठिन है।' मैंने कहा, 'ऐसी सुंदर गाड़ी में बैठे हुए जब कोई मेरा परिचित पूछेगा तो क्या कहूँगी?'

" 'कह दीजिएगा कि मेरे समधियानेवालों ने इसकी व्यवस्था की है।'

" 'और यदि समधियानेवाले ही पूछें तो क्या कहूँगी?'

" 'तब कह दीजिएगा कि बनारस के मेरे एक जान-पहचान के हैं। वे मुझे परेशानी में देखकर अपनी गाड़ी छोड़कर चले गए हैं।' इतना कह ड्राइवर हँसने लगा। उसकी हँसी मानो कह रही हो—देखिए, एक बात छिपाने के लिए कितनी बातें बनानी होती हैं।"

कुछ समय तक माँ चुप रहीं, फिर बड़ी गंभीरता से बोलीं, "यदि संसार में झूठ न होता तो काम न चलता।" इस बार मेरी पत्नी की ओर देखकर उन्होंने कहा, "तुम्हारे माँ-बाप से भी मुझे झूठ बोलना पड़ा।"

"तो क्या हुआ!" मेरी पत्नी बोली।

माँ कहती रहीं—"ईश्वर की कृपा से तुम्हारा भाई घर पहुँच गया था। उसी को लेकर मैं उस हर स्थान पर गई, जहाँ मँगरी के जिंदा या मुरदा होने की संभावना थी। दो दिन पूरा उसे खोजती रही। कल शाम तक टक्कर खाते-खाते हँड़िया तक आ गई। अब थककर चूर थी, पैर उठाए नहीं उठ रहा था, तब तुम्हारा भाई अंगूर की चीनी का एक पैकेट ले आया—माँ 'ग्लूकोज' को अंगूर की चीनी कहती थीं—और उसने उसे गिलास में खूब गाढ़ा घोलकर जबरदस्ती पिलाया। सच कहती हूँ बहू, उसके पीते तो जैसे आँख खुल गई। फिर उसने मँगरी के बारे में कहा कि या तो वह यहीं कहीं भटक रही होगी या किसी बनारसी का साथ पकड़कर बनारस पहुँच गई होगी।"

"और कहीं उसकी लाश यमुना में बहा दी गई हो तो?" मैंने कहा।

"इस स्थिति में हम कर क्या सकते हैं?" तुम्हारा साला बोला। अब माँ मेरी ओर मुखातिब थीं।

"बड़ा हल्ला है कि सरकार ने बहुत सी लाशें यमुना में फेंकवा दीं।"

"यहाँ पर भी यह अफवाह खूब उड़ी है।" मैंने उसे बताया, "अफवाहें तो बिना आग के धुआँ की तरह उड़ती हैं।"

"पर ऐसी बात नहीं है।" माँ बोलीं, "...कहीं-न-कहीं तो आग होती ही है। हर अफवाह के मूल में कुछ-न-कुछ सच तो होता ही है।"

माँ ने बताया कि हँड़िया में आकर तुम्हारे साले ने कहा कि अब आप यहाँ से बनारस चली जाइए। यदि रास्ता साफ और रेलवे क्रॉसिंग खुली मिली तो दो घंटे में, मतलब यह कि आधी रात के पहले, आप बनारस पहुँच जाएँगी। ड्राइवर ने भी उसकी बात का समर्थन किया।

"मैं यदि तुम्हारी बात मान भी लूँ तो भी मैं तुम्हें तुम्हारे घर छोड़े बिना कैसे जा सकती हूँ।" मैंने तुम्हारे साले से कहा और अपनी बात पर अड़ी रही।

तब वह मुझे तसल्ली देते हुए बोला, "अम्मा, आप मेरे संबंध में बिलकुल चिंता मत कीजिए। सामने जो बस खड़ी है, वह सिविल लाइन होते हुए जीरो रोड तक जाएगी। मैं उसे अभी पकड़ता हूँ और बिना परेशानी के पहुँच जाऊँगा।"

मैं कुछ कहूँ, इसके पहले ही वह चरण छूकर, गाड़ी का दरवाजा खोल बाहर निकल चुका था। मैंने बहुत चाहा कि उसे कुछ दूँ, पर वह हाथ जोड़ उस बस की ओर ऐसा लपका कि पीछे मुड़कर देखा भी नहीं।

□

संदूक से लटका ताला अब भी मेरी जिज्ञासा का केंद्र था। मैंने तुरंत उसे खोला। कथित गठरी ऊपर ही थी, बाहर निकालकर उसे खोलने लगा, तब तक माँ ने उठकर कमरे का दरवाजा आधा बंद कर दिया।

"अरे, यह तो शादी का जोड़ा है।" गठरी खोलते ही माँ बोलीं, फिर उसकी सच्ची जरी का काम देखने लगी। फिर उसका मूल्य आँका और बड़े आश्चर्य से बोलीं, "शायद ही बनारस में इसका जोड़ा मिले!"

माँ ने उसे तुरंत वैसे ही लपेटकर रख दिया। उस गठरी में एक आइटम और था—औरतों के गले से लटकनेवाला चमड़े का एक बड़ा सा बैग। काफी फूला हुआ। उठाने में भी भारी-भरकम। देखने से ही लग गया कि इसमें कुछ गहरा माल है। खोलकर देखा तो आँखें चौंधियाँ गईं। उसमें सोने के सारे जड़ाऊ गहने थे। कंगन, चूड़ियाँ, कर्णफूल, माँग

टीका से करधनी तक। यही समझिए, कमर के ऊपर के किसी अंग को खाली नहीं छोड़ा गया था। और थी उसमें एक चिट्‌ठी।

पहली ही नजर में मैंने कहा, "यह लिखावट चंपो की नहीं हो सकती।"

"यह तुम कैसे कह सकते हो?" माँ ने कहा।

"देखकर तो यही लगता है।"

"देखकर तो अब चंपो भी लगेगी कि यह चंपो नहीं है।"

माँ का खयाल था कि विपत्ति एवं संपन्नता कभी अकेले नहीं आती और उसकी छाया हर ओर पड़ती है। जब उसका शरीर सेठानियों जैसा हो गया तब हो सकता है, उसकी लिखावट भी बदल गई हो, यद्यपि ऐसा होता नहीं है।

इसी बीच मैंने वह पत्र पढ़ डाला। बिना संबोधन और अभिवादन के लिखा था—'ये सारी चीजें जग्गू की बहू के लिए हैं, यद्यपि मैंने उसे अभी तक देखा भी नहीं। इसमें हीरे की एक अँगूठी है। आजकल की भाषा में इसे 'मैरेज रिंग' कहते हैं। इसे सबसे पहले जग्गू अपनी बहू को पहनाएगा। बाकी सबकुछ यदि दानिस की बहन सलमा उसे पहनाती तो मैं समझती कि मैंने उसे पहनाया है और जग्गू को मेरे न होने की पीड़ा भी न होती। इसके बाद बहू की एक अच्छी फोटो खिंचवाकर मुझे नीचे लिखे पते पर भेज देना।'

विचित्र बात यह थी कि इस बार का पता पुराने पते से भिन्न था, उसके बीमावाले लिफाफे पर बंबई के किन्हीं 'रमणलाल वसंतलाल दारूवाला' का नाम था। इस बार कलकत्ते के किसी जौहरी का नाम था।

माँ इन पतों की भिन्नता पर सोच रही थी और मैं सोच रहा था कि आखिर उसने अपने विकल्प में सलमा को ही क्यों चुना? सलमा की आकृति पर उसने अपना चेहरा क्यों चिपकाया?

सोचते हुए मैं चिंतन की उस गहराई में उतर गया था, जहाँ काल और स्थान का भान नहीं रहता। मेरे सामने वहाँ अब कुछ नहीं था, केवल चंपो थी और सलमा। मेरे मन ने सलमा से पूछा भी—क्या बात है कि जब तुम्हें देखता था तो मुझे चंपो याद आती थी, पर चंपो को देखकर कभी तुम याद नहीं आईं? मैंने फिर चंपो से पूछा—क्या तुम्हें कुछ याद है?

फिर मेरे मन ने हस्तक्षेप किया—अरे, उस समय चंपो कहाँ थी। वह तो गायब हो चुकी थी।

मेरा यह आत्म-संवाद चलता रहा। एक बार तो सलमा की माँ ने उसे मुझे समर्पित करते हुए यहाँ तक कहा था कि इस दंगे में जो मेरी दशा होनी होगी, वह तो

होगी ही; पर मैं चाहती हूँ कि तुम सलमा को अपने घर ले जाओ। वह वहाँ तुम्हारे साथ बड़ी खुश रहेगी। उस समय मैंने सलमा की आँखों में बड़ी गंभीरता से देखा था। वहाँ भी मेरा हाथ पकड़े हुए कुछ सपने किल्लोल कर रहे थे।

उस स्थिति में अचानक चंपो की कल्पना मेरे बगल में खड़ी हो गई। उसने मेरा हाथ भी दबाया और सलमा तथा मेरे बीच एक रेखा उभर आई थी। वह थी सांप्रदायिकता की रेखा। तब मैंने हीला-हवाली करके अम्मी का प्रस्ताव टाल दिया था। फिर तुम (चंपो) हँसती हुई मेरे मन से खिसक गई थीं और मैं भी सलमा के घर से चल पड़ा था।

तब से जब भी मैं अकेले होता, सलमा मेरे साथ होती। वह बराबर मुझसे पूछती—मुझमें क्या कमी है कि तुमने मुझे नकार दिया?

मैंने नकारा कहाँ? केवल उस समय बात टल गई थी। प्रस्ताव तो अब भी मेरे मन में तरोताजा है।

मेरी आत्म-अनुरक्ति की मुद्रा तब टूटी जब माँ ने अचानक पूछा, ''बताओ, क्या किया जाए? यह विवाह का जोड़ा और इतने कीमती गहने पहनाकर हम बहू को कहाँ ले जाएँगे? लोग क्या सोचेंगे? खाने का ठिकाना नहीं और ये बेशकीमती गहने, कहाँ से ले आए ये लोग? हम क्या जवाब देंगे?''

''कहेंगे कि हम लोग जब छप्पर में रहते थे, तब भगवान् ने हमें छप्पर फाड़कर गिरा दिया है।'' मैंने हँसते हुए कहा।

माँ एकदम बिगड़ उठीं, ''तुम्हें हर बात में मजाक सूझता है। कितनी गंभीर बात और तुम कितने हलके से ले रहे हो! अरे, किसी ने यदि इन्हें देख लिया तो जवाब देते नहीं बनेगा। और हो सकता है कि हमें जेल की हवा भी खानी पड़े।''

मैंने मन-ही-मन अपनी गलती स्वीकार की। कहने को तो कह दिया था, पर अब भीतर-ही-भीतर गंभीर प्रतिक्रिया हुई।

माँ ने अपना निष्कर्ष सुनाया—''मेरी राय तो यह है कि इन सबको इसी तरह गठरी में बाँधकर इस समय इसी संदूक में रख दो।''

स्पष्ट लगा कि माँ अपनी सोच की बंद गली में पहुँच गई हैं।

अब हमारे सामने यह समस्या थी कि इस चिट्ठी का जवाब क्या लिखा जाए।

माँ बड़ी देर तक सोचती रहीं, फिर बोलीं, ''मैं जो कहती हूँ, वह लिखो।'' माँ बोलती गईं और मैं लिखता गया।

''बेटी चंपो, ···नहीं, संबोधन आदि कुछ भी नहीं—जैसे उसने चिट्ठी लिखी है वैसे ही हमें भी लिखनी चाहिए।

''तुम्हारा भेजा सारा सामान मिला। हम गरीबों ने कभी इतनी संपत्ति देखी ही

नहीं है। फिर इसे दूसरों को दिखाऊँ कैसे? लोग क्या सोचेंगे? मैं कहीं चोर या लुटेरी न समझ ली जाऊँ। इसलिए उसे छिपाकर वैसे ही संदूक में रख लिया है।'' फिर माँ चुप होकर सोचने लगीं।

''...पर सलमा द्वारा बहू को पहनाने और फोटो खिंचवाने आदि का जवाब तो इसमें हुआ नहीं।'' मैंने कहा।

''हाँ, यही तो मैं सोच रही हूँ।'' माँ बोलीं, ''अब पुनश्च लिखकर फिर लिखो—सलमा को बुलाकर जब बहू को सारी चीजें पहनाई गईं तब वह बहुत अच्छी लग रही थी। सलमा तो उसे देखती ही रह गई। जग्गू तो ऐसे आँखें फाड़-फाड़कर देख रहा था जैसे उसके लिए तुम्हीं सज-धजकर आई हो। हमें दुःख है कि उस समय फोटो खींचने की व्यवस्था नहीं हो सकी। फोटो की व्यवस्था होते ही उसे भेजूँगी।''

''आखिर तुम्हें झूठ लिखना ही पड़ा।'' मैंने कहा, ''फिर तुमने यह क्यों लिखा कि जग्गू को लग रहा था कि तुम्हीं सज-धजकर आई हो?''

''इसका उत्तर तुम अपने मन से पूछो।''

लगता है, मेरी माँ ने मेरा मन पढ़ लिया था।

□

: आठ :

समय अपनी रफ्तार से चलता रहा। परिस्थितियों से संघर्ष करता मैं अपना रास्ता बनाता हुआ आगे बढ़ता रहा; पर हर रास्ता मेरे अनुकूल नहीं था। कहीं झाड़-झंखाड़ से भरी कँकरीली और पथरीली पगडंडियाँ थीं तो कहीं थोड़ी दूर तक के लिए साफ-सुथरी सड़क भी मिल जाती थी। पर निरंतर आगे बढ़ने का ही मेरा प्रयत्न रहा। एक ओर मुसीबतें मुझ पर मेहरबान थीं और दूसरी ओर ईश्वर मुझ पर कृपालु था। शायद इसीलिए मैं हर मुसीबत पर शानदार विजय पाता रहा और प्रथम श्रेणी में मैंने एम.ए. पास किया। और इसी साल डी.ए.वी. कॉलेज में अध्यापक हो गया। लगा, मुसीबत के दिन कट गए। मेरी पत्नी से अधिक मेरी माँ प्रसन्न हुईं।

यह सन् १९६२ के अक्तूबर का महीना था। शरद् ऋतु की शीतल मंद हवा पर तैरते बादलों के चीथड़े सूरज से आँख-मिचौनी खेलने लगे थे। इस धूप-छाहीं सुहावने मौसम का एक सवेरा एक भयानक खबर ले आया कि चीन की सेनाओं ने लुके-छिपे मैक मोहन रेखा पार कर हमारे देश में कई जगहों से प्रवेश किया।

देश के उत्तर का क्षितिज रक्ताभ हो गया। हर जबान पर बस एक ही चर्चा थी कि चीनियों ने देश पर आक्रमण कर दिया। जिस चीन से हमारी पंचशील की संधि थी, जिससे दोस्ती निभाने की हमने कसमें खाई थीं, 'हिंदी-चीनी भाई-भाई' का हमने नारा लगाया था, उसी भाई ने हमारी पीठ में छुरा भोंक दिया। देश का हृदयांचल विदग्ध हो गया।

अपने देश की सीमाओं से अनजान हमारे प्यारे प्रधानमंत्री जवाहरलाल नेहरू ने मद्रास से भारतीय सेना को ललकारा कि निकाल बाहर करो इन चीनियों को।

पर वास्तविकता एकदम भिन्न थी। सेना युद्ध के लिए तैयार नहीं थी। उसके अस्त्र-शस्त्र पुराने पड़ गए थे। नक्शे में जहाँ सड़कें दिखाई गई थीं, वहाँ कभी सड़कें ही नहीं बनीं। उनपर खर्च किया गया धन कहाँ गया, यह एक रहस्य था।

उस समय कृष्णा मेनन भारत के रक्षा मंत्री थे।

देश में इसकी गंभीर प्रतिक्रिया हुई। एक ओर अपने नेताओं की बेईमानी और अनभिज्ञता, दूसरी ओर अपने सैनिकों की असमर्थता और तीसरी ओर विशाल चीनी सेना का अपनी पूरी सामर्थ्य के साथ आक्रमण। जनता तिलमिला उठी।

अस्त्र-शस्त्र खरीदने के लिए धन चाहिए। सरकार के बजट में पैसा नहीं। अब जनता से भीख माँगने के सिवा दूसरा कोई चारा नहीं। नेताओं के दौरे आरंभ हुए।

अखबार इन्हीं तरह की खबरों से भरे रहते। नेताओं की सभाओं की रिपोर्टें छपतीं। वे वस्तुस्थिति के लिए जनता से माफी माँगते और स्पष्ट करते—हमारे अस्त्र-शस्त्र अब पुराने पड़ चुके हैं। आज की लड़ाई के लिए उपयुक्त नहीं हैं। उन्हें विदेशों से मँगाने के लिए धन चाहिए, धन—मतलब सोना।

नेता अपनी हर सभा में जनता के सामने झोली फैलाते और विनम्रता से कहते, ''जब देश को आवश्यकता आपके खून की थी, आपने देश को खून दिया। हमें आजादी मिली। आज देश को धन की आवश्यकता है, आज आप दिल खोलकर धन दीजिए। इसके लिए माताओं और बहनों को आगे आना चाहिए। अपने सोने के आभूषण उतार भारत माँ की रक्षा में दान कर देना चहिए।''

इसी क्रम में आज टाउन हॉल में भी सभा आयोजित है। माँ ने सुबह ही कहा, ''कल छोटे सरकार बड़े चिंतित थे। उनके कहने के अनुसार देश की बड़ी नाजुक स्थिति है। मेनन ने देश की पीठ पर छुरा मारा। रक्षा मंत्री होते हुए भी उसने कभी सीमा पर जाकर असलियत समझने की जरूरत नहीं समझी। उसने नेहरू को अपनी लफ्फाजी में फँसाए रखा।''

अखबार भी मेनन को हटाने की मुहिम चला रहे थे; पर यह समय मेनन को हटाने का नहीं था। इससे तो राष्ट्र का मनोबल ही गिरेगा। फिर न हम धन एकत्रित कर सकेंगे और न सेना को सक्षम ही बना सकेंगे।

पिछले दो-चार दिनों से मैं सुमेर चाचा की दुकान पर जाता रहा हूँ। अब मुहल्ले के लोगों का फिर वहाँ जमावड़ा होने लगा है। गंगाराम शाम को जब प्रेस से छूटता है तब सीधे अखबार लेकर आ जाता है। आज का उसका संपादकीय अधिक महत्त्व का था—''क्या हम सेना को सक्षम बना सकेंगे? आज सबसे बड़ा प्रश्न यही है। सेना की उपयोगिता तो हमारी सरकार समझती ही नहीं है। खाली समय में तो सरकार सेना से टमाटर आदि की खेती कराने की बात सोच रही थी।'' सुमेर की दुकान के बाहर अड़ी लगानेवालों में एक नए सदस्य ने कहा।

''आप लोग इसे समझ नहीं सकेंगे।'' रामकिशुन चाचा ने कहा, ''हर देश की अपनी पॉलिसी होती है, नीति होती है। हमारा देश अहिंसक है। हम सेना के अस्तित्व में विश्वास नहीं करते। वह दिन कितना अच्छा होगा, जब संसार में कहीं सेना नहीं होगी।''

"यह तो बड़ी विचित्र स्थिति होगी।" इस बार सुमेर चाचा बोला, "यह कैसी अच्छी राज्य की पॉलिसी है, जब संसार के हर देश के पास सेना होगी और हम बिना सेना के होंगे। एक मिनट में दूसरे लोग हमें चबा जाएँगे। आदर्शों से देश नहीं चलता। यथार्थ को भी समझना पड़ता है।"

"वही तो।" रामकिशुन ने जब देख लिया कि यहाँ रेत में नाव नहीं चलेगी तब तुरंत स्वर बदल दिया। वे बोलते रहे, "अब अपनी कमजोरियों को हमारे नेताओं ने महसूस किया। अब वे जगह-जगह सभा कर अपनी भूल सुधार रहे हैं और जनता से अपनी करनी के लिए क्षमा माँग रहे हैं।"

"उसमें भी उन्हें नोट या सिक्के नहीं चाहिए, बल्कि उन्हें चाहिए सोना।" राम समुझ बोला।

"बात यह है कि नोट और सिक्कों की उपयोगिता तो देश के भीतर है। बाहर से सामान मँगाने के लिए हमें सोना ही चाहिए।" रामकिशुन बोला।

"अरे, आप तो कांग्रेसी हैं, शासन का पक्ष लेंगे ही; पर आपको यह सोचना चाहिए कि जैसे हम लोग विपत्ति का सामना करने के लिए चार पैसे बचाकर गाढ़े समय के लिए रखते हैं वैसे ही सरकार को भी कुछ धन बचाकर आकस्मिक विपत्ति का सामना करने के लिए रखना चाहिए।"

इस बार रामकिशुन कुछ बोल नहीं पाया। उसने बस इतना ही कहा, "हमें क्या पता था कि हमारा जिगरी दोस्त बननेवाला चीन ही इतना भयंकर छुरा पीठ पर भोंकेगा!"

"आप दोस्त की बात करते हैं! आज संसार में आपका दोस्त है कौन?" अभी-अभी आया मूलचंद बोला।

"रूस।" बड़ी दबी जबान रामकिशुन ने कहा।

"रूस हमारा दोस्त!" राम समुझ का स्वर बड़ा व्यंग्यात्मक था—"भारत हमारा दोस्त है और चीन हमारा भाई, यह रूस के प्रधान ने कहा है। यही क्या मतलब हुआ इसका?"

इसपर सब चुप हो गए। रामकिशुन चाचा को बात बदलने का मौका मिल गया—"इन्हीं सब परिस्थितियों पर विचार करने के लिए टाउन हॉल में सभा हो रही है। माननीय जगजीवन राम आ रहे हैं। हम सबको उन्हें सुनना चाहिए। देखिए, वे क्या कहते हैं!"

"वे कहेंगे क्या, यह सब हमें मालूम है।" सुमेर चाचा बोला, "वे कहेंगे—देश की माताओ, बहनो, बहू और बेटियो! आज देश की लाज आपके हाथों में है। आप अपने सोने के गहने उतारकर दे दीजिए। आज देश पर विपत्ति पड़ी है। अगर देश रहेगा तो आपका श्रृंगार भी रहेगा। अन्यथा ये आपके जेवर किस काम आवेंगे?"

ठीक इसी स्वर में रामकिशुन चाचा ने अपना स्वर मिलाया, "आखिर परिवार में जब कोई असाध्य रोग का शिकार होता है तो औरतें अपना जेवर बेचकर उसका इलाज कराती हैं। हमारे यहाँ औरतों को दहेज में दिए गए गहने जहाँ उनके श्रृंगार के लिए होते हैं, वहीं वे विपत्ति में काम आने के साधन भी समझे जाते हैं।" रामकिशुन का यह संक्षिप्त भाषण इस उपसंहार के साथ समाप्त हुआ कि आज शाम को हम सबको टाउन हॉल के मैदान में पहुँचना चाहिए।"

"और सोने का बहू-बेटियों का जेवर लेकर पहुँचना चाहिए।" राम समुझ की इस व्यंग्य टिप्पणी के साथ लोगों की हँसी उभरी।

शायद रामकिशुन चाचा को अच्छा नहीं लगा, वे चुपचाप चले गए।

ये विचार केवल सुमेर चाचा की दुकान पर जमनेवाले अड़ीबाजों के ही नहीं थे, पूरा देश लगभग इसी दिशा में सोच रहा था। लोग साफ तौर पर कह रहे थे कि यदि नेहरूजी को मेनन से अपनी दोस्ती निभानी हो तो गद्दी छोड़ें।

माहौल एकदम कांग्रेस के खिलाफ था, इस स्थिति ने एक तरह से जैसे कांग्रेस का लाभ ही किया था। अब उनका भीतरी तनाव करीब-करीब समाप्त हो गया था, क्योंकि माँ बता रही थीं कि कोठी में आजकल प्रतिदिन लाला दिखाई देता है और छोटे सरकार से उससे पहले जैसी बातें होती हैं। कभी-कभी शाम का ब्यालू भी वह उन्हीं के साथ करता है।

यद्यपि लाला स्वयं विपत्ति है, पर वह दूसरे की विपत्ति से लाभ उठाना भी खूब जानता है। फिर राष्ट्र पर आई इतनी बड़ी विपत्ति से वह लाभ न उठाए, यह कैसे हो सकता है! वह अच्छी तरह समझता है कि 'लाइम लाइट' में आने के लिए छोटे सरकार का साथ रहना बहुत जरूरी है।

अब उसका सेवक लँगड़ा उसके साथ नहीं रहता। साथ रहती है बहुचर्चित यशोदा, जो कभी उसके अनाथालय की सर्वेसर्वा थी, जिसका उपयोग वह बहुत से कामों में करता था। गठीले बदन की नाटी-नटुल्ली यशोदा जब सज-सँवरकर, ओठों पर लिपस्टिक लगाकर लाला के साथ रहती थी, तब स्पष्ट लगता था कि लाला जैसे शिकारी के शिकार का वह खून पीती है।

माँ मेरी बहू से बता रही थीं कि वह रानी बहू को फूटी आँखों नहीं सुहाती। जहाँ वह कोठी में लाला के साथ आई कि रानी बहू का पारा चढ़ा। और कहीं वह छोटे सरकार के कमरे में घुस गई, तब रानी बहू का खून उबलने लगता है। सरकार का नौकर चिंटू जलपान के लिए कहता रह जाता है, पर रानी बहू टस से मस नहीं होतीं। वह सीधे-सीधे चिंटू से कहती हैं, "क्या होगा वहाँ जलपान भेजकर। अरे, वह खून पीने आई है, पीकर चली जाएगी।"

अब तो लाला वर्तमान स्थिति में उसके कई प्रयोग करता है। एक तो आजकल रोज ही शहर में नेताओं का आगमन होता रहता है। लाला उन नेताओं को खुश करने के लिए यशोदा का जमकर उपयोग करता है। यह बात किसी से छिपी नहीं है, क्योंकि यशोदा खुद अपनी सखियों पर रोब गालिब करने के लिए इसका प्रचार बड़ा रस लेकर करती है।

दूसरे, सभाओं में जब नेता अपने भाषण के बाद लोगों से स्वर्णदान की अपील करते हैं, तब सभा के मंच से लपककर औरतों के पास पहुँचने के लिए यशोदा के सिवा दूसरी और कोई औरत दिखाई नहीं देती।

□

आज की सभा का प्रचार कल से ही हो रहा था। देश की स्थिति के बारे में रानी बहू माँ से बहुधा बातें करती हैं। माँ बता रही थीं कि जब मैं सारा ऊपरी काम करके चूल्हे के आगे खाना बनाने के लिए बैठती हूँ तब रानी बहू रसोईघर में आ जाती हैं और स्वयं छेड़-छेड़कर एक-एक बात बताती हैं।

आज की सभा की चर्चा करते हुए उन्होंने कहा, "हमारी सेनाओं की ऐसी खस्ता हालत है, इसका जरा भी हमें भान नहीं था। मेनन ने नेहरूजी को अंधकार में रखा और खुद कुरसी पर बैठा शेर की तरह दहाड़ता रहा।"

माँ को यह बात अच्छी नहीं लगी। उन्होंने उनका सीधे-सीधे विरोध किया। उन्होंने कहा, "क्या नेहरूजी बच्चे थे, जो मेनन के बहकावे में आ गए? अरे, वह देश के प्रधानमंत्री हैं, सारी जिम्मेदारी उनकी है। उन्हें अपने मंत्रिमंडल के मंत्रियों के कामों की सच्चाई का पता रखना चाहिए था।"

"तुम कहती तो ठीक हो, जीजी।"

रानी बहू को माँ से ऐसे विरोध की आशा नहीं थी; पर यह प्रश्न तो आज देश के सिर चढ़कर भूत की तरह बोल रहा था। वही भूत माँ के सिर पर भी सवार हो गया।

रानी बहू जो कहना चाहती थीं, उसकी भूमिका में ही वे पिट गईं। उन्होंने अब अपनी बात सीधे-सीधे कही, "आज जगजीवन रामजी आ रहे हैं। उनकी सभा टाउन हॉल के मैदान में होगी। मैं तो सोचती हूँ कि उनकी अपील पर मैं अपनी चूड़ियाँ देश के लिए दान कर दूँ।"

"जिनके पास सोने का कुछ नहीं है, वे बेचारे क्या करेंगे?" स्पष्टत: माँ ने अपने संबंध में पूछा था।

"वे बेचारे अपनी सद्भावना देंगे।" रानी बहू बोलीं, "औरों को देने के लिए प्रेरित करेंगे।" वह यह तो नहीं कह सकीं कि आप अपनी बहू से कुछ दिला दीजिए।

पर माँ उनकी मनशा भाप गई। उसने स्वयं कहा, "मैं भला किसको प्रेरित करने

जाऊँगी! हाँ, अपनी बहू से कह सकती हूँ। वह कुछ दे सकेगी तो जग्गू सभा में जाएगा और जो हो सकेगा, वह अर्पित कर देगा।''

आज जब माँ दो ही बजे घर आ गईं तब मैं समझ गया, कोई विशेष बात अवश्य है। उन्होंने एकांत में ले जाकर पहले रानी बहू से हुई सारी बातें बताईं, फिर बोलीं, ''बहू से कुछ कहना-सुनना बेकार है। यदि तुम कहो तो जो चंपो ने गहने भेजे हैं, उनमें से कुछ दे दूँ।''

मैं कुछ नहीं बोला।

मेरे मौन का अर्थ माँ ने लगा लिया। वह समझ गईं कि उसमें से मैं कुछ भी देना नहीं चाहता। भले ही मैं उसका उपयोग न कर सकूँ। पर उनसे मेरा भावनात्मक लगाव है। फिर यदि एक आदमी ने तालाब में दूध नहीं डाला तो क्या हुआ, यदि वह पानी डालने भी न जाए।

मैंने माँ से कहा, ''मेरी तो सभा में ही जाने की इच्छा नहीं है, माँ।''

''पर जाना तो पड़ेगा ही।'' माँ बोलीं, ''वहाँ रानी बहू आदि सब लोग जा रहे हैं। हमें भी चलना चाहिए था, पर मैं खाली-खाली क्या जाऊँ? क्या है हमारे पास?''

''क्यों, जो आप मुझे देने को कहती हैं, वही आप दे दीजिएगा।''

''उन पर मेरा क्या अधिकार?'' माँ बोलीं, ''वह बहू को मिला है। उस पर बहू का अधिकार है। तुम उसके पति हो, उनपर कुछ हक तुम्हारा भी बनता है।'' इतना कहने के बाद वह चुप हो गईं और बड़ी देर तक चुप थीं। मैं भी चुप था।

थोड़ी देर बाद माँ ने संदूक खोला और चंपो के दिए एक-एक गहने को बड़े गौर से देखा और फिर उसे वैसे ही रख दिया। एक-एक पैसे के लिए जो जीवन भर तरसती रही हो, धन के प्रति उसका मोह स्वाभाविक है। वह उसे संदूक में कैद करके रखेगी, पर किसी को देगी नहीं।

फिर वह सोचने लगी—आज किसी को कहाँ, आज तो देश को देने का सवाल है। एक ओर देश पर पड़ी विपत्ति की पुकार थी और दूसरी ओर धन के प्रति उसका प्रगाढ़ मोह। इस रस्साकशी में वह थोड़ी देर ही स्थिर रही। फिर उसने बड़े झटके के साथ उठकर संदूक खोला, कान का एक कर्णफूल निकालकर कागज की पुड़िया में बाँधा और मुझे वह सहेजते हुए बोलीं, ''शाम को सभा में जरूर जाना।''

□

अनुमान से कम भीड़ थी। यों भी शरणार्थियों के आ जाने के बाद टाउन हॉल के मैदान की सेहत काफी खराब हो गई थी। मालवीय मार्केट बन जाने के बाद वह कट-पिटकर आधा रह गया था। फिर भी वह भरा नहीं था। मंच बनाने में लगे लोगों के अतिरिक्त कुछ ही लोग समूह बनाकर बातें करते दिखाई देते थे। यों पटरियों पर काफी

लोग खड़े होकर जुलूस की प्रतीक्षा कर रहे थे। जुलूस हमेशा की तरह डेढ़सी के पुल अर्थात् दशाश्वमेध से आ रहा था।

विलंब हो गया था। सूरज डूबने को था, तब जुलूस के आने का आभास लगा। नारे सुनाई पड़ने लगे; पर उनमें कोई उत्साह नहीं, कोई जोश नहीं। कहाँ आजादी के पहले का जुलूस, कहाँ यह जुलूस! उस समय हम गुलाम थे, पर देश जिंदा था। आज देश आजाद है, पर वह जिंदादिली नहीं।

कहाँ उस समय आगे-आगे पियारी जब वंदे मातरम् गाती और उसके पीछे के लोग उसे दोहराते हुए चलते थे, तब एक सभा बन जाती थी। आज तो दो-चार मुरदा-कंठ नारे लगाते चल रहे थे। पीछे एक फिटेन पर माननीय जगजीवन राम और शहर कांग्रेस अध्यक्ष चल रहे थे।

मेरी बगल में खड़े व्यक्ति ने फिकरा कसा—"आएँ हैं जनता से भीख माँगने के लिए और चल रहे हैं राजाओं की तरह फिटेन पर।"

"अरे भाई, जगजीवन राम से पैदल चला नहीं जाता। एक तो उनके घुटने खराब हैं, ऊपर से भारी शरीर। हमें उन पर गर्व करना चाहिए।" यह आवाज भी एक तमाशबीन की थी।

अब जुलूस टाउन हॉल के मैदान में पहुँच गया था। धीरे-धीरे मैदान भर गया। आज की सभा की विशेष बात यह थी कि उसमें औरतों की संख्या अच्छी थी। उसी में लाला की नटुल्ली यशोदा इधर से उधर फुदक रही थी। मेरी दृष्टि जुलूस के हर चेहरे पर थी, पर कहीं लाला नहीं था। मैदान में आकर जब मंच पर देखा तो वह माइक पकड़े खड़ा था। यद्यपि अभी लाउड स्पीकर चालू नहीं था और वह बार-बार उसे चालू कराने का प्रयत्न कर रहा था। लगता है, लाला के असली चेहरे से बनारस की जनता अच्छी तरह वाकिफ थी। हर जगह उसका अपमान होता था और हर बार पटखनियाँ खाने के बाद उसकी बेहयाई गरदन झाड़कर खड़ी हो जाती थी।

जुलूस के आते ही लोगों ने लाला के हाथ से माइक को लेना चाहा, पर छोटे सरकार ने मना कर दिया। लोग उनकी बात मान भी गए।

मंच पर चढ़ते ही माननीय जगजीवन राम ने स्वयं माइक सँभाला। उन्होंने न स्वागत भाषण होने दिया और न अपने सम्मान में नारे लगाने दिए। बिना किसी औपचारिकता के उन्होंने अपना भाषण शुरू किया, जिसका सारांश था कि यह वक्त किसी का स्वागत करने-कराने का नहीं है, क्योंकि देश पर आपत्ति पड़ी है। कल तक जो हमारा साथी था, दोस्त था, कंधे-से-कंधा मिलाकर आगे बढ़ने की जिसने कसम खाई थी, उसी ने आज हमारी पीठ में छुरा भोंक दिया है और हम पर चढ़ाई कर दी है।

"यह सरकार झूठ है!" उसी भीड़ से एक जानी-पहचानी आवाज पत्थर की

तरह फेंकी गई।

भीड़ खड़बड़ाई। लोगों ने उसे धक्के मारकर बाहर निकाला—''यह साला कम्युनिस्ट है। सभा बिगाड़ने और झूठा प्रचार करने आया है।''

मैं भी उधर बढ़ा। ज्यों ही उसका चेहरा दिखाई दिया, मेरे मुँह से निकल पड़ा, ''अरे, यह तो हमीद है।''

वह चिल्ला रहा था, ''न तो मैं सभा बिगाड़ने आया हूँ और न झूठा प्रचार करने। यह सत्य है कि चीन हमारे देश पर नहीं, पर अपनी ही जमीन पर आगे बढ़ा है, जिसे दुनिया के नक्शे में एक झूठी और काल्पनिक मैकमोहन रेखा खींचकर उसे भारतीय क्षेत्र में दिखाने की अंग्रेजों ने साजिश की है और हम उस साजिश में आकर दूसरे देश की जमीन अपनी मान बैठे हैं।''

पर हमीद की वहाँ सुननेवाला कौन था? लोग उसे धक्के मारते-मारते सभा के बाहर ले आए और कुछ लोगों ने घूँसे भी चलाने शुरू किए।

''नहीं-नहीं, यह नहीं होना चाहिए।'' सभा में आए अन्य लोगों ने उसे छुड़ाया। तब तक मैं भी सभा से बाहर निकलकर उसके पास आ गया।

मैं सहानुभूति व्यक्त करते हुए बोला, ''तुम न अवसर देखते हो, न समय; बस जहाँ जो मन में आया, अपना राग अलापना शुरू कर देते हो।''

''झूठ के बीच सत्य को किसी अवसर की तलाश नहीं होती।''

इतना सबकुछ होने पर भी हमीद में उत्साह की कमी नहीं थी। उसने अपनी जेब से एक नक्शा निकाला और उसे दिखाकर बाकायदे बताने लगा कि यह सब चीन की जमीन है, जिसे मैकमोहन नाम के एक अंग्रेज हरामजादे ने उसे भारत के नक्शे में दिखा दिया है।

जब वह बोल रहा था, तब कुछ लोग उसके चारों ओर खड़े होकर उसे सुनने भी लगे। उन्हीं में से एक ने कहा, ''यही बात, जो आप कह रहे हैं, चीन को भारत से कहनी चाहिए थी। सेना भेजकर आक्रमण करने की क्या आवश्यकता थी?''

''क्यों? हम अपने क्षेत्र में सेना का 'मूवमेंट' नहीं कर सकते? बल्कि सही मायने में चीन की अपनी ही सीमा में उसके सैनिक मूवमेंट का हमारे देश ने विरोध ही नहीं किया, वरन् उसके देश पर आक्रमण कर दिया है।''

इसी में बहस कुछ आगे बढ़ गई और कुछ गरमी भी आ गई। जब मुझे लगा कि फिर हाथाबाँही होने की नौबत आ सकती है, तब मैं उसे लेकर कंपनी बाग में चला आया। उधर जगजीवन रामजी का भाषण चल रहा था।

जब वह थोड़ा प्रकृतिस्थ हुआ तो मैंने उसे समझाया, ''तुम्हें यही बात लोगों से मिलकर समझानी चाहिए। 'माउथ टु माउथ' प्रोपेगेंडा करना चाहिए। किसी भी जमी-

जमाई सभा के बीच आकर उसके मुख्य विचार के विरुद्ध स्वर उठाना ठीक नहीं है।''

''माउथ टु माउथ प्रोपेगेंडा हमारी पार्टी के लोग तो कर ही रहे हैं।'' वह बोला, ''अखबार में नहीं पढ़ा कि रुस्तम सैटीन के नेतृत्व में कम्युनिस्टों का एक दल नक्शे लेकर बाजार में दुकान-दुकान जाकर समझा रहा है कि चीन ने आक्रमण नहीं किया है। वह अपनी सीमा के भीतर सेनाओं को सक्रिय कर रहा है।''

कुछ देर तक वह मेरे साथ रहा। मैं चाहता था कि वह इस समय अपने घर चला जाए। मैंने उसे बहुत समझाया, पर वह माननेवाला कहाँ था। वह उलटे मुझ पर नाराज था—''आप व्यर्थ मुझे टाउन हॉल से यहाँ ले आए। वहाँ रहता तो मैं कुछ और काम करता।''

''तुम कुछ नहीं कर सकते थे वहाँ, बल्कि लात खाते।''

''तब तो मेरा काम ही हो जाता।'' उसने कहा, ''कल अखबारों में छपता कि एक कम्युनिस्ट जगजीवन राम की सभा में बुरी तरह पीटा गया। उसका अपराध यही था कि वह नक्शे के माध्यम से इस सत्य का उद्घाटन कर रहा था कि चीन ने भारत पर आक्रमण नहीं किया है, बल्कि भारतीय सेना ही चीन के क्षेत्र में घुस गई है। ...तुम समझते हो कि इससे हमारे विचारों को कितना प्रचार मिलता!''

सचमुच उस पर एक जुनून-सा सवार था। वह फिर टाउन हॉल की ओर चला गया। अब जगजीवन राम का भाषण समाप्ति की ओर था। वे बोल रहे थे—''आप कभी न सोचें कि देश ने हमको क्या दिया है, बल्कि यह सोचें कि आपने देश को क्या दिया है। आज जब राष्ट्र पर संकट है तब आपको इसी संदर्भ में सोचना चाहिए।'' इसके बाद उन्होंने माताओं और बहनों से स्वर्णदान की अपील की।

मेरा ध्यान माँ द्वारा दिए गए कर्णफूल की ओर गया। मैंने जेब में हाथ डाला। कागज की पुड़िया के भीतर वह चुपचाप पड़ा था। विचार आया कि मैं चलूँ और इसे वालंटियरों द्वारा भीड़ में घुमाई जा रही दानपेटी में डाल दूँ। यही माँ का आदेश था, यही देश की आवश्यकता भी।

मैं टाउन हॉल की ओर बढ़ने के लिए उठा भी, पर ऐसा लगा जैसे किसी ने मेरा पैर पकड़ लिया और कानों में चंपो की आवाज गूँजने लगी—'मैंने इसे किसी को देने के लिए तो नहीं दिया है और न इस पर तुम्हारा अधिकार है। इसे तुम्हारी बहू को दिया है। अब उसका ही इसपर अधिकार है। क्या उससे तुमने इसे दे देने की अनुमति माँगी है?'

अब मेरे बढ़े हुए पैर एकदम रुक गए थे। सामने का पूरा परिदृश्य चंपो की दो बड़ी-बड़ी खूबसूरत आँखों में बदल चुका था। उसकी तिर्यक् दृष्टि की स्पष्ट वर्जना थी—'अनधिकार चेष्टा मत करो।'

मैं चुपचाप लौट पड़ा। घर आया। अब उसे माँ को कैसे लौटाऊँ? खैर, उस

समय माँ थीं भी नहीं, पर पत्नी ने कुछ नहीं पूछा और न बोली। उसे शायद मालूम भी न रहा हो। चुपचाप बैठक में जाकर अखबार पढ़ने लगा।

अन्य दरवाजों के अतिरिक्त लोग बैठक के दरवाजे से भी घर के भीतर आते थे। घंटे भर बाद माँ इसी दरवाजे से भीतर आईं और मुझे चुपचाप अखबार पढ़ता देखकर पूछा, "क्यों, सभा में नहीं गए थे क्या?"

"हाँ, गया तो था।"

"वहाँ रानी बहू आदि दिखाई पड़ी थीं?"

"दूर से तो रानी बहू, छोटे सरकार आदि सभी दिखाई पड़े थे। वे लोग मंच पर बैठे थे। उस भीड़ को चीरकर उनके पास पहुँचने की न हिम्मत थी और न अवसर।"

"वह कर्णफूल तो दे दिया न?"

"कैसे देता? दान संग्रह करनेवालों में पुरुषों के झुंड में प्रमुख था लाला और औरतों की तरफ थी उसकी नटुल्ली यशोदा। उन्हें देखते ही तो मेरे कान खड़े हो गए। आधा माल तो यहीं हजम हो जाएगा। ये लोग तो ऐसे मौकों की फिराक में रहते हैं।"

मैंने अपने झूठ पर और बल दिया, "सभा में आए बहुतों की राय कुछ ऐसी ही थी। उनका कहना था कि लोग दें चाहे जितना, पर आधा-तीहा ही सरकार के पास पहुँचेगा।"

"तब तो बहुतों ने दिया भी नहीं होगा!" माँ अफसोस करते हुए बोलीं।

"मुझे भी ऐसा ही लगता है।" मैंने कहा, "देने के लिए घर से ले जाकर न देनेवाला वहाँ एक मैं ही नहीं था, सैकड़ों रहे होंगे।"

"जब देश सेवक ही देश का कलेवा करने को लगे हैं, तब इस देश का भगवान् ही भला करे।" माँ के मुँह से निकला।

□

सैनिक ट्रेनें बराबर असम की ओर जा रही थीं। उन सैनिकों का उत्साहवर्धन करने के लिए 'स्काउट और गाइड' ने कैंट स्टेशन पर कैंप लगा रखा था। ऐसे कैंप सभी बड़े स्टेशनों पर लगाए गए थे। मुगलसरायवाला कैंप तो देखा था, बड़ा विशाल था। वहाँ सैनिकों के लिए चाय और जलपान की व्यवस्था तो थी ही, साथ ही हवलदार से ऊपर के लोगों को मालाएँ पहनाई जाती थीं। मुझे याद है, जब हिंदू गर्ल्स स्कूल की प्रिंसिपल कुमारी करतार कौर पेंतल ने एक कैप्टन को माला पहनाई तब स्टेशन के सभी लोगों ने तालियों की गड़गड़ाहट से उसका स्वागत किया।

कैप्टन ने अपने स्वागत के प्रति आभार व्यक्त करते हुए कहा, "आपने यह माला किसी सैनिक के गले में नहीं, वरन् एक जीवित शहीद के गले में डाली है। हम सब शहीद होने के लिए ही बॉर्डर पर जा रहे हैं। जब आधुनिक हथियार न हों, जब नक्शे में

सड़क हो और जमीन पर वह गायब हो, ऐसे में हम कर क्या सकते हैं? हम तो उसको तलाशते ही रह जाते हैं, तब तक दुश्मन हमें घेरकर हम पर वार शुरू कर देता है। ऐसे में शहीद होने के सिवा हमारे पास और कोई चारा नहीं रहता। आपका आशीर्वाद और आकांक्षाएँ हमारे साथ जरूर हैं। हम उस पर फख्र करते हैं; पर हम यह जानते हैं कि हम आपकी आकांक्षाएँ पूरी नहीं कर पाएँगे। यह हमारी हताशा नहीं है, पर अपने नेताओं के कमीनेपन पर हमारा आक्रोश है। शायद आपको यह आक्रोश न हो, क्योंकि आप जमीनी हकीकत से वाकिफ नहीं हैं।''

''नहीं-नहीं, ऐसी बात नहीं है। हम जमीनी हकीकत से भी खूब वाकिफ हैं। हम जानते हैं कि चीनियों ने तेजपुर तक कब्जा कर लिया है। वहाँ का राष्ट्रीय बैंक लूट लिया है। बोमडिला पर भी उन्होंने अपना झंडा गाड़ दिया है। सरकार के प्रति हमारे मन मे भी भयंकर क्रोध है। जब अवसर आएगा तब आप हमारा विस्फोट देखिएगा।''

स्पष्ट था कि जनता प्रधानमंत्री से—और विशेषकर रक्षा मंत्री से—भयंकर नाराज है।

इसके दूसरे या तीसरे दिन रेडियो के प्रात:कालीन समाचार में पहली खबर थी कि रक्षामंत्री कृष्णा मेनन ने इस्तीफा दिया। सारा जन-विक्षोभ एक झटके में उड़ गया। तरह-तरह के लोगों की तरह-तरह की प्रतिक्रिया थी। उनमें मुख्य थी—''चलो, मेनन की बलि चढ़ाकर नेहरू ने स्वयं को बचा लिया।''

''उनकी गद्दी तो बच गई, पर देश बचे तब तो?'' ऐसी आलोचना बराबर हो रही थी, पर हमारी राष्ट्रीयता में कोई कमी नहीं थी। लोग होमगार्ड और राष्ट्रीय सुरक्षा कमेटियों में भरती हो रहे थे। मैं स्वयं हवाई हमले से बचने की ट्रेनिंग ले रहा था। हमले के समय क्या करना चाहिए और क्या नहीं करना चाहिए, इसकी ट्रेनिंग रोज जयनारायण स्कूल में सवेरे आठ बजे से दस बजे के बीच दी जा रही थी।

शाम को आएदिन खतरे का सायरन बजता था और शहर की सारी बत्ती गुल हो जाती थी। होमगार्डों की टोलियाँ गलियों में घूम-घूमकर देखती थीं कि कहाँ से और किस घर से रोशनी आ रही है। उनके दरवाजों पर राष्ट्रीय सुरक्षा दल के लोग डंडे पीट-पीटकर उसे बंद करवाते थे।

सारा शहर अँधेरे में डूब जाता था। चीन के आक्रमण का अंदेशा तब तक बना रहता था जब तक इस आपात-स्थिति से मुक्त होने का पुन: सायरन नहीं बजता था। ऐसी स्थिति में घरों के भीतर बंद लोग हवाई आक्रमण की काल्पनिक विभीषिका पर तरह-तरह की चर्चा करते रहते थे।

एक दिन दानिस की अम्मी बता रही थीं, ''ज्यों हि खतरे का भोंपू बजता है, सलमा मेरी चौकी के नीचे आकर दुबक जाती है। अब तुम्हीं बताओ, जब मुझ पर बम

गिरेगा तब क्या वह बच जाएगी?''

''तब तो वह नहीं बचेगी।'' मैंने कहा, ''पर बम के धमाके से जब इस घर की दीवारें गिरेंगी तब आप घायल हो सकती हैं, पर वह सुरक्षित रहेगी। आपको भी चाहिए कि आप भी चौकी के नीचे उसी की बगल में दुबक जाएँ। कोई जरूरी नहीं है कि इससे आप सुरक्षित ही रहें, वरन् आपकी सुरक्षा की उम्मीद बढ़ जाएगी।''

''ऐसा कब तक चलता रहेगा?'' अम्मी ने पूछा, ''इसका लोगों के रोजगार पर भी असर पड़ रहा है। मुहल्ले के साड़ी के बुनकर सरकार को गालियाँ सुनाते बाजार से दिन रहते ही भाग आते हैं। और तो और, लोग जवाहरलाल से बड़े नाराज हैं।''

उन्हीं ने बताया कि रमजान की बीवी करीमन कह रही थी कि देश के साथ ऐसी गद्दारी? मैं तो समझ नहीं पा रही थी कि जवाहरलाल इतने बड़े बेईमान होंगे।

अम्मीजान ने बताया कि मैंने उन्हें समझाया, ''इसमें जवाहरलाल का क्या कसूर है? सारा कसूर तो कृष्णा मेनन का है। एक तरह से देखो तो उसका भी कसूर नहीं है। वह मारा गया अपनी लापरवाही में।''

''लापरवाही में नहीं, बल्कि घमंड में। उसे बड़ा घमंड हो गया था कि सुरक्षा परिषद् में जो मैंने तकरीर की, वह बेमिसाल साबित हुई। दुनिया में उसकी तारीफ हुई।'' करीमन ने कहा, ''घमंड का यही नतीजा होता है, जब वह आदमी की असलियत को रौंदकर उससे भी बड़ा हो जाता है।''

''इसका मतलब है कि करीमन पढ़ी-लिखी औरत है, जबकि मुसलमानों में औरतें तालीमयाफ्ता नहीं होतीं।''

''उसके घरवालों ने भी उसे बड़ी मुश्किल से पढ़ने की इजाजत दी थी।'' अम्मीजान ने बताया, ''अमूमन मुसलमान औरतों को कुरान और नमाज पढ़ने भर के लिए उर्दू और अरबी पढ़ाया जाता था। करीमन ने अपनी जिद पर गवर्नमेंट गर्ल्स स्कूल में दाखिला लिया था। अब भी वह कुछ-न-कुछ पढ़ती ही रहती है। कितने तो रिसाले मँगाती है। शेरो-शायरी का भी वह शौक रखती है।''

''तब तो वह शायरी करती भी होगी?'' मैंने पूछा।

''हाँ, करती भी है और नेशनल स्कूल में जो कुल हिंद मुशायरा हुआ था, उसमें उसने पढ़ा भी था।'' अम्मीजान ने बताया।

''कैसे उसके घरवालों ने उसे जाने दिया?'' मैंने पूछा।

''बुरका पहनकर गई थी। साथ में सलमा भी थी पर यह बुरका पहनकर नहीं जाती है।'' इतना कहकर अम्मीजान हँसीं और बोलीं, ''यह अपना तजरबा खुद बताएगी कि जब यह करीमन की बगल में बैठती थी तो कैसे लोग इसे आँखें फाड़-फाड़कर देखते थे।''

इतना सुनते ही सलमा वहाँ से लजाकर भीतर चली गई। मैंने अनुभव किया कि हम बातों के क्रम में मुख्य विषय से बहक गए। मैंने पुनः बातों की पुरानी डोर पकड़ ली—"और बातों को तो जाने दीजिए। इस समय हमारा देश मुसीबत में है। हम सबको उसकी मदद करनी चाहिए।" इतना कहकर उस दिन मैं वहाँ से चल पड़ा। दरवाजे पर फिर सलमा मिली। मैंने उसे चिढ़ाने के लिए कहा, "अब तो तुम मुशायरा भी अटैंड करने लगी हो! सुना है, सारे चकोर चंद्रमा की ओर टकटकी लगा देते हैं।"

"चलो हटो, तुम बड़े ओऽऽ हो।" इतना कहती हुई वह भीतर चली गई।

□

इसके दो-चार दिनों बाद ही उत्तर-पूर्व में छाए युद्ध के बादल अचानक छँट गए। चीन ने एकतरफा युद्ध-विराम की घोषणा कर दी। चमत्कार हो गया। लोगों को राहत मिली।

बोमडिला तक का सारा क्षेत्र उसने अपने कब्जे में ले लिया। लोगों को राहत मिली, पर देश का एक भाग चीनियों के प्रभाव में चला गया। पूरे राष्ट्र को इसका दुःख था। जब इस दुःख की अभिव्यक्ति संसद् में हुई तो नेहरूजी ने इसे बड़े हलके से लिया और कहा कि चीन ने जिस क्षेत्र पर कब्जा किया है, वह 'नो मैन लैंड' है। वह एकदम उजाड़ है। इसकी भीषण प्रतिक्रिया हुई। सुमेर चाचा की दुकान पर भी यह सुनने को मिला—"देखऽ भइया, बिना आदमी क घर अउर बिना पानी क नहर जहाँ कहीं भी होई, ओके चीन कब्जिया लेई।"

"ऐसन का अंधेर हौ कि सब चीन ले लेई? हम लोग का मर गयल हई!" पीपा बोला।

"तब तू लोग का जिंदा हौ?" सुमेर चाचा बोला, "लोहियाजी ने कहा है कि जिंदा कौमें अपनी इस तरह की बेशर्म पराजय का ऐसा बहाना नहीं बनातीं जैसा नेहरूजी ने कहा है।"

तब तक हमीद भी कुछ दूरी पर दिखाई दिया। सुमेर चाचा की दुकान पर मुझे खड़ा देखकर वह इधर ही चला आया और आते ही बोला, "आप लोग चीन को हमलावर कह रहे थे न! कहीं हमलावर एकतरफा युद्ध-विराम करता है?"

"उसने एकतरफा युद्ध-विराम इसलिए किया कि उसका रसद चुक गया था।" सिताऊ बोला।

यह तो आप जानते ही होंगे कि सिताऊ पुराना कांग्रेसी है और ईमानदार जन-सेवक भी। शायद ईमानदारी और जनसेवा के कारण ही वह शहर कांग्रेस कमेटी की सदस्यता से आगे नहीं बढ़ सका। उसकी आकांक्षा भी नहीं है। उसकी बढ़ती उम्र ने भी लाठी का सहारा ले लिया है।

इन दोनों की उपस्थिति के कारण ही अब सुमेर चाचा की दुकान पर लगने वाली 'अड़ी' ज्यादा जमती है। लोग कम्युनिस्ट और कांग्रेसी के बीच वाक्-युद्ध का आनंद लेते हैं और बीच-बीच में शिगूफे छोड़ते रहते हैं।

"आप कैसे कह सकते हैं कि चीन ने हमारे देश पर हमला किया?" हमीद बोला।

"इसमें 'कैसे' का कहाँ सवाल है?" रामकिशुन चाचा ने कहा, "यह जगजाहिर है कि चीनी सेना हमारे देश पर कब्जा करने की नीयत से घुसी और देश के बहुत बड़े भाग पर उसने कब्जा कर भी लिया। प्रत्यक्षं किं प्रमाणम्।"

"यह आप ऐसे कांग्रेसियों का चीन के प्रति दुष्प्रचार है। असलियत एकदम इसके विपरीत है।" उसने वही पिटा-पिटाया राग अलापना शुरू किया, "यह चीन की ही जमीन थी, जिसे भारत के नक्शे में दिखाया जाता रहा है। यह सारी बदमाशी एक अंग्रेज मैकमोहन की थी। उसने नक्शे पर एक लाइन खींचकर यह विवाद पैदा किया। कहीं नक्शे में रेखा खींचकर देश का बँटवारा होता है!"

"क्यों, उत्तरी अमेरिका में ऐसा नहीं हुआ?" सिताऊ बोला, "पर हमीद साहब जैसा कहते है वैसा नहीं है। मैकमोहन साहब ने वास्तविकता के आधार पर ही इसका बँटवारा किया है।"

"आप झूठ बोलते हैं।" तैश में आकर हमीद ने जेब से नक्शा निकाला।

अब तक चुपचाप आनंद लेते लोगों ने बीच-बचाव की सूरत अपनाई।

सुमेर चाचा ने कहा, "आप लोग क्यों लड़ते हैं? यह मानिए कि भगवान् जो करता है, अच्छा करता है। चीन ने आक्रमण किया, हमारी आँखें खुलीं। उसने एकतरफा युद्ध-विराम किया। यह भी दुनिया में एक मिसाल बन गई कि आगे बढ़ती सेना ने एक सीमा पर आकर अपने पैर रोक लिये।"

"एक सीमा पर नहीं, जहाँ तक उसकी सीमा है, चीन वहीं तक बढ़ा है। भारत की एक इंच भी भूमि लेना उसके लिए हराम है।"

"दरअसल यह बात नहीं है। उसका इरादा तो भारत की बहुत बड़ी सीमा हड़पने की है और थी, पर परिस्थितियों ने उसका साथ नहीं दिया।"

हमीद अपनी ही हाँके जा रहा था, "वह कब्जा करना नहीं, अपनी जमीन लेना चाहता है।" वह अब भी तैश में ही बोल रहा था, "उस क्षेत्र के लोगों की नस्ल, उनकी भाषा आदि पर चीन का प्रभाव है। वे सब चीन के अधिकार को स्वीकारते हैं।"

"नेहरूजी के अनुसार, जब वह नो मैंस लैंड है, तब नस्ल और भाषा का सवाल कहा पैदा होता है?"

बात साफ हो चुकी थी। व्यर्थ की झौं-झौं से क्या फायदा? बात खत्म करने की

नीयत से ही मेरी ओर इशारा करते हुए पीपा बोला, ''कहिए मास्टर साहब, आप चुप बैठे-बैठे क्या सोच रहे हैं?''

''मैं सोच रहा हूँ कि लड़ाई तो बंद हो गई। देशवासियों ने जो सोना सरकार को दान दिया है, अब उसका क्या होगा?''

लोग हँस पड़े। एक ने कहा, ''यह सवाल तो लाला से करना चाहिए।''

□

: नौ :

उस दिन जब मैं कोठी में दीवानखाने की ओर जा रहा था तब दालान के अँधेरे में लाला का लँगड़ा सेवक मिला।

"कैसे हो?" मैंने आदतन सामान्य भाव से पूछा। उसने तुरंत ओठों पर अँगुली रखकर चुप रहने का संकेत किया। पास के ही छोटे कमरे से लाला और छोटे सरकार की बात करने की आहट आ रही थी।

लँगड़ा मेरे साथ धीरे-धीरे दीवानखाने में आ गया। बहुधा दीवानखाना सुनसान ही रहता है। आज भी उसके सन्नाटे ने ही मेरी अगवानी की। अब धीरे-धीरे खुलने लगा—"आजकल लालाजी मुझ पर भी संदेह करते हैं। कहते हैं—अब तुम भी इधर से उधर करने लगे हो। लाला किसी ऐसे को अपने पास फटकने नहीं देता, जिसने उसके विश्वास को धोखा दिया हो। अब समझ लो, तुम्हारे भी दिन गिने-चुने ही हैं।" इतना कहकर वह गंभीर हो चुप हो गया।

"तो इसमें घबराने की क्या बात है?" मैंने उसे ढाढ़स बँधाते हुए कहा, "यहाँ से यदि निकाल भी दिए जाओगे तो भी तुम्हारे ऐसे मेहनती और ईमानदार व्यक्ति को बहुत से लोग अपने यहाँ रखने को तैयार हो जाएँगे।"

"यही तो आपका भ्रम है।" लँगड़ा बोला, "लाला ऐसे कातिल आदमी के नौकर को अपने यहाँ रखकर कौन मुसीबत मोल लेगा? फिर, जब मैं जिंदा रहूँगा तब न नौकरी करूँगा।"

"क्यों, तुम्हारे जिंदा रहने में क्या संदेह है?"

"तुम्हारे भी दिन अब गिने-चुने हैं, उसका यह कहना कुछ और मायने रखता है।" फिर उसकी आँखों में अप्रत्याशित नमी आ गई। "उसने यहाँ तक कहा कि मैं गांधी नहीं हूँ, जो अपने सीने में गोली मारनेवालों को क्षमा कर दूँ।"

"आखिर ऐसी कौन सी बात हो गई कि वह तुमसे इतना नाराज हो गया?" मैंने पूछा।

"आपको तो यह मालूम ही है कि चीन युद्ध के दौरान बराबर शहर में कांग्रेस की सभा होती रही। उन सभाओं में स्वर्णदान के लिए अपील की जाती रही। लोगों ने खुलकर स्वर्णदान भी किया।

"जो दान मिलता था, उसे इकट्ठा करने में लाला हमेशा आगे भी रहा। किसी ने उसका विरोध भी नहीं किया। इस प्रकार लाखों रुपए के सोने के गहने दान में मिले। अब लोगों का कहना है कि सरकारी खजाने में १५-२० हजार के ही गहने जमा किए गए हैं। अब जनता उन गहनों का हिसाब माँगती है। लाला कहता है, जैसे-जैसे मिलता गया, मैं वैसे-वैसे ही उन्हें सरकारी खजाने में जमा करता गया। मेरे पास उसका कोई हिसाब नहीं है और न हाईकमान ने कोई हिसाब रखने का आदेश दिया था, और न जिला कांग्रेस ने ही इस संबंध में कोई निर्देश दिया था।"

"अरे, यह तो जग-जाहिर था कि पब्लिक संपत्ति थी।" मैंने कहा, "इसका हिसाब रखना जरूरी था।"

"यही तो! इसको लेकर पिछले इतवार की कांग्रेस कमेटी की मीटिंग में बड़ा झौं-झौं हुआ था। अरे, यह तो कहो कि छोटे सरकार ने बीच-बचाव किया, नहीं तो वहाँ लाला की अच्छी मरम्मत हो जाती।" लँगड़ा बोला।

"छोटे सरकार को तो जैसे लाला ने अपने वश में कर रखा है।" मैंने कहा, "हर जगह वह उसकी ढाल बन जाते हैं। आखिर बात क्या है?"

"इसे तो छोटे सरकार ही बता सकते हैं या वह नटुल्ली बता सकती है।" उसका इशारा यशोदा की ओर था।

"फिर इन सबसे तुमसे क्या मतलब?" मैंने पूछा।

"सारे जेवर तो पहले मैं ही रखता था।"

"तो क्या उसमें से उन लोगों ने भी कुछ लिया है?"

"कुछ नहीं, बहुत कुछ!" उसने बताया, "जो जेवर मिलते थे, उन्हें यशोदा उसी रात आकर देखती थी और उसमें से भारी-भारी निकाल लेती थी। तब वह दूसरे दिन सरकारी खजाने में रखने के लिए जाता था।" उसने आगे बताया, "अब लाला कहता है कि सारी बातें तुम्हीं जानते थे और तुमने ही प्रचारित किया है; जबकि भगवान् जनता है, ऐसा मैंने कुछ नहीं किया है।"

"तब लोगों को पता कैसे चला?" मैं बोला, "शहर में इस बात की चर्चा बहुत है।"

"मैं यह तो बिलकुल नहीं जानता कि किसने कहा।" लँगड़ा बोलता रहा, "सुना है, छोटे सरकार और बड़ी बहू एक दिन खजाने में जमा जेवरों को देखने गए थे।

उसमें उनकी खुद की हाथों की चूड़ियाँ होनी चाहिए थीं। इसे उन्होंने भरी सभा में दिया था और माइक से भी इसकी घोषणा की गई थी। वे वहाँ नदारद थीं। उनका तो कहना है कि मेरी सखियों द्वारा दिए हुए जेवर भी गायब हैं। उन्होंने महिला मंडल आदि सार्वजनिक स्थलों पर भी इसकी खुली चर्चा की और कहा—यह देश के प्रति अक्षम्य अपराध है। अमानत में खयानत है। तब अखबार में आया और लाला पर इन्क्वायरी बैठ गई। यों भी लाला के करतब और चरित्र को लोग पहले से ही जानते हैं। अब उसका घर से निकलना मुश्किल हो गया है।''

''इसका मतलब है कि छोटे सरकार भी बदनाम हो रहे होंगे? क्योंकि लाला और उनकी दोस्ती तो जग-जाहिर है।''

''सो तो है ही। ऊपर से लाला खुद उन्हें बदनाम कर रहा है।'' लँगड़ा बोला, ''खुलकर तो वह कुछ नहीं बोलता, पर छिपे तौर पर लोगों से कहता फिरता है कि हमने जो कुछ किया, वह छोटे सरकार के कहने पर किया। इसमें हमारा कोई दोष नहीं।''

''फिर इस सब में तुम कहाँ से संबंधित होते हो?'' मैंने लँगड़े से पूछा।

''लाला को शक है कि गहनों के बारे में मैंने कोठी में आकर सारी बातें रानी बहू से कही हैं, तभी उन्होंने खोजबीन शुरू की और छोटे सरकार को लेकर ट्रेजरी में जेवर देखने गई थीं। लाला पर घिरे सारे संकट की जड़ में मैं ही हूँ।''

''तो तुम उसकी नौकरी छोड़ दो।'' मैंने कहा।

''इतने से मेरी जान थोड़े ही बच जाएगी!'' उसकी आवाज और गंभीर हो गई, ''वह मेरे ऐसे आदमी को दुनिया में नहीं रहने देगा, जो उसका सारा काला चिट्ठा जानता हो।''

अब उसे लाला की सारी करतूतें एक के बाद एक याद आने लगीं। वह कितने बेगुनाहों की मौतों का जिम्मेदार है। उसकी जिंदगी की किताब का हर पन्ना आह, आँसू और खून से भीगा है।

मन जब स्मृतियों के खँडहर में खोदाई शुरू करता है, तब वाणी यों ही मौन हो जाती है। कुछ देर वह भी चुप था और मैं भी। ऐसे में अचानक मेरी दृष्टि के सामने चंपो आ गई। मैंने उसके बारे में पूछा, ''तब तो तुम उसके बारे में भी जानते होगे?''

उसने सिर हिलाकर स्वीकार किया और उसके बारे में कुछ बताने जा ही रहा था तब तक कोठी का नौकर गदाधर आ गया और लँगड़े से बोला, ''आप यहाँ हैं और लाला कब से आपकी खोजाई करवा रहे हैं।''

''हे भगवान्! अब क्या होगा? वह तो सोचेगा कि मैं रानी बहू के ही पास हूँ।'' इतना कहकर वह वैसे ही भागा जैसे पकड़े जाने के डर से कोई अपराधी भागता है।

□

जब मैं दीवानखाने में गया तब वहाँ सफाई कर रहे व्यक्ति से मालूम हुआ कि मेरी तलाश में कई बार इधर रानी बहू आई थीं और वह यह कहती चली गईं कि वह कब का आया है और जाने कहाँ चला गया।

जब मैं उन्हें मिला, वह आगबबूला थीं—"कहाँ चले गए थे?"

"कोठी में ही तो था।"

"तो यह कोठी ही तुम्हें ऐसी निगल गई कि तुम किसी को दिखाई नहीं पड़े।"

वह डाँटती रहीं और मैं चुपचाप उन्हें सुनता रहा—"बताओ, तुम कहाँ थे?"

उन्हें छोटे सरकार के कमरे की ओर होने का भ्रम हुआ और यही उनके क्रोध का कारण भी था। वह नहीं चाहती थीं कि मेरे ऐसा सीधा-सादा व्यक्ति यह गलीज कथा सुने।

दूसरे दिन अखबारों में कई लोगों के हस्ताक्षर सहित एक वक्तव्य छपा—'युद्ध के लिए दान दिए गए सोने के जेवरों का कोई हिसाब नहीं। बहुत बड़े घपले की आशंका।'

देखते ही मैं समझ गया कि यह सारी करतूत हमीद की है, क्योंकि वह कल यह वक्तव्य लेकर मेरे पास भी आया था और हस्ताक्षर करने को कह रहा था।

मैंने कहा, "भाई, हमें इस पचड़े में मत डालो। इससे कुछ होनेवाला भी नहीं है।"

"तुम तो बिल्ली की तरह पहले ही रास्ता काट जाते हो।" हमीद बोला, "क्यों नहीं होगा? जानते हो, यह वक्तव्य अखबारों में छपेगा। जनता यह तो समझेगी कि हमने जिन्हें देश की बागडोर सौंपी है, वे कितने बेईमान हैं।" वह थोड़ा और आवेश में आया, "जहाँ यह वक्तव्य छपा वहाँ शहर कांग्रेस कमेटी लोगों को मुँह दिखाने लायक नहीं रहेगी।"

"क्यों नहीं मुँह दिखाने लायक रहेगी?" मैंने कहा, "हाईकमान ने इन्क्वायरी स्वत: बैठा दी है।"

"यह सब नाटक है।" हमीद बोला और फनफनाया—"यह कैसी इन्क्वायरी कि वह चल रही है और वह स्साला लाला अभी तक सस्पेंड नहीं हुआ। अगर वह पार्टी में बना रहा तो सारी असलियत वह डकार जाएगा और इन्क्वायरी नूरी कुश्ती की तरह बिना परिणाम के हो जाएगी।"

दस्तखत न करने पर उस समय वह मुझे भला-बुरा कहकर चला गया, पर आज देखता हूँ कि शहर से निकलनेवाले सारे अखबारों में वह वक्तव्य बड़े प्रभावशाली ढंग से छपा है। नगर में उसकी काफी चर्चा भी है। औरतों में अधिक आक्रोश देखा गया।

माँ ने कोठी से आते ही कहा, "तुमने अच्छा किया कि बहू का कर्णफूल उस दिन नहीं दिया। आज रानी बहू कह रही थीं कि उस दान में जितने भारी-भारी गहने मिले थे वे सब गायब हैं और हलके-हलके गहने ही ट्रेजरी में जमा किए गए हैं। चारों ओर छोटे सरकार की किरकिरी हो रही है। खा गया लाला और बदनामी आई हमारे परिवार के सिर कोठी की ओर जिनकी आँख उठाने की हिम्मत नहीं थी, वे आज हमारी ओर अँगुली उठा रहे हैं, हमें बदनाम कर रहे हैं।"

माँ बता रही थीं कि आज कुछ अखबार में भी छपा है, उसी पर सवेरे से छोटे सरकार लाल-पीले हो रहे थे। कल इसी विषय पर कांग्रेस कमेटी की मीटिंग होने वाली है। देखो, क्या होता है?

दूसरे दिन कॉलेज से लौटते समय रामकिशुन चाचा दिखाई दिए। बगल से ही निकले, पर उन्होंने मुझे देखा नहीं। आजकल उन्हें दिखाई भी कम देता है। उम्र ने अब उन पर अपना प्रभाव जमाना शुरू कर दिया है। मैंने ही उन्हें टोका, "लगता है, आज की हंगामी कांग्रेस मीटिंग में आप जा रहे हैं। क्या होगा उसमें?" मेरी जिज्ञासा ने जोर मारा।

"जो होगा, अच्छा ही होगा।"

अगले दिन अखबारों में छपा—'लाला जगजीवन लाल का शहर कांग्रेस कमेटी से इस्तीफा। उन्होंने कांग्रेस की प्राथमिक सदस्यता से भी इस्तीफा दिया'। इसी खबर में यह भी सूचना दी गई थी कि उनके ऊपर जब प्रश्नों की बौछार होने लगी तब वे अपने बचाव में कुछ न कहकर क्रोध में इस्तीफे का कागज फेंककर चले गए।

उस दिन सुमेर चाचा की दुकान पर इस खबर की ही चर्चा थी।

"आखिर लाला के पाप का घड़ा फूट ही गया!"

"अभी फूटल कहाँ हौ?" महँगू ने हँसते हुए कहा, "अभई ता ढुलकल गयल हौ। घड़ा ऐसे फूटैवाला नाहीं हौ।"

जिस दिन ऐसी कोई खास खबर होती है, उस दिन सुमेर चाचा की दुकान पर शाम को अड़ी लगानेवालों की संख्या बढ़ जाती थी। कभी-कभार दर्शन देनेवाले भी उस दिन मजा लेने पहुँच जाते थे और बीच-बीच में बोलते रहते थे। उनकी टिप्पणियाँ भी बहुधा चुटीली होती थीं।

"चाहे जो हो, पर यह स्वर्णदानवाले प्रकरण को लेकर कांग्रेस की बड़ी बदनामी हो रही है।" गंगाराम बोला, "इतनी ईमानदार पार्टी एक शख्स की वजह से बदनाम हो गई।"

"ईमानदार?" हमीद बोला, "आप कब की बात करते हैं? आज कांग्रेस देश का सबसे बेईमान संगठन है। पहले उसने हल्ला मचाया कि चीन ने भारत पर हमला

किया, जबकि यह सरासर झूठ था। इसी झूठे प्रचार के बल पर उसने स्वर्णदान की मुहिम चलाई और उसका भी भोजन कर गए। जिस पार्टी में ऐसे लोग हों, वह क्या ईमानदार हो सकती है?"

"ऐसी एक मछली, जिसने पूरा तालाब गंदा कर दिया था, उसे निकालकर फेंक दिया गया।" दानिस बोला।

"लाला निकाल बाहर नहीं किया गया, वह स्वयं हटा है।" हमीद बोला, "और उसके हटने से क्या होता है? वहाँ बड़े-बड़े मगरमच्छ हैं, जो देखते-देखते पूरा तालाब ही हजम कर जाएँगे, उसे गंदा करना तो दूर की बात है।"

उसका इशारा छोटे सरकार की ओर था। वहाँ के लोग समझ गए, पर हमीद के मुँह कौन लगे? वह ऐसा कट्टर कम्युनिस्ट था, जिसने मन-मस्तिष्क सब पार्टी वे हाथों गिरवी रख दिया था।

"देखना, कांग्रेस के पाप का घड़ा नेहरू के रहते ही फूटेगा।" हमीद बोला और बड़े झोंके से उठा तथा चला गया।

□

रात के लगभग ११ बजे होंगे। मैं बैठक में 'डॉग चेयर' पर लेटकर पढ़ रहा था। बीच-बीच में मुझे झपकी भी आ रही थी। आज कॉलेज में पी.एस.डी. का दिन था। काफी थका था। एक समय तो ऐसा भी आया कि मेरे हाथ से पुस्तक छूट गई और मैं चेयर पर ही ढुलक गया। तब तक किसी ने बाहर से दरवाजा खटखटाया, वह भी बहुत धीरे से जैसे उसे लगा हो कि भीतर कोई जाग रहा है।

दरवाजा खोलते ही मेरे समक्ष एक विस्मय साकार था। वह था लाला का निजी सेवक लँगड़ा।

"अरे,...तुम...इस समय, और यहाँ कैसे?"

उसने उस समय जल्दी में जो आधा-तीहा बताया, उसका बस इतना ही मतलब था कि अब मैं बनारस छोड़ने जा रहा हूँ और जो भी ट्रेन मुझे मिल जाएगी, उसी को पकड़ लूँगा।

"आखिर तुम्हें जाना कहाँ है?" मैंने पूछा।

"यह आप न पूछें तो अच्छा है।" उसने घबराहट और जल्दी में कहा, "बस इतना ही जानें कि मुझे अभी और इसी समय यह शहर छोड़ना है।"

"आखिर इतनी जल्दी क्या है?"

"मेरे पीछे मौत लगी है। इस समय मुझे भागना ही है, सिर्फ भागना! कहाँ, किस ओर, मैं कुछ नहीं जानता। जहाँ भी सुरक्षित महसूस करूँगा, उधर ही निकल

जाऊँगा।'' उसने घबराहट में इतना और बताया, ''लाला ने मेरा अंत कर लाश को ठिकाने लगाने का ठेका कुछ लोगों को दे दिया है। वे इस कार्य में माहिर हैं। सुबह होते-होते वे मुझे निपटा देंगे। उनमें एक मेरा जाना-पहचाना है, उसी ने दया कर मुझे सारी बातें बता दी हैं।''

''आखिर तुम्हें मारकर लाला को मिलेगा क्या?''

''वह प्रचारित करेगा कि लँगड़ा सारा हिसाब-किताब लेकर भाग गया।''

''लाला जो चाहता है, वही तो तुम कर रहे हो।'' मैंने कहा, ''केवल फर्क इतना ही है कि वह तुम्हारा प्राण लेकर अपना काम निकालेगा और तुम अपने प्राणों की रक्षा करके उसे अपना काम निकालने दोगे।''

''बात तो यही है।'' उसने कहा। फिर उसे अचानक झटका-सा लगा—''मैंने जिस कारण इस कुबेला में आपको तकलीफ दी, वह तो अभी तक कह ही नहीं पाया। मुझे कुछ रुपए दे दीजिए। मैं पहली गाड़ी पकड़कर किसी तरह शहर से चला जाऊँ। फिर तो माँगते-खाते कहीं-न-कहीं पहुँच जाऊँगा। लँगड़ा तो हूँ ही। भगवान् ने ही भिखमंगे का जामा पहना दिया है। जल्दी कीजिए।''

उसकी घबराहट का ही प्रभाव था कि मैंने सोती हुई अपनी पत्नी को तुरंत जगाया। पहली नींद में और पति जगाए, ऐसे में पत्नी के दिमाग में बस एक ही बात आती है—''देखिए, परेशान मत कीजिए। बड़ी गहरी नींद लगी है।'' उसने कहा और करवट बदलकर फिर सोने लगी।

मेरे बार-बार झकझोरने पर और यह समझ लेने पर कि मैं उस बात के लिए नहीं जगाई जा रही हूँ, जिसके लिए बहुधा जगाई जाती रही हूँ, वह उठी। यह जानकर वह बड़े अचरज में पड़ी कि मुझे तुरंत पचास रुपए चाहिए।

''इस समय रुपए?''

''यह सब कुछ मत पूछो, बाद में सब जान जाओगी।'' मैंने कहा।

वह तुरंत उठी और राशन की दुकान से अनाज लाने के लिए ताख में रखे रुपयों में से पचास रुपए निकालकर दे दिए। वह मेरे पीछे-पीछे बैठक के द्वार तक आई। वह बाहर से ही स्थिति का जायजा लेती रही।

''फिर भी, तुमने कहीं तो जाने के लिए सोचा ही होगा?'' मैंने लँगड़े से पूछा।

''सोचा तो है, यदि वहाँ तक पहुँच जाऊँ तब तो। कहीं बीच में ही नरक में न ढकेल दिया जाऊँ!'' उसकी घबराहट चरम पर थी।

''तुम लाला से इतने भयभीत हो?''

''इसलिए कि मैं उसे अच्छी तरह से जानता हूँ। उसके यहाँ पच्चीस साल तक

नौकरी की है। मुझे मालूम है कि उसके आस्तीन में कितने नाग पले हैं।''

''फिर भी, यहाँ से भागकर कहाँ जाओगे, कुछ तो निश्चय किया होगा?'' मैंने कहा।

फिर वह कुछ नहीं बोला। उस धुँधलके में भी उसकी आँखें आतंक उड़ेलती रहीं। फिर अचानक बाहर का दरवाजा खोलते हुए बोला, ''मुझे जल्दी है, अब जाने दीजिए।''

''लगता है, तुम मुझे भी अपना नहीं समझते। बताने में मुझसे भी खतरा महसूस करते हो?''

''नहीं भाई, ऐसा नहीं है।'' क्षण भर के लिए वह रुका, फिर बोला, ''तुमसे डर क्या? डर तो अब इन दीवारों से भी है। सुना है, दीवारों के भी कान होते हैं।'' फिर वह मेरे कान के पास आया और धीरे से बोला, ''मेरे लिए चंपो के सिवा और कोई सुरक्षित स्थान नहीं है।''

''वह कहाँ है, तुम जानते हो?'' अब मेरी दमित जिज्ञासा एकदम फनफना उठी।

''यह बताने का यह समय नहीं है।'' दरवाजा तो वह बात करते-करते ही खोल चुका था, वह एकदम बाहर कूद गया—''यदि भगवान् ने जिंदा रखा और मौका दिया तो फिर भेंट होगी।''

इसके बाद वह जो भागा तो फिर मुड़कर नहीं देखा।

लँगड़ा चला गया, पर चंपो को मेरे पास छोड़ गया। उसने छोड़ा शब्द, पर मेरे सामने था व्यक्तित्व। उसने छोड़ा था वर्तमान, पर वह हो गया अतीत। उसने खोजी थी अपनी सुरक्षा की जगह और मुझे मिली भावनात्मक प्रेम की एक रससिक्त किताब, जो अनेक बार पढ़ी जाकर भी आज रात के लिए काफी थी।

चंपो का नाम सुनते ही मैं इतना भावुक क्यों हो जाता हूँ? यह मेरी ही विवशता नहीं है, औरों की भी रही होगी। नहीं तो सूरदास क्यों लिखते, 'लरकाई को प्रेम, कहो अलि कैसे छूटै?'

खैर, आप इस पचड़े में क्यों पड़ें? मैं आपका परिचय एक नए पात्र से कराता हूँ। इसका नाम है बुद्धन। उम्र यही पैंतीस-चालीस के बीच की। रंग गेहुँआ, शरीर गठीला, न लंबा और न नाटा। पिछले दस-पंद्रह साल से यह लाला की चाकरी में है। लँगड़े के चले जाने के बाद लाला का सबसे विश्वासपात्र। पर लँगड़े की तरह वह लाला की छाया नहीं बन पाया था, उसके साथ कहीं दिखाई भी नहीं पड़ता था। लोग भी उसे कम ही जानते थे।

अब लाला के साथ वही दिखाई देता था। उसने लँगड़े की जगह ले ली थी।

जहाँ कहीं लाला जाता था वहाँ वह बुद्धन का परिचय सबसे पहले कराता था।

आज सुमेर चाचा की दुकान की तरफ भी वह आया और जब उसने बुद्धन का परिचय कराया तब चाचा ने पूछा, "ऊ पहिलेवाला लँगड़ा महराज कहाँ गइलन?"

"अरे, आपने कुछ सुना नहीं?" उसने कहा, "लँगड़े ने तो मुझे बड़ा धोखा दिया। एक तरह से छोटे सरकार से मिलकर मेरी पीठ में छुरा भोंका। लड़ाई के समय दान में मिले सारे सोने के गहनों का हिसाब-किताब लेकर भाग गया। आप लोग तो सबकुछ जानते ही हैं। सारा काम वही करता था। मैं उसे अपना दाहिना हाथ समझता था।"

वह कहता गया, "दान के सारे जेवर मैं उसी को सौंप देता था। वही हिसाब-किताब बनाता था और वही ट्रेजरी में जमा करता था। मुझे क्या पता कि वह अमानत में खयानत कर रहा है। उसमें से बहुत से भारी-भारी जेवर उसने गायब कर दिए और थोड़ा-बहुत जो बचा, उसे ट्रेजरी में जमा कर दिए।"

"ओकर पेट तो एतना बड़ा नहीं हो सकत, कि एतनी बड़ी चोरी ऊ हजम कर ले।" चाचा बोला।

"ऊ का हजम करी? हजम करनेवाले कांग्रेस में बड़े-बड़े मगरमच्छ तो हैं ही।" उसने कहा।

चाचा बता रहा था कि उसका सीधा इशारा छोटे सरकार की ओर था।

अब तो वह खुलेआम कहता था कि अब कांग्रेस गांधीवाली पुरानी कांग्रेस नहीं रही। अब तो कुछ भ्रष्ट और बेईमान लोगों के खाने-पीने का जरिया बन गई है।

इतना कहने के बाद भी वह और कांग्रेसियों का नाम नहीं लेता था। नाम यदि किसी का लेता था तो छोटे सरकार का, क्योंकि उन्हीं के यहाँ से यह सारा भंडाफोड़ हुआ था।

दूसरे दिन बुद्धन मुझे 'आज' कार्यालय के बाहर मिला। वह अखबार में लाला की विज्ञप्ति छपवाने आया था। विज्ञप्ति छोटे सरकार के खिलाफ थी। उसमें वही सब लिखा था, जिसका वह आजकल प्रचार कर रहा था।

पहले तो मैंने उसे देखने के लिए माँगा। वह दे नहीं रहा था, पर थोड़ी सी जबरदस्ती करने पर वह कागज मेरे हाथ में आ गया और मैं एक साँस में पढ़ गया। फिर जैसे उसे कुछ याद आया, वह एकदम घबरा गया और मुझसे हाथ जोड़कर प्रार्थना करने लगा—"देखिए, लालाजी को यह न मालूम हो कि यह कागज मैंने आपको पढ़ाया है।"

"आखिर जब छपेगा तो सभी पढ़ लेंगे।" मैंने कहा।

"वह बात दूसरी है।" उसने कहा, "हो सकता है, छपे-छपे और न भी छपे।"

फिर उसने ही किसी सिलसिले में बताया, "इस अखबार के मालिक छोटे

सरकार के रिश्तेदार हैं। यदि यह कागज उनके हाथ में पड़ेगा तब नहीं छपेगा। इसीलिए लाला ने यह कागज एक खास आदमी को देने को कहा है। लाला का कहना है कि यदि यह छपेगा तो घपले में ही छपेगा।''

''क्योंकि इस खबर में ही घपला है।'' मैंने उसके स्वर में स्वर मिलाते हुए कहा। वह मुसकराकर कार्यालय के भीतर की ओर बढ़ गया।

दूसरे दिन तो नहीं छपा, पर दो-तीन दिनों बाद वह विज्ञप्ति अखबारों में आ गई। शहर के राजनीतिक जगत् में तहलका मच गया। सुमेर चाचा की दुकान पर लोग यह कहते सुने गए, ''कल के राम-लक्ष्मण आज राम-रावण हो गए हैं। अब यह युद्ध देखने में मजा आएगा।''

गंगाराम का यह सोचना था कि यह विज्ञप्ति आखिर छप कैसे गई? लँगड़े नौकर के खिलाफ 'लक्ष्मणजी' ने पुलिस में कोई रिपोर्ट नहीं लिखाई है। यदि लँगड़ा अब उलटे लक्ष्मणजी के खिलाफ पुलिस में कोई रिपोर्ट लिखावे तब तो लाला फँस जाएगा।

तब तक कहीं से घूमते-फिरते रामकिशुन चाचा आ गए—''चाहे कोई किसी के खिलाफ जो भी रिपोर्ट लिखाए, पर कालिख तो कांग्रेस के मुख पर लग ही गई है। लगता है, अब कांग्रेस के दुर्दिन आ रहे हैं। उधर चीन से हार और कांग्रेसियों के भीतर-ही-भीतर गला-कटौवल।'' रामकिशुन चाचा इतना कहकर चुप हो गया, पर और लोग कहाँ चुप रहनेवाले थे।

''आप लोग मानें या न मानें, कांग्रेस में भ्रष्टाचार काफी बढ़ गया है।'' पीपा बोला।

यह बात रामकिशुन को शायद अच्छी नहीं लगी। उन्होंने कहा, ''कांग्रेस में देवता तो हैं नहीं। वह भी इसी समाज का संगठन है। उसमें भी हमारे और आप जैसे लोग ही हैं। आज समाज पहले से अधिक भ्रष्ट हो चुका है। पहले ग्वाला दूध में पानी मिलाता था, अब पानी में दूध मिलाता है।

डालडा से असली घी बनाने की फैक्टरी इसी मध्यमेश्वर में है। आज भी गली में जलनेवाली लालटेनों की बत्तियाँ शाम को मद्धिम कर दी जाती हैं और सुबह उनसे तेल निकालकर बेचनेवाले हमारे-आपके बीच में ही हैं। यह तो कहिए कि अब ऐसी लालटेनें कम हो गई हैं। सरकार ने बहुत सी गलियों में बिजली लगवा दी है। जो शेष बची हैं वहाँ भी दो-चार वर्षों में लग जाएँगी।

इस बहाने चाचा का सीधा प्रहार पीपा पर था। वह बहुत बोल रहा था।

पीपा ने भी इसका अनुभव किया। वह तिलमिला उठा, क्योंकि रिटायर्ड होने के पहले म्युनिसिपैलिटी में यही काम करता था। फिर तो बात का बतंगड़ हो गया। उन्हीं में

से किसी ने टुपंक दिया, ''सूप बोले तो बोले, वह चलनी क्या बोले जिसमें बहत्तर छेद।''

अंत में सुमेर चाचा को ही हस्तक्षेप करना पड़ा, ''भाई, व्यक्तिगत आक्षेप नहीं करना चाहिए। यह किसी के घर का मामला तो है नहीं, देश की राजनीति का मामला है। इस बातचीत में कड़वाहट लाने से क्या फायदा?''

इसके बाद रामकिशुन चाचा एकदम चुप हो गए और फिर बिना कुछ कहे-सुने चले गए। उनके साथ ही यह प्रसंग भी चला गया।

□

: दस :

मुंशी जगदंबा बाबू की भलमनसाहत थी कि हम लोग इतने दिनों तक उस घर में रह गए। मेरी पत्नी तो एक दिन भी उस घर में रहना नहीं चाहती थी, क्योंकि कोई दिन ऐसा नहीं होता था जिस दिन विमला मौसी उससे खटपट न करती हो। किसी-न-किसी बहाने उससे लड़ती न रही हो। कभी कहती, ''जब कल-घर में जाती है, तब घंटों लगा देती है। अपने बाप के घर में कभी इतना पानी बरबाद करती थी!'' अधिकांशतया मेरी पत्नी भीतर-भीतर तिलमिलाकर चुप ही रह जाती है।

एक दिन तो मौसी ने हद कर दी। उससे सीधे-सीधे इलजाम लगाया कि बहू मेरे घर में से मेरा छोटा बटुआ उठा ले गई है।

''मैं क्या उठाऊँ मौसी, आपका बटुआ? मेरे यहाँ चार-चार बटुए तो यों ही हैं। दो बरते जाते हैं और दो तो यों ही पड़े रहते हैं।''

''हाँ-हाँ, तू क्यों उठाएगी मेरा बटुआ! तू तो बड़े धन्ना सेठ की बेटी है।''

एक बहू सबकुछ बरदाश्त कर सकती है, पर अपने मैके पर मारा हुआ ताना कभी बरदाश्त नहीं कर सकती। सुना है, मेरी पत्नी ने तुरंत प्रतिवाद किया, ''मौसीजी, आप चाहे जो कहें, पर मेरे मैकेवालों को मेहरबानी कर कुछ न कहें। उन्होंने आपका क्या बिगाड़ा है?''

''जबान लड़ाती है, तुझे शरम नहीं आती!'' मौसी तड़पी—''यही बिगाड़ा है कि हमारे ऐसे भले घर में तुझ जैसी कुलटा को भेज दिया। हम लोगों को क्या मालूम था, तू ऐसी है। तेरा बाप तो गिड़गिड़ाते हुए आया था। तेरे ससुर तो थे नहीं, उस बेचारे को तो बहुत पहले ही भगवान् ने बुला लिया था। मैं ही परिवार में सबसे बड़ी थी। गिड़गिड़ाते हुए वे मेरे पैरों पर गिर गए—'मुझ गरीब का उद्धार कीजिए।' हम उनकी बात में आ गए और तेरा चरण इस घर में पड़ा।''

उस दिन दिन भर लड़ाई होती रही। मेरी पत्नी तो कुछ समय के बाद चुप हो गई, पर मौसी की जबान कहाँ रुकनेवाली थी। वह तो ढाल पर साइकिल की तरह बिना

चलाए चलती रही।

मैं जब शाम को घर पहुँचा, तब पत्नी सिसक-सिसककर रो रही थी। साफ जाहिर था कि वह घंटों से रो रही है। मैंने जब बहुत पूछा, तब उसने अपनी सिसकन के बीच सारी घटना कह सुनाई।

उस समय मौसी नहीं थी और यदि होती भी तो मैं क्या करता? मैंने पत्नी को ही समझाया। वह और भी फफक पड़ी। उसकी आवाज सुनकर मँगरी भी आ गई। उसने अपने ढंग से भी उसे समझाना शुरू किया, "अपनी मौसी को तो तुम जानती हो, बेटी! बिना बात की बात निकालकर वह लड़ने लगती है, और जब उसकी जबान की कतरनी चल गई तब उसे कौन रोक सकता है! कुबोल-बोल सब बोलने लगती है। क्रोध में वह 'आगा-पीछा' कुछ नहीं सोचती।"

" 'आगा-पीछा' तो खूब सोचती है।" मेरी पत्नी बोली। अब उसकी सिसकन थम चुकी थी। "भला एक पैसे का कभी उनका नुकसान हो जाए, तब देखिए। आखिर हमारे नैहरवालों को समझती क्या हैं? उन ऐसे कितनों को वह खरीद सकते हैं।"

"हाँ-हाँ, बस, बस! अब आगे मत बढ़ो। यह तो सोचो कि वह तुम्हारी सास हैं।" मैं थोड़ा हलके मूड में बोला।

"वह मेरी सास नहीं हैं।" पत्नी का क्रोध थोड़े उबाल पर था।

"अरे, सास नहीं हैं, पर सास की बड़ी बहन तो हैं!"

"होंगी बड़ी बहन! अपनी पतोह को तो रख नहीं पाई। मुँह में कालिख पोतकर बेचारी अपने पति को लेकर अलग रहने लगी।"

"अरे, अब तो जाने दो।" इतना कहकर मैं चुपचाप बाहर चला आया। सोचा, भभकती आग को बुझाइए तो वह और भड़कती है, इससे अच्छा है कि उसे खुद बुझ जाने दें। मैं चुपचाप वहाँ से हट गया। अब उसके क्रोध को सहलाने के लिए वहाँ रह गई मँगरी। मैं बैठक की डाक चेयर पर ढुलककर रोज-रोज के इस झगड़े पर विचार करने लगा।

एक बात और थी। इसी के ऊपरी खंड में लाला जगदंबा बाबू की एकमात्र लड़की अपने पति के साथ रहती थी। लाला का एक लड़का और था, जो दूसरी पत्नी से था। अभी काफी छोटा था। वह भी उसी लड़की की देखरेख में था; पर वह उसे भीतर-ही-भीतर अपना विरोधी समझती थी, क्योंकि वह समझती थी कि यदि वह न होता तो लाला की सारी संपत्ति की उत्तराधिकारिणी वही होती। ऊपर से प्यार और भीतर से उसे अपने रास्ते से किनारे करने की आकांक्षा। उसे दोहरी जिंदगी जीनी पड़ती थी।

इसी में उसकी आकांक्षा जब जोर भरती थी तो उसका व्यवहार उस बालक के प्रति कुछ अजीब हो जाता था। ऐसे में उसका चिड़चिड़ापन बढ़ जाता था और हर बात

में उसे मारती तथा झिड़कती रहती थी।

यह स्थिति मौसी को अपनी राजनीति सिद्ध करने के अनुकूल पड़ती थी। मौसी उस लड़की के सामने कुछ और लाला के सामने बच्चे को दुलारते हुए कुछ और ही नाटक दिखाती थी।

लाला भी इन सारी स्थितियों को खूब जानते थे। उन्हें भी अपनी लड़की के प्रति दोहरी नीति अपनानी पड़ती थी। भीतर से होशियार और बाहर से प्यार-ही-प्यार।

पर जब मौसी का झगड़ा मेरी पत्नी से होता था तब दोनों एक हो जाती थीं। उस बेचारी को तो दोनों का सामना करना पड़ता था। नीचे से बाढ़ और ऊपर से बौछार।

जब मैं बैठक से उठकर भीतर आया तब पत्नी चारपाई पर चुपचाप आँखें बंद किए पड़ी थी। मैं चुपचाप कुछ देर तक उसे देखता रहा। वह भी चुप और मैं भी चुप।

''देखता हूँ कि जब तुम क्रोध में आँखें बंद कर लेट जाती हो तब तुम्हारे गालों की ललाई और भी बढ़ जाती है।''

राख पड़ी आग को मैंने कुरेदा तो वह एकदम भभक पड़ी—''तुम्हें तो हर बात में मजाक सूझता है। मैं तो भीतर-ही-भीतर जल रही हूँ।''

मैंने कहा, ''यह तो मैं भी देखता हूँ। खैर, जाने दो। जो हो गया, उसे भूल जाओ।''

''कैसे भूल जाऊँ?'' वह फिर रोने लगी, ''अम्मा को आने दो, आज कुछ-न-कुछ निर्णय होकर रहेगा। अब इस घर में मैं अन्न-जल ग्रहण नहीं कर सकती। वह खपरैलवाला मकान ही अच्छा था। कम-से-कम चैन की दो रोटी तो नसीब थी। न हैहै, न किटकिट।''

''अच्छा, जब तक अम्मा नहीं आतीं तब तक चाय तो पिला दो।''

उसने चाय बनाकर तो पिला दी, पर खुद नहीं पिया। मैं बहुत कहता रह गया, पर जब नहीं पिया तो नहीं ही पिया।

अब मैंने उसे समझाया भी और वाणी से गुदगुदाया भी—''राज-हठ, बाल-हठ और नारी-हठ से दुनिया हारी है। तुम्हारे हठ के समक्ष तो मैं नतमस्तक हूँ; पर तुम्हीं सोचो, घर की समस्या एक दिन में तो हल होती नहीं।''

''हल भले ही न हो, पर उसके लिए संकल्प तो किया जा सकता है। एक सार्थक प्रयत्न का आरंभ तो किया जा सकता है।''

''तो क्या किया जाए? अब मैं तुम्हारे हठ के लिए फौरन बिना सोचे-समझे कोई कोठरी किराए पर लेकर नीचों की तरह रोज-रोज उठा गुदड़िया बदल ली कोठरिया तो कर नहीं सकता। अब तो जब भी चलूँगा, अपने ही मकान में चलूँगा।''

''इससे अच्छी और दूसरी बात हो ही नहीं सकती।'' उसके चेहरे का तनाव ढीला पड़ा।

''इसके लिए जमीन चाहिए, बनवाने के लिए पैसा चाहिए।''

''जमीन की व्यवस्था तुम करो, बनवाने के लिए पैसे की व्यवस्था मैं करूँगी।''

''कहाँ से तुम इतना पैसा लाओगी?''

''इससे तुमसे मतलब?'' उसने हँसते हुए कहा, ''काले चोर के यहाँ से ले आऊँगी, तुम्हें क्यों बताऊँ?''

''अरे, मैं तुम्हारा पति हूँ।'' इतना कहते हुए मैंने उसका हाथ पकड़कर खींचा।

उसने तुरंत झटक दिया—''चलो हटो, बस इसीलिए तो पति हो। अम्मा को आने दो, तब बताऊँगी कि पैसे कहाँ से लाऊँगी। यह भी तब होगा जब तुम जमीन खरीदने की व्यवस्था कर लोगे।''

कुछ समय तक सोचने के बाद मैंने कहा, ''जमीन खरीदने से तो कोई बना-बनाया मकान ही क्यों न खरीद लिया जाए! खड़े होकर मकान बनवाना न हमारे बस का है और न तुम्हारे।''

''आपके बस का भले ही न हो, पर हमारे बस का तो है। आप बस जमीन की व्यवस्था कीजिए। खड़ी होकर तो मैं बनवाऊँगी, क्योंकि मैं बना-बनाया मकान खरीदने के पक्ष में नहीं हूँ।'' उसने कहा।

उसके खयाल से मकान बनवाने में एक प्रकार की आत्मसंतुष्टि होगी और जैसी आवश्यकता होगी, हम उसी के अनुसार बनवाएँगे।

''सपनों का महल बनवाने में क्या हर्ज है? उसमें पैसा थोड़े ही लगता है।'' मैंने कहा।

''मेरा घर सपनों का नहीं है। आपकी धरती भले ही हवा में हो।'' उसने तुरंत बड़े विश्वास से जवाब दिया।

मैं समझ नहीं पाया कि उसे इतना विश्वास किस कारूँ के खजाने के कारण है। मैंने उससे बार-बार पूछा और हर बार उसने यही कहा कि ''समय आने पर तुम सब जान जाओगे। पहले जमीन की व्यवस्था करो।''

''मैं कल ही अपनी भविष्य निधि से ऋण लेने के लिए प्रार्थना-पत्र दूँगा। फिर भी, उसमें दस-पंद्रह दिन तो लग ही जाएँगे।''

''फिर जमीन खोजनी पड़ेगी।'' वह बोली।

''खोजनी नहीं पड़ेगी, वह तो खोजी-खोजाई है।'' मैंने विस्तार से बताया, ''यहाँ रामकटोरा के पास नगर महापालिका अपनी जमीन एक रुपए वर्ग फुट पर दे रही है। उसने बाईस सौ वर्ग फीट और पैंतीस सौ वर्ग फीट के दो प्रकार के प्लॉट विकसित किए हैं। उसमें पर दरख्वास्त कल ही देनी पड़ेगी।'' मेरी मुद्रा फिर बदली—''यदि यह जमीन हाथ से निकल जाएगी तो तुम्हारे सपनों का महल बनने के पहले ही

ढह जाएगा।''

''मेरा महल ढहनेवाला नहीं है।'' उसने हँसते हुए कहा, ''तुम्हारी जमीन भले ही हवा में उड़ जाए।''

''मैंने तो अपनी सारी योजना बता दी, पर तुमने जरा भी संकेत नहीं किया कि तुम्हारे सपने के महल का आधार क्या है?''

''मेरे महल का आधार वह जमीन होगी, जो तुम खरीदोगे।'' फिर वह खिलखिलाकर हँस पड़ी।

''भला तुम खिलकर हँसीं तो!'' मैंने कहा, ''इस खुशी में चाय बनाकर खुद तुम्हें पिलाता हूँ।''

मैं तुरंत उठकर दालान में आया और चाय बनाने लगा। तब तक मौसी बाहर से आ गई। गई तो वह सीधे अपने कमरे में, पर अपनी आदत से लाचार थी। वह बोली बोलने से बाज नहीं आई—''क्या जमाना आ गया! लुगाई खटिया की कमर तोड़े और पति चाय बनाने के लिए चूल्हा फूँके।''

बस, बारूद में पलीता लग गया। पत्नी एकदम भभक पड़ी—''किसने कहा है आपको चाय बनाने के लिए?'' वह चारपाई से उठकर तुरंत आई। मेरा हाथ पकड़कर खींचा और चूल्हे में पानी डाल दिया।

इसके बाद घंटे भर का अंतराल बड़े दुःखद सन्नाटे में बीता। मैं चुपचाप बैठक में था और पत्नी अपने कमरे में। तब तक माँ भी आ गईं। आते ही उन्होंने कहा, ''लगता है, तुम लोगों ने अभी ही चाय पी ली। शाम के पहले ही?''

''पी नहीं, वह चूल्हे में पड़ी है।'' पत्नी ने ऐसे रूखे टोन में कहा कि माँ समझ गईं कि कुछ-न-कुछ हो गया है। वह गंभीर हो गईं। फिर मैंने उन्हें सारी बातें समझा दीं।

''यह तो रोज का गोरखधंधा है। सचमुच हम लोग इस मकान में आकर फँस गए।'' वह इतनी असहज बात बड़े सहज ढंग से बोलीं।

फिर उतनी ही सहजता से उन्होंने कपड़े बदले और कोठी से लाई पोटली में बँधे पराँठे को खोलकर तीन जगह बाँटने लगीं। तब तक पत्नी ने उठकर यह काम सँभाल लिया।

यों भी हम शाम का जलपान साथ ही करते थे। उसी समय चाय भी पी जाती थी। आज भी उसका क्रम नहीं टूटा। पर जब चाय बनाने के लिए मेरी पत्नी चली तब माँ ने मना कर दिया, ''आज चाय नहीं बनेगी।'' हम लोगों ने चुपचाप उनकी बात मान ली।

जलपान के बीच में ही मैंने अपनी योजना उन्हें बता दी। उन्होंने सहर्ष स्वीकृति दी—''अच्छा है, जमीन खरीदकर रख लो, फिर जब कभी प्रभु की कृपा होगी तो बन जाएगा।''

''कभी क्यों?'' पत्नी बोली, ''जमीन खरीदते ही उसकी कृपा होगी और मकान बनना शुरू हो जाएगा।''

''तुम भी शेखचिल्ली जैसी बात करती हो, बहू।'' माँ ने कहा, ''अरे, तुम लोगों को तो मेरी स्थिति मालूम ही है। फिर, कोई इतना बड़ा दाता-दानी भी नहीं है कि जो मकान बनाने भर का रुपया हमें दे दे।''

''क्यों नहीं है? यदि नहीं होता तो मैं ऐसी बात ही क्यों करती?''

''तुम तो पहेली बुझा रही हो, बहू। साफ-साफ क्यों नहीं कहतीं कि इतने पैसों की व्यवस्था कहाँ से हो सकेगी?''

''आप करेंगी।''

''मेरे पास कारूँ का खजाना है क्या?''

''है न!'' फिर मेरी पत्नी बड़े रहस्यमय ढंग से मुसकराई, ''यदि आप नाराज न हों तो बताऊँ?''

''तू तो अपनी बात को और रहस्यमय बना रही है, बताती क्यों नहीं? इसमें मेरे नाराज होने की क्या बात है?''

तब पत्नी ने कहा, ''चंपो दीदी के जेवर जब पहनना नहीं है तो फिर वह किस काम आवेंगे? उन्हें बेचकर एक अच्छा मकान बनवाया जा सकता है।''

''पर उन्हें बेचने कौन जाएगा और कहाँ बिकेगा?'' माँ ने कहा, ''जो बेचेगा, उसे जेल की हवा खानी पड़ेगी; क्योंकि जब खरीदनेवाला पूछेगा कि ये जेवर कहाँ से आए, तो जवाब देते नहीं बनेगा।''

''यह काम आप मुझ पर छोड़ दीजिए।'' पत्नी बोली।

माँ चकित हो उसका मुँह देखती रह गईं।

तब उसने बताया, ''मेरे मैके में एक मथुरा साव हैं, जो मेरे बाबूजी के जिगरी दोस्त हैं। दोनों साथ पढ़े हैं। यही समझिए कि मेरे विवाह में जो गहने दिए गए थे, वे उन्हीं के दिए हैं।''

''दिए हैं का क्या मतलब है?''

''उन्होंने पैसे नहीं लिये थे। बाबूजी ने देने की बहुत कोशिश भी की, पर उन्होंने एक पैसा नहीं लिया। उन्होंने हमेशा यही कहा—एक तो तुम हमारे लँगोटिया यार, दूसरे ब्राह्मण, फिर आपको तो मैं दे नहीं रहा हूँ, दे रहा हूँ आपकी बेटी को, जिसे मैं अपनी भी बेटी समझता हूँ। अब भी मुझे वह दिन याद है जब वह बहुत छोटी सी थी और जब मैं आ जाता था, तब मेरी गोद में लपककर आ जाती थी और बिना बाहर घूमे वह किसी की गोद में जाती न थी। अब तुम्हीं बताओ, मैं अपनी उस प्यारी बेटी को दहेज में दिए जानेवाले गहनों का दाम लूँ?''

पत्नी कहती गई, ''मुझे ठीक याद है, फिर पिताजी कुछ बोल नहीं पाए थे।''

अब तो माँ के आश्चर्य का ठिकाना न रहा। ऐसे भी लोग आज दुनिया में हैं ?—माँ सोचने लगीं। उन्होंने बार-बार बहू के हाथ की चूड़ियों को देखा और बोलीं, ''ये चूड़ियाँ हलकी भी नहीं हैं।''

मैं बीच में ही बोल पड़ा, ''यह दान की बछिया नहीं है, एकदम जरसी गाय है।''

वह गंभीर वातावरण एक बार विहँस पड़ा।

फिर तय हुआ कि मैं दो दिनों के लिए कॉलेज से छुट्टी लूँ और पत्नी के साथ गहने लेकर इलाहाबाद जाऊँ और अपनी ससुराल में सारी स्थिति बता दूँ तथा काम सलटाकर चला आऊँ।

माँ को पूरा विश्वास हो गया कि दाम भी पूरे मिलेंगे और इसमें कोई जोखिम भी नहीं है। यदि कोई जोखिम है तो जेवरों को ले जाने और पैसे ले आने में है।

''पैसा ले आने में भी कोई जोखिम नहीं है।'' पत्नी ने कहा, ''हम बाबूजी को असलियत बताकर जेवर दे देंगे और फिर चले आएँगे। रुपए वहाँ से थोड़ा-थोड़ा करके आते रहेंगे। कोई अपनी लड़की का माल हड़प थोड़े ही लेगा!''

□

: ग्यारह :

२७ मई, १९६४।

अचानक खबर उड़ी कि नेहरू पर अचानक हृदयाघात का दौरा पड़ा है। रेडियो की खबर के अनुसार आज भोर में ही जब वे 'सेव' करने बाथरूम में गए, तभी बेहोश होकर गिर गए। हालत गंभीर है।

इस आघात से सारा देश काँप उठा। यद्यपि इधर 'हू आफ्टर नेहरू?' की चर्चा देश में हो रही थी। 'नेहरू के बाद कौन' पर बराबर लेख भी अखबारों में आ रहे थे। हमीद ऐसे लोगों का सोचना था कि यह सब आज की गंदी राजनीति का परिणाम है। इसी बहाने हर दावेदार अपना प्रचार करवा रहा है। ...पर कोई सोचता भी नहीं था कि यह स्थिति सचमुच आने ही वाली है।

आज कॉलेज की स्थिति भी असामान्य थी। न विद्यार्थी कक्षा में थे और न अध्यापकों का पढ़ाने का मूड ही था। हर जबान पर बस एक ही चर्चा थी—एक घड़ी, आधी घड़ी—जब तक साँस चल रही है तभी तक। अब हमारे प्रधानमंत्री थोड़े ही समय के लिए मेहमान हैं, क्योंकि उनके पेट की बड़ी नस फट गई है और निरंतर रक्तस्राव हो रहा है। यहाँ तक कि भारत के प्रसिद्ध चिकित्सक डॉ. विधान चंद्र राय ने भी उनके जीवन की उम्मीद छोड़ दी थी।

हमारे कॉलेज के अध्यापकों की राय थी कि चीन से हार के बाद उन्हें गहरा धक्का लगा और वे स्वयं को सँभाल नहीं पाए। यद्यपि इससे पहले हार की सारी जिम्मेदारी लेते हुए उस समय के रक्षा मंत्री कृष्णा मेनन ने इस्तीफा दे दिया था; किंतु विरोधियों का कहना था—नेहरूजी को स्वयं इस्तीफा देना चाहिए। पंचशील के उद्भावक और प्रवक्ता होकर 'हिंदी-चीनी भाई-भाई' के नारे लगवानेवाले नेहरू की सारी पॉलिसी फेल हो गई थी।

शायद नेहरू का मन इस संदर्भ में स्वयं को कोसने लगा हो, जिसका परिणाम उनके स्वास्थ्य को भोगना पड़ा।

फिर कांग्रेस की भीतर की राजनीति से भी वे परेशान थे। स्वतंत्रता के पहले की कांग्रेस और आज की कांग्रेस में कितना अंतर है। एक समय था, जब देश को हम सबकुछ देने को तैयार थे और आज जो कुछ भी देश से मिल सके, उसे लेने की ललक है। यदि इतना ही होता तो भी कोई बात न होती, अब तो हम उसे बड़ी बेरहमी से नोचने-खसोटने की ओर बढ़ रहे हैं। क्या नेहरूजी को इसकी खबर नहीं होगी? क्या नेहरूजी के मन पर इसका अच्छा असर पड़ा होगा?

आज देश के मानस में इन्हीं विचारों की लहर उठ रही थी, जिससे हमारे कॉलेज के अध्यापकों का मन-मस्तिष्क अछूता नहीं रहा। यद्यपि आजकल गरमी की छुट्टियाँ थीं, फिर भी डिपार्टमेंटल चेकिंग चल रही थी, उसी के संदर्भ में कुछ अध्यापक जुट जाते थे। यों ऑफिस और मेरी लाइब्रेरी खुली रहती थी। मुझे तो सुबह जाना ही पड़ता था।

रेडियो द्वारा सवेरे के नेहरूजी के स्वास्थ्य बुलेटिन में स्पष्ट कहा गया कि उनकी हालत अब भी चिंताजनक है। देशी-विदेशी डॉक्टरों को कोई आशा की किरण दिखाई नहीं दे रही है। उनका निष्कर्ष है कि किसी भी समय साँसें जवाब दे सकती हैं।

सारा देश शोक में डूबा था, पर मेरा स्वार्थ कुछ और सोच रहा था। निश्चित है, आज रात-बिरात उनका शरीर छूटेगा। ...तो क्यों नहीं इलाहाबाद चलकर चंपो के गहनों का काम निपटा दिया जाए।

स्वार्थ एक ऐसा नशा है, जिसमें व्यक्ति को अपने के सिवा कुछ और नहीं दिखाई पड़ता। मैंने तुरंत दो दिन की छुट्टी के लिए एक प्रार्थना-पत्र लिखा और बड़े बाबू को देते हुए बोला, "मैं दो दिनों के लिए शहर से बाहर जा रहा हूँ।"

"तब आप छुट्टी क्यों ले रहे हैं? हो सकता है, अगले दो-तीन दिनों तक ऑफिस खुले ही नहीं।" उन्होंने नेहरूजी के स्वास्थ्य के संदर्भ में यह आशंका व्यक्त की।

तब तक छोटे बाबू बोले, "कभी-कभी बुझता दीप भी एक बार भभककर कुछ समय के लिए जल उठता है। फिर देश भर के मंदिर-मसजिदों में उनके जीवन के लिए दुआएँ माँगी जा रही हैं। इसका कुछ-न-कुछ तो असर होगा ही!"

"भगवान् करे, ऐसा ही हो।" मैंने कहा, "तब हमारी एप्लीकेशन काम आ जाएगी।"

अब मैंने सोचा—'क्यों नहीं आज ही और अभी ही किसी बस से इलाहाबाद चला जाए?'

सुरक्षा की दृष्टि से भी यह ठीक होगा। देश की इस शोकाकुल मानसिकता में शायद ही कुछ हमारे जैसे लोग यात्रा करें।

मैंने सारी योजना पत्नी से बताई। कोई बहू मायके चलने के प्रस्ताव पर वैसे ही

खुश हो जाती है जैसे कई दिन के भूखे को रसमलाई मिल जाए। वह तो तुरंत तैयार हो गई। माँ को भी हमारा प्रस्ताव अच्छा लगा।

"तुमने भविष्य निधि से ऋण लेने के लिए दरख्वास्त दी?"

"यह बात तो दिमाग से निकल ही गई।" मैं बोला, "पर कोई बात नहीं, इधर दो-चार दिन तो कुछ होनेवाला नहीं है। वहाँ से लौटते ही मैं 'अप्लाई' कर दूँगा।"

माँ ने आते ही स्वीकृति तो दे दी, पर अभी तक अलमारी से जेवर नहीं निकाले थे और कुछ सोचने लगी थीं।

"क्या सोच रही हो, माँ?" मैंने पूछा।

"अचानक तुम लोगों के चले जाने के बाद तुम्हारी मौसी तरह-तरह के सवाल करेगी, तब क्या जवाब दूँगी?"

"आप उनसे इतना डरती हैं, माँ?" पत्नी ने पूछा।

"वह जीवन भर मेरे प्रति ईर्ष्या से जलती रही और उसी आग को शब्दों के माध्यम से हम लोगों पर भी फेंकती रही।"

"तब तो हमारा मकान बन जाने पर वह भीतर-ही-भीतर तिलमिला उठेगी।"

"जो भी हो, पर आग की नियति ही है स्वयं को जलाकर बुझ जाना।"

□

ससुराल के लोग हम लोगों को अचानक आया देखकर अचकचा-से गए। वहाँ के लोगों की पहली सोच यही थी कि शायद ये 'आनंद भवन' में नेहरूजी के अंतिम दर्शन के लिए आए हों।

इलाहाबाद में पता नहीं कैसे यह हवा जोरों से उठी थी कि नेहरूजी का निधन होते ही उनका शव अंतिम दर्शन के लिए 'आनंद भवन' में लाया जाएगा।

श्वसुरजी तो ऑफिस गए थे। घर में उस समय सास और दो छोटी सालियाँ ही थीं। वे किसी प्रकार की जिज्ञासा करें, इसके पहले ही मेरी पत्नी अपनी माँ को लेकर भीतर के कमरे में चली गई। उसने उन्हें इतना भी मौका नहीं दिया कि मेरा कुशल-क्षेम पूछें और जल-जलपान की व्यवस्था करें।

मैंने जूते उतारे और जो कपड़े पहनकर आया था वैसे ही चारपाई पर लेट गया। अपनी बेटी से सारी कहानी सुन लेने के बाद अब मेरी सास को होश आया कि मैंने अपने दामाद का कुछ स्वागत-सत्कार तो किया ही नहीं। वह दौड़ी हुई आईं, बोलीं, "बेटा, माफ करना, मैंने तो पानी आदि को कुछ पूछा ही नहीं। खैर, अब तो तुम घर के लड़के हो गए हो।"

'घर का बेटा हूँ, पर घरजमाई नहीं।' मेरा मन मुझसे कह उठा; पर मैं कुछ बोला नहीं।

तब तक सास जलपान लेने भीतर चली गई थीं। मैंने पत्नी से पूछा, "तुमने अपनी माँ को अच्छी तरह से समझा दिया?"

"समझा तो दिया। वह प्रसन्न भी थीं; पर पूछ रही थीं कि वह चंपो कौन है, जिसने अपने सारे गहने उतारकर तुम्हें दे दिए? इतनी भारी रकम देनेवाले आज भी धरती पर हैं?" कुछ समय तक चुप रहकर वह फिर हँसते हुए बोली, "तो क्या बताऊँ चंपो के बारे में?"

"सारी कहानी, जो जानती हो, वह उन्हें समझा दो।"

"मैं कह दूँ कि यह तुम्हारे दामाद की पूर्व प्रेमिका है?" फिर वह मुसकरा उठी। कोई दूसरा समय होता तो इतना कहते हुए वह हँसते-हँसते दोहरी हो जाती।

"तुम जैसा उचित समझो। तुम कह भी सकती हो। जब प्यार किया तो डरना क्या!" मेरी मुसकराहट कृत्रिम गंभीरता ओढ़कर भीतर-ही-भीतर रही।

इतना सुनते ही वह ठहाका मारकर हँस पड़ी—"बड़े बहादुर हो तुम!"

तब तक मेरे श्वसुर भी ऑफिस से आ गए।

"लगता है, अब नेहरूजी कुछ ही क्षणों के मेहमान हैं।"

"कोई खबर आई क्या?" मैंने पूछा।

"रेडियो के स्पेशल बुलेटिन से तो ऐसा ही लगता है। उनके पेट की कोई खास नस फट गई है और उससे बराबर रक्तस्राव हो रहा है। दवाएँ बेअसर हो रही हैं।" अभी वे इतना कहकर भीतर गए ही थे और मैं बारजे में आया, तब तक सड़क का नजारा बदल चुका था। लोग शोकमग्न दिखाई दे रहे थे। आँखें तो लगभग सबकी नम थीं। मेरे बारजे के नीचे ही कुछ लोग गोल बनाकर बातें कर रहे थे। वही पुरानी बातें नए संदर्भ में आ रही थीं। कोई कह रहा था—चीनी हमले का सदमा उन्हें खा गया। कोई इस पर विचार कर रहा था कि अब देखिए, देश की बागडोर किसके हाथ आती है?

तब तक पक्की खबर आ गई कि नेहरूजी नहीं रहे। लगभग दस-पंद्रह मिनट में ही स्थानीय अखबारों के 'सप्लीमेंटरी' एडिशन भी आ गए। उसमें चिर निद्रा में मग्न नेहरूजी का चित्र भी छपा था, जिसमें ओढ़ाई चादर के ऊपर से ही उनके पेट का ऊपरी हिस्सा काफी उठा हुआ दिखाई दे रहा था। स्पष्ट था कि हृदय के पास ही कहीं 'हैमरेज' हो गया है।

इसमें यह पढ़कर इलाहाबादवालों को काफी निराशा हुई कि उनका शव अब यहाँ नहीं आएगा। वह दिल्ली में ही लोगों के दशनार्थ त्रिमूर्ति भवन में रखा जाएगा और शवयात्रा कल दोपहर के बाद ही निकाली जाएगी। फिर यात्रा के मार्ग का विस्तृत वर्णन था।

मेरे संदर्भ की सारी बातें मेरी सास ने श्वसुर जी को भी समझा दीं। पत्नी का

कहना था कि पिताजी सुनकर इतना ही बोले, "जैसा तुम ठीक समझो, मालकिन।" मेरे ससुर मेरी सास को 'मालकिन' ही कहते थे।

लगता है, उनका मूड ठीक नहीं था। वे नेहरूजी के निधन से काफी दु:खी थे। उनका सारा जीवन इसी शहर में बीता था। यहीं उन्होंने पढ़ाई की और यहीं सर्विस। आनंद भवन से भी उनका लगाव था। रोज सवेरे वे वहाँ टहलने जाते थे।

वे अचानक बोल पड़े, "आज सवेरे ही आनंद भवन के कर्मचारी और जानकार लोग कह रह थे कि ऐसा भयंकर हैमरेज है, जिसमें आज तक कोई बचा नहीं। बाबूजी भी जब तक चल रहे हैं, तभी तक।

"आज बगीचे में एक भी माली दिखाई नहीं पड़ा। सभी बड़े हॉल की सफाई में लगे थे। उन्हें पूरा विश्वास था कि अंतिम संस्कार भी यहीं होगा। वे बेचारे बड़े निराश हुए होंगे!"

ससुरजी कुछ समय तक चुप थे, फिर कुछ सोचते हुए बोले, "सुना है, डॉक्टरों ने उन्हें देखते ही बता दिया था कि बस दस-बारह घंटे के ही मेहमान हैं। पहले टेलीफोन के बाद ही आनंद भवन में सियापा पड़ गया था।" इतना कहते-कहते उनकी आवाज भारी हो गई और वे उसी चारपाई पर ढुलक गए। न उन्होंने ऑफिस से आने के बाद चाय पी थी और न आज घर पर खाना बना।

कुछ रात बीतने पर एक तश्तरी में खोए की बरफी व पानी लेकर मेरी सास कमरे में आईं और जलपान के लिए आग्रह करने लगीं। देखने से साफ जाहिर था कि शाम को ही ताजा बरफियाँ सुलाकी की दुकान से मँगा ली गई थीं।

"बाबूजी ने कुछ खाया?" मैंने पूछा।

"आज हमारे घर में किसी ने कुछ नहीं खाया। यहाँ तक कि चूल्हा भी नहीं सुलगा, चाय भी नहीं बनी।"

"तब मैं भी नहीं खाऊँगा।"

"नहीं बेटा, तुम्हें तो लेना ही पड़ेगा।" मेरी सास बोलीं, "घर आया दामाद खाली पेट सोए, यह बड़ा अशुभ होता है।"

अब उनका आग्रह हमें स्वीकार करना ही पड़ा।

आँसुओं से भीगे ऐसे दु:खद माहौल में अब यहाँ एक क्षण भी रहना मुझे भारी पड़ रहा था। मन कहता था—ऐसे समय में तो अपने शहर में रहना चाहिए।

सबसे पहले अपनी मन:स्थिति बताते हुए पत्नी से सुबह चलने की इच्छा जाहिर की। वह बड़े सोच में पड़ी। लोग पूछेंगे कि क्या एक ही रात के लिए आना था, तब क्या कहेंगे? और लोग क्या सोचेंगे?

उसका कहना भी ठीक था। मैंने उसे राय दी—"ऐसी स्थिति में तुम्हारा चलना

ठीक नहीं। तुम रह जाओ, पर मेरा जाना तो जरूरी है।''

उसे प्रस्ताव तो ठीक लगा, फिर भी वह बड़े असमंजस में दिखाई पड़ी। ''लोग तुमसे नहीं पूछेंगे कि क्या रात भर के लिए ही आए थे?''

''तब कह दूँगा कि मैंने भी सोचा था कि नेहरूजी की अंत्येष्टि संगम पर ही होगी। उनके अंतिम दर्शन के लिए चला आया था। अब तो प्रोग्राम ही बदल गया, अब रुकने का औचित्य ही क्या? फिर मेरे कॉलेज में भी हो सकता है, कोई विशेष कार्यक्रम हो। मैं तो केवल एक 'एप्लीकेशन' देकर चला आया हूँ, किसी से कुछ कहा भी नहीं।''

पत्नी हँस पड़ी—''बात बनाना तो कोई तुमसे सीखे।'' वह बोली और चली गई।

उसने जाकर अपनी माँ से मेरे सुबह चले जाने की बात कही ही होगी, फिर भी मैंने उसी समय जाकर उनसे अनुमति ले ली। भूमिका तो पत्नी ने बना ही दी थी, मुझे बहुत परेशानी नहीं हुई; पर ससुरजी के पास जाने की हिम्मत नहीं हुई। वह बंद ज्वालामुखी की तरह आँखें मूँदे वैसे ही पड़े थे जैसे ऑफिस से आए थे।

दूसरे दिन बड़े सवेरे-सवेरे मैं उठकर तैयार हो गया। घर में अब भी लोग पड़े ही थे। केवल मेरी सास और पत्नी रसोईघर में खटर-पटर कर रही थीं। कपड़ा पहनने के पूर्व ही पत्नी ने आकर कहा कि अम्माजी आपको बुला रही हैं।

उन्होंने जल्दी में पूड़ी और सब्जी बना दी थी। उन्होंने थाली आगे बढ़ाते हुए कहा, ''बेटा, आज तो तुम्हारी प्रिय सुलाकी की जलेबी नहीं मिलेगी, क्योंकि आज पूरा शहर बंद रहेगा। दरवाजे से देखो एक रिक्शा भी नहीं चल रहा है। तुम्हें भी स्टेशन पैदल ही जाना पड़ेगा। इसलिए जो जल्दी में बन सका, उसी पर संतोष करो। रात को भी भूखे ही सोए थे।''

''भूखे कहाँ, माँ?'' मैंने कहा, ''चार बड़ी-बड़ी बरफियाँ खाई थीं, जिसकी मीठी-मीठी डकार अब तक आ रही है।''

''चलो हटो! तुम्हारा लड़कपन अभी तक गया नहीं। रात की बरफी की डकार अब तक आएगी!''

''भला आप इसी बहाने हँसीं तो सही।'' मैंने कहा, ''मैं देख रहा हूँ कि शाम से ही ऐसा सियापा यहाँ छाया है कि क्या बताऊँ!''

फिर मैंने जल्दी-जल्दी निवाले मुँह में डालने शुरू किए। इसी बीच बातों के सिलसिले में मैंने पत्नी से पूर्व में कही बात दोहराते हुए सास से कहा, ''आपकी बेटी अभी आपके पास ही रहेगी।''

''यह आपकी बड़ी मेहरबानी है।'' मेरी पत्नी की आँखों में मुसकराहट थी और वाणी में टेढ़ापन। जैसे वह कह रही हो—मैं खुद ही नहीं जाऊँगी, आप हमें क्या ले जाएँगे?

"मैं कैसे ले जा सकता हूँ? यह जग जानता है कि कंजूस के हाथ से पैसा और ससुराल जाने के लिए मायके से बहू के पैर बड़ी मुश्किल से निकलते हैं।"

मेरी सास हँस पड़ीं। मैंने उनसे ही पूछा, "अब आप ही बताइए, फिर कब आऊँ?"

"काम होने में पंद्रह-बीस दिन तो जरूर ही लग जाएँगे। अभी देखो, बाजार ही कितने दिनों बंद रहता है!"

"खैर, अब मैं महीने भर बाद आऊँगा।" फिर आनन-फानन में उठा। हाथ धोया। बैग उठाया, सासूजी का अभिवादन किया और चलने को हुआ। जल्दी-जल्दी में सासूजी ने तिलक की औपचारिकता निभाई।

मैंने अब भी ससुरजी की ओर देखा। शायद वे जाग उठे हों, पर अब भी वे ज्यों-के-त्यों पड़े थे।

"रात भर तो करवटें बदलते रहे। लगता है, इस समय गहरी नींद में चले गए हैं। जाने दो, मैं तुम्हारी ओर से कह दूँगी।"

मुझे पैदल ही स्टेशन जाना पड़ा। सड़क पर जाते हुए जब भी पीछे नजर घुमाई, देखा—पत्नी बारजे पर खड़ी एकटक निहार रही थी।

वाराणसी आते ही मैंने स्थानीय अखबार खरीदा और रिक्शे पर बैठे-बैठे ही उसके पन्ने पलटने लगा।

□

नगर की खबरों के पहले पन्ने पर पहली खबर लाला जगजीवन लाल से संबंधित थी, जिसका शीर्षक था—'नेहरूजी के निधन की खबर मिलते ही लाला बेहोश होकर गिरे'। आगे समाचार विस्तार से दिया गया था—'आज' कार्यालय में लेटेस्ट खबर जानने के लिए वे जा रहे थे कि रास्ते में ही उन्हें सूचना मिली कि नेहरूजी नहीं रहे। वहीं वे बेहोश होकर गिर गए। स्थानीय कबीरचौरा अस्पताल में उनकी चिकित्सा हो रही है। डॉक्टरों ने किसी से मिलने की मनाही कर दी है। समाचार लिखा जाने तक उन्हें होश नहीं आया था। डॉक्टरों का कहना है कि उनकी हालत स्थिर है।

मेरे मन की पहली प्रतिक्रिया थी कि लाला कितना बड़ा नाटककार है। दूसरे कांग्रेसी उसके आगे पानी भरें। मैंने अपना रिक्शा कबीरचौरा अस्पताल के प्राइवेट वार्ड की ओर घुमवाया। दूर से ही दिखाई दिया कि वार्ड नं ५ का दरवाजा बंद है और बाहर कुछ लोगों के साथ लाला का नौकर बुद्धन खड़ा है। मैंने तुरंत समझ लिया कि यही लालाजी का रूम अर्थात् आरामगाह है। मैंने वहीं बुद्धन को इशारे से बुलाया।

उसके आने पर मैंने पूछा, "लाला की तबीयत कैसी है?"

"जैसी हमेशा रहती है।" उसने धीरे से मुसकराते हुए कहा, "हमें अपने पास

रोकिए नहीं। देखिए, दरवाजे पर कितने लोग खड़े हैं। सभी लाला के चाकर हैं और हम पर निगाह रख रहे हैं।'' वह डरा-डरा आया था और वैसे ही डरा-डरा गया भी।

मैंने रिक्शे को वार्ड नं. ५ की ओर बढ़ाया और बुद्धन के लौटने के पहले वहाँ पहुँच गया।

मैंने वहाँ खड़े लोगों से पूछा, ''लालाजी की हालत कैसी है?''

''अभी होश नहीं आया है।''

''आप कौन हैं?''

''मैं लाला जी का एकाउंटेंट हूँ।''

''भगवान् करे लालाजी को जल्दी होश आ जाए!'' मैंने भी लालाजी के एक पात्र की भूमिका अदा की—''अच्छा, जब भी उन्हें होश आए, उनसे कहिएगा कि जयनाथ शर्मा उर्फ जग्गू आए थे। वह आपकी हालत पर काफी चिंतित थे।''

पहले व्यक्ति ने मेरा नाम कई बार दोहराया। तब तक उसी के बगल में खड़े व्यक्ति ने ठेठ भोजपुरी में कहा, ''ई नाम कब तक तोहके याद रही? भीतर जउन रजिस्टर रखल हौ, जेपर नेता लोग अउर बड़ आदमी दसखत करलन, वहीं पर इनसे दसखत करवा लऽ।''

एक दूसरे आदमी ने दरवाजा खोलकर परदा खिसकाया और भीतर घुसा। इसी समय मैंने भी भीतर झाँका। लाला का पायताना ही दिखा। वहाँ यशोदा बैठी लाला का पैर सहला रही थी।

''अब यह पैर हो गया, मेरी बगल में आओ।'' लाला की आवाज सुनाई दी। हे भगवान्! अस्पताल में भी विलासिता! मेरे भीतर से आवाज उठी।

□

अभी पौने ग्यारह ही बजे थे। अभी से घर चलकर करूँगा क्या? माँ भी तो नहीं होंगी। कहीं सीधे-सीधे मौसी का सामना हो गया तो उसके प्रश्नों की बौछार मन को खट्टा कर देगी। उसकी आग्नेय दृष्टि से तो तब तक बचना होगा जब तक माँ कोठी से आ नहीं जातीं। मैंने अपना रिक्शा थोड़ा और आगे दारा नगर की ओर बढ़वाया। सोचा, दानिस के यहाँ चला चलूँ।

गली में अपूर्व सन्नाटा था। दानिस का दरवाजा पूरा बंद नहीं था, अधखुला था। स्पष्ट था कि कोई या तो अभी आया है या गया है। मेरी पग-ध्वनि पहले से ही पहचान जानेवाली सलमा भी कहीं दिखाई नहीं पड़ी। उम्र का भार सहते-सहते अम्मीजान का जर्जर शरीर उनसे भी अधिक बूढ़ी खाट पर निढाल पड़ा था। मुझे देखते ही जैसे उनके आंतरिक दर्द का सोता फूट पड़ा। वह फफककर रो पड़ीं—''अब क्या होगा, बेटा?'' उन्होंने मेरा हाथ पकड़ते हुए कहा, ''गांधी के जाने के बाद यह दूसरा धक्का है। इतना

गहरा अँधेरा मेरी जिंदगी में उस समय भी नहीं छाया था जब मेरा मालिक गया था। उस समय दानिस छोटा था।''

मैंने उन्हें ढाढ़स बँधाया—''जब गांधी के जाने के बाद देश चला, तब जवाहरलाल के जाने के बाद भी देश चलेगा। आप बिलकुल न घबराएँ।''

''उनके रहने से हम लोगों को बड़ी दिलासा थी। पटना में जब दंगे के समय उन्होंने मजहबी जुनून में पागल हिंदुओं पर गोली चलवाई थी तब तुम्हारे कौम के कुछ कट्टर लोग उन्हें गाली देते हुए हमारी कौम का जनमा कहते थे।'' इतना कहते-कहते उनकी रुलाई फिर फूट पड़ी—''हम लोगों का सरपरस्त चला गया।''

मैंने किसी भी हिंदू परिवार में ऐसा सियापा नहीं देखा था। साफ जाहिर था, हिंदुओं की अपेक्षा मुसलमानों में नेहरूजी के जाने का अधिक गम है।

इन सबके बीच भी मेरा मन सलमा को ही तलाश रहा था। आखिर मैंने अम्मी से पूछ ही लिया, ''सलमा नहीं दिखाई पड़ रही है?''

''रात भर तो मुझसे लिपटी सिसकती रही।'' अम्मी बोलीं, ''लगता है, भीतरवाली कोठरी में 'तखत' पर सो गई होगी।''

''जरा उसे भी देखूँ।'' इतना कहते हुए मैं वहाँ से उठा और भीतरी कोठरी में आया। वह सचमुच तख्त पर पड़ी थी, पर नींद में नहीं थी। मैं उसी तख्त पर कुछ खिसककर उसके पास बैठ गया। वह मुझसे और दूर खिसक गई।

जो मेरे एक स्पर्श से तर जाती थी, आज मेरे प्रति उसका इतना दुराव क्यों?

मैंने पूछ ही दिया, ''आज क्या बात है, सलमा?''

''शादीशुदा आदमी को कभी दूसरी औरत के बदन को छूना नहीं चाहिए।''

''दूसरी औरत को न! पर तू तो मेरी छोटी बहन है।''

वह सोचने लगी।

मैंने कहा, ''सुना है, आज तू सोई नहीं है। आ, तेरा सिर दबा दूँ।''

अब वह मेरे पास खिसक तो आई, पर भुनभुनाती हुई—''हमेशा के लिए सिर दर्द बने तुम, अब क्या सिर दर्द दूर कर सकोगे!''

थोड़ी देर बाद मैं वहाँ से चल पड़ा। माँ का कोठी से लौटने का समय हो गया था। रास्ते में सिर पर करछे का कुंदा लिये हुए हमीद मिला। हमेशा से नेहरू का आलोचक मुझे बड़ा गमगीन लगा। वह मुझसे मिलते ही बस इतना बोला, ''जब गांधी गया था तब तो सूरज डूबा था, आज तो चाँद भी डूब गया।'' फिर वह बिना मेरी प्रतिक्रिया जाने चुपचाप आगे बढ़ गया। शायद उसे जल्दी थी।

□

: बारह :

मैं घर आया। ज्यों ही बैठके के दरवाजे से भीतर घुसा, मौसी सामने पड़ी। आशंका साक्षात् मूर्तिमान थी। पर ज्यों ही उसने पूछा, ''किस गाड़ी से आए, बेटा?'' उसका स्वर इतना शीतल, इतना आत्मीय और इतना लगाव भरा था कि क्या बताऊँ? मुझे याद नहीं आता कि मौसी का स्वर और उसकी मुद्रा कभी मेरे प्रति इतनी मोह भरी रही हो।

''गाड़ी से नहीं, बस से आया।''

''एक दिन भी ससुराल में नहीं रहे! शायद बहू को पहुँचाने गए थे।''

''नहीं, न तो ससुराल में रहने गया था और न आपकी बहू को पहुँचाने ही।'' मैंने कहा, ''सुना था कि नेहरूजी की 'बॉडी' इलाहाबाद जाएगी और वहीं आनंद भवन में अंतिम दर्शनों के लिए रखी जाएगी; पर अचानक उनका कार्यक्रम बदल गया। फिर मेरे वहाँ रहने का औचित्य ही नहीं रहा।''

फिर उसने बहू के बारे में कुछ नहीं पूछा। कुछ सोचते हुए बोली, ''अभी तुम्हारी माँ तो आई नहीं है। तुम्हारी कोठरी का ताला भी बंद है। पर इससे क्या, मैं तो हूँ ही। मेरी कोठरी में बैठो। मैं चाय बनाती हूँ।''

मैं यह भी न कह सका कि रहने दीजिए मौसीजी, आप कष्ट न करें। कौन शांत ज्वालामुखी को भड़काता। मैं चुपचाप गाय के पीछे बछड़े की तरह उसके कमरे में चला गया और जूते उतारकर चाय पी। वैसे ही कपड़ों में सामने की चारपाई पर लेट गया। उसने बड़े ही ममत्व से एक तकिया मेरे सिर के नीचे लगा दिया। थोड़ी देर बाद ही बाहर के दरवाजे के खुलने की आहट लगी। दिन भर की थकी-माँदी मेरी माँ आ गईं।

पर वह सीधे अपनी कोठरी की ओर गईं। उन्होंने ताले खोले और सदा की भाँति किवाड़ बंद कर अपने कपड़े बदलने लगीं। उन्हें आभास तक नहीं हुआ कि मैं आ चुका हूँ और मौसी के कमरे में आराम कर रहा हूँ। यह उनकी सोच से बहुत दूर भी था।

''छूटल गैया सीधे अपने खूँटे पर ही जालै।'' मौसी हँसते हुए बोली।

उसकी हँसी ने ही माँ की दृष्टि इधर खींची।

''अरे, तुम आ गए!'' माँ अचरज में थीं और तुरंत मेरे पास आ गईं।

वह कुछ बोलीं नहीं, फिर भी मैं चाय पीते-पीते उनके पीछे चला।

मुझे पता नहीं, मौसी को यह बात अच्छी लगी या बुरी, पर वह एकदम गंभीर अवश्य दिखी।

''जीजी ने क्या पूछा?'' माँ की मुख्य जिज्ञासा थी।

''कुछ विशेष नहीं। बस इतना ही पूछा—ससुराल एक ही दिन के लिए गए थे?''

''तब तुमने क्या कहा?''

''जो कहना था, वह कह दिया।'' मैंने जान-बूझकर माँ की अधीरता को बढ़ाने के लिए कहा, क्योंकि वह सोच रही थीं कि कहीं असली बात तो इसके मुख से नहीं निकल गई।

उनकी जिज्ञासा की चरम सीमा पर मैंने वास्तविक बात बता दी। वह बहुत खुश हुईं और बोलीं, ''बात बनाना तो कोई तुमसे सीखे।''

फिर मैंने बताया, ''आज तो मौसी ने असामान्य रूप से अपनत्व दिखाया था।''

''इसका मतलब है कि कुछ अनहोनी होने वाली है।'' इतना कहकर वह हँसने लगीं।

फिर हम दोनों खाना खाकर एक ही चारपाई पर लेट गए। माँ तो थकी थीं जल्द सो गईं; पर मैं कसर-मसर करते हुए वक्त काटता रहा, क्योंकि मेरा मन कहीं चलने को हो रहा था और इस गमगीन राजनीतिक माहौल में सुमेर चाचा की दुकान से अच्छी कौन सी जगह होती। पर घंटे भर बाद ही वहाँ लोगों के जुटने का समय होता है।

घंटे भर बाद भी जब मैं वहाँ पहुँचा तब तक वहाँ एक ही व्यक्ति की उपस्थिति थी, वह भी रामू साव। कभी मैं उनके गमछे लेकर विश्वेश्वरगंज में बेचता था। यह कभी यहाँ आते नहीं थे। आज उन्हें देखकर ऐसा लगा कि देश की असामान्य स्थिति उन्हें यहाँ खींच लाई है।

''कल कहाँ थे?'' पहुँचते ही सुमेर चाचा ने पूछा।

''इलाहाबाद चला गया था।'' वह कुछ और पूछें, इसके पहले मैंने प्रयोजन का विस्तार किया।

''तब तो वहाँ के लोग बड़े निराश हो गए होंगे?''

''अरे, कुछ मत पूछिए। वहाँ के निवासी तो शोक में डूबे ही थे, मेरे ऐसे आस-पास के लोग भी चले आए थे। वे और भी निराश हुए।''

''नेहरूजी केवल इलाहाबाद के तो थे नहीं, वे तो पूरे देश के थे।'' रामू साव

बोले, "फिर टेलीविजन आदि से दिखाने की जैसी सुविधा दिल्ली में है वैसी इलाहाबाद में तो हो नहीं सकती थी। इस समय की एक-एक क्षण की स्थिति दिल्ली में टेलीविजन पर दिखाई जा रही होगी।"

बात चल ही रही थी कि धीरे-धीरे लोग आते गए और अंत में चौकी भर गई। नेहरूजी की मौत से कहीं ज्यादा लोगों का दिमाग इस समय बस दो ही बातों में उलझा था। एक तो लाला का नाटक और दूसरे अब देखो, नेहरूजी के बाद कुरसी कौन सँभालता है?

यों लाला अस्पताल में ही था, किसी से मिल नहीं रहा था। फिर भी जन-मानस पर वही सवार था। किसी को विश्वास नहीं था कि नेहरू के चले जाने का उसे ऐसा सदमा लगेगा। कोई उसे परम चतुर की संज्ञा दे रहा था और कोई आज के अनुकूल व्यावहारिक राजनीतिज्ञ का। तब तक गंगाराम आज का अखबार लेकर आ गया। उसने आते ही कहा, "जब तक प्रधानमंत्री का विधिवत् चुनाव नहीं हो जाता तब तक गुलजारी लाल नंदा कार्यवाहक प्रधानमंत्री का कार्य सँभालेंगे।"

"कहाँ नेहरूजी और कहाँ गुलजारी लाल नंदा!" यह पहली प्रतिक्रिया पीपा की थी।

"अरे, अभी तो चुनाव होना है।" गंगाराम ने कहा और जो नाम चल रहे थे उनकी सूची पढ़कर उसने सुनाया—"राजाजी, मोरारजी देसाई, कृष्णा मेनन, हनुमत भैया आदि के नाम तो थे ही, इस सूची का आखिरी नाम नंदाजी का था; पर उत्तर प्रदेश का इनमें कोई नहीं था।

"लगता है, अब हमारे प्रदेश का वर्चस्व नहीं रहेगा।" रामकिशुन चाचा ने कहा, "कांग्रेस वर्किंग कमेटी में अब कोई उत्तर प्रदेश का नेहरू जैसा व्यक्तित्व नहीं रहा।"

"पर प्रधानमंत्री का चुनाव तो कांग्रेस पार्लियामेंटरी पार्टी के लोग ही करेंगे।" यह कथन सिताऊ का था।

"दुर्भाग्य तो यही है कि इस समय कांग्रेस पार्लियामेंटरी पार्टी में भी ऐसा कोई प्रभावशाली नेता दिखाई नहीं देता।" रामकिशुन चाचा ने अपनी बात दोहराई।

इधर लगातार पत्र-पत्रिकाओं में भी—'हू आफ्टर नेहरू' या 'नेहरू के बाद कौन' शीर्षक से लेख छपते रहे हैं। यह स्थिति देहरादून में नेहरूजी पर हुए प्रथम लकवे के आक्रमण के बाद पैदा हुई थी। रामकिशुन चाचा पर उसका ही प्रभाव था।

स्थिति लगभग शून्यता की थी।

"इस हालत में तो देश के प्रमुख राजनीतिक दलों की एक सरकार बनानी चाहिए।" यह राय हमीद की थी।

"वहाँ भी तो सवाल पैदा होगा कि प्रधानमंत्री कौन हो?"

“उसके लिए डांगे और ज्योति बसु ऐसी ‘पर्सनैलिटी’ तो हमारे पास हैं ही।”

सुनकर सभी चुप थे। लोगों की मन:स्थिति उलझी थी कि कोई यह भी नहीं कह पाया कि तुम तो कम्युनिस्ट हो और कम्युनिस्ट परिस्थितियों से लाभ उठाना अच्छी तरह जानते हैं।

कुछ ही दिनों बाद एक ऐसा व्यक्ति प्रधानमंत्री पद के लिए निर्विरोध चुना गया, जिसकी किसी को उम्मीद नहीं थी। वे थे—लाल बहादुर शास्त्री, जिनकी काफी आलोचना हुई। उनके नाटे कद के मामूली, सरल, सीधे-सादे व्यक्तित्व के भीतर छिपी कर्मठता, दृढ़ता और कर्तव्यपरायणता किसी को नहीं दिखी। उनकी राष्ट्रीयता और देश के प्रति समर्पण की भावना को हमारे मूर्धन्य नेता तक पहचान नहीं पाए। लोग कहते थे कि शास्त्रीजी में बस एक ही विशेषता है कि वे नेहरू परिवार के काफी निकट रहे हैं। वह किसी भी विवाद से परे रहे। केंद्रीय मंत्रिमंडल में भी उनकी वरिष्ठता संदिग्ध थी; पर नेहरूजी के अत्यंत विश्वासपात्र होने के कारण उनके पास सदैव महत्त्वपूर्ण विभाग रहे। अपने रेल मंत्रित्वकाल में मद्रास में हुई भीषण दुर्घटना की जिम्मेदारी अपने सिर लेते हुए उन्होंने रेल मंत्री पद से इस्तीफा दे दिया था। इस अद्‌भुत त्याग से पूरे देश में उनकी नैतिकता एवं त्याग की चर्चा हुई और वे हर खास और आम की जबान पर आ गए।

गरीबी की गोद में पला और अभाव के पालने में झूला उनका व्यक्तित्व देश की आम जनता का सच्चा प्रतिनिधित्व करता था।

उनके व्यक्तिगत गुणों के कारण ही उनके विरोधी भी कभी खुलकर उनका विरोध नहीं कर पाए। केवल राजाजी की जबान सबसे अधिक खुली—“ही इज शास्त्री, नाइदर बाई वर्च्यू नॉर बाई कास्ट।” (वे शास्त्री हैं—न तो ज्ञान से और न जाति से।)

वे सबकी सुनते रहे, सहते रहे; पर उन्होंने कभी कोई प्रतिक्रिया व्यक्त नहीं की।

उनके प्रधानमंत्री बनने के दूसरे दिन मेरे श्वसुर अचानक बिना पूर्व सूचना के मेरे घर पधारे।

संयोग ऐसा कि जिस समय वे आए, उस समय कोई नहीं था। माँ अपने काम पर थीं और मैं अपने कॉलेज में। उनका सामना केवल मौसी से हुआ। वह भी भौचक्की रह गई। कोई अशुभ घटना तो नहीं हुई। पर वह कुछ पूछ न सकी।

मौसी ने उनकी बड़ी आवभगत की। उसने यहाँ तक कहा कि आप अपनी बेटी के ससुराल का कुछ ग्रहण नहीं कर सकते, न सही; पर मँगरी का और वह भी बाजार का मँगाया तो स्वीकार करेंगे? पर उन्होंने ऐसा कुछ नहीं किया। सीधे मुझसे मिलने मेरे कॉलेज चले आए।

संयोग से उस समय मेरी कक्षा नहीं थी। घंटा खाली था और मैं अपने दोस्तों के

साथ जलपान करने की नीयत से नन्हकू साव के रेस्त्राँ पर जा रहा था। मुख्य द्वार से आते हुए उनसे भेंट हो गई। मैं भी अचरज में पड़ गया, ''अरे, आप यहाँ? सब कुशल तो है?''

''तुम्हारा कॉलेज आज भी खुला है?'' उन्होंने पूछा।

मैं उनकी शंका का अभिप्राय समझ नहीं पाया। मैं कुछ पूछूँ, इसके पहले ही वे बोल पड़े, ''अरे, आज शास्त्रीजी के प्रधानमंत्री होने की खुशी में पूरा प्रयाग मगन है। स्कूल-कॉलेज बंद कर दिए गए हैं, पर आश्चर्य है कि बनारस तो शास्त्रीजी का घर है और यहाँ ऐसी उदासीनता! मैंने सोचा था कि आज यहाँ भी स्कूल कॉलेज बंद होंगे और तुम घर पर ही मिलोगे, इसलिए मैं सीधे तुम्हारे घर ही गया था।''

''इस समय वहाँ कोई होगा तो नहीं।''

''नहीं, तुम्हारी मौसी थीं। उन्होंने बड़ी आवभगत की। पानी पीने के लिए बड़ा आग्रह कर रही थीं। उन्होंने यहाँ तक कहा कि 'मैं जानती हूँ कि आप लड़की की ससुराल का कुछ नहीं ग्रहण करेंगे। अच्छा, मँगरी अपने पैसे का बाजार से कुछ मँगाए तब तो आप ग्रहण करेंगे?'

''तब मैंने कहा, 'मँगरी भी तो मेरी बेटी की ससुराल की है। यदि मँगरी मेरे घर की हो जाए तो इसके हाथ का खाना क्या यह जो कुछ कहेगी, सबकुछ करूँगा।' '' इतना कहने के बाद वे स्वयं हँसने लगे।

मुझे भी उनके बेलौस मजाकिया स्वभाव पर हँसी आ गई।

फिर वे शीघ्र ही गंभीर हो गए और उन्होंने मुझे एक पेड़ के किनारे ले जाकर आने का कारण बताया। बोले, ''बेटा, वे गहने मामूली नहीं हैं। केवल उन चूड़ियों का दाम दस हजार लगा है। मथुरा साव का कहना है कि इनमें जो नग जड़े हैं, वे उच्च कोटि के और असली हैं। लगता है, किसी बिगड़े राजघराने की ये चूड़ियाँ हैं।''

''केवल चूड़ियों की यह स्थिति है, तब शेष गहने तो लाखों के होंगे।'' मेरे मुख से निकला और मैं सोचने लगा।

''हो सकता है।'' ससुरजी बोले, ''पर तुम इतने सोच में क्यों पड़ गए?''

''अब मेरे सामने समस्या उन गहनों की सुरक्षा की है।'' मैंने कहा, ''सुरक्षा का प्रश्न तो पहले भी था, पर वह अज्ञान में था। अब तो ज्ञान हो गया, असलियत का ज्ञान।'' मुझे वह वैदिक मंत्र याद हो आया, जिसे शून्य घंटे में धर्म के पीरियड में पढ़ाता था—'अभयं सातात, अभयं अज्ञातात…' इस मंत्र में पहले ज्ञात से अभय करने की भगवान् से प्रार्थना की गई है, फिर अज्ञात से अभय करने की। जब उन गहनों का मूल्य अज्ञात था तब उनकी सुरक्षा का भय मुझमें नहीं था।

मेरे अत्यंत गंभीर होने से मेरे ससुरजी भी सोच में पड़ गए। पर दूसरे ही क्षण उन्होंने अपने मस्तिष्क को झाड़ते हुए कहा, ''अरे, इतना सोचते क्यों हो? सोचो कि तुम

असलियत अब भी नहीं जानते।''

''जानकर कैसे सोचूँ कि मैं नहीं जानता?''

फिर उन्होंने दूसरे तरीके से समझाया—''जिस भगवान् ने तुम्हें यह सब छप्पर फाड़कर दिया है, वही भगवान् उनकी रक्षा भी करेगा।'' फिर वे मुख्य समस्या पर आ गए—''अब तुम्हें कहीं से भी कर्ज नहीं लेना होगा। इतने में तो मकान अच्छी तरह बन जाएगा। चलो, तुम कर्जा लेने की समस्या से मुक्त हुए।''

फिर भी, सोचते हुए मैं चुप था।

''अब क्या सोचने लगे?'' उन्होंने पुनः पूछा।

''यदि कोई पूछेगा कि तुमने इतना पैसा कहाँ से पाया, तो क्या उत्तर दूँगा?'' मैंने पुनः अपनी बात पर जोर दिया, ''कोई भले ही न पूछे, पर आयकर विभाग तो पूछ ही सकता है।''

इस बीच कॉलेज के चपरासी पूरन ने दो कुरसियाँ वहीं मैदान में पेड़ के नीचे लगा दीं और बड़ी श्रद्धा से मेरे ससुर के पैर छुए। पूरन मेरे कॉलेज का बड़ा पुराना चपरासी है। वह मेरे विवाह में भी गया था और मेरे ससुर से अच्छी तरह परिचित था।

यह सब होते हुए भी मेरा मन अपनी समस्या में ही उलझा रहा। मैंने बड़े निस्संकोच भाव से ससुर साहब से पूछा, ''क्या मैं किसी के पूछने पर यह कह सकता हूँ कि इस निर्माण में ससुराल ने मेरी सहायता की है?

''तब वही समस्या मेरे सामने आएगी।'' मेरे ससुर ने कहा, ''विकट स्थिति यह है कि हम दोनों वेतनभोगी हैं। हम अपनी आमदनी का एक पैसा भी छिपा नहीं पाएँगे।''

अंत में वे इस निष्कर्ष पर आए—''जैसा कि तुमने पहले से सोच रखा है कि तुमने जमीन खरीदने के लिए पी.एफ. से ऋण लेने के लिए प्रार्थना-पत्र तो दे ही रखा है। अब 'कोऑपरेटिव बैंक' की एक हाउसिंग स्कीम भी आई है। उसमें मकान बनाने के लिए कर्ज भी मिलता है। उसमें भी एप्लाई करो। कम-से-कम आयकरवालों की नजर से तो बचे रहोगे।''

बात मेरे दिमाग में भी आ गई। उसके लिए भी मैंने प्रार्थना-पत्र लगाया। इसके दो-तीन दिनों बाद ही एक अनजान व्यक्ति के हाथों ससुर साहब ने दस हजार रुपए भिजवा दिए।

मैंने तुरंत नगर महापालिका की उस जमीन का एक हजार रुपए एडवांस जमा कर दिया। बाकी नौ हजार माँ के हाथों पर धर दिए।

उस समय इतने रुपए देखकर माँ अचरज में पड़ीं। उन्हें क्या मालूम कि ये केवल चूड़ियों के दाम हैं। इतने रुपए इकट्ठे मैंने तो अपनी जिंदगी में कभी नहीं देखे थे।

मैं मौन ही रहा। माँ से असलियत नहीं बताई, नहीं तो गहनों की सुरक्षा को लेकर मुझसे अधिक परेशान होती। उन्होंने आकाश की ओर हाथ उठाकर परमात्मा को जो धन्यवाद दिया, सो तो दिया ही, चंपो को भूरि-भूरि आशीर्वाद दिया—"बिटिया, तुमने तो हमारे भविष्य की तसवीर ही बदल दी।"

उस दिन वह कितनी गद्गद थीं, सो कैसे बताऊँ? देखते-देखते उन्होंने संकठाजी को नारियल-चुनरी, संकटमोचन को लड्डू, दुर्गाजी को ठोकवा—जाने कितने देवी-देवताओं को प्रसाद चढ़ाने की योजना बना ली। यह तो तब की स्थिति है जब उन्हें मालूम नहीं था कि सिर्फ चूड़ियाँ ही दस हजार में बिकी हैं, यदि सब गहनों का असली दाम मालूम हो जाता तब तो भगवान् ही जाने क्या दशा होती!

□

हम माँ-बेटे की तो आंतरिक खुशी थी और वह भी नितांत निजी बात पर, किंतु, शहर में एक दूसरी खुशी की लहर हिलोरें मार रही थी। वह खुशी थी शास्त्रीजी के प्रधानमंत्री बन जाने की। सुना है, ज्यों ही यह सूचना अस्पताल में लाला जगजीवन लाल को दी गई, त्यों ही वह उठकर अपने प्राइवेट वार्ड में नाचने लगा। "अब मैं ठीक हो गया, अब मैं ठीक हो गया।" कहता हुआ वह सड़क पर निकल आया। देखनेवालों ने उसे पागल सोचा या कुछ और, इसे तो भगवान् ही जानें!

पर उसकी इस नाटकीयता की जड़ में केवल एक बात थी—किसी अवसर पर शास्त्रीजी ने उसके घर पर खाना खाया था। शास्त्रीजी की इस सहजता को उसने अपनी घनिष्ठता की तरह भुनाया और दूसरे ही दिन टाउन हॉल में नगर की ओर से सार्वजनिक बधाई एवं शुभकामना व्यक्त करने के लिए एक सभा बुलाई, जिसकी मुनादी में दलगत और सांप्रदायिकता की भावना से ऊपर उठकर सबके उपस्थित होने का आग्रह किया गया था।

इस सभा का खुलकर प्रचार किया गया। गली-गली में मुनादी की गई, जिसकी उद्घोषणा में ध्यान देने की बात यह थी कि शास्त्रीजी के नाम के साथ उद्घोषक लाला का नाम लेता था और कहता था कि लाला जगजीवन लाल के मित्र माननीय लाल बहादुर शास्त्री के प्रधानमंत्री होने पर उनको नगर की ओर से बधाई और शुभकामना व्यक्त करने के लिए आप सब उपस्थित होने की कृपा करें।

शहर में इसकी काफी चर्चा थी। सुमरे चाचा की दुकान पर भी यह मामला गरमाया था। पं. दीनानाथ का कहना था, "लाला का ही नाम सबसे ज्यादा उछाला जा रहा है। कांग्रेस तो पीछे हो गई है।"

"कांग्रेस से लाला को लेना-देना क्या है?" रामकिशुन चाचा रूमाल से अपना दाहिना गाल दबाए बोले। शायद वे अपना दाँत निकलवाकर आ रहे थे। इधर कई दिनों

से वे अपने दाँत से परेशान थे। फिर वे लाला के संदर्भ में कहने लगे, "उसने तो कांग्रेस से इस्तीफा भी दे दिया है।" इतना कहकर वे उसी चौकी पर 'आह' करते हुए बैठ गए।

स्पष्ट था कि उनके दाँत में अब भी दर्द हो रहा था।

उन्हीं ने बताया कि "डॉक्टर कहता है कि आपके सारे दाँत पायरिया में खराब हो गए हैं। जब तक सब निकाल नहीं दिए जाएँगे, तब तक राहत नहीं मिलेगी।"

"पर वह कांग्रेस को समझता क्या है?" हमीद ने कहा, "पहले भी कांग्रेस उसकी मुट्ठी में थी और अब देखिएगा, वह पूरी-की-पूरी कांग्रेस को हथिया लेगा।"

इसपर सब चुप ही रहे।

दूसरे दिन शाम को बुलाई गई सभा में मैं तो गया नहीं था, पर अखबारों में उसकी खबर छपी थी। भीड़ अच्छी-खासी थी और सबसे बड़ी बात यह थी कि छोटे सरकार ने ही उसकी अध्यक्षता की थी।

उस सभा की दो ही बातों की तो चर्चा थी। एक छोटे सरकार के ढुलमुल व्यक्तित्व की। लाला तो अपने चरित्र के लिए जाना ही जाता था, पर छोटे सरकार से यह आशा नहीं थी कि जो व्यक्ति अभी कल तक लाला का परम विरोधी था, आज वही उसका प्रशंसक बन जाएगा। आखिर लाला के पास ऐसा क्या जादू है कि छोटे सरकार पुनः उसकी मुट्ठी में आ गए?

सभा में शहर के अनेक मानिंद लोगों के भाषण हुए। सबने शास्त्रीजी की प्रशंसा के पुल बाँधे। कुछ ने उनकी तारीफ में 'कसीदे' पढ़े। सभा के अंत में एक प्रस्ताव भी पारित हुआ, जिसका अखबारों में छपा मजमून कुछ इस प्रकार था—

"हम काशीवासी अपनी धरती के 'लाल' और इस देश के आम आदमियों में से एक ऐसे शख्स को प्रधानमंत्री के पद पर चुने जाने पर परम प्रसन्न हैं, जो गरीबी और अभाव के बीच पला है, जो इस देश की वास्तविकता से परिचित और ईमानदार, कर्मठ तथा पार्टी व देश के प्रति परम निष्ठावान् है। ऐसे आस्थावान् व्यक्ति को चुनकर कांग्रेस पार्लियामेंटरी पार्टी ने अपनी योग्यता का परिचय दिया है। इस सभा का पूरा विश्वास है कि कांग्रेस के आदर्शों पर पूरी ईमानदारी के साथ चलकर नेहरूजी का छोड़ा हुआ कार्य पूरा करेंगे।

"यह सभा शास्त्रीजी के दीर्घ और मंगलमय जीवन के लिए भगवान् से प्रार्थना करती है।"

लाला की इस राजनीति का यह तो प्रभाव हुआ ही कि चीन की लड़ाई में माँगे गए सोने के गहनों में की गई गड़बड़ी का मामला साधारण जनता के दिमाग के ठंडे बस्ते में चला गया; पर लाला की छवि में अब भी कोई परिवर्तन नहीं हुआ। जो पहले उसे चोर समझते थे, वे अब भी उसे चोर ही समझते रहे।

□

पी.एफ. से मेरा ऋण मंजूर हो चुका था; पर अभी तक कॉलेज में ऑर्डर नहीं आया था।

उस ऑफिस की सारी डाक लेकर एक चपरासी कॉलेज आता था। उससे मैंने अपनी लोन एप्लीकेशन के बारे में पूछा। उसने बताया, "आपकी अर्जी मंजूर हुए महीनों हो गए।"

"फिर भी वह ऑर्डर अभी तक नहीं आया!"

इसपर वह तो कुछ नहीं बोला, पर छोटे बाबू मुसकराते हुए बोल पड़े, "आप भी झूरा-झारा, बिना खर्चा-बर्चा के कराना चाहते हैं। अरे, भगवान् भी बिना चढ़ावे और चादर के आशीर्वाद नहीं देते। आप भी चाय-पानी के लिए कुछ करिए, तब वहाँ से कागज आगे बढ़ेगा।"

इतना सुनकर वह चपरासी भी मुसकराता हुआ चला गया।

तब मैंने छोटे बाबू से कहा, "अभी तो कई पड़ाव मिलेंगे, जहाँ से गुजरता हुआ ऑर्डर अपनी आखिरी मंजिल पर पहुँचेगा।"

"हाँ, तो हर मंजिल पर कुछ-न-कुछ दक्षिणा तो देनी पड़ेगी ही।"

"और यदि कुछ न दिया जाय तो?"

"तो आपका ऑर्डर जिस स्टेज पर रहेगा, वहीं फाइल में दबा हुआ अपनी मुक्ति की प्रतीक्षा करेगा।" इसके बाद वह मेरे कंधे पर हाथ रखकर मुझे ऑफिस के बाहर ले आया और बड़े विस्तार से समझाया, "अरे मास्टर साहब, अब वह जमाना गया जब बिना हर्र और फिटकरी के काम चोखा हो जाता था। अब तो हर जगह कुछ-न-कुछ बिना चढ़ावे के कागज आगे नहीं बढ़ता। अरे, कागज ही क्या, रात में दूसरे शहर के ट्रक भी चौराहों से आगे नहीं बढ़ते। हर ट्रकवाला प्रत्येक चौराहे पर कुछ-न-कुछ चढ़ावा चढ़ाते चलता है।"

मैं गंभीर हो सोचने लगा। छोटे बाबू की काग-दृष्टि ने मुझे पढ़ लिया कि मैं देश की गिरती नैतिकता से उतना परेशान नहीं हूँ, जितना आगे बढ़ने की विकसित हो रही इस नई संस्कृति से। अब कागज से लेकर आदमी तक को आगे बढ़ने के लिए घूस की गाड़ी चाहिए।

मैंने पर्स से निकालकर दस रुपए का नोट छोटे बाबू को थमाया और कहा, "मैं अपने हाथ से तो नहीं दूँगा, आप किसी से भिजवाकर मेरा 'ऑर्डर' मँगवा दीजिए।"

वह उस नोट को हाथ में लेकर चुपचाप मेरी ओर देखने लगा। उसकी दृष्टि बता रही थी कि इतने से काम नहीं चलेगा, फिर भी मैं भारी रहा।

तब तक डी.आई.ओ.एस. के ऑफिस का चपरासी भी स्कूल के ऑफिस में

डाक देकर आ गया। उससे बड़े ठंडे स्वर से छोटे बाबू ने कहा, ''लो भैया, मास्टर साहब की ओर से अपने बाबू को चाय-पानी करा देना। मास्टर साहब को जल्दी है, 'अडरवा' लेते आना।''

नोट लेकर वह चपरासी भी गंभीर हो गया। वह बोला, ''कर्जा आदि का मामला रमेश बाबू देखते हैं। उनका रेट इस समय ऑफिस में सबसे हाई है—एक रुपया सैकड़ा। और मास्टर साहब की अर्जी पी.एफ. से ढाई हजार रुपए के कर्जे के लिए कम-से-कम पच्चीस रुपए तो चाहिए ही।''

''अरे, कह देना कि मास्टर साहब परेशानी में हैं और यह उनका पहला सौदा है। आगे से बाजार भाव के अनुसार मिलेगा।''

चपरासी तो चला गया, पर उसका असंतोष यह विश्वास दिलाने में असमर्थ ही रहा कि कल की डाक में आपका ऑर्डर प्राप्त हो जाएगा।

मैंने भी सोचा कि ऑर्डर मिले चाहे न मिले, रुपया तो अम्मा के पास रखा ही है। आज चलकर रुपए जमा करूँगा और हाथ आई जमीन जाने नहीं दूँगा। तुरंत मैंने वैसा ही किया।

मैंने सोचा, नगर पालिका की तो जमीन है। न हैहै, न किटकिट और न रजिस्ट्रेशन का खर्चा। इधर पैसा जमा हुआ और उधर नब्बे वर्ष की लीज का कागज मिला। म्युनिसिपैलिटी के रजिस्टर में नाम आप-से-आप चढ़ ही जाएगा।

मैं किसी से मिले-जुले बिना ही घर की ओर चल पड़ा। मन-ही-मन सोचता रहा—यह मेरे जीवन की पहली और बड़ी उपलब्धि है। जहाँ तक मुझे याद आता है, मेरे किसी पूर्वज ने शायद ही काशी में मकान बनवाने का कभी सपना भी देखा हो।

मैं चला आ रहा था। मेरी कल्पना मेरी योजना को मूर्तरूप देने जा रही थी। पैर धरती पर पड़ नहीं रहे थे। घर आने के उतावलेपन में रास्ते में मेरे जितने ठहरने के अड्डे थे, सबको छोड़ता हुआ आगे बढ़ा चला आ रहा था। तब तक देखा, लाला अपने 'छोटभइयों' के साथ चला आ रहा है। उसने मुझे आवाज लगाई और 'आज' कार्यालय के निकट आकर खड़ा हो गया।

''कहाँ इस तरह लपके जा रहे हो? सब खैरियत तो है?''

''जिस पर आपकी कृपा हो, वह भी खैरियत से न हो, यह कैसे हो सकता है!''

''अब तुम भी ऐसा सोचने लगे।'' वह बड़ा खुश हुआ।

अब तक वह मुझे अपना आलोचक मानता था, अब उसे लगा कि मेरी बढ़ती गोल का यह भी एक सदस्य है। उसने बड़े प्रेम से मुझे अपने पास बुलाया और धड़ से बिना कुछ कहे-सुने मेरे हाथ का कागज छीनकर पढ़ने लगा और प्रसन्नता व्यक्त करते हुए बोला, ''अच्छा, तो तुमने वह म्युनिसिपल बोर्डवाला प्लॉट खरीद लिया। जमीन तो

नब्बे वर्ष की लीज पर है। ...पर कोई बात नहीं। बाद में इसे ठीक कर दिया जाएगा।'' नेताओं की तरह उसने आश्वासन और बड़े-बुजुर्ग की तरह आशीर्वाद व बधाई दी। फिर मुझे कुछ उधेड़कर जानने की गरज से बोला, ''मैं तो यह समझ नहीं पा रहा हूँ कि तुमने अपनी कमाई से यह उपलब्धि हासिल की है अथवा यह किसी धनी दाता की कृपा का फल है?'' वह बोलता गया, ''क्या मैं नहीं जानता कि किस प्रकार तुम्हें एक-एक पैसे के लिए जीवन में संघर्ष करना पड़ा है!''

मैं कुछ नहीं बोला।

वही बोलता गया, ''अब तुम्हारे सामने सबसे बड़ी समस्या मकान बनवाने की होगी?''

''यदि आपकी कृपा होगी तो वह भी बन जाएगा और नहीं तो कांग्रेस सरकार से आप कुछ-न-कुछ तो अनुदान दिला ही देंगे।''

''नहीं-नहीं, ऐसा मत सोचना। अब वह पुरानी कांग्रेस नहीं रही, जो गरीबों की सोचती थी। अब बेईमानों की कांग्रेस है। आज के कांग्रेसी यदि मिले तो तुम्हारे जेब से ही निकाल लें।''

''शास्त्रीजी के प्रधानमंत्री पद पर आने के बाद भी आप ऐसा सोचते हैं?''

''एक आदमी के ईमानदार होने से क्या होता है? अकेला चना भाड़ थोड़े ही फोड़ेगा!''

फिर वह अपने साथियों की ओर देखते हुए बोला, ''घबराना मत, जमीन तो तुमने ले ही ली है, तब कभी-न-कभी मकान भी बनेगा। तुम्हारे ऐसा कर्मठ आदमी सबकुछ कर लेगा।'' और 'आज' कार्यालय की सीढ़ियाँ चढ़ने लगा।

मैं भी आगे बढ़ा। सोचने लगा—पहले जब लाला मिलता था तब मेरे बिना कुछ कहे आश्वासन पर आश्वासन देना शुरू करता था और कहता था कि कभी कोई जरूरत हो तो निस्संकोच कहना; पर आज वह कुछ नहीं बोला। अपने झूठे आश्वासनों की पोटली भी नहीं खोली।

सपनों की पीठ ठोकनेवाले तो बहुत हैं, पर जब वे ही सपने साकार होने के करीब होते हैं तो शायद ही कोई काम आता हो। अपनी समझदारी से सब भागते हैं। यह बात केवल इसलिए है कि उन्हें मालूम है कि मुझे मकान बनवाने के लिए रुपया तो कहीं से चाहिए ही।

जब घर पहुँचा तब तक माँ नहीं आई थीं। क्या बात है? सँझवाती का समय हो गया और वह नहीं आईं। भीतर जाकर देखा तो कोठी से लाई पराँठे की पोटली बाहरी सिकहर पर टँगी थी। इसका मतलब है कि माँ आ गई हैं, पर आस-पास किसी जरूरी काम से चली गई हैं।

बीचोबीच चौक में खड़ा होकर सोचने लगा। ऊपर से जगदंबा बाबू की लड़की देख रही थी। वह मुझसे बहुत कम बोलती थी, फिर भी उसने इतना तो कहा ही—"दूनो बहिन यही महलवै में कहीं गइल हईं। औतै होइहैं।" इतना कहकर अपने कमरे में चली गई। मैंने कुछ पूछा भी नहीं। बाहरवाले बैठके में चुपचाप आकर डाक चेयर पर लेट गया।

कभी साथ न रहनेवाली दोनों बहनें साथ गई हैं, जरूर कोई विशेष बात है। मुहल्ले में कुछ अनहोनी घटी है। मैंने बैठक का बाहरी दरवाजा खोला। गली की लालटेन जलानेवाला तेल भर रहा था।

अचानक तीन-चार औरतों का एक झुंड निकला। वे आपस में बातें कर रही थीं—"बाप रे बाप, यह घोर कलियुग हौ। ऐसन त कभी सुनल नाहीं गयल रहल। अब देखऽ ऊ लड़की का जान बचले कि नाहीं।"

"ऊ आदमी रहल कि राक्षस? जहाँ सुई न अमाए वहाँ मूसर ठूस देहलस।" उसके आस-पास की औरतों के चेहरों पर एक हँसी तो उभरी, पर दर्द और घृणा से नितांत बोझिल। पर मुझे देखते ही वे एकदम सहम गईं। किंतु मैं कुछ न समझ पाया। मेरे मन ने इस अधूरे और भग्न रेखाचित्र में रंग भरना शुरू कर दिया। इसके पहले कि अँधेरा और गाढ़ा हो, माँ और मौसी चली आई थीं।

"आज बड़ी देर कर दी, अम्मा।"

"क्या करती, आज मुहल्ले में एक बड़ी अनहोनी हो गई।" इतना कहकर वह भीतर जाने लगीं।

पर मेरी जिज्ञासा ने उसके पैर पकड़ लिये—"आखिर क्या बात थी?"

अब वह क्या बताएँ? कुछ खोलकर बताने लायक हो तब तो बताएँ। पर वह कुछ बोलें, इसके पहले ही मौसी बोल पड़ी, "वह जो बड़की बखरी है, उसकी बगल में एक हनुमान मंदिर है। उसी के पीछे सत्यनारायण का खँडहरनुमा एक मकान है।"

"हाँ-हाँ, उसे तो मैं जानता हूँ। वह कब से खाली पड़ा है!"

"उसी में एक रिक्शावाला रहता है।"

"पर वह रहने लायक तो बिलकुल नहीं है।" मैंने कहा।

"उसकी उजड़ी खपरैल के नीचे मिट्टी की भसकती चार दीवारें किसी तरह खड़ी हैं। और उसी में किसी तरह मुँह काला करता है वह रिक्शावाला।" मौसी बड़े आक्रोश में थी। उसने जो कुछ बताया, वह घृणा की मुद्राओं में अधिक और शब्दों में बहुत कम था। जिसका सारांश था कि 'बड़की बखरी' में रहनेवाले नंदू हज्जाम की सबसे छोटी बिटिया के साथ उस रिक्शेवाले ने दुष्कर्म किया। अभी उसकी उम्र ही क्या है? बहुत होगी तो छह-सात साल!

"अरे राम-राम! घोर कलियुग आ गया।" यह टिप्पणी बूढ़ी मँगरी की थी।

मैं तो अवाक् रह गया। मेरी प्रसन्न मानसिकता पर इस खबर ने कालिख पोत दी।

"कल शाम कॉलेज से लौटते हुए मैंने उसे देखा था। वह जाँघिया पहने हुए बड़की बखरी के सामनेवाले बड़े चबूतरे पर और बच्चों के साथ लँगड़ी खेल रही थी।"

"है बड़ी प्यारी बिटिया!" मेरी माँ बोलीं, "वह सबसे बड़ी जल्दी हिल-मिल जाती थी।"

"साँझ ढले एक बंबइया मिठाई बेचनेवाला आता था। वह उसके पीछे लग जाती थी। कल शाम को भी उसी की घंटी सुनकर घर से निकल पड़ी।" मौसी कहती गई, "पहले तो किसी ने ध्यान नहीं दिया। जब घड़ी-दो घड़ी बीत गई तब उसकी खोजाई होने लगी। आधी रात तक बड़की बखरीवालों ने मुहल्ला छान मारा, पर वह कहीं नहीं मिली। सवेरे वह हनुमान मंदिर के चबूतरे पर खून से लथपथ एक गंदे कपड़े में लपेटी बेहोश पड़ी पाई गई। उसी कपड़े से रिक्शेवाले की पहचान हुई।"

"तब रिक्शेवाले को पहले तो मारना चाहिए था, फिर पुलिस के हवाले करना चाहिए था।"

"वह मिला कहाँ!" मौसी बोली, "यदि मिलता तो उसे लोग जिंदा थोड़े ही छोड़ते! लाचार लोगों ने अपना क्रोध उसकी कोठरी पर ही उतारा। लोग बताते हैं कि उसमें था ही क्या? एक टूटी झिलँगी खटिया, उसपर एक फटी-पुरानी कथरी, जिस पर खून के कुछ छींटे। हे भगवान्! क्या यातना सही होगी उस कोमल बिटिया ने!" मौसी इतना कहकर घृणा से काँप उठी।

"उसके सिर पर शैतान सवार हो गया था क्या?" माँ बोलीं।

मौसी फिर चालू हो गई—"लोगों का कहना था, उसके घर में और कुछ तो नहीं, हाँ, दारू की खाली बोतलें अवश्य मिली थीं। वह रोज शाम को रिक्शा जमा करके दारू की बोतल और साँचू की दुकान से तेलही नमकीन लेकर आता था—कभी अकेले और कभी एकाध आदमी के साथ। लोगों ने उसे देखा था—दरवाजा खोलते ही वह ढिबरी जलाता और नमकीन खाते हुए बोतल के साथ चालू हो जाता था।"

"कल तो जैसे चमत्कार हो गया। वह कब आया, कब उसने लड़की को उठाया और कब भीतर चला गया, किसी को कुछ पता नहीं!"

यह सब सुनते हुए माँ एकदम चुप थीं। वह बीच-बीच में गहरी साँस लेते हुए 'हे भगवान्' या 'छी-छी' की ध्वनि निकालती जाती थीं।

"अब जाने दो जीजी, ऐसे पापियों या पाप कर्मों की चर्चा करना भी पाप है।"

"देखना, उस पापी को भी अपने कर्मों का फल मिलेगा। पुलिस तहकीकात में आई थी।" मौसी ने बताया।

"पर पुलिस उसका कुछ नहीं कर सकती।" माँ ने बड़े विश्वास से कहा। उनके कहने से ऐसा लगा जैसे माँ उसे पहले से जानती हों।

"ऐसा तुम कैसे कह सकती हो?" मौसी बोली।

"उस पर लाला जगजीवन लाल की छत्रछाया है।" माँ बोलीं, "कई बार वह यशोदा के साथ लाला को कोठी ले आया था। एक बार तो सवेरे का आया वह कोठी के दरवाजे पर तीसरे प्रहर तक खड़ा रहा। मैंने गदाधर से पूछा—यह रिक्शावाला कब से खड़ा है, किसके आसरे है? यह लाला का निजी रिक्शा है। यह उन्हें लेकर आया है और जब जाएगा, इन्हें लेकर ही जाएगा।" माँ का कहना था, "इसी बीच रिक्शेवाला कहीं से आ गया। बोला—'मैं तो आपके मुहल्ले में ही रहता हूँ।'

"उसे देखकर मैं चुपचाप सामने से हट गई। मैंने भी उससे यह नहीं पूछा कि तुम मेरे मुहल्ले में किसके घर में अपना 'मुँह झौंसते' हो!"

उस दिन यह बात पक्की हो गई कि लाला बहुत से पापों की नदियों का समुद्र-संगम है।

□

कमरे में आकर जब प्रकृतिस्थ हुआ तब माँ को जमीन की रजिस्टरी का कागज दिखाया। पीड़ा और घृणा के कीचड़ से लथपथ उसकी मानसिकता ने एकदम गंगा-स्नान का अनुभव किया। उसने परमात्मा को कोटिशः धन्यवाद दिया—"हे भगवान्! तुमने आज मेरे बेटे की नहीं, वरन् उसके पूज्य पिता की कब की आकांक्षा पूरी की है। यदि आज वे जीवित होते तो कितने खुश होते!" इतना कहते हुए वह आकाश की ओर देखती वैसी ही खड़ी रही। पता नहीं, वह ऊपर की ओर भगवान् को देख रही थी या मेरे पिता को!

फिर उसने उस कागज को देखा, पढ़ा शायद ही हो। बड़ी खुश थी।

"मेरे साथ आओ।" इतना कहते हुए वह मेरे साथ कमरे से बाहर निकलीं।

पहले उसने मौसी का पैर छुआ, फिर मेरा सिर पकड़कर झुकाते हुए बोली, "चल, माथा मौसी के चरणों पर रख।"

मौसी तो एकदम अचंभे में थी—"अचानक ऐसा क्या हो गया, भाई?"

तब तक माँ ने उसके हाथों में जमीन की रजिस्टरी का कागज थमा दिया।

मौसी पढ़ी-लिखी तो थी नहीं। उसने अनुमान के आधार पर कहा, "क्या तरक्की-वरक्की हुई है?"

"नहीं, आपके बेटे ने जमीन खरीदी है।" माँ ने कहा, "यह जमीन की रजिस्टरी का कागज है।"

"रजिस्टरी का कागज है!" आश्चर्य से उसके चेहरे का रंग ही बदलने लगा।

उसे कल्पना भी नहीं थी कि एक-एक पैसे के लिए जो कल तक मुहताज था, वह आज जमीन खरीद लेगा। विस्मय, ईर्ष्या और मेरे परिवार के प्रति हमेशा अनिष्ट की कामना में गोते लगानेवाली मेरी मौसी के चेहरे पर एक कृत्रिम मुसकराहट उग आई। वस्तुत: यह मुसकराहट उसकी संतप्त मानसिकता के तवे पर खुद का डाला हुआ ठंडे पानी के छींटे जैसा था, जो रह-रहकर उसके भीतर ही 'छन्न' से कर उठता था। उसकी उष्ण भाप जब उठती थी तब वह भीतर-ही-भीतर 'हाय' कर उठती थी।

अब हाय को भीतर ही दबाती हुई वह मुसकराती रही, ज्वालामुखी पर अस्थायी हरियाली बिखेरती रही।

उसकी बदलती मुद्राएँ इन सबका अंदाज देती रहीं। मुझे लगा कि किसी क्षण मौसी अपने अंतर की इस विस्फोटक स्थिति को सँभाल न पाए और रजिस्टरी का वह कागज फाड़कर फेंक न दे। इस स्थिति के आने के पहले मैंने धीरे से उसके हाथों से वह कागज ले लिया और चुपचाप चल पड़ा। फिर माँ भी मेरे पीछे-पीछे चली आई।

मौसी अभी भी वहाँ खड़ी रही। दरवाजे पर आकर मैंने देखा—वह खीझ में पैर पटककर अपनी कोठरी में चली गई।

मेरे जीवन का वह ऐतिहासिक दिन था। मैं कितना प्रसन्न था, सो कैसे बताऊँ। यही समझिए कि मेरी कई पुश्तें इस काशी में रहीं, पूजा-पाठ के प्रसाद पर जीती रहीं, पर कभी एक बालिश्त जमीन भी अपनी बना नहीं पाईं और न किसी दाता-दानी ने ही उन्हें दी। आज मैं पहला व्यक्ति था, जिसने अपना ही नहीं, पूर्वजों का सपना पूरा किया था। मैं मन-ही-मन कह उठा—'अरे वाह रे हम, वाह!''

''खाली जमीन लेने से थोड़े ही कुछ होगा, जब बनवाने चलोगे तब पता चलेगा।'' यह मौसी नहीं वरन् मौसी की ईर्ष्या बोली थी।

फिर भी, मैंने बड़े सहज भाव से कहा, ''मौसीजी, मकान तो बैंक लोन से बनवाऊँगा।''

''कर्जा लेकर मकान बनवाओगे?'' मौसी बोली, ''खाली ब्याज देते-देते मर जाओगे। आज तक कोई कर्जा लेकर मकान बनवा पाया है!''

अब मैंने उसे समझाया, ''कोऑपरेटिव बैंक में एक हाउसिंग लोन की स्कीम आई है। उसमें बहुत कम ब्याज पर मकान बनवाने के लिए कर्ज मिलेगा और महीने-महीने किस्त पर कर्जा देना पड़ेगा। मैं तीस वर्ष की किस्त बनवाऊँगा। कई लोगों ने ऐसा किया है। उनका कहना है कि हम जितना किराया देते थे, किस्त उससे कम ही पड़ती है।''

''और तुम कितना किराया देते हो?'' मौसी का यह व्यंग्य मेरे गाल पर सीधा पड़ा। दरअसल, जगदंबा बाबू मुझसे एक पैसा किराया नहीं लेते थे, इसलिए मैं कुछ

बोल नहीं पाया।

पर माँ ने बहुत समझदारी का जवाब दिया, ''हर महीने किराए के नाम पर यह बैंक में पचास रुपए जमा करता जाता था। जमीन लेने में प्रॉविडेंट का पैसा तो लगा ही, पर वह जमा पैसा भी बड़ा काम आया।''

पराजित ईर्ष्या बिना फुफकारे बिल में चली गई।

□

: तेरह :

डिप्टी साहब के चबूतरे पर काफी भीड़ थी। उन्होंने आज अपना रेडियो बाहर निकाल दिया था। माननीय लाल बहादुर शास्त्री का राष्ट्र के नाम संदेश आ रहा था।

उनका भाषण तो इस समय पूरा याद नहीं है, पर उसमें कही हुई मुख्य-मुख्य बातें इस प्रकार हैं—

''मेरे प्यारे देशवासियो,

''आज हमारे पड़ोसी देश पाकिस्तान ने हम पर आक्रमण कर दिया है। उसने सोचा कि चीन के आक्रमण के बाद हमारा देश कमजोर हो गया है। हमारा आत्मबल टूट चुका है। हमारी जमीन आसानी से हथियाई जा सकती है। ऐसे में आपके आत्मबल की आज राष्ट्र को सबसे अधिक आवश्यकता है। हम आपके सहयोग की अपेक्षा करते हैं। हमारी मातृभूमि फिर आज आपका बलिदान माँगती है।

''आप सबको इस युद्ध में लड़ना पड़ेगा। इसका मतलब यह नहीं है कि आपको मोरचे पर जाना पड़ेगा, वरन् आप जहाँ हैं वहीं से आपको अपना मोरचा खोलना पड़ेगा। आप वहीं से लड़िए। आप जो काम करते हैं उसी को दूनी मेहनत और लगन से करिए। मजदूर ज्यादा-से-ज्यादा मजदूरी करें। किसान दो की जगह तीन फसल उगाएँ। हमारे देश को अन्न की सबसे अधिक आवश्यकता है। अब तक हम जो अन्न उपजाते हैं, वह हमारे देशवासियों के लिए ही पूरा नहीं पड़ता।

''इस युद्ध ने हमारे ऊपर इतना खर्चा थोप दिया है कि उसे पूरा करना हमारे लिए मुश्किल है। अब हम आर्थिक मदद के लिए दूसरे देश के सामने हाथ फैलाना उचित नहीं समझते। अब हम अपने प्यारे देश को संसार के भिखमंगों की कतार में खड़ा करना नहीं चाहते। हम सब मेहनत करें और अधिक-से-अधिक अन्न उपजाएँ। अब आज से हमारा नारा होगा—'जय जवान, जय किसान।'

''जवान तो मोरचे पर अपने प्राणों की आहुति दे ही रहा है, अब किसान को भी

अपने खेतों में जी-जान लगाकर अधिक-से-अधिक अन्न उपजाना पड़ेगा।

"जिनके पास खेत नहीं, वे भी आस-पास की जमीन पर कुछ-न-कुछ उपजाएँ। आप अपने घरों में, बारजे पर, छतों पर—जहाँ कहीं हो सके, कुछ-न-कुछ उगाएँ, सब्जियाँ ही पैदा करें।

"एक ओर आप पैदावार बढ़ाएँ और दूसरी ओर अन्न का एक दाना भी बरबाद न करें। हो सके तो उतना ही खाएँ जिससे जीवित रहने का प्रयोजन पूरा हो जाए। यही समझें, जीवन खाने के लिए नहीं बल्कि खाना जीवन के लिए है। हो सके तो आज से जीवन में एक दिन, वह भी केवल एक समर्थ राष्ट्र के लिए, उपवास करें। आज से मैंने भी शुक्रवार का खाना बंद कर दिया है। यदि आप भी ऐसा करें तो यह राष्ट्र आपका एहसान मानेगा।

"आप जहाँ हैं, वहीं से युद्ध करें। देश में शांति बनाए रखें और राष्ट्र के प्रति अपने कर्तव्य का पालन करें। विजय हमारी निश्चित है।"

अरे, एक महत्त्वपूर्ण बात तो उनके भाषण की मैं भूल ही गया। उन्होंने कहा था—"इसका आप लोग पूरा ध्यान रखें कि हमारा दुश्मन बहुत होशियार है। वह हमेशा कोशिश करेगा कि हमारे देश के अंदरूनी अमन-चैन में खलल पड़े। वह ऐसे भड़काऊ प्रचार करेगा कि देश की आंतरिक शांति भंग हो जाए।" उनका संकेत सांप्रदायिक दंगों से था—"मुझे पूरा विश्वास है कि आप दुश्मन की ऐसी घिनौनी चाल में कभी न आएँगे।"

मुझे ठीक याद है, उनका भाषण अपनी १५ मिनट की अवधि से ज्यादा चला। उनके बोलने के ढंग में बड़ी शांति थी; जरा भी घबराहट नहीं, एकदम शांतचित्त! ऐसा लग रहा था कि अपने बीच का कोई आम आदमी बोल रहा है, जिसकी एक-एक बात दिल में साफ उतरती जा रही थी।

लगभग यही प्रतिक्रिया वहाँ भीड़ में खड़े हर आदमी की थी—"देखिएगा, शास्त्रीजी यह लड़ाई जीतकर रहेंगे।"

उनके भाषण का जादुई असर देशवासियों पर पड़ा। यहाँ तक कि शादी-ब्याह में भी बड़े-बड़े ज्योनार बंद हो गए। लोग भोजन की जगह मामूली जलपान से ही काम चलाने लगे।

मैंने पता लगाया तो बहुत से छात्रों ने भी शुक्रवार की शाम को खाना बंद कर दिया। कॉलेज का मेस भी आज के दिन शाम को अपना मुँह बंद कर लेता था।

यहाँ तक कि हमीद, जो हमेशा कांग्रेस के विरोध में ही बातें करता था, उसने भी शास्त्रीजी की प्रशंसा करते हुए कहा, "शास्त्रीजी का व्यक्तित्व वास्तव में एक जन-नायक का है। देखिए, उन्होंने कुछ माँगा नहीं—न सोना, न चाँदी। माँगी भी तो बस

जनता की कर्तव्यपरायणता, अनुशासनप्रियता और राष्ट्र के प्रति पूर्ण समर्थन।''

मैंने अनुभव किया कि जब दिल की गहराई और पूरी सच्चाई से बिना किसी लाग-लपेट के बात कही जाए तो बड़े-से-बड़ा विरोधी भी अपना हो जाता है। केवल हमीद ही नहीं, उसके ऐसे कई कम्युनिस्ट भी शास्त्रीजी की प्रशंसा करते दिखाई पड़े।

इसका एक कारण यह भी था कि अमेरिका का पाकिस्तान को पूरा समर्थन था। इसके विपरीत, कम्युनिस्टों का भारत के प्रति झुकना लाजिमी था।

आज शाम उस समय बड़ा मजा आया, जब सुमेर चाचा की दुकान पर किसी ने हमीद को चिकोटी काटी—''अब हमीद भाई ही बताएँगे कि असलियत क्या है? पाकिस्तान ने सही मायने में हमारे देश पर हमला किया है या भारत ने ही उसकी जमीन हड़प ली थी, उसने उस पर कब्जा करने के लिए चढ़ाई की है?''

लोगों ने पुराना संदर्भ समझ लिया और भीतर-ही-भीतर मुसकराने लगे।

हमीद भड़क उठा, ''क्या वाहियात बात करते हैं! एक ओर देश पर विपत्ति पड़ी है और आपको मजाक सूझता है!'' कुछ देर तक चुप रहने के बाद वह बड़े आवेश में वहाँ से उठकर चल पड़ा। लोग उसे रोकते रह गए, पर वह रुका नहीं।

कुछ गंभीर और बुजुर्ग लोगों का विचार था कि हमीद का चले जाना उचित था। हमें हमेशा खयाल रखना चाहिए कि हम इस समय ऐसा कुछ न करें, जो देश की आंतरिक शांति के लिए खतरा बने।

□

देश को चीन से लड़ाई का अनुभव तो था ही। उसे बहुत अधिक मानसिक तैयारी नहीं करनी पड़ी। शाम होते ही दुकानें बंद हो जाती थीं। सड़कें सुनसान और गलियाँ खामोश।

हर दरवाजा अपने ओठ सिल लेता था। उस अँधेरे में भीतर से लुक-छिपकर रोशनी की एक पतली रेखा भी कहीं दिखाई नहीं देती थी। पूरा 'ब्लैक आउट'।

ऐसे में, रात को चुपचाप घूमने का अपना मजा था। आकाश के चौथ के तिर्यक् चंद्रमा की मद्धिम चाँदनी के सहारे हम बड़े आराम से बाहर घूमने निकलते थे। होम गार्ड के पहरेदारों व आवारा कुत्तों के अतिरिक्त और कोई पशु भी शायद ही दिखाई देते रहे हों। लगता है, लोग अपने पशुओं को खूँटे से बाँध देते थे।

मुझे 'सरप्राइज' देने की सूझी। सड़क पार कर मैं सीधे दानिस के घर जानेवाली गली में घुस गया। हर तरफ अँधेरा और खामोशी। किसी के बंद दरवाजे पर कान लगाकर सुनिए तो भी किसी प्रकार की भुनभुनाहट नहीं। यह सही है कि जाड़े की रात है, लोग रजाइयों में दुबके पड़े होंगे; फिर भी, कहानी-किस्से तो होते ही रहते थे। लगता है, युद्ध के आतंक ने उनके मुँह पर भी हाथ रख दिया था। दानिस का दरवाजा खटखटाने

के पहले उसकी दराज में मैंने आँखें सटाकर देखा—भीतर अँधेरा पसरा हुआ और खामोशी बुदबुदाती हुई। अभी लोग जाग रहे हैं। मैंने दरवाजा खटखटाया। बुदबुदाहट भी दहशत के कंबल में दुबक गई।

मैंने फिर और जोर से खटखटाया। कोई प्रतिक्रिया नहीं। इतना जरूर आभास हुआ कि कोई उठकर दरवाजे के पास आया है फिर सन्नाटा चिपक गया। अब मैंने जोर से खटखटाते हुए कहा, "अरे भाई, मैं जयनाथ हूँ, जग्गू।"

"तब इतना बुझौवल क्यों बुझा रहे हो?" दानिस बोला और दरवाजा खोल दिया।

दालान में एक बोरसी के चारों ओर बैठकर सारा घर आग ताप रहा था। मैं भी उन लोगों के बीच घुसकर बैठ गया।

"बड़ी रात को चले, बेटा?"

"बड़ी रात कहाँ है, अम्मीजान? यह तो जाड़े की शाम है, जो जल्दी से बुरका ओढ़ लेती है।"

मेरी बात सुनकर दानिस के बगल में बैठी सलमा मुसकरा पड़ी। मैंने उसकी मुसकराहट के विस्तार के लिए दूसरी फुलझड़ी छोड़ी, "जब बुरके में चली गई तब क्या फर्क है कि उस बुरके में सलमा है या अम्मीजान! शाम है कि रात!"

इस बार सब हँस पड़े।

"जग्गू, तुम कहाँ रहते हो? तुम्हारे आते ही उदासी गायब हो जाती है।"

"आज किस बात की उदासी?"

"पड़ोसी के साथ जंग छिड़ी है और तुम कह रहे हो, उदासी कैसी?"

"पर इस बार आप लोगों की उदासी की कोई वजह नहीं है।" मैंने कहा, "हमारा प्रधानमंत्री काफी होशियार है।"

"होशियार तो नेहरूजी भी थे!"

"पर वे धरती से जुड़े नहीं थे। उनका व्यक्तित्व आम आदमी का प्रतिनिधित्व नहीं करता था। शास्त्रीजी तो एकदम हमारे बीच के आदमी हैं। देश की समस्याओं को गहराई से जानते हैं।"

फिर सभी ने उस दिन के राष्ट्र के नाम उनके संबोधन की बड़ी प्रशंसा की।

मैंने मजाक में ही अम्मीजान से पूछा, "अब आपको डर नहीं लगता कि आपके फिरके के लोगों ने हमारे देश पर आक्रमण किया है और आप लोग यहाँ खतरे में हैं?"

"नहीं, बिलकुल नहीं। हमें लगता है कि नेहरूजी की बनिस्बत शास्त्रीजी के हाथों में देश ज्यादा 'महफूज' है, सुरक्षित है।"

फिर बातों के सिलसिले में ही अम्मीजान ने बताया कि दानिस व सलमा ने

मिलकर गमले में और छत पर भी सब्जियों के पौधे लगाए हैं।

"पौधे कहाँ से मिले?"

दानिस ने बताया, "चढ़ुवा की सट्टी में एकदम पीछे एक सरकारी पौधशाला खुली है। वहीं आधे दाम में पौधे मिलते हैं। ये परिष्कृत बीज के भी हैं तथा रोग और कीटाणु अवरोधक भी।"

"हम लोग तो कुछ जानते ही नहीं कि कब पानी डालना होगा और कब तक फल मिलेगा!" मैंने कहा।

"सारी हिदायत बहुत समझाकर वहाँ मिलती है।" दानिस ने कहा, "एक आदमी अलग से वहाँ तैनात है। वह सारी बातें खूब समझाकर बताता है।"

"इसका मतलब यह कि हम लोग भी अब किसान हो गए।" और अम्मी ने हाथ उठाकर नारा लगाया—"जय जवान, जय किसान।"

मैंने अनुभव किया कि ऐसे मौकों पर सबसे अधिक डरी-सहमी रहनेवाली अम्मीजान आज कितने उत्साह में हैं।

बातों के ही क्रम में दानिस ने बताया कि "एक दिन बुद्धन मिला था।"

"कौन बुद्धन?"

"अरे, लाला का नौकर! तुम इतनी जल्दी उसे भूल गए!"

"भूला तो बिलकुल नहीं हूँ, पर ध्यान से उतर गया था, क्योंकि बहुत दिनों से वह दिखाई नहीं पड़ा।"

"लाला के साथ वह दिल्ली गया था, दिखाई कैसे देता!"

"लाला दिल्ली गया था? फिर भी वह बड़ा शांत बैठा है। लगता है, शास्त्रीजी ने उसे घास तक नहीं डाली। नहीं तो अब तक आसमान सिर पर उठा लेता और कहता फिरता कि शास्त्रीजी ने देश की वर्तमान स्थिति के संबंध में राय लेने के लिए मुझे बुलाया था। वह यह कहते हुए अघाता नहीं कि मुझे देखते ही शास्त्रीजी ने छाती से लगा लिया। बोले—जगजीवन लालजी, आप तो पुराने समाज-सेवी और एक अनुभवी कांग्रेसी हैं। आज देश पर विपत्ति पड़ी है। ऐसे समय में आप ऐसे लोगों के अनुभवों की बड़ी आवश्यकता है। पर वह एकदम शांत है।"

मेरी बात सुनते ही दानिस हँस पड़ा—"वह गया तो था इसी आशा से, पर निराशा ही हाथ लगी। ...बुद्धन बड़े विस्तार से शास्त्री और लाला के मिलन का जिक्र करता है। उसका कहना है कि जब लाला शास्त्रीजी से मिला तो उसने झुककर शास्त्रीजी के चरण छुए, उनके चरणों की धूल मस्तक से लगाई। तब तक शास्त्रीजी बोल पड़े—

नवन-नवन बहु अंतरा, नवन-नवन बहु बान।
यह तीनौं बहुत नवैं, चीता-चोर-कमान॥

…तो आप इन तीनों में कौन हैं?"

सलमा ने बीच में ही टोक दिया, "इसका मतलब क्या होता है?"

"मतलब बाद में समझना!" दानिस ने उसे सीधे-सीधे डाँट दिया, "काली बिल्ली के रास्ता काटने की तरह बीच में बात मत काटा करो।"

"तो मैं काली बिल्ली हूँ!" सलमा एकदम नाराज हो गई। यह तो कहिए, वह उठकर चली नहीं गई, चुपचाप मुँह लटकाए वहीं बैठी रही। नहीं तो वह खुद को बिल्ली कहे जाने पर बहुत नाराज होती है। काली बिल्ली के नाम से तो आगबबूला हो जाती है।

दानिस बोलता जा रहा था, "बुद्धन का कहना है कि लाला भौचक्का-सा उन्हें देखता रह गया, फिर भी बड़े धीरे से बोला, 'मैंने आपकी बात नहीं समझी।'

" 'तो आपको समझने की जरूरत भी नहीं है।' शास्त्रीजी की आवाज और भी टेढ़ी हुई।

" 'कहिए, आप कैसे चले?' उन्होंने पुनः पूछा। तब तक तो लाला की घिग्घी बँध चुकी थी। वह बोले भी तो क्या बोले?

" 'वैसे ही चला आया। सोचा, देश पर विपत्ति आई है, ऐसे में हम क्या मदद कर सकते हैं?'

" 'यह बात तो आप दो पैसे का पोस्टकार्ड लिखकर भी पूछ सकते थे। बस, इतनी बात के लिए इतना पैसा खर्च कर सीधे दिल्ली आने की क्या जरूरत थी? वह भी अकेले नहीं, एक आदमी को साथ लेकर? फिर किसी को उल्लू बनाकर उसका कोई काम कर देने का वादा करके आप आए होंगे! तो मेरी सलाह है कि आप अपना यह रवैया छोड़ दें।' "

मैं एकदम सकते में आ गया। मेरे मुँह से निकल पड़ा, "शास्त्री ऐसे सीधे-सादे आदमी से इस तरह के व्यवहार की लाला ने उम्मीद तो नहीं की होगी!"

"उम्मीद क्या, उस समय तो उसके हाथ से तोते उड़ गए। लाला एक अपराधी की तरह निगाह नीची किए चुपचाप खड़ा रहा। अचानक शास्त्रीजी बोल उठे कि 'अब आप जा सकते हैं।' इतना सुनकर लाला अपना-सा मुँह लेकर चुपचाप चलने को हुआ। उसी समय शास्त्रीजी फिर बोल पड़े, 'यह सोचने की अदद छोड़ दीजिए कि देश पर आई विपत्ति को कैसे भुनाया जाए। उन पुरानी गंदी आदतों को छोड़िए। खुद शांत रहिए और देश में शांति बनाए रखिए।' इतना कहकर शास्त्रीजी बिना किसी नमस्कार-बंदगी के और बिना कोई औपचारिकता निबाहे भीतर चले गए।"

दानिस का कहना था कि सारी घटना सुनाते समय बुद्धन को बड़ा मजा आ रहा था। अपनी ओर से वह कुछ 'मिर्च-मसाला' भी लगाता जा रहा था—वहाँ के नौकरों में

से एक ने हमें फाटक से बाहर निकालकर फिर फाटक बंद करवा दिया। जाते समय फाटक के करीब बने ऑफिस में जितनी लिखा-पढ़ी हुई थी, उनमें से एक भी नहीं हुई—बड़े बे-आबरू होकर तेरे कूचे से हम निकले।

"पर शास्त्रीजी इतने रूखे किस्म के आदमी तो हैं नहीं।" मैंने कहा, "मैंने सुना है कि बनारसवालों से वे बड़े प्रेम से मिलते हैं।"

"प्रेम से मिलने लायक आदमी हो तब तो प्रेम से मिलें!" अम्मीजान बोल पड़ीं, "अरे, शास्त्रीजी प्रधानमंत्री हैं, उनके यहाँ बनारस के एक-एक आदमी का हिसाब होगा। फिर लाला, उसकी शख्सियत तो जग-जाहिर है।"

"तो आपको भी इस चर्चा में मजा आ रहा था। मैंने तो सोचा था कि हम लोगों की बातों से आप बोर हो रही हैं।"

"बोर क्यों होंगी? बोर तो हमारी बिल्ली भी नहीं हुई होगी!" दानिस ने सलमा को फिर चिकोटी काटी।

सलमा एकदम भभक उठी—"देखो अम्मी, भाईजान को समझा दो कि हमसे न लगें, नहीं तो ठीक नहीं होगा।" इतना कहते-कहते उसने एक धौल जमा ही दिया और उठकर दालान के अँधेरे में गुम हो गई।

"क्यों दानिस, तुम उसे इतना क्यों चिढ़ाते हो?"

"क्योंकि उसको चिढ़ाने में बड़ा मजा आता है।"

मैंने सोचा, काफी समय हो गया है। घड़ी देखी तो अभी नौ ही बजे थे। मेरा अंदाजा ग्यारह से कम का नहीं था।

जाड़े की रात का अँधेरा वक्त की असलियत को भी छिपा लेता है।

□

इस नाटे और छोटे से आदमी ने तो कमाल कर दिया! हमारी सेनाएँ तो लाहौर तक बढ़ गईं। पाकिस्तान की राजधानी ही घिरने के करीब थी। अंतरराष्ट्रीय आकाश में बिजलियाँ कड़कने लगीं।

शास्त्रीजी का राष्ट्र के नाम एक और संदेश प्रसारित हुआ, जिसकी मुख्य बातें, जो याद आ रही हैं, इस प्रकार हैं—

"प्यारे देशवासियो,

"हमारे जाँबाजों ने युद्ध के मोरचे पर और आम जनता ने देश के आंतरिक मोरचे पर अपने-अपने कर्तव्यों का जी-जान लगाकर पालन किया। शत्रुओं के दाँत खट्टे हो गए हैं। अनाज के मामले में आत्मनिर्भर होने की हमारी नीति अभी तो सफल नहीं हो सकी है, पर उसने सफलता की ओर अपने कदम बढ़ा दिए हैं। हमें पूरा यकीन है कि अब विदेशों से सहायता के लिए हमें हाथ नहीं पसारना पड़ेगा। हम भूखे मर सकते हैं,

पर भीख नहीं माँग सकते। हमारा आत्मसम्मान घास की रोटी खाएगा और शत्रु के दाँत खट्टे करेगा।

"अब पाकिस्तान की राजधानी हमसे कुछ ही दूर रह गई है! पर याद रखिए, हमने किसी का राज्य जीतने के लिए या उसकी जमीन हड़पने के लिए कभी युद्ध नहीं किया। राम ने लंका जीती, पर अपने लिए नहीं वरन् राक्षसों का नाश करने के लिए। जीत के बाद भी उसके उत्तराधिकारी विभीषण को लौटा दिया।

"आज भी जब हम पर युद्ध थोपा गया, हमने जी-जान लगाकर उसका सामना किया; क्योंकि हम दुनिया को यह दिखा देना चाहते हैं कि हम शांति के पुजारी हैं, खुद जीने और दूसरों को जीने देने में विश्वास करते हैं; पर यदि कोई हमें आँखें दिखाता है तो हम आँखें निकाल लेने की भी ताकत रखते हैं।"

राष्ट्र के नाम इस संदेश के बाद तो देश में नई जान आ गई। कुछ लोग तो यहाँ तक कहने लगे कि जो काम नेहरूजी ने उन्नीस वर्षों में नहीं किया, वह कार्य शास्त्रीजी ने कुछ ही वर्षों में कर दिखाया।

आज कॉलेज में ऐसी ही बातें चल रही थीं कि छोटे बाबू ने आकर पूछा, "बैंक से आपका 'लोन' ग्रांट हुआ कि नहीं?"

"कैसा लोन?"

"जो मकान बनवाने के लिए आपने कोऑपरेटिव बैंक से माँगा था। क्योंकि मैंने सुना है कि पब्लिक को दिए जानेवाले सारे कर्जे तत्काल प्रभाव से बंद कर दिए गए हैं।"

"ऐसा कोई ऑर्डर बैंक में नहीं आया है। यदि आया होता तो मुझे तो जरूर मालूम होता। मैं तो बैंक का डायरेक्टर भी हूँ।" मैंने कहा, "हाँ, ऐसा ऑर्डर चीनी आक्रमण के समय जरूर आया था।"

"हो सकता है, उसी आधार पर लोगों ने उड़ा दिया हो।" बाबू बोला। फिर वह कुछ सोचते हुए संदर्भ से हटकर कहने लगा, "देखिए, नेता-नेता की बात है। नेता बदलते ही देश बदल गया। कहाँ हम चीनी मोरचे पर भी पिछड़ रहे थे और देश की प्रगति भी औंधे मुँह पड़ी थी। और अब युद्ध के मोरचे पर भी बड़ी तेजी से बढ़ रहे हैं और अन्न के मामले में भी आत्मनिर्भरता की ओर बड़ी दृढ़ता से अग्रसर हैं।"

मैंने भी छोटे बाबू की बात का समर्थन किया, "हाँ, यह तो है। देश में जैसी सद्भावना इस समय है, वैसी पिछले कई वर्षों से देखने को नहीं मिली। कहीं पर भी सांप्रदायिक दंगा नहीं हुआ। और तो और, कॉलेज की पढ़ाई में एक दिन भी व्यवधान नहीं पड़ा। यहाँ तक कि जाड़े की बरसात में भी 'रैनी डे' नहीं हुआ। बरसात होती रही और कक्षाएँ चलती रहीं। उसमें उपस्थिति सामान्य से अधिक थी। यह सब आत्म-अनुशासन का परिणाम था। ऊपर से थोपा हुआ अनुशासन तो उतारकर फेंका जा सकता

है, पर स्वत:स्फूर्त अनुशासन तो चरित्र का एक अंग बन जाता है और तभी कोई राष्ट्र आगे भी बढ़ता है।''

मैं बात करते-करते आत्मविभोर हो गया कि समय का ज्ञान ही नहीं रहा, जाड़े में ठंड से सिकुड़े दिन को भागने की जल्दी होती है। शाम होते ही अँधेरा उतरने लगता है।

चार बजते-बजते कॉलेज खाली हो जाता है और पाँच बजते-बजते फील्ड भी सूनी पड़ जाती है। यदि एन.सी.सी. की परेड न होती तो मैं भी अब तक घर लौट गया होता।

पर आज जब घर लौटा तब अँधेरा घिर आया था। ज्यों ही बाहरी दरवाजा खोला, त्यों ही कंबल में लिपटा लँगड़ा दिखाई दिया। यह वही लँगड़ा है, जो कभी लाला के डर से आधी रात को शहर छोड़कर भागा था, वह भी इतने निर्भीक और बेफिक्र भाव से कभी मुझे अपने दरवाजे पर ही मिलेगा, इसकी मुझे कल्पना तक नहीं थी।

''कब आए? अभी खाना-पीना तो हुआ नहीं होगा?'' मैंने पूछा।

''नहीं, मैं सुमेर चाचा के यहाँ से खाकर आ रहा हूँ।'' उसने कहा।

''आजकल वे बीमार चल रहे हैं।'' मैंने कहा।

''उनकी बीमारी का हाल सुनकर ही तो मैं उनकी खबर लेने भेजा गया।''

मेरा आश्चर्य और बढ़ा—''किसने भेजा?''

''भेजनेवाले ने भेजा।'' वह बड़े रहस्यमय ढंग से मुसकराया। फिर उसने धीरे-धीरे सबकुछ बता दिया कि अब मैं चंपो के यहाँ हूँ।

इतना सुनते ही आप मेरी मानसिकता का अनुमान लगा सकते हैं। कब से प्यासे के दरवाजे पर आज कुआँ स्वयं चला आया था। सुना है, एक बार ऋषि अगस्त्य ने एक चुल्लू में पूरा सागर पी लिया था। मेरी जिज्ञासा एक चुल्लू में इस पूरे कुएँ को ही पी डालना चाहती थी। पर लँगड़ा भी ऐसी गाँठ-गोभी था, जिसकी परतें निकालना भी सरल नहीं। मेरे प्रत्येक प्रश्न को वह टालता जाता था। अंत में मैंने ऐसा अमोघ बाण मारा, जो व्यर्थ जानेवाला नहीं था—''अब तुम्हें लाला से डर नहीं लगता?''

''काहे का डर?'' लँगड़ा बोलता गया, ''ऐसे बूढ़े सिंह से क्या डरना जिसके नाखून और दाँत तोड़ डाले गए हों? और जिस पर केंद्रीय सरकार ने सी.बी.आई. इन्क्वायरी बैठा दी हो।''

''लाला पर सी.बी.आई. की इन्क्वायरी? यह तो बनारस में रहकर मैं भी नहीं जानता। किसी अखबार में खबर भी नहीं छपी। फिर तुम्हें कहाँ से सूचना मिली?'' मैंने पूछा।

''मुझे चंपो दीदी ने बताया।'' लँगड़ा बोलता गया, ''दीदी ने बड़े विश्वास से

कहा—जो खुद घर से बाहर निकलने की स्थिति में न हो, वह तुम्हारा क्या बिगाड़ सकता है? इतना ही नहीं, उन्होंने यह भी कहा—इस समय वह जीवन की अंधी गली में फँस गया है। ऐसे अंधकार से घिरा है कि उसे कोई रास्ता नहीं सूझ रहा होगा। और उस अँधेरे में औरों की क्या कहें, उसकी छाया ने भी साथ छोड दिया होगा।''

''अजीब बात है। हम लोग यहाँ रहकर भी कुछ नहीं जानते और उसने वहाँ से सबकुछ जान लिया!'' मुझे आश्चर्य था।

''दीदी ने ऐसी व्यवस्था की है कि यहाँ की छोटी-से-छोटी घटना की भी खबर उन्हें मिल जाती है।''

''आखिर वह है कहाँ?''

''बंबई में।''

मैंने एक झटके में पूछा और उसके मुँह से उसी झटके में निकल भी गया।

''आखिर तुमने मेरे मुख से निकलवा ही लिया।'' उसको अफसोस था, फिर भी वह अपनी मूर्खता पर हँसता रहा।

□

भारतीय सेनाएँ तीन ओर से लाहौर की ओर बढ़ीं। इच्छोगिल नहर तक पहुँच चुकी थीं। लाहौर लगभग घिर गया था। नगर खाली कराना पड़ा।

इधर खेमकरण क्षेत्र में पैटन टैंकों का विनाश कर हमारी सेना ने पाकिस्तान को धूल चटा दिया। पाकिस्तान की पराजय निकट दिखाई पड़ी। ...क्योंकि मि. जिन्ना के सपनों का महल शत्रुओं द्वारा रौंद दिया जाएगा। हमारी सहायता के बिना भारत को ऐसी सफलता? दुनिया के कुछ बड़े देशों को अच्छा नहीं लगा। उन्होंने तुरंत अपने कब्जे की संस्था सुरक्षा परिषद् में २२ सितंबर, १९६५ को प्रस्ताव रखा और युद्ध-विराम कराया। रूस आगे आया, फलतः ताशकंद समझौता हुआ।

इस समझौते के तहत जो देश दूसरे देश में जितना बढ़ गया था, उसे पीछे लौटना पड़ा। भारत ने ७४० वर्ग मील जमीन छोड़ी और पाकिस्तान ने महज २८० वर्ग मील। जीती हुई जमीन लौटाना हमारे प्रधानमंत्री को अच्छा नहीं लगा। सेना में भी असंतोष दिखा। देश ने भी अनुभव किया कि समझौते के बहाने हमारे साथ दगा किया गया।

□

१२ जनवरी, १९६६।

आज तो देश पर पहाड़ टूट पड़ा। सवेरे से ही जीवन जैसे ठहर गया हो। रेडियो ने आज अपने पहले बुलेटिन में ही यह दुःखद सूचना दी कि भारत के प्रधानमंत्री माननीय शास्त्रीजी नहीं रहे। ताशकंद में ही उन्हें गंभीर दिल का दौरा पड़ा और डॉक्टरों के तमाम प्रयत्न के बाद भी वे बचाए नहीं जा सके। रूस के प्रधानमंत्री कोसीगिन ने

उनके निधन पर गहरा दुःख व्यक्त किया और कहा कि दुःख की इस घड़ी में हमारा पूरा देश भारत के साथ है।

मन नहीं मानता था कि शास्त्रीजी नहीं रहे। आज जो जहाँ था वहीं रह गया। न मैं कॉलेज गया और न माँ कोठी। और तो और, मौसी भी अपनी रजाई में ही पड़ी रही। लगा, जैसे समय थम गया है। जीवन जम गया है।

माँ को तो जैसे भूत सवार हो गया था। वह एक स्वर से यही कह रही थीं कि मेरा तो 'ब्रह्म' कहता है—वह अंतरात्मा की आवाज को 'ब्रह्म' की संज्ञा देती थीं—कि शास्त्रीजी मरे नहीं हैं। उनकी मौत के पीछे कोई बहुत बड़ी साजिश है। इतना कहते-कहते उनका भी स्वर एकदम भीग गया। उन्होंने भी खाट में जाकर रजाई में मुँह छिपा लिया।

आज चूल्हा भी मुँह बंद किए रहता, यदि मैंने चाय बनाने के लिए उसे जलाया न होता। बरतन भी कल के जूठे वैसे ही पड़े रहे।

चाय बनाकर जब मैं पहले-पहले चाय पिलाने के लिए माँ को जगाने गया तब वह कसमसाते हुए उठीं, जैसे उनका उठने का मन न रहा हो; पर वह सोई भी नहीं थीं।

चाय तो उन्होंने थाम ली और बहुत देर तक थामे ही रहीं। फिर उन्होंने शास्त्रीजी के गुणों का बखान करना शुरू किया और अंत में अपना पुरानी रट लगाई—''मुझे नहीं लगता कि उनकी स्वाभाविक मृत्यु हुई है।''

उन्होंने आधा कप ही चाय पी। आधा छोड़कर फिर पहले जैसी ही ढुलक गईं और रजाई ओढ़ ली। मैंने भी उन्हें अधिक छेड़ना उपयुक्त नहीं समझा। उसके दरवाजे को ओठँगाकर चला आया।

अब घर में बैठकर क्या करता! वैसे ही चादर ओढ़े सुमेर चाचा की दुकान की ओर चला। अब सुमेर चाचा का स्वास्थ्य ठीक हो चला था। वह दुकान तो नहीं खोलता था, पर उसकी दुकान के बाहर बैठकबाजी अब जमने लगी थी। वह भी उसमें रस लेने लगा था।

पं. दीनानाथ की दहाड़ दूर से ही सुनाई पड़ी,''समझौते पर हस्ताक्षर करने के बाद आधी रात को उन्होंने विरोधी दल के नेताओं से टेलीफोन पर बातें की थीं और उसी के एकाध घंटे बाद वे मर गए! बात कुछ समझ में नहीं आती! इस सबके पीछे कोई साजिश जरूर है।''

''आप साजिश कैसे कहते हैं?'' हमीद बोला, ''समझौते के बाद तो उन्होंने शास्त्रीजी की बनाई खिचड़ी खाई थी?''

''यह आपको कैसे मालूम?'' महँगू ने पूछा।

''आज के विशेषांक में पूरी खबर बड़े विस्तार से छपी है।'' इतना कहते हुए हमीद ने जेब से वह विशेषांक निकालकर दिखा दिया।

यह सामान्य बात है कि हमीद साजिश का समर्थन कैसे करता, बात रूस के खिलाफ पड़ जाती और वह मूलत: कम्युनिस्ट है। फिर भी वह बोला, "मुझे लगता है कि शास्त्री ने समझौते के बाद जिन नेताओं से बातें कीं, उन्होंने समझौते की जमकर आलोचना की। वे सभी उसकी शर्तों के विरुद्ध थे। इसी का उन्हें आघात लगा होगा और उनका बीमार एवं कमजोर हृदय उसे सँभाल नहीं पाया।"

दीनानाथजी तुरंत बोल पड़े, "इसका मतलब है कि कोसीगिन ने न्याय नहीं किया। उन्होंने भारत को दबाकर पाकिस्तान के पक्ष में यह समझौता कराया।"

"ऐसा कैसे कह सकते हैं?" हमीद बोला।

"अखबार में पढ़ो, इसमें साफ लिखा है—दोनों सेनाओं को ५ अगस्त, १९६५ के स्थान पर पीछे लौटना पड़ेगा।" इस बार सुमेर चाचा ने अखबार दिखाया।

"दोनों सेनाएँ लौटेंगी, केवल भारत की ही तो नहीं।" हमीद ने अपना बचाव किया।

"पर हम ७४० वर्ग मील आगे बढ़े थे, एकदम लाहौर के निकट पहुँच गए थे, जबकि पाकिस्तान महज छंब के एरिया में आगे बढ़ा था, वह भी केवल २८० वर्ग मील तो साफ जाहिर है कि इस समझौते से हमारा अधिक नुकसान हुआ।"

"अरे, आप क्या समझते हैं? अगर चौबीस घंटे का और मौका मिलता तो हमारे बहादुर सैनिक लाहौर पर तिरंगा फहरा देते।" दीनानाथ बड़े आवेश में बोले।

"जो बात हमारा दुश्मन लड़ाई से न कर पाता, उसे रूस ने समझौते से करा दिया। यह हमारे खिलाफ साजिश नहीं की गई तो और क्या है?" उस बहस में गहरी चुप्पी के बाद पहली बार मैं कूदा था। यह बात हामिद को कुछ अच्छी नहीं लगी। मैं कभी उसका खुला विरोध नहीं करता था। कुछ-न-कुछ तो पुरानी दोस्ती निभाता ही था।

"जरा संपादकीय तो पढ़ा जाए।" मैंने उसके हाथ से अखबार लेना चाहा। पर उसने दिया नहीं और बड़े आवेश में मुझे झटका देकर विशेषांक को पुन: अपने जेब के हवाले करते हुए चलता बना।

लोग रोकते रह गए और वह हवा के झोंके-सा चला गया। पूरे शहर की यही स्थिति थी। आज सड़कों पर रूस के समर्थक दिखाई नहीं पड़ रहे थे। या तो अपने घरों से निकले नहीं और जो निकले भी, वे हमीद की तरह शीघ्र ही अपनी माँद में चले गए।

नगर की थमी हुई जिंदगी में अगर कोई चीज चल रही थी तो वह केवल बहस थी। सड़क पर, गली में, चाय और पान की दुकानों पर जहाँ दो-चार आदमी जुटे कि बहस शुरू हो गई—

"भले आदमी थे, उन्हें लगा होगा कि मैंने देश के साथ दगा किया। अपने देश की जनता को कौन सा मुँह दिखाऊँगा? मैं अपने उन बहादुर सैनिकों को क्या जवाब दूँगा

कि मैंने उनके बलिदानों का उन्हें क्या पुरस्कार दिया?''

''यहाँ लौटकर किसी तरह अगर आते भी तो अपने को माफ न कर पाते, तुरंत प्रधानमंत्री पद से इस्तीफा दे देते। शायद इसी ऊहापोह में देश क्या दुनिया को ही छोड़कर चले गए।''

□

माँ थोड़ी देर बाद उठीं और कपड़े ठीक कर चलने लगीं।

''अब तो कोठी जाने का भी समय नहीं रहा, फिर कहाँ?'' मैंने जिज्ञासा की।

उनका कहना था, ''घर में रहकर क्या करूँगी? कोठी जा रही हूँ।'' उन्होंने मुझसे भी चलने को कहा, ''यहाँ रहकर क्या करोगे? इस समय कहीं भी कुछ हो सकता है।''

''अरे, होगा क्या? लोग एक बार सदमे में आ गए हैं, फिर धीरे-धीरे सब ठीक हो जाएगा।''

''ऐसा मत सोचो, स्थिति भयंकर भी हो सकती है! जब कोई बड़ा पेड़ गिरता है, धरती हिलती ही है। कभी-कभी वही कंप भूकंप में बदल जाता है। मेरे साथ चलो, यहाँ रहकर क्या करोगे?''

''तो वहाँ चलकर क्या करूँगा?''

अब उन्होंने दूसरा तर्क दिया—''मैं चाहती हूँ कि तुम्हारे साथ ही चलूँ भी और लौट भी आऊँ। मेरा अकेले जाना ठीक नहीं। फिर एक दिन रानी बहू तुम्हें पूछ भी रही थीं।''

अतत: माँ के साथ चलना पड़ा। एक भी औरत सड़क पर दिखाई नहीं पड़ी। सुबह जैसी स्थिति इस समय भी थी। जगह-जगह झुंड बनाकर लोग बहस कर रहे थे। जैसे नगर की विभिन्न नसों का खून जमकर थक्का-थक्का विभिन्न स्थानों पर इकट्ठा हो गया था।

माँ डग बढ़ाए चली जा रही थीं। ऐसा लग रहा था जैसे उनका मन बड़ा अशांत हो। जब वह कोठी के निकट पहुँचीं तब एकदम ठिठक गईं। उनकी दृष्टि कोठी के फाटक के पास खड़े रिक्शे पर थी।

''यह तो वही रिक्शेवाला है!'' माँ के मुँह से निकला, ''सत्यनारायण के घर में इतना बड़ा कांड करके भी यह अभी छुट्टे साँड़ जैसा घूम रहा है!''

''यह लाला का रिक्शा चलाता है।'' ड्योढ़ीदार गदाधर ने कहा, ''एक बार मैंने इसे यहाँ देखा था। तब तुमने बताया था…।'' माँ बोलती गईं, ''विचित्र है! प्रधानमंत्री बदल गया, देश बदल गया; पर इस शहर में लाला की तपिश नहीं बदली!''

''न बदली है और न बदलेगी।'' गदाधर ने कहा, ''ये लोग जैसी बयार बहती

है वैसी पीठ कर देते हैं। रावण का राज हो तो उस दरबार में ये वैसे ही रहेंगे जैसे राम के राज्य में।''

''पर शास्त्रीजी तो रावण और राम दोनों से अलग थे।'' मैंने कहा।

''शायद इसीलिए इतनी जल्दी चले गए। भगवान् के यहाँ भी भले की पूछ होती है।'' इतना कहते-कहते गदाधर का गला भर आया।

□

: चौदह :

मकान के लिए बैंक से मंजूर कर्ज 'लैप्स' होने की स्थिति में था, क्योंकि जब तक मकान का निर्माण आरंभ नहीं हो जाता और नींव 'पिल्प' तक नहीं आ जाती तब तक कर्ज की पहली किस्त नहीं मिलती और यह काम दो महीने के भीतर हो जाना चाहिए था; पर निश्चित समय में हो नहीं पाया। एक के बाद दूसरी, कोई-न-कोई बाधा पड़ती गई और मैं समय बढ़ाने के लिए प्रार्थना-पत्र देता गया। धीरे-धीरे पाँच महीने बीत गए। अब प्रार्थना-पत्र देने की भी गुंजाइश नहीं थी। जल्दी-से जल्दी भूमि-पूजन करके काम शुरू करना था।

मन में आया, क्यों नहीं लँगड़े से पता लेकर चंपो को लिखूँ? यदि वह एक दिन के लिए वाराणसी चली आए तो उसी से नींव में पहली ईंट धराई जाए; पर बार-बार कहने पर भी लँगड़े ने पता नहीं दिया। उसने यह जरूर कहा कि मैं परसों जा रहा हूँ, तुम्हारी बात उनसे कह जरूर दूँगा।

९ मार्च को वसंत पंचमी पड़ती थी। लोगों का कहना था कि उसी दिन भूमि-पूजन करना चाहिए। माँ भी इसी मत की थीं। मैं सबकी हाँ में हाँ मिलाता रहा, पर अपनी ओर से कुछ निश्चित जवाब नहीं देता था। रह-रहकर मन में यह बात भी आती रही—हो न हो, चंपो चली ही आए। मेरे जीवन की इतनी बड़ी उपलब्धि पर न आई तो कब आएगी? इस बीच कई शुभेच्छुओं को उक्त अवसर की सूचना दे दी थी।

ज्यों ही मार्च का महीना शुरू हुआ, मेरा जी घबराने लगा। अभी तक लँगड़े ने कोई चिट्ठी भी नहीं भेजी। ऐसा तो नहीं कि वह यहाँ से जाकर सब भूल गया हो? तब क्या होगा? अब तो तारीख भी बढ़ाई नहीं जा सकती। फिर साइत नहीं मिलेगी और यदि मिली भी तो किस काम की? क्योंकि ३१ मार्च तक के लिए मंजूर समय भी खत्म हो जाएगा।

माँ वसंत पंचमी की तैयारी में लगी थीं। मैं लगभग उदासीन था। मेरे लिए तो अभी तक मूल्य का ही पता नहीं था, क्योंकि मेरे दिमाग में चंपो का कोई विकल्प नहीं था।

अचानक एक दिन मुझे कॉलेज के पते से एक चिट्ठी मिली। मैंने सोचा, लँगड़े की चिट्ठी होगी; पर यह चंपो की थी और उसके हाथ की लिखी थी।

एक ऐसी लड़की, जिसकी पढ़ाई कभी अक्षर-ज्ञान तक ही सीमित थी, उसका इतना ज्ञान-गर्वित पत्र, वह भी प्रौढ़ और जमी हुई लिखावट में, पाकर मैं पुलकित हो गया। शीघ्र ही इस निष्कर्ष पर पहुँचा कि मनुष्य परिस्थितियों को नहीं, वरन् परिस्थितियाँ मनुष्य को बनाती हैं। आज बदली हुई परिस्थितियों ने उसे एकदम बदल दिया है।

अगर कोई चीज नहीं बदली तो हमारी और उसकी आत्मीयता। वह अब भी मेरे लिए चंपो थी और मैं उसके लिए जग्गू। पत्र की शुरुआत भी उसने 'प्रिय जग्गू' से की थी। पूरा पत्र शिकवा-शिकायत से भरा था, जिसमें मुख्य शिकायत यह थी कि मैंने बार-बार लिखा था कि जो गहने मैंने दिए हैं, उन्हें सलमा को पहनाकर उसका एक फोटो मुझे भेज देना। मैं देखना चाहती थी कि वह वैसी है जैसा कभी मैंने उसे देखा था या उसमें कोई फर्क आया है।

सारा पत्र विभिन्न जिज्ञासाओं से भरा था। मेरे निवेदन के बारे में बस इतना ही लिखा था 'मैं इस समय आ नहीं सकती। यदि मेरे प्रति तुम्हारा इतना ही आग्रह हो तो सलमा से अपने मकान की नींव का पत्थर लगवा लो। तुम्हें भी अच्छा लगेगा और मुझे भी शांति मिलेगी।'

अब क्या करूँ? अभी तक तो सारी सोच और उस संदर्भ का सारा प्रयत्न मुझ तक ही सीमित था। मैंने इसकी चर्चा किसी से नहीं की थी। माँ से भी नहीं। पर अब तो करनी ही पड़ेगी। आखिर वसंत पंचमी के कितने दिन रह गए।

यदि चंपो की राय के अनुसार तैयारी करनी पड़ेगी तो माँ से तो कहना ही पड़ेगा; पर कैसे कहूँ?

पत्नी भी यहाँ नहीं थी। मैं उससे सारी बात बता देता और वह सारी बातें माँ तक पहुँचा देती। मेरा काम हलका हो जाता। पर अब वह मेरे मत्थे पड़ा; पर यह मेरे लिए सहज नहीं था।

यों भी मेरी पत्नी चंपो के नाम से चिढ़ती थी और उसका चिढ़ना लाजिमी भी था। कोई पत्नी कभी भी यह बरदाश्त नहीं कर सकती कि उसके पति का झुकाव किसी और लड़की की ओर हो। पर जब से चंपो ने अपने सारे जेवर उतारकर दे दिए थे तब से उसकी सोच में थोड़ी नरमी आई थी। वह अब उसका नाम लेकर और उसके साथ मुझे जोड़कर मजाक करने में जरा भी नहीं हिचकिचाती थी, बल्कि बड़ा आनंद लेती थी।

एक बार तो ऐसे ही आनंदोत्सव की एक मुद्रा में उसने यहाँ तक कह दिया कि तुम्हारी 'आह' में भले ही कोई हो, पर 'बाँह' में तो मैं ही हूँ और जन्म भर मैं ही रहूँगी।

यदि मैं इस पत्र का रहस्य पत्नी के समक्ष न खोलता तब भी बात आगे बढ़ सकती थी; पर मेरी मानसिकता इतनी उलझी थी कि मैं क्या कहूँ, कैसे कहूँ, कुछ समझ नहीं पाया; क्योंकि मेरी द्विधा केवल दो के बीच नहीं रही। दो ओर से कसी रस्सी पर तो किसी तरह संतुलन स्थापित किया जा सकता है—और मैंने अनेक बार किया भी है, पर इस समय तो चारों ओर से मुझ पर खिंचाव था—चंपो, पत्नी, सलमा और माँ। ऊपर से पारिवारिक परंपरा और उसकी वर्जनाएँ।

एक रात तो मैं सो नहीं पाया। दूसरे दिन सुबह होते ही माँ ने कहा, ''परसों शाम इलाहाबाद चले जाओ। दूसरे दिन रविवार है। बहू को भी विदा करा लाना और ससुराल में भी भूमि-पूजन का निमंत्रण भी दे देना। इतने बड़े अनुष्ठान का शुभारंभ करने जा रहे हो, कम-से-कम ससुराल को तो पता हो जाना चाहिए। उक्त अवसर पर पहनने के लिए धोती-दुपट्टा ससुराल से ही आता है; पर इसके संबंध में तुम कुछ कहना मत। वे स्वयं व्यवस्था करेंगे।''

ये बातें चल ही रही थीं कि मैंने वह पत्र उसे थमा दिया।

''यह क्या है?'' उनके मुँह से निकला। मैं चुप ही था। वह पत्र खोलकर पढ़ने लगीं। मैं बड़े गौर से उन्हें देखता रहा। उनके चेहरे का रंग पल-पल बदलता गया।

''तुमने इतनी बड़ी बात चंपो को लिख दी और मुझसे पूछा तक नहीं!'' उनकी आवाज आक्रोश से भरी थी।

''मैंने उसे लिखा कहाँ? मुझे तो उसका पता ही नहीं मालूम था और न आज मालूम है।'' मैंने कहा, ''वह तो लँगड़े से मैंने महज इस बात की चर्चा की थी।''

''चर्चा करने के पहले मुझसे पूछ नहीं सकते थे?'' इस बार उनकी आवाज और टेढ़ी हुई—''...और उसने भी बिना जाने-समझे मन की सलाह दे दी। उसे क्या मालूम कि हमारे परिवार की परंपरा क्या है! जब तुम्हें अपने घर की परंपरा का ज्ञान नहीं है तब वह बेचारी क्या जानेगी कि अपने घर की नींव की ईंट को घर के आदमी को ही रखना चाहिए।'' इसके बाद उन्होंने पत्र को झटककर मेरे हाथ में ही थमा दिया। अपने ऊपर माँ का ऐसा क्रोध शायद ही कभी मैंने देखा हो।

मैं भी सिर नीचा किए चुपचाप कमरे से निकल आया और बाहरी बैठके में आकर अपनी माँ से की गई अपनी भावुकतापूर्ण गलती सुधारने का मन बनाने लगा।

आँखें बंद कर डाक चेयर पर पड़ा-पड़ा इसी संदर्भ में सोच रहा था। आँखें झपने लगी थीं। थोड़ी देर बाद मुझे ऐसा लगा जैसे चंपो कह रही हो—'स्वेच्छा का स्थान केवल हमारे और तुम्हारे बीच है; पर समस्या जब पूरे परिवार से संबंधित हो; तो पारिवारिक परंपरा और परिपाटी का ध्यान रखना चाहिए। माँ ठीक कह रही थीं, मुझे

संदेश भेजकर तुमने गलती की थी। मुझे प्रसन्नता बस इस बात की है कि उस गलती में तुमने मुझे भी शामिल किया। यह भी हमारे-तुम्हारे प्रेम की परिपक्वता का ही परिणाम है। खैर, जो हुआ, सो हुआ। अब इस गलती के लिए तुम्हें अपनी माँ से क्षमा माँगनी चाहिए। यदि मैं वहाँ होती तो मैं भी तुम्हारे साथ ही चाची से इस गलती के लिए क्षमा माँगती—भूल करने में भी साथ और क्षमा माँगने में भी साथ।' इतना कहकर वह अपनी स्वाभाविक अदा से मुसकराने लगी।

तंद्रा टूटी। न कहीं चंपो और न कहीं चंपो की आवाज! वस्तुतः वह मेरा ही प्रत्यय था, जो चंपो के माध्यम से मुझे 'कन्फेशन' (भूल स्वीकृति) के लिए तैयार कर रहा था।

मैं चुपचाप उठा। भीतर के कमरे में आया। माँ मन मारे चारपाई पर ढुलकी थीं। उनकी आँखें भरी थीं और चेहरा उदास। मन में बार-बार दोहराए गए वाक्य को रटे तोते की तरह दोहरा दिया, "माँ, माफ करो, गलती हो गई। अब कोई भी निर्णय लेने के पहले तुमसे अवश्य पूछ लूँगा।"

वह चारपाई से उठीं और एकदम मुझे गले से लगा लिया, फिर सिसकते हुए बोलीं, "आज तेरे पिताजी होते तो वे कितने प्रसन्न होते! उन्होंने जीवन में जो काम नहीं किया, वह तू करने जा रहा है। भगवान् का अनुग्रह स्वीकार करते हुए वे कितने दिनों से विशेष पूजन आरंभ कर देते। और तू उस तुरकिन की लड़की को बुलाकर नींव का पत्थर रखने की बात करता है! ऐसी ओछी बात तेरे मन में आई कैसे?"

मैंने अनुभव किया कि इस पत्र से माँ को गहरी चोट लगी है। चंपो पर तो पता नहीं किन-किन परिस्थितियों के बादल बरसे कि उसके सारे पुराने संस्कार धुल गए कि इस तरह का सुझाव दे बैठी, जबकि हमारे यहाँ की जीवन-शैली से वह अच्छी तरह वाकिफ है।

मैं चुप ही रहा। चिंतन में चंपो की वर्तमान जिंदगी थी। इसी बीच माँ ने पुनः करवट बदली।

मैं भी बातों के क्रम को दूसरी ओर ढकेलते हुए बोला, "तो ठीक है, शनिवार को ही मैं दो बजे की गाड़ी से इलाहाबाद निकल जाऊँगा। उस दिन शनिवार भी है और महीने का आखिरी दिन भी। मध्यांतर के बाद छुट्टी हो जाएगी। मुझे अवकाश के लिए प्रार्थना-पत्र भी नहीं देना पड़ेगा।"

माँ अब काफी संतुष्ट लगीं। स्मृतियों के अश्रु से उनकी आँखें धुल चुकी थीं। वह अब भी पिताजी को चारपाई पर पड़ा देख रही थीं।

"तुम्हारे पिताजी कितने आस्थावान् थे! जीवन के अंतिम क्षण तक तुलसी की

माला और 'गीता' उनसे नहीं छूटी, जबकि साँसें छूट चुकी थीं।''

मैंने फिर स्वीकार किया कि मुझसे बहुत बड़ी गलती हो गई। मैं भावुकता में बहता हुआ कितनी दूर चला आया।

□

शास्त्रीजी के बाद गुलजारी लाल नंदा एक बार फिर भारत के 'केयरटेकर' प्रधानमंत्री बने। कुछ दिनों बाद ही स्थायी प्रधानमंत्री का चुनाव हुआ, जिसमें कांग्रेस को खड़े-खड़े चीर दिया गया और वह दो भागों में विभक्त हो गई। एक में नेहरू परिवार की वफादारी तथा नए रक्त का जोश था और दूसरी ओर बुजुर्ग एवं प्रौढ़ नेताओं का होश था। एक ओर इंदिरा गांधी थीं और दूसरी ओर मोरारजी देसाई। एक फाँक कांग्रेस 'आई' थी, दूसरी फाँक कांग्रेस 'ओ'। एक इंदिरा कांग्रेस थी और दूसरी ओल्ड कांग्रेस।

इन्हीं वैचारिक संघर्षों और प्रजातांत्रिक पद्धति का परिणाम था प्रधानमंत्री पद पर इंदिरा गांधी की ताजपोशी। एक बार फिर इलाहाबाद भारत के राजनीतिक नक्शे में भारत का सिरमौर बना।

इसी बीच एक भयानक दुर्घटना घटी। एक दिन बूढ़ी मँगरी को साँड़ ने उठाकर ऐसा पटका कि उसके प्राण-पखेरू ही उड़ गए।

मँगरी मेरे परिवार की न होकर भी परिवार से उसकी आत्मीयता बहुत अधिक थी। वह कब से मेरे परिवार के साथ थी, यह सही-सही किसी को भी नहीं मालूम, खुद मँगरी को भी नहीं। उसने एक बार मुझे बताया था कि 'जब बड़का भूडोल आयल रहल, ओकरे बहुत पहले से हम तोहरे घर में हई। जब आइल रहली तब हमार गणेश तीन-चार बरस क रहल।'

अचरज है कि उस समय अधिकांश बड़े-बूढ़े लोग पुरानी बातों को याद करते समय अपनी स्मृति का एक पड़ाव सन् १९३४ के भूकंप को देते थे। लगता है उनके जेहन में इससे बड़ी दूसरी कोई प्राकृतिक आपदा अपना स्थान बना नहीं पाई थी।

बहरहाल, हमें भूमि-पूजन की साइत टालनी पड़ी। फिर भी, मैं अपनी पत्नी को मायके से बुला लाया। वस्तुतः मँगरी की मौत हमारे परिवार के लिए एक गहरा हादसा था। फिर मेरी पत्नी से उसका गहरा लगाव था। वह उसे 'अइया' कहती थी और उसकी किसी भी प्रकार की सेवा के लिए चौबीस घंटे तैयार रहती थी।

जब उसने यह खबर सुनी तो ऐसा दहाड़ मारकर रोई कि उसके मायके के हर व्यक्ति ने सोचा कि इसके ससुराल में किसी खास आदमी का निधन हो गया है।

''ससुर तो बहुत पहले से नहीं थे, एक बेचारी सास थीं, लगता है, अचानक वह भी चल बसीं।'' यह प्रतिक्रिया मेरी ससुराल में पड़ोस की एक मरियल की थी।

पर जब मेरी सास ने उन्हें असलियत बताई तब वे सामान्य हुईं। यद्यपि आज का दिन इलाहाबाद के लिए अत्यंत सुखद था। प्रधानमंत्री बनने के बाद आज पहली बार इंदिरा गांधी यहाँ आ रही थीं।

यहाँ उनका पड़ाव बस एक रात का था। वह एक निजी विमान से प्रात:काल ही आ चुकी थीं और 'आनंद भवन' में ठहरी थीं। सायं ४ बजे से रात ८ बजे तक उनका सर्वसाधारण से मिलने का कार्यक्रम था।

मैंने सोचा, क्यों न आनंद भवन का एक चक्कर लगाऊँ, कहीं बहती गंगा में हाथ धोने का एक मौका मिल ही जाए और प्रधानमंत्री का दर्शन हो ही जाए। फिर मन में आया कि क्यों न मैं अपनी पत्नी को साथ लेता चलूँ। उसका मन आन-मान हो जाएगा, नहीं तो उसकी आँखों के सामने मँगरी ही नाचती रहेगी और वह एक कोने में बैठी आँसू बहाती रहेगी।

मेरी इस सोच का मेरी सास ने पुरजोर समर्थन किया और हम लोग रिक्शे पर आनंद भवन की ओर चल पड़े। वह जा तो रही थी प्रधानमंत्री का दर्शन करने, पर रास्ते भर मँगरी की बात करती रही, "अइया मरते समय कुछ बोली थी?"

"अरे, साँड़ के पटकते ही उसके प्राण-पखेरू पिंजरा छोड़ चुके थे। कुछ कहने-सुनने का उसे मौका कहाँ मिला?"

"इसका मतलब है, वह साँड़ नहीं, उस बूढ़ी के लिए साक्षात् यमराज ही था।" पत्नी बोली। वह फिर उसकी यादों में खो गई।

ज्यों ही मेरा रिक्शा आनंद भवन की ओर मुड़ा, पूरा आनंद भवन जन-सैलाब में डूबा दिखाई पड़ा। मन ने कहा, 'इस भीड़ में मेरा निबाह नहीं।'

"अरे, आप चलिए तो सही।" मेरी पत्नी बोली।

रिक्शा दस कदम बमुश्किल चला होगा कि पुलिस ने रोक दिया। अब पैदल चलने के सिवा और कोई चारा नहीं था।

अभी तो आनंद भवन का फाटक काफी दूर है और भीड़ का यह आलम कि यहीं से बदन से बदन छिल रहा था और धक्का-मुक्की अलग से। मेरी तो हिम्मत ही छूट चुकी थी। मैं पत्नी से बोला, "अच्छा हो, हम लौट चलें। इस तरह वहाँ तक पहुँचने में ही उनके जन-सामान्य से मिलने का समय समाप्त हो जाएगा। यदि बनारस होता तो कोई-न-कोई परिचित मिल जाता और जुगाड़ लग जाता।"

"इसका मतलब है कि आप मुझे चुनौती दे रहे हैं!" इतना कहते हुए वह मुझसे आगे हो गई। मेरा हाथ पकड़कर भीड़ को चीरती हुई आगे बढ़ी।

मैंने जीवन में पहली बार अपनी पत्नी की निर्भीकता और साहस का सही परिचय

पाया था।

फाटक के भीतर पहुँचते ही पत्नी एक नितांत प्रौढ़ व्यक्ति को लक्ष्य करके चिल्लाई—"चाचाजी, प्रणाम! 'ये' बनारस से आए हैं।"

वह इतने से समझ गया कि मैं इसका पति हूँ।

उस मुँछैल व्यक्ति को मैंने इसके पहले कभी नहीं देखा था। वह आगे बढ़कर हम दोनों को उस भीड़ से निकालकर कांग्रेस सेवा दल के स्वयंसेवकों को सहेजते हुए बड़ी गंभीरता से बोला, "ये बनारस से आए हैं। वी.आई.पी. हैं।"

उन लोगों ने मुझे निजी उद्यान से ले जाकर वी.आई.पी. की पंक्ति में खड़ा कर दिया। मैंने अनुभव किया कि मेरे आगे वाराणसी कांग्रेस कमेटी के लोग हैं और लाइन भी बहुत बड़ी नहीं है।

हमें विश्वास हो गया कि हम शीघ्र ही इंदिरा गांधी के सामने पहुँच जाएँगे। हमें करना ही क्या था! पंक्ति का हर आदमी इंदिरा को प्रणाम कर आगे बढ़ता जा रहा था। हर एक के प्रणाम का जवाब भी वह मुसकराकर प्रणाम करते हुए दे रही थीं। किसी-किसी बुजुर्ग के जाने पर वह खड़ी भी हो जा रही थीं।

पूरी व्यवस्था में नेहरूजी के परिवार का रुतबा दिखा। इस लाइन से पहुँचना जितना आसान था दूसरी, तीसरी और चौथी लाइन से पहुँचना उतना ही कठिन। ये सामान्य लोगों की लाइनें थीं। इनमें तरह-तरह के लोग थे। कोई प्रधानमंत्री को माला पहनाना चाहता था, कोई पुष्प-गुच्छ देना चाहता था, कोई चरण छूने के लिए आतुर दिखा और कोई उनके पास जाकर जोर-जोर से जयकारा लगाने के जोश में दिखा; पर किसी की मनशा पूरी नहीं हुई। सुरक्षा की दृष्टि से पुलिस ने किसी बात की अनुमति नहीं दी और उनके पास की सारी चीजें प्रधानमंत्री से बहुत दूर धरवा ली गईं।

अभी भी हम गंतव्य से दूर थे; पर अब उनके निकट से दर्शन होने की उम्मीद पक्की हो गई थी। तब तक गंभीर कोलाहल हुआ। सामान्य लोगों की लाइन नंबर चार में एक व्यक्ति जब इंदिराजी के पास पहुँचा तो वह बेहोश होकर गिर पड़ा। गिरनेवाले के प्रति चारों ओर से भिन्न-भिन्न आवाजें उठने लगीं, "बेचारा बूढ़ा था। भीड़ में चक्कर आ गया होगा।"

"वह प्रधानमंत्री पर ही गिर गया है।" किसी ने कहा।

"नहीं जी, उसका केवल सिर ही उनके पैर पर पड़ा। बाकी धड़ पर तो जनता चढ़ बैठी थी। यह तो मुस्तैदी कहिए सुरक्षाकर्मियों की कि उन्होंने लोगों को हटा-बढ़ाकर उसे अपने कब्जे में ले लिया।" यह आवाज दूसरे व्यक्ति की थी।

लाइनों की आगे बढ़ने की गति थम गई। तब तक कई सुरक्षाकर्मी उसके लुंज-

पुंज शरीर को उठाकर हवा में टाँगते हुए चल पड़े।

"अरे, यह तो लाला है!" मेरे मुँह से निकला, "इस भीड़ में भी उसने हंगामा खड़ा कर दिया। वाह रे जगजीवन लाल! तेरा भी कोई जवाब नहीं! यहाँ भी अपनी नाटकीयता से बाज नहीं आया।"

नाम सुनते ही मेरी पत्नी बोल पड़ी, "ऐसे लोग तुम्हारे ही शहर में पैदा हो सकते हैं। बनारसी ठग का इससे अच्छा दूसरा उदाहरण नहीं हो सकता।"

"बेचारे ने इंदिराजी की भक्ति में अपनी जान जोखिम में डाल दी और आपको ठग दिखाई देता है। खसी जान से गया और खानेवाले को स्वाद ही नहीं मिला।" इसी तरह की प्रतिक्रियाएँ हमें झेलनी पड़ीं। लाला को इस समय मिल रही व्यापक सहानुभूति के समक्ष मेरी पत्नी का बोलना भारी पड़ा।

□

वाराणसी में लाला की प्रतिष्ठा के सूखते वृक्ष पर पानी पड़ा। उस पर हरियाली सवार हो गई, फुनगियों तक में हरे पत्ते निकल आए। नगर की गली-गली में यह प्रचारित हो गया कि लाला प्रधानमंत्री से मिल आया है। उन्होंने देखते ही लाला से हाथ मिलाया था। इस प्रसन्नता को वह सँभाल नहीं पाया और मारे खुशी के बेहोश होकर गिर गया। फिर भी तो उसका सिर उनके चरणों पर था। बड़ा किस्मतवाला है लाला कि उसके सिर को उठाने के लिए इंदिराजी को खुद हाथ लगाना पड़ा।

लोग उसके भाग्य से ईर्ष्या कर रहे थे, पर कोई असलियत नहीं जानता था। पं. दीनानाथजी ने यहाँ तक कहा, "खूब किस्मत पाई है इस लाला ने भी, जो हजार चूहा खाकर भी 'बिलड़ा भगत' बना रहता है और इसका भाग्य दहाड़कर कहता है—कोउ नृप होउ हमैं का हानी, न होबै चेरी रहबै रानी।"

शीघ्र ही वह नगर में इंदिरा कांग्रेस का संगठन मंत्री बन गया, क्योंकि नगर में जितने वरिष्ठ कांग्रेसी नेता थे, उनमें पं. एल.पी. त्रिपाठी को छोड़कर अधिकांश कांग्रेस 'ओ' में चले गए थे। इसीलिए फील्ड खाली थी, लाला का पौ बारह था। इसी सिलसिले में उसने मुहल्लेवालों की एक मीटिंग मध्यमेश्वर मंदिर के चबूतरे पर बुलाई।

उसकी गलती यही थी कि वह इस मुहल्ले में जिस रिक्शे पर आया था, उसका चालक वही बलात्कारी था, जो मुहल्ले के एक बुजुर्ग सत्यनारायण की पुरानी और उजड़ी झोंपड़ी में रहता था। बहुत दिन हुए, सत्यनारायण झोंपड़ी छोड़कर गाँव चला गया था। इसी में इस रिक्शेवाले ने बड़की बखरी की छोटी सी लड़की के साथ बहुत बड़ा कांड कर दिया था।

मंदिर का चबूतरा अच्छी तरह भर गया था। ज्यादातर नौजवान लोग थे। रिक्शेवाले

को देखते ही लोगों ने पहचान लिया। फिर क्या था? लोगों ने लाला को घेर लिया, प्रश्नों की बौछार होने लगी। लाला ने आव देखा, न ताव और लगा रिक्शेवाले को मारने। उसके साथ और लोगों ने भी अपने हाथों की खुजली मिटाई।

मार खाते-खाते वह बेदम होकर गिर गया। फिर भी लोगों ने कई ठोकरें उसे और जमा दीं।

"अरे जाने दीजिए, अब वह मर जाएगा।" कई आवाजें एक साथ आईं।

लाला का एक दूसरा नौकर, जो लाला के साथ उसी रिक्शे पर आया था, उसे डाँटते हुए बोला, "रिक्शा लेकर भाग साले!"

वह झटके से ऐसे उठा जैसे अखाड़े में गिरा हुआ पहलवान धूल झाड़कर उठता है। साफ लगा कि वह पुराना लतखोर है। अच्छी तरह जूता खाने के बाद भी इसे उठकर भागने का पुराना अभ्यास है।

"इस साले को कुत्ते की मौत मारना चाहिए। इतना बड़ा पाप करके भी यह जिंदा है!" लाला उसके भागते-भागते चिल्लाया।

"केवल इसलिए कि यह आपकी छत्रछाया में है।" यह आवाज भी भीड़ से आई थी।

"मुझे क्या मालूम कि यह इतना बड़ा कुकर्मी है!" लाला ने आवेश में कहा। फिर उसने उसके अपने यहाँ आने की लंबी-चौड़ी दास्तान संक्षेप में सुनाई कि "जब मेरे यहाँ आया तब फूट-फूटकर रो रहा था। रोने के अलावा और कुछ बोल ही नहीं पा रहा था। हमारे यहाँ लोगों ने सोचा, यह भूखा है। इसे खाना खिलाया गया। फिर यह मेरे दीवानखाने की सीढ़ियों पर सो गया। फिर इसने वहाँ से हटने और जाने का नाम ही नहीं लिया। बार-बार मारकर भगाया जाता रहा, पर हर बार वहीं आकर सो जाता रहा। जब कुछ कहिए तो रोते हुए कहता रहा, 'आप मुझे अपनी शरण में रख लीजिए। आपकी सेवा करूँगा।' "

" 'तू क्या मेरी सेवा करेगा?' मैंने पूछा, 'तू क्या कर सकता है?'

" 'रिक्शा चला सकता हूँ।' उसने कहा। तब से यह मेरा रिक्शा चलाता है।"

"आप बड़े उदार हैं। बिना जाने-बूझे कि वह कौन है, उसे अपनी सेवा में रख लिया!" यह व्यंग्य हमीद का था।

लाला उसपर एक आग्नेय दृष्टि डालते हुए चुपचाप मीटिंग पर चला आया।

यहाँ उसने देश की वर्तमान स्थिति पर एक जोरदार भाषण दिया। देश के प्रति की गई नेहरू परिवार की सेवाओं की चर्चा की और स्पष्ट कहा कि उनके परिवार द्वारा की गई सेवाओं से देश उऋण नहीं हो सकता। आज उनकी बेटी को आपके समर्थन की

अधिक-से-अधिक आवश्यकता है। आप सबको इंदिरा कांग्रेस का सदस्य बन जाना चाहिए।

इसके बाद उसने सदस्य फॉर्म बाँटना शुरू किया और कहा, "इसे अभी भरकर दे दीजिए।"

"पर हम यहाँ चंदे का पैसा लेकर कहाँ आए हैं।" किसी ने कहा।

"कोई बात नहीं, फॉर्म भरकर दे दीजिए। चंदा जब इच्छा होगी तब मेरे पास भिजवा दीजिएगा।"

लोगों ने उलटा-सीधा भरकर अपना हस्ताक्षर कर फॉर्म उन्हें लौटा दिए; पर मैंने नहीं भरा। पर जब मैं नमस्कार कर चलने को हुआ तब उसने पुनः मेरी ओर फॉर्म बढ़ाया।

"अभी इतनी जल्दी क्या है?" मैंने कहा और वहाँ से चलने को हुआ।

वह गंभीर रूप से चुप हो कुछ क्षणों तक मुझे देखता रहा। स्पष्ट लगा कि मेरे बोलने का ढंग उसे पसंद नहीं आया।

"...आखिर तुम चंपो के साथी हो न!" यह उसने कहा नहीं था, यह उसके भीतर से स्वतः छलक आया था। इसके बाद वह दूसरों से बातें करने लगा।

मैं चुपचाप चला आया था, पर मेरा मन चुप नहीं था। वह स्वयं से पूछ रहा था, 'इसने आखिर मेरे साथ चंपो का नाम क्यों जोड़ दिया; जबकि इस समय यहाँ इसकी कोई आवश्यकता नहीं थी, न उसकी कोई चर्चा थी और न उसका कोई संदर्भ था?'

चंपो अब मेरे लिए सूखी हुई नदी थी। हाँ, एक बार मौसम जब मुखातिब हुआ था तब उसमें बाढ़ आई थी। तब हमारे परिवार के लोगों ने उसे दोनों हाथों उलीचा था। उसके बाद फिर वह सूखी-की-सूखी। स्मृतियों की रेत-ही-रेत। दूर तक उसमें जल का अस्तित्व ही नहीं। फिर भी लाला ने मेरे साथ उसका नाम जोड़ा। आखिर क्यों? ऐसा तो नहीं कि लाला के पास कोई गोपनीय समाचार हो?

घर आने के बाद भी मैं यही सोचता रहा। रात में जब नींद खुली तब भी यही सवाल था। फिर अंधकार से चंपो का ही प्रत्यय उभरा, क्योंकि मन में ही वही थी और उसी का संदर्भ था। जब-जब मैं उसके संबंध में उलझन में पड़ता तब-तब वही उसका समाधान प्रस्तुत करती। इस बार भी कुछ ऐसा ही हुआ। मानो वह कह रही हो, 'तुम तो व्यर्थ परेशान हो। वह तो महज तुम्हें खोलने के लिए ऐसा कह रहा था। यदि उस समय तुम उसकी अनसुनी कर चले न आते तो वह ऐसे ही व्यर्थ के कई सवाल उछाल देता और तुम और भी व्यर्थ की परेशानी में पड़ जाते।'

तब तक हवा से दरवाजा चरमराया। मैं सचेत हुआ। वह प्रत्यय भी गायब हो

गया। अब केवल मैं था और था मेरे चारों ओर छाया रात का गहरा अँधेरा। नींद के आने का अनुकूल माहौल।

लाला को जब अपने अच्छे समय के आने का आभास लगता तब उसके अहंकार को पंख निकल आते। ऐसी स्थिति में वह ऐसी बेतुकी बातें करता कि सुननेवाला आतंकग्रस्त हो जाता।

उसकी इस प्रकृति को जानते हुए भी मैं परेशान हो गया और बार-बार यह सोचने लगा कि मेरे व चंपो के संबंध में इधर के आए विकास की गंध किसी तरह उस तक तो नहीं पहुँची?

□

उस शाम मैंने सुमेर चाचा की बैठक में आनंद भवन में लाला की घटना की पोल खोल दी। मैंने स्पष्ट कहा कि "यह किसी का सुना-सुनाया नहीं, पंचों की अदालत में एक चश्मदीद गवाह का 'हलफी बयान' है।"

मेरे कहने पर सभी हँसने लगे—"अगर यह 'हलफी बयान' न होता तो भी लोग विश्वास ही करते; क्योंकि लाला को जाननेवाले अब उसकी बातों का एतबार नहीं करते।"

"पर पूरे शहर को तो उसने पागल बनाया है।" रामनाथ बोला।

"पूरा शहर पागल है या वह खुद पागल है, बहुत जल्दी इसका रहस्य खुल जाएगा।" महँगू ने कहा।

"आश्चर्य तो यह है कि राजनीति का मौसम बदलता रहता है, पर लाला की हैसियत में कोई बदलाव नहीं आता।" यह आवाज रामधनी की थी।

"लगता है, सारे क्रूर ग्रह अपनी उच्च की स्थिति में इसकी कुंडली में बैठे हैं।" पं. दीनानाथ का ज्योतिष बोल पड़ा।

बैठक का वैचारिक माहौल जब पूरी तरह लाला के इर्द-गिर्द घूमने लगा तब मैं सुमेर चाचा को धीरे से इशारा करके घर के भीतर ले गया और उनके मन में भी चंपो के संबंध में संदेह का वह बीज डाल दिया, जिसे लाला ने मेरे मन में डाला था।

वह भी सोच में पड़ गया—"कोई जरूरत तो नहीं थी उस समय उसका नाम लेने की; पर कुछ उसके मन में जरूर है, जो छलककर चंपो के नाम से बाहर निकल आया।" चाचा बड़ी गंभीरता से बोल रहा था। "वह कभी भी कुछ भी कर सकता है। तुम जितना जल्दी हो, भूमि-पूजन करके मकान की नींव खोदवानी शुरू कर दो।"

"नहीं तो वह क्या करेगा?"

"वह बहुत कुछ कर सकता है।" चाचा बोला, "यदि कुछ नहीं हो सकेगा तो

म्युनिसिपैलिटी से तुम्हारी जमीन की लीज ही कैंसिल करवा देगा।'' फिर वह कुछ सोचने लगा—''इधर लँगड़ा आया था, ऐसा तो नहीं कि उसने उससे कुछ कहा हो?''

''यह तो बिलकुल नहीं हो सकता।'' मैंने कहा, ''लँगड़ा तो खुद उससे छिपा-छिपा फिरता है। लाला तो उसकी जान का दुश्मन है।''

''हम लोग क्या, बड़े-बड़े लोग भी लाला को पहचान नहीं पाएँगे!'' उसने कहा, ''वह कब किसका दोस्त हो जाएगा और कब किसका दुश्मन, शायद वह भी खुद नहीं जानता। वह कभी भी किसी को खरीद और बेच सकता है। खैर, यह सब तो जो होगा वह देखा जाएगा, तुम दस-पाँच दिन के भीतर ही जमीन की साइत कर दो।''

''इधर कोई मुहूर्त नहीं है।'' मैंने कहा, ''माँ कह रही थीं कि अभी तो खरमास चल रहा है। अब जो कुछ भी होगा, वह नवरात्र में ही संभव है।''

''होली के पंद्रह दिनों के बाद! अभी तो महीनों की देर है। हमें चारों ओर से सजग रहना चाहिए।''

दिन खिसकने लगे। रात ढलने लगीं।

जाड़े की कमर टूट गई। मौसम के इस खुशनुमा माहौल में, रात के पहले प्रहर में झुंड-के-झुंड के लड़के गलियों में कबीरा गाते हुए निकलने लगे। देखते-देखते होली आ गई।

सवेरे से ही रंगों की बौछार पड़ने लगी। आज कोई घर से नहीं निकला। न मैं, न माँ, न मौसी, न ऊपर की मंजिल में रहनेवाले जगदंबा बाबू के परिवार के लोग।

घर के भीतर ही पिचकारियाँ चलती रहीं। आदमी तो आदमी, चौक की भीतरी दीवारें भी रंग से सराबोर होती रहीं। इसी समय बैठक का बाहरी दरवाजा खटका। सबके कान खड़े हो गए। इस समय कौन है? या तो कोई आत्मीय होगा या कोई नितांत आवश्यक, अप्रत्याशित और अप्रिय सूचना लेकर आया होगा।

मैंने दरवाजा खोला—अरे बाप रे बाप! यह तो सिर से पैर तक रँगा हुआ। मुँह, गरदन और बालों पर कई रंगों की वार्निश पुती हुई। पहले तो मैं उसे पहचान नहीं पाया, तब उसने कहा, ''भाभी कहाँ हैं?''

'अरे, यह दानिस है।' मैंने उसे आवाज से पहचाना।

सभी लोग निकलकर उसे देखने लगे। तब तक वह चौक में घुस आया। माँ के मुँह से निकला—''कहीं मुसलमान भी रंग खेलते हैं!''

''अरे अम्मा, होली में न कोई मुसलमान रहता है और न कोई हिंदू, सब होली के रंग में डूब जाते हैं।''

''तब भगवान् करे, साल भर होली ही रहे।'' मेरी पत्नी के मुँह से निकला।

इतना सुनना था कि दानिस दौड़कर अपनी भाभी का हाथ पकड़कर चौक में खींच लाया।

वह चिल्लाती रही और वह उसपर पिचकारी चलाता रहा।

अंत में आजिज आकर पत्नी ने जबरन दानिस के हाथ से बालटी छीनकर उसी पर उड़ेल दिया।

फिर तो मैं भी उसमें शामिल हो गया। और जो धमा-चौकड़ी हुई कि क्या बताऊँ!

पर सबसे बड़ी बात यह थी कि हम लोगों को यह होली नहीं खेलनी चाहिए थी, क्योंकि अभी मँगरी की मौत का घाव भरा नहीं था। पहले तो हम लोगों ने ऐसा निश्चय भी किया था, पर ज्यों-ज्यों दिन चढ़ता गया, होली की मस्ती की वह बाढ़ हमारे घर में भी घुस आई। न माँ नाराज दिखी और न मौसी ने ताना कसा। जगदंबा बाबू के घर के लोग भी ऊपर से ही तालियाँ बजाते हुए हम लोगों के साथ ही होली का मजा लेते रहे।

बनारस की प्रथा के अनुसार दोपहर बारह बजे तक यह गीली होली बंद हो जाती है। इसके बाद नहा-धोकर होली सभ्यता का जामा पहनती है और गले मिलने का सिलसिला आरंभ हो जाता है। लोग नए कपड़े में अबीर लेकर अपने दोस्तों के घर चल पड़ते हैं।

मेरा कार्यक्रम ठीक साढ़े बारह बजे आरंभ हो जाता था और दो-तीन जगहों से लौटकर जल्दी-से-जल्दी घर आता था। इसके बाद ही मेरे यहाँ आनेवालों का सिलसिला शुरू होता था।

आज पहले आनेवालों में हमीद भी था। वह बड़े प्रेम से गले मिला। उसने टीका भी लगाया; पर जब मैंने उसे गले लगाना चाहा, तब वह गिड़गिड़ाते हुए बोला, "दोस्त, टीका मत लगाओ, नहीं तो लोग और आगे बढ़ जाएँगे, मेरा पूरा मुँह रँग देंगे। घर पहुँचते-पहुँचते मैं अबीर से नहा उठूँगा।"

"तो क्या हर्ज है? यह तो तेरी पार्टी के झंडे का ही रंग है। एकदम लाल।"

"क्या मजाक करते हो? जब दिल से दिल मिलते हों, तब पार्टी कहाँ बीच में आती है!" वह फिर गले से लगाकर बहुत देर तक मुझे झकझोरता रहा।

इसके बाद 'होली मुबारक' कहकर वह एक झटके में चला गया। मैं उसका मुँह भी मीठा नहीं करा पाया।

फिर लोग आते और जाते रहे। उल्लास समय को पंख लगा देता है। वह इतनी जल्दी उड़ने लगता है कि उसका आभास तक नहीं लगता।

शाम उतरने लगी, तब दानिस आया। उसके पीछे-पीछे सलमा भी थी—बिना

बुरके के और कुरता-पाजामा की जगह साड़ी-ब्लाउज पहने। उसे देखकर मैं एकदम चकित रह गया, आँखें खुली-की-खुली रह गईं।

उन दिनों आज की तरह औरतें होली के दिन घर के बाहर नहीं निकलती थीं, फिर एक किशोरी, वह भी मुसलमान, होली मिलने मेरे यहाँ आई। वह परंपरा तोड़ रही थी या मेरी दकियानूसी को ललकार रही थी? मैं कुछ समझ नहीं पाया। वह मुसकराती रही, उसका एक-एक अंग मुसकरा रहा था।

इसी बीच दानिस भाभी से मिलने चला गया। अब उसने मौका देखा और बड़ी अदा से धीरे से बोली, ''तुम मुझसे गले नहीं मिलोगे?''

आज सदा के प्यासे को कुआँ ललकार रहा था और प्यासा हया की जंजीर में जकड़ा खड़ा रह गया।

□

: पंद्रह :

कोई-न-कोई बाधा खड़ी हो जाती थी और भूमि-पूजन का मुहूर्त टल जाता रहा। टलने का यह सिलसिला काफी दिनों तक चला। इस बीच हम लोग अपनी जमीन पर गाहे-बगाहे जाते रहे। इससे उस धरती के प्रति हमारी आत्मीयता बढ़ी और वहाँ के लोगों से निकटता भी।

ऐसा हमने जान-बूझकर किया कि सुमेर चाचा के ये शब्द कि लाला कुछ भी कर सकता है, यदा-कदा हमें परेशान करते रहे।

धीरे-धीरे साल बीत गया। अब जो कर्जा मुझे बैंक से मकान बनवाने के लिए मिलने वाला था, वह भी लैप्स हो गया। फिर उसकी तारीख बढ़वाने में मुझे बहुत प्रयत्न करना पड़ा।

अब मेरे सामने पुनः मुहूर्त निकालने की समस्या आई। माँ के जिस पंडित ने मुहूर्त निकाला था, उसे मेरी कुंडली भी दिखाई गई थी। उसने मेरी कुंडली देखकर कहा था कि इस व्यक्ति का यह साल अच्छा नहीं है। कोई शुभ काम होना तो दूर, अशुभ ही होगा।

"अधिक-से-अधिक अशुभ क्या हो सकता है?"

"जातक के जीवन के लिए भी खतरा है।" इतना कहने के बाद ज्योतिषी ने कुंडली लपेटी और माँ को थमाते हुए बोला, "अब साल बीतने पर आइएगा।"

"इसका कोई उपाय नहीं है?" माँ ने पूछा, "कोई पूजा-पाठ?"

ज्योतिषी ने नकारात्मक ढंग से सिर हिलाया, फिर बोला, "साल बीतने दीजिए, फिर देखा जाएगा।"

मेरी माँ तो इतना सुनते ही भीतर से हिल गईं। जिसको मात्र इकलौता पुत्र हो, उसके सामने तो पहाड़ टूट पड़ा।

पर माँ ने मुझसे कुछ नहीं कहा। वह भीतर-ही-भीतर कसमसाती रहीं और हर समय उदासी उनके सिर पर छाई रहती थी। एक रात जब सब सोए थे तब उनकी

सिसकन सुनाई पड़ी। मैं तुरंत जाग पड़ा। बिजली जलाई। वह तुरंत करवट बदलकर एकदम शांत हो गईं, जैसे किसी ने उनकी सिसकन का गला दबा दिया हो।

पहले तो वह छिपाती रहीं, फिर बहुत पूछने पर बताया कि तुम्हारे पिताजी को स्वप्न में देखा था। उस समय तो बात आई-गई और खत्म हो गई, पर वह खत्म होनेवाली कहाँ थी?

मेरे प्रति उनके व्यवहार में भी बड़ा परिवर्तन आ गया। अब उनकी स्पष्ट हिदायत रहती कि कहीं भी जाओ तो बहू को बताकर जाया करो कि कहाँ जा रहे हो और कब तक आओगे।

पहले तो उन्हें कोठी से आने में कुछ देर भी हो जाती थी, पर अब वह ठीक वक्त से आ जाती थीं और मेरे आने के पहले घर पहुँच जाती थीं।

उनके इस व्यवहार से मेरी पत्नी भी चकित थी। एक दिन वह बोल ही पड़ी, "आजकल माताजी तुम्हारा बहुत ध्यान रखती हैं। इतना ध्यान रखते तो मैंने इसके पहले उन्हें कभी नहीं देखा।"

"यही तो मुझे भी आश्चर्य है।" मैंने कहा।

उनके एकांत में रोने की भी मैंने बात कही।

"तब तो वह किसी बात से बहुत आतंकित लगती हैं। उनके मन में कोई भय समाया लगता है। हमें उसके बारे में स्पष्ट पूछना चाहिए। इससे उनका मन भी हलका हो जाएगा।"

एक दिन हम लोगों ने उनसे पूछ ही लिया। वह फिर आवश्यकता से अधिक गंभीर हो गईं। बहुत खोदने पर भी उन्होंने इतना ही कहा, "देखते नहीं हो, आजकल समय 'बखत' कितना खराब है। आएदिन हत्या और लूटपाट की खबरें अखबारों में छपती रहती हैं।"

स्पष्ट लगा कि इस बार भी हमें वह सत्य से दूर ही रखना चाहती हैं।

"यह सब तो पहले भी छपता था, आजकल कोई नई बात तो है नहीं!"

"पर पहले तुम्हारे ग्रह इतने खराब तो थे नहीं।" अब वह थोड़ा खुलीं। "यदि तुम मेरी बात मानो तो दानिस के यहाँ भी मत जाया करो। आज भी मुसलमानी मुहल्ले में हिंदू सुरक्षित नहीं हैं।"

"किंतु उसका घर मुसलमानी मुहल्ले में है जरूर, पर एकदम सड़क के किनारे है।" मैंने कहा।

इसी बीच बैठक के दरवाजे के बाहर से दानिस की आवाज सुनाई दी।

"लो, वह आ ही गया। 'थिंक द डेविल ऐंड डेविल इज हियर'—प्रेत को सोचो और प्रेत हाजिर।"

मैं तुरंत उठकर बैठक की ओर लपका और दानिस को देखते ही बोला, ''तुम्हारी उम्र सौ साल से कम होगी नहीं। अभी माँ ने तुम्हारा नाम लिया ही था कि तुम हाजिर हुए।''

''आखिर मैंने क्या गलती की थी, जिसकी चर्चा में मेरा नाम आया?'' उसने मुसकराते हुए कहा।

अब मैं क्या जवाब देता? मैंने यों ही कह दिया, ''माँ कह रही थीं कि आजकल दानिस दिखाई नहीं देता।''

''पर मैं तो अभी तीन दिन पहले ही आया था।...खैर, वह मेरा इतना खयाल तो रखती हैं।'' दानिस बोला, ''आज सवेरे-सवेरे मैं तुम्हें मुबारकबाद देने आया हूँ।'' फिर उसने सारा संदर्भ सुनाया, जिसके लिए वह मुबारकबाद दे रहा था।

उसने बताया कि ''मेरे यहाँ एक फकीर साहब आते हैं। कहते हैं, उनपर एक पीर साहब की मेहरबानी है। अलईपुर के पास उन पीर की मजार है। ये फकीर साहब उसी पीर की सेवा करते हैं और वहीं रहते हैं।

''एक दिन अम्मी ने उनसे मेरे बारे में पूछा था कि 'मेरा दानिस अकसर बीमार रहता है। दवा भी होती है, फिर ठीक हो जाता है। दो-चार दिनों बाद फिर किसी रोग का चक्कर पड़ जाता है। देखिए, उसपर कोई ऊपरी फसाद तो नहीं है?'

''तब फकीर साहब ने आँखें बंद कीं और मन-ही-मन 'कुरान' की एक आयत पढ़ी, फिर चाकू से अपने चारों ओर की जमीन घेरी और ध्यानमग्न हो गए। थोड़ी देर बाद उन्होंने मेरे बारे में बताना शुरू किया। और जब बोलने लगे तो बोलते ही गए। और तो और, उन्होंने मेरे दोस्तों के बारे में भी बताया। यहाँ तक कि उन्होंने तुम्हारी भी चर्चा की।''

''मेरी चर्चा की?'' मैंने आश्चर्य व्यक्त किया।

''हाँ, तुम्हारी भी चर्चा की।'' दानिस ने थोड़ा जोर देकर कहा।

तब तक बैठक के भीतरी दरवाजे की आड़ में खड़ी माँ अचानक आ गईं। उनसे रहा नहीं गया। लगता है, वह पहले से ही छिपकर सुन रही थीं।

''हाँ, तो क्या कहा फकीर साहब ने जग्गू के बारे में?''

''उन्होंने इसके बारे में कहा कि 'इसका मुतव्विल (भविष्य) बुलंद है। जब तक उसका साथ रहेगा, दानिस का बाल बाँका भी नहीं होगा। ये बीमारियाँ तो आती-जाती रहेंगी।' तब मेरी अम्मी ने तुम्हारे बारे में और बातें पूछीं।

''वे फिर ध्यानमग्न हुए। अपने पीर साहब को याद किया। फिर तो ऐसा बोलने लगे जैसे उन्हें इलहाम हो रहा हो, 'मैं उसे देख रहा हूँ। बहुत गोरा नहीं, बस यही समझिए कि गेहुँआ रंग। 'इल्मे अदब' का माहिर। वह शख्स अपनी जिंदगी में काफी

तरक्की करेगा। उसके रिश्तेदार ही इसकी खिलाफत करेंगे; पर उसका रोंवा भी टेढ़ा नहीं कर पाएँगे।' ''

''यह बात तुम जग्गू के लिए ही कैसे कह सकते हो? यह तो दानिस के किसी और दोस्त के लिए भी हो सकती है।'' मेरी माँ ने बड़े सहज भाव से पूछा।

''उन्होंने जग्गू के नाम का पहला अक्षर बताया, 'उसका नाम 'जीम' से शुरू होता है।'

''फिर अम्मी ने जमीन के 'मुहूरत' के बारे में पूछा। इस पर फकीर साहब जोर से हँसे। वे बोले, 'अल्लाह का बनाया हर दिन उसके लिए शुभ है।' इतना कहते-कहते वे एकदम रुक गए और आँखें बंद कीं। फिर सोचते हुए बोले, 'उस जमीन में एक शै है।'

'' 'तो इसके लिए उसे क्या करना होगा?' अम्मी ने पूछा।

'' 'मैं जुमे के दिन नमाज के बाद बाबा की इबादत करके एक तावीज बनाऊँगा। उस तावीज को नींव में रखनेवाली पहली ईंट में बाँधना पड़ेगा।' ''

□

उस दिन दानिस तो चला गया, पर हमारे लिए सोचने और खुश होने के लिए बहुत कुछ छोड़ गया।

माँ काफी संतुष्ट लगीं। उन्होंने कहा, ''एक दिन मैं फकीर साहब से मिलना चाहूँगी।''

''इसके लिए हमें अम्मी से बात करनी पड़ेगी।'' मैंने कहा और माँ ने बड़े सहज भाव से इसे स्वीकार कर लिया।

फिर कुछ सोचने लगीं—''जुमा किस दिन को कहते हैं?''

''शुक्रवार को।'' मैंने कहा।

''पर आज तो शनिवार है।'' वह बोलीं, ''इसका मतलब है कि अभी कई दिनों बाद जुमा आएगा।''

बहुत सोचने के बाद निश्चय हुआ कि कई दिनों तक राह देखना ठीक नहीं। तो फिर कल ही क्यों न चला जाए। कल रविवार भी है, छुट्टी का दिन। तुम्हारे लिए भी आसानी होगी और दानिस भी घर पर रहेगा।

''पर माँ, क्या तुम एक 'तुरुक' के घर जाओगी?'' मैंने माँ को चिकोटी काटी।

''जब गरज बावली होती है बेटा, तब आदमी न हिंदू देखता है और न तुरुक। यदि काम निकालना हो तो वह यमराज के घर भी चला जाता है। आखिर सावित्री यमराज का पीछा करते-करते उसके घर तक चली ही गई थी।''

''तो तू भी माँ, यमराज के घर चलेगी?'' मैंने मजाक में कहा।

''यमराज के घर नहीं, दानिस के घर।'' उसने वैसे ही हँसते हुए जवाब भी

दिया, "और यदि यमराज बुलाएगा तो उसके यहाँ भी जाऊँगी।"

दूसरे दिन हम लोग सवेरे-सवेरे जीउत साव की दुकान से ताजा जलेबी लेते हुए दानिस के घर की ओर चले। ...इधर तो माँ रोज आती हैं मृत्युंजय महादेव का दर्शन करने।

पीछे गली में घुसते ही माँ बोल पड़ीं, "हाँ, इधर मुसलमानों की बस्ती है।" और जब दानिस के घर पहुँचा। माँ के मुँह से निकला, "अरे, यह तो अपने घर के करीब ही है! तभी तुम जब चाहते हो, चल देते हो।"

उन लोगों को माँ को देखकर बड़ा आश्चर्य हुआ; पर सलमा का आश्चर्य तुरंत उसकी खुशी में बदल गया। वह चिड़ियों की तरह फुदकती हुई माँ से एकदम लिपट गई।

माँ ने जलेबी का दोना उसी को थमा दिया—"लो, जलेबी खाओ।"

माँ ने सोचा कि वह जलेबी खाने में लग जाएगी, तब मुझे छोड़ देगी; पर वह छोड़नेवाली कहाँ थी? उसने बड़े नखरे से कहा, "जब तक आप नहीं खिलाइएगा तब तक मैं नहीं खाऊँगी।"

अब माँ बड़े पसोपेश में पड़ीं। वह यही सोचने लगीं कि मेरे हाथों से खाने के पीछे इसकी मनशा क्या है?

मैंने भी समझा कि आज माँ बेतरह फँस गईं। दानिस के घर के लोग कुछ बोल नहीं पा रहे थे, केवल मुसकरा रहे थे। अम्मी तो बहुत ही खुश थीं। आखिर उनके मुँह से निकल ही गया—"अब मजा आया।"

हर आदमी की सोच में कुछ और था तथा होश में कुछ और। माँ इस असमंजस में थीं कि जहाँ मैंने इसे अपने हाथों से जलेबी खिलाई वहाँ यह मेरे परिवार के इतने निकट आ जाएगी, जहाँ से इसका लौटना मुश्किल है।

पर सलमा अपने हठ पर अड़ी थी। इधर माँ असमंजस के दलदल में ऐसी धँसती जा रही थीं कि अचानक उसमें लड़खड़ा गईं। उनके मुँह से अचानक निकल पड़ा, "ले जग्गू, तू ही सलमा को खिला दे।"

अरे, माँ ने यह क्या कह दिया? यह तो माँ की सोच के अनुसार और भी खतरनाक है। ऐसा भी नहीं है कि मैंने अपने हाथों से कभी उसे कुछ खिलाया न हो, पर इस तरह सबके सामने नहीं। यहाँ तो सार्वजनिक रूप से खिलाने का प्रश्न था।

उसने तुरंत इनकार कर दिया, "मैं जग्गू के हाथों नहीं खाऊँगी। मैं खाऊँगी तो माँ के हाथों खाऊँगी, वरना जलेबी खाऊँगी ही नहीं।" वह आज इसी क्षण किसी निष्कर्ष पर पहुँचना चाहती थी, जैसे वह आर-पार की लड़ाई लड़ रही हो।

वह किसी उपलब्धि के निकट पहुँचे, इसके पहले ही उसकी अम्मी ने बिल्ली

की तरह रास्ता काट दिया, ‘‘क्या व्यर्थ की हठ ठाने है? हम सब साथ मिलकर खाएँगे।’’

अम्मी ने इतना डाँटकर कहा कि सलमा को बहुत बुरा लगा। वह झनककर पैर पटकती घर के बाहर चली गई।

न किसी ने उसे रोका और न किसी ने टोका। नाटक के शक्तिशाली अंक का पटाक्षेप हो गया।

क्षण भर के लिए तो सभी मौन हो गए। फिर अम्मीजान ने ही बातें आरंभ कीं, ‘‘कहो बहन, कैसे चलीं?’’ उन्होंने मेरी माँ से पूछा।

फिर माँ ने कहा, ‘‘आपके यहाँ जो फकीर साहब आते हैं, मैं उनसे मिलना चाहती हूँ। सुना है, वे बहुत पहुँचे हुए हैं।’’

‘‘हाँ, सो तो हैं।’’ अम्मी बोलीं, ‘‘पर आप उनसे पूछना क्या चाहती हैं?’’

‘‘मैं पूछना चाहती हूँ कि जग्गू की जिंदगी पर कोई खतरा तो नहीं है?’’

‘‘ऐसा आप क्यों सोचती हैं?’’ अम्मी बोलीं, ‘‘पिछली बार जब वे तशरीफ लाए थे, तब उन्होंने बिना पूछे जग्गू के संबंध में बहुत कुछ बताया था। यदि ऐसा होता तो जरूर वे उस ओर इशारा करते।’’

अब माँ को बताना पड़ा कि मैं एक बार अपने ज्योतिषी के यहाँ मकान के बारे में पूछने गई थी, तब उन्होंने बताया था कि मकान के बनाने में कोई विघ्न तो नहीं पड़ना चाहिए; पर अपने बेटे पर तुम्हें ध्यान रखना पड़ेगा, क्योंकि उसकी जिंदगी के लिए अगला साल बड़ा खराब है।

‘‘तब तो फकीर साहब से इसके बारे में पूछना चाहिए। इसके लिए हमको पीर की दरगाह पर जाना पड़ेगा।’’

‘‘तब चलिए, ‘हम’ आप चलें।’’ माँ बोलीं।

अम्मीजान माँ की सहजता पर हँसीं—‘‘वह यहाँ थोड़े ही है। वह अलईपुर रेलवे क्रॉसिंग के पार लाट भैरव से दूर पड़ता है।’’

‘‘तो क्या हुआ?’’ माँ बोलीं, ‘‘हम दोनों एक रिक्शे पर बैठ जाएँगे।’’

पर अम्मीजान कुछ न बोल पाईं। बड़े पसोपेश में पड़ीं। मुझे तो स्पष्ट लगा कि जाने की हिम्मत जुटा नहीं पा रही हैं। जिसे पलंग से उठने में भी तकलीफ होती है, जब दो लोग लगते हैं तब वह कहीं उठ पाती हैं। ऐसी स्थिति में वह उठें, रिक्शे पर बैठें, ऊबड़-खाबड़ रास्ते से होती हुई पीर की मजार पर जाएँ और फकीर साहब के सवालों का जवाब दें। उन्हें यह सब नामुमकिन-सा लगा।

पता नहीं सलमा कहाँ से आ गई और गरदन हिलाकर बड़े नखरे से बोली, ‘‘अब मजा आएगा! करवट बदलते हुए भी हाय-हूय करनेवाली अम्मीजान अब देखती हूँ कि

कैसे जग्गू भैया के साथ इतनी दूर जाती हैं!''

''अच्छा चुप, चल इधर।'' दानिस ने उसे झिड़का, ''फिर चली बिल्ली की तरह रास्ता काटने।''

''अम्मी! देखो, फिर इसने मुझे बिल्ली कहा।'' सलमा फिर दानिस से उलझ गई।

लोगों के किसी तरह समझाने-बुझाने पर मामला शांत हुआ।

अंत में तय हुआ कि जुमे के दिन सवेरे-सवेरे चला जाए और दोपहर की नमाज उसी मजार पर पढ़ी जाए।

फिर हम लोग चलने को हुए। इस समय भी दानिस ने सलमा को छेड़ते हुए मेरी माँ से कहा, ''इसकी नाक पर गुस्सा रहता है। देखना, इसकी छानी पर कौआ भी नहीं बैठेगा।''

''तेरी छानी पर तो बैठेगा!''

''फिर वही तू-तू, मैं-मैं!'' अम्मीजान अपने बिस्तर से चिल्लाईं, ''अरे अहमको, जानेवाले मेहमान को 'खुदा हाफिज' कहने के बाद इस तरह की हरकतें नहीं की जातीं।''

□

माँ के जीवन में शायद यह नया अध्याय था, जब वह पूजा-पाठ करने के पहले ही एक तुरुक के घर आई थीं। सिरहाने ही सही, अम्मी की खाट पर उनसे सटकर बैठी थीं और रह-रहकर उनका सिर सहलाती जाती थीं। यह वही माँ थीं, जो राशन की दुकानों या सरकारी अस्पतालों में किसी बुरकेवाली से छू जाने के बाद घर लौटने पर स्नान करती थीं; पर आज लौटकर सीधे कमरे में जाकर बिस्तर पर लेट गईं।

कुछ तो थकी थीं और कुछ उनकी आदत थी और फिर किसी खयाल में डूबी भी थीं। मैंने उन्हें टोकते हुए कहा, ''आज तुम्हारा प्रण टूट गया या तुम्हारे जीवन में क्रांति हो गई, जो तुम एक तुरुक के घर गईं, उसे गले लगाया और उसका सिर भी सहलाती रहीं। आखिर तुम्हारा मन कैसे माना?''

''मन मानने का सवाल नहीं था।'' माँ ने कहा, ''बेटा, माँ की सबसे बड़ी विवशता होती है और वही उसकी सबसे बड़ी एवं एकमात्र संपत्ति है। वह उसकी रक्षा के लिए किसी भी सीमा तक जा सकती है।

''जुमे के दिन पीर की मजार पर चलने पर यदि उस फकीर ने मुझसे कहा कि तुम अपनी जिंदगी के बाकी दिन अपने बेटे को देने के लिए यदि राजी हो तो तुम्हारे बेटे के सिर पर से मौत का साया हट जाएगा, तो मैं उसके लिए भी राजी हो जाऊँगी।''

मुझे हँसी आ गई। ''तू भी परियों की कहानी को जीवन का सच मानती है!''

''तू भले ही इसे परियों की कहानी कहता है तो कह, पर जरा इतिहास के पन्ने

में सोए बाबर से पूछ कि उसने अपने प्यारे और बीमार बेटे की चारपाई की परिक्रमा करते हुए अल्लाह से अपनी बाकी जिंदगी बेटे के लिए कुबूल करने की दुआ नहीं माँगी थी?''

मैं सन्न रह गया। ''क्यों माँ, तू तो पढ़ी-लिखी नहीं है, पर तुझे यह सब मालूम कैसे है?''

''मैं नहीं पढ़ी-लिखी थी तो इससे क्या होता है, तेरे बाप तो पढ़े-लिखे थे। अपनी बीमारी के समय तो वे ऐसी ही बातें करते थे।''

''तो क्या वे जीवन के स्थानांतरण के संबंध में विश्वास रखते थे?''

''यह तो मैं नहीं जानती।'' इतना कहते-कहते माँ की दृष्टि ऊपर की ओर स्थिर हो गई थी, जैसे दूर, कहीं दूर वह पिताजी को देख रही हों। अब मैंने माँ को छेड़ना उचित नहीं समझा। इसी बीच बैठक का दरवाजा खटका। दरवाजा खोला तो बुद्धन था।

''अरे बुद्धन, इस समय कैसे? सब कुशल तो है?''

''अरे, इधर आया था, आ गया।'' उसने कहा, ''आप इतने घबरा क्यों गए? आप पर भी कोई इन्क्वायरी तो नहीं चल रही है?'' इतना कहते-कहते वह हँस पड़ा।

''इन्क्वायरी, कैसी इन्क्वायरी?'' अब मैं निश्चित ही घबराहट की स्थिति में था।

''आजकल आपके परम शुभचिंतक 'लाला' पर सरकारी इन्क्वायरी चल रही है।'' (शायद वह यही बताने आया था।)

''चला करे इन्क्वायरी, इसकी उसको क्या परवाह? ऐसी कितनी इन्क्वायरी आईं और गईं।''

''आप क्या कहते हैं?'' बुद्धन बोला, ''इस बार उन्हें आटा-तेल का भाव याद आ रहा है, रात भर नींद नहीं आ रही है। यह इन्क्वायरी कोई 'ऑफिसियल इन्क्वायरी' तो है नहीं। प्रधानमंत्री के 'डायरेक्ट ऑर्डर' पर हो रही है। कांग्रेस कार्यालय से इस बार लाला के कर्मों की पूरी कुंडली बनाकर भेजी गई है, जिसमें उसके जीवन के पिछले पच्चीस वर्षों का पूरा ब्योरा है।'' वह लगातार बोलता गया, ''यह भी सुनने में आया है कि श्री त्रिपाठी ने प्रधानमंत्री से मिलकर कहा है कि यदि कांग्रेस के प्रति बनारस के लोगों की आस्था ठीक करनी है तो इस आदमी पर विशेष ध्यान देना होगा। ईमानदारी का खेत चरनेवाला यह छुट्टा साँड़ यदि बाँधा न गया तो वाराणसी में कांग्रेस का पनप पाना मुश्किल ही है।''

एक साँस में वह इतना कुछ बता गया कि अब कुछ पूछने को रहा ही नहीं।

''जब त्रिपाठीजी स्वयं रुचि ले रहे हैं, तब कुछ-न-कुछ जरूर हो रहा होगा!'' मैंने कहा।

''वह इतना घबराया हुआ है कि कभी-कभी मुझसे ही पूछने लगता है कि

बताओ बुद्धन, अब क्या करना चाहिए?"

"डूबता तिनके का भी सहारा खोजता है।" मैंने कहा।

पता नहीं, उसने मेरी बात सुनी या नहीं! वह अपना ही जोतता चला गया, "अब उसके किए एक-एक पाप उसके सिर पर सवार हो रहे हैं। कभी-कभी तो एकांत में वह सब बकने लगता है।"

बातों के इसी क्रम में उसने यह भी बताया कि "उस दिन से वह थोड़ा शांत लगता है, जिस दिन उसने चौधरी चरण सिंह से टेलीफोन पर बातें की थीं। उसे ऐसा लगा जैसे गहरे अँधेरे में कोई धुँधली ही सही, पर किरण मिल गई है।

"चौधरी साहब अब कांग्रेस छोड़ना चाहते हैं। उनका कहना है कि वह ऐसी भ्रष्ट हो गई कि जनता अब उससे दूर होती जा रही है। मेरे ऐसे व्यक्ति का अब उसमें गुजारा नहीं है।"

"पर उनका छोड़ना इतना आसान नहीं है!"

"नहीं, उनका छोड़ना तो निश्चित है। बस वे यही चाहते हैं कि जब मैं छोड़ूँ तो हजार-पाँच सौ कांग्रेसी भी मेरे साथ कांग्रेस छोड़ें। ...तो लाला भी उनमें से एक बनना चाहता है।"

"चौधरी साहब ऐसा ईमानदार लाला को अपने साथ लेगा?"

"यही तो मैं भी सोचता हूँ।" वह क्षण भर चुप ही रहा, फिर खुद ही उसने जवाब भी दिया, "इस समय तो वे लेंगे ही, आगे चाहे जो हो।"

यह बात सन् १९६९ की है, चौधरी साहब के साथ ही लाला ने भी कांग्रेस छोड़ दी; पर इन्क्वायरी के नागपाश से वह मुक्त नहीं हो पाया।

□

कल पीर की मजार पर चलना है। माँ आज रात से ही मन बनाने लगीं। उन्होंने कोठी से भी कल के लिए छुट्टी ले ली। सवेरे-सवेरे हम लोग चुपचाप 'राम-राम' करते हुए घर से निकले। कहीं कोई टोक न दे, कहीं कोई छींक न दे।

बाहर निकलते ही माँ को याद आया कि खाली हाथ कैसे चलूँ? दानिस के यहाँ तो अब खाली हाथ भी चला जा सकता है, पर दरगाह पर पहले-पहल चला जा रहा है। "साधु-संतों के यहाँ खाली हाथ नहीं चलना चाहिए।" माँ बोलीं और गली से सड़क पर निकलते ही उन्होंने एक दर्जन केला और आधा किलो सेब खरीद लिये। अपनी पुरानी आदत के अनुसार हाथ का सिला पुराने कपड़े का झोला वह कमर में हमेशा खोंसे रहती थीं। कहीं से 'सीधा-पिसान' लेने में भी इसका उपयोग होता था, नहीं तो कोठी से पूड़ी-पराँठा लाने में इसका प्रयोग तो करती ही थीं। इस समय वह केले और सेब रखने के काम आया।

दानिस के घर पहुँचते ही सबसे पहले फुदकती हुई सलमा हमारे सामने आई—"आज माँ क्या लाई हैं?" यह कहती हुई झोला माँ के हाथ से छीनने लगी।

"यह तुम्हारे लिए नहीं है।" मैंने मना किया।

"तब किसके लिए है?"

"चल हट!" दानिस बिगड़ा, "खाने के पीछे तो यह पागल रहती है। मिले तो यह हाथी-घोड़ा तक खा जाए।"

"और तुम्हें मिले तो गदहा भी न छोड़ो।" सलमा ने कहा और भाई-बहन में तू-तू, मैं-मैं शुरू हो गई हमेशा की तरह। अंत में अम्मीजान को ही बीच-बचाव करना पड़ा।

वे लोग दरगाह पर चलने के लिए पहले से तैयार थे। अम्मीजान तो कुरता और सलवार पहने लेटी ही थीं, पर जब उन्हें उठाकर बुरका ओढ़ाया गया तब वह लड़खड़ा गईं। उनके मुँह से निकला, "या अल्लाह, वहाँ तक कैसे चलूँगी?"

मेरी माँ ने उन्हें जोर से पकड़कर अपने बदन से चिपका लिया और कहा, "बहन, बिलकुल मत घबराओ। हम लोग एक ही रिक्शे पर बैठेंगे और तुम्हें ऐसे ही चिपकाए रहूँगी।"

तब तक दानिस बोला, "...और रिक्शा एकदम दरगाह तक चला जाता है।"

"तब क्या!" माँ ने कहा, "आप बिलकुल न घबराएँ।" माँ अम्मीजान को अब भी चिपकाए रहीं। इस समय न उन्हें अपने धर्म का खयाल था और न मजहब का। सारी दीवारें टूट चुकी थीं। यदि उनके सामने कुछ था तो महज अपने बेटे का भविष्य।

तय यह हुआ कि अम्मीजान और माँ एक रिक्शे पर, मैं और दानिस दूसरे रिक्शे पर; पर सलमा तो बहुत पहले से तैयार हो रही थी। क्या शानदार सूट उसने पहन रखा था। सचमुच उसमें वह बहुत अच्छी लग रही थी। अपना सिल्कवाला बुरका कंधे पर रखे वह कब से इधर से उधर आ-जा रही थी और जल्दी करने के लिए जोर डाल रही थी, "अरे अम्मीजान, तुम 'असर-मसर' करके बेवजह वक्त गुजार रही हो। धूप भी चढ़ती जा रही है। ...और यदि पीर साहब कहीं चले गए तब तो सब गुड़-गोबर हो जाएगा। रमता जोगी और घूमते फकीर का क्या ठिकाना!"

"एक कहावत भी इसे कहनी नहीं आती, जाने क्या मौलवी साहब ने इसे पढ़ाया है!" दानिस ने फिर चिकोटी काटी, "कहना चाहिए—रमता जोगी और बहता पानी। पता नहीं कहाँ से 'फकीर' जोड़ दिया।"

"फकीर न कहती तो तुम लोगों की मगज में बात ही न घुसती!"

उसका इतना कहना था कि सभी हँस पड़े।

अब समस्या यह थी कि सवारी दो रिक्शे से अधिक हो रही थी, क्योंकि सलमा

भी चलने के लिए जिद कर रही थी। वह अकेले रिक्शे पर चलने के लिए भी तैयार नहीं थी। वह या तो अम्मी की गोद में बैठेगी या दानिस की।

अंत में सलमा की ही जीत हुई। असल में जीत हुई उसकी मनशा की। वह हम लोगों के रिक्शे पर आना चाहती थी। अम्मीजान तो उसे बैठाने से भी रही, क्योंकि उसके पैरों में इतनी ताकत ही नहीं थी कि वह सलमा का बोझ सँभाल पाए।

आगे-आगे अम्मा का रिक्शा चला और पीछे-पीछे हमारा। दानिस के पैरों पर बैठी सलमा। पर वह शांत रहनेवाली कहाँ थी! अपनी बदमाशी से बाज नहीं आ रही थी। वह बीच-बीच में जहाँ भी मौका पाती थी, बुरके के भीतर से ही, दानिस की नजर बचाकर मुझे चिकोटी काट लेती थी। मुझे बड़ा अच्छा लगता था।

जब हम लोग अलईपुर की रेलवे लाइन पार कर रहे थे तब अचानक मेरा रिक्शा उछला। बिल्ली के भाग्य से सिकहर टूटा और उसका सीना मेरे कंधे से टकराया। मेरे सारे शरीर में करंट-सा दौड़ गया।

"मैं गिर ही जाती।" उसने कहा और उचककर अपने को सुरक्षित करती हुई पुनः बैठी। अब उसका एक पैर दानिस पर था और दूसरा मेरे पैर पर। मुझे ऐसा लगा जैसे मैं मनोवांछित फल पा रहा हूँ। स्पर्श रोमांस का ऐसा अनुभव मुझे इसके पहले कभी नहीं हुआ था।

रिक्शेवाले ने हम लोगों को कुछ पहले ही छोड़ना चाहा, क्योंकि आगे का रास्ता कच्चा और रिक्शे से चलने लायक नहीं था। खेत से होकर एक पगडंडी दरगाह तक जाती थी। थोड़ी दूर ही चलना था। यहाँ से तीसरे खेत के पार दरगाह साफ दिखाई दे रही थी।

हमने तो अपना रिक्शा छोड़ दिया। अब समस्या अम्मीजान की थी। वह बिलकुल चल नहीं पाती थीं। दूसरी दिक्कत यह थी कि वह खेत भी अरहर का था। फसल तो कट गई थी, पर उसकी खूँटी पैदल चलने में, वह भी शहरियों के लिए, बाधक थी। पगडंडी पर केवल एक आदमी चल सकता था।

एक ओर से अम्मीजान का दाहिना हाथ मैंने अपने कंधे पर रखा और बायाँ दानिस ने अपने कंधे पर। किसी तरह से टाँगकर हम ले चले। आकाश में छाई बदली से हमें बड़ा सहारा मिला।

हम लोग ठीक समय से पहुँच गए, क्योंकि दरवेश साहब कहीं जाने की तैयारी में थे। हमें देखकर अचंभे में पड़े—"अरे, आप लोग इस समय कैसे?"

अम्मीजान को तो जैसे साँस का दौरा पड़ गया था। वह बड़े जोर-जोर से साँस ले रही थीं। उनके मुँह से तो बोली ही नहीं निकल पा रही थी। मेरी माँ ने फकीर साहब के चरण छूकर बड़ी विनम्रता से निवेदन किया, "हम लोग पीर साहब

की शरण में आए हैं।''

वहाँ आस-पास के गाँव के कुछ लोग और थे। वहाँ पहुँचते ही अम्मीजान को मजार की बगल के चबूतरे पर लिटा दिया गया।

वहाँ के लोगों ने तुरंत शरबत की व्यवस्था कर हमें पिलाया। पीने के पहले माँ कुछ हिचकिचाईं। उन्होंने मेरी ओर भी देखा।

फकीर साहब को तुरंत माँ की मन:स्थिति का भान हो गया। उन्होंने दार्शनिकों के स्वर में कहा, ''पी लो बहन, पीर साहब की खिदमत में आया कोई भी न हिंदू होता है और न मुसलमान। हर शख्स यहाँ इनसान है। फिर इनसान-इनसान में भेद कैसा?''

माँ ने किसी प्रकार उसे हलक के नीचे उतारा। अम्मीजान को लेटे-लेटे ही माँ ने सुतुही से पिलाया। वहाँ चम्मच की व्यवस्था न हो सकी। उन्हें कुछ आराम का अनुभव हुआ। वह धीरे-धीरे उठकर बैठ गईं। फिर उन्होंने मेरा उनसे परिचय कराया।

''मैं इसे जानता हूँ।'' वे तुरंत बोल पड़े, ''मैंने इसे उसी दिन देख लिया था और बहुत कुछ देखा था, जो इन आँखों से दिखाई नहीं देता। ये बाहरी आँखें तो महज काम-चलाऊ आँखें हैं। इनसे जो नहीं देखा जा सकता, वही सब तो भीतरी आँखें देखती हैं।''

उनकी धीर-गंभीर आवाज रुकी तो अम्मीजान ने फिर कहा, ''हुजूर ने एक तावीज देने को कहा था।''

''वह तो जुमे के दिन न।''

''जी, पर आज हुजूर को एक तकलीफ देने और आई हूँ।''

''कहिए न, मुझसे इतना संकोच क्यों?''

अब अम्मीजान मुख्य सवाल पर आईं—''इसकी माँ के मन में ऐसा शक बैठ गया है कि मेरे बेटे की जिंदगी के लिए अगला साल बड़ा खतरनाक है।''

''मैंने तो ऐसा कुछ नहीं कहा था।''

''नहीं, आपने तो सब ठीक ही बताया था।'' अम्मीजान बोलीं, ''इनके किसी नजूमी ने इन्हें बताया है।''

अब हुजूर ने मुझे अपने पास बुलाया, मेरे सिर पर हाथ रखा और मन-ही-मन कुछ पढ़कर ध्यानावस्थित हुए। फिर मेरी माँ से बोले, ''माँ, तू इतनी चिंतित क्यों है? बिला वजह इतना फिक्र कर रही है। अरे, इस पर 'रब' की मेहरबानी है। कोई इसका बाल भी बाँका नहीं कर सकता। इसका यह मतलब नहीं है कि इसके दुश्मन नहीं हैं। वे कुछ-न-कुछ तो करते ही रहेंगे। पर माँ, यही समझ—मुद्दई लाख बुरा चाहे तो क्या होता है, वही होता है जो मंजूरे खुदा होता है।''

उस दिन की इस संक्षिप्त यात्रा का सार यह था कि जुमे के दिन लगभग इसी वक्त मोटा काला धागा लेकर आना होगा। उसमें तावीज गुहकर मेरी बाँह या कमर में

फकीर साहब अपने हाथ से पहनाएँगे। और नींव में जो तावीज रखी जाएगी, उसे एक महीने के भीतर रख देनी होगी, नहीं तो वह निष्प्रभावी हो जाएगी।

अब निश्चित था कि महीने भर के भीतर हमें मकान बनवाना आरंभ कर देना चाहिए, चाहे अनुकूल मुहूर्त मिले या न मिले।

□

लौटते समय रिक्शेवाले तो वही रहे, पर उनकी सवारियों में अंतर हो गया। वस्तुत: आपत्ति मेरे रिक्शेवाले ने ही की थी। उसका कहना था कि जो दो सवारी लेकर आया है, आप लोग उसे भी उतना ही भाड़ा दे रहे हैं और जो तीन सवारी लेकर आया है, उसे भी उतना ही।

मेरी माँ ने तुरंत इस बात को लोक लिया, "अच्छा, तो अबकी सवारियाँ बदल दी जाएँगी।"

अब मैं व माँ एक रिक्शे पर हो गए और दानिस, अम्मीजान एवं सलमा दूसरे पर। मुझे यह परिवर्तन बहुत अच्छा नहीं लगा। मैं स्वर्ग से उतरकर धरती पर आ गया था; पर माँ इससे प्रसन्न थीं। उन्हें मुझसे बहुत सारी बातें करनी थीं या उनके मन में कुछ और था, इसे तो भगवान् ही जाने!

रिक्शे पर ही उन्होंने हिदायत देनी आरंभ की, "देखो बेटा, तुम्हारी शादी हो चुकी है। मैं देखती हूँ, वह मेरे परिवार में किसी तरह घुस आना चाहती है। यह अच्छा नहीं होगा। मैं चाहती हूँ कि तुम खुद इस पर विचार करो।"

मैं चुपचाप सुनता रहा।

वह बोलती गईं, "मैं चाहती हूँ कि यहाँ की बातों की चर्चा और कहीं न हो, इसलिए तुम किसी से कुछ मत कहना, मौसी से तो बिलकुल नहीं। आते समय वह पीछे पड़ी थी—इतने सवेरे-सवेरे कहाँ जा रही हो? आज कोठी भी नहीं जाओगी? क्या बात है? मैंने उससे कहा कि आज रविवार है। जग्गू का कहना है कि आज भैरवनाथ चलो। इतमीनान से दर्शन-पूजन करेंगे। हमारे हर काम में बाधा आ रही है। लगता है, किसी ने कुछ करा दिया है। हम बाबा से प्रार्थना करेंगे कि हमारे हर विघ्न दूर हों।"

मैंने सोचा, माँ ने यह मुझे बताकर अच्छा ही किया। अब मुझे यदि आवश्यकता पड़ी तो महज मेरे नाम से बोले गए झूठ को दोहराना पड़ेगा।

□

आज वाराणसी में चौधरी चरण सिंह आने वाले हैं। उत्तर प्रदेश का मुख्यमंत्री बनने के बाद उनका वाराणसी में प्रथम आगमन है। लाला उन्हीं की अभिनंदन सभा कराने में व्यस्त है। शहर में अनेक स्वागत द्वार बनाए गए हैं। सबके पीछे पैसा और प्रेरणा लाला की है।

यद्यपि कांग्रेस का प्रभाव कम हो गया था, फिर भी जो महत्त्व इस सभा को मिलना चाहिए था, वह काशी की जनता ने नहीं दिया। सभा में भीड़ भी कल्पना से बहुत कम थी। जो थी, उसमें भी गाली देनेवाले कम नहीं थे। मेरे बगल में खड़ा व्यक्ति भी लाला को इंगित कर अपने मित्रों से कह रहा था, "इस स्साले की राजनीति समझ में नहीं आती। कल तक कांग्रेस में इंदिराजी का खासमखास था। आज चौधरी साहब का 'दुलरुआ' बन गया है।"

"आजकल तो अवसरवाद की राजनीति है। कहाँ रही सेवा और कहाँ रही राष्ट्रीयता! अब तो बस सत्ता और कुरसी की राजनीति है।" दूसरा बोला।

"लाला को अगर जेल से बाहर रहना है तो सत्ता के साथ ही रहना पड़ेगा।" यह जानी-पहचानी आवाज हमीद की थी।

"तू सौ बरस तक जिएगा, दोस्त।" मैं उसका हाथ पकड़कर अपनी बगल में खींचते हुए बोला, "मैं अभी तुम्हारे विषय में ही सोच रहा था।"

"क्योंकि तुम हर सभा में मिलते थे। सोचा, यहाँ भी मिलोगे।"

फिर वह चुप हो गया। थोड़ी देर बाद शरारतन एक चित्र मुझे दिखाकर पूछने लगा, "इसे पहचानते हो?"

वह पासपोर्ट साइज की तसवीर मेरी ही थी। "तुम भी क्या मजाक करते हो! मैं अपने को भी नहीं पहचानूँगा!" इतना कहकर वह फोटो मैंने एक झटके में छीननी चाही, पर सफल न हो सका।

"तुमने इसे पाया कहाँ से?"

"इसे जानकर तुम क्या करोगे?" उसने कहा, "वह जगह तो सबसे महत्त्वपूर्ण है, जहाँ यह पाई गई है।"

मुझे बहुत परेशान करने के बाद उसने खुद बताया कि एक दिन मैं दानिस के घर गया था। बाहरवाले कमरे में सलमा के पढ़ने की चौकी पर इतिहास की किताब में रखी थी। जब मैं किताब देखने लगा, तब उसमें यह फोटो मिली। इसे चुपचाप मैंने अपनी जेब के हवाले कर दिया।

"किसी ने इसे जेब में डालते हुए कुछ पूछा नहीं?"

"जब किसी ने देखा नहीं तब पूछता क्या!" वह हँसा।

"यह हाथ की सफाई वहीं दिखाई या भीड़ में भी दिखाया करते हो?" मैंने व्यंग्य करते हुए पूछा।

वह केवल हँसकर रह गया।

उधर चौधरी साहब का भाषण अपने चरम उत्कर्ष पर आ गया था। वे बोल रहे थे, "आज कांग्रेस जन-सेवक नहीं रही, वह जन-भक्षक हो गई है। उसमें रहकर कोई

भला काम नहीं किया जा सकता। राष्ट्र के प्रति समर्पण की भावना अब कांग्रेस में नहीं रही। अब तो हर कांग्रेसी जोंक की तरह देश का खून चूसने में लगा है।''

वे बोल ही रहे थे कि कहीं से एक आवाज तेज पत्थर की तरह मारी गई, ''ऐसा जोंक आपकी बगल में भी खड़ा है।''

''इससे होशियार रहिएगा।'' यह दूसरी आवाज थी।

इसके बाद जोर की ताली बज गई। यह पता भी नहीं चला कि यह आवाज किधर से मारी गई। इसके बाद ऐसा कोलाहल मचा कि सभा उखड़ने को आई।

अब चौधरी साहब के भाषण में व्यवधान पड़ा। उनका प्रवाह रुका। वह भी आगे-पीछे देखने लगे। उन्हें लगा, कांग्रेसियों ने अपने गुर्गों को सभा में विघ्न पैदा करने के लिए लगाया है। इसके पहले कि वे कांग्रेसियों पर बरसें, श्री श्यामलाल यादव ने लाला को इशारे से अपने पास बुलाया और उनसे मंच के नीचे चले जाने के लिए कहा।

अब लाला परेशानी में पड़ा। उसके लिए यादवजी की बात माननी आवश्यक थी, क्योंकि वे मुगलसराय से विधायक थे। कांग्रेस छोड़कर चौधरी साहब के साथ आए थे। चौधरी साहब ने उन्हें अपने मंत्रिमंडल में विधि मंत्री बनाया था।

लाला के मंच से उतरते ही कोलाहल हुआ। लाला की ऐसी बेइज्जती शायद ही कभी हुई हो।

वह मंच से उतरकर बिना किसी ओर देखे-ताके सीधे सभा के बाहर चला गया। अब लोगों ने भयंकर हर्ष-ध्वनि की।

अब चौधरी साहब को भी हकीकत का ज्ञान हो गया था। तभी तो उन्होंने घटना को बड़े हलके ढंग से लिया और अपना भाषण पुनः आरंभ करते हुए बड़े सहज भाव से बोले, ''ऐसी घटनाओं को बहुत गंभीरता से नहीं लेनी चाहिए। जब बाढ़ आती है तब कूड़ा-कचरा भी उसी में बह आता है। आज हमारे साथ आनेवालों की बाढ़ आई है। जब बाढ़ थमेगी तब ऐसे कूड़े स्वयं तह में चले जाएँगे या धारा में बह जाएँगे।''

एक बार फिर जोर की तालियाँ बजीं।

अब हम सभा से बाहर निकल आए थे, क्योंकि लाला के चले जाने के बाद हमारी सभा में कोई दिलचस्पी नहीं रही।

मेरा मन तो अपनी ही फोटो में लगा रहा। मैंने यह फोटो न कभी सलमा को दी और न कभी उसे दिखाई ही। फिर उसके पास गई कैसे?

''क्या सोच रहे हो?'' अब हमीद मुझे बनाने के मूड में था। वह स्वयं बोल पड़ा, ''सोचते हो, बेचारी सलमा सोचेगी कि मेरे दिलरुबा को कौन चुरा ले गया!''

''मजाक मत करो।'' मैंने डाँटा, ''मैं सोच रहा था कि तुम कितने बड़े चोर हो! तुम्हारे घर पर आने पर होशियार रहना चाहिए।''

"जरूर होशियार रहना चाहिए। ऐसा न हो कि मैं भाभी को ही उठा ले जाऊँ।" इसके बाद वह जोर से हँसा। उसकी हँसी सुनकर उसका वह दोस्त चला आया, जो उसके साथ ही सभा में आया था। हमीद मुझे 'खुदा हाफिज' बोलकर उसी के साथ चला गया।

अब मैं सभा से थोड़ा दूर टाउन हॉल की चहारदीवारी की रेलिंग पर बैठकर चौधरी साहब का भाषण सुनने लगा।

पर मेरा चिंतन बराबर फोटो से चिपका रहा—'उस फोटो की सोलह कॉपियाँ थीं। उनमें दो या तीन खर्च हुई थीं। बाकी एक लिफाफे में रेडियो के ऊपर रखी थीं। माँ और पत्नी के सिवा कोई तीसरा उसे जानता नहीं था। फिर वह सलमा के पास कैसे पहुँच गई? मेरा अनुमान है कि होली के दिन जब सलमा आई थी, तब अपनी भाभी को उसने इसी कमरे से खींचा था। उसी समय यह फोटो उसके हाथ लगी होगी। ऐसा तो नहीं कि उसने एक से अधिक फोटो कॉपियाँ लिफाफे से निकाल ली हों? उसका पता नहीं क्या उपयोग वह करे! यदि हमीद ऐसे लोगों के हाथ मेरी फोटो पड़ जाएगी, तब तो उसका दुरुपयोग ही वे करेंगे!'

□

: सोलह :

भारत का राजनीतिक क्षितिज एक बार फिर गर्दिश में आ गया। पाकिस्तान के राष्ट्रपति याहिया खाँ ने २५ नवंबर, १९७१ को यह घोषणा की कि भारत के साथ दस दिनों में युद्ध शुरू हो जाएगा। लेकिन उसके एक दिन पूर्व ही पूरी शक्ति के साथ आक्रमण कर दिया गया। उसकी सेनाओं ने तीन-चार जगहों से भारतीय सीमा का अतिक्रमण किया।

हमारी प्रधानमंत्री इंदिरा गांधी ने राष्ट्र के नाम अपने विशेष प्रसारण में कहा, "हमारे दुश्मन ने उस समय हमारी पीठ में छुरा भोंका है, जब हम उसकी ओर दोस्ती का हाथ बढ़ा रहे थे। वह समझता है कि हम कमजोर हैं। हमारी दोस्ती के प्रस्ताव को वह हमारी कमजोरी समझता है। वह हमें नासमझ भी समझता है। इसीलिए उसने अपने ऐलान में ऐसी-ऐसी बातें कही हैं, जिनसे हमारे देश के मुसलमान भाई भड़कें। पर उसे मालूम नहीं है कि इस देश का मुसलमान उसके बहकावे में आ नहीं सकता। वह इस देश को अपना वतन समझता है और इसकी रक्षा के लिए वह अपने खून का आखिरी कतरा तक देने को तैयार है। मुझे उनकी वफादारी और हुब्बेवतनी पर पूरा विश्वास है। वक्त आ गया है, जब पाकिस्तानियों को वह जी-तोड़ जवाब देगा।"

याहिया खाँ ने कई क्षेत्रों में एक साथ लड़ाई छेड़ दी।

आकाशीय और जमीनी लड़ाई तो परंपरागत लड़ाई थी। उसके लिए पहले से जनता तैयार थी, उसे ज्यादा कुछ करना नहीं पड़ा।...अब हॉर्न बजते ही ब्लैक आउट हो जाता था। दरवाजे की किसी दराज से भी अब रोशनी की एक किरण चोरी-छिपे लपककर बाहर नहीं निकल पाती थी। होम गार्डों को अब पहले की तरह डंडा पीटना नहीं पड़ता था। लोग पहले से अधिक सतर्क थे।

अब उसने एक नया मोरचा और खोला। वह था मीडिया का मोरचा। हमारे यहाँ हिंदी के एक बड़े अच्छे समाचारवाचक थे—पं. देवकी नंदन पांडेय। उन्हीं की बनावटी आवाज में अब पाकिस्तानी रेडियो हिंदी में झूठी खबरें देने लगा—"पाकिस्तानी सेना

अब अमृतसर की ओर बढ़ गई है। वहाँ के मुसलमानों ने उनका जी खोलकर स्वागत किया। हिंदुस्तान में जबरदस्त हिंदू-मुसलिम दंगा हो रहा है। जहाँ हिंदुओं की सरियत है वहाँ वे मुसलमानों का कत्लेआम कर रहे हैं। पर ऑल इंडिया रेडियो का वह करिया 'बाभन' (पं. देवकी नंदन पांडेय को पाकिस्तानी रेडियो करिया 'बाभन' कहता था।) उलटी और झूठी खबरें सुनाता है। उन्हें मुसलमान भाइयों को सुनना नहीं चाहिए।''

इस तरह के झूठे प्रोपेगंडा पर भी आम चर्चा होती है। भारत सरकार ने पाकिस्तानी रेडियो सुनना भी बैन कर दिया था। फिर भी, आम जनता लुके-छिपे उन्हें सुनती थी और खूब सुनती थी। उसका प्रभाव भी पड़ता था और कहीं-कहीं तो दंगे तक हो गए थे।

इसका दानिस के परिवार पर बड़ा खराब प्रभाव पड़ता था, क्योंकि उसके घर के दो-तीन घर के बाद से ही हिंदुओं की बस्ती आरंभ हो जाती थी। उसकी अम्मीजान सबसे अधिक घबराती थीं। उनकी बँसखट खिड़की के पास ही लगती थी। गली में आने-जानेवाले की आवाज वे बड़े ध्यान से सुनती थीं। एक दिन कुछ लोगों की आवाजें उनके कानों से जबरदस्त ढंग से टकराईं—''ई मुसलमान के तो मार-मार के जब तक ठीक न कर दिहल जाई तब तक देश क भला न होई।'' एक दूसरी आवाज और उठी, ''यार, ई पुरवा में एक मुसलमान लड़की बड़ी जोरदार हौ। शहर के माहौल और बिगड़ै तो हिम्मत करके ओके उठा लिहल जाय।''

यह आवाज नहीं बल्कि जलता हुआ अंगारा थी अम्मीजान के लिए। वह रात भर सो नहीं पाईं, करवटें बदलती रहीं—''या अल्लाह! खैर कर!'' हर पल कहती रहीं।

यह बात दानिस ने दूसरे दिन आकर मुझे सुनाई थी और कहा था, ''यदि अम्मीजान की खैर चाहते हो तो उनसे मिल लो।''

इधर माँ की वर्जना थी कि दानिस के घर की ओर मत जाना। शहर का माहौल खराब है। ...पर जब मैं अपनी बाँह में बँधा तावीज देखता था तब उस बूढ़ी का एहसान याद आ जाता था। एक दिन कॉलेज से लौटते वक्त मैं चुपचाप उसके घर चला गया। मुझे देखते ही अम्मीजान मुझसे लिपटकर रोने लगीं—''अब हम लोगों का क्या होगा, जग्गू? मुझे सबसे अधिक चिंता सलमा की है।''

अब मेरी दृष्टि सलमा की ओर गई। वह चुप तो थी, पर उसकी आँखें मुसकरा रही थीं।

मैंने कहा, ''आप उसकी चिंता में रो रही हैं, पर वह तो मुसकरा रही है।''

सलमा भभक पड़ी—''क्या झूठ बोलते हो!''

''मैं झूठ बोलता हूँ या तुम? इसे या तो तुम्हारा जी जानता होगा या अल्लाह।''

''यही तो इसका लड़कपन है, बेटा! और यही सबसे खतरनाक है।''

''क्या लड़कपन ज्यादा खतरनाक होता है?'' मैंने सवाल भी किया और कहना

भी जारी रखा, ''खतरनाक भले न हो, पर बुढ़ापा ज्यादा दुःखदायी होता है।''

''अरे बेटा, इस सच का तुझे एहसास कैसे हुआ?'' इतना कहते हुए उन्होंने मेरा हाथ पकड़कर खींचा और अपने कलेजे से लगा लिया। फिर उन्होंने वही 'रोना' रोना आरंभ किया, जिसे वह पिछली लड़ाई के समय रोया करती थीं, ''अरे बेटा, अब हम लोगों की जिंदगी का क्या ठिकाना? कब क्या हो जाए? रात-रात भर नींद नहीं आती। कभी-कभी लगता है कि कोई मेरी खपरैल पर लुक्कारा फेंक रहा है। कहीं ऐसा न हो कि पूरा घर धू-धू कर जल उठे। यदि हम सब उसी में राख हो जाएँ तो सबसे अच्छा!''

''यदि यह सबसे अच्छा है तो आप इतना दुःखी क्यों होती हैं?'' मैंने कहा, ''लगता है, आप मौत से डरती हैं।''

''मैं मौत से नहीं डरती।'' अम्मी बोलीं, ''डरती हूँ तो सिर्फ इससे कि हम लोग तो जल मरें और इस चुड़ैल का हाथ पकड़कर लोग घसीट न ले जाएँ!''

''यदि आप इसे चुड़ैल कहेंगी तो दानिस तो पता नहीं क्या-क्या कहेगा!''

मैंने छछूँदर की पूँछ में आग लगा दी थी। सलमा जलती हुई फुदकने लगी—''अम्मीजान हमें ही बुरा-भला कहती हैं। भाईजान को कभी कुछ नहीं कहतीं। अम्मी ने ही उसका दिमाग बढ़ाया है। वह हमेशा मुझे अंड-बंड बकता रहता है।'' इतना कहते-कहते उसकी आँखों में आँसू छलक आए थे।

अब बात दूसरी ओर बहक गई थी। अम्मी सलमा को सीने से लगाकर समझाने लगीं, ''तू समझी नहीं बेटी, कि मैं क्या कह रही थी! तू मेरी कितनी प्यारी बेटी है और मैं तुझे कितना चाहती हूँ! मैं तुझे चुड़ैल कहूँगी?''

''अभी तो कहा है।'' वह रोती हुई बोली, ''तू मुझे चुड़ैल कहेगी तो भाईजान डायन कहेंगे। क्या मैं यही सब हूँ?''

अब पुरानी बात पटरी से उतर चुकी थी। हमारा दिमाग दूसरी ओर उलझ चुका था। मैं तुरंत रास्ते पर आया। मैंने अम्मीजान को समझाते हुए कहा, ''अब ऊपर से इतने सख्त ऑर्डर आए हैं कि दंगों की आशंका होते ही वहाँ फोर्स पहुँच जाएगी। आप गली में लोगों की बातें सुन लेती हैं, पर यह नहीं देखतीं कि उसी गली में रात-दिन पुलिस की गश्त जारी है। किसकी मजाल है कि एक ढेला भी आपके खपरैल पर फेंक दे, आग का लुक्कारा फेंकना तो दूर की बात है। दरअसल बात यह है कि आप रात-दिन जो सोचती रहती हैं, जब रात को नींद नहीं आती तब घबराहट में उसी का अनुभव करने लगती हैं।''

''यही बात तो मैंने कई बार समझाई, पर यह सुनतीं नहीं।'' दानिस बोला।

''अच्छा, आप ही बताइए, याहिया खाँ ने कितने भड़काऊ बयान दिए, पाकिस्तानी रेडियो ने झूठ-सच सब बका; पर देश में कहीं दंगा नहीं हुआ। तब क्या यह शहर देश

से अलग है?'' मैंने कहा।

बहुत समझाने-बुझाने पर जब स्थिति सामान्य हुई, तब मुझे निकट बुलाकर अम्मी जान ने बताया, ''अब सलमा रामायण भी पढ़ लेती है। हनुमान चालीसा का पाठ नित्य करती है। अब तो उसे जबानी याद हो गया है। सबसे बड़ी बात है कि अपने मजहबी लोगों से छिपकर मैंने उसे तैयार कराया है।''

मेरा मन पूछने को हुआ कि यह सब किसलिए? पर मैं पूछ नहीं पाया।

वह बोलती गईं और मेरे कान में अपना मुँह सटाकर धीरे से कहा, ''और तो और, दानिस तक ने उसके रामायण पढ़ने की खिलाफत की। तब मैंने कहा—किसी के इल्मे-दीन की जानकारी उसे हैवान तो नहीं बनाती, वरन् उसमें मौजूद हैवानियत को हटाकर मुकम्मल इनसान बनाती है।''

मैं सोचने लगा—जिस्मानी तौर पर तो वह बहुत पहले से मेरे मन को आंदोलित किए रहती है, अब क्या वह आध्यात्मिक तौर पर भी मुझे प्रभावित करना चाहती है? फिर वही सवाल, यह सब किसलिए? ऐसा तो नहीं कि वह मेरे परिवार में सेंध लगाना चाहती हो?

□

जिस दिन जनरल नियाजी के नेतृत्व में ९३ हजार पाक सैनिकों ने भारतीय सेना के जनरल अरोड़ा के समक्ष आत्मसमर्पण कर दिया और हम लोगों को इसकी सूचना मिली, उसके दूसरे दिन देश भर में जश्न का माहौल था। हमारे परिवार ने भी सोचा—इससे शुभ दिन देश के लिए और हम लोगों के लिए और क्या हो सकता है!

बिना साइत दिखाए और बिना मुहूर्त निकाले अपनी जमीन पर उसी दिन नींव-पूजन का कार्यक्रम जल्दी-जल्दी में बन गया।

माहौल ऐसा था कि न ठीक-ठाक मजदूर मिल सके और न पंडित। फिर भी माँ तैयार थीं। उन्होंने कहा, ''मध्यमेश्वर के पुजारीजी को बुला लो। वे गणेश-पूजन तो करा ही देंगे। मैं सुंदरकांड का पाठ कर दूँगी। फिर कोई विघ्न-बाधा आनेवाली नहीं है।'' फिर उनके मस्तिष्क में पीर की मजार की तावीज तो लटक ही रही थी।

मैंने भी विधिवत् किसी को नहीं बुलाया और बुलाने का समय ही कहाँ था। बस घंटे भर में सबकुछ करना था, इसीलिए न हिंदू देखा और न मुसलमान और न माँ की वर्जना का ध्यान रखा। जो रास्ते में मिल गया, उसी को बुला लिया। इसी से उसमें दानिस भी था, सुमेर चाचा भी, जवाहिर भी और लाला का नौकर बुद्धन भी। सुमेर चाचा के यहाँ अड़ी लगानेवालों में केवल पं. दीनानाथजी से मुलाकात नहीं हो पाई। केवल हमीद ही एक ऐसा था, जो रास्ते में मिला भी था, जिसे मैं बुला न पाया, क्योंकि वह पूजा-पाठ और कर्मकांड को ढकोसला कहता था।

उसी दिन दोपहर के बाद विधिवत् पूजन आरंभ हुआ। जिनको बुलाया था वे सभी आए थे। दानिस के साथ सलमा भी आई थी। एकदम हिंदुओं के लिबास में, ब्लाउज और गुलाबी साड़ी पहने, माथे पर बिंदी लगाए मुसकराती हुई। उसको देखते ही मुझ पर जादू का असर हुआ। ऐसा लगा जैसे एकदम चंपो की छाया पड़ी हो। आते ही वह चहकते हुए बोली, ''लो माताजी, मैं भी आ गई।''

''आओ बेटी, आओ।'' माँ के मुँह से निकल पड़ा। मुझे लगा, उसकी अचानक उपस्थिति के साथ ही उसके तिलिस्मी व्यक्तित्व का माँ पर जादुई असर हुआ, अन्यथा उसे 'बेटी' कहकर न बुलातीं।

वह आ रही थी मेरी पत्नी की बगल में बैठने, पर अब माँ के पास चली गई।

मैं अपनी पत्नी के साथ पूजन पर बैठा। पूजन के बाद माँ ने 'रामचरितमानस' से सुंदरकांड का पाठ आरंभ किया और सलमा ने भी उन्हीं के सुर में सुर मिलाया। स्पष्ट लगा कि सलमा को सुंदरकांड कंठस्थ है। उसका स्वर भी अद्‌भुत था। उसके लय से ऐसा आभास लग रहा था कि किसी अच्छे रामायणी ने उसे सिखाया है।

उसने समा बाँध दिया। आस-पास के लोग भी उसे सुनने के लिए आने लगे। माँ तो गद्‌गद थीं, पर दानिस बहुत प्रसन्न नहीं दिखा। इसके पीछे उसका संस्कार था।

पहले तो मैं सोचता था कि उसे हिंदी पढ़ाई जा रही है मेरे परिवार में सेंध लगाने के लिए; पर इस समय सेंध लगाना तो दूर, उसकी स्वर-लहरी ने दीवार ही गिरा दी थी।

सबसे पहले सुमेर चाचा ने मुझे बुलाकर पूछा, ''यह किसकी लड़की है?''

''क्यों?''

''मैं चाहता हूँ कि दुकान के बाहरवाली चौकी पर इसके सुंदरकांड का पाठ आयोजित किया जाए।'' चाचा बोला।

''ठीक तो होगा, पर उससे पूछना पड़ेगा।'' बात टालकर मैं अन्य अतिथियों की ओर आकृष्ट हुआ।

अंत में जब कार्यक्रम समाप्त हुआ, घर का सामान बाँधा जाने लगा, आधे से अधिक लोग चले भी गए, तब लाला अपने चेले-चपाटों के साथ आता दिखाई दिया। बुद्धन पहले ही खिसक चुका था। लगता है, चूहे को बिल्ली के आने की गंध लग चुकी थी।

आते ही लाला ने न भवन निर्माण आरंभ करने की बधाई दी और न पूजा का प्रसाद ही ग्रहण किया, वरन् अपनी प्रकृति के अनुसार राजनीति शुरू की—''चौधरी साहब ने जो नई पार्टी बनाई है, उसकी वाराणसी शाखा के यूथ विंग के तुम सदस्य हो जाओ।'' फिर वह मेरे कान के और करीब आया—''संगठन करने और उसे चलाने के लिए तुम्हें गुप्त रूप से दो हजार का महीना मिलेगा। यदि तुम चाहो तो यह रकम बढ़ाई

भी जा सकती है। फिर संगठन के माध्यम से जो तुम कमाई करोगे, वह तुम्हारी।''

''राजनीति में भी कमाई हो सकती है, इसकी तो मैं कल्पना भी नहीं कर सकता; पर अब तो संविद सरकार भी न रही।''

''कैसे कहूँ कि पढ़-लिखकर भी रह गए तुम वही-के-वही। संविद नहीं तो क्या हो गया?'' वह मुसकराया और बड़े रहस्य की बात कही, ''कोई भी सरकार हो, हर सरकार एक 'साझा चूल्हा' होती है, जिसमें हर पार्टी अपनी-अपनी रोटी अपने-अपने ढंग से सेंकती है।''

तब तक माँ के साथ सलमा आ गई घर जाने के पहले नमस्कार करने, पर उसके साथ दानिस नहीं था। वह दूर से ही तमाशा देख रहा था। मैंने माँ से कहा, ''इसके घर के लिए भी प्रसाद बाँध देना।''

''वह तो तुम्हारे कहने से पहले ही मैं कर चुकी हूँ।'' माँ ने हँसते हुए कहा और सलमा को लेकर चली गई।

जब तक सलमा खड़ी रही, लाला की लोलुप दृष्टि उसे ऊपर से नीचे तक टटोलती रही। इस समय उसकी आँखों में वासना की लालिमा उतर आई थी। मैंने अनुभव किया कि एक सिंह की प्यासी आँखें एक भोली-भाली मृगी पर पड़ रही थीं; पर उसकी नासमझी के कवच से टकराकर हर प्रकार का डर चूर हो जा रहा था।

दूसरी ओर मेरा मन कह रहा था—वाह रे लाला, ज्यों-ज्यों तू बूढ़ा होता जा रहा है, तेरा हबसी मन और भी खूँखार होता जा रहा है।

□

सबको वहाँ से विदा करने के बाद मैं जमीन पर ही रह गया। मैं अपने ठेकेदार से कुछ बातें समझने लगा, क्योंकि मैंने मकान के निर्माण का काम एक ठेकेदार को दे दिया था। सामान मेरा और श्रम उसका।

मैं चाहता था कि आज से ही काम शुरू हो जाए और नींव की खोदाई में हाथ लग जाए।

कब तक नींव भर जाएगी? कितनी ईंटों की व्यवस्था करनी पड़ेगी? कब से सीमेंट और छड़ की जरूरत होगी? इन सारे सवालों पर विचार करना था। काफी समय लग गया।

मध्याह्न खिसक गया था। पश्चिम की ओर बढ़ गए सूरज की तेजी कुछ कम हो गई थी। जब घर पहुँचा तो दोपहर की खामोशी छाई थी। माँ अपने कमरे में विश्राम कर रही थीं। मौसी के कमरे का दरवाजा बंद था। पत्नी भी अपने छोटे कमरे में बिछी चौकी पर लेटी थी। आँगन में पहुँचते ही उसकी दो अदद आँखें चिनगारी बरसाने लगीं।

''इतनी देर कहाँ हुई?'' उसका स्वर धधक रहा था। फिर कुछ रुआँसी होकर

बोली, "तुम्हें अब मेरी क्या परवाह होगी! बिना कुछ खाए-पीए दरवाजे की ओर टुकुर-टुकुर ताकते हुए मेरे लिए एक-एक पल भारी पड़ रहा था और हजरत उधर सलमा के घर गुलछर्रे उड़ा रहे थे।"

"यह तुमसे किसने कहा कि मैं सलमा के यहाँ गया था?" मैंने कहा, "तुम अपने मन से ही सबकुछ गढ़ लेती हो और खुद परेशानी में पड़ती हो।" उसी चौकी पर सिरहाने बैठकर मैं उसका सिर सहलाने लगा।

मेरा हाथ पकड़कर उसने झटक दिया और बड़े आवेश में बोली, "अब उसी के घर जाओ। उसका सिर सहलाओ या तलुआ चाटो। अब मुझसे तुम्हारा क्या लेना-देना!"

मैंने अनुभव किया कि आज इसे गहरा आघात लगा है; पर इसके पहले तो कभी इसने ऐसी प्रतिक्रिया व्यक्त नहीं की। होली के दिन तो इसने दिल खोलकर उससे होली खेली थी और बहुत खुश थी। फिर आज ऐसा क्या हो गया?

मन ने ही अपने प्रश्न का उत्तर भी दिया—औरत सब सह सकती है, पर अपने पति के प्रेम का विभाजन नहीं सह सकती।

अब मैं कैसे कहूँ कि मैं विभाजित नहीं हूँ? फिर भी मैंने कह ही दिया, "जो कुछ भी हूँ, मुकम्मल तुम्हारा हूँ और तुम्हारा रहूँगा। तुम विश्वास करो, मैं सीधे जमीन पर से यहीं आ रहा हूँ। फिर मैं दूसरे का तलुआ क्या चाटूँगा, जब एक तलुआ मेरे पास है और उससे अच्छा तलुआ वह है।" इतना कहते हुए मैं उसके पैर की ओर झुका।

वह मुझे रोकते हुए बोली, "क्या नाटक करते हो!" इतना कहते-कहते वह हँस पड़ी। यह हँसी उसका सारा क्रोध बहा ले गई।

कुछ सोचती हुई उसके मुख से निकला, "उसका कंठ बहुत अच्छा है।"

"तुम्हारे दिमाग पर सलमा अब तक चढ़ी है?"

"मेरे दिमाग पर तो चढ़ी ही है, माँ के दिमाग पर भी उसने कब्जा कर लिया है।" उसने यह भी कहा, "मैंने किसी तुरुक को इतना अच्छा सुंदरकांड का पाठ करते नहीं देखा। कितना अच्छा उच्चारण है उसका और क्या स्वर भगवान् ने दिया है! उसके कथनानुसार एक ही भूल ईश्वर ने की है।"

"क्या?"

"यही कि उसे तुरुक के घर जन्म दिया।"

"ऐसा कहा माँ ने?" मेरे आश्चर्य का ठिकाना न रहा। एक दिन में माँ की धारणा ऐसी बदल गई?

"क्या सोचने लगे कि तुम्हारा रास्ता साफ हो गया?" मेरी पत्नी ने मुझे फिर गुदगुदाया।

"साफ होने का सवाल तो वहाँ पैदा होता है, जहाँ रास्ता हो।" मैंने कहा,

''जिंदगी तो बंद गली के आखिरी मकान में कैद हो गई है।''

''और मैं उस कैद से मुक्त होना भी नहीं चाहती।'' इतना कहते हुए वह मेरी ओर ढुलक गई।

□

अब मकान बनने लगा था। ज्यों-ज्यों काम बढ़ता गया, त्यों-त्यों मेरी व्यस्तता भी बढ़ती गई। मुझे बराबर दृष्टि रखनी पड़ती थी। यों तो मजदूरी का ठेका था, पर सामान तो मुझे मुहैया कराना पड़ता था। फिर नया मुहल्ला था। वहाँ के लोग मौका देखकर सामान चुरा ले जाते थे। सीमेंट के कट्टे और लोहे की छड़ों की तो बात ही छोड़िए, रात में ईंट तक उठा ले जाते थे।

यह तो कहिए कि यहाँ से मेरा कॉलेज करीब था। खाली पीरियड में मैं बहुधा यहाँ चला आता था। कभी-कभी तो मैं अपने पीरियड भी छोड़ देता था। जब मैंने देखा कि मैं व्यक्तिगत सतर्कता पर भी लुटा जा रहा हूँ, तब मैंने गाँव से चाचाजी को बुला लिया। वे सामने के मठ में रहते थे और दिन-रात उसकी निगरानी करते थे। छुट्टी होते ही मैं कॉलेज से सीधे यहाँ चला आता था। कभी-कभी माँ भी कोठी से यहीं चली आती थीं।

अब तो दीवारें उठ चली थीं। कमरे आकार लेने लगे थे। हमारे ही जीवन की नहीं, हमारे परिवार के जीवन की भी यह बड़ी उपलब्धि थी। हम लोग जब इसकी दीवारें छूते थे तो कितना संतोष मिलता था!

इष्ट-मित्रों से सारे संबंध छूटते जा रहे थे। अब कहीं जाना भी नहीं होता था। यहाँ तक कि कई सप्ताह तक सुमेर चाचा की दुकान पर भी जाना नहीं होता था। वे इक्के-दुक्के खुद चले आते थे।

एक शाम जवाहिर चुपचाप चला आया और पीछे से उसने मेरी आँखें बंद कर दीं। उससे छूटने के लिए बड़ी कोशिश की, बड़ी कसर-मसर की। फिर भी पहचान नहीं पाया कि यह कौन है? हाँ, उसके गले से लटकती डिब्बे जैसी कोई चीज मुझसे टकराती रही। उसके कारण पहचानने में और दिक्कत पड़ रही थी। ''अरे बाबा, अब तो छोड़ो, मैं हार मानता हूँ।''

तब उसने छोड़ा। अब पता चला कि उसके गले से लटकती वस्तु फोटो कैमरा है और वह जवाहिर है। यह उसे ससुराल से मिला है। उसकी ससुराल का कोई सिंगापुर में काम करता है। यह वहीं से आया है।

'' 'नई शौकीन खलीती में गाजर', तो तुम इसे दिन भर गले में लटकाए फिरते हो!''

''दिन-रात तो नहीं लटकाता, हाँ, कहीं जाने लगता हूँ तो जरूर ले लेता हूँ।''

अब वह बड़े ताव से बताने लगा, ''विशेष अवसरों और दृश्यों को मैं नहीं छोड़ता हूँ। जिस दिन इस मकान की नींव पड़ रही थी उस दिन के भी कई चित्र मैंने लिये थे। उनमें से कई स्नैप तो बड़े जोरदार हैं।''

''मैंने उस दिन तो तुम्हारे गले में कैमरा नहीं देखा था!''

''देखते कैसे, तुम तो पूजा पर बैठे थे।''

''आँखें बंद करके थोड़े ही बैठा था।''

फिर वह जोर से हँसा—''आँखें बंद तो नहीं थीं, पर एक ने तुम्हारी आँखें बाँध दी थीं। जहाँ भी मौका मिलता था, तुम्हारी नजर उस ओर घूम जाती थी। वह चीज ही ऐसी थी।'' फिर वह हँसने लगा। उसका स्पष्ट संकेत सलमा की ओर था। अधिकांश लोग उसे हिंदू ही समझते थे और हमारे किसी नजदीकी संबंध का अनुमान लगाते थे। जवाहिर के मन में भी कुछ ऐसा ही था। सबकुछ बताने के बाद उसने बताया कि माताजी के साथ सुंदरकांड का पाठ करते हुए मैंने एक 'स्नैप' उसका भी लिया है।

''कुछ तो लिया है, पर उसका प्रिंट क्यों नहीं लाए?''

''कैसे मालूम कि नहीं लाया हूँ!''

''जब लाए हो तो इतनी पहेली क्यों बुझा रहे हो?''

''इसलिए कि तुम्हारे ऐसे कंजूस से पैसा लेना है।'' फिर वह मुसकराया, ''तुम्हारी जेब से पैसा और काशी की कुछ गलियों से भैंसा निकालना बड़ा कठिन है।''

मैंने उसकी पीठ पर एक आत्मीय धौल जमाते हुए कहा, ''अब तुम्हें बोलना खूब आता है। अच्छा, निकालो फोटोग्राफ।''

उसने बगल में लटक रहे झोले से निकालकर एक लिफाफा दिया, जिसमें उस आयोजन के दस-बारह फोटोग्राफ थे।

फोटोग्राफ तो 'ब्लैक ऐंड व्हाइट' ही थे, पर थे काफी जीवंत। उस समय रंगीन फिल्मों का चलन नहीं था। मैंने उन तसवीरों की बड़ी तारीफ की।

''यह सब मैं रख लेता हूँ, किंतु इनमें से कुछ को तुम रीप्रिंट कर दो। रह गईं पैसे की बात, उसकी तुम फिक्र मत करो। आज तक मैं किसी का कर्जदार नहीं हूँ।''

''अरे यार, तुम कैसी बातें करते हो? मजाक को भी तुम इतनी गंभीरता से लेते हो।'' वह बोला, ''अच्छा बताओ, इनमें से किनका-किनका तुम्हें रीप्रिंट कराना है?''

मैंने तीन-चार फोटोग्राफ उसे दिए। उसने उसके पीछे पड़े नंबर लिख लिये। फिर बड़ी अदा से सलमा की तसवीर दिखाई और मुसकराते हुए बोला, ''मेरे मन में पहले ही आया था कि इसकी दो-तीन कॉपियाँ करा लूँ।''

□

जब मैंने माँ को सारी तसवीरें दिखाईं तब उसकी भी दृष्टि सलमा पर आकर

अटक गई।

"है बहुत अच्छी लड़की।" फिर वह अचानक चुप हो गईं। स्पष्ट लगा, उसने अपने पर नियंत्रण किया है। इससे जाहिर था कि सलमा का प्रवेश घर में ही नहीं हुआ, उसने माँ के दिल पर भी दस्तक दे दी है पर माँ अपने दिल का दरवाजा उसके लिए बंद ही रखना चाहती थीं। इसलिए उन्होंने कहा, "इन सारी तसवीरों को बॉक्स में बंद कर सुरक्षित रख दो।"

"क्या होगा इन्हें सुरक्षित रखकर?" मैं बड़ी लापरवाही से बोला।

"इतिहास को सुरक्षित रखना हमारा धर्म है।" माँ ने एक दार्शनिक की मुद्रा में कहा, "इसमें तुम्हारे जीवन का एक कालखंड चित्रित है। भविष्य में जब तुम्हारे नाती-पोते देखेंगे तो खुश हो कहेंगे कि ये उस समय की तसवीरें हैं जब इस मकान की नींव पड़ रही थी।"

ज्यों ही मैं माँ के कमरे से बाहर निकला, पत्नी खड़ी मिली। उसने उन तसवीरों का लिफाफा छीन लिया। बोली, "जरा मैं भी देखूँ तुम्हारे जीवन के कालखंड को।" और देखकर मुँह बिचकाते हुए कहा, "इसे किसी काल-पात्र में गाड़ दो, ताकि अब यह इस घर में दिखाई न पड़े।"

"सभी को या इसमें से किसी एक को?" मैंने मुसकराते हुए पूछा।

"जैसा तुम्हें उचित लगे।"

लिफाफा मुझे थमाकर वह ऐसे अपनी कोठरी की ओर बढ़ी जैसे कोपभवन में जा रही हो।

लिफाफा लेकर मैं बाहरी बैठक की ओर बढ़ा। गली में विजयोल्लास में आह्लादित जुलूस निकल रहा था। आज भारत के रक्षा मंत्री माननीय जगजीवन राम नगर में पधार रहे हैं। टाउन हॉल में उनकी सभा होगी। भारत की ऐतिहासिक जीत के उपलक्ष्य में उन्हें चाँदी की तलवार भेंट की जाएगी।

मैंने दरवाजा नहीं खोला। कोई परिचित देख लेता तो मुझे भी उस जुलूस में खींच लेता, इसलिए मैं छोटी खिड़की से ही झाँकता रहा। अचानक लाला का नौकर बुद्धन दिखाई पड़ा। अरे रे, मैं कब से उसके बारे में ही सोच रहा था; क्योंकि मेरी इच्छा थी कि नींव-पूजन की दो-चार तसवीरें चंपो को भी भेज दूँ। उसका पता उससे लेना था।

'जिन खोजा तिन पाइयाँ' वाली मन:स्थिति में मैंने उस खिड़की से बहुत जोर-जोर से आवाज लगाई। उसने हाथ उठाकर आने का संकेत भी किया। जुलूस गुजर गया, पर बहुत देर तक वह नहीं आया। मैं बैठक में उसकी प्रतीक्षा में बैठा रहा। बहुत देर बाद उसकी दस्तक सुनाई पड़ी।

"तुम्हें अब समय मिला है?"

"क्या करूँ?" उसने कहा, "मुझे तो अपने मालिक का हुकुम बजाना पड़ता है।"

"तो इस जुलूस में भी मालिक का हुकुम बज़ाना था!"

"नहीं तो मैं क्यों आता, मुझे कोई और काम नहीं था!"

"यह तो कांग्रेस का जुलूस था।" मैंने कहा, "और तुम्हारा मालिक तो कांग्रेस छोड़ चुका है।"

"इससे क्या होता है!" बुद्धन बोला, "हमारे मालिक की निगाह नए घर से ज्यादा पुराने घर पर रहती है। वह इसकी एक-एक गतिविधि से वाकिफ रहना चाहता है।"

बातों के क्रम में उसने बताया, "मुझे उसे प्रत्येक बात की रिपोर्ट करनी है—जुलूस में उत्साह कैसा था? सभा में कितने लोग थे और कैसे लोग थे? किसने अध्यक्षता की? किसके द्वारा चाँदी की तलवार भेंट की गई? आदि-आदि।"

फिर मैंने तुरंत अपने काम की बात की, "मुझे चंपो का पता चाहिए।"

"मैं चंपो का पता नहीं जानता।"

"तुम लाला के निजी नौकर हो और इतना भी नहीं जानते?"

"मैं ही नहीं, मेरे मालिक भी उसका वर्तमान पता नहीं जानते। जानता है तो बस एक आदमी।"

"कौन?"

"मालिक का पुराना नौकर लँगड़ा।" बुद्धन बोला, "वह किसी को बताता भी नहीं। मालिक ने उसे जान से मारने की धमकी दी, फिर भी उसने नहीं बताया। मेरे विचार से मालिक के डर के मारे घर-दुआर छोड़कर वह भागा-भागा फिरता है। बीच-बीच में वह आता भी रहता है, पर छिप-छिपकर। ऐसा अंदाज लगाया जा रहा है कि वह फिर आने वाला है।"

"यह तुम्हें कैसे मालूम?"

"यह मत पूछिए।" वह बड़े रहस्यमय ढंग से मुसकराया और चला गया। स्पष्ट लगा कि उसे डर है कि कहीं कुछ ऐसा उसके मुँह से न निकल जाए, जो स्वयं उसी के लिए खतरा बने।

अब सवाल यह था कि लँगड़ा जब आएगा तो उससे संपर्क कैसे होगा? मेरा सोचना था कि जब बनारस आएगा, तब वह सुमेर चाचा के यहाँ जरूर जाएगा।

'तब तो वह मेरे यहाँ भी आ सकता है!' मैंने मन-ही-मन सोचा। तब पत्र मैं क्यों न उसी के हाथ भेजूँ। सुरक्षित भी रहेगा और चंपो को मिल भी जाएगा।

इधर संविद सरकार के हटते ही लाला पर चल रही इन्क्वायरी ने जोर पकड़ा।

सी.बी.आई. ने उसपर कई चार्ज लगाए, जिनमें सबसे सीरियस थे—अनाथालय के नाम पर औरतों का व्यापार। यशोदा नामक रखैल के द्वारा चकला चलाने का अपराध। कई गुमनाम हत्याओं के पीछे उसका हाथ होने के कई प्रमाण मिले थे। कांग्रेस के चंदा-वसूली में हेरा-फेरी। कांग्रेस की ऑडिट रिपोर्ट में इस अपराध की पुष्टि थी। आदि-आदि।

सी.बी.आई. ने इन सभी आधारों पर पुलिस में रिपोर्ट लिखवाई। अग्रिम जमानत के लिए लाला ने कोर्ट में अर्जी दी, जो तुरंत खारिज हो गई।

अखबारों ने भी खूब बढ़ा-चढ़ाकर लिखा। लाला की रही-सही इज्जत धूल में मिल गई।

एक बात स्पष्ट थी कि शहर में लाला की धाक थी, पर उसके प्रति कोई विशेष सहानुभूति कभी नहीं थी। ऊपर से उसकी तारीफ करनेवाले, उसके बड़े आत्मीय बननेवालों की धारणा भी उसके प्रति कभी अच्छी नहीं रही।

इस समय यही भीतर की गंदगी एक साथ बाहर निकलकर बह रही थी। उसकी बदबू ने बुरी तरह नगर को घेर लिया था, फिर भी लाला की यह बेहयाई ही थी कि वह हर सामाजिक कार्यक्रम में उपस्थिति होता था और बेहिचक कहता था—यह सब राजनीतिक दुर्भावना से प्रेरित है।

पर भीतर-भीतर वह बहुत घबराया हुआ था, क्योंकि सी.बी.आई. के लोग छोटे-से छोटे मामले की तह तक जा रहे थे और उसके खिलाफ गवाहियाँ जुटा रहे थे। अगर बुद्धन सही कहता है तो अब उसे रात-रात भर नींद नहीं आती थी। एक रात तो वह बड़बड़ाने लगा था, उसके कुकर्म ही उसे चारों ओर से घेरकर डराने लगे तब वह ज़ोर-जोर से चिल्लाने लगा था, "मैं जानता हूँ कि तुम लोग मुझे नहीं छोड़ोगे। अब मेरे पाप का घड़ा भर चुका है। पर मैंने यह सब किसके लिए किया? मेरा तो कोई नहीं है, कोई औलाद भी नहीं। पत्नी पहले ही मर चुकी थी—'आगे नाथ न पीछे पगहा'।"

बुद्धन का कहना था कि इतना कहते-कहते वह फुक्का फाड़कर बच्चे-सा रोने लगा। तब यशोदा भागकर उस अँधेरी और काली रात में उसके पास आई—"मैं हूँ न तुम्हारे साथ—रोने के लिए ही नहीं, मरने के लिए भी।"

"तो तू मेरे साथ मर भी सकती है?" लाला कुछ शांत हुआ—"तब हम दोनों एक-दूसरे को गले से गले लगाकर कोई तेज जहर खा लें। इतना तेज कि मरने में देर न लगे, छटपटाना भी न पड़े और प्राण निकलते समय एक-दूसरे से चिपके ही रहें।"

"आप इतनी दूर तक सोचने लगे!" यशोदा बोली, "हर स्थिति में मौज-मस्ती से जीनेवाला आदमी आज जिंदगी से इस कदर भाग रहा है!"

"क्या करूँ?" जब जिंदगी खुद मार डालना चाहती है तब उससे भाग न जाऊँ

तो क्या करूँ?"

"तुमने ऐसा क्या किया है कि जिंदगी तुम्हें मार डालना चाहती है?"

"तुम? ···और तुम ऐसा पूछ रही हो, जो मेरे जीवन का सारा काला चिट्ठा जानती हो। लोग एक-दो की हत्या करके इस स्थिति में आ जाते हैं। हमने तो हजारों हत्याएँ की हैं।"

"की हैं नहीं, कराई हैं।" यशोदा बोली, "कानूनी दृष्टि से दोनों में बड़ा अंतर है।"

"कानूनी दृष्टि से न!" आँसुओं ने लाला की दृष्टि को बड़ा साफ कर दिया था। शायद जीवन में पहली बार आज वह अपने को देख रहा था। उसके दोनों हाथ उसे खून से रँगे दिखाई पड़ रहे थे। यदि उसका वश चलता तो वह उन्हें खुद काटकर फेंक देता।

गहन पश्चात्ताप के अंधकार में कई अवसर ऐसे भी आते हैं, जब उसके ही कई रूप उसे चारों ओर से घेर लेते हैं। वे चारों ओर से उस पर थूकते हैं। ऐसे में वह अपना ही सिर पीटता है। यही स्थिति इस समय लाला की थी। यदि यशोदा उसे पकड़े न रहती तो वह उठकर घर के बाहर निकल आता और जोर-जोर से चिल्लाकर उस अंधकार को बताता, 'हाँ, मैं पापी हूँ। ऐसा कोई पाप नहीं, जो मैंने न किया हो।' वह मनोछात की चरमावस्था पर था, जहाँ मनुष्य स्वयं से ही विद्रोह करता है।

इस स्थिति में उसके पापों ने तो पहुँचाया ही था, पर अन्य भी परिस्थितियाँ थीं, जो कम जिम्मेदार नहीं थीं। उसे लग रहा था कि अब बची-खुची जिंदगी जेल के भीतर चक्की पीसते हुए ही बीतेगी।

एक बात और हुई। दस बैंकों का राष्ट्रीयकरण तो पहले ही हो चुका था, बाकी चार बैंकों का राष्ट्रीयकरण बाद में हुआ। लाला ने किसी-न-किसी नाम से कई बैंकों में रुपए जमा कर रखे थे। लाला को लगा कि अब तो उसके सारे रुपए पर सरकार का अधिकार हो जाएगा। सरकार मतलब कांग्रेस। और कांग्रेस इस समय उसका सत्यानास करने में लगी थी। इसलिए उसने आनन-फानन में सारे रुपए बैंक से निकालकर अपनी तिजोरी में रख लिये।

फिक्स डिपोजिट तोड़वाने में उसका नुकसान ही हुआ। फिर भी उसने उसकी परवाह नहीं की। 'अर्ध तजैबुध सरबस जाता।' के सिद्धांत पर वह दृढ़ रहा। पर उसकी चाल उसी पर उलटी पड़ी। सी.बी.आई. ने जब घर की तलाशी ली, तब वे लाखों रुपए सामने आए। अब सवाल था कि इतने रुपए आपके पास आए कहाँ से? न तो आपकी कोई फैक्टरी है और न आप कोई व्यवसाय करते हैं, फिर भी आपकी तिजोरी नोटों से भरी कैसे है?

कहते हैं, लाला इसका कोई संतोषप्रद जवाब न दे सका। पुलिस ने तिजोरी को

सील्ड कर दिया। जिंदगी भर की कमाई देखते–देखते उसके हाथ से बाहर हो गई।

लाला को यह सदमा सबसे बड़ा सदमा था। उसे रात–रात भर नींद नहीं आती थी। वह उन बातों का भी पता लगाने की चेष्टा करने लगा, जिनकी वह कभी परवाह नहीं करता था।

पुरातत्त्व विभाग जब खँडहरों की खुदाई करता है एवं चीजें मिलती जाती हैं तब खुदाई और तेज तथा और सावधानी से की जाती है। वस्तुतः खुदाई उनके लिए नहीं होती, जो मिलती हैं वरन् उनके लिए होती है, जो नहीं मिल पातीं।

आज लाला भी अपने कर्मों का खँडहर खोद रहा था। उसे तलाश थी चंपो की, उसे तलाश थी लँगड़े की, उसे तलाश थी पियरिया की ···आदि–आदि।

पर इस समय तो वह अपने घर में ही कैद था। यह कैद यशोदा और उसके हितैषियों की थी। नगर में लगभग यह प्रचारित हो गया था कि लाला गंभीर रूप से बीमार हो गया है। डॉक्टरों ने उसे किसी से भी न मिलने की हिदायत दे रखी है।

□

: सत्रह :

इस समय देश में कांग्रेस की लहर थी। हर तरफ बैंकों के राष्ट्रीयकरण की चर्चा थी। ऐसी स्थिति में सुमेर चाचा के बाहर की चौकी उससे अछूती कैसे रहती! आज वह खचाखच भरी थी। जब मैं पहुँचा तो हमीद वहाँ भाषण कर रहा था—"इंदिरा गांधी चाहती हैं कि बैंकों में जमा धन का सदुपयोग होना चाहिए। जनता के लाभ के काम में उसे लगाना चाहिए। कम-से-कम ब्याज पर गरीबों को कर्जा देकर उनसे कॉटेज इंडस्ट्रियाँ लगवानी चाहिए। रिक्शेवालों को अपना रिक्शा खरीदवाना चाहिए और उनसे कर्ज की अदायगी किस्तों में करानी चाहिए। फिर कुछ दिनों में वह रिक्शा उनका अपना हो जाएगा।" लगता है, उस दिन वह बड़ी तैयारी से आया था। बड़े विस्तार से वह एक-एक बात बता रहा था, "...और 'हाफ पैंटिया' सब उसका विरोध कर रहे हैं। वे नहीं चाहते कि गरीब तरक्की करे, देश तरक्की करे और समाजवाद आए।"

"क्या जरूरत है समाजवादी की?" पं. दीनानाथ ने दबी जबान ही कहा, "हमारा पैसा बैंक में जमा है, सरकार को क्या हक है कि उसको जिसे चाहे उसे बाँट दे।"

"यह बुर्जुआ मेंटेलिटी है।" फिर तो हमीद आग हो गया। उसने पूरी कम्युनिस्ट थ्योरी ही बैंकों के राष्ट्रीयकरण पर चस्पाँ कर दी।

विचित्र स्थिति थी। लोग वास्तविकता को समझे बिना अपने मन से बैंक के राष्ट्रीयकरण का अर्थ लगा रहे थे। वह अंधों के बीच हाथी हो गया था। सब असलियत से दूर थे। मेरे लिए ये बहसें बड़ी उबाऊ थीं। मैं संध्या होने के पहले ही वहाँ से खिसक गया।

घर आकर जैसे ही बैठक का दरवाजा खोलकर भीतर घुसा, चौकी के एक किनारे बैठा लँगड़ा दिखाई पड़ा, "अरे, लाइट जला लेते—अँधेरे में तुम्हारा दम घुट नहीं रहा है?"

"नहीं, बल्कि अँधेरे में मुझे बड़ा सुकून मिलता है। सबकी आँखें बचाकर

जीनेवाला मैं अब अँधेरे का कीड़ा हो गया हूँ।''

''अब आँखें चुराने या बचाने की नहीं, अब वक्त आया है जब तुम्हें सीना तानकर चलना चाहिए।'' मैंने कहा और फिर उसे लाला की स्थिति की सारी जानकारी दी।

मेरी बात सुनकर वह बहुत प्रसन्न नहीं हुआ। बड़े सहज भाव से बोला, ''ऐसा तो होना ही था। आखिर पाप की घड़ा तो एक-न-एक दिन भरता ही है।''

फिर मैंने उसे यह भी बताया कि आजकल उसे तुम्हारी तलाश है।

''क्यों?'' वह बोला, ''उसके लिए मैं तो मारा जा चुका हूँ। मेरी लाश भी वह किनारे लगवा चुका है।''

''पर उसे मालूम है कि तुम जिंदा हो।'' मैंने कहा।

''इसका मतलब है कि लाला इस युग का रावण है। उसकी दो आँखें मुझे मरता हुआ देखती हैं, बाकी अठारह आँखें मेरे जिंदा होने का पता लगा लेती हैं। मान लो, मैं उसे मिल ही गया, तो अब मेरा उसके लिए क्या उपयोग है?''

''आजकल तुम उसे दैत्य की तरह विशालकाय होकर चबाने के लिए दौड़ते दिखाई देते हो। वह सोचता है कि यदि तुम कहीं पुलिस को मिल गए तो वह निश्‍चित रूप से जेल के भीतर होगा।''

''इसका मतलब है कि मेरी उसे नहीं, वरन् पुलिस को उसकी तलाश है।'' इतना कहते-कहते वह एकदम उठ खड़ा हुआ—''अच्छा, तो अब मैं चला। आप जानते नहीं, अब मेरे ऊपर पहले से अधिक खतरा है। कम-से-कम पुलिस के समक्ष उपस्थित होकर मैं स्वयं सुरक्षित तो हो जाऊँ।'' फिर उसने मुझे एक लिफाफा देते हुए कहा, ''तुम इसे सुमेर चाचा के यहाँ पहुँचा दोगे?''

''जरूर पहुँचा दूँगा।'' मैंने कहा, ''मैं चाहता था कि तुम मेरे बनते हुए मकान को देख लेते!''

''मैं उसे देखकर ही आ रहा हूँ।'' वह बिलकुल जल्दी में दिखा।

''तो क्या तुम लाला का सारा काला चिट्ठा पुलिस के सामने खोल दोगे?'' मैंने कहा, ''तुम्हें याद है, एक बार जब तुमने कहा था—मैंने लाला का नमक खाया है। मैं उसके खिलाफ एक शब्द भी कहीं नहीं कहूँगा। मैं नमक-हलाली नहीं करूँगा।''

''जब कहा था तब कहा था।'' वह बोला, ''और इस समय तो उस नमक का एक कण भी मेरे रक्त में नहीं रह गया है। अब मैं उसके एहसान से एकदम मुक्त हूँ।''

फिर मैंने जल्दी-जल्दी में चंपो को एक चिट्ठी लिखी, जिसमें मकान निर्माण के संबंध में पूरी खबर थी—भूमि-पूजन से लेकर वर्तमान स्थिति तक। भूमि-पूजन का वर्णन

अत्यधिक विस्तार से था। वस्तुत: उस दिन मेरे जीवन में दो मुख्य घटनाएँ हुई थीं—एक मकान की नींव पड़ी थी, दूसरी सलमा माँ के दिल में प्रवेश पा गई थी। उसी पत्र में मैंने माँ के साथ सुंदरकांड का पाठ करते सलमा का चित्र भी रख दिया था।

पत्र उसे सौंपते हुए मैंने कहा, "एक पत्र तुमने मुझे सुमेर चाचा तक पहुँचाने के लिए दिया है और दूसरा पत्र मैंने चंपो के पास पहुँचाने के लिए तुम्हें सौंपा है।" मुझे हँसी आ गई, "अब यही तो रह गया है कि बेटी के पास तुम पत्र पहुँचाओ और बाप के पास मैं।"

"यही तो आज का जीवन है, रहस्य और रोमांच से भरा।" वह बोला। फिर अपने ही कथन पर उसने टिप्पणी भी की, "यह भी कोई जीवन है, जिसमें हर वस्तु गोपनीय, कहीं भी पारदर्शिता नहीं।"

फिर वह चला गया। गली में जाते हुए मैं उसे बड़े गौर से देखता रहा। उसकी गति सामान्य से काफी तेज थी।

□

मैं वह लिफाफा लेकर उसी शाम सुमेर चाचा के यहाँ पहुँचा। वह उसे देखते ही मुसकराया और उसे लेकर चुपचाप भीतर चला गया।

चाचा की दुकान के बाहर लगनेवाली बैठक आज अपने शबाब पर थी। पूरी चौकी भरी थी। आजकल बहुचर्चित दो ही विषय थे—एक, बैंकों का राष्ट्रीयकरण और दूसरा, लाला की बीमारी।

"लाला बीमार है।" महँगू बोला, "पर किसी को उसे देखने भी नहीं दिया जाता। एकदम नजरबंद है। मुझे तो इसमें भी कोई रहस्य मालूम होता है।"

"ऐसा तो नहीं कि इसी नजरबंदी की स्थिति में पुलिस की आँखों में धूल झोंककर नगर से बाहर निकल भागने की योजना बना रहा हो; क्योंकि इस समय वह बुरी तरह फँसा है। उसे आजीवन कारावास से लेकर फाँसी तक की सजा हो सकती है।" महेश बोला।

"पर इतनी हिम्मत लाला कर सकता है, इसमें मुझे संदेह है।" रामनाथ ने कहा।

"हिम्मत! आज तक लाला ने जो कुछ किया है, उससे उसकी हिम्मत का अंदाजा नहीं लगाया जा सकता?" महेश ने कहा, "यहाँ उसके अस्तित्व का सवाल है। वह कुछ भी कर सकता है।"

"आखिर वह भागेगा भी तो भागकर कहाँ जाएगा?" यह एक अनजान नवागंतुक की आवाज थी।

"पाकिस्तान, नेपाल कहीं भी।"

"पाकिस्तान में भला हिंदुओं को कहाँ शरण!"

"तब वह मुसलमान हो जाएगा। ऐसे व्यक्ति के दीन-ईमान का क्या ठिकाना!" यह जोरदार बात सबसे कम समझ के समझे जानेवाले पीपा ने कही।

"पीपा ठीक कहता है।" इस बार पं. दीनानाथ ने हस्तक्षेप किया, "आखिर सुभाष बाबू भी ठीक ऐसी ही नजरबंदी की स्थिति में अंग्रेजों की आँखों में धूल झोंककर देश से निकल भागे थे।"

अब तक सुमेर चाचा भीतर से बाहर आ चुके थे। बड़े खुश दिखाई दे रहे थे। आते ही बोले, "आप लोग भी किसकी तुलना किससे कर रहे हैं! कहाँ सुभाष बाबू और कहाँ लाला! कहाँ राजा भोज और कहाँ गंगू तेली!"

हँसी का एक फव्वारा फूटा। लगता है, बात सबके मन की कही गई थी।

हँसी अभी थमी नहीं थी कि चाचा ने मुझे बुलाया और धीरे से मेरे कान में मुँह सटाकर बोला, "लँगड़ा है कि चला गया?"

"लँगड़ा रुकता कहाँ है!" मैंने कहा, "वह तो हवा की तरह आता है और हवा की ही तरह गायब हो जाता है।"

सुमेर चाचा गंभीर हो गए। स्पष्ट लगा कि उनका लँगड़े से मिलना जरूरी है। "हो सकता है, वह रात-बिरात आए!" फिर कुछ सोचते हुए वे स्वयं बोले, "उसका क्या ठिकाना? पर तुम्हारी चाची को उसकी बड़ी जरूरत है।"

"क्यों?"

अब वे मुझे उस बैठक से दूर ले गए। फिर धीरे-धीरे विस्तार से बताया, "जब से डॉक्टरों ने सारा टेस्ट कर बताया है कि उसकी छाती में कैंसर है और इसकी चिकित्सा केवल बंबई में हो सकती है, तब से उसने रात-दिन चंपो की रट लगा रखी है। उसका सोचना है कि मेरी बेटी को यदि मेरे बारे में जानकारी हो जाती तो वह जरूर मेरा दाखिला 'बॉम्बे कैंसर इंस्टीट्यूट' में करती और मेरे साथ ही रहती भी।"

सुमेर चाचा ने मुझे बताया, "उसके ठीक होने की आशा बहुत कम है। उसका सोचना है कि हो सकता है, अपनी बेटी के प्रयत्न से बच भी जाऊँ और नहीं बची, तब भी मरने के वक्त मेरी बेटी तो मेरे पास रहती।"

"पर आपने कभी इस स्थिति की चर्चा मुझसे नहीं की।" मैंने कहा।

"उसकी बीमारी के बारे में तो सारी दुनिया जानती है।" वे बोले।

"किंतु कैंसर के बारे में आज पहली बार आप जिक्र कर रहे हैं।" मैंने कहा।

"अभी परसों ही तो हमें भी पता चला, जब डॉक्टरों को शुबहा हुआ। उनकी राय थी कि लहरतारा पर जो कैंसर इंस्टीट्यूट है, उसमें दिखा लीजिए। उनके यहाँ कई

नई मशीनें आई हैं। उससे हमारा संदेह 'कन्फर्म' हो जाएगा।'' चाचा ने बताया, ''तब तुम्हारी चाची को सीधे बी.एच.यू. से लहरतारा ले गया।

''रिक्शे पर वहाँ ले जाते-जाते दिन के दो बज गए थे। बेचारी काफी थक गई थी। डॉक्टर भी अब शाम को छह बजे ही देखता। इसीलिए उसे इमरजेंसी वार्ड में एक बेड पर लिटाकर मैं घर चला आया और जल्दी ही गिलास-थाली, आवश्यक कपड़े, खाने का कुछ सामान आदि लेकर चला गया।''

''तब भी आपने मुझे खबर नहीं की!'' मैंने कहा।

''क्या खबर करता, बेटा! खुद परेशान और तुम्हें भी परेशान करूँ। यह मैंने उचित नहीं समझा।''

''मैं पिछले दिनों कई बार आया, पर दुकान बंद थी। मैंने सोचा, चाचा कहीं गए होंगे।''

अब सोचता हूँ कि कितना अजीब है! दुकान बंद है और बिछी 'तखत' चहक रही है। शायद अब यह दुकान का भाग नहीं रही। लोहे से बँधी इस 'तखत' का अस्तित्व अब स्वतंत्र हो गया।

हमेशा से सामान्य भाव से जीनेवाले चाचा ने न किसी से कुछ कहा होगा और न किसी ने कुछ पूछा ही होगा। घर के लोग भी यही जानते थे कि चाची के सीने में फोड़ा हो गया है। दवा हो रही है, ठीक हो जाएगा। पर जब दर्द असह्य हो गया तब से चाचा की सक्रियता बढ़ी। नहीं तो कबीरचौरा अस्पताल में ही वह मरहम-पट्टी कराता रहता।

मैंने पहला काम किया कि तखत के लोगों को वस्तुस्थिति से अवगत कराया। पूरी तखत पर पाला मार गया।

''रात-दिन गर्दिश में है सात आसमाँ और धरती को कुछ पता नहीं।'' पं. दीनानाथ बोले, ''यह ठीक है कि हम इस रोग में कुछ कर नहीं पाते, पर भगवान् से प्रार्थना तो करते ही!''

''हमने सुमेर ऐसा विलक्षण व्यक्ति नहीं देखा। अब अकेले ही सारी मुसीबत झेल लेते हैं, किसी से कुछ कहते नहीं और हमारी व्यर्थ की बहसों में भी आनंद लेते हैं।'' तखत के लगभग सभी लोगों की धारणा ऐसी ही थी।

इसके बाद लोगों ने चाचा से मिलने की ख्वाहिश जाहिर की। मैंने कहा, ''वह अस्पताल की ओर गए हैं। यद्यपि वह घर में थे और मुझसे ऐसा करने को कहा था, क्योंकि अब वे किसी से मिलना नहीं चाहते थे और यदि मिलना भी चाहते थे तो बस एक आदमी से और वह भी था—लँगड़ा।''

'पर वह पाया कहाँ जाए?' सोचता हुआ मैं कुछ देर वहीं खड़ा रहा। फिर धीरे-

धीरे सड़क की ओर निकल गया। रामकिशुन चाचा इक्के से उतारे जा रहे थे। हे भगवान्! यह क्या हो गया? ऐसा सक्रिय शरीर और इतना निष्क्रिय हो गया। कहते हैं, पुराना बुखार हाथी का भी बल तोड़ देता है!

आज से छह-सात महीने पहले मैं उनसे मिला था, तब भी वे बीमार थे। सदा हलका बुखार और खाँसी रहती थी। टी.बी. 'डिक्लेयर' नहीं हुई थी, पर ऐसे अशक्य नहीं थे। मेरे पहुँचने पर वे खुद भीतर से चलकर बाहर आए थे। पर इस समय तो वे बिना दो आदमियों के सहारे के एक कदम भी नहीं चल पा रहे थे। मुझे देखते ही वे झटके से मुझे गले लगाने के लिए आगे झुके; पर उन्हें सहारा दे रहे लोगों ने उन्हें रोक लिया। फिर भी चरण छूकर मैंने प्रणाम किया। लगा, वे आशीर्वाद में बहुत कहना चाह रहे हैं, पर कुछ कह नहीं पाए। वाणी पिघलकर आँखों से टपकने लगी।

उन आँसुओं में भरी रामकिशुन चाचा की अपरिमित पीड़ा का बोझ मन पर लिये मैं लँगड़े की तलाश में आगे बढ़ा। सोचा, इस समय लँगड़ा कोतवाली में मिल सकता है, क्योंकि उसकी मुद्रा से ऐसा लग रहा था कि वह जल्दी-से-जल्दी लाला के कर्मों का कच्चा चिट्ठा पुलिस के सामने खोलना चाहता है। ऐसा उसकी सुरक्षा के लिए जरूरी है; क्योंकि लाला के खरीदे हुए उसकी मौत के सौदागर अब भी उसका पीछा कर रहे थे। वह इससे भी शंकित था कि यशोदा ने उसे कल ही शहर में देख लिया था।

एक ओर मौत से घिरा-घिरा लँगड़ा, दूसरी ओर टी.बी. से ग्रस्त और त्रस्त रामकिशुन चाचा, तीसरी ओर सुमेर चाचावाली चाची की छाती से चिपका कैंसर का जहरीला नाग। तीनों ओर मुझे मौत ही दिखाई दे रही थी। जिंदगी की संभावना बस एक ओर थोड़ी सी थी कि किसी तरह लँगड़े को खोजकर सुमेर चाचा से मिलाऊँ और बंबई की योजना को साकार करूँ।

पर यह कैसे होगा? जाऊँ भी तो कहाँ जाऊँ? अजीब स्थिति है। गंतव्य का पता नहीं और चला जा रहा हूँ। अब कबीरचौरा की सड़क पर आ गया था। अब तो अपने बनते हुए मकान के करीब। मैं गली की ओर मुड़ा ही था कि चलता-फिरता नारद यानी हमीद दिखाई पड़ा। मैं उससे मिलूँ कि वह लपका हुआ मुझ तक चला आया।

"आपने कुछ सुना?" फिर वह स्वयं बताने लगा, "सर्वोच्च न्यायालय के प्रधान न्यायाधीश की गाड़ी पर बम फेंका गया। वे बाल-बाल बच गए। बम गाड़ी के उस पार गिरा।"

"यह तुम्हें कहाँ से सपना आया?"

"सपना नहीं जनाब, हकीकत है।" उसने कहा, "यदि विश्वास न हो तो 'आज' कार्यालय के पास चिपकी बुलेटिन में देखिए। केवल हेडिंग छापकर चिपकाई गई

है।'' उसने यह भी बताया, ''इस घटना पर इंदिराजी ने अपनी तीखी प्रतिक्रिया व्यक्त करते हुए कहा, 'ऐसी अराजकता सही नहीं जाएगी। अब पानी सिर से गुजर चुका है। कुछ-न-कुछ तो करना ही पड़ेगा'।''

अब मुझे भी याद आया कि जब मैं उधर से गुजर रहा था तब वहाँ भीड़ लगी थी और जहाँ अखबार चिपकाया गया था उधर लोगों की निगाहें गड़ी थीं।

मैं सोच ही रहा था कि हमीद यह कहता हुआ चला गया कि देखो, क्या होता है? बिना अभिवादन और बिना किसी भूमिका के बात करते-करते एकदम चल पड़ना हमीद के लिए नया नहीं था। यह तो उसकी आदत में शुमार हो गया था।

स्पष्ट दिख रहा था कि इंदिराजी के मन में कुछ पक रहा है। उधर उनका छोटा पुत्र संजय सत्ता में कुछ न होते हुए भी सारी सत्ता अपनी मुट्ठी में रखना चाहता था। वह हर काम में टाँग अड़ाता था, जिसने जरा भी उसके मनवाली नहीं की, उसे तुरंत अपने रास्ते से हटाया। लोग यहाँ तक कह रहे थे कि उसकी माँ भी उसकी इच्छा के विरुद्ध नहीं जा सकतीं। इसी भयावह राजनीतिक स्थिति से पूर्व रेल मंत्री ललित नारायण मिश्र की हत्या तक का संबंध लोग जोड़ रहे थे। यह हत्या भी ऐसी जैसी भारत की राजनीति में आज तक देखी नहीं गई थी। वे बिहार में एक सभा मंच पर भाषण करने के लिए चढ़े ही थे कि मंच एक बम धमाके से उड़ गया।

मंत्रिमंडल में भी गंभीर फेर-बदल किए गए थे। वर्तमान गृहमंत्री के सारे कार्य गृह राज्यमंत्री ओम मेहता को दे दिए गए थे। विचित्र स्थिति थी। कोई पंगु बना दिया गया था और किसी को नाटक में विष्णु बननेवाले की तरह दो हाथ और जोड़ दिए गए थे, भले ही वे झूलते हुए अलग से लगे दिखाई देते हों।

इस संक्रमण काल का एहसास जनता कर रही थी, पर चुप थी—तमाशबीन की तरह नहीं वरन् एक असहाय की तरह। इस स्थिति से सबसे अधिक खुश हमीद था, क्योंकि उसके खयाल से देश रूस की शासन व्यवस्था की ओर कदम बढ़ा रहा था।

□

जब मैं अपने नए मकान पर पहुँचा तब बाहर से ताला बंद था। यद्यपि स्पष्ट आभास लग रहा था कि भीतर मिस्त्री काम कर रहे हैं। मामला क्या है?

''रामलाल, अरे ओ रामलाल!'' जब मैंने हेड मिस्त्री को बुलाया, तब वह बैठक की खिड़की के पास आया और ताली थमाते हुए बोला, ''बाहर का दरवाजा खोलकर चले आइए।''

जब मैंने बाहर का दरवाजा इस तरह बंद करने का कारण पूछा तो वह मुसकराते हुए बोला, ''पहले आइए तो सही!''

मैं दरवाजा खोलकर गया और उससे फिर वही सवाल किया। उसने उत्तर में अंदर की कोनेवाली छोटी कोठरी की ओर इशारा किया। भीतर जाकर देखा तो वहाँ लँगड़ा गहरी नींद में मिट्टी के फर्श पर सोता मिला। उसकी बड़ी लकड़ी, जिसके सहारे वह चलता था, उसके स्थान पर उसके बगल में एक बैसाखी पड़ी थी। वह नई तो नहीं थी, पर पुरानी भी नहीं कही जा सकती।

मैंने उसका सिर हिलाकर उसे जगाया। वह तुरंत उठ बैठा और भौचक्का-सा मुझे देखता रहा, जैसे अब भी कोई भयानक सपना देख रहा हो।

"इतने घबराए हुए क्यों लगते हो?" मैंने पूछा।

वह कुछ नहीं बोला।

"एस.एस.पी. से तुम्हारे मिलने की योजना थी।" मैंने कहा।

"उनसे मिला था।" उसने कहा, "कल दस बजे मिलने का समय दिया है।" फिर उसने बताया, "पहले तो उसने कहा, 'जो कहना चाहते हो उसे लिखकर मुझे दे दो।' जब मैंने कहा कि मुझे लिखना-पढ़ना नहीं आता, तो पहले तो उसे विश्वास नहीं हुआ। वह बड़े गौर से मुझे देखता रहा। फिर बोला तो किसी से लिखवाकर मुझे दे दो।'

"फिर मैंने विस्तार से अपनी स्थिति और असमर्थता का वर्णन किया, तब उसने कल का समय दिया। लगता है, अपने स्टेनो से मेरा बयान दर्ज करने को कहेगा।"

"तब तुम्हें इतनी घबराहट क्यों है? तुम्हारी मनशा तो पूरी हो रही है!"

"पर मेरे मिलने की खबर लाला के यहाँ पहुँच चुकी है। अब वह मुझे जिंदा या मुरदा पकड़वाने के लिए व्यग्र है।"

"अद्‍भुत है तुम दोनों का मायावी व्यक्तित्व।" मैं बोला, "बेतार के तार से तुम दोनों जान लेते हो कि एक-दूसरे के यहाँ क्या पक रहा है?"

"आखिर हम दोनों का पच्चीस से अधिक वर्षों का साथ रहा है। हम एक-दूसरे के दुःख-सुख में शामिल रहे हैं, एक-दूसरे के पाप-पुण्य में सहभागी रहे हैं, इतने पर भी एक-दूसरे का गुण नहीं आया तो जीवन की सार्थकता ही क्या!"

"पर तुमने तो कोई गलत काम नहीं किया और न कराया?"

"केवल नहीं किया, अब 'कराया' की बात छोड़िए।" इतना कहते ही वह गंभीर हो गया। उसके मुख से इतना ही निकला, "इस बार सुमेर चाचा से नहीं मिला।" फिर सिर पर हाथ रखकर किसी गंभीर सोच में डूब गया।

मैं कुछ पूछूँ, इसके पहले ही उसकी आँखें पसीजने लगीं—"मैंने भी बड़े-बड़े पाप किए हैं।" मुँह बंद था, पर आँखें झर रही थीं। जबान ने जो नहीं कहा, आँखों ने वह कह दिया,...कि चंपो को गायब करने में भी मेरा हाथ था। हे भगवान्! क्या मुँह

दिखाऊँगा तुम्हें, पापों की इतनी बड़ी गठरी सिर पर लेकर?''

''किसके सिर पर ऐसी गठरी नहीं है?'' मैंने उसे ढाढ़स बँधाया, ''तू इतना क्यों घबरा रहा है? तूने अपने लिए तो कुछ नहीं किया?''

''अपने लिए भले ही न किया हो, दूसरे के लिए ही सही, किया तो है।''

पश्चात्ताप के आँसुओं से उसके मन पर जमी वक्त की धूल धुल चुकी थी। उस पर बनी पूर्व कर्मों की हर तसवीर अब साफ दिखाई दे रही थी और वह अत्यधिक व्याकुल हो गया था।

मैं उसके सिरहाने जमीन पर ही बैठ गया। अब वह मेरी गोद में सिर रखकर बच्चों की तरह रो रहा था। साफ जाहिर था कि उसका घाव काफी गहरा है, अन्यथा वह इस तरह से न बिलखता। उसे विशेष चिंता थी तो बस एक कि एस.एस.पी. ने कल दस बजे बुलाया है। इस बीच का समय वह कहाँ और कैसे बिताए?

यदि लाला के आदमी पहुँच गए और उसके जीवन का अंत हो गया, तब न तो वह एस.एस.पी. से मिल पाएगा और न अपने पापों का प्रायश्चित्त कर पाएगा।

''तुम चिंता मत करो, यहाँ तक कोई पहुँच नहीं पाएगा। तुम अवश्य अपने पापों का प्रायश्चित्त करोगे।'' मैंने उसे आश्वासन दिया। ''और एक काम और करो, तब तो तुम बिलकुल निष्कलुष हो जाओगे।''

''क्या?''

अब मैंने उसे सुमेर चाचा के संदर्भ की सारी बातें विस्तार से बताईं।

वह सकते में आ गया, ''चाची इतनी बीमार हो गईं कि डॉक्टरों ने उन्हें बॉम्बे कैंसर इंस्टीट्यूट में दाखिल करने की राय दी और बेटी को कुछ पता नहीं। यदि उसे पहले से पता होता तो वह उसे अपने पास बुलाकर उनकी माकूल चिकित्सा कराती।''

''पहले यह नहीं पता था।'' मैंने कहा, ''वैद्य लोग उलटे मुँह का फोड़ा बताते थे और डॉक्टर भी लगभग उन्हीं के निदान का समर्थन करते थे। कभी-कभी इससे फायदा भी हो जाता था। अंत में जब रोग बढ़ता ही गया और शरीर कमजोर हो गया, दर्द असह्य हो गया, बिस्तर पकड़ लेने की नौबत आई, तब सर सुंदर लाल अस्पताल में दिखाया गया। वहाँ के डॉक्टरों ने रेलवे के कैंसर इंस्टीट्यूट में दिखाने की सलाह दी।

''वहाँ के डॉक्टरों ने कहा कि कैंसर काफी बढ़ चुका है। अब बंबई जाने के सिवा कोई चारा नहीं है।''

अब वह एकदम शांत था—गाँव में आई नदी की उतरती बाढ़ की तरह, जिसमें कूड़े-कचरे के बीच आदमी अपनी जमीन तलाशता है।

फिर वह अचानक बोल उठा, ''तब तो उन्हें मेरे साथ ही चलना चाहिए और

चाचा से कहिए कि वे भी चाची को लेकर हमारे साथ ही चलें।''

''तो क्या तुम बंबई जा रहे हो?'' मैंने पूछा।

उसने बड़े संकोच के साथ मुसकराते हुए 'हाँ' कहा।

यह शायद उसके जीवन में पहली बार था, जब वह अपने सही गंतव्य का पता दे रहा था।

''पर इतनी जल्दी उन लोगों को टिकट कैसे मिलेगा?''

अब वह मूड में आया—''यह भारत है प्यारे और मैं लाला का शिष्य हूँ। यहाँ पैसे से सबकुछ किया जा सकता है, सिवा औरत को मर्द और मर्द को औरत बनाने के।'' फिर थोड़े समय के लिए रुका। पूछा, ''मेरा दिया लिफाफा तो आपने उन्हें दे दिया?''

''हाँ, उसी दिन दे दिया था।''

''तब तो टिकट आदि खरीदने भर की सारी व्यवस्था उसी से हो जाएगी। बंबई पहुँचने पर फिर पूछना क्या है!''

''क्या चंपो वहीं पर है?'' मैंने सीधे-सीधे प्रश्न किया।

वह फिर मुसकराया। इस बार उसकी मुसकराहट उतनी रहस्यमय नहीं थी जितनी सकारात्मक। मैं समझ गया कि चंपो आजकल वहीं है।

यद्यपि वह बराबर अपना पता बदलता रहा। फिर उसने सीधे-सीधे कल का कार्यक्रम बनाना शुरू किया, ''मैं कल सवेरे-सवेरे सुमेर चाचा से मिलकर सीधे स्टेशन आऊँगा और सारी व्यवस्था कर दूँगा। फिर दस बजे एस.एस.पी. के दफ्तर में जाऊँगा। मुझे जो कुछ कहना है, सबकुछ दिमाग में क्रमवार व्यवस्थित लिया है। ऑफिस में जाने भर की देर है, पहुँचते ही उगलना शुरू करूँगा। यदि एस.एस.पी. का स्टेनो ठीक-ठाक और तेज रहा तो आधे घंटे में हो जाएगा।''

''कोई ठीक है कि पुलिस तुम्हारी बात मान ही ले!'' मैंने बीच में ही टोका।

''क्यों नहीं मानेगी! मैं पुलिस का इकबाली गवाह जो हूँ।''

''इकबाली गवाह बनने के लिए तो एक निश्चित प्रक्रिया से गुजरना पड़ता है।''

''वह सब हो चुका है।'' उसने बड़े विश्वास से कहा। फिर अचानक मूड बदला और वह अत्यंत गंभीर हो गया।

मैंने उसे हलका करने के लिए कहा, ''तेरा मूड तो कुआर के बादलों की तरह क्षण-क्षण में रंग बदलता है!''

''कुआर के बादल तो चलते-फिरते रहते हैं।'' वह उसी तरह गंभीरता में बोला, ''पर मुझ पर तो इस शहर में हमेशा एक-सा बादल छाया है और शायद जब तक है, तभी तक मैं सुरक्षित भी हूँ।''

उसकी बात बहुत साफ नहीं थी, फिर भी मैंने उसे बदलते हुए कहा, "अब तो तुम्हें डरना नहीं चाहिए। लाला तो खुद ही मर रहा है।"

"मरता साँप ज्यादा जहरीला होता है।" उसने कहा, "मुझे खत्म करने के बाद उसके खिलाफ एक जीवित सबूत खत्म हो जाएगा।"

"अच्छा, तुम यहाँ चुपचाप पड़े रहो, किसी को तुम्हारी हवा तक नहीं लगेगी।"

लगता है, वह मेरी बात सुनते हुए भी कुछ सोच रहा था। अचानक बोल पड़ा, "अच्छा, तो आप एक काम करिए।"

"क्या?"

"जो भी आपसे मेरे बारे में पूछे, उससे कहिए—लँगड़ा कलकत्ता गया। सुमेर चाचा से भी यही कहिए—पर आपके बंबई जाने की सारी व्यवस्था कर गया है।"

मैंने सारी बातें सुमेर चाचा से कहीं। वह बड़े प्रसन्न हुए। उनकी सबसे बड़ी समस्या तो हल हो चुकी थी।

"पर कोई साथ होता तो अच्छा होता। क्या तुम साथ चलोगे? कहाँ-कहाँ अकेले जाऊँगा? इतने बड़े शहर में इंस्टीट्यूट कहाँ ढूँढ़ँगा? चंपो कहाँ मिलेगी और अगर मिली भी तो क्या वह हमें पहचानेगी भी? कितने दिन हो गए उसे हमसे बिछड़े!"

"आप इन सबकी चिंता छोड़िए। कोई-न-कोई आदमी आपके साथ जरूर रहेगा।" मैंने फिर दोहराया, "लँगड़ा तो कलकत्ता चला गया। यदि वह रहता तो कोई बात ही नहीं थी।"

☐

दूसरे दिन सुबह दस बजे तक हम कैंट स्टेशन पर पहुँच चुके थे। गाड़ी ग्यारह बजकर कुछ मिनट पर यहीं से छूटती थी। चाची को एक छाया में बेंच पर लिटा दिया गया। चाचा की चकपकाई नजर चारों ओर अपने साथ बंबई चलनेवालों की तलाश कर रही थी। अंत में व्यग्र होकर वह बोल उठा, "अभी तक वह आदमी तो नहीं आया। यदि कोई नहीं आया तब तो मैं नहीं जाऊँगा।"

"जाने का सवाल ही नहीं उठता। अनजान जगह पर आप बीमार चाची को लेकर कहाँ-कहाँ भटकिएगा?" मैंने उनका समर्थन करते हुए यह भी कहा, "आप परेशान न हों, कोई-न-कोई आएगा जरूर। लँगड़ा आपके मामले में झूठ नहीं बोल सकता।"

थोड़ी देर बाद ही चाचा को प्यास लगी। गिलास तो उनके झोले में था ही, मैंने पानी लाकर पिला दिया। फिर सोचने लगा—लंबी यात्रा है, यदि रास्ते में प्यास लगेगी तो ये बूढ़े क्या करेंगे?

मैं तुरंत स्टेशन के बाहर आया। एक सुराही खरीदी। सामने रेलवे की घड़ी में ग्यारह बज चुके थे। एक कुली से दादर एक्सप्रेस का ठीक 'टाइम' पूछा। उसने बताया, "११:४५ पर प्लेटफॉर्म नं. ७ से छूटती है।"

केवल पैंतालीस मिनट रह गए हैं। अब तो मेरी व्यग्रता और बढ़ी। अब तक लँगड़े का अता-पता नहीं। अब मैंने उसकी गहन खोज आरंभ की। सारा प्लेटफॉर्म छान डाला, पर व्यर्थ। अब बुकिंग ऑफिस के सामने लगी लंबी लाइन में देखा। दो-एक लँगड़े तो थे, पर वह नहीं था।

अब मेरी व्यग्रता और बढ़ी—करूँ तो क्या करूँ? यदि वह नहीं मिला, तब तो इस जून की तपती दोपहरी में घर ही लौटना पड़ेगा। किसी जाने-समझे आदमी के बिना मैं उन लोगों को जाने भी नहीं दूँगा। और यदि जाना भी चाहें तो जाएँगे कैसे? उनके पास तो टिकट भी नहीं है।

मेरे जीवन में ऐसी निराशा शायद ही कभी आई हो। घबराहट की इसी मनःस्थिति में बुकिंग ऑफिस के पिछले बगीचे में लगे एक पत्थर पर चुपचाप बैठ गया, एकदम किंकर्तव्यविमूढ़ की स्थिति में। ऐसे समय में याद आनेवाले भगवान् हमें याद आ रहे थे।

तब तक निराशा के घनघोर बादलों के बीच अचानक बिजली चमकी। लँगड़ा बुकिंग ऑफिस के पिछले दरवाजे से निकलता दिखाई दिया। सूखते धान पर पानी पड़ा। मैं खुशी में उछल पड़ा। पर वह रुका नहीं, तीर की तरह एक झाड़ी में घुस गया।

फिर वह कहीं दिखाई नहीं दिया। वह मेरा भ्रम तो नहीं था। मन की अजीब स्थिति थी। अब मैं प्लेटफॉर्म नं. ७ की ओर लपका।

यहाँ आ देखा, गाड़ी प्लेटफॉर्म पर लग चुकी थी। चाचा और चाची के साथ लँगड़ा एक रिजर्व ए.सी. डिब्बे में चढ़ रहा था।

यह तो चमत्कार हो गया। मैं इतनी तेज आया, फिर भी वह मुझसे पहले पहुँच गया। दो पैरवाला एक पैरवाले से पिछड़ गया। आखिर वह किस रास्ते से आया?

जब मैं किसी तरह खोजकर उस डिब्बे में चढ़ा, तब तक चाची अपनी 'बर्थ' पर लिटाई जा चुकी थी। चाचा उसके सिरहाने बैठे थे। लँगड़ा वहाँ भी नहीं दिखाई दिया।

मैंने चाचा से उसके बारे में पूछा। चाचा ने सबसे ऊपर की बर्थ पर इशारा किया। अब मेरी दृष्टि ऊपर गई।

एक व्यक्ति ऐसा चादर में सिकुड़कर लेटा था, जैसे कोई बड़ा सा गट्ठर हो।

अब मैंने उसके बदन पर हलके से हाथ फेरा। ऐसा लगा कि उसे मेरी उपस्थिति का एहसास हो गया। वह बड़े सामान्य भाव से बोला, "यह क्या कर रहे हैं?"

"देख रहा हूँ, तुम्हें कहीं पंख तो नहीं निकल आया है!" मैंने कहा, "मैंने तुम्हें

बुकिंग ऑफिस के पीछे से निकलते देख लिया था। फिर तुम एकदम अदृश्य हो गए। मैं दौड़ा हुआ प्लेटफॉर्म पर आया। देखा, तुम चाची को लेकर डिब्बे में चढ़ रहे हो। आश्चर्य है, चलकर तो कोई इतनी जल्दी नहीं आ सकता, जरूर तुम उड़कर आए होगे!"

इतना सुनना था कि सामने की बर्थ के लोग हँस पड़े। चाचा के चेहरे पर हँसी दौड़ गई; पर चाची आँखें बंद किए अब भी अपने दर्द से संघर्ष कर रही थी।

पर लँगड़ा एक चुप हजार चुप। यहाँ भी वह अपना पीछा कर रही लाला की निगाहों से खुद को छिपाए ही रहा। निश्चित ही इसी सजगता ने उसे जिलाए रखा है।

इसके बाद मैंने चाची से विदा लेते हुए उसे हाथ जोड़कर प्रणाम किया। उसने अपनी दोनों हथेलियों से मेरे हाथ दबा लिये और मुझे अपनी ओर खींचा। उसे ताकत तो थी नहीं, फिर भी वह खींचती रही और मैं खिंचता चला गया। अंत में मुझे अपनी छाती पर चिपका लिया और सिसकने लगी। कुछ बोल नहीं पाई।

उन सिसकनों में अधीरता थी, अपार हताशा थी और अंतिम विदा के समय की पीड़ा थी।

"आप इतना निराश क्यों हैं, चाची? आप जहाँ जा रही हैं, वह इस रोग का इस देश में सबसे बड़ा अस्पताल है। वहाँ आप एकदम ठीक हो जाएँगी, जरा भी मत घबराइए।" मैंने समझाया। चाचा ने भी मेरे स्वर में स्वर मिलाया।

इसी समय सामनेवाली बर्थ पर बैठे एक दाढ़ीवाले बुजुर्ग मौलाना बड़े रूखे स्वर में बोले, "अरे, जो होना है, वह तो होगा ही। आप इन्हें छोड़िए तो सही। ख्वाहमख्वाह अपने से चिपकाकर इस बेचारे को भी रोगी बना रही हैं।"

"आप क्यों परेशान हैं?" मुझे बड़ा बुरा लगा। मैं बोला, "आपको जानना चाहिए कि कैंसर छूत की बीमारी नहीं है।"

उनकी आवाज की रुक्षता का कारण भी उनका यही अज्ञान था; पर जब अन्य लोगों ने भी मेरी बात का समर्थन किया तब मौलवी साहब ने निश्चित ही संतोष की साँस ली होगी। नहीं तो वे इसी से परेशान थे कि इस छूत की बीमारी के मरीज को कंपार्टमेंट में आने कैसे दिया गया?

यह तो कहिए, बातचीत से उनका भ्रम दूर हो गया। वे एक तनाव से मुक्त हुए।

इंजन ने सीटी तो बहुत पहले दे दी थी, अब गाड़ी भी सरकने लगी, तब चाची ने मुझे छोड़ा।

चलते समय मैंने मुसकराते हुए पुनः हाथ जोड़ा और बोला, "अच्छी तरह ठीक होकर और चंपो को लेकर आइएगा।"

डिब्बे से उतरकर रेल की खिड़की पकड़े कुछ देर तक दौड़ता चला गया। वह

भीतर से मेरे हाथ पर हाथ रखे रही और बड़े भावुक नेत्रों से मुझे देखती रही, जैसे सदा के लिए मुझसे विदा ले रही हो।

स्टेशन से बाहर निकलते ही हमीद मिला। वह अपने साथियों के साथ कहीं जा रहा था। उसने देखते ही पूछा, "इधर कैसे?"

"ऐसे ही, एक आदमी से मिलने आया था।"

इतने से वह जान छोड़नेवाला कहाँ था।

"आखिर क्यों मिलने आए थे? वे कौन थे? मिले या नहीं?" उसने प्रश्नों की एक लंबी फेहरिस्त पेश की। फिर अनुमान लगाते हुए वह बोला, "लगता है, वे लोग बलिया जा रहे होंगे?"

"यह तुम कैसे कह सकते हो?"

"आज सवेरे से लोग बलिया जा रहे हैं।" उसने बताया, "उधर जानेवाली हर बस आज खचाखच भरी थी। वहाँ जे.पी. आने वाले हैं।" अब उसकी ध्वनि कुछ व्यंग्यात्मक हुई—"आजकल जयप्रकाश की आँधी आ रही है। जिसको देखो वही उनके गिरोह में शामिल होता जा रहा है!"

"तुम कहते तो ठीक हो, पर ऐसे शब्द का प्रयोग कर रहे हो, जो जयप्रकाशजी ऐसे व्यक्ति के संदर्भ में उपयुक्त नहीं है।"

"तुम्हारा मतलब?"

"तुमने जयप्रकाश के प्रसंग में 'गिरोह' शब्द का प्रयोग किया है; जबकि गिरोह चोरों का होता है, डाकुओं का होता है, अवांछित लोगों का होता है। जयप्रकाश तो इस देश के जननायक हैं, प्रजातंत्र के सच्चे हिमायती हैं, सत्ता-परिवर्तन के अग्रदूत हैं।"

मैंने उससे जयप्रकाशजी की तारीफ में बहुत कुछ और जान-बूझकर कहा। वह एकदम भड़क गया। यों तो वह इंदिराजी का विरोधी पहले से था, पर आजकल उनका अंध-विरोधी हो गया था।

जे.पी. का सारा आंदोलन इंदिराजी की नीतियों के खिलाफ था। जनता जे.पी. की भक्त थी। उनकी सभाओं में लाखों की भीड़ होती थी।

पर हमीद ऐसे लोग उन्हें पूँजीपतियों का दलाल कहते थे। उनका कहना था कि इंदिराजी जनता की भलाई चाहती हैं, उन्होंने बैंकों का राष्ट्रीयकरण किया। अब बैंक के पैसे से जनता सीधे लाभ उठाएगी। उन्होंने राजाओं का प्रिवीपर्स समाप्त किया। देश की तसवीर बदल रही थी, पर थैलीशाहों को यह सब अच्छा नहीं लगा। उन लोगों ने जनता को बरगलाना आरंभ किया और जे.पी. के नेतृत्व में आंदोलन छेड़ दिया। उनकी सभाओं में भीड़ लगाने के लिए उन लोगों ने अपनी तिजोरियाँ खोल दीं। बसें भेज-भेजकर

सभाओं में आदमी इकट्ठा किए जाने लगे। भीड़ जमाई जा रही है, नारे लगाए जा रहे हैं कि 'सिंहासन खाली करो कि जनता आती है'; जबकि जनता की भलाई कहीं और है।''

इतना कहते-कहते हमीद इतने आवेश में आ गया कि वह बोल पड़ा, ''देखना, इस जयप्रकाश को तो जेल की हवा खानी पड़ेगी।''

''किस जुर्म में?'' मैंने उसे बीच में ही टोका, ''उन्होंने चोरी तो नहीं की है, डाका तो नहीं डाला है! केवल अपनी बात कह रहे हैं।''

''वह जनता को गुमराह कर रहे हैं, सत्ता के खिलाफ आग उगल रहे हैं।'' हमीद उसी आवेग में बोलता गया, ''क्या यह जुर्म नहीं है? क्या एक राजद्रोही को जेल नहीं दी जा सकती? ऐसे लोगों को तो सरेआम गोली मार देनी चाहिए।''

मैंने अनुभव किया कि उसका आवेग बढ़ता जा रहा है। अब बात बढ़ानी ठीक नहीं। फिर मैंने उससे कुछ नहीं कहा और एकदम बिना किसी भूमिका और अभिवादन के लौट पड़ा।

घर आकर मैंने चाची की स्थिति का सारा संदर्भ माँ को सुनाया। माँ रोने लगीं। बड़ी देर तक आँसू पोंछती रहीं। अंत में उनके मुँह से इतना ही निकला, ''मरते समय बेकार लोग उसे 'मग्गर' (मगहर) ले गए।''

''ऐसी बात नहीं है माँ, वह अच्छी होकर भी लौट सकती है।'' मैंने माँ को समझाया।

''आज तक कैंसर से कोई अच्छा हुआ है कि वही अच्छी होगी!''

''यदि लोग अच्छे न होते तो बंबई में इतना बड़ा इसका इंस्टीट्यूट क्यों चलता?''

मेरे तर्क के सामने माँ चुप हो गईं, पर उनका मन नहीं मान रहा था। वह दुःखी मुद्रा में चुपचाप अपने बिस्तर पर लेट गईं। निराश होने के बाद मन की प्रकृति है कि वह अतीत में चला जाता है। वह कहने लगीं, ''हमारा-उसका कितना पुराना संबंध था! इस मुहल्ले में जब से मैं आई, उसका साथ अब तक मिलता रहा। तू कितना छोटा था, जब मैं तुझे उसके यहाँ छोड़कर कोठी जाती थी और जब वहाँ से लौटती, तुझे आवाज देती थी, तू उछलते-कूदते मेरे पीछे आ जाता था। तब वह हँसते हुए कहती थी—जब गइया आ गइल तब बछरुआ के के पाई!''

शाम को मैं सुमेर चाचा की दुकान की तरफ गया, क्योंकि चाचा ने कहा था कि दिन में एक बार जरूर मेरी दुकान का बाहरी ताला देख लेना। यों तो मकान मालिक है ही, भीतर तो वह ध्यान रखेगा ही।

उसकी दुकान से ज्यों ही मैं आगे बढ़ा, सामने से दानिस आता दिखाई दिया। मिलते ही उसने कहा, ''इधर तीन-चार दिनों से अम्मी तुम्हें बेतरह याद कर रही हैं।''

"क्यों?"

"यह तो मुझे नहीं मालूम।" दानिस ने कहा, "पर यह उनकी आदत-सी हो गई है कि जहाँ दो-चार दिन हुए और तुम नहीं दिखाई दिए, वहाँ वह तुम्हारा नाम रटना शुरू कर देती हैं।" फिर वह थोड़ा मुसकराया और बड़े व्यंग्यात्मक ढंग से बोला, "अब तो तुम हमारे 'फैमिली मेंबर' न हो गए हो!"

मैं कुछ बोल तो नहीं पाया, क्योंकि सलमा चुपचाप मेरी आँखों के सामने खड़ी हो गई थी और मुझसे पूछने लगी थी, 'अब बोलो, माँ क्या गलत सोचती हैं?'

मेरे सामने शब्दों का ऐसा अकाल इसके पहले कभी नहीं पड़ा था।

"क्या सोचने लगे?" दानिस बोला।

"कुछ नहीं।" बात बदलने के लिए मैंने सोमारू चाचा का संदर्भ छेड़ दिया, "वह इतनी बीमार हो गई कि उसे बंबई ले जाना पड़ा।"

दानिस ने आश्चर्य के साथ दुःग्व्र प्रकट किया। उसे यही चिंता थी कि "यदि मुझे पता होता तो मैं भी उससे मिल लेता।"

"यह सब इतनी जल्दी में हुआ कि क्या बताऊँ!" मैंने कहा।

"कभी-कभी ऐसा ही होता है।" दानिस ने बताया, "कल एक नजूमी आए थे। कहते हैं, उनका बताया कभी गलत नहीं होता। अम्मी से उनकी घंटों बातें होती रहीं। उनका कहना था कि आजकल आसमान की हालत अच्छी नहीं है। हर सितारा गर्दिश में है। किस समय क्या हो जाएगा, कुछ कहा नहीं जा सकता! हर आदमी के सिर पर एक अनजाना खौफ मँडरा रहा है। देश में किसी समय कुछ भी हो सकता है।

"बस, इतना काफी था अम्मी के घबराने के लिए। वह सोचने लगीं—यदि कुछ हो गया तब क्या होगा? अपने लोगों के कुछ हो जाने का उन्हें कुछ गम नहीं है, पर सलमा का क्या होगा? और जब सलमा की चिंता करती हैं तब पता नहीं क्यों तुम याद आते हो?" दानिस ने बताया, "कल रात वह सोईं नहीं। सलमा को छाती से लगाए आकाश के तारे गिनती रहीं। भोर की नमाज के साथ ही उन्होंने मुझे जगा दिया और लगा दी तुम्हारे नाम की रट।

"यों तो जून की पसीने से तर रात, फिर माँ का लगातार करवट बदलना, इतने खलल के बीच मेरी बोझिल पलकें झपकी लेने लगीं।" इतना कहते-कहते दानिस चुप हो गया।

मैं भी चुप ही था। ऐसे में मेरे मन में आसन जमाकर बैठी सलमा ने मुझसे कहा, 'क्या सोच में पड़ गए? परिस्थितियों को देख रहे हो, किस तरह हमारे पीछे पड़ी हैं? फिर क्यों हम व्यर्थ अपना दिमाग खर्च करें? होगा वही, जो खुदा की मरजी होगी।'

थोड़ी देर के बाद मैंने दानिस से पूछा, "क्या कार्यक्रम है?"

"सीधे घर जाऊँगा।"

"क्यों? जिस काम से निकले थे, वह हो गया?"

"वह हो गया, तभी न!" वह मुसकराता रहा और मैं उसकी मुसकराहट में खोता रहा।

थोड़ी देर बाद कुछ सोचते हुए बोला, "अम्मीजान के मन में अपनी बेटी के लिए इतना खौफ है, पर किया क्या जा सकता है?"

"इसे तो तुम्हें ही सोचना है।"

मैं समझ गया कि दानिस मुझसे क्या कहलवाना चाहता है? उसका संकेत एक असंभव की ओर था। कई दुर्जेय सीमाओं के होते हुए एक अपराजित शिखर छूना था, जो इस जीवन में तो संभव नहीं था। फिलहाल उसकी बात टालते हुए मैंने कहा, "अच्छा, मैं अम्मीजान से मिलूँगा।"

"तब मेरे साथ ही चलो।"

"इस समय तो नहीं, कल सवेरे आऊँगा।"

"जरूर आना, क्योंकि तुम्हें ही कोई रास्ता निकालना है।"

जबान तो कुछ बोल न सकी, मैंने सकारात्मक ढंग से सिर हिला दिया।

बहुत पहले से मन में पड़े बीज पर पानी डालकर वह चला गया।

गरमी की छुट्टियों में मॉर्निंग वॉक का मेरा कार्यक्रम बन गया था। रोज की तरह आज भी निकट के कंपनी बाग में टहलने जाने के लिए निकला।

सड़क पर अजीब किस्म की खामोशी छाई थी। चाय और पान की दुकानों में लोग अखबारों पर नजर गड़ाए बड़े आतंकित होकर बहस कर रहे थे।

मेरी जिज्ञासा कुंजन पानवाले की दुकान की ओर मुझे खींच ले गई। अपनी आदत के मुताबिक उसने एक बीड़ा लगाकर मेरी ओर बढ़ा दिया, जबकि वह जानता है कि मैं पान नहीं खाता।

"तुम्हें तो मालूम है कि मैं पान नहीं खाता।"

"अरे, आज त खा ल मास्टर, आज तोहार राज भयल हौ।"

उसके इस व्यंग्य पर वहाँ खड़ा हर व्यक्ति हँस पड़ा।

"जरा अखबरवा झुककर देखा।" अब मेरी अखबार पर नजर गई—पूरा अखबार नहीं वरन् परचानुमा भोर में निकला एक अखबार का विशेषांक था, जिसकी मुख्य हेडिंग थी—'प्रजातंत्र को सलाम'। जिसके अंतर्गत सब-हेडिंग्स थीं, देश में आपात-स्थिति, संविधान के बहुत से अनुच्छेद निलंबित। अखबारों पर सेंसर लागू। वहीं एक बॉक्स में

छोटा सा समाचार था—'आज का अखबार इसीलिए देर से प्रकाशित होगा'।

देश के सारे विरोधी नेता गिरफ्तार कर लिये गए। रातोरात जो जिस स्थिति में जहाँ था, वहीं से उठा लिया गया।

गिरफ्तार नेताओं में प्रमुख नाम थे—सर्वश्री जयप्रकाश नारायण, मोरारजी देसाई, अटल बिहारी वाजपेयी, चौधरी चरण सिंह, ज्योति बसु, हेमवती नंदन बहुगुणा, राजनारायण आदि। इसके बाद छोट-भइयों की एक अंतहीन सूची थी।

"अब भइया देश में रहे के होय तो बस इंदिरा गांधी और संजय गांधी का जय बोला।" एक व्यक्ति गाल में पान दबाए बोला और तुरंत आगे बढ़ गया।

किसी की कोई प्रतिक्रिया नहीं। सभी डरे-डरे और सहमे-सहमे से। मेरी बगल में खड़े व्यक्ति ने धीरे से कहा, "किसी की कोई सकारात्मक प्रतिक्रिया नहीं है।"

"कोई क्यों बोलेगा? हर आदमी के सिर पर तलवार लटक रही है और जबान कैंची के नीचे है।" यह आवाज किसी और की थी।

"वह सिंह की सवारी कर रही हैं, भ१गवान् ही उनका भला करे।" सामने की गली से आई यह आवाज पं. दीनानाथ की थी।

यह हमारे इतिहास के सबसे काले दिन २६ जून, १९७५ का सवेरा था।

□□□